SYLVIA HALLIDAY

DER RING DES SCHICKSALS

Roman

Aus dem Englischen
von Margarethe van Pée

Deutsche Erstausgabe

WILHELM HEYNE VERLAG
MÜNCHEN

HEYNE ALLGEMEINE REIHE
Nr. 01/10632

Titel der Originalausgabe
THE RING

Umwelthinweis:
Das Buch wurde auf
chlor- und säurefreiem Papier gedruckt.

Redaktion: Peter Orlow

Printed in Germany 1998
Umschlagillustration: Gordon Johnson/Agentur Schlück
Umschlaggestaltung: Atelier Ingrid Schütz, München
Satz: Pinkuin Satz- und Datentechnik, Berlin
Druck und Bindung: Elsnerdruck, Berlin

ISBN 3-453-13705-1

Die Autorin möchte ihren lieben Freunden Liz und John Denning danken, die sie auf dem *echten* Burghope Manor, Winsley, Bradford-on-Avon, Wiltshire, so freundlich aufgenommen haben. Sie denkt gerne zurück an zahlreiche gemütliche und vergnügte Abende vor dem Kamin im historischen Cranmer-Raum.

1

London 1750

»Du liebe Güte, Pru, da bleibe ich lieber eine Cheapside-Hure, als *das* jeden Tag zu machen!«

Prudence Albright blickte ihre Freundin Betsy spöttisch an und wickelte das breite Mullband weiter um ihre Brust. Sie hielt einen Augenblick lang die Luft an, zog noch einmal fest an dem Stoff und band es dann zusammen. Wenn sie doch bloß nicht so eine volle Brust hätte, dachte sie leicht unzufrieden. Dann jedoch schalt sie sich selbst aus, weil sie sich einen Moment lang dieser Stimmung hingegeben hatte. Papa hätte das gar nicht gefallen. Verfolgte Gott nicht mit allem, was er tat, einen Zweck?

»Wenn heute abend in der Taverne alles gut geht, Betsy«, sagte sie, »dann ziehe ich mich mit Freuden wieder so an wie sonst auch. Mit einem hübschen Kleid und allem Drum und Dran. Aber in der Zwischenzeit ...« Sie zog sich das Hemd über den Kopf, knöpfte es bis oben hin zu und stieg in ihren Unterrock. Dann griff sie nach einem zerschlissenen, verblichenen Kleid und schnürte es eng über ihren Brüsten zusammen. Ihre Figur wirkte so gerade und formlos wie die eines Jungen. Zum Schluß zog sie noch eine alte Schürze an, lächelte Betsy zu und zuckte mit den Schultern. »Es ist einfach sicherer für mich, wenn ich auf den Londoner Docks als geschlechtslose alte Frau auftrete.«

Betsy grunzte und griff nach ihrer Rougedose. »Wahrscheinlich hast du recht. Aber nicht annähernd so einträglich.« Sie verteilte reichlich Farbe auf ihre Wangen und in der Falte ihrer Brüste, um die Formen ihrer eher bescheidenen Büste zu betonen. Sie kicherte. »Sieh uns doch mal an. Ich versuche, mehr aus dem zu machen, was du im

Übermaß besitzt, während du dich abmühst, deine Reize zu verbergen.«

Prudence schlang ihre langen rotbraunen Haare zu einem Knoten zusammen und steckte ihn mit einem kleinen Kamm fest. Dann setzte sie eine strähnige graue Perücke auf. Eine große, spitzengesäumte Haube, deren Zipfel über ihre Ohren hingen, verdeckte ihr frisches junges Gesicht noch zusätzlich. Schließlich legte sie sich noch ein zerrissenes Schultertuch um. »Was bleibt mir denn anderes übrig, Betsy?« fragte sie seufzend.

Betsy schnaubte empört. »Bei allen Fahnen des Towers, du könntest dir ein sauberes Kleid anziehen und mit mir auf die Straße gehen! So wie du aussiehst, hast du deine Überfahrt nach Virginia in Null Komma nichts zusammen! Statt dessen versuchst du, hier einen Pfennig zu verdienen und da, indem du als alte Schachtel Kinkerlitzchen verkaufst.«

»Gott sei mir gnädig! Du weißt ganz genau, daß ich keine Hafendirne sein könnte und ...« Prudence schwieg abrupt. Betsy war ihre einzige Freundin auf der Welt. An wen sonst hätte sie sich wenden sollen, als sie nach London gekommen war? Sie wollte sie mit ihren unbedachten Worten nicht kränken. Außerdem gefiel Betsy ihr Beruf, wenn man ihr Glauben schenken wollte.

Betsy schnalzte mit der Zunge. »O Pru, du warst immer schon ein Angsthase. Schon als wir noch Kinder waren in Winsley. Du hast dir schon immer mehr Gedanken wie ich darüber gemacht, stets das Richtige zu tun.«

»Das stimmt nicht! Ich war auch ganz schön ungezogen. Sie haben mich oft genug in den Stall geschickt, damit ich allein war und meine Unarten bereuen konnte. Und wie oft mich Mama übers Knie gelegt hat ... Ich habe es nur gehaßt, Papa zu enttäuschen.«

Betsy verdrehte die Augen. »Und dieses ständige Psalmen-Singen. Während du in der Kirche gekniet hast, habe ich mir Küsse von den Dorfjungen gestohlen.«

Betsys Worte klangen wie ein Vorwurf. »Ich bin eben gottesfürchtig erzogen worden«, entgegnete Prudence.

»Ist das denn so schlimm? Und jetzt verlangst du von mir, daß ich das alles vergesse und mit dir auf die Straße gehe?«

»Heilige Muttergottes, Pru, schließlich bist du ja keine Jungfrau mehr!«

Prudence zuckte zusammen und drehte an Jamies Ring. Ihre Wangen brannten vor Scham. Das verschlungene JA, das in den Goldring eingraviert war, schien ihre Hoffnungen zu verspotten.

Betsy grinste. »Was für ein Lied hast du immer gesungen?« Mit einem wackligen Sopran begann sie zu singen:

»Bobby Shaftoe kreuzt das Meer,
Silberknöpfe am Revers.
Kehrt zurück, nimmt mich zur Frau,
der schmucke Bobby Shaftoe.«

»Ja, das wird er auch! Hat er mir nicht auf den Knien ewige Treue geschworen? In den Augen Gottes gehören wir zusammen, hat er gesagt. Wir wären schon längst verheiratet, wenn er nicht seine Plantage in Virginia hätte aufsuchen müssen.«

»Und warum sollte dein großartiger Lord Jamie – ein Viscount, wie du sagst – ein einfaches Landmädchen heiraten? Selbst wenn sie eine Mitgift vom Großpapa hat?«

»Weil er mich so sehr liebt«, entgegnete Prudence hitzig.

»Und die Briefe, die du ihm nach Berkshire geschrieben hast? Die er nie beantwortet hat?«

»Vielleicht war er schon in die Kolonien abgereist und hat sie noch gar nicht bekommen.« Sie streckte ihre Hand aus und betrachtete den goldenen Ring. »Aber er hat mir seinen *Ring* gegeben, und das heißt doch etwas. Er sagte, es bedeutet, daß wir beinahe schon verheiratet sind.«

»Phh! Männer bezahlen gerne für die Gunst einer Frau. Das ist der Lauf der Welt. Ein Geschenk für ein hübsches Schätzchen. *Deshalb* hat dein Lord Jamie dir den Ring gegeben.«

Prudence spürte, wie leiser Zweifel in ihr aufstieg. Betsy verstand etwas von Männern, und sie selbst wußte nur so wenig. Aber Jamie, ihr süßer Jamie mit seinem hübschen Gesicht und dem ernsthaften Blick ... »Nein! Ich liebe ihn, und er liebt mich! Er wird sich freuen, daß ich seine Rückkehr nicht abwarten konnte. Daß ich über das Meer gefahren bin, um bei ihm zu sein. Und dann wird er mich heiraten.« Sie griff nach ihrem Bauch und krümmte sich vor Schmerzen. »Er *muß* mich heiraten!« Sie seufzte, richtete sich wieder auf und lächelte kläglich. »Böse Betsy! Du kannst mir Lord Jamie ein anderes Mal ausreden. Aber je eher ich das Geld für die Überfahrt aufbringe ...«

»Du würdest besser seinen Ring versetzen«, sagte Betsy trocken.

»Das Schicksal bewahre mich davor! Den Ring, den Lord Jamie mir gegeben hat? Nachdem er mich geküßt und mit mir ...« Wieder stieg ihr die Röte in die Wangen.

Betsy lachte – das verschlagene, wissende Lachen einer erfahrenen Hure. »Hat es dir eigentlich gefallen? Du hast es mir nie erzählt.«

Prudence wandte sich ab. Ihr Gesicht brannte vor Scham. Sie war nur zweimal mit Jamie zusammen gewesen. Der leichte, dunstige Regen auf dem Hügel, die Schafe, die an ihren bloßen Beinen schnupperten, der Schmutz auf ihren Röcken, die Angst und der Schmerz ... »Seine Worte und seine Küsse waren das Süßeste, was ich jemals erlebt habe«, murmelte sie.

Betsy legte ihr die Hände auf die Schultern und drehte sie zu sich herum. Skeptisch zog sie eine Augenbraue hoch. »Und das Übrige?«

»Ich ... ich hatte solche Angst, daß jemand uns entdekken könnte und ... Gott hat sicher alles gesehen ... Und beim zweitenmal hatten wir nur so wenig Zeit. Ein trauriger, hastiger Abschied.« Sie schluckte und rieb sich die Augen. Wie konnte sie jemals gestehen, daß sie *diesen* Teil von Jamies Liebe keineswegs vollkommen gefunden hatte?

Betsy zog sie in die Arme. »Du arme, süße Unschuld. Wie kann ich es dir nur begreiflich machen? Du bist ja vollkommen verbohrt.« Sie seufzte. »Vielleicht ist es das beste, wenn du dir die Überfahrt auf deine Weise verdienst, ganz gleich, wie lange es dauert.« Sie wandte sich dem zerbrochenen Spiegel zu, der in der kleinen, vollgestopften Dachkammer über dem Ofen hing. »Was mich angeht«, sie runzelte die Stirn, »so sehe ich aus wie ein Geist an Allerheiligen. Ich brauche ein bißchen mehr Farbe. Gib mir mal den Topf mit dem Rouge, Liebes.«

Prudence sah zu, wie ihre Freundin ihre jugendliche Schönheit mit zwei grellen roten Flecken übertünchte und sich dann mit einer Hasenpfote eine dicke Puderschicht aufs Gesicht stäubte. Liebe Betsy, dachte sie. Viel zu hübsch, um ihre Jugend im Schmutz des Londoner Hafens zu vergeuden. Sie konnte ihr nur wünschen, daß sie eines Tages auf ihre wahre Liebe treffen würde, so wie sie die ihre bei Jamie gefunden hatte.

»Bist du bald fertig?« fragte Betsy und strich sich ein letztes Mal die blonden Locken zurecht. Sie zupfte an den Röcken ihres eleganten Seidenkleides und setzte sich einen kleinen Strohhut auf.

»Ja, sofort.« Prudence kniete sich vor den kalten Kamin, nahm eine Handvoll Asche heraus und rieb sich das Gesicht und die Arme damit ein. Sie lächelte, und ihr gewohnter Optimismus gewann wieder die Oberhand. »Na, wenn mit deinem Mr. Crown heute abend in der Taverne alles gutgeht, dann komme ich mit Gottes Gnade früher nach Virginia, als ich gehofft habe.«

Betsy kicherte. »Er ist ein Tölpel bei den Frauen und ein Schwätzer. Du meine Güte, er gibt nie Ruhe! Aber als er gesagt hat, daß er mit seiner Familie nach Williamsburg fährt und daß seine Frau ein Mädchen braucht, das ihr bei den Kindern hilft, habe ich sofort an dich gedacht.«

Prudence bleckte ihre Zähne vor dem Spiegel. Dann nahm sie einen kleinen Topf mit Ruß und schwärzte ihre Schneidezähne. Zum Schluß ergriff sie einen großen Korb und hing ihn sich über den Arm. »Ich bin fertig. Warte!

Der Ring von Lord Jamie.« Sie streichelte liebevoll über den Ring und zog ihn dann zögernd ab. Sonst trug sie ihn ständig, und wenn sie nachts in ihrem Bett lag, war er ihr Trost in der Dunkelheit.

Sie kniete sich vor das niedrige Pfostenbett, das die beiden Mädchen miteinander teilten, und hob die billige, mit Wollresten und Lumpen gestopfte Matratze hoch. Dann küßte sie Jamies Ring und legte ihn neben ihren schmalen Geldbeutel. Das war alles, was sie auf der Welt besaß. Stirnrunzelnd holte sie ein paar Münzen aus dem Geldbeutel hervor. »Vielleicht muß ich heute noch mehr Bänder kaufen. Die Seeleute wollen sie immer für ihre Bräute in den fremden Häfen.«

Betsy nickte verschmitzt. »Um sicherzugehen. Genau wie ich gesagt habe. Ein Geschenk für einen Schatz. Ein wertloses Schmuckstück für die Gelegenheit, sich mit einer Frau zu vergnügen.« Sie seufzte. »Mach dir nichts draus, Liebes. Zieh keine Schnute. Dein Lord Jamie liebt dich. Kommst du noch einmal hierher, um dich umzuziehen, bevor du Mr. Crown kennenlernst?«

»Ja.« Prudence wies auf ihre schäbige Kleidung. »So jemanden würde er nie einstellen.«

»Dann komm vor sieben. Wahrscheinlich ist heute abend mein lüsterner Anwalt da.«

Prudence verzog das Gesicht. »Muß ich dann im Flur schlafen?« Der Durchgang zu der winzigen Dachkammer war eng und dunkel und roch übel. Sie haßte es, wenn Betsy die ganze Nacht über einen Kunden bei sich hatte.

»Nein! Der Mann ist ein stillgelegtes Schiff. Voll unter Segeln, aber mit viel zu wenig Wind, um sie zu blähen. Höchstens eine Stunde.« Betsy griff in ihren Ausschnitt und zog eine Sixpence-Münze hervor. »Das ist für dich. Taschengeld. Kauf dir eine Fleischpastete, bevor du nach Hause gehst.«

Prudence steckte die Münze ein und umarmte Betsy stürmisch. »Was würde ich nur ohne dich machen?«

Sie stiegen die Treppe ihres Hauses herunter und traten auf die Shoe Lane. Hier lagen die Wohnungen der Gerichtsdiener, und hier wurden auch die Schuldgefangenen untergebracht, bis sie in ein größeres Gefängnis überführt werden konnten. Es war eine gefährliche Straße, mit zahlreichen heruntergekommenen Schenken und Läden. Sie eilten zur Ecke, überquerten Fleet Market – wo sie kurz anhielten, damit Prudence ihre Bänder kaufen konnte – und trennten sich dann an der Ecke von Old Bailey Road. Betsy wandte sich nach Norden zur Newgate Street und Cheapside, wo sich immer junge Kerle herumtrieben, während Prudence in Richtung Themse ging.

Die Schönheit des Augustmorgens wurde von den üblen Gerüchen des Hafens beinahe überdeckt. Sogar um diese Uhrzeit waberten Tabakschwaden aus den Schenken und zogen um die Bierkrüge, die zum Anpreisen der Ware von den Dachkanten hingen. Fischgestank wehte um jede Ecke der schmalen gepflasterten Straßen, wo die Fischhändler den Tagesfang feilboten. Tote Hunde und Ratten lagen verwesend in den Abflußrinnen, gelegentlich angefressen von einem stinkenden Schwein. Vor einem Pastetenladen konnte man kurz Luft schöpfen, es roch nach frischem Brot und gutem englischem Roastbeef. Prudence hob ihre Röcke, um über eine kleine Pfütze zu steigen, in die die Wurstmacher ihre übelriechenden Abfälle geworfen hatten, und rümpfte voller Abscheu die Nase. Die Stadt war nichts für sie, so voll und schmutzig, wie sie sich darbot.

Sie blickte an St. Paul's hoch, als sie dort vorbeikam. Sogar die Schönheit dieser prächtigen Kirche wurde durch das Gewühl verdeckt, und Vorübergehende konnten sie nicht in ihrer ganzen Pracht bewundern. Sie seufzte. Papa hätte sie sicher gerne gesehen, vor allem ihr prächtiges Inneres. Sie seufzte erneut. Sie war erst einmal, seit sie in London war, in der Kirche gewesen, und hatte sich an einem dunklen, verregneten Nachmittag hineingeschlichen. Wie eine Sünderin, die es nicht wert war, zu ihrem Schöpfer zu beten, nach allem, was sie getan hatte.

Sie eilte am Zollhaus vorbei, erreichte die Towertreppe

und stieg zum Kai hinunter. Die Wärme des Tages machte sie benommen, und da sie ihre Brüste so fest geschnürt hatte, war sie ganz atemlos von dem langen Marsch.

Es lagen weniger Schiffe als sonst im Hafenbecken, dem Teil der Themse, der sich von der Towerbrücke bis nach Limehouse an der Biegung des Flusses erstreckte. Ein paar solide Handelsschiffe, deren Masten sich deutlich gegen den klaren Himmel abzeichneten. Ein Flieboot, das Kohle transportierte, einige kleine Küstenschiffe und drei oder vier Kutter, die Material zwischen den Docks hin und her transportierten. Auf dem Kai herrschte reger Betrieb; Seeleute, Wachpersonal und Kaufleute wimmelten herum wie in einem Bienenstock. Es waren jedoch nicht die Leute, die einer alten Frau ein Schmuckstück abkaufen würden. Und die Matrosen, die an den Eingängen der Schenken und Ginläden herumlungerten, schienen interessierter zu sein an den Huren, die sich anboten, als daran, einen Penny für Tabak oder Tee auszugeben. Ihre obszönen Kommentare und unflätigen Rufe erfüllten die Luft.

»He, Puppe, willst du an meinem Boot festmachen?«

»Ich flehe dich an, Hübsche, reff deine Segel und hab ein bißchen Mitleid mit meinen schmerzenden Lenden!«

»Du da, Mädchen! Hol ich mir einen wunden Schwanz, wenn ich bei dir liege?«

Die Grobheit ihrer Ausdrucksweise ließ Prudence erröten. Sie war dankbar, daß die Worte nicht ihr galten, aber es beschämte sie, sie anhören zu müssen. Mit ihren einundzwanzig Jahren hatte sie so etwas nicht gehört, bevor sie nach London gekommen war.

Sie dachte an ihren armen, toten Papa. »Kätzchen«, hätte er gesagt, »du bist nur gegenüber dir selbst verantwortlich. Gott zeigt uns viele Wege, aber wir selbst müssen die Wahl treffen.« Aber hätte sie denn anders wählen können?

In der Nähe der Docks entstand heftiger Tumult. Prudence sah, wie die schlampige Proviantboot-Frau, die sie kannte, wild gestikulierend mitten auf ihrem Boot stand.

Ein Dutzend Mädchen, herausgeputzt mit Spitzen, Bändern und Federn, kreischte auf sie ein.

Prudence drängte sich durch die Menge und rief zu der Frau hinunter: »Was ist los, Grace?«

Die rotgesichtige Frau schnaufte verärgert und schob sich eine fettige Haarsträhne aus der Stirn. »In Deptford ist eine ganze Flotte von Fregatten fertig zum Ablegen. Ich hab' diesen Gören gesagt, daß ich sie für einen Tuppence pro Person mitnehmen kann. Aber 's ist nur Platz für zwei von denen, wenn ich nicht mein Gemüse hierlassen will.« Sie wies auf die Körbe mit frischen Waren, die auf dem Boden ihres winzigen Bootes standen. »Ich verdien' doch nichts mehr, wenn ich die Sachen hierlasse. Aber wie soll ich denn zwei von den angemalten Schlampen raussuchen? Eine ist doch wie die andere!«

Eine Schiffsflotte! Eine ganze Flotte mit Seeleuten Seiner Majestät, die Kerzen, Seife und Tabak für die lange Reise brauchten. Prudence könnte alles verkaufen, was sie im Korb hatte! Sie nahm ihren ganzen Mut zusammen, griff in ihre Tasche und zog Betsys Sixpence-Stück heraus. Sie hielt Grace die Silbermünze hin. »Hier hast du 'nen Sixpence, wenn du mich mitnimmst.«

Grace grinste und schnappte sich das Geldstück. »Gemacht!« Während die Huren sich lauthals beschwerten, half die Proviantboot-Frau Prudence in ihr Boot. Dann setzte sie sich zwischen zwei Käfige mit lebenden Hühnern und griff nach den Rudern.

Deptford lag ein paar Meilen stromaufwärts, ein kleiner Ort, der beherrscht wurde von der Königlichen Marinewerft, Lagerhäusern des Militärs, einer Marinekaserne und einigen Büros der Admiralität. Im Hafen lagen ein Dutzend Fregatten, groß, stolz und frisch angestrichen. Helle Flaggen und Wimpel hingen von ihren Masten, und auf den Decks wimmelte es von geschäftigen Matrosen, die letzte Vorbereitungen für die Reise trafen. Große Davits schwangen über offenen Luken und luden Waren ein.

Während die Proviantboot-Frau in ihrem kleinen Kahn

blieb und ihre Waren durch die offenen Bullaugen und Geschützluken einer kleineren Fregatte verkaufte, wurde Prudence von einer Gruppe johlender Teerjacken, die alle begierig auf die Waren der ›alten Madame‹ waren, auf das Hauptdeck gezogen. Das Deck war voller Männer und ihren in Tränen aufgelösten Frauen, schamlosen Huren, Händler aller Art, steifer Offiziere, Marinesoldaten in weißen Uniformen und Matrosen in verschiedenen Stadien der Aufregung oder des Entsetzens. Die See konnte viele Abenteuer bieten, aber da die Franzosen die Briten nun in den Kolonien herausforderten, wie Prudence gehört hatte, konnte es auch für viele Männer die letzte Reise sein, und das wußten sie.

Prudence bot rasch ihre Waren feil, und in weniger als einer Stunde war ihr Korb leer, ihre Tasche dagegen mit Münzen gefüllt. Sie spähte über die Reling. Grace hatte noch eine halbe Bootsladung zu verkaufen und war zu einem anderen Schiff gerudert. Es konnte noch Stunden dauern, bevor sie bereit war, zur Stadt zurückzurudern. Prudence lehnte sich an die Reling. Die Hitze, die vielen Menschen und ihr fest geschnürter Oberkörper verursachten ihr Übelkeit. Vielleicht fand sie weiter vorn ein wenig Kühle und Stille.

Sie bahnte sich einen Weg durch die Menge zum Vordeck, wobei sie den Rettungsbooten auswich, die voll mit Geflügelkäfigen waren, und um die Kanonen herumging, die auf dem offenen Deck standen. Auch den Seeleuten, die die letzten Vorräte verstauten, wich sie aus. Über dem Getöse auf dem Deck ertönte auf einmal ein Schrei. Sie drehte sich hastig um und sah den Ladearm eines großen Krans auf sich zuschwingen. Obwohl sie sich sofort duckte, war es zu spät; die Kiste krachte an ihren Kopf, daß ihr Hören und Sehen verging. Sie griff sich an die Stirn und sank zu Boden. Blut tröpfelte unter ihrer Perücke hervor.

»Großmutter, seid ihr verletzt?« Ein sonnenverbrannter junger Matrose beugte sich besorgt über sie. Er streckte seine Hand aus, um ihr über das Gesicht zu streichen.

Sie wich ihm aus und stand schwankend auf. Einen Zipfel ihrer Schürze an die Wunde pressend, schüttelte sie den Kopf. »Nein, nein.« Sie mußte verhindern, daß er sie genauer betrachtete. »Ich will mich unten nur ein bißchen ausruhen.«

Zitternd und schwankend taumelte sie zum Vordeck, wo es fast genauso voll war wie auf dem Außendeck, nur daß sich hier die Seeleute vor ihrer langen, erzwungenen Keuschheit der Dienste der Huren bedienten. Der Anblick der stöhnenden Paare drehte Prudence den Magen um. Immer noch benommen wandte sie sich der Treppe zu, die den Niedergang hinabführte. Vielleicht auf dem unteren Deck …

Schon verfehlte sie eine Stufe und stürzte kopfüber die Treppe hinunter, wobei die Holzplanken ihren Körper zerschrammten.

Der Sturz schien unendlich, wie ein langer, quälender Fall in einen dunklen Tunnel. Sie konnte ihn nicht aufhalten und schlug schwer auf.

Als sie den Kopf hob, sah sie, daß sie auf dem unteren Kanonendeck lag, das fast leer war. Ihr war schlecht und schwindlig, und sie blinzelte verzweifelt, um ihren Kopf wieder klar zu bekommen. Die Luft war so stickig, sie konnte kaum atmen …

Durch eine der offenen Geschützluken drang ein Sonnenstrahl. *Luft!* dachte sie. Wenn sie nur an die frische Luft käme … Unter Schmerzen schob sie sich über die rauhen Holzplanken bis zu einer der Kanonen, die vor einer Luke stand. Sie klammerte sich mit blutigen Händen daran fest und versuchte sich hochzuziehen. Um sie herum drehte sich alles. Es rauschte in ihrem Kopf, und ihr Körper war plötzlich mit einer eisigen Schweißschicht überzogen. Seufzend sank sie nach vorne.

Das kalte Metall der Kanone schlug gegen ihren Schädel, als sie fiel. Und dann spürte sie nichts mehr.

2

»Gottverdammt, Sir, ich habe in meinem Leben noch kein so verheultes Gesicht gesehen«, schalt Doktor Ross Manning den jungen Lieutenant und schloß den Riß im Skrotum des Mannes mit letzten Stichen. Er bewunderte die saubere Naht. Gute Arbeit, mußte er sich selbst eingestehen. Selbst die nörglerischen Prüfer in der Barber-Surgeon's Hall hätten daran nichts aussetzen können.

Lieutenant Elliot schniefte und wischte sich mit dem Ärmel über seine tropfende Nase. »Ein Mann hat ein Recht auf Tränen, wenn es weh tut«, sagte er schmollend.

Ross bedachte Elliot mit einem kalten Blick. »Ein Mann hat überhaupt kein Recht auf Tränen. Niemals. Jedenfalls nicht, wenn er ein Mann ist.« Noch nicht einmal, wenn seine geliebte Martha …

Er biß die Zähne zusammen und verhärtete sein Herz gegen den Schmerz. Es hatte keinen Sinn, der Vergangenheit nachzutrauern.

Er sah zu, wie Elliot sich mühsam vom Operationstisch erhob und seine blutige Hose hochzog. »Seien Sie nächstes Mal ein bißchen vorsichtiger, wenn Sie den Matrosen den Gebrauch eines Entermessers erklären«, sagte er. »Und baden Sie Ihre Wunde. Salzwasser brennt zwar wie der Teufel, aber der Schnitt heilt dann schneller. In einer Woche kann ich die Fäden ziehen, und in zwei oder drei Wochen können Sie wieder ohne Schmerzen herumlaufen.«

Elliot räusperte sich verlegen: »Und was ist mit …«, murmelte er schließlich.

»Bis wir in Williamsburg sind, sollten Sie wieder in der Lage sein, sich mit jeder Nutte zu vergnügen. Wenn es Ihnen darauf ankommt«, fügte er verächtlich hinzu.

Elliot sah ihn entsetzt an. »Ich habe eine Frau, Sir!«

Ross zuckte mit den Schultern. »Um so besser für Sie. Und jetzt gehen Sie, ich habe noch etwas anderes zu tun.«

Er sah Elliot nach, wie er vorsichtig aus dem Raum tappte, dann leerte er das Becken mit dem blutigen Wasser in den Schmutzwassereimer, den sein Gehilfe später ausschütten sollte, legte sorgfältig seine Instrumente weg und reinigte den Tisch. Der Junge hatte während der Operation vor Angst sogar gepinkelt. Was würde er denn in einer Schlacht tun, wenn man ihm das Bein abnehmen müßte?

Ross ließ den Blick über seine nähere Umgebung wandern, in der er sich den nächsten Monat aufhalten würde. Wie bei den meisten Kriegsschiffen war der Verbandsraum, in dem die Ärzte operierten, achtern im Zwischendeck untergebracht, direkt hinter dem unteren Kanonendeck. Er enthielt den Operationstisch, einen großen Medizinschrank – der nach Ross' Anweisungen gut bestückt war mit Pulvern, Salben, Messern und Sägen – und einen langen Tisch mit Regalen, der am hier durchlaufenden Besanmast befestigt war. An den Balken auf beiden Seiten hatte man Segeltuchvorhänge angebracht, die die Zugluft abhielten und den Verbandsraum von den Quartieren der Lieutenants und des Proviantmeisters abtrennten. An einer Wand lehnten zwei eingerollte Hängematten; dort schliefen nachts die Gehilfen von Ross.

Er ging durch den Niedergang zu seiner eigenen Kajüte. Sie war weitaus geräumiger als die Kajüte auf seinem vorigen Schiff, und er hatte sie genau nach seinem Geschmack eingerichtet – eine große Koje mit hölzernen Seitenfächern, einen bequemen Lehnsessel, eine breite Bank, seine Seekiste, einen Vorratsschrank und einen Schreibtisch, der groß genug war, daß er seine Bücher dort aufstapeln und sein Essen einnehmen konnte – und immer noch genug Platz hatte, um seine Zeichenhefte dort auszubreiten. Von den Balken hingen mehrere Laternen herunter; auf dieser Schiffsebene unter der Wasserlinie war die Kajüte ständig dunkel.

Er ging zu seiner Seekiste, zog seine weiße Perücke vom Kopf und legte sie sorgfältig zusammen. Jetzt, wo sie ausgelaufen waren, brauchte er sie nur noch in der Offiziersmesse, es sei denn, dieser Kapitän war strenger und förmlicher als die meisten anderen. Er war gespannt auf den Mann; der Steward hatte ihm gesagt, daß Kapitän Hackett ein außergewöhnlich gutaussehender Mann sei.

Ross griff nach einem schmalen Seidentuch und band sich die hellbraunen Haare zusammen. Sie hatten eine unbestimmte Farbe – wie nasser Sand am Strand, hatte Martha ihn immer geneckt. Irgendwie hatte ihn das gestört; er mochte das Gefühl nicht, daß etwas an seiner Person in ihren Augen nicht vollkommen war.

Umständlich rollte er seine Hemdsärmel herunter und zog seine Uniformjacke an, da er das Schiff inspizieren und sich vergewissern wollte, welche Seeleute eventuell krank waren.

Es klopfte leise an der Tür. Nach seinem »Herein!« trat ein blasser Lieutenant, fast noch ein Junge, in seine Kajüte und hob kurz die Hand an die Mütze.

»Ich bitte um Entschuldigung, Mr. Manning, aber Kapitän Hackett bittet Sie, in seine Unterkunft zu kommen.«

»Danke.« Er musterte prüfend das blasse Gesicht. »Sehen Sie zu, daß Sie ein bißchen Farbe bekommen, solange wir noch in nördlichen Breiten sind, mein Junge, sonst leuchten Sie wie eine Fackel, wenn wir bei den Azoren in der Sonne braten.«

Er machte sich auf den Weg zu der Kapitänskajüte. Die helle Sonne schien durch die Grätings über dem Achterdeck und zeigte ihm, daß es immer noch Nachmittag war. Es wehte ein frischer Wind, stellte er fest, als er auf das Achterdeck trat und sich über die Reling beugte. Sie kamen gut voran. Der Hafen von Sheerness war schon nur noch weit achtern hinter dem Schiff zu sehen. Der Himmel begann sich zu bewölken; es sah nach Regen aus, aber nicht nach einem schweren Sturm. Er überquerte das Achterdeck, klopfte an die Tür der Kapitänskajüte und wurde von einem Diener eingelassen.

Der Steward hatte recht gehabt. Kapitän Sir Joseph Hackett war ein außergewöhnlich gutaussehender Mann. Ross war fasziniert von seinen feingeschnittenen Zügen: ein festes, eckiges Kinn, eine perfekt geformte, gerade Nase, glitzernde schwarze Augen, überschattet von geschwungenen schwarzen Augenbrauen. Obwohl er bereits ungefähr fünfunddreißig sein mußte, war seine tiefgebräunte Haut glatt, faltenlos und kaum vom Wetter gegerbt. Er hatte seine gepuderte Perücke abgelegt und seine glänzenden schwarzen Haare im Nacken mit einem breiten schwarzen Seidenband zusammengebunden. An den Seiten waren die Haare sorgfältig gelockt und pomadisiert. Seine Uniform war teuer, offensichtlich von einem hervorragenden Schneider angefertigt, und betonte seinen drahtigen, doch äußerst männlichen Körper. Seine Fingernägel waren manikürt und sorgfältig geschnitten.

Ross blickte sich in der weitläufigen Kajüte um. Die teuren Möbel schienen eigens ausgesucht, um dem eleganten Bewohner zu schmeicheln. Die polierte Wandtäfelung, die Möbel aus Mahagoni und die scharlachroten Plüschsessel bildeten den perfekten Hintergrund für die dunkelhaarige Erscheinung des Mannes. Ross unterdrückte ein zynisches Lächeln. Es mangelte Hackett zwar nicht an Schönheit, aber ganz gewiß mangelte es ihm auch nicht an Eitelkeit: verschiedene goldgerahmte Spiegel hingen an den Wänden, neben ein paar Gemälden und einem geschwungenen Wappenschild.

Ohne sich aus seinem Sessel zu erheben, erwiderte Hackett den Gruß von Ross mit einem Nicken. »Doktor Manning, ich nehme an, Sie haben sich schon eingerichtet?«

»Ja, Sir.«

»Haben Sie die anderen Offiziere bereits kennengelernt?«

»Die meisten von ihnen, Sir.«

»Ist die Unterbringung nach Ihrem Geschmack?« Als Ross dies bejahte, verzog sich Hacketts Gesicht zu einem befriedigten Lächeln. »Ich wette, es gefällt Ihnen besser als auf Ihrem vorherigen Schiff. Man sagte mir, Sie hätten ein Jahr lang auf der *Thunder* Dienst getan.« Sein wohlgeformter Mund verzog sich spöttisch. »In jeder Beziehung ein viertklassiges Schiff. Mit einem Dummkopf als Kapitän.«

Ross ballte die Fäuste. Nicht nur ein eitler Mann, sondern auch noch ein Angeber. »Ich habe zehn Monate lang Dienst getan, Sir«, erwiderte er steif, wobei er sich zwang, daran zu denken, daß er seinen Vorgesetzten vor sich hatte. »Und was die *Thunder* angeht, so fand ich den Kapitän und die Mannschaft als Kameraden äußerst angenehm.«

»Wirklich? So habe ich das eigentlich nicht gehört. Doktor Kaltherz. Hat man Sie hinter vorgehaltener Hand nicht so genannt?«

Ross war das Getuschel zwar auch schon zu Ohren gekommen, er hatte es aber ignoriert. Was bedeutete es schon? Daß allerdings Hackett es ihm ins Gesicht sagte ... »Es ist nicht meine Aufgabe, die Zuneigung der Seeleute zu erlangen«, entgegnete er mit zusammengebissenen Zähnen. »Ich bin dazu da, die Kranken und Verwundeten zu versorgen.«

Hackett zupfte manieriert an seiner gerüschten Manschette. »Eine stolze Antwort. Hoffentlich stoßen Ihr Stolz und meiner auf dieser Reise nicht zusammen. Ich bin ein toleranter Mann, wie es meiner Herkunft und Erziehung geziemt. Aber ich verlange auch Respekt. Eigentlich bin ich reich genug, um meine Tage müßig auf meinem Landbesitz zu verbringen. Statt dessen jedoch habe ich es vorgezogen, meinem König, Seiner Majestät George II., zu dienen. Sie hingegen ...« Er wedelte mit der Hand. »Ohne Besitz oder Titel, was bleibt einem gebildeten Mann da schon anderes übrig, als sich der Medizin oder dem Recht zu widmen, um seinen Lebensunterhalt zu verdienen.«

Ross atmete tief durch. Er hatte das Gefühl, eisige Luft ströme in seine Lungen. »Haben Sie einen Grund, mich so zurechtzuweisen, Kapitän Hackett?« Sorgfältig wählte er seine Worte.

Hackett lehnte sich in seinem Sessel zurück und legte die Finger zusammen. »In der Tat, den habe ich. Der Schiffsprofos sagt mir, daß Sie den gepreßten Seeleuten im Vorschiff bereits die Handschellen abgenommen haben. Noch vor dem Ablegen!«

»Das ist richtig.«

»Wußten Sie, daß Sie damit den Befehlen des diensthabenden Offiziers zuwiderhandelten?«

Hielt er Ross für einen Idioten? »Beim Bart des Äskulap, natürlich wußte ich das. Die Männer waren schrecklich zusammengeschlagen worden, und ich wollte ihre Verletzungen versorgen.«

»Verdammt, Sir, Sie hatten nicht das Recht dazu.«

»Ich habe mit dem diensthabenden Offizier gesprochen und ihm erklärt, was für die Männer notwendig wäre. Er aber zog es vor, starrköpfig zu bleiben.«

Hacketts Augen schossen Blitze. »Und deshalb haben Sie gegen seinen Befehl gehandelt? Auf einem Militärschiff?«

Ross fühlte, wie Ärger in ihm aufstieg. Sollte hier sein Urteilsvermögen als Arzt in Frage gestellt werden? »Was die Gesundheit und Sicherheit auf diesem Schiff anbelangt, so gehe ich davon aus, daß meine Befehle Vorrang haben. Jedenfalls vor den Launen eines grünen Jungen.«

Hackett sprang wütend auf und musterte Ross von oben bis unten. »Bei Gott, Sir, wollen Sie sich über mich lustig machen? Wenn Sie in Gegenwart der anderen so mit mir reden, werde ich Sie auspeitschen lassen! Arzt oder nicht.«

Ross wich nicht von der Stelle und erwiderte Hacketts Blick kalt. »Ich habe nicht die Absicht, mich Ihnen zu widersetzen, Kapitän, aber je eher Sie mich meine Arbeit so tun lassen, wie es mir paßt, desto eher werden Sie eine gesunde Mannschaft haben, die in der Schlacht ihren Mann steht.«

Minutenlang starrten sie sich unbeweglich an. Ein Arzt war lebenswichtig für ein Kriegsschiff, und das wußten sie beide. Schließlich flackerte Hacketts durchbohrender Blick, er wandte sich ab und straffte die Schultern. »In Gesundheitsfragen werde ich Ihrem Urteil vertrauen, Manning. Aber ich erwarte dafür wesentlich weniger Respektlosigkeit. Selbst Ärzte können eingesperrt werden.«

Ross verneigte sich auf eine Art, die ebensoviel Spott

wie Ehrerbietung ausdrückte. Dieser Punkt war an ihn gegangen, der Kapitän schien jedoch nicht willens, das zuzugeben. »Ist das alles, Sir?«

Hackett verweilte einen Moment lang vor einem Spiegel, um seine Wut niederzukämpfen. Dann drehte er sich um und entspannte sein Gesicht zu einem väterlichen Lächeln. »Es wird eine lange Reise werden, Manning. Wir sollten sie als Freunde, oder sogar als Gleichgestellte beginnen.« Er wies auf einen Sessel und griff nach einer kleinen Glocke auf seinem Schreibtisch. »Setzen Sie sich. Ich lasse uns Madeira bringen.«

Da der Mann sich bemühte, höflich zu sein, erwiderte Ross in versöhnlichem Tonfall: »Ich bin überzeugt davon, daß die Reise ohne Zwischenfälle verlaufen wird.« Er setzte sich und nahm ein Glas mit Madeira, als dieser serviert wurde.

Hackett nippte mit einstudierter Lässigkeit an seinem Glas – den Kopf zur Seite geneigt und eine Hand auf seinem Säbelgriff, als ob er für ein Porträt posierte. »Sie werden sehen, daß die *Chichester* ein gutes Schiff ist. Die Männer haben gelernt, mir nicht zu widersprechen. Und dafür mußte ich sie manchmal hart herannehmen. Bald könnte es zu einem neuen Krieg mit Frankreich kommen. Vor der Küste der Kolonien hat es bereits Scharmützel gegeben, und auch schon offene Kämpfe, an der Grenze zwischen Französisch Kanada und Nova Scotia. Wir haben ungefähr hundert Marinesoldaten an Bord, die wir allerdings nicht in einer Seeschlacht verlieren dürfen. Sie sollen die Truppen ersetzen, die von Virginia aus nach Norden geschickt wurden. Trotzdem könnten wir in Kampfhandlungen verwickelt werden, bevor wir die Kolonien erreichen.«

»Verzeihen Sie, Sir, ich bin kein Novize. Ich habe auch auf der *Thunder* Schlachten erlebt. Und meine Gehilfen scheinen erfahren zu sein. Wir haben gestern abend an Land über ihre Pflichten gesprochen.«

Hackett schnalzte mit der Zunge. »Was für eine Vergeudung des Abends!« Plötzlich grinste er – das lüsterne

Lächeln eines Satyrs. »*Meinen* letzten Abend habe ich in der Gesellschaft einiger charmanter Geschöpfe verbracht. Eine von ihnen stand vollkommen nackt auf einem Tisch und tanzte und tanzte …« Bei der Erinnerung fuhr er sich mit der Zunge über die Lippen. »Du meine Güte, ich wußte bisher nicht, daß der weibliche Körper solcher Verrenkungen fähig ist. Und währenddessen haben die anderen Dirnen mich davon abgehalten, meine Gedanken zu weit von den lebenswichtigen Körperteilen des Mannes abschweifen zu lassen, die ständiger Ermunterung bedürfen.«

»Ich zweifle nicht dran, daß es ein höchst amüsanter Abend war.« Ross bemühte sich, jeden abschätzigen Ton zu unterdrücken.

»Hoffentlich ohne böse Folgen. Ich habe seit Jahren schon keinen Tripper mehr gehabt. Schließlich kann ich mir ein elegantes, sauberes Etablissement für fünfzig Guineen die Nacht leisten. Aber Sie haben vermutlich auch Heilmittel für die Lustseuche an Bord, falls es nötig sein sollte.«

»Natürlich. Sie sollten sich aber trotzdem schützen, wenn Sie die Huren von London besuchen.«

Hackett errötete vor Erregung. Es war deutlich zu sehen, daß seine Vorliebe für Frauen beinahe so groß war wie seine Selbstliebe. »Ach, es ist eben ein Abenteuer. Da gibt's ein Etablissement in der Half Moon Street …« Er durchquerte die Kajüte und holte einen kleinen, ledergebundenen Band aus seiner Kommode. »Die gute Madame dieses Hauses verfügt über einen Strauß von Schönheiten! Und über jede von ihnen konnte ich in jeder beliebigen Position verfügen.« Er schlug das Buch auf und blätterte vor Ross die Seiten durch. Dutzende von nackten Paaren beim Liebesspiel waren dort abgebildet.

Ross mußte seinen Abscheu mittlerweile mit Macht unterdrücken. »Wie interessant«, bemerkte er.

Hackett lachte und wies auf eine besonders lüsterne Abbildung. »Reizt das nicht Ihre Lenden, Mann?«

Nicht im geringsten, dachte Ross angeekelt. Er blickte

den Kapitän kalt an. »Ich bin kaum an Frauen interessiert.« Gott *wußte*, daß das so war.

Hackett zuckte mit den Schultern. »Jeder nach seinem Geschmack. Hier an Bord sind genügend Lustknaben. Hübsche junge Burschen von elf oder zwölf Jahren. Ich bin sicher, Sie werden jemanden finden, der Ihnen zusagt. Für einen oder zwei Schilling.«

Ross erhob sich. Wenn er jetzt nicht ging, würde er sich nicht mehr beherrschen können. »Ich bitte, mich zurückziehen zu dürfen, Sir, ich habe Pflichten«, sagte er gepreßt.

»Erlauben Sie, Sir.« Hacketts Diener stand in einer Seitentür der Kabine und verbeugte sich ehrerbietig. »Draußen ist ein Matrose, der eine Nachricht für Sie hat.«

»Schicken Sie ihn herein.«

Der Mann, der in der Tür erschien und seine glänzende, geteerte Mütze verlegen in den Händen drehte, war so häßlich, wie der Kapitän schön war. Sein Kopf, der auf einem mächtigen Hals saß, war viel zu groß für seinen Brustkorb, und seine kurzen, krummen Beine erweckten den Eindruck, er bewege sich im Hocken. Er hatte eine rote Knollennase mit zahlreichen Ausbuchtungen, und seine kleinen Augen standen viel zu eng zusammen. Die fleischigen Lippen hingen an einer Seite herunter, und sein wettergegerbtes Gesicht war pockennarbig. Schwarze Haare, die er im Nacken mit einem Lederband zusammengebunden hatte, bedeckten strähnig und dünn den Schädel.

Er grüßte eifrig. »Erlauben Sie, Kapitän, der Erste Offizier läßt Ihnen mitteilen, daß wir in ungefähr einer Stunde nach seiner Schätzung Margate erreichen. Und er läßt fragen, ob der Kapitän noch eine Botschaft nach London schicken möchte. Das ist unsere letzte Landberührung, Sir, bevor wir den Kanal verlassen.«

»Glaubst du, ich kenne mich in diesen Gewässern nicht aus, du Dummkopf?« grollte Hackett.

Der Seemann schüttelte heftig den Kopf. »O nein, Sir. Ich nicht, Sir. Ich bin ein guter, aufrichtiger Seemann und höflich zu meinen Vorgesetzten. Das bin ich, Sir. Das bin ich gewiß, Sir.«

»Halt deinen geschwätzigen Mund, Kerl! Bist du neu auf diesem Schiff?«

»Aye, Sir.« Ein erschrecktes Flüstern.

»Wie nennt man dich?« fragte Hackett so abfällig, als ob der Besitz eines Namens außerhalb der Möglichkeiten dieser verunstalteten Kreatur läge.

»Wedge, Sir. Tobias Wedge.«

»Was ist dein Rang?«

»Kanonier, bitte sehr, Sir.«

»Weißt du, wie ich unverschämte Hunde behandle, die meine Intelligenz anzweifeln?«

Wedge zitterte jetzt. »Aye, Sir. Das weiß ich, Sir. In der Back wurde darüber geredet. Und ich habe die Striemen bei meinem Kameraden Gawky gesehen, die von der letzten Reise stammen.«

»Dann sei gewarnt, Wedge. Sag Lieutenant St. John, daß er volle Fahrt voraus halten soll. Ich habe keine Botschaften. Und sag ihm weiter, daß er dich nie wieder mir schicken soll. Nie mehr! Verstehst du?«

»Aye, Sir, das w... werde ich«, stammelte Wedge, salutierte und zog sich zurück.

Hackett trank seinen letzten Schluck Madeira und schüttelte sich. »Ich kann Häßlichkeit einfach nicht ertragen. Da dreht sich mir der Magen um.«

Ross entgegnete: »Der Mann kann wohl kaum für einen Unfall der Natur verantwortlich gemacht werden.«

»Der Hund tut gut daran, mir nicht mehr unter die Augen zu kommen.« Hackett erhob sich. »Nun, Mr. Manning, wenn Sie mich jetzt entschuldigen wollen ...«

»Sir.« Ross verbeugte sich und ging zur Tür. Wenn dieses Gespräch mit Hackett exemplarisch war, würde es keine erfreuliche Reise werden.

»Noch einen Augenblick, Doktor. Heute abend essen alle Offiziere bei mir. Das ist eine Angewohnheit von mir. Adel verpflichtet. Den ersten Abend auf See, und danach einmal die Woche. Ich erwarte natürlich, daß Sie anwesend sind. Kommen Sie Schlag acht Glasen hier in die große Kajüte. Ich schätze es nicht, wenn sich jemand verspätet.«

»Wie Sie wünschen, Sir.«

Ross ging auf Deck und sog tief die frische Seeluft ein, als könne er seinen Körper dadurch von der üblen Ausstrahlung Hacketts reinigen. Der Mann war böse und eitel, prunkte mit seinem Titel, seinem Rang und seinem Reichtum. Die meisten Kapitäne hielten nichts davon, ihre Offiziere bei Tisch um sich zu haben. Vielleicht ein- oder zweimal während der Reise ein paar der älteren Offiziere, aber nicht alle. Und auch ganz bestimmt nicht einmal in der Woche. Und was Hacketts ekelhafte Beschäftigung mit Frauen anging …

Ross stieg auf das Hauptdeck hinunter. Finstere Gedanken gingen ihm durch den Kopf. Wie unvollkommen die Menschheit war. Wie sinnlos es war, gegen Grausamkeit und das Böse anzukämpfen, wenn es doch immer wieder eine andere böse oder dumme Kreatur gab, die den Platz der vorigen einnahm.

Nickend gab er sich recht. Er hatte eine gute Entscheidung getroffen. Und Hackett hatte ihre Richtigkeit nur bestätigt. Sobald er mit anderen Menschen zusammen war, überfielen ihn düstere Gedanken. Er hatte geglaubt, es würde ihm helfen, daß er sich im letzten Jahr nur mit der Medizin beschäftigt hatte; daß die Sorge für andere seine Tage erfüllen und seine Alpträume zu Verschwinden bringen würde. Aber es hatte nicht geholfen. Auch während er versorgte, zusammennähte und heilte, war er sich der angsterregenden Gleichgültigkeit gegenüber seinen Patienten bewußt geworden. Gott schütze ihn, es war ihm herzlich gleichgültig gewesen, ob sie am Leben blieben oder starben, ob es ihnen besser ging oder ob sie Schmerzen litten. Er hatte sie so gut behandelt, wie er konnte, und er war stolz darauf, ein guter Arzt zu sein. Aber er konnte sie einfach nicht als menschliche Wesen ansehen.

Und dann diese Greuel in den Schlachten. Gab es etwas Unmenschlicheres? Die Streitigkeiten mit den Franzosen letztes Jahr in der Nähe von Westindien ... Er hatte soviel Arme, Beine und Hände über Bord geworfen, daß er ein ganzes Rudel von Haien damit hätte füttern können. Wie leid er es war, den Tod in jedem Gesicht zu sehen, ganz gleich, wie stark der Mann sich fühlte. Leid, dauernd die Gewißheit zu haben, daß das Leben kurz und die Lust vergänglich war. Was bedeutete schon die Armseligkeit eines menschlichen Lebens gegenüber der Unvermeidbarkeit des Todes?

Ja, er hatte die richtige Wahl getroffen. Sein Entschluß stand fest. Sein Vertrag als Arzt galt nur für dieses Jahr. Und trotz der ständigen Störmanöver der Franzosen gab es noch keinen Krieg mit England. Er würde in den Kolonien seinen Abschied nehmen, die Zivilisation verlassen, sich in der Wildnis von Virginia ansiedeln und dort seine Tage beschließen. Gottlob besaß er immer noch einen Rest vom Erbe seiner Mutter – genug, um in der Wildnis zu überleben. Vielleicht würde er dort endlich Frieden finden. Er könnte den wenigen süßen Erinnerungen an Martha nachhängen und die Qual und die Bitterkeit, die wie eine Krebsgeschwulst an ihm fraßen, vergessen. *O Gott,* dachte er und rieb sich mit den Händen über die Augen, *laß mich in der Einsamkeit Frieden finden.*

Oder ein Fläschchen Gift, um meine Tage zu beenden.

3

Der Nachmittagshimmel war trüb und bedrohlich geworden; die Wolken hatten jetzt die Farbe von Stahl angenommen. Ein schlechter Anfang für die Reise. Das Gespräch mit Kapitän Hackett nagte noch an ihm, als Ross über den Niedergang zum Vorderdeck herunterstieg.

Auf der Treppe war es dämmerig, und das Licht wurde immer schwächer, je weiter er sich von der offenen Gräting oben entfernte. Er überlegte, ob er die Laternen anzünden sollte, die in den Nischen neben der Treppe angebracht waren, aber dann fiel ihm ein, daß er seine Zunderbüchse in der Kabine gelassen hatte. Plötzlich blieb er stehen, spähte ins Dunkel unter ihm und kniete sich dann hin. Er hatte sich nicht geirrt.

Der rote Stoffetzen, der seine Aufmerksamkeit erregt hatte, stellte sich als Band heraus. Wahrscheinlich hatte es eine der Huren verloren, bevor sie von Bord gegangen waren. Er wollte es gerade aufheben, als etwas anderes seine Aufmerksamkeit erregte. Und noch etwas ... Anscheinend lagen die ganze Treppe herunter Flitterkram und kleine Dinge verstreut – Teereste, eine Kerze, ein Tabakpäckchen. Und als er das untere Geschützdeck erreichte, sah er einen halb zerdrückten Korb, der zwischen den Stapeln der Kanonenkugeln lag.

Dann hörte er ein Geräusch, ein leises Rascheln, das von irgendwoher zwischen den Geschützen kam. Bei Gott! Gab es schon so schnell böses Gerede unter den Unzufriedenen? Angestrengt spähte er durch das dämmrige Licht im Geschützdeck. Trotz der offenen Luken war hier alles grau und düster.

Unter der Kanone, die ihm am nächsten war, entdeckte er ein Bündel Lumpen – das sich bewegte, noch während er es ungläubig anstarrte. Ein Hund oder eine Katze, die von einem Matrosen eingeschmuggelt worden war? Doch was er jetzt hörte, klang eher wie menschliches Stöhnen.

Schnell lief er hin und kniete sich neben das Bündel – nein, eine ausgestreckte Gestalt, anscheinend ein altes Weib, dem grauen Haar nach zu urteilen, das unter ihrer Haube hervorquoll. Wahrscheinlich eine arme alte Hausiererin, die das Pech gehabt hatte, die Treppe herunterzufallen, bevor das Schiff ablegte. Oder vielleicht hatte sie, ihrem Alter nach zu urteilen, auf dem Niedergang einen Schwächeanfall erlitten, hatte ihren Korb fallen lassen und es nur noch geschafft, sich bis hierher zu schleppen.

Da sie möglicherweise schwer verletzt war, drehte er sie vorsichtig um; ihr schmutziges Gesicht war fast völlig mit Blut bedeckt. Er fluchte leise. Es war zu dunkel hier, um sie deutlich sehen zu können, geschweige denn herauszufinden, wo sie verletzt war. Aber wenn sie nach all der Zeit immer noch bewußtlos dalag, mußte ihr Zustand ernst sein.

Er hob die Frau hoch und trug sie die letzten Treppenstufen hinunter zum Verbandsdeck. Seit seinem Dienst auf der *Thunder* hatte er es nicht verlernt, sich an Bord eines Schiffes zu bewegen, und obwohl sie schwer war, schritt er sicher und fest aus. Vorsichtig legte er die Frau auf den Tisch, wobei ihm auffiel, wie dünn sie war, selbst unter den zahlreichen Lumpenschichten. Vielleicht war sie vor Hunger ohnmächtig geworden? Die Hausiererinnen an den Docks hatten oft große Familien zu ernähren. Jeder Penny, den sie bei ihrem eigenen Essen einsparten, bedeutete einen Happen zu essen für die Kinder. Er überlegte, ob er einen seiner Maats in die Kombüse schicken sollte, um heiße Suppe zu holen, änderte dann aber seine Meinung. Dafür würde immer noch genug Zeit sein, wenn er die Ursache für den Zustand der Person entdeckt hatte. In erster Linie war er Arzt.

Schnell füllte er Wasser in eine Schüssel und holte Tücher und Schwämme zum Tisch. Wie ärgerlich – das Licht war immer noch zu schwach, um sie richtig versorgen zu können. Er zündete noch ein paar Laternen an und hängte sie an die Balken, dann wandte er sich wieder seiner Patientin zu und musterte ihren Körper mit geübtem Auge. Ihre Gliedmaßen waren anscheinend nicht verdreht, und außer an ihrem Gesicht, an ihren Händen und am Zipfel ihrer Schürze war auch kein Blut zu sehen. Er hoffte, daß dies bedeutete, daß sie nichts gebrochen hatte – es war eine Qual, Brüche einzurichten, wenn der Patient vor Schmerzen schrie. Vor allem, wenn es eine alte Frau war.

Seltsam, dachte er, als er ihren Puls fühlte, der stark und beständig schlug. Ihre Hände waren zwar mit Blut befleckt, aber sie waren weich, und sie hatte lange Finger. Kein Anzeichen von gichtbedingten Verdickungen. Eine vom Glück begünstigte alte Frau, die offensichtlich nicht unter den Deformierungen des Alters litt. Nun, zuerst einmal mußte er sich jetzt um ihre Verletzungen kümmern. Er würde die Wunde wohl erst finden, wenn er ihr Gesicht gesäubert hatte, also zog er seine Jacke aus, rollte die Ärmel hoch und griff nach einem Schwamm.

Plötzlich begann sie zu keuchen, ihr Gesicht verzog sich vor Anstrengung, Luft zu bekommen; sie atmete mit kleinen, schmerzerfüllten Schreien ein und atmete mit einem hohlen Stöhnen wieder aus. Er ließ den Schwamm fallen und beugte sich über sie. Ihr Kopf mußte warten. Vielleicht hatte sie sich beim Fallen einige Rippen gebrochen und sich damit die Lunge durchstoßen. Offensichtlich hatte sie Schmerzen im Brustkorb und große Schwierigkeiten beim Atmen. Er würde schnell handeln müssen.

Er riß ihr das Schultertuch vom Körper und warf es zu Boden. Sie war sogar noch dünner, als er schon festgestellt hatte; ihr Oberkörper schien vollkommen flach. Hastig griff er nach einer Schere, zerschnitt ihr Spitzenmieder und riß ihr das Kleid bis zur Taille auf. Seltsam, dachte er. Im Gegensatz zu ihrer verlumpten äußeren Erscheinung war ihr Untergewand sauber und schien ganz neu zu sein.

Ihr Keuchen wurde heftiger; sie bekam keine Luft mehr und warf sich hin und her. Er hatte keine Zeit, sich mit der hübschen Unterwäsche der Dame zu befassen. Mit beiden Händen packte er ihr Hemd und riß es in der Mitte auseinander.

»Beim Bart des Äskulap«, murmelte er dann, »was ist denn das für ein Mummenschanz?«

Ein Stoffband war fest um ihren Busen gewickelt, und die Haut, die darüber und darunter sichtbar war, kam ihm weich, rosig und jung vor. Aber das Band hinderte sie am Atmen – er mußte es rasch abwickeln. Wieder griff er nach der Schere und schnitt es durch. Das Band fiel in der Mitte auseinander.

Ihre Brüste waren zwar zusammengepreßt gewesen und hatten rote Druckstellen von dem eng anliegenden

Stoff, aber sie waren trotzdem wunderbar voll und schön, mit kleinen rosigen Nippeln und sinnlichen Rundungen. Er konnte sich gut an eine Zeit erinnern, in der ein solcher Anblick ihn erregt hatte. Aber jetzt …

Sie seufzte erleichtert, entspannte sich und sog gierig die Luft ein. Unbeteiligt betrachtete er sie eine Weile mit prüfendem ärztlichem Blick. Sie schien immer noch benommen zu sein, aber das gleichmäßige Heben und Senken ihres Brustkorbs verriet ihm, daß er durch den Einsatz seiner Schere ihre Atemprobleme behoben hatte. Da war aber immer noch die Sache mit ihrer Kopfverletzung.

»Was versteckst du denn sonst noch, alte Frau?« fragte er spöttisch, obwohl sie sich seiner wohl immer noch nicht bewußt war. Ihre Augen waren immer noch geschlossen.

Er schob eine Hand hinter ihren Nacken, um ihren Kopf anzuheben, und zog ihr die formlose Haube ab. Jetzt konnte er ganz deutlich sehen, daß das graue Haar nur eine Perücke war. Er nahm sie ab und hörte ein scharfes Klicken, als ihr Aufsteckkamm zu Boden fiel. Augenblicklich ergoß sich über seine Hände eine dicke seidige Haarflut. Die Farbe von Blättern im Herbst – ein volles, leuchtendes Rot.

»Ach verdammt«, murmelte er und zuckte zurück. Das Gesicht war wahrscheinlich unter all dem Blut genauso schön wie der Körper und die Haare. Ihn erfüllte glühende Neugier, sie deutlich zu sehen – eine Neugier, die nichts mit Ross Manning als Arzt zu tun hatte. Und welche Augenfarbe, fragte er sich, mochte wohl zu diesen prächtigen Haaren passen?

Er drückte den Schwamm im Wasser aus und strich damit über ihre Stirn. Als sie die kalte Flüssigkeit spürte, schrie sie laut auf und öffnete die Augen.

Sie waren grün, wie er es sich schon gedacht hatte. Sanft und grün. Und voller Schrecken.

Prudence starrte den Mann entsetzt an. Bereits bevor sie die Augen aufgeschlagen hatte, war sie sich schwach bewußt gewesen, daß ihre Brüste unbedeckt waren. Daß sich dann jedoch ein Mann über sie beugte und sein Gesicht so nah an ihrem war ... Sie dachte an die Dinge, die Betsy ihr erzählt hatte. Von Männern und ihrer Lüsternheit. Panik schnürte ihr die Kehle zu. »Was machen Sie da?« Ihre Stimme zitterte.

Er hatte die kältesten blauen Augen, die sie je gesehen hatte. Wie Eiszapfen, hart und glitzernd. »Seien Sie still«, sagte er. »Sie sind verletzt.«

Sie griff nach ihren zerrissenen Kleidern in dem vergeblichen Versuch, ihren Oberkörper zu bedecken. »W... was fällt Ihnen nur ein ...? Wollen Sie einen Vorteil aus der Hilflosigkeit einer Frau ziehen?«

»Allmächtiger Gott! Die Weiber jammern immer nur deswegen. Als ob ein Mann sich mit nichts anderem beschäftigen würde.«

»Womit beschäftigen *Sie* sich denn?«

»Junge Frau, ich bin Arzt«, erwiderte er mit einem müden Seufzen. »Sie sind verletzt, das habe ich Ihnen doch schon gesagt. Erinnern Sie sich, was geschehen ist?«

Sein Tonfall machte sie verlegen. Wie dumm von ihr, so voreilig die falschen Schlüsse zu ziehen. Aber nach Betsys Geschichten ... und dann ihr Unfall ... Sie schloß eine Minute lang die Augen, um gegen die Wogen von Schwindel anzukämpfen, die sie überfluteten. »Ich bin gefallen. Die Treppe. Die Kanonen ...« Kaum konnte sie sich noch erinnern. »Dann war da ein Faß. Es ist mir an den Kopf geschlagen.« Sie berührte die Beule an ihrer Stirn, genau unter dem Haaransatz, und schrie auf.

»Gut.« Er nickte unbeteiligt, als ob ihre Schmerzen ihn unberührt ließen. »Sie haben mir die Mühe erspart, nach der Stelle zu suchen.« Er griff nach einem feuchten Schwamm und wollte über ihre Stirn wischen.

»Warten Sie«, sagte sie. Ihr wurde bewußt, daß die Laterne über ihrem Kopf schwankte, und sie ebenfalls. »Wo sind wir?«

»H.M.S. *Chichester.* Kriegsschiff der königlichen Marine.«

»Sind wir auf See?«

»Natürlich.«

Grundgütiger Himmel! Auf See! »Ich kann nicht hier bleiben!« schrie sie, strampelte sich frei und wollte von dem Tisch herunter, auf dem sie anscheinend lag. Bei jeder Bewegung pochte es in ihrem Kopf. »Ich muß nach London zurück.« Sie versuchte zitternd, sich aufrecht hinzustellen, brach jedoch in seinen Armen zusammen.

Schimpfend legte er sie wieder auf den Tisch; seine Augen erinnerten sie an den frostigen Himmel im Winter. »Schwierige Patienten binde ich am Tisch fest. Wird das bei Ihnen auch nötig sein?«

Entsetzt sah sie ihn an. Festgebunden und hilflos in der Gewalt eines fremden Mannes? »Nein, bitte nicht«, murmelte sie.

»Dann tun Sie, was ich Ihnen sage. Bleiben Sie liegen. Darum, wie Sie nach London zurückkommen, kümmern wir uns später.« Trotz seines rauhen Tons waren seine Hände erstaunlich sanft, als er ihre Haare zurückstrich und den Riß auf der Stirn auswusch.

Neugierig betrachtete sie ihn, während er ihre Wunde versorgte. Abgesehen von seinen eisigen, abweisenden Augen sah er eigentlich gut aus, mußte sie sich eingestehen. Seine hohe Stirn verriet Intelligenz, sein Kinn war ekkig und stark, ohne ausgesprochen hart zu wirken. Seine lange, stolze Nase war nicht ganz symmetrisch, sie hatte einen kleinen Höcker auf dem Rücken, der ihn eher einnehmend verletzlich machte, ohne sein gutes Aussehen zu beeinträchtigen. Die Lippen waren fest und üppig, jetzt allerdings in strenger Konzentration zusammengepreßt. Sie fragte sich, wie er wohl aussehen mochte, wenn er lächelte. *Wenn* er jemals lächelte. Ach, aber diese Augen ...

Sie hielt zwar, während er sie versorgte, die ganze Zeit züchtig die Hände vor der Brust verschränkt, fragte sich jedoch, ob das nötig war. Diese Augen verrieten nicht das geringste Interesse an ihr als Frau. Der Gedanke war zwar beruhigend, aber dennoch fühlte sie einen Stachel verletzten Stolzes. Selbst die Bauernlümmel in Winsley hatten sich nach ihr umgedreht, wenn sie in der High Street an ihnen vorbeiging.

Oh, Prudence, dachte sie und hörte die sanft tadelnde Stimme ihres Vaters. *Eitelkeit, Kätzchen, Eitelkeit.*

In der Tat Eitelkeit. Dieser Arzt war ein seltsamer, abweisender Mann. Er sah sie zwar an, aber sie hätte das unbehagliche Gefühl, daß er sie nicht wirklich *sah.*

»Die Wunde ist nicht tief«, sagte er, legte den Schwamm weg und runzelte die Stirn. »Aber ich sollte sie besser mit ein oder zwei Stichen nähen, damit sie gut zusammenwächst.« Er holte aus seinem Medizinschrank eine kleine gebogene Nadel und ein Stück Katgut heraus, fädelte den Faden ein und beugte sich dann wieder über sie. »Halten Sie still. Bewegen Sie sich nicht«, befahl er.

Sie fühlte das Stechen der Nadel an ihrer Stirn, zuckte zusammen, schloß die Augen und biß die Zähne aufeinander, bis er mit seiner Arbeit fertig war und die Enden des Katguts abschnitt.

»Braves Mädchen«, sagte er. »Sie waren sehr tapfer.«

Sein väterlicher Tonfall reizte sie. »Hatten Sie erwartet, daß ich schreie?« fragte sie scharf.

Wieder dieser kalte, gefühllose Blick und ein langes, mißbilligendes Schweigen. »Haben Sie einen Namen?« fragte er schließlich.

»Warum sollte ich keinen haben?« gab sie bissig zurück, ärgerlich darüber, daß sie sich seinetwegen so unbehaglich fühlte. »Bin ich in Ihren Augen eine Leiche, an der Sie herumschnipseln und experimentieren können?«

Er schnaubte. »Das wohl kaum. Leichen halten den Mund.«

Sie wünschte ihm wegen seiner Grobheit die Blattern an den Hals. »Prudence«, murmelte sie.

»Was?« Er sah sie nachdenklich an.

»Mein Name. Prudence Allbright.«

Offensichtlich konnte er sogar lächeln, wenn es auch eher ein Grinsen war. »Doktor Ross Manning. Das ist mein Name. Nun« - er wusch den Schwamm in der Schüssel aus und näherte sich damit wieder ihrem Gesicht –, »glauben Sie, daß Sie stillhalten können, während ich versuche, weitere Verletzungen zu entdecken?«

Mürrisch nickte sie. Er wusch Blut und Schmutz von ihrem Gesicht, kommentierte einen kleinen Kratzer an ihrem Kinn und einen blauen Fleck auf ihrem Wangenknochen. »Nichts besonders Schlimmes«, sagte er, wusch das Blut von ihren Händen und blickte stirnrunzelnd auf sie herunter. »Wie haben Sie sich verletzt? An der Kanone, an dem Faß oder der Treppe?«

»An allen dreien, denke ich.« Sie kam sich albern vor, als habe sie sich ungeschickt benommen. »Das Faß hat mich auf dem Deck getroffen. Ich blutete und bin nach unten gegangen. Dann fiel ich die Treppe hinunter. Ich kann mich erinnern, aufgestanden zu sein, aber dann bin ich ohnmächtig geworden. Wahrscheinlich habe ich mir dabei den Kopf an der Kanone angeschlagen.«

Er mußte anscheinend ein Lächeln unterdrücken. »Ein wahrhafter Hiob, von allen Seiten geschlagen. Wo hat die Kanone sie getroffen?«

»Ich bin nicht sicher. Irgendwo an meinem Kopf.«

Er fuhr mit den Fingern durch ihr Haar und untersuchte ihre Kopfhaut. Sie schrie vor Schmerz auf, als er eine Stelle direkt über ihrem Ohr berührte. Er zog die Strähnen auseinander und blickte sich die Stelle genau an. »Eine sehr große Prellung, allerdings ist die Haut nicht geplatzt. Vielleicht eine leichte Gehirnerschütterung. Wahrscheinlich waren Sie deshalb stundenlang bewußtlos. Deswegen«, fügte er hinzu, »und wegen dieses absurden Bandes, das Ihnen fast die Luft aus den Lungen gepreßt hat.« Seine Stimme klang finster. »Sie scheinen mir doch kein Hohlkopf zu sein. Was in Dreiteufelsnamen hat Sie bewogen, sich so etwas anzutun?«

Sie haßte es, sich gegen seinen Spott zur Wehr setzen zu müssen. »Ich brauchte Geld«, sagte sie hitzig, »und ich konnte mich entweder als alte Frau verkleiden und allerlei Kram verkaufen oder so gehen, wie ich bin. In diesem Fall hätte ich wahrscheinlich ... andere Dinge verkaufen müssen.«

Sie brach ab, weil sie fühlte, wie ihr die Röte in die Wangen stieg. Was war über sie gekommen, daß sie so unzüchtig redete? Daß sie einem völlig Fremden so etwas mitteilte?

»Andere Dinge verkaufen?« bemerkte er trocken. »Sie brauchen nicht so schüchtern zu sein. Ich bin alt genug, um das Verhalten von Männern und Frauen zu verstehen, ohne rot zu werden.« Fragend zog er eine Augenbraue hoch. »Aber sind Sie es auch?«

Die unerträgliche Arroganz seiner Frage forderte sie heraus. Schließlich war sie kein kleines Kind mehr! »Ich bin einundzwanzig!«

»Und kennen wahrscheinlich das Leben«, warf er spöttisch ein.

Sie errötete noch heftiger. Das vergangene Jahr hatte sie gelehrt – und zwar gehörig –, wie wenig sie vom Leben, von sich selbst und von all den Wahrheiten, die sie bis dahin für selbstverständlich gehalten hatte, wußte.

Er lachte humorlos auf, griff nach ihr und schob ihre Röcke zu ihren Hüften hinauf.

»Heilige Muttergottes! Was tun Sie da?« Sie setzte sich abrupt auf, und ihr Kopf begann wieder zu pochen. Sie wußte gar nicht, wonach sie zuerst greifen sollte, nach ihrem Kopf oder nach ihrem Oberkörper, der durch ihre Bewegung wieder nackt war. Und sie hätte noch eine dritte Hand gebraucht, um ihre Röcke hinunterzuziehen.

Doktor Manning seufzte, ein Mann am Rande seiner Geduld. »Benehmen Sie sich nicht wie ein albernes Gör. Sie sind gestürzt. Ich möchte nur sichergehen, daß ihre Gliedmaßen nicht gebrochen oder gezerrt sind. Und jetzt legen Sie sich, verdammt noch mal, hin, damit ich Sie untersuchen kann.«

Kläglich gehorchte sie. Wirklich – sie benahm sich wie ein ausgemachter Dummkopf. Er mußte sie für völlig blöde halten. Möglichst entspannt legte sie sich auf dem Tisch zurück und blickte zu den mit Pech bedeckten Dekkenbalken hinauf. Du liebe Güte. Ihre geschwärzten Zähne! Sie benahm sich nicht nur wie ein Dummkopf, sie sah auch wie einer aus! Schnell warf sie einen Blick auf Manning und wischte sich dann verstohlen den Ruß ab.

Anscheinend hatte er nichts gemerkt. Er löste ihr Strumpfband und zog ihre Strümpfe bis zu den Knöcheln herunter. Mit sicheren Händen drückte und tastete er ihre Beine ab und achtete darauf, ob irgendeine Bewegung ihr Schmerzen bereitete. Auf ihrem Knie fand er eine Schramme und wusch sie aus. »Sie müssen ihr Strumpfband ein paar Tage lang unter dem Knie befestigen, bis das hier geheilt ist.«

Sie kam sich vor wie ein kleines Mädchen, das vom Kindermädchen getadelt wird. Warum brachte sie alles, was er tat oder sagte, so in Verlegenheit, und das von dem Augenblick an, als sie die Augen geöffnet hatte? »Ich hatte schon öfter aufgeschlagene Knie«, erwiderte sie säuerlich. »Als ich ein Kind war.«

»Tatsächlich? Und waren Sie schon immer so schwierig? Auch als Kind?«

Seine Ruhe machte sie wütend. Sie starrte ihn finster an und ließ ihn seine Untersuchung schweigend zu Ende führen.

»Ein paar Prellungen natürlich«, sagte er. »Das war zu erwarten. Aber nichts, was nicht von selber wieder heilt.« Ohne sich die Mühe zu machen, ihre Beine wieder zu bedecken, beugte er sich erneut über ihren Kopf und betrachtete sie noch einmal genau. Sie kam sich vor wie eine seltene Spezies unter dem Mikroskop eines Botanikers. »Wo haben Sie sich sonst noch verletzt?« fragte er.

Sie bewegte sich leicht und stöhnte. »Überall. Als ich fiel ...« Erschreckt kaute sie auf ihrer Unterlippe; ihr ganzer Körper tat weh.

»Können Sie sich aufsetzen?«

»Mein Kopf schmerzt stärker, wenn ich es tue. Aber ich kann es.«

Er wartete, bis sie sich vorsichtig in eine sitzende Position gebracht hatte. Dann griff er nach ihrem Kleid und begann es ihr von den Schultern zu ziehen.

»Sie lüsterner Wüstling!« kreischte sie auf und schlug ihn ins Gesicht, so hart sie konnte.

Er zuckte zurück. Sie hatte nicht geglaubt, daß seine Augen noch kälter werden konnten, aber jetzt fror sie unter seinem Blick. Er preßte den Kiefer so zusammen, daß die Muskeln sich deutlich unter der Haut abzeichneten. »Wenn Sie das noch einmal tun, schlage ich zurück. Aber *nicht* in ihr Gesicht.«

Die Erinnerung an Papa durchzuckte sie, wie er sie ausgeschimpft hatte, wenn sie ungezogen gewesen war, und fast hätte sie sich bei Manning entschuldigt. Dann aber siegte ihr Stolz. Was sollte ihr leid tun? Hatte der lüsterne Teufel nicht versucht, Hand an sie zu legen? »Sie werden mich nicht mehr anfassen«, erwiderte sie kühn. »Das lasse ich nicht zu.«

»Gottverdammt, was sind Sie nur für ein lästiges Geschöpf! Darf ich Sie noch einmal daran erinnern, daß ich Arzt bin? Sie sind böse gestürzt. Ich möchte nur sichergehen, daß Sie sich keine Rippen gebrochen haben.« Abwartend verschränkte er die Arme über der Brust, während sie seine Worte verdaute. »Sie benehmen sich wie ein Kleinkind. Muß ich Sie auch wie eins ausziehen?«

Die Vorstellung dieser erniedrigenden Prozedur war mehr, als sie ertragen konnte. Sie zweifelte nicht daran, daß er das wahrmachen würde. Vorsichtig zog sie ihr Kleid und ihr Hemd bis zur Taille herunter, wobei es ihr gelang, ihren Oberkörper bedeckt zu halten. Als sie fertig war, reckte sie arrogant das Kinn. »Ich gebe Ihnen jetzt die Erlaubnis, mich zu untersuchen, Doktor.«

»Nehmen Sie die Hände herunter, verdammt«, bellte er. »Ich weiß, wie Frauenbrüste aussehen.«

Sie zögerte und starrte ihn finster an.

»Tun Sie, was ich Ihnen sage! Ich verliere gleich die Geduld.« Zum erstenmal gestattete er sich, zornig zu werden.

Sie ließ die Arme sinken und saß steif da, während er mit seinen langen Fingern ihre Rippen direkt unter ihren Brüsten abtastete. »Eine schwere Prellung hier« – er drückte seitlich auf ihren Rippenbogen – »und hier.« Er berührte ihre Schulter, und sie zuckte zusammen. Dann trat er hinter sie und untersuchte auch ihren Rücken. Seine Berührungen waren zart; wenn sie seine kalten Augen nicht sah, konnte sie nicht aufhören, seine Geschicklichkeit zu bewundern. Fast waren seine Hände so sanft wie die Jamies, als er sie gestreichelt hatte. Ach, Jamie. Sie seufzte.

»Tue ich Ihnen weh?«

»Nein.« Ihre Schmerzen gingen weit tiefer als die Verletzungen auf ihrer Haut.

Seine Finger verweilten auf einer Stelle unter ihrem rechten Schulterblatt. »Sie haben hier eine Narbe.«

»Ich bin als Kind vom Baum gefallen und auf einem Stein aufgeschlagen.«

Er beendete seine Untersuchung und trat wieder vor sie. Diesmal machte sie sich gar nicht die Mühe, ihren Oberkörper zu bedecken. Sie war nicht mehr verlegen. Genausogut hätte sie sich vor Großpapas Kühen im Stall halbnackt ausziehen können; diesem kalten Doktor schien jedes menschliche Empfinden abzugehen.

»Nun, sie hatten Glück, als Sie gestürzt sind«, sagte er. »Abgesehen von Ihrem Kopf natürlich. Ich habe nur ein paar Prellungen und Abschürfungen auf Ihrem Rücken gefunden.« Er starrte auf den Teil ihres Körpers, der noch bedeckt war. »Und der Rest?«

Sie errötete. »Dort habe ich mir nicht weh getan, und Sie werden mich auch nicht mehr anfassen.« Entschlossen legte sie ihre Hände über die Hüften und verzog in unerwartetem Schmerz das Gesicht.

»Was ist?« fragte er.

Sie rieb ihren Hüftknochen durch die Röcke. »Es fühlt sich an wie eine Prellung. Weiter nichts.«

»Zeigen Sie es mir.«

»Geben Sie sich nicht zufrieden, bevor Sie mich ganz nackt gesehen haben?«

»Ich will Sie nicht nackt *sehen,* ich will Sie nur untersuchen.« Er klang wie ein Vater, der seinem Kind etwas erklärt.

Aber sie gab nicht nach. Schließlich gab es Grenzen! Sie war eine anständige Frau. Nicht einmal Jamie hatte sie vollkommen nackt gesehen. »Sie haben alles untersucht, was Sie untersuchen sollten.«

Er zögerte einen Augenblick lang, dann zuckte er mit den Schultern und drehte sich zu seinem Medizinschrank um. »Ich gebe Ihnen Weidenrindenpulver gegen Ihre Kopfschmerzen. Sie sollten ein paar Stunden schlafen. Gehen Sie in vierzehn Tagen in London zu einem Arzt, damit er Ihnen die Fäden zieht. Vergessen Sie es nicht. Ich habe gute Arbeit geleistet. Es bleibt wahrscheinlich nur eine winzige Narbe.«

Sie schenkte ihm ein halbherziges Lächeln der Anerkennung. Als Arzt zumindest hatte der Mann herausragende Fähigkeiten, wenn er auch als menschliches Wesen nicht besonders umgänglich war. »Danke, ich ...« begann sie.

»Zur Hölle mit Ihnen! Sie schlauer Teufel, Manning!«

Prudence wandte sich überrascht der Stimme zu, die von der Tür erklang. Ein äußerst gut aussehender Mann in einer prächtigen Uniform stand dort, die dunklen Augen zusammengekniffen und den Mund zu einem bösen Lächeln verzogen.

Während Prudence ihn anstarrte, zu erstaunt, um sich zu bewegen, lachte er scharf auf.

»Also wirklich, Mr. Manning. Eine Frau. Und so wie es aussieht, ein wahrer Schatz!«

4

Doktor Manning erstarrte. »Kapitän Hackett, Sir.« Er grüßte kühl. Dann griff er nach Prudences Umschlagtuch auf dem Boden, eilte zu ihr und hielt es ihr vor den Oberkörper. »Bedecken Sie sich«, sagte er leise.

Sie lächelte ihn dankbar an, schlang sich das Tuch um die Schultern, band die Enden vor der Brust zusammen und steckte sie in ihren Unterrock. Dann fielen ihr die bloßen Beine ein, und rasch zog sie ihre Röcke herunter.

Der Kapitän lachte – ein seidiges Lachen, das verborgene Bedeutung zu haben schien. Er war ein unglaublich gutaussehender Mann – das war das erste, was ihr an ihm auffiel, trotz ihres Schreckens und ihrer Überraschung. Auch wirkte er freundlich und angenehm. Warum empfand sie nur dieses leichte Unbehagen? »Sie setzen mich in Erstaunen, Mr. Manning«, sagte er. »Ich habe nicht geglaubt, daß Sie meine Vorlieben teilen.«

Prudence hatte die Kühle, die Manning eigen zu sein schien, mehr als einmal erschreckt, aber dieses Mal war sie sich sicher, daß die ruhige Miene, mit der er Kapitän Hackett ansah, nur aufgesetzt war und unergründliche Gefühle verbarg. »Was führt Sie zum Verbandsdeck, Sir?« fragte er.

Hackett wies auf die Segeltuchbahnen, die das Verbandsdeck vom Kabelgatt abschirmten. »Der Klang einer weiblichen Stimme dringt durch den Stoff. Und als mir davon berichtet wurde, wollte ich der Sache persönlich nachgehen.« Er trat näher an den Tisch und musterte Prudence aus seinen dunklen Augen. In seinem Lächeln lag eine Wärme, die sie als seltsam schmeichelnd empfand.

»Ich werde Sie nicht fragen, warum Sie diese Blume an Bord gebracht haben«, fuhr er fort. »Aber ich muß Sie für Ihren Geschmack bewundern. Sie ist eine Schönheit. Ich vertraue darauf, daß Sie ... Wie soll ich es ausdrücken ...? Ein großzügiger Mann sind, Doktor. Demokratisch hinsichtlich Eigentumsrechten.«

Prudence runzelte die Stirn. Eigentumsrechte? Was wollte er damit sagen?

»Nicht in diesem Fall, Sir«, erwiderte Manning genauso freundlich. Er wandte dem Kapitän den Rücken zu und griff nach Prudences linker Hand. Verstohlen langte er in seine Jackentasche, zog einen Ring hervor und steckte ihn ihr an den Ringfinger. Seine Augen baten stumm um ihre Mithilfe. »Diese junge Frau ist Martha Symonds Manning,

Sir. Meine Frau.« Er legte Prudence den Arm um die Schultern, um das Gesagte noch zu unterstreichen.

Sie schluckte vor Erstaunen. *Frau?* Vielleicht lag es an dem seltsamen Ausdruck auf Hacketts Gesicht, oder an der Tatsache, daß sie vollkommen überrascht war, jedenfalls ließ sie Manning gewähren. Es gelang ihr sogar, wie eine ergebene Ehefrau zu ihm aufzublicken, obwohl sie sich nicht vorstellen konnte, warum sie ihm eigentlich bei diesem verrückten Täuschungsmanöver half. Warum sollte sie ihm mehr vertrauen als dem Kapitän?

»Bei Gott!« rief Hackett aus. »Ehefrau? Ich glaube Ihnen nicht!«

»Sehen Sie selbst.« Manning hielt Prudences Hand hoch und lächelte sie an. »Gib ihm deinen Ring, Liebes. Laß ihn selbst sehen.«

Es war ein breiter, glänzender Goldring mit floralem Muster. Prudence bewunderte das Kunsthandwerk, als sie ihn vom Finger zog und ihn dem Offizier reichte.

»Achten Sie auf die Inschrift an der Innenseite«, sagte Manning. »POR TOUS JOURS.« Er lächelte Prudence wieder an. »Erinnerst du dich noch, Liebes?«

Hackett drehte und wendete den Ring in den Fingern und blickte auf die feine Inschrift. »Die Schreibweise ist ungewöhnlich.«

Endlich fand Prudence ihre Stimme wieder. Wenn sie schon an diesem bizarren Spiel teilnehmen sollte, dann wollte sie sich wenigstens auch richtig beteiligen. »Für immer«, übersetzte sie. »Das ist altfranzösisch.«

Der Kapitän blickte sie anerkennend an. »Nicht nur schön, sondern auch gebildet.«

Ross nickte und steckte Prudence den Ring wieder an den Finger. »Ja, das ist sie.« Er wirkte leicht überrascht, als ob ihr Verhalten ihn bis jetzt eher zu der Überzeugung gebracht hätte, es mit einem halben Kind zu tun zu haben.

»Ehefrau ...«, murmelte Hackett säuerlich.

Prudence verstand gar nicht, warum ihn das so zu enttäuschen schien. Die Spannung zwischen den beiden Männern war in der Tat verwirrend. Warum hatte Manning – ein ruhiger, doch offensichtlich sehr vorsichtiger Mann – sie plötzlich als seine Frau vorgestellt? Bei näherem Überlegen beschloß sie, daß es keinen Grund gab, warum Hackett nicht die Wahrheit erfahren sollte. »Oh, aber …«, begann sie.

Manning unterbrach sie schneidend. »Ja. Meine *Frau*. Seit mittlerweile drei Jahren, Sir. Ich bedauere, Ihnen nicht die Heiratsurkunde vorweisen zu können, da Sie ja mein Wort offensichtlich anzweifeln. Aber ich besitze Taschentücher, auf denen unsere Namen ineinander verschlungen sind. Möchten Sie sie gerne sehen?« Trotz seines verbindlichen Tonfalls war sein Blick herausfordernd.

Hackett winkte ab. »Das wird im Augenblick nicht nötig sein«, erwiderte er schließlich. Seine Kinnmuskeln verhärteten sich. »Aber können Sie mir klarmachen, wie sie an Bord gekommen ist, Mr. Manning? Ich pflege mit blinden Passagieren nicht allzu freundlich zu verfahren.« Er blickte den Arzt finster an. »Und mit deren Komplizen auch nicht.«

»Mir mißfällt das ebenso wie Ihnen – Kapitän, Sir. Aber eine gebildete Frau ist nicht zwangsläufig auch klug. Dieses Geschöpf ist noch recht jung, wie Sie sehen. Es fehlt ihr an Reife und Weisheit. Sie hat dummerweise beschlossen, verkleidet an Bord zu kommen und mich zu überraschen. Und dann hatte sie das Pech, auf das Kanonendeck zu fallen, wo ich sie gefunden habe.«

Prudence schüttelte den Kopf. Der Himmel wußte, warum sie diesen Lügen zuhörte. Und sich zu allem Überfluß auch noch von Manning beleidigen ließ! Aber jetzt schien es schon zu spät zu sein, das Spiel aufzuklären und sich noch weiter bloßzustellen. Sie lächelte so unschuldig und hilflos wie sie konnte – ganz die »junge« und »dumme« kleine Ehefrau. »Verzeihen Sie mir, Kapitän … Hakkett war doch Ihr Name, oder? Ich habe ganz meine guten Manieren vergessen, sonst hätte ich mich sofort dafür entschuldigt, daß ich mich einfach auf Ihr Schiff gestohlen habe. Aber ich bin gestürzt und habe mir den Kopf angeschlagen, und davon scheine ich doch ein wenig beeinträchtigt zu sein. Sehen Sie doch.« Sie schob ihre Haare zurück und zeigt ihm die genähte Wunde. Rasch warf sie einen Blick auf Manning. Ob er wohl von ihr erwartete, daß sie ihn mit seinem Vornamen anredete? Sie beschloß, es einfach zu versuchen. »Ross – mein lieber Mann – hat mich wieder zusammengeflickt.«

Manning lächelte zustimmend – ein prächtiges falsches Lächeln – und tätschelte ihr den Kopf.

Hackett wirbelte zu dem Arzt herum. »Verdammt, Sir, ich glaube diese Maskerade einfach nicht!«

Mannings Gesicht blieb vollkommen beherrscht. »Sie zweifeln an meiner Aufrichtigkeit, Sir? Würde eine fremde Frau mich das tun lassen?« Er legte den Arm um Prudence, hob ihr Kinn und küßte sie mitten auf den Mund.

Sein Kuß war lange und gründlich, und sie fühlte seine Lippen mit festem und forderndem Druck. Zuerst war sie zu verwirrt und verängstigt, um zu reagieren, aber dann fiel ihr ein, daß Hackett ja zusah. Also bemühte sie sich, ihre Rolle gut zu spielen. Sie legte dem Arzt die Hand auf die Schulter, und er schloß sie fester in die Arme. Vage war sie sich dessen bewußt, wie stark seine Arme waren, wie fest sein Oberkörper, der sich gegen ihre Brust preßte, wie warm seine Hände auf ihrem nackten Rücken waren. Sie spürte, wie ihr die Hitze in die Wangen stieg und fragte sich, ob das wohl an der beschämenden Szene – oder an etwas anderem lag. An irgend etwas, über das nachzudenken sie nicht wagte. Mühsam schob sie ihn zurück. »Bitte«, flüsterte sie, als er ihre Lippen freigab.

Falls sie sich gefragt hatte, wie er wohl auf den Kuß reagiert hatte, so gaben seine kalten, teilnahmslosen Augen ihr die Antwort. Er trat zurück und verbeugte sich knapp. »Verzeih mir, meine Liebe, ich wollte dein Schamgefühl nicht beleidigen und dein liebliches Gesicht nicht zum Erröten bringen.« Er wandte sich an den Kapitän. »Sind Sie jetzt zufrieden, Sir? Damit, daß ich meine Frau demütigen mußte, um Sie zufriedenzustellen?«

Hackett sah ihn unbehaglich an. »Verflucht! Aber Sie sagten doch ... in meiner Kajüte. Ich meine, Sir ... Sie sagten, daß sie kein Interesse an Frauen hätten. Ist es nicht so?«

Manning zuckte mit den Schultern. »Ich meinte nur, an Bord. Getrennt von meiner Frau. Sie ist immer in meinen Gedanken. Und ihre Tugend beherrscht mein eigenes tugendhaftes Verhalten.«

Hackett verzog spöttisch seinen Mund. »Ein Ausbund an Tugend unter den Männern, scheint mir. Wie glücklich Sie doch zu schätzen sind, Mrs. Manning. Aber die Pflicht ruft mich.« Er verbeugte sich formell vor Prudence. »Ihr Diener, Madam. Es wäre mir eine Ehre, wenn Sie heute abend mit Ihrem Mann zum Essen kämen. Die anderen Offiziere würden sich sicher sehr freuen, Sie kennenzulernen. Acht Uhr. In meiner Kajüte.«

»Nein.« Manning schüttelte entschieden den Kopf. »Meine Frau ist noch nicht wiederhergestellt. Der Sturz – verstehen Sie. Ich fürchte, Sie müssen uns heute abend beide entschuldigen.«

Prudence runzelte die Stirn. Wie konnte Manning es wagen, für sie zu sprechen? Und dann der Gedanke, den Abend allein mit diesem unerträglichen, unangenehmen Mann verbringen zu müssen, wo sie doch die Gesellschaft des charmanten Kapitäns Hackett und anderer junger Offiziere, die alle ganz begierig darauf waren, sie kennenzulernen, genießen konnte … Sie schenkte Hackett ihr gewinnendstes Lächeln. »Ich wäre entzückt, Kapitän. Ich bin ganz sicher, daß ich nach ein paar Stunden Ruhe wieder frisch wie ein Gänseblümchen sein werde.« Ihr Lächeln vertiefte sich, als sie Mannings Stirnrunzeln sah. Das war zuviel für die alte Kratzbürste! Sie zögerte, dann streckte sie Hackett die Hand entgegen. »Bis später, Sir. Ich kann es kaum erwarten«, fügte sie hinzu, um Manning noch mehr aus der Fassung zu bringen.

Die Augen des Kapitäns weiteten sich vor erfreuter Überraschung. Er beugte sich über ihre Hand und drückte einen Kuß darauf. »Es wird mir ein Vergnügen sein, eine solch anmutige Schönheit an meinem Tisch zu haben. Sie werden natürlich zu meiner Rechten sitzen, meine Liebe.«

»Mit Verlaub, Sir, ich würde jetzt gerne allein mit meiner Frau sein«, sagte Manning. In seiner Stimme schwang Groll mit.

Hackett verzog spöttisch die Lippen. »Ich verstehe. Ich beneide Sie, Doktor.«

»Um sie auszuschelten, Sir.« Manning warf Prudence einen mißbilligenden Blick zu. »Vielleicht sollte ich sie sogar schlagen«, murmelte er.

Der spöttische Ausdruck im Gesicht des Kapitäns wurde zu einem lüsternen Grinsen, das Prudence verwirrte. »Ach ja, ich habe auch von Zeit zu Zeit meine kleinen Freuden«, sagte der Kapitän. »Welches Vergnügen, die Tränen zu trocken und die Wunden zu heilen. Hinterher.«

»Wenn es Ihnen recht ist«, entgegnete Manning gepreßt, »die Lady braucht jetzt Ruhe.«

»Natürlich.« Hackett verbeugte sich noch einmal vor Prudence. »Bis acht dann, Madam. Ich erwarte Ihre charmante Gesellschaft.« Dann machte er auf dem Absatz kehrt und verließ sie.

Als er gegangen war, blickte Prudence den Arzt finster an und streckte ihm die Hand mit dem Ring entgegen. »Nun, Sir, wollen Sie mir jetzt bitte erklären ...«

Finster bedeutete er ihr zu schweigen und wies auf die Segeltuchbahnen.

Sie nickte zum Zeichen, daß sie ihn verstanden hatte; wenn sie sich stritten, dann wohl besser unter vier Augen und Ohren. Sie richtete sich auf, vom Tisch zu klettern, aber er nahm sie abrupt auf die Arme und trug sie durch den Gang zu seiner Kajüte, wo er sie auf die Koje legte. Als er sich umdrehte und die Tür zuschlug, setzte sie sich erschreckt auf.

Du liebe Güte! Sie hatte seine frühere Gleichgültigkeit sicher mißverstanden! *Deshalb* hatte er die Geschichte von ihrer Ehe erfunden! Um sie für sich alleine zu haben! Um seine Späße mit ihr zu treiben, dieser verkommene Schurke! »Glauben Sie etwa, ich könnte nicht schreien?« stieß sie hervor. »Wenn Sic es wagen, mich anzurühren ...! Dieser ganze Unsinn, daß ich Ihre Frau bin ... nur um Ihr eigenes abscheuliches Vergnügen zu rechtfertigen ...!« Sie riß sich den Ring vom Finger und warf ihn quer durch die Kabine.

Seine Augen verdunkelten sich vor Wut, tiefblau und hart glichen sie Saphiren. »Bei Gott, wenn Sie meine Frau wären, hätte ich wahrhaftig Lust, Ihnen die Röcke hochzuziehen und Ihnen Verstand einzubleuen!« Er wies auf die Kajütentür. »Da draußen sind dreihundert Männer – dreihundert! Und jeder von ihnen ist wild auf eine Frau! Dazu dieser Kapitän mit den Vorlieben eines Zuhälters. Ich habe von ihm Geschichten gehört, denen zufolge Sie sich besser nicht wünschen sollten, auf diesem Schiff seiner Gnade ausgeliefert zu sein. Der Mann ist ein roher Wüstling!« Seine Lippen kräuselten sich vor Zorn. »Und Sie, Sie kleine Idiotin! Sie lächeln ihn an, geben ihm Ihre Hand und nehmen seine Einladung an, als erwarteten Sie, zu einer Gartenparty zu gehen! Nehmen Sie sich in acht beim Essen, damit Sie nicht seine Hand unter Ihrem Rock wiederfinden. Oder wollen Sie das etwa?«

Sie starrte ihn an, und ihr Zorn verrauchte. Konnte sie ihm Glauben schenken? Sie hatte Hackett charmant gefunden – abgesehen davon, daß er einige seltsame Dinge gesagt hatte. Aber er hatte nicht gerade wie der Wüstling gewirkt, für den Manning ihn zu halten schien. Wie auch immer – sie war in einer Kajüte auf einem fremden Schiff eingeschlossen, ohne Hoffnung zu entkommen. Eingesperrt mit diesem unangenehmen Arzt und nicht mit dem Kapitän, den sie eigentlich fürchten sollte. Einem Arzt, der nicht gezögert hatte, sie nackt auszuziehen!

»Und Sie?« fragte sie. »Was ist mit *Ihren* Vorlieben?«

»Ich habe kein Interesse an Frauen. Ich bin Arzt.«

»Sind Ärzte keine Männer?«

Er seufzte, und sein Ärger ließ sichtlich nach. »Ich trage in meinem Herzen die Liebe zu einer guten Frau. Das reicht, um meine Nächte zu wärmen. An meine Frau zu denken – an Martha.«

Sie biß sich voller Zweifel auf die Lippen. »Glauben Sie wirklich, daß der Kapitän ...?«

»Ja.« Er kniete sich hin, um nach dem Ring zu suchen. Konnte er recht haben? Und war sie nur so jung und unerfahren in bezug auf Männer, daß sie das, was Manning für sie tat, nicht richtig einschätzte? Schließlich war er Arzt und daran gewöhnt, Menschenleben zu retten. Vielleicht hatte er sie ja mit seiner List vor Schlimmem bewahrt, und sie war zu dumm, um es zu merken. Bei Gott, was wußte sie schon über Männer auf einem Schiff? Was wußte sie, abgesehen von Jamie, überhaupt über Männer? Sie fühlte sich erniedrigt und beschämt, als sie zusah, wie verzweifelt Manning nach dem Ring suchte.

Das Schweigen verstärkte ihr Schuldgefühl. »Danke für all Ihre Güte«, flüsterte sie schließlich.

Er richtete sich auf, mit dem Ring in der Hand, und steckte ihn wieder an ihren Finger. »Das ist das erstemal, daß Sie Dankbarkeit äußern«, sagte er mit einem trockenen Lachen. »Aber ich habe diese Täuschung nicht nur erfunden, um Sie zu retten, sondern auch, weil ich den Kapitän nicht ausstehen kann.«

»Wie galant von Ihnen, Sir«, schnappte sie. Konnte der Mann noch nicht einmal ihre Entschuldigung gnädig entgegennehmen? Sie fragte sich, wie eine Frau wohl jemals auf den Gedanken gekommen war, diesen Mann zu heiraten! Unschlüssig drehte sie den Ring an ihrem Finger. »Und wo ist Martha, Ihre Frau? Sehnt sie sich zu Hause nach Ihrer Rückkehr?« Sie konnte kaum den Sarkasmus in ihrer Stimme unterdrücken.

»Sie ist seit einem Jahr tot.« Seine Stimme klang flach und distanziert.

»Oh!« Erschrocken schlug sie die Hand vor den Mund. »Das tut mir leid!«

»Warum? Sie haben doch keinen Grund zu trauern.«

Trotz der strengen Kälte dieses Menschen, seinem leidenschaftslosen Blick, empfand sie Mitleid. »Sie haben seitdem wohl viele Tränen vergossen.«

»Ich trauere auf meine eigene Art und Weise«, entgegnete er frostig.

»Wie … wie ist sie gestorben?«

Sie konnte hören, wie er mit den Zähnen knirschte. »Durch die Dummheit und den Stolz eines Mannes.«

»Was meinen Sie damit? Wer …?«

Mit einer ungeduldigen Handbewegung schob er ihre Frage beiseite. »Sie müssen sich jetzt ausruhen. Die Größe der Schwellung an Ihrem Kopf gefällt mir nicht. Ich bringe Ihnen jetzt ein Pulver.« Er ging zurück zum Verbandsdeck und kam nach ein paar Minuten mit einem kleinen Glas wieder. »Hier, trinken Sie das«, befahl er ihr.

Sie starrte ihn einen Moment lang an. Wenn hinter der Fassade des Arztes ein warmherziger Mann verborgen war, dann wahrscheinlich in den tiefsten Abgründen seiner Seele. Sie schluckte den Inhalt des Glases hinunter und verzog das Gesicht. »Das schmeckt wie bittere Äpfel.«

Plötzlich neugierig runzelte er die Stirn. »Sie haben nach Teer geschmeckt, als ich Sie küßte.«

»Das gehörte zu meiner Verkleidung, zahnlos erscheinen.« Sie kicherte und zeigte ihm ihre Vorderzähne.

»Da sind immer noch Flecken. Halten Sie still.« Aus einer Ecke der Koje zog er ein Taschentuch. »Sie werden die Offiziere wohl kaum mit geschwärzten Zähnen bezaubern.« Konzentriert zog er die Augenbrauen zusammen, während er ihr Kinn in der Hand hielt und ihre Zähne mit dem blütenweißen Leinen abrieb.

Sein Gesicht war so nah. Ihr fiel sein Kuß wieder ein. *Er* hatte nach Tabak und Zahnpulver mit Minze geschmeckt. Ein sehr angenehmer Geschmack. Ein sehr angenehmer Kuß, wenn sie jetzt so darüber nachdachte. Natürlich nicht wie bei Jamie. Aber es gab sowieso niemanden auf der Welt, der so war wie Jamie.

»So«, sagte er zufrieden und steckte sein Taschentuch wieder ein. »Jetzt werden Sie in all Ihrer strahlenden Schönheit beim Abendessen erscheinen.«

»Abendessen! Ach du meine Güte!« rief sie aus, weil ihr plötzlich etwas einfiel. »Ich hätte die Einladung des Kapitäns besser nicht angenommen. Was soll ich denn anziehen? Sehen Sie mich doch an. Diese zerrissenen Lumpen. Und selbst wenn Sie einen Anzug erübrigen könnten, sähe ich in Ihren Sachen nur lächerlich aus.« Sie errötete. Da war sie wieder, ihre verflixte Eitelkeit. Papa würde sich ihrer schämen.

»Ich kann Ihnen etwas Besseres bieten«, sagte er. Er ging zu seiner Seekiste, öffnete sie und wühlte darin herum, bis er gefunden hatte, was er suchte. Es war ein Kleid mit Unterkleid, aus hauchzarter gestreifter grüner Seide, mit Rosenstickerei umsäumt. Er warf Prudence das Kleid zu. »Das war eins meiner Lieblingskleider«, brummte er. »Sie sah wie eine Königin darin aus.«

Zögernd nahm sie es entgegen. »Oh, aber ... macht es Ihnen nichts aus, wenn ich es trage?«

Seine blauen Augen verrieten kein Gefühl. »Warum auch? Es ist doch nur ein Kleid.«

»Und doch haben Sie es zur Erinnerung mitgenommen.«

»In einem Moment der Schwäche. Das soll nicht Ihre Sorge sein. Und jetzt sollten Sie schlafen. Ich werde morgen früh den Kapitän um Erlaubnis bitten, daß Sie in Portsmouth oder Plymouth von Bord gehen können. Wenn er nicht mehr anlegen möchte, bevor wir den Kanal verlassen, werden wir das nächstemal erst vor den Azoren ankern, um frische Lebensmittel zu laden. Dann besorge ich Ihnen ein Schiff, mit dem Sie nach England zurückfahren können. Wenn Sie kein Geld für die Überfahrt haben, werde ich für Sie bezahlen.«

»Warum tun Sie das alles?« Steckte vielleicht doch ein Funken Wärme in ihm?

Er zuckte mit den Schultern. »Weil ich es mir leisten kann.«

Sie seufzte enttäuscht. Und dann noch einmal, weil sie soviel Zeit verlor. Es würde Wochen dauern, bis sie wieder nach London kam. Noch eine Verzögerung. Und die arme Betsy würde sich schreckliche Sorgen machen.

Aber halt! Was hatte er gesagt? Die Azoren? Vielleicht konnte sie dort ein Schiff nach Amerika finden! Oh, was für eine Freude! Du liebe Güte, vielleicht sah sie Jamie jetzt sogar früher wieder, als sie zu hoffen gewagt hatte. »Wir legen auf den Azoren an?« fragte sie, und ihre Miene hellte sich auf.

»Auf der Fahrt nach Virginia, ja.«

Grundgütiger Himmel! »*Virginia?* Aber dort will ich ja hin!«

Spöttisch zog er eine Augenbraue hoch. »Was? Ist London nicht mehr nach Ihrem Geschmack? All diese schmutzigen Straßen, die Gauner und angemalten Schlampen?«

Der Mann war unmöglich. Er legte einen frostigen Hauch auf alles um sich herum. »Ich war nur in London, um mir meine Überfahrt nach Virginia zu verdienen«, erklärte sie ungeduldig. »Ich habe einen Freund ... einen Freund, den ich treffen möchte. Den ich treffen *muß.*«

Das Gespräch und ihre Not schienen ihn zu langweilen. »Da wünsche ich Ihnen Glück.«

»Dr. Manning, ich ...« Sie suchte nach den richtigen Worten. Dieser Mann mit seinen gleichgültigen Augen machte es ihr nicht gerade leicht. »Wenn wir auf den Azoren sind ... Es könnte Wochen dauern, bis ein Handelsschiff auf dem Weg nach Virginia vorbeikommt.«

»Das ist wahr. Also?«

Sie rang die Hände. »Warum ... warum kann ich nicht auf diesem Schiff bleiben, bis wir die Kolonien erreichen?«

»Du lieber Gott! Als meine ›Frau‹?«

Verzweifelt sah sie ihn an. Sie mußte Jamie so schnell wie möglich sehen. Es war die einzige Möglichkeit. Ihr ganzes Lebensglück hing davon ab. Und hier war die Gelegenheit, wie ein Wunder vom Himmel gefallen. »Ich weiß, daß es ungeheuerlich von mir ist, auch nur zu fragen ... Aber ich muß unbedingt nach Virginia.«

»Um Ihren ... Freund zu treffen?« schnarrte er.

»Ja«, flüsterte sie gequält. »Ich weiß, daß ich Ihnen eine Last bin. Sie müssen mein Essen und meinen Unterhalt zahlen. Aber ich habe ein bißchen Geld.« Mit zitternden

Händen fischte sie in ihrer Tasche nach den wenigen Münzen, die sie an diesem Morgen verdient hatte. »Nehmen Sie das. Den Rest zahlt Ihnen sicher mein Freund für ihre Mühen zurück.«

Er musterte sie aufmerksam. »Ihr Freund? Ein Geliebter?«

Errötend schlug sie die Augen nieder. Sein forschender Blick war mehr, als sie ertragen konnte.

»Und wenn Sie ihn finden?«

Ihre Augen füllten sich mit Tränen. »Dann werden wir heiraten.«

»Das ist eine weite Reise für eine Hochzeit.«

Sie war der Verzweiflung nahe. »Ich kann nicht warten, bis er nach England zurückkehrt«, weinte sie.

»Ach! Jetzt verstehe ich.« Er musterte sie mit dem kalten, leidenschaftslosen Blick des Arztes. »Und wie viele Monate wird es noch dauern, bis Ihr Freund« – er kräuselte verächtlich die Lippen bei dem Wort – »nolens volens gezwungen ist, Sie zu heiraten?«

Sie wurde glutrot. Was sie getan hatte, war schändlich. Sündig. Und Manning – mit seinen kalten Augen und seinem zynischen Herzen – wartete darauf, daß sie es ihm gestand. Nun, lieber würde sie in der Hölle braten, bevor sie diesem mitleidslosen Mann ihre Geheimnisse anvertraute!

»Nun? Reden Sie«, sagte er. »Tragen Sie sein Kind?«

Sie starrte ihn an, schockiert über seine Offenheit, und fragte sich, ob er wirklich Anteil nahm. Vielleicht hoffte er ja nur herauszufinden, ob sie noch Jungfrau war. Männer liebten Jungfrauen, wie Betsy immer sagte. Sie seufzte. Wie jung sie sich noch fühlte; sie wußte so wenig vom Leben. So verloren und allein war sie, daß schon eine scharfe Frage sie vernichten konnte. »Ich … ich weiß, daß er sehnsüchtig auf mich wartet«, sagte sie mit zitternden Lippen. Jamie, ihr süßer Jamie … Ihre Erinnerungen, ihr Leiden überwältigten sie plötzlich. Sie vergrub das Gesicht in den Händen und weinte. »Aber wenn es zu schwierig für Sie ist …«, sagte sie mit erstickter Stimme.

Er packte sie bei den Schultern und hob ihr tränenüberströmtes Gesicht hoch. Auf seinem Gesicht lag unerwartetes Mitgefühl, während er sie ansah. »Sie sind sehr jung. Und vermutlich sehr dumm.« Er seufzte und ließ die Hände wieder sinken. »Das ist Wahnsinn. Aber ich denke, ich kann eine plausible Geschichte für Captain Hackett erfinden. Einen Grund, warum Sie die ganze Reise über auf dem Schiff bleiben müssen.«

Sie schniefte und wischte sich über die Augen. »Oh, danke, Dr. Manning. Danke!« Überwältigt von Dankbarkeit und Gefühlen schlang sie die Arme um seinen Hals.

»Allmächtiger Gott!« sagte er, schob sie weg und richtete sich auf. Als er sah, wie sie verwirrt die Stirn runzelte, lachte er trocken. »Ich nehme an, Sie haben nicht vor, Ihren Körper als Bezahlung anzubieten.«

Entsetzt keuchte sie auf. »Um Himmels willen, nein!«

Seine Augen blickten bereits wieder kalt. »Dann seien Sie bitte so nett und tun so etwas nicht wieder. Die letzte Frau, die mich umarmt hat, war meine Ehefrau. Und das muß reichen, bis wir nach meinem Tod wieder vereint sind. Was den ›Doktor Manning‹ betrifft ... da ich Ihren Ehemann spielen muß, sollten Sie sich daran gewöhnen, mich Ross zu nennen. Ich werde natürlich Martha zu Ihnen sagen. Versuchen Sie auf diesen Namen so zu reagieren, als sei es ihr eigener.«

Sie nickte. »Natürlich.«

»Und jetzt legen Sie sich hin und ruhen Sie sich aus«, sagte er. »Ich werde Ihre Waren aufsammeln, während Sie schlafen.« Er lachte rauh und spöttisch. »Sie können sie dem jungen Mann ja als Mitgift präsentieren.«

Sie hatte das Bedürfnis, Jamie zu verteidigen, als ob Manning ihn irgendwie voreingenommen sähe. »So etwas braucht er nicht«, erwiderte sie stolz. »Er ist ein Viscount.«

Er zog eine Augenbraue hoch. »Und Sie sind eine Herzogin.«

»Macht es Ihnen Freude, grausam zu sein?« fragte sie leise.

Er lächelte. »Ich bin weder grausam noch nett.«

»Was sind Sie dann?« Menschlich ganz bestimmt nicht!«

»Sie können mich ja ...« – das spöttische Lächeln erlosch, und eine solche Verzweiflung zeigte sich auf seinem Gesicht, daß Prudence wider Willen Rührung empfand – »als eine Art lebender Toter sehen«, sagte er rauh.

Mitleidig berührte sie seine Hand. »Ross ...«

Er zuckte bei ihrer sanften Berührung zusammen und zog die Hand weg. »Schlafen Sie jetzt«, befahl er.

Sie wachte auf, als die Glocke zur vollen Stunde schlug. Auf Mannings Schreibtisch stand eine kleine Uhr. Mühsam setzte sie sich auf und sah nach der Zeit. Sieben Uhr. Ihr Körper war steif, aber er tat nicht so weh, wie sie erwartet hatte, und in ihrem Kopf pochte es nicht mehr. Das Pulver des Doktors hatte gewirkt.

Mühsam schob sie sich aus der Koje und stand auf. Auf einer Ecke des Schreibtischs stand ihr Korb, gefüllt mit ihren Waren. Daneben lag ihr Kamm. Marthas Kleid war liebevoll über den Stuhl gelegt; sie hob es hoch und betrachtete es genauer. Es war ein bißchen zu kurz, wahrscheinlich war Martha ein wenig kleiner als sie gewesen. Aber das Korsett würde passen, wenn sie es enger schnürte. Und den Unterrock konnte sie auch enger binden.

Sie blickte auf ihre eigene Kleidung. Ihr einfaches Kleid mußte sie waschen und flicken, damit sie es jeden Tag anziehen konnte. Aber ihr Hemd ... Sie schnalzte mit der Zunge. Es war brandneu gewesen, als sie Winsley verlassen hatte! War es nötig gewesen, daß Manning so hastig vorgegangen war? So unachtsam? Das Hemd war bis zur Taille zerrissen. Nun, sie würde sich Nähzeug besorgen und es notdürftig zusammenheften.

Dann wandte sie sich zu dem kleinen Spiegel an der Wand um und keuchte entsetzt auf. In ihrem Gesicht waren immer noch Blutspuren zu sehen, und die Haare standen wirr um den Kopf. Da hatte sie ja als altes Weib besser ausgesehen! Nun ja – entschlossen straffte sie ihre Schultern – je eher sie damit begann, sich wieder herzurichten, desto eher war es geschafft.

Manning hatte vorsorglich eine Schüssel mit Wasser, ein Handtuch und ein kleines Stück Seife bereitgestellt. Sie machte sich mit Wasser, Seife und Kamm an die Arbeit, und eine Viertelstunde später war sie mit dem Ergebnis recht zufrieden. Ihr Gesicht glänzte rosig, und ihr mahagonifarbenes Haar war sorgfältig mit dem Kamm zusammengesteckt. Ein paar Strähnen ließ sie lose über die Stirn fallen, um die Wunde zu verbergen.

Bin ich schön? dachte sie und schaute in den Spiegel.

Jamie war der einzige gewesen, der sie jemals als hübsch bezeichnet hatte – bis auf Captain Hackett. Er hatte sie eine *Schönheit* genannt. Nun, Ross Manning hatte damit wohl nichts im Sinn!

In seiner Kommode fand sie Nähzeug, holte Nadel und Faden heraus und nähte ihr Hemd sauber zusammen, wie Mama es ihr beigebracht hatte. Sie drehte es um, damit die Naht unter dem Mieder des Kleids verborgen blieb. Während sie sich fertig anzog, fiel ihr der schwache Lavendelduft auf, der immer noch in den Falten von Marthas Kleid hing, und sie fragte sich noch einmal, wie die arme Frau wohl ums Leben gekommen sein mochte.

»Allmächtiger Gott!« Bei dem Klang von Mannings erstickter Stimme wirbelte sie herum. Er hielt sich am Türrahmen fest, als ob er fürchtete, in Ohnmacht zu fallen. Er trug eine dunkelblaue Uniform mit einer weißen Satinweste, und seine hellbraunen Haare wurden durch eine formelle, gepuderte Perücke verdeckt, die hinten mit einem schwarzen Band zu einem Zopf zusammengefaßt war. Sein Gesicht war so weiß wie die Locken an seinen Schläfen.

»Geht es Ihnen nicht gut, Dr. Manning? Ross?« rief sie erschreckt.

Er holte tief Luft. »Es ist, als sähe ich einen Geist.«

Sie sah, daß er heftig zitterte. *Ich hätte das Kleid nie anziehen dürfen,* dachte sie. Wie hatte sie nur so dumm sein können – sie hätte wissen müssen, sich denken können, daß selbst ein kalter Mann tief im Herzen Trauer empfinden konnte.

Er stöhnte und legte die Hand über die Augen. »Jesus Christus, ich muß wahnsinnig sein.«

Sie nestelte an den Verschlüssen des Kleides. Marthas Kleid. »Vielleicht sollte ich nicht …«, begann sie.

Er hob den Kopf. Der frostige Schleier war aus seinen Augen gewichen. Er bot ihr seinen Arm und verbeugte sich vor ihr.

»Komm, *Martha*«, sagte er. »Zu Tisch.«

5

»Glauben Sie, daß wir morgen Regen bekommen?« Prudence fröstelte in dem scharfen Wind, der über das Achterdeck strich.

Er roch nach Salz, ein scharfer, feuchter Geruch, der Regen mit sich zu bringen schien.

Sie blickte Ross Manning an. Seit sie die Kabine verlassen hatten, war er stumm geblieben, und im gelben Schein der Laternen, die im Poopdeck hingen, wirkte sein Profil hart und starr. Distanziert und ausdruckslos. Sie empfand einen Anflug von Schuldgefühl. Wie schwierig das wohl alles für ihn war!

»Regen?« sagte er und schüttelte den Kopf, als wolle er sich selbst von einem dunklen Nebel befreien. »Regen? Eher einen schweren Sturm, befürchtet der Kapitän. Das ist einer der Gründe, warum ich ihn ohne jede Mühe überreden konnte, Sie an Bord zu behalten. Er möchte den Kanal hinter sich haben, bevor der Sturm einsetzt und wir Gefahr laufen, an die Küste geschleudert zu werden.« Er runzelte die Stirn. »Sie sollten wissen, daß ich ihm gesagt habe, daß Sie gerne Ihre Verwandten in Virginia besuchen möchten. Martha hatte Familie in Amerika. Sie heißen Symonds, falls Hackett fragen sollte. Ich bin mir nicht ganz sicher, ob er unsere Geschichte völlig glaubt.« Noch immer wirkte Manning sehr weit weg, als ob er mit ihr aus einer entfernten Ecke seines Seins redete.

Sie drückte seinen Arm, in der Hoffnung, ihn zurückzuholen. »Soll ich beim Abendessen die ergebene Ehefrau spielen?«

Er zuckte mit den Schultern. »Wie Sie wünschen.«

Als sie die große Kabine betraten, saßen bereits alle am Tisch des Kapitäns. Prudence zählte außer Hackett sechs weitere Offiziere. Sie erhoben sich und nickten ihr zu oder streckten die Hand zur Begrüßung aus, als sie ihnen vorgestellt wurde. Ob sie ihre Namen wohl alle behalten würde? Sie waren sich alle so ähnlich: so jung und eifrig, mit frischen Gesichtern, aufrecht und gutaussehend in ihren betreßten Uniformen.

Sicher würde sie sich den Namen von Lieutenant Elliot merken. Im Unterschied zu den anderen war er blaß und hatte anscheinend Schwierigkeiten, sich aus seinem Stuhl zu erheben. Der Mann neben ihm gab flüsternd einen wohl witzigen Kommentar ab, als er sich abmühte hochzukommen, und Elliot errötete daraufhin heftig.

Und natürlich würde sie den Namen des Ersten Offiziers behalten, Mr. St. John, der sie so strahlend anlächelte, sie so herzlich begrüßte und ihr so viele Komplimente machte.

»Doktor!« rief er. »Wie hat es ein so griesgrämiger Kerl wie Sie nur geschafft ... Wie haben Sie nur die Gunst dieses prächtigen Geschöpfs gewinnen können? Ich will Sie ja nicht beleidigen, Sir, aber ich finde, Sie verdienen ein solches Glück gar nicht«, fügte er grinsend hinzu und verbeugte sich vor Prudence. »Madam, mit der Gnade Ihrer Schönheit auf unserem Schiff werden wir die ganze Reise über Sonnenschein haben.«

Prudence errötete genauso wie Elliot einen Moment zuvor.

Und sicher würde sie sich auch an den Namen des Stewards, Mr. Slickenham, erinnern, dessen Name zu ihm zu passen schien. Er hatte das verschlagene Aussehen eines Frettchens und das schmierige Betragen eines Speichellekkers, der nur auf seinen Vorteil bedacht war. Nur zu sehr erinnerte er Prudence an den Butler ihres Großvaters, der sie häufig verpetzt hatte.

»Wir heißen die Frau des Arztes willkommen an Bord«, schnurrte er. »Ist es nicht so, Sir Joseph?«

Kapitän Hackett ergriff ihre Hand, küßte sie und geleitete sie zu dem Platz neben ihm. »Sie sehen heute abend bezaubernd aus, Mrs. Manning«, sagte er, während seine Augen sie musterten und, wenn auch nur kurz, an ihren schwellenden Brüsten hängenblieben. »Wie klug von Ihnen, daß Sie sich ein elegantes Kleid mitgebracht haben. Ich vermute, verehrte Dame« – er zwinkerte ihr zu –, daß Sie darauf vorbereitet waren, ihr Anliegen selbst vorzutragen, wenn Ihr Mann es nicht für Sie getan hätte.«

Sie erinnerte sich an ihren Part in dem Spiel. »Ich habe mich so danach gesehnt, meine Verwandten in Amerika wiederzusehen«, sagte sie. »Und außerdem hasse ich es, von meinem Mann getrennt zu sein«, fügte sie hinzu, wobei es ihr gelang, jenes Schmollen vorzutäuschen, das Jamie immer ›anbetungswürdig‹ genannt hatte.

Der Kapitän belohnte sie mit einem weiteren Handkuß und einem so einladenden Lächeln, daß sie anfing, Mannings Warnungen zu bezweifeln. Hatte er nicht auch gesagt, daß er sie nur deshalb beschützen würde, weil er Hackett nicht ausstehen konnte? *Sie* fand den Kapitän nicht garstig, wie Manning ihn dargestellt hatte, ignorierte das Stirnrunzeln Mannings und erwiderte Hacketts Lächeln. »Wie freundlich von Ihnen, mich an Bord bleiben zu lassen, Sir Joseph«, sagte sie.

»Ich werde immer in Ihrer Schuld stehen.«

»Das werde ich mir merken«, erwiderte der Kapitän sofort. »Vergessen Sie es nicht. Ich erwarte, daß Sie mir eines Tages die Schuld zurückzahlen.« Er lächelte geheimnisvoll und gab den Bediensteten ein Zeichen, daß sie das Essen servieren konnten.

Seine Aufmerksamkeiten ließen während des ganzen Essens nicht nach. Zwischen dem wohlwollenden Kapitän und dem charmanten St. John kam sich Prudence vor wie eine Prinzessin. Es war eine neue, erregende Erfahrung, so umschmeichelt, bewundert und bedient zu werden; bald drehte sich ihr alles im Kopf, und ihre Wangen röteten sich vor nervöser Erregung.

Papa hatte sich, als sie heranwuchs, immer nur um die Entwicklung ihres Charakters gekümmert, und Großpapa – mit seinem Methodismus und seiner frömmelnden, verkniffenen neuen Frau – hatte ihr Schläge angedroht, wenn sie die Dorfjungen auch nur ansah, geschweige denn sie ermutigte. Jetzt jedoch erwiderte sie alle diese Aufmerksamkeiten mit einer Raffinesse, von der sie selbst nicht gewußt hatte, daß sie sie besaß. Sie kicherte bei jeder witzigen Bemerkung, die der Kapitän machte, und bedankte sich für jede der artigen Äußerungen St. Johns mit einem Lächeln.

»Ich fürchte, Sie verdrehen meiner Frau den Kopf, Gentlemen«, murrte Ross schließlich von seinem abgelegenen Platz am Ende des Tisches, wohin Hackett ihn verbannt hatte.

Der Kapitän lachte und füllte erneut Prudences Weinglas. »Höre ich da Eifersucht heraus, Mr. Manning? Vielleicht hätten wir die Dame doch an der Küste absetzen sollen. Schließlich beneiden *wir* Sie. Ist es nicht so, meine Herren? Eine lange, einsame Reise ohne die Gesellschaft einer Frau ... Denn Frauen vermissen wir alle ...« Er lachte wieder. Aber dieses Mal klang sein Lachen so seltsam und häßlich, daß es Prudence verwirrte.

»Außer Elliot natürlich«, sagte einer der anderen Offiziere, was erneutes Gelächter auslöste, das sie noch mehr verwirrte.

»Gentlemen, wenn Sie erlauben«, sagte Ross und erhob sich halb aus seinem Stuhl. Seine Augen waren dunkel und finster. »Meine Frau ist noch sehr jung und unschuldig.«

Auch Prudence bedachte ihn mit einem finsteren Blick. Warum gab er ihr immer das Gefühl, noch ein Kind zu sein? Was das auch immer für ein Witz unter Männern gewesen sein mochte, *sie* hatte sich ganz bestimmt nicht beleidigt gefühlt! Also beschloß sie, daß er einfach zu unfreundlich wäre, um auch nur einen Gedanken an ihn zu verschwenden. »Die *Chichester* scheint ein schönes Schiff zu sein, Sir Joseph. Wie stolz müssen Sie darauf sein, sie zu befehligen. Fahren Sie schon lange zur See?«

Er strahlte sie geschmeichelt an. »Ich habe mein halbes Leben in der königlichen Marine gedient. Die *Chichester* ist ein Kriegsschiff mit sechzig Kanonen. Ein recht gutes Schiff. Aber ich erwarte, daß ich noch höher im Rang steige. Bei meinem letzten Landurlaub hatte ich Gelegenheit, mit dem Earl of Sandwich auf Fuchsjagd zu gehen.«

Hackett schwieg und wartete die Reaktion der Männer an seinem Tisch ab. Einige von ihnen nickten verstehend, und Lieutenant Elliot riß in unverhüllter Bewunderung die Augen auf. Hackett wandte sich mit einem stolzen Lächeln wieder an Prudence. »Sandwich ist der erste Lord der Admiralität, Mrs. Manning. Und ein sehr weitblickender Mann, der die Fähigkeiten seiner Kapitäne schätzt und belohnt.« Er strich über die Locken an seinen Schläfen. »Und seiner persönlichen Freunde natürlich.« Seine Stimme wurde eine Spur dunkler. »Ich zähle darauf, daß meine Offiziere mich bei der Verwirklichung meiner Ambitionen unterstützen.«

Er lächelte Prudence gewinnend an, führte ihre Hand, die auf seinem Arm lag, an die Lippen und drückte einen Kuß darauf. »Alle großzügigen Taten sollten belohnt werden. Denken Sie das nicht auch, Verehrteste? Und ich bin darauf vorbereitet, all denen meine Dankbarkeit zu zeigen, die mir eine Freude bereiten. In welcher Hinsicht auch immer.«

Ross gab einen seltsam gepreßten Laut von sich. »Ich werde mein Bestes tun, meine Frau von Ihnen fernzuhalten, Sir. Vor allem, damit sie Sie nicht von Ihren ehrgeizigen Plänen ablenkt.«

Prudence starrte ihn an. Was verärgerte den Mann denn jetzt schon wieder? Sie hatte Hacketts Bemerkung harmlos gefunden.

Die Augen des Kapitäns verengten sich. »Warum habe

ich nur immer das Gefühl, daß Sie mich herausfordern wollen, Mr. Manning? Haben Sie Angst, daß ich Ihnen Ihre Frau wegnehme?« Er lachte, aber die Feindseligkeit in seiner Stimme war nicht zu überhören. »Bei Gott, ich frage mich, ob sie verführt werden *könnte*.«

Ohne die Entgegnung von Ross abzuwarten, wandte sich der Kapitän an die anderen Offiziere: »Wußten Sie schon, meine Herren, daß ich der Meinung war, unser neuer Arzt hier hätte ... Neigungen in einer ganz anderen Richtung? Bei unserer ersten Begegnung schienen seine eigenen Worte das zu bestätigen. Wir alle sollten ihn auf dieser Reise sorgfältig beobachten.«

Ross holte tief Luft und achtete nicht auf die neckenden und spöttischen Bemerkungen der anderen Männer um ihn herum. Prudence biß sich verwirrt auf die Lippe. Ob sie wohl die Männer jemals verstehen würde? Ross griff in seine Jackentasche und zog ein spitzengesäumtes Seidentuch hervor. »Ich dachte, das interessiert Sie vielleicht, Sir«, sagte er. »Achten Sie auf die Namen, Ross und Martha, die in die Ecke gestickt sind. Das hat meine Frau mit eigener Hand gefertigt. Wohl kaum ein Geschenk für einen Mann mit bestimmten Neigungen.« Er reichte das Taschentuch über den Tisch zu Hackett, wobei seine Augen triumphierend glitzerten. Hackett betrachtete das Tuch und lächelte dann Prudence an. »Ein schönes Stück, meine Liebe. Wann haben Sie es ihm geschenkt?«

Prudence hielt den Atem an, da sie das plötzliche Aufschimmern eines Verdachts in Hacketts Augen sah. »Zu seinem Geburtstag«, sagte sie rasch.

Aber es war zu spät. Ross war ihr bereits zuvorgekommen. »Zu unserem Hochzeitstag.«

Ein verschlagenes Lächeln breitete sich auf dem Gesicht des Kapitäns aus. »Wie seltsam. Ein solcher Schatz. Und Sie sind sich nicht über den Anlaß einig?«

Du meine Güte, dachte Prudence in panischem Schrekken. Ross hatte sie gewarnt, daß der Kapitän wahrscheinlich ihre Geschichte nicht glauben würde. Wenn jetzt alles herauskäme, könnte Ross in ernsthafte Schwierigkeiten geraten, ja, man würde ihn vielleicht sogar einsperren. Und sie? Rücktransport nach England auf dem nächsten Schiff, das zumindest. Sie brachte ein unschuldiges Lächeln zustande. »Ich bin eine Närrin. Vielleicht habe ich heute abend zuviel Wein getrunken. Oder es sind immer noch die Nachwirkungen von meinem Unfall. Verzeih mir, Ross. Natürlich war es an unserem Hochzeitstag. Ich weiß noch genau, wie ich in der Nacht zuvor stundenlang aufgeblieben bin, um rechtzeitig mit der Stickerei fertigzuwerden.« Wieder lächelte sie Hakkett an und betete, daß ihm ihre Erklärung plausibel vorkommen würde.

Seine dunklen Augen blickten sie immer noch argwöhnisch an. »Wie haben Sie und Ihr Mann sich kennengelernt?« Sein Ton war eher scharf als freundlich.

Sie sah den Ausdruck von Unbehagen auf Mannings Gesicht und warf ihm einen hastigen Blick zu, mit dem sie ihn um Schweigen bat. »Nein, Ross. Das werde ich erzählen. Oder hast du so wenig Vertrauen in mein Gedächtnis?« Der Himmel wußte, daß sie diese Geschichte überzeugender erzählen konnte als er mit seinem kalten Verhalten und seinen dunklen, von Trauer getrübten Erinnerungen.

»Es war bei mir zu Hause in Wiltshire«, begann sie. »Ich hütete in den Hügeln die Schafe meines Großvaters. Ross war zu Besuch bei einem Freund. Ein Lord in der nächsten Pfarrei, glaube ich.« Sie lächelte Hackett unschuldig an. »Ich sang ein Liedchen, um mir ein wenig die Zeit zu vertreiben. Zwischen Schafen und wildem Thymian, und nichts als der Gesang durchbricht die Stille.«

Ross nickte. »Es war ein schöner Tag.«

Die Erinnerungen an einen ganz anderen Tag wühlten sie auf und gingen ihr ans Herz. »Er ritt auf seinem Pferd vorbei und fragte mich nach dem Lied. Es ist eine alte Weise, die mich meine Mutter einmal gelehrt hat, über Liebe und Verlust und die süße Traurigkeit des Herbstes.« Fast sehnsuchtsvoll preßte sie die Worte hervor.

St. John legte seine Hand über ihre. Er war sichtlich bewegt. »Sie müssen einmal für uns singen, Mrs. Manning. Sie haben sicherlich eine wunderschöne Stimme.«

Hackett starrte ihn finster an. »Und was passierte dann, Mrs. Manning?« fragte er scharf. »Als Sie Ihren Mann trafen?«

»Wir alberten in der Sonne herum, wie die Kinder. Und pflückten die wilden Primeln, die zwischen den Felsen wuchsen. Er lachte über meine schweren Holzschuhe. Ich kam mir vor wie ein richtiges Landmädchen. Und er war so ein eleganter ...Gentleman.« Sie schluckte. Beinahe hätte sie gesagt »Viscount«.

Ross räusperte sich. »Du sahst ganz reizend darin aus. Aber ich glaube, die Herren haben jetzt genug gehört. Willst du ihnen all unsere Geheimnisse erzählen, Liebes?« Offensichtlich wollte er, daß sie aufhörte.

Aber es war zu spät. Sie hatte sich in ihre süßen Erinnerungen, in die zärtlichen Gedanken verloren. »Danach ist er noch viele Male gekommen«, sagte sie verträumt. »Bei schönem oder schlechtem Wetter. Wir saßen einfach da, redeten und lachten. Und einmal, als es regnete, da ...« Sie brach ab und spürte, daß ihre Tränen heiß zu fließen begannen. Oh, Jamie! Hatte es jemals einen schöneren Tag auf der Welt gegeben ...?

Sie blickte den Kapitän an und sah den seltsamen Ausdruck auf seinem Gesicht. Was tat sie da? Hatte sie sich völlig vergessen? Sie fuhr sich über die feuchten Wangen und lachte leise. »Es war eine so schöne Zeit, daß ich bei dem Gedanken daran heute noch weinen muß.«

Ob nun Hackett die Geschichte glaubte oder nicht, die anderen Offiziere waren jedenfalls sichtlich gerührt. Sie rutschten auf ihren Stühlen hin und her und murmelten Worte der Sympathie und des Verständnisses.

»Ihre Feinfühligkeit ehrt sie, Mrs. Manning«, sagte St. John. »Wir haben nicht das Recht, in ihre tiefsten Geheimnisse einzudringen.«

Hackett lehnte sich in seinem Stuhl zurück und zog skeptisch eine Augenbraue hoch. »Nun, ich würde gerne mehr hören.«

»In der Tat. Es ist eine faszinierende Geschichte«, murmelte Steward Slickenham und neigte den Kopf in vorgetäuschter Übereinstimmung mit seinem Kapitän.

Prudence kaute unbehaglich auf ihrer Lippe. Gleich würde sie ihren ganzen Kummer heraussprudeln, da sie schon merkte, wie er an die Oberfläche drängte. Und was würde Hackett dann von ihr denken? Sie warf Ross einen verzweifelten Blick zu.

Er reckte sich in seinem Stuhl. »Halten Sie mich meinetwegen für einen müden Hund, so wie ich gähne«, schnarrte er. »Aber ich glaube, die Herren müssen uns für heute abend entschuldigen, Liebes. Ich muß jetzt zu Bett gehen. Und du brauchst schließlich auch Ruhe nach deinem Sturz.« Er stand auf und streckte ihr die Hand entgegen. »Komm.« Dann verbeugte er sich vor Hackett. »Mit Verlaub, Herr Kapitän, Sir. Ich glaube, wir werden die zärtlichen Erinnerungen meiner Frau auf ein anderes Mal verschieben müssen.« Bevor Hackett protestieren konnte, war er bereits um den Tisch gegangen und half Prudence, aufzustehen.

Die Offiziere erhoben sich und wünschten ihnen eine gute Nacht. Nur Hackett schien verärgert über den abrupten Aufbruch. »Sie werden mir ein anderes Mal mehr erzählen, Verehrteste«, sagte er mürrisch. »Ich verlasse mich darauf.«

Die Luft auf dem verlassenen Achterdeck war kühl und roch nach Teer und Salz. Als sie das Hauptdeck erreicht hatten, blieb Prudence stehen und atmete tief ein. Sie konnte das Quietschen der Masten, das Klatschen der Segel hoch über ihren Köpfen hören. Vom Vorschiff erscholl das Gelächter der Matrosen. Alltägliche Geräusche. Beruhigende Geräusche, die sie fast aufheiterten, die sie daran erinnerten, daß sie sich auf einem Schiff befand und durch die Nacht ihrem geliebten Jamie entgegenflog.

»Haben Sie sich erholt?« Ross' Stimme an ihrem Ohr klang warm und überraschend sanft.

Sie seufzte. »Ja.«

»Sie müssen ihn sehr lieben, Ihren Viscount.« Er seufzte ebenfalls. »Ich habe Martha auf einem Ball kennengelernt, bevor ich zur Universität ging. Ihre Erinnerungen sind vermutlich romantischer als meine. Sie hat mich zunächst kaum beachtet.« Er seufzte noch einmal. »Aber Hackett ist mißtrauisch. Wir müssen wachsam sein und uns gegenseitig unsere Lebensgeschichten erzählen, damit er uns nicht noch einmal hereinlegen kann.«

»Ich würde mich freuen, mehr über Martha zu hören«, sagte sie mitfühlend.

Er schnaubte. »Mich freut es weniger, darüber zu reden. Täuschen Sie sich nicht. Ich mag dieses kleine Abenteuer nicht besonders. Schon gar nicht, wenn ich mein Leben dabei vor einer Fremden enthüllen muß. Vor einem leichtsinnigen kleinen Mädchen. Aber Sie?« Er lachte zornig auf. »Meine kleine Schäferin! Sie würden wahrscheinlich Ihre Liebe zu dem Viscount mit der ganzen Welt teilen wollen.«

Es klang wie eine Verurteilung. Vorwurfsvoll blickte sie ihn an. »Ich könnte bis ans Ende aller Zeiten von meiner Liebe zu Lord Jamie sprechen.«

»Ach, er hat also einen Namen, dieser Liebhaber, der Ihnen ein Kind gemacht und sich dann verabschiedet hat.«

Erfüllt von der Wärme des Weins, den Aufmerksamkeiten und der guten Unterhaltung beim Abendessen hatte sie beinahe vergessen, wie kalt und zynisch Ross sein konnte. »Das war nicht sein Fehler«, verteidigte sie Jamie. »Er mußte weggehen. Aber seine Versprechungen waren so wahr, wie seine Liebe rein ist.«

Er lachte wieder, mit einem Anflug von Unglauben. »Ich würde gerne wissen, was *wirklich* auf diesem Hügel passiert ist.«

»Oh!« schrie sie auf, erfüllt von Wut und Scham. »Sie kaltherziger Mann mit ihren bösen Gedanken! Wie können Sie nur glauben …?«

»Und Sie?« unterbrach er sie höhnisch. »Eine großäugige Naive, die die Wahrheit nicht sieht, wenn sie direkt vor ihr steht! Ich hätte Sie beim Abendessen am liebsten geschüttelt. Diesen hechelnden Hund auch noch mit Ihrem Lächeln zu ermutigen! Haben Sie nicht gehört, haben Sie nicht verstanden, was er gesagt hat? Du lieber Gott, er hat Sie sozusagen aufgefordert, seine Geliebte zu werden!«

Sie schnalzte mit der Zunge. »Wie albern! Er war einfach nur freundlich.«

»Jesus«, murmelte er. »Ist das alles, was Sie gesehen und gehört haben?«

Angesichts seiner Sicherheit begann sie langsam selbst zu zweifeln. »Nun ja«, gab sie zu, »manches, was er gesagt hat, war ein wenig verwirrend. Was hat er mit Ihren ›Neigungen‹ gemeint?«

»Er meinte, daß er mich für einen Homosexuellen gehalten hat. Jemanden, der Jungen und Männer liebt«, erklärte er trocken, als sie ihn verständnislos ansah.

»M-Männer und Jungen?« stotterte sie. »Was ... wie kann denn ein Mann ...?«

»Beim Bart des Äskulap«, polterte er. »Wo sind Sie aufgewachsen? In einem Kokon?«

»Oh!« Wütend stampfte sie mit dem Fuß auf. Sie hatte genug von seinen Beleidigungen, davon, daß sie sich bei ihm vorkam wie ein dummes Kind. »Ich bin zu einer gottesfürchtigen Christin erzogen worden!« schrie sie. »Ich bin dazu erzogen worden, Menschen beim Wort zu nehmen, ohne häßliche Hintergedanken bei allem und jedem zu haben ...«

»Pst!« Er griff nach ihrem Arm, um sie zum Schweigen zu bringen. »Hackett beobachtet uns vom Achterdeck aus. Er sollte besser nicht sehen, wie wir uns streiten.«

Sie zögerte. Zweifellos hatten beide ein Interesse daran, Hackett zu täuschen. Vielleicht war er ja gar nicht der Bösewicht, als den Ross ihn hinstellte, aber bestimmt war er ein stolzer Mann. Er würde sich sicherlich rächen, wenn er auf den Gedanken käme, betrogen worden zu sein. »Was sollen wir tun?« flüsterte sie.

»Ich glaube, wir sollten uns besser küssen.« Ohne auf ihre Zustimmung zu warten, zog er sie in die Arme und drückte seinen Mund auf ihre Lippen.

Seine Lippen waren fest und angenehm, und der Druck, den sie ausübten, raubte ihr den Atem. Sie seufzte, drängte sich an ihn und schlang ihre Arme um seinen Hals. In ihrem Kopf drehte sich alles, und sie war sich trotzdem aller Empfindungen seltsam klar bewußt. Die Wärme seines starken Körpers an ihrem, die Stärke seiner besitzergreifenden Umarmung, der brennende Mund, der den ihren mit solcher Sicherheit suchte ... Als er sie losließ, war ihr schwindlig.

Oh, Prudence! dachte sie erschreckt. *Wie ungehörig!* An dem Kuß eines anderen Mannes Gefallen zu finden, wo doch Jamie immer in ihren Gedanken war. Sie fühlte sich verwirrt und schämte sich ihrer Treulosigkeit. Papa hatte nie eine andere Frau angesehen, geschweige denn jemand mit Vergnügen geküßt, in all den Jahren, als Mama noch gelebt hatte. Und so sollte Liebe doch auch sein? Daß man niemand anderen mehr ansah?

Zitternd wandte sie sich von Ross ab, damit er den Ausdruck auf ihrem Gesicht nicht erkennen konnte.

»Sie zittern ja«, sagte er. »Tut Ihr Kopf wieder weh?«

In panischer Angst versuchte sie, ihre Scham zu verbergen, ihr schulderfülltes Vergnügen an einem verbotenen Kuß zu verstecken. Sie schämte sich doppelt, weil es *ihm* anscheinend ganz gleichgültig war. »Ja!« sprudelte sie hervor. »Ich fühle mich sehr schwach. Meine Rippen tun mir wieder weh.«

»Ich werde Ihnen vor dem Schlafengehen noch einmal ein Pulver geben. Kommen Sie.« Er legte seinen Arm um sie und führte sie durch den Niedergang zum Verbandsdeck. Sie war sich verschwommen bewußt, daß die Matrosen, denen sie auf der Treppe begegneten, verschlagen lächelten oder eifrig miteinander redeten, wenn sie an ihnen vorbeikamen. Dreihundert Männer, hatte Ross gesagt. Hungrig auf eine Frau. Sollte die ganze Reise unter diesem Vorzeichen stehen? Sie dachte an Betsys Geschichten über gierige Männer – Männer, vor denen man Angst haben mußte. Erschauernd drängte sie sich enger an Ross, während sie weitergingen.

Auf dem Verbandsdeck mischte Ross ein Pulver mit Wasser und sah zu, wie sie es trank. »Sie werden gut schlafen«, meinte er und führte sie zur Kajüte.

Die Tür zu Ross' Kajüte ging auf, und ein Matrose kam heraus – der häßlichste Mann, den Prudence je gesehen hatte. So häßlich wie die Fratzen, die in den dunklen Ekken und auf den Säulen der Kirche in Winslow eingeschnitzt waren. Augenblicklich empfand sie Mitgefühl. Wie traurig, mit einem Gesicht durchs Leben gehen zu müssen, vor dem die Kinder davonliefen und sich versteckten.

Überrascht blieb er stehen und tippte an seine Mütze. »Bitte um Verzeihung, Mr. Manning. Ich wollt' Ihnen keine Ungelegenheiten bereiten. Kein bißchen, Sir!«

Ross runzelte die Stirn. »Wedge, nicht wahr? Tobias Wedge?«

»Aye, Sir. Meine Kameraden nennen mich aber Toby.«

Ross' blaue Augen glitzerten kalt wie Stahl. »Es gehört nicht zu Ihren Pflichten, meine Kajüte aufzuräumen. Dafür habe ich einen Diener. Was tun Sie hier? Stehlen?«

Wedge schüttelte den massigen Kopf. »O nein, Sir! Ich und Gawky, mein Kamerad, wollten Ihre Lady an Bord begrüßen. Ich hab' ein kleines Geschenk für sie in die Kajüte gelegt – verstehen Sie, Sir?« Er wies mit dem Daumen auf die Kajüte. Die sanften Augen in dem häßlichen Gesicht glühten vor Aufrichtigkeit.

Ross zögerte, dann nickte er. »Dann gehen Sie. Halten Sie sich vom Achterdeck fern«, fügte er hinzu. »Der Kapitän hält sich dort auf.

»Danke sehr, Sir.« Wedges Gesicht zerfloß in einem breiten Lächeln voller Dankbarkeit, das ihn völlig anders aussehen ließ. »Er hat was gegen mich, das hat er. Ich spür' das in den Knochen.«

»Was haben Sie denn getan, um ihn zu verärgern?« fragte Prudence besorgt.

»Kann ich Ihnen nicht sagen, Lady. Aber, wissen Sie, mir ist ein Hase über den Weg gelaufen, als ich in Deptford an Land war. Ein schlechtes Omen. Meine Ma, Gott hab sie selig, hat mir immer gesagt, daß ich deshalb so häßlich auf die Welt gekommen bin. Sie hat sich vor 'nem großen schwarzen Hasen erschreckt, kurz bevor sie soweit war ...« Er brach ab, blickte unbehaglich auf Ross' harte Miene und trat ein paar Schritte zurück. »Aber ich halt' Sie von Ihrem Schlaf ab. Bitte um Entschuldigung.« Er grüßte noch einmal und verschwand.

Prudence sah Ross stirnrunzelnd an. »Warum sollte der Kapitän ihn nicht leiden können?«

Abscheu zeichnete sich auf seinem Gesicht ab. »Weil der Kapitän, der jeden Tag soviel Schönheit im Spiegel sieht, jeden Mangel an Schönheit als persönliche Beleidigung empfindet. Aber kommen Sie in die Kajüte. Dies ist nicht der Ort für ein privates Gespräch.«

Die Kajüte wurde von einer Laterne schwach beleuchtet. Die Decken waren zurückgezogen, und zwei Kissen lagen nebeneinander in der Koje. Auf einem der Kissen thronte Wedges Geschenk – eine kleine, aus Walbein geschnitzte Schüssel, in der hoch aufgetürmt Haselnüsse lagen.

»Wie großzügig von ihnen!« rief Prudence, griff nach der Schüssel und betrachtete sie lächelnd.

Ross lachte trocken auf. »Es sind abergläubische Kinder, keine hochherzigen Samariter. Haselnüsse bedeuten Fruchtbarkeit in der Ehe.«

»Oh!« Mit brennenden Wangen sank sie auf den Stuhl. Die Realität ihrer Situation, die unbequeme Intimität, die sie jetzt gezwungenermaßen für die nächsten sechs Wochen miteinander teilen mußten, drang langsam in ihr Bewußtsein. Sie hoffte sehr, daß Ross gleich von irgendwoher eine Hängematte hervorziehen und sie an den Balken festbinden würde. Er hatte ihr ja schließlich – zu ihrem Kummer – überdeutlich klargemacht, daß er sich ihrer Unschuld bewußt war. Ihrer Unerfahrenheit.

Aber in der Zwischenzeit ... Es war ihr peinlich, und sie war verlegen, weil sie nicht wußte, wie es weitergehen sollte. Verzweifelt bemühte sie sich, natürlich zu klingen, so zu tun, als sei sie nicht verwirrt. Vielleicht sollten sie sich noch ein bißchen unterhalten ...? Sie lächelte ihn fröhlich an. »Die Offiziere scheinen alle ganz nett zu sein.«

»Ich habe sie nur kurz kennengelernt, als ich heute früh an Bord kam. Die übliche Mischung. Ehrgeizig, aber gutwillig. Ihre wirklichen Qualitäten werden erst in der Schlacht zutage treten.«

»Ich mochte den Ersten Offizier, St. John.«

Er grunzte. »Das habe ich bemerkt. Und er fand Sie auch nett. Es wäre klug ...«

Nicht schon wieder eine väterliche Lektion! »Ist Lieutenant Elliot krank?« fiel sie ihm ins Wort. »Er wirkte den ganzen Abend über so leidend. So blaß und matt. Und die anderen Männer schienen sich über ihn lustig zu machen. Ich fand das etwas verwirrend. Können Sie es mir erklären?«

Ross räusperte sich und ordnete die Papiere auf seinem Schreibtisch. »Er ... hatte eine Verletzung, die ich behandeln mußte.«

»Oh, der arme Mann.« Sie runzelte die Stirn. »Warum haben sie ihn dann so grausam gehänselt?«

»Das brauchen Sie nicht zu wissen.«

Sie starrte ihn finster an, beleidigt wegen seines überheblichen Tonfalls. »Ich bin kein Kind mehr, Mr. Manning!«

Spöttisch zog er eine Augenbraue hoch. »Nun gut. Wenn Sie darauf bestehen ... Er hat heute nachmittag mit einem Entermesser geübt. Und sich dabei die Hoden verletzt.«

Sie keuchte auf, errötete wieder und starrte auf die Laterne, an die Decke, zu Boden. Überallhin, nur um das triumphierende Funkeln in den Augen dieses Mannes nicht sehen zu müssen. Es hatte ihm Spaß gemacht, sie zu schockieren!

Falls er ihr Unbehagen spürte, so ignorierte er es, und zumindest dafür war sie ihm dankbar. »Nun«, sagte er munter, »möchten Sie lieber den Abend verplaudern, oder sollen wir uns mit den naheliegenden Themen beschäftigen? Abgesehen von Kapitän Hacketts wöchentlichen Abendessen werden Sie Ihre Mahlzeiten hier oder in der Messe mit den anderen Offizieren einnehmen. Sie befindet sich auf dem oberen Kanonendeck, direkt unter der Kajüte des Kapitäns. Mir wäre es lieb, wenn ich Sie zu den Mahlzeiten begleiten dürfte. Es sei denn, Sie zeigen sich unempfänglicher für St. Johns Charme.« Er zeigte auf den abgedeckten Nachttopf in einer Ecke der Kajüte. »Wenn Sie dabei lieber allein sein möchten, so gibt es eine Vorrichtung dafür auf dem Achtergang, direkt neben der Messe. Ich werde jedoch die meiste Zeit des Tages auf dem Verbandsdeck sein und meinen Pflichten nachgehen, so daß ich Sie hier nicht zu stören brauche.«

»Muß ich die ganze Zeit allein in diesem Loch verbringen?« Herausfordernd reckte sie ihr Kinn.

Er zögerte. »Nein, natürlich nicht«, sagte er schließlich. »Es wäre ungesund, wenn Sie nicht an die frische Luft kämen. Ich werde Ihnen erlauben, bei schönem Wetter an Deck zu gehen, und die übrige Zeit können Sie in der Messe verbringen. Sie ist hell und luftig, und die Offiziere sind eine nette Gesellschaft. Ich muß Sie jedoch bitten, nicht zu vergessen, daß Sie angeblich eine verheiratete Frau sind.«

Sie blickte ihn finster an. Wenn er sie nicht gerade wie ein Kind behandelte, dann benahm er sich so, als ob er sie für eine Hure hielte!

Er ignorierte ihren finsteren Gesichtsausdruck. »Was das An- und Ausziehen angeht«, fuhr er ruhig fort, »so kann ich mich leider nicht aus der Kajüte zurückziehen, weil ich dann Gefahr liefe, von meinen Gehilfen gesehen zu werden, die auf dem Verbandsdeck schlafen. Sie brauchen mich jedoch nur zu bitten, mich umzudrehen, und ich werde gehorchen.«

Seine Sorge um ihre Schicklichkeit gefiel ihr, aber sein brüskes, bestimmtes Gehabe ganz und gar nicht. Nicht einmal *Großpapa* hatte sie so herumkommandiert.

»Danke.« Sie versuchte, genauso selbstsicher zu klingen wie Manning.

»Nun?« Er verschränkte die Arme vor der Brust. Anscheinend wartete er auf irgend etwas.

»N-nun?« stammelte sie, und ihre ganze Kühnheit schwand. »Ich soll mich ... *jetzt?*«

»Wann wollten Sie denn schlafen gehen? Morgen wird ein langer Tag. Zumindest ich brauche meinen Schlaf.«

Sie kam sich vor wie Kind, das wegen seiner Widerborstigkeit ausgeschimpft wird. Gehorsam erhob sie sich von ihrem Stuhl, und sofort drehte er ihr den Rücken zu und nahm seine Perücke ab. Dann schüttelte er den Kopf und ließ sein sandblondes Haar über seine Schultern fallen. Sie schluckte. Es würde genauso peinlich sein, ihm beim Ausziehen zuzusehen, wie sich selbst der Kleider im gleichen Raum mit ihm zu entledigen. Sie wandte den Blick ab, und schlüpfte rasch aus ihrem Kleid und Unterkleid und setzte sich dann, um Schuhe und Strümpfe auszuziehen. Noch nie zuvor in ihrem Leben war sie so befangen gewesen, noch nicht einmal, als Jamie ihre Röcke hochgezogen hatte.

Alberne Prudence! Wo war ihr Mut geblieben? Hatte Manning sie denn nicht praktisch nackt gesehen? Und ihr Hemd bedeckte sie schließlich züchtig genug. Sie blickte zu ihm hinüber. Er hatte sich ebenfalls bis aufs Hemd ausgezogen. Seine Beine waren lang und muskulös, bedeckt von feinen braunen Härchen. Sie schluckte noch einmal. Was für ein wahnsinniges, verrücktes Abenteuer! »Ich bin fertig«, flüsterte sie.

Er drehte sich um und betrachtete sie mit seinem kalten, distanzierten Blick, während sie ihre Haare zu einem langen Zopf flocht. »Ist das nicht das Hemd, das ich zerrissen habe?«

Sie drehte ihm den Rücken zu. »Ich habe es geflickt, sehen Sie? Aber ich hätte lieber noch ein anderes.«

»Mr. Slickenham hat bestimmt ein paar Ballen Stoff in seinem Laden. Wenn Sie mit einer Nadel umgehen können ...« Er faltete seine Kleider sorgfältig und legte sie über die Bank, dann ging er mit seiner Perücke in der Hand zu seiner Seekiste.

›Ah!‹ dachte Prudence und atmete erleichtert auf. Sie hatte sich schon Sorgen gemacht. Natürlich bewahrte er dort die Hängematte auf. In seiner Seekiste.

Er öffnete die Kiste, zog eine Schachtel heraus und rollte seine Perücke sorgfältig zusammen, bevor er sie hineinlegte. Dann schloß er die Kiste wieder und wandte sich zu Prudence um.

»Nun«, sagte er und wies auf die Koje. »Wollen Sie innen oder außen schlafen?«

6

»Sie Schuft!« spuckte sie. Betsy mußte ihr nicht erst sagen, was Männer im Sinn hatten! »Sie erwarten von mir, daß ich mit Ihnen im gleichen Bett liege? Zuerst die Küsse – die Ihnen anscheinend gar nichts ausgemacht haben! Und dann … dann *dies?*«

Verärgert blies er die Backen auf und atmete tief durch. »Verdammt noch mal, Sie sind aber wirklich anstrengend! Meinetwegen könnten Sie in meiner Seekiste schlafen! Aber dies ist ein Schiff! Hier gibt es nur wenig Privatsphäre. Der Mann, der meine Kajüte aufräumt, würde es bald erraten, wenn wir nicht in der gleichen Koje schliefen! Und es unserem zweifelnden Kapitän erzählen, da können Sie sicher sein. Haben Sie vergessen, wie schnell er von der Anwesenheit einer Frau auf dem Schiff erfahren hat? Es gibt zahlreiche Männer hier, die sich gerne bei ihm einschmeicheln würden, indem sie den Spion für ihn spielen.«

Sie kaute auf der Ecke eines Fingernagels und blickte ihn weiterhin argwöhnisch an.

»Sehen Sie mal«, fuhr er ruhiger fort, »das ist eine große Koje, und ich schwöre Ihnen, daß ich auf meiner Seite bleiben werde.«

Vielleicht konnte sie ihm doch trauen. »Schwören Sie?«

»Ich schwöre.« Er seufzte. »Schließlich habe ich fast

vergessen, wie schön es ist, bei einer Frau zu liegen. Glücklicherweise. Ich begnüge mich mit meinen Erinnerungen.« Er wies wieder auf die Koje. »Nehmen Sie die Außenseite. Dann können Sie dem Zugriff des Unholds leicht entkommen, wenn Sie wollen …« Unerwartet schmunzelte er – ein warmes, freundliches Lächeln, das weiße Zähne enthüllte.

Sie blickte zu Boden und verschlang ihre Finger ineinander. »Verzeihen Sie mir meine Albernheit.«

Seine Stimme war weich und so verständnisvoll, daß sie überrascht aufsah. »Sie sind nicht albern«, murmelte er, »nur sehr jung. Und vielleicht ein bißchen verängstigt.« Er schüttelte den Kopf. »Sie brauchen keine Angst vor mir zu haben, Prudence Allbright. Ich gebe Ihnen mein Wort.«

Er nahm eine Kerze und eine Zunderbüchse von einem Regal, um beides ans Kopfende der Koje zu stellen. Dann zündete er die Kerze an, schlug die Laken zurück und kletterte in die Koje, wobei er sich so dicht wie möglich mit dem Rücken an die Wand legte. »Kommen Sie«, sagte er und klopfte neben sich auf die Matratze. »Löschen Sie die Laterne. Wenn Sie im Bett liegen, mache ich die Kerze aus.«

Zögernd ließ sie sich auf die Knie sinken und schloß die Augen, um ihr Abendgebet zu sprechen. Sie sprach dieselben Worte, die sie seit so vielen schmerzerfüllten, tränenreichen Nächten sagte – daß Gott ihr helfen solle, Jamie schnell zu finden. Seufzend unterdrückte sie ihre Sehnsucht. Sie wollte sich nicht noch dadurch beschämen, daß sie vor Manning in Tränen ausbrach.

Sie löschte die Laterne und kletterte in die Koje, wobei sie Manning den Rücken zudrehte. Als sie lag, zuckte sie zusammen; die Prellung an ihrer Hüfte schmerzte auf der dünnen Matratze. Sie mußte unbedingt daran denken, sie morgen früh genauer zu untersuchen.

»Gute Nacht«, sagte er und blies die Kerze aus. Noch einen Augenblick lang bewegte er sich unruhig, um es sich selbst bequem zu machen, dann zog er die Decken über sie beide und lag still. Wie er versprochen hatte, achtete er sorgfältig darauf, daß kein Teil seines Körpers mit ihrem in Berührung kam.

In der Kabine war es stockdunkel. Prudence spürte das sanfte Schaukeln des Schiffes, fand es aber eher beunruhigend als einschläfernd. Ein stetiger Rhythmus, der wie eine Mahnung in ihr Gewissen drang. Obwohl Mannings gleichmäßiges Atmen ihr verriet, daß er fast sofort eingeschlafen war, blieb ihr diese Erlösung versagt. *Was tue ich hier?* dachte sie verängstigt. Sie mußte den Verstand verloren haben. Der Kummer hatte wahrscheinlich ihre Vernunft besiegt.

Sie dachte an Mama, die jetzt seit neun Jahren tot war. Und ihr lieber Papa – schon seit zwei Jahren im Grab. Was würden sie jetzt von ihrem braven kleinen Mädchen denken? Sie lag neben einem Fremden. Am Beginn eines wahnsinnigen Unternehmens.

Sie wagte gar nicht, daran zu denken, was Großpapa sagen würde. Papa war zwar streng, aber gerecht gewesen. Er hatte ihren rebellischen Geist gesehen, aber versucht, sie durch sein eigenes tugendhaftes Beispiel zu Gott zu führen. Obwohl sie seinen Vorstellungen von christlicher Frömmigkeit nie ganz entsprochen hatte, war er immer liebevoll gewesen und hatte ihr alles verziehen.

Aber als Papa gestorben war, hatte sie niemand mehr vor dem selbstgerechten Grimm ihres Großvaters schützen können; vor einem frömmelnden Zorn, der so scheinheilig war, wie Papas Glauben rein gewesen war. Ein angsteinflößender Mann, der völlige Unterwerfung von ihr verlangt hatte. Sie hatte vor ihm gezittert und ihm gehorcht – obwohl sie sich im Herzen heftig dagegen auflehnte –, und sie hatte gewußt, daß sie früher oder später aneinandergeraten würden.

Aber wie hätte sie erraten können, daß Großpapa einen so vollständigen Sieg davontragen würde?

Seufzend drehte sie den Ring an ihrem Finger. Sie vermißte den süßen Trost von Jamies Ring; das Versprechen ihrer Vereinigung. Er war ihre einzige Freude gewesen in der dunklen, einsamen Zeit nach Papas Tod. Und dann war Jamie gegangen ... Und die Tage, die darauf folgten ... Sie schlug die Hand vor den Mund, um das Schluchzen zu ersticken, das aus ihrem schmerzenden Herzen emporstieg.

In der Ferne hörte sie den Klang der Schiffsglocke. Ein Schiff. Sie war auf einem Schiff. Sie segelte nach Amerika ... und zu Jamie. Warum war sie eigentlich so verzweifelt? Hatte Papa nicht immer gesagt, daß Gott den Menschen die Hoffnung geschenkt habe? Den Trost, wenn das Leben unerträglich schien? Diese Hoffnung wollte sie in ihrem Herzen tragen. Bald würde sie in Jamies Armen liegen, da war sie sich sicher.

Der tröstliche Gedanke beruhigte sie, und sie trieb in einen warmen Dämmerzustand am Rande des Schlafes hinein. Bald würde sie Jamie sehen. Wie albern von ihr, diesen dunklen Gedanken nachzugeben. Wie albern, an Gottes Hilfe zu zweifeln. Jamie, dachte sie, während ihre Augenlider sich schlossen. Lieber Jamie ...

Sie schrie auf, als sich ein warmer Arm um ihre Taille legte und eine starke Hand sich gegen ihren Bauch drückte. In panischem Schrecken richtete sie sich auf und krabbelte aus der Koje. Sie verfing sich mit einem Bein in der hohen Umrandung und landete mit einem lauten Plumps auf den Planken.

»Verdammt«, fluchte Manning leise. Sie hörte, wie er im Dunkeln mit der Zunderbüchse herumfingerte. Plötzlich erhellte der Schein der Kerze die Kabine. Ross saß in der Koje und blinzelte ins Licht. Schlaftrunken und verwirrt blickte er sie an. »Was, zum Teufel, ist los?«

»Was los ist? *Was los ist?*« Sie kniete sich hin, zu beleidigt, um deutlich reden zu können. Was konnte sie schon sagen, wenn dieser lüsterne Kerl so tat, als wisse er von nichts?

Er rieb sich die Augen und starrte sie an. »Was ist los?« wiederholte er. Dann wurde sein Gesicht weich, und die harten Linien wichen einem besorgten Ausdruck. »Hatten Sie einen bösen Traum? War es das?«

Augenblicklich überkamen sie Zweifel. Vielleicht war

er wirklich unschuldig und hatte sie im Schlaf berührt, ohne es bewußt zu wollen. »Ich ... ich habe seltsame Geräusche im Dunkeln gehört«, erwiderte sie lahm. Was konnte sie ihm sonst sagen. »Das hat mir Angst gemacht.«

Er fluchte noch einmal. »Und deshalb haben Sie so laut aufgeschrien, daß Sie einen Toten damit hätten aufwekken können? Gott sei Dank habe ich ein starkes Herz, sonst hätte man morgen früh meine Leiche über Bord werfen können.«

Sie starrte ihn finster an. Unschuldig oder nicht, er *hatte* sie berührt. Und jetzt verschlimmerte er die Beleidigung auch noch, indem er wieder in diesem arroganten, hochmütigen Ton mit ihr redete! »Ich habe das schließlich nicht absichtlich gemacht«, gab sie zurück.

Er grunzte. »Ihr hysterischer Anfall hat mich aus einem süßen Traum gerissen. Einem Traum über meine Frau.«

Sie verstand sofort, und Schuldbewußtsein wegen ihres raschen Zorns überkam sie. Er hatte gedacht, sie sei Martha, natürlich, die neben ihm im Bett lag. Der arme Mann. »Ich ... es tut mir leid«, stammelte sie und kam sich wieder einmal töricht vor.

Er zuckte mit den Schultern. »Ein Schiff in der Nacht ist lebendig und verursacht viele Geräusche. Sie können demjenigen, der nicht daran gewöhnt ist, Angst machen. Kommen Sie wieder ins Bett.«

Rasch stand sie auf, erleichtert, daß der Sturz ihr nicht noch weitere Verletzungen zugefügt hatte.

»Warten Sie«, sagte er und wies auf eine Laterne, die in einer Ecke der Kabine hing. »Die Dunkelheit in den Unterdecks kann einem Angst machen. Vielleicht sind Sie ja noch daran gewöhnt, wie in ihrer Kindheit mit einem Nachtlicht zu schlafen. Machen Sie die Laterne da drüben an und stellen Sie die Flamme niedrig. Wir werden das jetzt jede Nacht machen, damit Sie ruhig schlafen können.«

Er streckte ihr die Kerze entgegen.

Sie ignorierte seine beleidigende Anmerkung, daß sie immer noch ein Kind wäre, und nahm die Kerze. Wahrscheinlich war es das beste, daß er sie so sah – als Kind, nicht als Frau, die er nehmen konnte, sollte ihm plötzlich danach zumute sein. Sie entzündete die Laterne mit der Kerzenflamme, blies die Kerze aus und kehrte ins Bett zurück. Wieder wandte sie ihm den Rücken zu und drückte sich an die Umrandung der Koje.

Er bewegte sich unruhig ein paar Minuten lang, dann seufzte er. »Mist! Jetzt kann ich nicht mehr einschlafen.«

Sie starrte in das flackernde Licht der Laterne. Es tauchte die Kabine in einen dämmerigen Schein. »War es so ein schöner Traum?«

Er seufzte wieder. »Das war es. So schön, wie unser gemeinsames Leben war.«

Sie zögerte. »Erzählen Sie mir von Martha.«

»Warum?« Da war wieder die kalte Distanz in seiner Stimme.

»Ich werde es wissen müssen. Wegen Kapitän Hakkett.« Nein. Das stimmte nicht ganz. »Ich würde es auch gerne selbst wissen«, fügte sie leise hinzu.

»Sie war ein Engel. Wunderschön, lieb und gut. Und jetzt schläft sie bei den Engeln.« Seine Stimme war heiser und dunkel, und er schwieg zwischen den einzelnen Worten, als zögere er, sie auszusprechen.

»Und sie hat Sie zuerst nicht gemocht, haben Sie gesagt?«

Er lachte traurig. »Ich glaube, ich habe ihr in meinem ersten Jahr auf der Universität so viele Liebesbriefe geschickt, wie ich Arbeiten für meine Professoren geschrieben habe. Und als ich in meinem praktischen Jahr am Krankenhaus arbeitete, konnte ich mich kaum auf meine Arbeit konzentrieren, so häufig dachte ich an sie. Aber zu guter Letzt hat sie eingewilligt, meine Frau zu werden. Wir haben im Frühling '47 geheiratet. Und im Obstgarten unter blühenden Bäumen getanzt. Zwei glückliche Jahre haben wir erlebt. Mehr nicht.« Er stöhnte, und fluchte dann leise, als ob ihm seine Schwäche peinlich wäre.

Prudence wischte sich eine Träne von der Wange, da

sie seinen Schmerz mitfühlte. »Wie ... wie ist sie gestorben?« flüsterte sie.

»Müssen Sie denn alles wissen?« grollte er.

»Nur, wenn Sie es mir erzählen wollen.«

»Da gibt es wenig zu erzählen. Im Leben vereint sich beides – Kummer und Freude.« Er verfiel wieder in seinen normalen Tonfall, kurzangebunden und kalt. »Sie hatte einen Tumor im Bauch. Ich hielt ihn für gutartig, und sie wollte, daß ich sie operiere. Kinder zu haben war ihr großer Wunsch, und deswegen sollte ich ihr die Geschwulst entfernen. Aber ich zögerte.«

Prudence wunderte sich über seine leidenschaftslose Stimme, als ob er ihr eine Geschichte von jemand anderem erzählte. »Und deshalb ist sie gestorben?« murmelte sie mitfühlend.

»Nein. Ein stolzer, arroganter Arzt tötete sie. Ein Mann, der so von seinen Fähigkeiten überzeugt war, daß nichts ihn davon abbringen konnte, nachdem er sich einmal zur Operation entschlossen hatte. Er verletzte ein Gefäß, und sie verblutete.«

Entsetzt riß sie die Augen auf. Redete er von sich? »Aber wie konnte er ...?«

»Genug«, sagte er müde. »Das ist keine angenehme Erinnerung.«

»Sie müssen ihren Verlust sicher sehr beweint haben.«

Sie konnte hören, wie er mit den Zähnen knirschte. »Ich habe *nie* geweint. Das ist eine Schwäche, die ich mir nicht gestatte.«

Ein Mann, der nicht weinte? dachte sie. *Tief in seiner Seele muß er von Tränen überflutet sein.* Eifrig versuchte sie, ihn zu trösten. »Sie finden bestimmt wieder eine andere Frau. In den Jahren, die Gott Ihnen noch läßt.«

Er lachte freudlos. »Die Jahre, die mir noch bleiben? Du lieber Himmel, für wie alt halten Sie mich eigentlich?«

Sie drehte sich um und sah ihn an. Er lag auf dem Rükken und starrte zur Decke. Sein Profil war starr, der Mund fest zusammengepreßt und die Stirn gerunzelt. Sie dachte an Papa, an seine strengen Auffassungen und sein mißbilligendes Stirnrunzeln ab und zu. »Oh, sehr alt!« sprudelte sie hervor.

Er lachte wieder. Es klang beängstigend. »Dann hat das Leben wahrscheinlich seinen Zoll gefordert. Und ich bin ein Mann, der genug erlebt hat.«

Die Endgültigkeit seines Tonfalls erschreckte sie. »Aber Sie sind ein guter Arzt, glaube ich.«

»Und kaum noch ein Mensch«, murrte er. »Ich verabscheue mittlerweile die Gesellschaft anderer Menschen. Wissen Sie, was ich zu tun gedenke, wenn wir in Virginia sind? Ich werde in die Wildnis der Shenandoah-Berge gehen, mir eine Hütte bauen und mir einen Bart wachsen lassen.«

»Und was tun Sie dort?«

»Ein bißchen zeichnen und durch die Wälder wandern. Und auf den Tod warten.«

Entsetzt keuchte sie auf. »O nein! Das dürfen Sie nicht! Wollen Sie sich so vor der Welt verschließen?«

Er wandte den Kopf und blickte ihr direkt in die Augen. Seine Lippen verzogen sich zu einem spöttischen Lächeln. »Haben Sie einen besseren Vorschlag?«

Er war so kalt und abweisend, daß es ihr das Herz zerriß. »Als ich ein kleines Mädchen war«, sagte sie leise, »gab es in einem Dorf eine alte Frau, die noch traditionelle Dinge beherrschte. Sie machte immer Winterwein, wie sie es nannte, sie setzte ihre Krüge in den Schnee und ließ sie einfrieren. Die rubinrote Flüssigkeit darin war stark und rein. Ich schwänzte oft meinen Unterricht und stapfte durch den tiefen Schnee, um von dem verbotenen Gebräu zu kosten.« Sie seufzte, als sie an die verzauberte Zeit dachte, in der sie – behütet und geliebt – mit Mama und Papa zusammengelebt hatte.

Er schnaubte. »Eine reizende Geschichte. Und?«

»Verstehen Sie nicht? Vielleicht ist ihr Herz wie dieser Wein – in Eis eingeschlossen. Und es wartet darauf, befreit zu werden, stärker und reiner zu sein als je zuvor.«

»Ein verlockender Gedanke. Aber zu welchem Zweck?«

»Um wieder zu leben und zu lieben! Ihr Leben ist doch noch nicht vorbei! Ich habe Liebe bei meinem Lord Jamie gefunden, weil ich nie die Hoffnung aufgegeben habe, daß mir Liebe zuteil wird. Und jetzt vertraue ich auf Gott – und halte meine Hoffnung lebendig. Mein Geliebter wartet auf mich in Amerika. Das weiß ich gewiß. Haben Sie so wenig Vertrauen in Gott? So wenig, daß Sie alle Hoffnung begraben?«

Er stützte sich auf einen Ellbogen und nahm ihr Kinn in die Hand. »Allmächtiger Gott«, murmelte er und sah ihr tief in die Augen. »Gibt es noch solche Unschuld und solchen Glauben in der Welt? Sie armes, dummes Kind. Ich habe die Hoffnung und alles andere begraben, als ich Martha begrub. Wenn wir nach Virginia kommen, wird Ihr Leben beginnen. Meins wird zu Ende sein. Und danach sehne ich mich.« Er ließ ihr Kinn los und sank zurück aufs Kissen. »Mehr als nach allem anderen«, fügte er heftig hinzu.

Sie drehte sich traurig um. Was sollte sie noch mehr sagen? Ihr Gesicht war warm, wo seine Finger es berührt hatten, aber ihr Herz war eisig von seiner Verzweiflung. Es war für sie zu schwer zu verstehen – daß Kummer jemanden so überwältigen konnte, daß er nicht mehr leben wollte. Ihre Leiden hatten sie stark und entschlossen gemacht, während Ross …

Gott möge mir vergeben, dachte sie. *Ich habe nicht das Recht, über ihn zu urteilen.* Sie hatte ja wenigstens jemanden, für den sie leben konnte. Jemanden, den sie liebte.

Es kam ihr unendlich lange vor, bis sie endlich Schlaf fand. Sie hörte, wie er sich unruhig bewegte und im Schlaf »Martha« murmelte. Dann, als sie wieder seinen Arm um sich spürte, ließ sie es geschehen. Es war warm und tröstlich.

Sie fragte sich, ob sie ihm diese zärtliche, unbewußte Umarmung wohl nur gewährte, um ihm das Herz leichter zu machen. Oder ob auch sie Gefallen daran fand.

7

»Ich habe Ihnen Frühstück gebracht.«

Prudence setzte sich in der Koje auf und blickte Ross Manning verschlafen an. Er trug ein kleines Tablett, auf dem eine Schüssel mit Brei und ein Becher mit dampfendem Apfelwein standen. Sie stöhnte. Ihr Kopf pochte wieder, und ihr Magen drehte sich besorgniserregend. »Du meine Güte«, sagte sie und faßte sich an den Bauch. »Ich kann nichts herunterbekommen heute morgen. Ich glaube, ich müßte mich gleich wieder übergeben.«

»Ja, natürlich«, entgegnete er, »das hatte ich ganz vergessen.«

Sie nahm ihm seinen mißbilligenden Tonfall übel. »Was meinen Sie damit?«

Er lächelte ausdruckslos. »Das liegt sicher nur am Schaukeln des Schiffes. Sie werden sich bald daran gewöhnt haben.«

»Und mein Kopf schmerzt.« Sie hatte zu schlechte Laune, um sein Lächeln zu erwidern.

»Das liegt an der stickigen Luft hier in der Kabine. Wenn Sie angezogen sind, werde ich mit Ihnen an Deck gehen. Anscheinend sind wir dem Sturm entgangen. Draußen regnet es nur leicht.« Er stellte das Tablett auf die Anrichte. »Aber Sie müssen wenigstens ein bißchen essen. Etwas Tee und ein paar Biskuits zumindest, darauf bestehe ich.« Er wies auf eine Wasserkaraffe auf dem Schreibtisch. »Stehen Sie auf. Während Sie sich anziehen, mache ich Tee.«

Ließ er ihr überhaupt jemals die Wahl? Sie wartete und weigerte sich hartnäckig, sich zu bewegen, bevor er sich nicht umdrehte. Ein kleiner Sieg. Dann stieg sie aus der Koje. Das Wasser war warm und erfrischend auf ihrem Gesicht; sie begann sich schon besser zu fühlen, und ihre Kopfschmerzen ließen nach. Hastig schob sie ihr Hemd herunter und wusch sich unter den Armbeugen, dann bespritzte sie sich mit dem Rosenwasser, das er vorsorglich bereitgestellt hatte. Neben der Waschschüssel fand sie auch ein Glas mit kaltem Wasser, eine Zahnbürste und Zahnpulver. Sie putzte sich die Zähne, spuckte in die Schüssel aus und trank den Rest aus dem Wasserglas. Das beruhigte ihren aufgewühlten Magen.

Während sie sich Marthas Kleid überzog, bereitete er ihr Frühstück zu. Er holte einen kleinen Kocher aus dem Schrank, zündete ihn an, kochte Wasser und brühte Tee auf. Dann drehte er sich um und hielt ihr eine Tasse hin, während sie ihre rötlichen Locken bürstete. »Ihre Haare sind wunderschön«, sagte er.

Es klang wie eine Feststellung, nicht wie ein Kompliment. Jedenfalls beschloß sie, es nicht als solches zu nehmen. Sie steckte ihre Haare hoch und nahm dann die Tasse engegen. »Halten Sie es für klug ...«

»Auf einem unruhigen Schiff ist ein voller Magen besser als ein leerer. *Ganz gleich,* welche Ursachen Ihre Probleme haben. Warten Sie.« Er drehte sich um und nahm ein kleines Fläschchen von der Anrichte. »Ein wenig Pfefferminzöl sollte helfen«, sagte er und schüttete ein paar Tropfen in den Tee.

Der Tee wärmte sie, und die trockenen Biskuits blieben in ihrem Magen. »Was auch immer ich hatte, es ist weg«, meinte sie.

»Das wußte ich. Meine Berufserfahrung hat mich gelehrt, daß diese Episoden vorübergehend sind. Ein wenig Übelkeit morgens. Mehr nicht.« Er wies auf die Bank, auf der ein großes Paket lag. »Mr. Slickenham hatte ziemlich viel Musselin. Ich habe Ihnen auch Schere, Nadel und Faden mitgebracht. Er hatte allerdings keine Strümpfe, aber ich gebe Ihnen ein Paar von meinen.«

»Danke.« Sie kaute auf ihrer Unterlippe. »Anscheinend sind Sie schon seit Stunden auf? Wie ist es Ihnen denn gelungen ...?«

»Aus dem Bett zu kommen? Ich bin über sie geklettert.«

Der Gedanke brachte sie zum Erröten. Sein Körper so nahe an ihrem ...

Er schmunzelte. »Ich habe es wohl ziemlich vorsichtig gemacht. Sie rührten sich nicht einmal.«

Irgendwie kam ihr das nicht richtig vor. »Oh, aber ...«

»Kommen Sie, kommen Sie«, erwiderte er ungeduldig. »Sie haben doch die Nacht ohne Schaden überstanden, oder? Sie werden sich schon daran gewöhnen, daß ich vor Ihnen aufstehe. Aber wenn es Ihren Sinn für Anstand stört, dann können Sie ja auf der Innenseite schlafen.«

»Das werde ich auch«, sagte sie entschlossen. Sie mußte ihm zeigen, daß sie kein passives Kleinkind war, das sich einfach so herumschubsen ließ!

Er ging zur Tür. »Kommen Sie jetzt mit an Deck?«

»Nein, das werde ich nicht tun. Ich möchte erst meine Hemden zuschneiden. Und meinen Rock nähen. Ich werde den ganzen Morgen hier unten bleiben.«

Er zuckte mit den Schultern. »Wenn Sie unbedingt so störrisch sein wollen ... Sie finden mich im Verbandsdeck, wenn Sie gerne an die frische Luft möchten.« Er drehte sich um und verließ die Kajüte, wobei sein Gesicht deutlich sein Mißfallen ausdrückte.

Als er gegangen war, fiel ihr die Prellung an der Hüfte wieder ein. Sie zog ihre Röcke hoch und untersuchte sie sorgfältig. Sie tat weh, wenn sie sie berührte – ein leicht angeschwollener roter Fleck oben auf ihrem Hüftknochen. Überrascht stellte sie fest, daß sie sich noch nicht verfärbt hatte, wie Prellungen das normalerweise taten. Aber vielleicht war sie einfach nicht so schlimm, obwohl sie so weh tat. Sie zog die Röcke wieder herunter und machte sich an die Arbeit.

Zunächst breitete sie den Stoff, den Ross mitgebracht hatte, auf dem Fußboden aus. Feiner Musselin. Und er hatte ihn wahrscheinlich bezahlt. Sie mußte Buch darüber führen, damit Jamie ihm das Geld zurückgeben konnte. Geschickt schnitt sie die einzelnen Stücke für ihre Hemden zurecht und stellte mit Freude fest, daß noch genug Stoff für den Saum ihres Kleides übrig war,

Stirnrunzelnd faltete sie das letzte Stück zusammen und legte es auf den ordentlichen Stapel auf der Bank. Sie wäre besser nicht so eigensinnig gewesen und hätte Ross' Angebot, ein wenig auf dem Deck spazierenzugehen, abgelehnt. Aber sie haßte es, in seine Vorschläge einzuwilligen. Und noch mehr haßte sie es, daß er einfach voraussetzte, daß sie ihm wie ein kleines Kind gehorchte.

Aber Sturheit *ist* kindisch, Kätzchen, hatte Papa immer gesagt. Und albern. Noch dazu klopfte es jetzt in ihrem Kopf, als würde ein Perserteppich im Hof ausgeklopft. Sie schluckte ihren Stolz hinunter und wandte sich zur Tür, um die Kabine zu verlassen.

Genau in diesem Augenblick klopfte es leise. Auf ihren Zuruf betrat ein junger Matrose die Kabine. »Guten Morgen, Ma'am«, sagte er und trat auf sie zu. »Ich bin Thompson, der Mann, der Mr. Mannings Kabine aufräumt. Aber wenn ich zur unrechten Zeit gekommen bin, dann werfen Sie mich wieder raus, und ich bin schneller weg als die Maus, die eine Katze sieht.«

Sie war dankbar für die Ausrede. »Nein, nein. Ich wollte sowieso gerade gehen.«

Sie überquerte den Gang und betrat das Verbandsdeck. Ross saß am Tisch, und vor ihm standen sechs Seeleute. Neben dem Medizinschrank lehnte ein Mann mit einem rötlichen Gesicht, der besser angezogen war als die Seeleute; er trug Gehrock und Weste und eine Perücke auf dem Kopf, die offenbar schon bessere Tage gesehen hatte.

Ross stand auf, als Prudence eintrat, und versuchte, ein spöttisches Grinsen zu unterdrücken. »Schon so schnell?«

Sie segnete Thompson für seine Unterbrechung. »Ich wollte Thompson nicht bei der Arbeit stören«, sagte sie munter. »Also dachte ich, es wäre besser, deine freundliche Einladung zu einem Spaziergang auf Deck anzunehmen.

Er wies auf den Mann mit der Perücke. »Ich möchte dir Bailey vorstellen. Er ist einer meiner Sanitätsmaats.«

Bailey strahlte und nickte grüßend. »Willkommen an Bord, Mrs. Manning.« Das Lächeln wurde breiter. »Ich bin *Erster* Maat, wissen Sie. Und es ist mir ein Vergnügen, unter Ihrem Mann zu dienen.«

Ross schnaubte. »Warten Sie mit solchen Bemerkungen lieber, bis die Reise vorbei ist.« Er wies auf die Tür, durch die Prudence gerade eingetreten war. »Nun, meine Liebe, würdest du bitte draußen warten, bis ich mit diesen Männern hier fertig bin ...?«

Sie hatte nicht vor, sich einfach so wegschicken zu lassen. »Ich werde hier warten«, verkündete sie mit fester Stimme. »Im Gang ist es zu eng. Es sei denn, du möchtest, daß ich alleine auf Deck spazierengehe.«

Er kniff seine kalten blauen Augen zusammen. Prudence lief ein Schauer über den Rücken, und sie wäre am liebsten weggelaufen. Dann schien er sich jedoch zu besinnen und rückte ihr einen Stuhl zurecht. »Wie du möchtest.«

Sie setzte sich mit soviel Stolz, wie sie aufbringen konnte.

Ross wies mit dem Finger auf den ersten Mann in der Reihe. »Treten Sie vor.«

Der Mann hatte ein gerötetes Gesicht, die Haut war trocken und gespannt. Ross fühlte ihm den Puls, legte ihm die Hand auf die Schläfe und schüttelte den Kopf. »Sie haben Fieber. Gibt es einen Grund dafür?«

»Aye, Sir.« Der Seemann rollte seinen Ärmel hoch und zeigte ihm eine große Wunde auf dem Unterarm; sie war rot und geschwollen und sonderte eine dicke, gelbliche Flüssigkeit ab. »Ich habe mir vor zwei Tagen einen Splitter in den Arm gerammt, Sir.«

Ross verzog verärgert den Mund. »Und gedacht, daß Gott die Wunde ohne menschliche Hilfe heilen wird.« Er warf seinem Maat einen Blick zu. »Drücken Sie den Eiter heraus, Bailey, und legen Sie einen Verband an. Dann schicken Sie den Mann zu Richards auf die Krankenstation. Er kann nicht mit Fieber Dienst tun.«

Während Bailey die Wunde versorgte, untersuchte Ross den nächsten Mann. Der Seemann seufzte und stöhnte und klagte über Dutzende von Krankheiten. Nach gründlicher Untersuchung verschränkte Ross die Arme über der Brust und blickte den Mann finster an.

»Nun, bei Gott«, grollte er, »Sie sind nichts weiter als ein fauler Hundesohn! Ihnen fehlt überhaupt nichts! Gehen Sie wieder an Ihre Arbeit, bevor ich Sie dem Bootsmann als Drückeberger melde. Und danken Sie Ihrem Schöpfer, daß Sie so gesund sind!«

Der Seemann ließ den Kopf hängen und schlurfte davon. Nach ihm kam ein Mann, der sich schon die ganze Zeit über gekratzt hatte. Er streckte Ross seine Arme entgegen. Die Haut war mit grünlichen Krusten bedeckt, die für Prudence wie haariges Moos aussahen, durchzogen von roten, eiternden Pusteln. Sie schluckte bei dem Anblick und begann es zu bedauern, daß sie unbedingt hatte hierbleiben wollen.

»Ich kann kaum arbeiten, Mr. Manning, so sehr juckt das«, sagte der Seemann.

Ross untersuchte ihn flüchtig. »Wenn jeder Mann in der Armee oder der Marine, der die Krätze hat, nicht arbeiten könnte, dann würden unsere Truppen nur noch aus einer Handvoll Leuten bestehen. Hören Sie auf, sich zu kratzen, Mann! Die Flüssigkeit aus den Pusteln verbreitet die Krankheit auf die anderen Körperteile.« Er nahm einen Stift und kritzelte ein paar Zeilen auf ein Blatt Papier, das er dann seinem Maat reichte. »Bailey, mischen Sie dieses Rezept für unseren kratzenden Freund hier.«

Der nächste Seemann schlurfte vor. Er ging schmerzgebeugt und warf Prudence einen unbehaglichen Blick zu.

»Worüber haben Sie zu klagen?« fragte Ross ungeduldig.

Der Seemann räusperte sich und rieb sich den Nacken. »Nun, Sir, ich war in London, und da war dieses aufgetakelte Feuerschiff, und sie hat die ganze Zeit nicht von mir abgelassen! Und jetzt ...« Er blickte auf seine Leistengegend und murmelte einen Fluch.

Ross verdrehte die Augen. »Verdammt noch mal. Haben Sie etwa Aufrichtigkeit von einer Hure erwartet? Nun, zeigen Sie mal.«

»Aber, Sir ...« Der Seemann errötete und warf Prudence einen verstohlenen Blick zu.

»Zeigen Sie!«

Der Mann seufzte, ließ seine Hosen herunter und zog sein Hemd hoch. Prudence ergriff die Flucht.

Zitternd stand sie im Gang und versuchte, den Anblick der Genitalien des Mannes zu vergessen, die tiefrot, geschwollen und mit wunden Stellen bedeckt gewesen waren. Papa war rasch gestorben, und Mama war an einer verborgenen, stillen Krankheit dahingesiecht. Nie zuvor war sie mit den schrecklichen Entstellungen des menschlichen Körpers in Berührung gekommen.

Sie zitterte immer noch, als Ross in den Gang trat. Mit Tränen in den Augen blickte sie ihn an. »Ich ... ich hatte nicht gedacht ...«

Wenn sie Trost erhoffte, so war davon in seinem eisigen Blick nichts zu finden. »Ich habe mit dem wirklichen Leben zu tun«, sagte er. »Nicht mit der Welt von Träumen und treuen Geliebten, in der Sie zu Hause sind. Wenn Sie zu empfindlich für die Realitäten der Medizin sind, dann bleiben sie dem Verbandsdeck besser fern.«

Sie fühlte sich abgekanzelt und erniedrigt. Allerdings hatte er sie vorher gebeten, zu gehen. Anders als bei Großpapa galten seine Anordnungen ihrem eigenen Wohl. »Es ... es tut mir leid«, sagte sie mit zitternden Lippen.

Sein Gesichtsausdruck wurde weicher. »Das war wohl ein schlimmer Anblick. *Mir* tut es leid.« Er bot ihr seinen Arm. »Kommen Sie mit an Deck.«

Sie ließ ihre Hand unter seinen Ellbogen gleiten und fühlte sich seltsam getröstet. Jetzt, wo der Schock vorüber war, wurde sie neugierig. »Was passiert mit dem Mann, der Fieber hat?«

»Wenn sich seine Wunde entzündet, wie ich befürchte, dann müssen wir ihm den Arm abnehmen.«

»Wie entsetzlich! Der arme Kerl!« Sie blickte in sein gleichmütiges Gesicht. »Erschreckt Sie das nicht auch?«

»Sehr. Doch ein Arzt sollte mehr tun können, als Infektionen zu behandeln.«

Das hatte sie überhaupt nicht gemeint. Sie versuchte es noch einmal. »Was ist ein Feuerschiff?«

Er zog eine Augenbraue hoch. »Wollen Sie das wirklich wissen?«

»Natürlich.«

»Das ist ein Seemannsausdruck für eine Hure mit Gonorrhö. Muß ich Ihnen das auch erklären?«

Sie schüttelte den Kopf und schwieg, bis sie das Hauptdeck erreicht hatten. So unwissend war sie nun auch wieder nicht. Betsy hatte sich immer mit allen möglichen Salben und Elixieren eingerieben, um den Krankheiten ihres Gewerbes vorzubeugen.

Der Regen hatte aufgehört. Die Luft war klar und frisch und am Himmel zeigten sich kleine Fetzen strahlenden Blaus, wo die Wolken aufgerissen waren. Prudence fühlte sich erfrischt, und ihre Laune besserte sich mit der leichten Brise auf ihrem Gesicht. Über ihnen blähten sich die Segel im Wind, die glitzernden Wellen schlugen in einem gleichmäßigen Rhythmus ans Schiff. Und sie war auf dem Weg zu Jamie.

Sie breitete weit die Arme aus angesichts dieses strahlenden Tages und lächelte Ross an. »Ich komme mir vor wie neugeboren! Finden Sie diesen Tag nicht auch herrlich?«

Er blickte sie an. »Ich wünschte bei Gott, daß ich die Welt auch noch sehen könnte wie du!«

»Meine Traumwelt, wie du sie genannt hast?« *Und nicht ohne Verachtung,* dachte sie.

Er umfaßte ihr Kinn mit der Hand. Seine Finger waren warm und sanft. Einen Moment lang dachte sie, er würde sie küssen, so unwahrscheinlich es ihr auch vorkam. »Dein Herz ist so rein, wie dein Gesicht hübsch ist«, sagte er. »Ich frage mich ... wenn es möglich wäre, dein Wesen auf Flaschen zu ziehen, ob ich dann wohl die Welt retten könnte? Oder mich?«

»Ross ...«, flüsterte sie. Die Sanftheit seiner Berührung ließ sie erbeben. Warum nur hatte er die Macht, sie so zu beunruhigen?

»'tschuldigung, Mr. Manning – Lady.«

Sie drehten sich um. Toby Wedge stand vor ihnen und trat schüchtern von einem Fuß auf den anderen.

Ross runzelte die Stirn. »Ja, Wedge, was gibt's? Haben Sie eine Krankheit, die behandelt werden muß?«

»O nein, Sir. Aber, sehen Sie, hier ist mein Kamerad, Gawky, der sich die Lady gern mal aus der Nähe ansehen würde. ›Gawky‹, hab' ich gesagt, ›sie ist so schön wie ein Bild. Fein aufgetakelt.‹« Er verbeugte sich unbeholfen. »Hoffe, es freut Sie, Ma'am.«

»Es freut mich sehr.« Sie fand sein linkisches Wesen seltsam anrührend.

Wedge wies auf den Mann hinter sich, einen großen, schlaksigen Kerl in einem Matrosenhemd. »Lunger nicht achtern rum, Gawky«, sagte er. »Komm, mach der Lady deine Aufwartung und sag dein Sprüchlein auf.«

Gawky zog seine weiten Hosen hoch, schürzte die Lippen, spuckte einen Schwall braunen Tabaksaft über die Reling und trat vor. Seine Verbeugung war sogar noch ungeschickter als die Wedges.

»Ihr Diener, Ma'am«, sagte er und schob seinen Priem von einer Backe in die andere. Unter seiner Bräune zeigte sich leichte Röte. Er wies mit dem Finger auf Wedge. »Als Toby und ich hier gehört haben, daß Sie nur mit einem Korb voll Flitterkram hier auf dem Schiff geblieben sind … Na ja, wir haben ein bißchen mit unseren Kameraden drüber geredet …«

»Sind alles gute Kanoniere, wissen Sie«, unterbrach ihn Wedge.

Gawky blickte Wedge finster an, sichtlich empört darüber, mitten in seiner Erklärung unterbrochen zu werden. »Na ja, langer Rede kurzer Sinn, Ma'am, jeder hat das gegeben, was er konnte. Kleinigkeiten und Sachen, die Sie vielleicht brauchen könnten. Wir haben sie in Ihre Kabine gebracht, Mrs. Manning. Und mehr sage ich nicht. Das war alles.« Verlegen blickte er zu Boden, sein langes Gesicht war knallrot.

Prudence traten Tränen in die Augen. »Wie freundlich

Sie doch sind. Danke. Und danken Sie den anderen Matrosen ebenfalls in meinem Namen.«

»Haben Sie es geschafft, dem Kapitän aus dem Weg zu gehen, Wedge?« fragte Ross.

Wedge nickte heftig mit seinem massigen Kopf. Er sah aus wie eine Marionette an Schnüren. »Aye, das habe ich, Mr. Manning, Sir. Aber er ist unter einem dunklen Mond geboren, unser Kapitän. Das hab' ich jedenfalls gehört. Ein schlechtes Omen. Schlechtes Vorzeichen für die Reise. Und noch schlechter für den armen Toby Wedge.« Er wies mit dem Daumen auf seinen Kumpel. »Und Gawky hier hat immer noch die Striemen von der letzten Reise mit dem Kapitän.«

»Gehen Sie ihm einfach aus dem Weg.«

»Aye. Werd' ich machen. Ich hab' mächtig Angst vor ihm.«

Prudence wollte gerade einwenden, wie unsinnig sie es fände, daß Hackett etwas gegen Wedge hatte, als ein schriller Pfeifton die Luft durchschnitt.

»Das ist die Bootspfeife, die uns zum Essen ruft«, sagte Ross. »Gehen Sie zu Ihren Kameraden. Und danken Sie ihnen noch einmal für ihre Freundlichkeit gegenüber Mrs. Manning.« Er wandte sich an Prudence. »Meine Liebe? Sollen wir essen gehen?«

Wedge und Gawky eilten zur Mannschaftsmesse, und Ross führte Prudence zur Offiziersmesse.

Sie war bereits voller Männer, als sie eintraten – die unteren Ränge waren genauso vertreten wie die Offiziere, die Prudence bereits kennengelernt hatte. Alle hatten sich um den langen Eßtisch versammelt, lachten und machten Witze. Stewards liefen herum und legten Tischtücher und Zinnteller auf. Achtern gab es eine lange Fensterreihe, die den Raum hell und fröhlich machte. Unter den Fenstern war eine niedrige, mit Kissen bedeckte Bank angebracht, auf der der Erste Offizier St. John und ein anderer Mann in eine angeregte Unterhaltung vertieft saßen. Ein großer achteckiger Tisch stand genau vor der Fensterbank. Lieutenant Elliot lehnte sich darauf, einen gequälten Ausdruck im Gesicht. Prudence dachte an seine Krankheit und verspürte Mitleid mit ihm.

St. John sprang auf, als er sie erspähte. »Du meine Güte, Mrs. Manning! Welch ein Vergnügen, Sie wiederzusehen.« Er beugte sich über ihre Hand und küßte sie. »Allerdings hätte ich Sie lieber ganz für mich allein, ohne Ihren Mann, der mich finster beäugt!« Er grinste Ross an. »Wissen Sie eigentlich, Sir, daß Ihre Frau die schönsten grünen Augen auf der ganzen Welt hat? Wenn ich nicht wüßte, wie sie an Bord gelangt ist, würde ich sie für eine Meerjungfrau halten, die hierher gesandt wurde, um uns alle zu bezaubern.«

Prudence errötete, zu verlegen, um zu antworten.

St. John wühlte in seiner Jackentasche. »Gestern abend ist mir aufgefallen, daß Sie keine Schnallen auf Ihren Schuhen tragen. Würden Sie mir die Ehre erweisen, ein kleines Geschenk anzunehmen? Im Austausch dafür, daß Sie uns auf dieser Reise mit Ihrer Schönheit beschenken?« Er hielt ihr ein Paar silberne Schnallen entgegen.

Sie seufzte überrascht und nahm das Geschenk entgegen. »Wie reizend von Ihnen, Lieutenant.«

Er strahlte. »Sie müssen Edwin zu mir sagen. Und darf ich mir gestatten, Sie Martha zu nennen?«

Sie schlug die Augen nieder, zu schüchtern, um ihm ins Gesicht zu blicken. Noch nie zuvor war sie so mit Aufmerksamkeiten überschüttet worden. Noch nicht einmal Jamie war so feurig gewesen – zumindest nicht bis zu dem Augenblick, wo er ihr gesagt hatte, daß er sie liebte. »Natürlich dürfen Sie das«, erwiderte sie. »Wie könnte ich dem nach einem so schönen Geschenk nicht zustimmen?«

Neben ihr stieß Ross einen unterdrückten Laut aus, als ob er an etwas erstickte. »Sollen wir zu Tisch gehen?« fragte er gepreßt und kalt. »Die Stewards sind bereit zum Servieren.«

St. John bot ihr den Arm. »Darf ich, Martha?«

Sie ergriff seinen Arm und erlaubte ihm, sich neben sie zu setzen. Einige der anderen Offiziere bemühten sich um den anderen Platz neben ihr, aber Ross schritt ein, indem er mit einem eisigen Blick nach dem Stuhl griff.

Beim Essen ging es lebhaft zu. Sie merkte sich die Namen und Ränge der Offiziere – des Kanonenoffiziers, des Bootsmanns, des Schiffsschreiners und der anderen. Sogar der Steuermann war da. Sie nickte Slickenham höflich zu und dankte ihm für den Musselin. Es fiel ihr jedoch schwer, den Mann zu mögen. Und als er ganz nebenbei den Preis für den Stoff erwähnte, konnte sie ihn noch weniger leiden. Die feinste *Seide* in Winsley war nicht so teuer!

Ross war still und in sich gekehrt, St. John jedoch unterhielt sich fröhlich mit ihr und brachte das Gespräch ständig auf ihren Charme, ihre Schönheit und ihre Anmut. Als das Essen beendet war und die Offiziere sich wieder ihren Pflichten zuwandten, legte er ihr die Hand auf den Arm.

»Gehen Sie noch nicht, Martha«, sagte er. »Ich habe mir so gewünscht, Sie singen zu hören, seit Sie gestern abend davon gesprochen haben.« Er wies auf Lieutenant Elliot. »Kommen Sie, Mann. Greifen Sie zu Ihrer Fiedel für diese entzückende Dame.«

Sie zögerte. »Ich kann nur die alten Volkslieder.« Und selbst die hatte sie nach Papas Tod im Haus nicht mehr singen dürfen.

Elliot runzelte nachdenklich die Stirn. »Kennen Sie ›Madam, will you walk‹?«

Sie lächelte und ignorierte Ross' Räuspern. »Natürlich.«

»Das ist aber eine Weise für zwei«, sagte St. John. »Darf ich Sie begleiten?« Auf ihr Nicken gab er Elliot ein Zeichen.

Es war ein werbendes Lied, und die einzelnen Verse gingen hin und her zwischen einem flehenden Verehrer und dem zögernden Objekt seiner Zuneigung. Prudence sang es mit der ganzen Koketterie, die das Lied verlangte, und St. John war ihr ebenbürtig. Er preßte eine Hand auf die Brust, und sein Augen brannten vor unerwiderter Liebe.

Sie wurden mit Applaus und fröhlichem Gelächter belohnt, als sie geendet hatten.

St. John verbeugte sich vor Ross. »Ihre Frau ist das entzückendste Geschöpf, das ich je kennengelernt habe, Sir!«

Ross biß die Zähne zusammen. »Meine Frau, Sir, ist ... tatsächlich *meine Frau!*« Er riß Prudence in seine Arme und preßte seine Lippen in einem besitzergreifenden Kuß auf ihre.

Sie sank an seine Brust, überwältigt von der Leidenschaft seines Kusses. Gleichzeitig verspürte sie Angst und Hilflosigkeit. Ihr schwindelte.

»Werden wir diese Beweise ehelicher Zuneigung nun ständig zu sehen bekommen, Mr. Manning?«

Prudence wirbelte herum und sah Kapitän Hackett auf der Schwelle stehen, der sie finster anstarrte.

Ross neigte den Kopf zu einem steifen Gruß. »Ich wollte diesen Herren lediglich klarmachen, daß Mrs. Manning einen Ehemann hat.«

Hackett verzog spöttisch den Mund. »Und zwar einen eifersüchtigen?« Er zuckte mit den Schultern. »Egal. Ich kam, um der teuren Dame meine Ehrerbietung zu erweisen.« Er hob Prudences Hand an seine Lippen und küßte sie. Seine Augen glitzerten. »Haben Sie gut geschlafen, Mrs. Manning? War es für Sie das erstemal? Daß Sie auf einem Schiff geschlafen haben, meine ich.«

Prudence blinzelte, da sich immer noch alles um sie drehte nach dem Kuß von Ross. Sie gewann jedoch rasch genug ihre Geistesgegenwart wieder, um zu erkennen, daß Hackett sie verdächtigte. Unschuldig lächelte sie ihn an. »Ja, Kapitän. Und es ist eine so kleine Koje. Unser Bett zu Hause ist um einiges größer.« Sie mußte daran denken, Ross zu fragen, wo ›zu Hause‹ war.

Hackett erwiderte ihr Lächeln, wobei sich sein Gesicht zu einer Grimasse verzog. »Ach ja? Ich vermisse die Bequemlichkeiten von Heim und Herd ebenfalls. Auch mein Bett. *Alle* Annehmlichkeiten.« Sein Blick glitt abfällig über Ross. »Aber an Bord müssen wir eben leiden. Ist es nicht so, Mr. Manning?«

Ross' Lächeln war ebenso falsch wie das des Kapitäns. »In wenigen Wochen werden wir in Virginia sein, Sir. Mit all den zu erwartenden Freuden, die man in einem richtigen ... Haus genießen kann.«

»In der Zwischenzeit muß ich jedoch mit den Entbehrungen fertigwerden. Ich habe die Hoffnung, daß Sie, Mr. Manning, ein Mittel dagegen haben?«

»Leider, Sir, besitze ich nichts, um ihrem Mangel abzuhelfen.«

»*Nichts*, Sir?«

»Ganz gewiß nicht, Sir.«

Prudence blickte abwechselnd auf die beiden starren Gesichter. Worüber waren sie denn jetzt schon wieder ärgerlich? Über die Sehnsucht des Kapitäns nach Heim und Herd? Ihrer Meinung nach war das ein ganz legitimer Wunsch.

Gottlob wurde die Auseinandersetzung vom Bootsmann unterbrochen. »Gelten Ihre Befehle noch, Sir?«

Hackett räusperte sich. »In der Tat. Ich kann diesen Haufen von gepreßten Männern nicht ausstehen. Idioten, die nur in Süßwasser und bei schönem Wetter zu gebrauchen sind! Keinesfalls werde ich diese faulen, liederlichen Hurensöhne tolerieren ...« Er riß sich zusammen und verbeugte sich vor Prudence. »Ich bitte um Verzeihung, Mrs. Manning. Nichtsnutze, die an Bord nichts taugen und nur die Rationen des Königs verzehren, regen mich auf. Und wo wir gerade von der Ordnung auf dem Schiff reden«, er wandte sich an St. John, »ich bin entsetzt darüber, wie nachlässig einige der Lieutenants zur See gekleidet sind. Sie werden Order erteilen, daß sie auf Deck weder in Matrosenhemden noch in verschmutztem Leinen erscheinen dürfen. Alle haben die neue Proklamation des Königs zu befolgen und die korrekten Uniformen zu tragen. Jederzeit. Ich werde keine Unordnung um mich herum dulden. Haben Sie verstanden?«

»Aye, Sir.«

»Wo wir gerade davon sprechen, Dr. Manning, ich sah,

wie Sie an Deck mit diesem grotesken Mann redeten. Wedge. War das nicht sein Name?«

»Ja, Sir.« Ross spannte die Kiefernmuskeln an. Er erinnerte Prudence an einen Faustkämpfer auf einem Dorffest, der sich darauf vorbereitet, seinen Gegner niederzustrecken.

»In Wahrheit, Kapitän«, warf Prudence rasch ein und legte ihre Hand auf Hacketts Arm, »hatte Wedge mir einen kleinen Dienst erwiesen, deshalb sprach ich mit ihm. Nur um ihm zu danken.« Sie zeigte ihm ihre Grübchen, in der Hoffnung, seinen Zorn auf Wedge dämpfen zu können.

Der Kapitän lächelte sie an, und sein starrer Körper entspannte sich. »Dann, verehrte Dame, muß ich die Unverschämtheit des Mannes für dieses Mal wohl entschuldigen. Ihnen zuliebe. Wie könnte ich solch einem reizenden Anwalt widerstehen?« Er ergriff ihre Hand und küßte sie, wobei seine Lippen ein wenig zu lange auf ihrem Handrücken verweilten. »Auch ich würde Ihnen gerne einmal einen Dienst erweisen. Wenn es die Umstände erlauben.« Er verbeugte sich. »Ihr Diener, Ma'am. Kommen Sie, St. John. Wir haben einiges zu besprechen.«

Und ich habe zu nähen, dachte Prudence. »Willst du mich zurück in die Kabine begleiten, Ross? Oder soll ich alleine gehen?«

Er ergriff sie fest am Ellbogen. »Ich denke, du brauchst Begleitung«, grollte er.

Als sie an Deck traten, war der Himmel klar. Die Wolken hatten sich verzogen, und die Sonne stand hoch am blauen Himmel. Heiß und hell.

Prudence jedoch fröstelte beim Anblick des Mannes, der ihren Arm so festhielt – eine kalte Säule der Wut. Sie hatte das gleiche Gefühl, das sie oft bei ihrem Vater empfunden hatte: als ob sie durch irgend etwas sein Mißfallen erregt hätte, ohne zu wissen, warum. Weil sie höflich zum Kapitän gewesen war, während Ross sich anscheinend entschlossen hatte, Streit zu suchen?

Schweigend gingen sie zur Kabine. Als sie jedoch die

Tür öffneten, strahlte Prudence fröhlich, und ihre dunklen Gedanken verschwanden. Auf dem Boden lagen die Geschenke von Wedge und den anderen Kanonieren. Sie lief hin und kniete sich vor eine angeschlagene Seekiste, betrachtete die Dinge und brach bei jedem in Entzückensrufe aus. Kleine Geschenke, gewiß, aber unzweifelhaft Schätze für die Männer, die sie mit ihr teilten. Ein Bund Zwiebeln und eine kleine, gepökelte Schinkenseite, in Ölpapier eingeschlagen. Ein Töpfchen Butter, die bereits ranzig wurde. Zwei Kämme, grob geschnitzt aus Walfischknochen, sowie ein blaues Band. Ein Zinnspiegel, abgenutzt und verkratzt, und eine Muschel an einem geflochtenen Band, die sie sich um den Hals binden konnte.

»Oh!« rief sie. »Wie hübsch! Wie lieb von ihnen.« Sie lächelte Ross an, in der Hoffnung, er würde ihr Entzücken teilen.

Er zuckte jedoch nur mit den Schultern. »Vermutlich ein Vergnügen für solche Männer, wenn eine Frau an Bord ist.«

Sie schnalzte mit der Zunge. »Nun, wenn du es so sehen willst ...« Sie wandte sich ihrem Nähzeug zu, verärgert, daß er ihr alle Freude an den Geschenken genommen hatte. Unschlüssig hob sie ein Stück Musselin hoch. »Kannst du dir das vorstellen? Sechs Schilling der Meter? Dieser unverschämte Mr. Slickenham!«

Er schnaubte. »Ich habe noch nie einen Proviantmeister gekannt, der nicht versucht hat, sich zu bereichern. Ich würde keinen Pfennig für die Genauigkeit seiner Gewichte und Maße geben.«

»Ich werde veranlassen, daß mein Lord Jamie dir das Geld für den Musselin zurückgibt.«

»Das ist nicht notwendig.«

»Oh, aber das muß er.«

Seine Augen blitzten. »Nein!«

Seine Laune war schon schlecht genug. Sie würde nicht noch um ein paar Schillinge mit ihm streiten. »Nun gut«, murmelte sie. »Ich danke dir für den Musselin.«

Er nahm ihren Dank mit einem Nicken zur Kenntnis.

Dann wies er auf die Seekiste auf dem Boden. »Ich werde natürlich dafür sorgen, daß Wedge und die anderen Kanoniere bezahlt werden.«

Das war es zumindest wert, darüber zu streiten. »Aber ganz gewiß nicht!«

Er starrte sie ungläubig an. »Um Himmels willen, warum nicht?«

»Verstehst du denn gar nichts von menschlicher Freundlichkeit?« schalt sie ihn. »Wie kannst du diese Männer nur so herabsetzen wollen, indem du sie für ein Geschenk *bezahlst?* Gütiger Himmel, warum bist du Arzt geworden, wenn nicht um Gutes zu tun?«

Er verzog die Lippen zu einem zynischen Lächeln. »Das ist interessant. Eine Herausforderung an meine Intelligenz.« Bevor sie antworten konnte, hatte er sich schon zur Tür gewandt. »Ich muß meinen Pflichten nachgehen.«

»Und ich muß nähen.« Sie hoffte, daß ihr Tonfall genauso kühl war wie seiner.

Er blieb stehen, eine Hand auf dem Türgriff. »Übrigens, da wir schon von Geschenken sprechen – du wirst St. John die Schnallen bitte zurückgeben.«

»Das werde ich nicht tun!« Er ging wirklich zu weit mit seinen überheblichen Befehlen.

Heftig drehte er sich zu ihr um. »Verdammt noch mal, bist du eigentlich tatsächlich so blind, wie du tust? Du errötest und benimmst dich einfältig und geziert in seiner Gegenwart! Glaubst du, er erwartet keine Gegenleistung von dir? Meine Güte, wenn du darauf bestehst, weiterhin so schamlos mit ihm zu flirten, werden wir unser Essen hier einnehmen. Allein! Ich werde nicht zulassen, daß du dich für ein paar Schuhschnallen oder ein kleines Kompliment kompromittierst!«

Sie kaute auf ihrem Daumennagel, weil sie plötzlich verwirrt war. Ein Geschenk für einen Schatz, hatte Betsy gesagt. Erwartete St. John das … etwa ihre Gunst? War sie wirklich so naiv, so ahnungslos den Absichten eines Mannes gegenüber, wie Ross behauptete? Nein! Das war nur *seine* Sicht der Dinge. »Du glaubst, jeder bewundernde

Blick wäre ein Vorspiel zu einer ... einer ...!« Sie konnte das Wort noch nicht einmal aussprechen.

»Einer Vergewaltigung?« ergänzte er höhnisch. »Nein. Aber ich glaube, du bringst dich selbst in die Situation, die das eines Tages förmlich heraufbeschwört.«

»Wie kannst du das nur sagen? Lieutenant St. John – ja, und auch der Kapitän! – haben sich wie perfekte Gentlemen verhalten. Höflich und umsichtig. Ich kann kein Zeichen von dieser Lüsternheit erkennen, die du dauernd sehen willst. Bei ihnen jedenfalls nicht. *Du* hingegen ... Du nimmst jede Gelegenheit wahr ... mich zu küssen. Auf höchst unschickliche Weise.«

Sein Gesicht war eine Maske kalter Gleichgültigkeit. »Diese Küsse haben mir nichts bedeutet. Ich habe mich nur so verhalten, um die anderen Männer daran zu erinnern, daß du eine verheiratete Frau bist – du selbst scheinst dazu ja nicht in der Lage zu sein. Ich fürchte, wenn ich dich nicht küsse, werden der Kapitän und St. John bestimmt damit anfangen.«

»Unsinn! Sie sind freundlich zu mir, und ich kann mich ihnen gegenüber auch nur freundlich verhalten. Wie kannst du dir nur etwas anderes denken?« Sie schluckte, und ihr Herz zog sich plötzlich zusammen. »Verstehst du nicht? Ich liebe meinen Lord Jamie. Und niemand anderen. Ich sehne mich nach dem Tag, an dem wir heiraten.« Sie blickte ihn finster und verächtlich an. »Und wenn du glaubst, *deine* Küsse bedeuten mir mehr als nur ein Täuschungsmanöver für den Kapitän ...«

»Ach ja! Der abwesende Lord Jamie, der deine Sinne so verwirrt hat, daß du all dies erduldest, nur um an seine Seite zu eilen. Glaubst du wirklich, du in deiner Traumwelt, daß ein Adliger dich heiraten wird?«

Sie wandte sich ab, und heiße Tränen stiegen ihr in die Augen. Lieber Jamie. Spielte sie ein verlorenes Spiel? Diese verrückte Scharade, die Begleitung eines kalten, gefühllosen Mannes? »Du sagtest, du müßtest deinen Pflichten nachgehen«, sagte sie mit erstickter Stimme. »Und ich muß jetzt nähen. Bitte geh.«

Er trat auf sie zu, seine Hände lagen stark und warm auf ihren Schultern. Seine Augen waren weich geworden, blau wie der Sommerhimmel. Er wischte eine Träne von ihrer Wange. »Prudence ... Du unschuldiges Kind. Ich habe doch nur gemeint, daß du nicht soviel Hoffnung und Vertrauen in das setzen solltest, was dich in Amerika erwartet. Ich ...« Er brach ab und runzelte die Stirn, als der Klang einer Trommel durch das Schiff dröhnte. »Verdammt!« fluchte er und wandte sich zur Tür.

»Was ist los?«

»Alle Mann an Deck. Ich bitte dich, hier zu bleiben!«

»Gibt es eine Schlacht? In diesen Gewässern? Ich möchte zusehen.«

»Ich verbiete es!« grollte er. »Bleib hier unten.« Dann ging er aus der Tür und schlug sie hinter sich zu.

Verbieten? dachte sie und spürte, wie Zorn in ihr aufstieg. Sie nahm an dieser Maskerade als Gleichgestellte teil, nicht als Untergebene. Hastig wandte sie sich ihrem Nähzeug zu und versuchte zu arbeiten, aber ihre Hände zitterten vor Wut, als sie den Faden einfädelte und die ersten Stiche machte. Schließlich warf sie den Stoff beiseite. Nein! Sie würde es nicht zulassen, daß er sie herumkommandierte!

Entschlossen öffnete sie die Tür und ging den Gang entlang. Er war verlassen, und die stetigen Trommelschläge wurden lauter, als sie aufs Achterdeck kam und ins Sonnenlicht trat. Überrascht blickte sie sich um. Alle Männer schienen sich an Deck versammelt zu haben, und auf dem Vorschiff stand der Rest der Mannschaft. Ross und die anderen Offiziere hielten sich auf dem Poopdeck über ihr auf.

Ross kam die Treppe heruntergerannt und ergriff heftig ihren Arm. »Verdammt noch mal, ich habe dir doch gesagt, daß du unten bleiben sollst!«

»Aber warum denn?« stammelte sie verwirrt. »Warum kann ich denn nicht ...?«

Und dann sah sie ihn. Ein Mann, der an die Webleinen des Schiffs gebunden war. Man hatte ihm das Hemd vom

Leib gerissen, und sein Rücken war mit roten, blutigen Striemen bedeckt. Noch während sie entsetzt hinblickte, hob der Bootsmaat ein ausgefranstes Seil und schlug damit dem Mann über den Rücken, wobei er einen weiteren Striemen hinterließ. Der Mann schrie vor Schmerzen auf.

»Gütiger Gott im Himmel«, flüsterte Prudence und brach in Ross' Armen zusammen.

8

Prudence gähnte und öffnete die Augen. In der Kabine war es dunkel, bis auf die Laterne auf dem Schreibtisch, an dem Ross saß. Er schien zu schreiben und wirkte äußerst konzentriert. »Wie spät ist es?« fragte sie. Ihre Stimme klang seltsam rauh und belegt.

Er blickte von seiner Arbeit auf und lächelte. »Beinahe sechs Glasen und Zeit zum Abendessen. Sieben Uhr«, erklärte er, als sie ihn verwirrt ansah.

»Ich habe lange geschlafen.«

»Du hast länger geschlafen, als dir bewußt ist. Du liegst jetzt seit zwei Tagen im Bett. Das waren wohl noch die verspäteten Nachwirkungen deines Sturzes.«

Sie rieb sich die Augen. »Zwei Tage im Bett? Und du?«

Sein Lächeln vertiefte sich. »Du hast mich nicht gestört.«

Ihr lag eine scharfe Antwort auf der Zunge, als sie merkte, daß sie jetzt an der Innenseite lag, dicht an der Wandverkleidung. Aber was man auch immer von Ross Manning halten mochte, er hielt sein Wort. Ihr fiel der Block Papier auf seinem Schreibtisch auf. »Was tust du da?«

»Zeichnen. Das mache ich zum Zeitvertreib.«

»Zeig es mir.«

Zögernd nahm er den Block vom Schreibtisch und kam damit zur Koje. Prudence stützte sich auf einen Ellbogen, um besser sehen zu können. Die oberste Seite war bedeckt mit Skizzen – von seiner Hand, vermutete sie –, die von einem bemerkenswerten Talent zeugten.

»Die sind ja wunderschön«, sagte sie, überrascht von seinem Können, von einer Empfindsamkeit, die sie nicht bei ihm vermutet hätte. Sie wollte umblättern. »Ich möchte gerne mehr sehen.«

Er ließ den Block nicht los. »Nein.«

Sie kicherte. »Sind die anderen Zeichnungen unanständig?« Betsy hatte so ein Buch gehabt. Für ihre Kunden, die Ermutigung brauchten, hatte sie zu Prudence Verwunderung gesagt. Einmal hatte sie sich das Buch angesehen – und sich vor Ekel geschüttelt.

»Natürlich nicht.« Ross sah entschieden verlegen aus. Dann zuckte er mit den Schultern, ließ den Block los und erlaubte ihr, die Seite umzublättern.

Zu ihrem Erstaunen sah sie lauter Zeichnungen von sich: schlafend in der Koje, ein paar Skizzen ihrer Hand, ihr Gesicht von vorne, von der Seite. Es gab sogar ein paar kleine Zeichnungen, in denen er ganz eindeutig versucht hatte, die besondere Krümmung ihrer Augenbrauen einzufangen. Sie blickte ihn an – und schlug dann verlegen die Augen nieder. Daß er sie mit einer solchen Aufmerksamkeit betrachtet hatte, während sie schlief ... Ein seltsames Gefühl durchzuckte sie. »Das ist ... sehr schmeichelhaft«, stammelte sie.

Sein Lachen war kühl und distanziert und erinnerte sie daran, daß es albern von ihr war, in romantischen Gefühlen zu schwelgen, wenn es um Ross Manning ging! »Lieber Himmel«, sagte er trocken, »nimm jetzt bloß nicht an, ich sei genauso interessiert wie die jungen Spunde in der Offiziersmesse. Du bist einfach ein reizendes Objekt. Und eine willkommene Abwechslung nach all den Männern an Bord.«

Die Männer. Seine Worte erinnerten sie an etwas, das sie eigentlich hatte verdrängen wollen. »Dieser arme Seemann, der, der ausgepeitscht worden ist ...«

Er nahm die Blätter rasch an sich und legte sie wieder auf den Schreibtisch. »Er wird sich erholen.«

Ihre Lippen zitterten. »Aber ... *warum?*«

»Das war einer der gepreßten Männer. Kapitän Hackett wollte ein Exempel statuieren.«

»Das ist doch barbarisch! Und du hast das toleriert?«

»Was hätte ich denn tun sollen?« grollte er. »Das ist ein Schiff der königlichen Marine. So geht es hier eben zu.« Seine Stimme wurde rauh vor Zorn. »Ich habe dich davor gewarnt, heraufzukommen.«

Sie starrte ihn ärgerlich an. »Soweit ich mich erinnere, hast du es mir *verboten.* Wie einem Kind.«

»War es etwa nicht kindisch von dir, mir nicht zu gehorchen?« Er schüttelte mißbilligend den Kopf. »Einfach in meinen Armen in Ohnmacht zu fallen ...«

»Ich frage mich, wie es Martha wohl gefallen hat, den ganzen Tag herumkommandiert zu werden«, entgegnete sie trotzig.

Sie hatte die Worte kaum ausgesprochen, als sie sie auch schon bereute. Sein Körper wurde starr, er spannte die Kinnmuskeln an und wandte sich ab. »Ich werde in Zukunft versuchen, meine Befehle als Bitten auszusprechen«, sagte er schließlich. Als er sich wieder zu ihr umdrehte, war sein Blick kalt. »Fühlst du dich wohl genug, um dich anzuziehen und zum Essen in die Messe zu kommen? Oder soll ich dir hier servieren lassen?«

Sie empfand Gewissensbisse wegen ihrer unbedachten Worte. »Nein«, entgegnete sie jämmerlich, »ich stehe auf.« Sie setzte sich im Bett auf und blickte dann erschrocken an sich herunter. Anstelle des Unterkleides, das sie zu sehen erwartet hatte, trug sie nur ein Hemd! Und zwar unzweifelhaft sein Hemd! »Was hast du mit meinen Kleidern gemacht?«

»Da du kaum in der Lage warst, irgendwelche neue Hemden zu nähen, habe ich Thompson deins zum Waschen gegeben. Und auch das Kleid und die Schürze, mit der du an Bord gekommen bist. Er wollte auch die Säume ausbessern.«

»Oh, aber du hättest mir erlauben sollen ...«

»Die meisten Seeleute sind sehr geschickt im Umgang

mit Nadel und Faden. Sie flicken schließlich die ganze Zeit Segel.«

Prudence kletterte aus der Koje und stellte sich auf ihre zitternden Beine. Sie wagte es gar nicht, daran zu denken, wie Ross ihr das Unterkleid ausgezogen hatte. Gott sei Dank war sie bewußtlos gewesen! Einen flüchtigen Moment lang fragte sie sich, wie wohl die anderen Zeichnungen von Ross aussahen. Sie hatte längst nicht alle angeschaut, weil er so eifrig darauf bedacht gewesen war, ihr den Block wieder wegzunehmen.

Ross reichte ihr das frisch gewaschene Unterkleid und Marthas Kleid, dann wandte er ihr den Rücken zu, ohne daß sie ihn darum bitten mußte.

Bevor sie sich anzog, nahm sie sich einen Augenblick lang Zeit, um ihre Prellungen zu betrachten. Die große Prellung an der Schulter war immer noch tiefschwarz, wurde aber an den Rändern bereits gelblich. Ein gutes Zeichen. Ihrer Hüfte ging es sogar noch besser. Obwohl sie immer noch druckempfindlich war, sah der Fleck kaum noch rot aus. Sie spähte in den Spiegel. Die Wunde an ihrem Kopf verheilte prächtig; Ross würde wahrscheinlich in einer Woche die Fäden ziehen können.

Während sie die letzte Locke auf ihrem Kopf feststeckte (und Wedge und seine Kameraden für die zusätzlichen Kämme segnete!), hörte sie die Schiffsglocke sechsmal schlagen. Kurz darauf ertönte die Pfeife des Bootsmannes, die die Mannschaft zum Essen rief. Sie räusperte sich leise, und Ross drehte sich um. »Wenn du mir bitte deinen Arm reichen würdest«, sagte sie. »Ich bin ein wenig unsicher auf den Beinen.«

Sie gingen den Achtergang entlang, wobei sie ständig den Stewards ausweichen mußten, die aus der Kombüse kamen, Platten mit dampfendem Essen trugen und ständig »Vorsicht! Heiß!« riefen.

Während des Essens wurde Prudences Stimmung immer trüber. St. John war zwar äußerst aufmerksam ihr gegenüber, aber sie mußte ständig an Ross' Worte denken. Was war, wenn die Schmeicheleien des Ersten Offiziers wirklich einen Zweck verfolgten? Natürlich wollte sie nicht, daß er ihr Verhalten falsch auslegte. Und da außerdem Ross die ganze Zeit finster neben ihr lauerte, erwartete sie fast, daß er sie packen und sofort in die Kabine bringen würde, wenn sie St. John auch nur im geringsten ermutigte. So widerstand sie also den Bitten des Lieutenants nach einem Lied, schützte Schwäche vor und ließ sich von Ross an Deck bringen, kaum daß das Essen vorbei war.

Ein schwacher Schimmer von Tageslicht erhellte noch den Abendhimmel, aber ein paar Sterne glitzerten bereits in dem weichen Blau, und am Horizont stand die schmale silberne Sichel des Neumondes.

Ross griff in seine Jackentasche. »Der Abend ist zu schön, um schon nach unten zu gehen. Wenn du erlaubst ...?« Er zog eine Pfeife und einen Tabaksbeutel hervor.

Sie nickte lächelnd. Sie hatte den Geruch von Papas Pfeife immer gemocht.

Er fand seine Zunderdose, entzündete die Pfeife und lehnte sich, in Gedanken versunken, an die Reling. Der blasse blaue Rauch trieb in der sanften Brise auf das Meer hinaus.

Sie blickte zum klaren Himmel hinauf, wie immer überwältigt von seiner Majestät. Vielleicht schaute auch Jamie gerade den gleichen Mond an? Noch nie war sie zusammen mit Jamie im Mondschein spazierengegangen; Großpapa hatte immer erwartet, daß die Schafe vor Sonnenuntergang wieder in ihrem Pferch waren. Aber bald würden sie und Jamie beieinander sein, sie würde den Kopf an seine Schulter lehnen, und sein Ring – nun geheiligt durch die Ehe – würde wieder an ihrem Finger stekken. Und dann ... und dann ... Sie seufzte schwer und legte die Hand auf ihren Bauch.

Ross' Stimme drang durch ihre Träume. »Hast du dir beim Anblick des Neumondes etwas gewünscht?« Er lachte leise. »Natürlich hast du das. Wie sieht er denn aus, dein Lord Jamie?«

»Er hat schwarzes Haar. Und seine Augen funkeln wie

diese Sterne. Und er lacht so fröhlich und neckt mich.« Sie seufzte noch einmal. »Und er hat mir gesagt, daß er mich liebt.«

Er lachte spöttisch auf. »Bevor oder nachdem er dich verführt hat?«

Sie wandte sich ihm zu, und ihre Augen füllten sich mit Tränen. »Wie solltest du das auch verstehen? Du mit deinem kalten Herzen!«

Ihre Worte schienen ihn zu verwirren. Er nickte und erwiderte: »Verzeih mir. Du hast natürlich recht. Der Abend ist viel zu schön, als daß du unter den dunklen Gedanken eines Mannes leiden solltest, der der Welt überdrüssig geworden ist.«

Die Verzweiflung in seiner Stimme berührte ihr Herz. »Wie kannst du dunkle Gedanken haben, wo der Abend so schön ist und man überall Gottes Hand spürt? Komm! Du mußt dir auch etwas wünschen. Einen Wunsch voller Hoffnung für die Zukunft.« Ermutigend zupfte sie ihn am Ärmel.

Er trat zur Seite, klopfte seine Pfeife auf den Planken aus und sah zu, wie die Funken weggeblasen wurden. »Das habe ich schon«, sagte er schließlich. »Mein Wunsch ist es, frei von der Welt zu sein. Frei von diesem traurigen Leben. Und – abgesehen davon hoffe ich auf Einsamkeit in der Wildnis.« Er drehte sich zu ihr um und bot ihr seinen Arm. »Wenn du noch nicht müde bist, dann habe ich Bücher, mit denen du dich eine Weile unterhalten kannst.«

Sie trat auf ihn zu, aber das Schlingern des Schiffs und ihre Schwäche machten ihre Schritte unsicher. Sie stolperte und wäre hingefallen, wenn er sie nicht aufgefangen hätte.

Sein Gesicht war ganz dicht über ihrem. Sie konnte ihn atmen hören. Seine Arme lagen so stark um sie, daß ihr Herz klopfte. Als er sich über sie beugte, um sie zu küssen – als ob es so sein müsse – bot sie ihm willig ihren Mund. Die Röte schoß ihr ins Gesicht, als seine Lippen sich auf ihre preßten.

»Verflucht noch mal, Mr. Manning! Ich fange langsam an zu denken, daß diese ›Ehe‹ eine Täuschung ist. Kein Mann küßt seine *eigene* Frau so häufig.«

Ross löste sich von Prudences Lippen, hielt sie aber fest umfangen. »Kapitän Hackett, Sir. Können Sie mir einen Vorwurf daraus machen bei einer solchen Frau?«

»Ich kann Sie nur beneiden, Sir.« Hackett verbeugte sich vor Prudence. »Ihr Diener, Ma'am. Bald wird jeder Mann an Bord Ihren Mann hassen.«

Es ängstigte Prudence, wie Hackett das Wort aussprach. *Hassen,* es klang so höhnisch. Sie lächelte ihn entwaffnend an. »Aber Sie doch sicher nicht, Kapitän?«

Er erwiderte ihr Lächeln auf eine seltsame und verwirrende Art. »Wie auch immer ... es braucht Sie nicht zu kümmern, verehrte Dame, unter welchem Aspekt Mr. Manning und ich uns verstehen.« Er verbeugte sich noch einmal und verschwand in die Offiziersmesse.

»Dieses lüsterne Schwein«, grollte Ross. »Eines Tages werde ich es ihm heimzahlen, bei Gott!«

»Ich weiß gar nicht, warum du ihn nicht leiden kannst. Er hat doch davon geredet, daß ihr euch gegenseitig versteht. Hört sich so ein Mann an, der dein Feind ist?«

»So hört sich ein Mann an, der besitzen will ...« Er brach ab und zuckte mit den Schultern. »Na ja, es ist egal. Du verstehst es wahrscheinlich sowieso nicht. In *deiner* Welt gab es vermutlich keine Bösewichte.«

Sie dachte an seinen unerwarteten Kuß und empfand heftige Schuldgefühle deswegen. Wenn Jamie jemals davon erfuhr, was sollte sie ihm sagen? Daß sie es zugelassen hatte? Nein, daß es ihr sogar recht gewesen war? Was hatte Papa immer gesagt, wenn sie einer Versuchung erlegen war? Weiche von mir, Satan.

»Der Bösewicht war der, der mich ohne jeden Grund geküßt hat«, erwiderte sie scharf, von unerklärlichem Zorn erfüllt.

»Ich sah den Kapitän kommen.«

Er bot ihrer Mißbilligung kein Ziel. »Nun, du hättest

aber nicht so viel Vergnügen dabei empfinden dürfen, du Schuft!« sagte sie und entwand sich ihm.

Sie spürte seine Hand auf ihrem Ärmel. Und dann zog er sie unsanft in seine Arme. Er hielt sie fest an seinen harten Körper gepreßt, und sein Mund senkte sich erneut auf ihren. Sie zitterte und stöhnte unter seinen besitzergreifenden Lippen und keuchte vor hilfloser Lust. Seine Zunge glitt zwischen ihre geöffneten Lippen und erkundete mit quälenden Stößen ihren Mund. Sie war verloren, bebte am ganzen Körper.

Gott möge mir vergeben, dachte sie. Den Kuß eines anderen Mannes zu genießen, wo doch Jamie all ihre Gedanken galten. Sie war so böse, so gottlos, wie Großpapa immer gesagt hatte. *Weiche von mir ...* Aber es hatte keinen Sinn. Sie ergab sich Ross' Kuß und legte die Arme um seinen Nacken.

Als er sie schließlich losließ, konnte sie kaum noch stehen. Sie schwankte mit den Bewegungen des Schiffs und hoffte, daß sie ihm nicht zu Füßen fiele. Und sie hatte *ihn* beschuldigt, Gefallen an ihren Küssen zu finden!

Er lachte leise und spöttisch. Offensichtlich sah er ihre Schwäche. »Und du hättest auch kein Vergnügen empfinden sollen«, sagte er.

Sie brach in Tränen der Scham und der Demütigung aus. »Täuschungsmanöver oder nicht, du wirst mich nie wieder küssen! *Nie mehr!* Und wenn du es doch tust, werde ich dem Kapitän die Wahrheit sagen. Er wird dich in Eisen legen, und ich werde mich darüber freuen, und ... und ...«

Schluchzend lief sie den Gang entlang in die Zuflucht ihre Kabine.

Als er ihr wenig später folgte, lag sie schon im Bett. Sie wandte ihm den Rücken zu und drückte sich eng an die Wandverkleidung. Die Pest sollte diesen kaltherzigen Schuft holen, der sie wie ein Liebhaber küßte – und hinterher so gleichgültig ansah.

Wenn sie diese Nacht die Hitze seines Körpers an ihrem spüren sollte, würde sie ihn aus der Koje werfen!

Ross blickte von seiner Schüssel mit Porridge auf. »In drei oder vier Tagen werden wir die Azoren erreichen und im Hafen von Ponta Delgado anlegen.« Hackett hatte die Männer hart angetrieben, und es war mehr als einer ausgepeitscht worden. Nach dem dritten Tag hatten sie alle anderen Schiffe, die gleichzeitig mit ihnen ausgelaufen waren, weit hinter sich gelassen.

Prudence nippte an ihrem Bier. Es hatte jetzt schon seit Tagen keinen Tee mehr gegeben, weil das Wasser an Bord angefangen hatte, faulig zu werden. Aber Ross hatte seinen eigenen Brandy- und Biervorrat mitgenommen, und beides diente ihnen sogar zum Zähneputzen. »Ich bin froh, wenn ich wieder festen Boden unter den Füßen habe«, sagte sie.

»Wenn es eine Gelegenheit gibt, zeige ich dir die Mineralbäder. Die Insel Sao Miguel ist berühmt dafür.« Er blickte auf ihre leere Schüssel und nickte zustimmend. »Du hast deine pochierten Eier in Windeseile aufgegessen. Soll ich Thompson schicken, damit er dir noch eine Portion holt?«

»Nein.« Sie griff über den Schreibtisch, der zum Frühstück gedeckt war, nach dem Marmeladentopf. »Aber wenn du mir vielleicht noch ein Biskuit geben könntest?«

Fast hätte sie laut gekichert. *Wenn uns jemand sähe,* dachte sie, *wie ein altes Ehepaar.* Die Nähe ihrer Lebensumstände hatte in bemerkenswert kurzer Zeit eine behagliche Leichtigkeit geschaffen, eine Vertrautheit, die im Laufe der Zeit ganz natürlich geworden war. Ross machte sich nicht mehr die Mühe, sich umzudrehen, wenn sie sich anzog, es sei denn, sie wechselte ihr Hemd. Und der Anblick seines bloßen Oberkörpers, wenn er sich wusch und rasierte, beunruhigte sie auch nicht mehr.

Seit diesem unglücklichen Abend hatte er sie nicht mehr geküßt und auch nicht mehr darüber geredet; worüber sie bei näherem Nachdenken froh war. Schließlich hatte sie ganz allein schuld daran. Sie hatte Ross vorgeworfen, daß er sie küssen wolle – vielleicht, um ihr eigenes Verlangen vor sich selbst zu verbergen. Aber jeder

Dummkopf konnte sehen, daß er kein Interesse an ihr hatte; sein kühles Verhalten, wenn sie vor neugierigen Blikken geschützt waren, bezeugte das. Vielleicht hatte er sie mit seinem leidenschaftlichen Kuß brüskieren wollen; wenn jemand schwach war, dann sie.

Sie hatte sich an seine kühle, distanzierte Art gewöhnt. Das war eben seine Natur. Die Natur eines Mannes, der sich schon von der Welt zurückgezogen hatte.

Und doch hielt er sie, wenn er schlief, immer noch fast jede Nacht im Arm. Sie wachte auf und sein Arm lag um sie. Manchmal murmelte er »Martha«, und das Wort zerriß ihr das Herz. Der arme Mann. Sie brachte es nicht über sich, ihn zurückzustoßen und seine zärtlichen Träume zu zerstören.

Um sich vor Hacketts bohrenden Fragen zu schützen, hatten sie sich gegenseitig ein paar Geschichten aus ihrem Leben erzählt – Ross' Medizinstudium in London, das Landhaus in Gloucestershire, ein Dorffest, auf dem sie mit Jamie gewesen war.

Wenn das Gespräch über sein Leben mit Martha jedoch zu intim wurde, zog er sich in seine Welt zurück. Und sie hatte nicht den Wunsch, ihn zu verärgern, indem sie weiter in ihn drang. Er nannte sie selten ›Martha‹, selbst vor anderen – als ob die bloße Erwähnung des Namens zu schmerzlich für ihn sei. Sie reagierte auf seine Anrede, gleich welcher Art, und ließ es dabei bewenden.

Das Essen war viel besser, als sie es an Bord eines Schiffes erwartet hätte. Jeder Offizier, einschließlich Ross, hatte seinen eigenen Vorrat an Essen und Trinken mitgebracht, um die Küche auf dem Schiff abwechslungsreicher zu gestalten. Die meisten von ihnen hielten auch Legehühner, die im schützenden Schatten des Vordecks in Käfigen auf dem Hauptdeck untergebracht waren.

Mittag- und Abendessen nahmen sie in der Offiziersmesse ein, abgesehen von den wöchentlichen Abendessen bei Kapitän Hackett – von denen es seit dem ersten Abend zwei weitere gegeben hatte. Ross wirkte am Tisch des Kapitäns meist angespannt, weil er davon ausging, daß von diesem Mann nur Böses zu erwarten wäre. Prudence jedoch fand an Hacketts Verhalten nichts auszusetzen.

Die meisten Tage verbrachte sie in der hellen Messe, wo sie nähte oder las. Die jungen Offiziere waren eine angenehme Gesellschaft. Sie spielten Whist und Backgammon mit ihr, und Lieutenant Elliot hatte ihr auch Hazard beigebracht. Oft sang sie, und er begleitete sie auf seiner Geige, aber es hatte keine Wiederholung des Duetts mit St. John gegeben. Sie wollte Ross nicht zornig machen.

Manchmal übten sich die Offiziere, wie kleine Jungen, die um die Dorfschöne buhlen, vor ihr im Fechten. Mit gebeugtem Knie baten sie Prudence, ihren Favoriten vor dem Kampf zu bestimmen, und schmeichelten ihr damit. Aber sie dachte an Papas Warnung – Hochmut kommt vor dem Fall – und ließ nicht zu, daß sie ihr den Kopf verdrehten.

St. Johns und seiner ständigen Komplimente war sie ziemlich überdrüssig geworden. Ob er nun wirklich versuchte, sie zu verführen, wie Ross behauptete, oder nicht, sie fand es jedenfalls ermüdend, einen Mann um sich zu haben, der so wenig Geist besaß, daß er noch nicht einmal ein ernsthaftes Gespräch mit ihr führen konnte. Ross hatte ihr zögernd erlaubt, die Schuhschnallen zu behalten und zu tragen, aber nur, weil sie ihm als Geschenk zu unbedeutend vorkamen, um einen Streit heraufzubeschwören.

Ross trank seinen letzten Schluck Bier aus. »Was machst du heute?«

Sie schürzte mißgelaunt die Lippen. »Ich weiß nicht.« Sie hatte ihre Hemden schon vor einer ganzen Weile fertiggenäht und hatte sie sogar am Saum bestickt. Die Bücher auf Ross' Bücherregal waren trocken und uninteressant, obwohl sie sie durchgelesen hatte, um sich die Zeit zu vertreiben. Ross hatte gesagt, daß es bald stürmisch werden könne, es würde also zu kalt und zu windig auf dem Oberdeck sein, um einen Spaziergang zu machen. Und der Gedanke daran, St. Johns geistlosem Geplapper zuhören zu müssen, war mehr als sie ertragen konnte. Nach ein oder zwei Stunden in der Offiziersmesse mit ihm genoß sie das behagliche Schweigen in Ross' Gesellschaft sehr.

»Ich weiß nicht«, sagte sie noch einmal. Der Gedanke an den langen, langweiligen Tag machte ihr Angst.

»Was hast du denn zu Hause so gemacht? In deinem Dorf?«

»Ich habe die Schafe meines Großvaters gehütet. Und bin zur Kirche gegangen. Und habe gelesen.«

»Du liest gerne? Das ist selten bei Frauen.«

»Mein Vater war Schulmeister in unserem Dorf«, entgegnete sie, bemüht, ihr einfaches Leben zu verteidigen.

»Ach!« Das schien ihm zu gefallen. »Dann kannst du vielleicht Latein?«

»Natürlich.«

»Wie wär's, wenn du mir eine Stunde oder so auf dem Verbandsdeck aushelfen würdest? Medikamente mischen zum Beispiel.«

»Eigentlich«, antwortete sie, »habe ich schon seit langem gedacht, daß ich dir gerne bei der Betreuung der Männer helfen würde.«

Er runzelte die Stirn. »Es ist keine schöne Aufgabe. Wenn ich an das letztemal denke ...«

Sie errötete, als ihr der Seemann mit seiner widerwärtigen Krankheit und seinen geschwollenen Geschlechtsteilen einfiel. »Ich verspreche, das Verbandsdeck zu verlassen, wenn ... mich etwas zu sehr angreift.«

Er unterdrückte ein Lächeln. »Und fällst du beim Anblick von Blut in Ohnmacht?«

»Nein. Ich habe häufig zugesehen, wenn der Koch ein Schaf geschlachtet hat. Und ich habe die Innereien mit den bloßen Händen herausgeholt.« Sie wies auf ihr einfaches Kleid und die Schürze. »Außerdem bin ich für so eine Arbeit richtig angezogen.«

Er stand auf. »Dann laß uns gehen.«

Das Schiff begann heftig zu schwanken, als sie sich auf dem Weg zum Verbandsdeck machten. Der Sturm hatte zugenommen. Sie gingen an einer Reihe wartender Seeleute vorbei, die dem Arzt ihre Beschwerden vortragen wollten, und betraten den Behandlungsraum. Prudence nickte Bailey grüßend zu und setzte sich hin. Er starrte sie fassungslos an und kratzte sich den Kopf, der unter der Perücke kahlrasiert war.

Der erste Seemann am Beginn der Reihe war Gawky, begleitet von Wedge. Das Auge des Kanoniers war fast zugeschwollen. An seinem Oberlid zeigte sich ein riesiger, dick angeschwollener Abszeß.

Wedge machte einen Kratzfuß vor Ross und wies auf seinen Freund.

»Das ist mein Kamerad, Gawky, wissen Sie, Sir. Seit 'ner ganzen Woche schwillt sein Ausguck an wie ein Kugelfisch. Und er kümmert sich nicht drum. Ich sag' noch, Gawky, sag' ich, es ist Zeit, zum Doktor zu gehen. Aber er ist störrisch wie ein Maulesel, Sir. Bis er heute so aufgewacht ist. ›Wie kannst du Wache schieben‹, sag' ich, ›wenn ein Fenster zu ist?‹ Und deshalb sind wir hier.« Er schob Gawky nach vorne.

»Es sieht so aus, als ob der Abszeß jeden Moment aufplatzen würde«, sagte Ross, nachdem er Gawkys Auge untersucht hatte. Er schrieb etwas auf ein Stück Papier und reichte es Bailey. »Machen Sie ihm ein Dampfbad, und mischen Sie ihm diese Salbe.«

Prudence räusperte sich. »Wenn du mir zeigst, wo du eine Kohlenpfanne hast ...« Sie lächelte schüchtern, als Ross fragend eine Augenbraue in die Höhe zog. »Diese Aufgabe ist mir nicht fremd. Die Bauern auf dem Land leiden oft an so etwas.«

Während Bailey das Rezept zusammenmischte, zündete Prudence eine kleine Holzkohlenpfanne an. Als die Kohlen glühten, goß sie aus einem Kessel ein wenig Wasser darüber. Sie wies Gawky an, sein Gesicht so dicht wie möglich über den Dampf zu halten.

Die ganze Zeit über schwatzte Wedge sorgenvoll weiter, sein grobes Gesicht zu einer Grimasse verzogen. »Es mußte so kommen, wissen Sie, meine Dame. Der alte Gawky hier hat sich vor vierzehn Tagen ein Schuhband zerrissen. Ein schlechtes Omen. Und dann steht er auf

Deck, mein Kamerad, und bückt sich, um es wieder zusammenzuknoten. Er blickt auf, und wer, denken Sie, steht vor ihm, keinen Wimpernschlag von ihm entfernt? Käpt'n Hackett, und guckt ihn finster an. ›Gawky‹, sag' ich, als er mir das erzählt, ›der Mann hat was gegen dich. Genau wie gegen den armen Toby Wedge.‹« Er wies auf seinen leidenden Kameraden. »Und das hier ist der Beweis, verstehen Sie?«

Prudence lächelte über seinen Aberglauben und goß mehr Wasser auf die Kohlen, um genügend Dampf zu erhalten. Ein paar Minuten darauf war der Abszeß aufgebrochen. Gawky grinste, rieb sich ein paarmal mit einem Taschentuch über die Augen, nahm die Salbe entgegen und erklärte sich mit den Künsten des Doktors zufrieden.

Ihm folgte ein Mann, der zur Ader gelassen werden mußte, ein blasses, ausgemergeltes Geschöpf mit Schüttelfrost, dann ein Seemann mit einer Brustfellentzündung, der Blut spuckte. Ross behandelte sie, verschrieb Medikamente oder schickte sie zur Krankenstation, wo sie von Richards, seinem zweiten Gehilfen, versorgt wurden.

Einige Männer hatten klaffende Wunden, und ein kleiner ›Pulveraffe‹ – einer der Jungen, die während der Schlacht das Pulver zu den Kanonen brachten – hatte eine schlimme Erkältung. Ein stöhnender Seemann humpelte mit aufgetriebenem Bauch herein, er litt an Wassersucht. Während der Mann vor Schmerzen mit den Zähnen knirschte, stach Ross mit einer langen, spitzen Nadel in seinen Bauch, und eine dünne, wäßrige Flüssigkeit trat aus.

Prudence tat, was Ross ihr sagte, legte Verbände an und trug Salben auf oder half Bailey, die Arzneien zu mischen. Sie entdeckte, daß sie weniger zimperlich war, als sie erwartet hatte, aber es machte ihr zu schaffen, so viele kranke Menschen zu sehen.

Schließlich stand kein Patient mehr an der Tür. Ross rieb sich müde über den Nacken und blickte sie an. Sein Blick war warm und achtungsvoll. »Geh in die Offiziersmesse. Du hast heute genug gearbeitet.«

»Und du?«

»Ich muß noch auf die Krankenstation.«

»Laß mich mitkommen.«

»Das ist kein angenehmer Ort. Dort sterben Männer, und ich kann nur wenig tun, um ihnen zu helfen. Und die Luft stinkt nach Krankheiten, Erbrochenem und Schlimmerem. Hitze, Schmutz und Überbelegung... Es ist leider eine altbekannte Tatsache, daß der Aufenthalt im Lazarett die Krankheit oft genug verschlimmert.«

Sie stand auf und strich ihre Röcke glatt. »Ich werde mitkommen.«

»Beim Bart des Äskulap, du bist vielleicht eigensinnig!«

»Nicht eigensinniger als du! Und wer ist überhaupt dieser Äskulap, in dessen Namen du immer fluchst?«

»Er war der römische Gott der Heilung. Und ich kann seine Macht brauchen, wirklich.« Er wies auf die Tür und gab ihr seufzend nach. »Dann komm mit, wenn du unbedingt willst. Aber ich warne dich. Es wird kein Abenteuer sein, eher eine Erkenntnis. Die Welt ist nicht so schön, wie du sie siehst. Bereite dich darauf vor.«

Das Lazarett lag auf dem Oberdeck. Sie kletterten vorsichtig die Treppe hinauf, wobei sie sich an der Reling festhielten, um dem schlimmer werdenden Sturm standzuhalten.

Die Krankenstation entpuppte sich als großer Raum, der mit Segeltuch von den Kanonen abgeschirmt war. Er war vollgepfropft mit Hängematten, in denen die Patienten lagen – die Männer lagen so dicht beieinander, daß sie sich berührten. Ein scharfer Wind blies durch die offenen Bullaugen und vertrieb den üblen Geruch nach Erbrochenem und Krankheit, ließ aber auch die ständig steigende See herein, deren Brecher die Unglücklichen durchnäßten, die den Bullaugen am nächsten lagen.

Ross wandte sich an seinen zweiten Gehilfen. »Nun, Richard, wie geht es?«

Der Mann schüttelte den Kopf. »Wir werden in der nächsten Stunde Nash verlieren, fürchte ich.«

»Nicht unerwartet«, antwortete Ross gleichgültig und drängte sich zwischen den Hängematten hindurch.

Prudence zuckte innerlich bei dem Anblick, der sich ihr bot, zusammen, aber sie folgte ihm, sah in die fiebrigen Gesichter, auf die verwüsteten Körper, die Arm- und Beinstümpfe, die mit blutigen Verbänden bedeckt waren, die Holzschienen an gebrochenen Gliedmaßen. Manche Männer stöhnten im Schlaf, andere schlugen um sich oder weinten vor Schmerzen, ein Seemann hustete mitleiderregend. *Heilige Muttergottes,* dachte Prudence und wünschte, sie könnte mit einem Zauberwort alle gesund machen.

Sie traten zu der Hängematte eines Mannes, der bleich war wie der Tod. Prudence litt mit ihm, als sie seine keuchenden Atemzüge, den glasigen Blick seiner eingesunkenen Augen sah.

»Nun, Nash«, sagte Ross unverblümt und fühlte dem Mann den Puls, »haben Sie Ihren Frieden mit Ihrem Schöpfer gemacht?«

»Aye, Sir.« Nashs dunkle Augen waren traurig, aber Prudence konnte tief in ihnen das Entsetzen sehen.

»Das ist gut«, sagte Ross. Er ließ Nashs Handgelenk abrupt los, wandte sich dem Mann neben ihm zu und zog ihm die Decke weg, um sich sein verbundenes Bein anzusehen. Er zog ihm die Hose bis über das Knie herunter, blickte stirnrunzelnd auf das Bein und drückte leicht. Der Mann schrie vor Schmerzen auf.

Ross murmelte einen Fluch und wandte sich zu seinem Gehilfen. »Richards, das Bein sieht nicht gut aus. Bring den Mann zu Bailey, er soll Vorbereitungen treffen. Ich komme gleich hinunter, um es abzunehmen.«

»Muß es amputiert werden? Nein, Sir! Nicht mein Bein, Sir!« schrie der Seemann panisch vor Angst.

»Es muß abgenommen werden, bevor der Brand einsetzt. Entweder das, oder du kannst dich gleich zum Sterben fertig machen, Mann.« Mit einer raschen Geste wandte er sich an Richards. »Hol dir ein paar Matrosen, die dir helfen, dann bringt den Mann auf das Verbandsdeck.«

Wenige Augenblicke später wurde der schreiende Seemann aus dem Schiffslazarett getragen.

Von Ross' kalter Sachlichkeit genauso erschüttert wie von der Tragödie des jungen Seemanns, stand Prudence wie erstarrt neben Nashs Hängematte. Als der andere Mann zu schreien begann, hatte er sich aufgeregt hin und her gewälzt, und sein Gesicht war in Schweiß gebadet. Sie hob ihre Schürze und tupfte seine Stirn ab, wobei sie beruhigende Worte murmelte.

Er lächelte sie schwach an, und seine Zuckungen ließen nach. »Ich habe keine Angst vor dem Tod, Ma'am«, sagte er leise mit krächzender Stimme. »Aber da ist meine Frau. Und das Neugeborene, das ich erst einmal gesehen habe. Ich hätte es gerne noch einmal auf den Knien geschaukelt.«

Sie kämpfte mit den Tränen. »Eines Tages werden Sie im Himmel wieder vereint sein.« Sie holte einen Krug mit Wasser, schüttelte den Strohsack unter seinem schweißnassen Kopf auf und hielt seine Hand, während er seine letzten Atemzüge tat. Er keuchte, zitterte noch ein letztes Mal und lag dann still, seine offenen Augen starrten ins Leere.

Hilflos und überwältigt von Kummer und Schmerz, winkte Prudence den Arzt zu sich. In der Zeit, in der Nash sein Leben ausgehaucht hatte, war er ständig zwischen den Hängematten herumgegangen, hatte nacheinander jeden Mann untersucht und war stehengeblieben, um Anweisungen und Rezepte für Richards aufzuschreiben, der vom Verbandsdeck zurückgekehrt war.

»Ross«, flüsterte sie, als er zu ihr trat. Weiter brachte sie nichts heraus, sie konnte nur wie benommen zusehen, als Ross nach Nashs Puls fühlte und seinen Kopf schüttelte. Er schloß dem Mann die Augen und zog ihm die Decke über den Kopf. Dann ergriff er Prudence fest am Ellbogen und führte sie aus der Krankenstation hinaus. »Du hast für heute genug gesehen. Geh zurück in die Kajüte.«

Ihre Lippen zitterten. Es gab noch mehr arme Unglückliche, denen sie beistehen konnte. »Nein.«

»Verdammt noch mal, du bist so weiß wie ein Handtuch. Und das Schiff wird bald so heftig schaukeln, daß du dich nicht mehr auf den Beinen halten kannst. Ich habe auf dem Verbandsdeck zu tun, bevor der Sturm losbricht.«

Er hatte es ›zu tun‹ genannt. Aber er meinte, daß er vorhatte, einem Mann kaltblütig das Bein abzuschneiden. »Wie kannst du als Arzt heilen und nicht das Elend der Menschen sehen?« schrie sie.

»Es ist nicht meine Aufgabe, freundlich zu sein«, grollte er. »Mein Beruf ist es, die Kranken zu heilen, wenn ich kann. Nichts anderes.«

»Aber du bist doch freundlich zu *mir*«, erwiderte sie. »Dieses Gefühl ist dir also nicht unbekannt. Ist dir ganz egal, was mit diesen Männern passiert?«

»In einem Schiffslazarett sterben mehr Männer als in der Schlacht«, sagte er müde. »Innerhalb einer Woche wird die Hälfte der Patienten hier am Fieber gestorben sein.«

»Wir werden alle eines Tages sterben. Bedeutet das, daß wir unsere Menschlichkeit verleugnen müssen? Unser Mitgefühl? Ein wenig Freundlichkeit würde ihre Leiden mildern.«

Er starrte sie an, stöhnte und rieb sich mit der Hand über die Augen. »Ich bin froh, wenn ich all das hinter mir habe. Das Leben ist zu unvollkommen.« Er seufzte. »Jetzt geh in die Kajüte. Ich muß eine Amputation vornehmen.«

»Ich helfe dir. Der Mann braucht vielleicht ein wenig Zuwendung.«

Er lachte und blickte sie aus seinen kalten blauen Augen spöttisch an. »Keine ›Zuwendung‹, die du ihm geben könntest. Bailey wird ihn mittlerweile mit Brandy abgefüllt haben. Und beim ersten Schnitt sollte er das Bewußtsein verlieren, so Gott will. Spar dir dein Mitleid für die Männer, die sterben, und laß mich meine Arbeit machen.«

Seine Worte erinnerten sie an den armen Nash, der nie wieder sein Kind sehen würde. Auf einmal stürzte all das Entsetzen, das sie gesehen hatte, über ihr zusammen. Sie wandte sich ab, schlug die Hände vors Gesicht und schluchzte.

»Nun, bei Gott«, sagte Ross, »*wirst* du jetzt endlich verschwinden?« Er packte sie und führte sie die Treppe hinunter zu seiner Kajüte, legte sie dort auf die Koje und grollte: »Ich erwarte, daß du dich bis zum Abendessen ausruhst. Es wird keine weiteren Besuche in der Krankenstation mehr geben. Hast du mich verstanden?«

Sie schniefte und wischte sich die Tränen ab. War er wegen ihrer Schwäche böse auf sie? Oder war er ärgerlich auf sich selbst, weil ihre Worte ihn bis ins Mark getroffen und daran erinnert hatten, daß er zwar ein Arzt, aber ein Mann ohne Herz war?

Als er die Kajüte verlassen hatte, stand sie taumelnd auf, beugte sich vor und erbrach sich in den Nachttopf.

9

Prudence seufzte und strich sich die feuchten Haare aus der Stirn. Ihr ganzer Körper schmerzte, und ihr Herz war schwer. Sie blickte zur Krankenstation, aus der sie gerade gekommen war, und seufzte noch einmal. Die Hitze des Sommers verstärkte die abstoßenden Gerüche, die sie sogar von hier aus wahrnahm.

Der Sturm hatte sich im Morgengrauen gelegt, aber das heftige Schaukeln des Schiffes hatte dazu geführt, daß einige der Unglücklichen das bißchen, was in ihrem Magen war, erbrochen hatten. Sie hatte den ganzen Morgen damit verbracht, mit Eimern von Bett zu Bett zu eilen, die Patienten zu beruhigen und feuchte Stirnen abzuwischen. Sie hatte Richards geholfen, einen Verband bei einem Mann neu anzulegen, der ihn sich in Panik abgerissen hatte; einem jungen Matrosen, der im Sterben lag, hatte sie ein Schlaflied vorgesungen. Und sie hatte die heiße Stirn des Seemanns gekühlt, dessen Bein gestern abgenommen worden war.

Und es war immer noch soviel zu tun, soviel Leid war zu lindern; soviel Elend, das sie mit all ihrer zärtlichen Fürsorge nicht verringern konnte. Zum erstenmal begann sie den dunklen Zynismus, den Ross an den Tag legte, zu verstehen. Wenn man zu sehr Anteil nahm, konnte man verrückt darüber werden.

Ihren Glauben jedoch hatte sie nicht verloren. Es gab immer noch Hoffnung, selbst in der Dunkelheit. Ein Seemann, der nach Ross' Meinung im Sterben lag, hatte die Augen aufgeschlagen und sie angelächelt. Und nachdem sie ihm ein wenig heiße Brühe eingeflößt hatte, ging es ihm sogar ein wenig besser.

Aber der Geruch! Schweiß, Schmutz und faulendes Fleisch. Sie mußte sich ständig zusammennehmen, damit sie sich nicht übergab. Jetzt brauchte sie frische Luft und Sonnenschein, um sich etwas zu erholen. Sie eilte den Gang zur Offiziersmesse hinauf und betete, daß St. John nicht da sein möge.

Die Messe war leer. Die meisten Offiziere hatten wohl Navigationsunterricht oder überwachten die Wartung der Kanonen. In diesen schwierigen Zeiten lief man immer Gefahr, französischen Kriegsschiffen zu begegnen.

Sie war dankbar für die Einsamkeit, öffnete ein kleines Fenster, setzte sich darunter und sog begierig die frische Luft ein. Vor kurzer Zeit hatte sie die Glocke siebenmal schlagen hören. Danach mußte es elf Uhr dreißig sein. Bald gab es Mittagessen, und sie wußte, daß sie nichts würde essen können, bevor sie nicht ihren Körper und ihren Geist erfrischt hatte.

»Ich sollte dir den Hals umdrehen!«

Erschrocken drehte sie sich bei dem Klang von Ross' rauher Stimme um. Er stand mitten in der Messe, die Hände in die Hüften gestemmt, sein Gesicht zornig verzogen. »Was habe ich denn getan?« fragte sie ängstlich.

»Ich war gerade in der Krankenstation. Richards hat mir gesagt, daß du den ganzen Morgen dort verbracht hast. Habe ich es dir nicht ausdrücklich verboten?«

Sie schluckte, und angesichts seiner Wut kehrte ihr

Mut zurück. »Du magst ja meinen Ehemann spielen«, sagte sie, wobei sie versuchte, das Beben in ihrer Stimme zu unterdrücken, »aber du bist es nicht.«

Seine Augen glitzerten kalt wie blaue Kristalle. »Ich habe es dir als *Arzt* verboten.«

»Warum? Brauchen die Männer keine Pflege, Dr. Manning?«

»Nicht von dir!«

»Ist das denn eine so schwierige Aufgabe?«

»Natürlich nicht, aber ...« Sein eisiger Blick wurde freundlicher.

Sie spürte ihren Vorteil. »Und wirke ich auf dich so hilflos? Hältst du mich für einen solchen Schwächling, für eine solche Träumerin, daß ich die kalte Realität nicht ertrage?«

»Verdammt noch mal, du kannst dich im Lazarett anstecken!«

»Riskiert ihr das nicht auch jeden Tag? Du, Bailey und Richards? Ich garantiere dir, ich bin ebenso gesund wie ihr.«

Er begann zu stottern, da er merkte, daß er den Boden unter den Füßen verlor. »Das ist kein Ort für eine Frau ... und ich hatte es dir nicht erlaubt, und ...«

Sie hob abwehrend die Hand. »Unsinn! Du bist nur ärgerlich, weil ich deinen Befehlen nicht gehorchen wollte. Ich habe mich sehr gut in der Krankenstation zurechtgefunden, du kannst Richards fragen. Und ich beabsichtige, wieder dorthin zu gehen.«

»Warum um Himmels willen?«

Sie dachte daran, wie schmerzlich unerfüllt ihr Leben, wie trüb ihre Tage sein würden, bis sie und Jamie endlich wieder vereint waren. Ihre Augen füllten sich plötzlich mit Tränen. »Weil es mir die Möglichkeit gibt, jemanden zu lieben«, flüsterte sie.

Er seufzte ergeben und entspannte sich. Dann setzte er sich neben sie und ergriff ihre Hand. »Ich wünsche dir einen Ehemann und viele Kinder«, sagte er sanft.

Das war mehr, als sie ertragen konnte. Warum hatte

Gott sie so gestraft? Sie schlug die Hand vor den Mund, um ein Schluchzen zu unterdrücken.

Ihr Kummer schien ihn zu betrüben. Angesichts solch starker Gefühle, die er für sich selbst leugnete, war er hilflos. »Komm, komm«, sagte er rauh, »in ein paar Wochen bist du endlich bei deinem Lord Jamie.« Er tätschelte ihr verlegen die Schulter. »Richards hat mir gesagt, du seist ein Sonnenstrahl in der Krankenstation. Ich war sehr stolz auf dich.«

Sein Lob, das so unerwartet kam, heiterte sie auf. Sie wischte sich über die nassen Wangen und brachte ein schwaches Lächeln zustande. »Es gibt soviel dort, und es ist schwer, Hoffnung zu finden.«

Er nahm ihr Kinn in die Hand und blickte ihr tief in die Augen. »Und doch gelingt es dir vermutlich.«

Sie nickte. Noch nicht einmal all das Entsetzliche, das sie gesehen hatte, konnte ihren Optimismus nachhaltig verdrängen. »Peterson – dem du das Bein abgenommen hast – war ganz fröhlich, trotz seiner Schmerzen. Er hat gescherzt, er habe es sowieso satt, ein Vorschotmann zu sein, und er würde es begrüßen, das seßhafte Leben eines Kochs zu führen.«

»Ich habe den Tischler beauftragt, ihm ein Holzbein anzufertigen, sobald der Stumpf verheilt ist.«

Ihr war auf ihrer Runde an diesem Morgen noch mehr aufgefallen. »Du bist ein sehr guter Arzt und Apotheker.«

»Danke. Ich tue, was ich kann.«

»Nein, mehr als das. Wenn ich Verbände gewechselt habe, ist mir jedesmal aufgefallen, wie sauber du die Wunden vernäht hast. Und ein paar von den Männern scheinen dank deiner Verordnungen gesund zu werden. Ich kenne viele Ärzte, die mit ihren Medikamenten dazu beitragen, daß die Leute sterben. Aber du heilst.«

Ihr Lob schien ihn beinahe verlegen zu machen. »Ich tue, was ich kann«, sagte er noch einmal.

»Du mußt während deiner Ausbildung einen guten Lehrer gehabt haben.«

Wieder schob sich der Schatten, der ihn vor der Welt

abschirmte, über seine Augen. Er sprang von der Bank auf und durchquerte sichtlich erregt den Raum.

Sie blickte ihn erschrocken an. Was hatte sie denn Schlimmes gesagt? »Ross ...«, begann sie zögernd.

Er wirbelte zu ihr herum. »Warum fragst du mich so etwas?«

Energisch ließ sie nicht locker. »Erzähl mir davon!«

Bitter verzog er den Mund. »Der Mann, der mich unterrichtete, war derjenige, der meine Frau getötet hat.« Er sank wieder auf die Bank und bedeckte seine Augen mit der Hand. »Und ich habe ihn Vater genannt.«

»Heilige Muttergottes!«

Mit kalter, gefühlloser Stimme fuhr er fort: »Ich war zu einem Patienten gerufen worden. Während ich weg war, operierte er. Als ich nach Hause kam, war sie tot.«

»Ach du lieber Himmel! Was hast du gemacht?«

»Ich habe ihm gesagt, ich sei nicht mehr sein Sohn.«

»Das ist ja schrecklich! Der arme Mann. Wie muß er gelitten haben! Seine Schwiegertochter zu verlieren und dann auch noch seinen Sohn.«

Er hob den Kopf und starrte sie finster an. Seine Augen brannten vor Zorn. »Allmächtiger! Der arme Mann? Es ist ein Wunder, daß ich ihn nicht auf der Stelle umgebracht habe!«

»Aber seine Schuld überwältigte ihn doch bestimmt, und er war darauf angewiesen, daß du ihm verzeihst. Fühlst du das nicht auch in deinem Herzen? Gott sagt uns, daß wir denen verzeihen sollen, die uns Schaden zufügen.«

Er preßte die Zähne zusammen. »Solange ich lebe, werde ich ihm kein gutes Angedenken widmen. Und ihm auch nicht vergeben. Soll er doch in der Hölle schmoren!«

»Und du bist seitdem immer auf See gewesen?«

»Ja.«

»Ist das Meer weit genug, um dich von deinen Gedanken zu trennen?« fragte sie leise. »Ist die Wildnis groß genug, um dich die Vergangenheit vergessen zu lassen?«

»Jesus Christus! Muß ich mir schon wieder deine rosafarbene Sicht des Lebens anhören?«

Sie sank vor ihm auf die Knie. Endlich verstand sie, wie tief sein Kummer, wie bitter sein Zorn war. Eine geliebte Frau und den Vater zur gleichen Zeit zu verlieren. »Ross«, flehte sie und blickte ihn ernst an, »vergib deinem Vater, weil Gott es so will. Der schwarze Haß vergiftet deine Seele. Nicht der Kummer. Mit Gottes Hilfe können wir uns mit Leid aussöhnen und es ertragen. Aber Haß ist eine schleichende Krankheit, die das Leben verzehrt. Und er ist genauso grausam wie jede Krankheit, an der die armen Unglücklichen auf diesem Schiff leiden.«

Höhnisch verzog er die Lippen. »Erspar mir deine Predigten. Was weißt du schon von Tragödien? Die kleine Schäferin mit ihren überspannten Träumen, einen Lord zu heiraten! Du würdest gut daran tun, in deinen Heimatort zurückzugehen und dich mit einem einfachen Jungen vom Land zu verheiraten.«

Taumelnd erhob sie sich. Der Mann verdiente ihr Mitleid nicht. Warum demütigte sie sich, indem sie versuchte, einen Streit beizulegen, der sie gar nichts anging? »Mein Lord Jamie ist der einzige Mann, den ich will«, entgegnete sie und reckte trotzig ihr Kinn.

Noch höhnischer verzog er die Mundwinkel. »Dieser eingebildete Aristokrat, der dir den Kopf verdreht hat? Er hatte wahrscheinlich leichtes Spiel mit dir. Und du hängst immer noch an ihm. Ich kann dein liebeskrankes Gestammel bald schon nicht mehr hören.«

»O mein Gott«, erwiderte sie verächtlich, »du klingst wie ein eifersüchtiger Ehemann. Beleidigt dich meine Liebe zu Jamie? Bist du eifersüchtig? Hast du deswegen etwas gegen meine süßen Träume? Oder überträgst du den Haß auf deinen Vater auf die ganze Welt?«

Er erstarrte, und in seinem Augenwinkel zuckte ein Muskel. Schließlich stand er auf, ging zur Tür und drehte sich dort noch einmal zu ihr um. Sein Gesicht war kalt und beherrscht. »Ich mag dich ja in dieser Farce, die wir hier aufführen, ›Frau‹ nennen, aber ich habe dir nicht erlaubt, meine Seele zu ergründen.« Er verbeugte sich steif. »Entschuldige mich bitte bei deinen albernen Verehrern. Ich esse heute allein.«

»Ich bewundere die Art, wie du das geblähte Segel gezeichnet hast, aber ich finde, die Schiffsglocke ist dir etwas zu groß geraten.«

Ross, der auf dem Achterdeck kniete, seinen Block vor sich und den Stift in der Hand, drehte sich um und lächelte Prudence zu. »Verdiene ich an so einem schönen Nachmittag Kritik?«

Prudence blickte zum strahlendblauen Himmel. Keine Wolke trübte den Tag. Es war beinahe Ende August, und in diesen Breiten war es wesentlich wärmer als in Winsley. Ihr Herz war von einer unerklärlichen Freude erfüllt – der kristallklare Himmel, die Sommersonne, das Meer, das wie blaugrünes Glas schimmerte, unterbrochen nur von der weißen Gischt der Bugwelle.

Vor den Azoren war es nicht so gewesen. Nach ihrem Streit in der Offiziersmesse war er kälter und distanzierter denn je geworden, und sein Schweigen wirkte auf sie wie eine Verurteilung. Sie hatte nicht das Recht, mit ihm über seinen Vater zu sprechen, kein Recht, an seine Wunden zu rühren. Also war sie weiter ihrer Arbeit in der Krankenstation nachgegangen, hatte aber weniger Freude dabei empfunden, da niemand ihren Triumph und ihren Kummer teilte.

Als sie auf den Azoren vor Anker gegangen und sich zum Landgang bereit gemacht hatten, hielt sie seine Kälte nicht mehr aus. Schüchtern hakte sie sich bei ihm ein und sagte, sie vermisse seine Freundschaft, auf die sie sich bisher habe verlassen können.

Er hatte sich etwas geziert und ein paar Bemerkungen über die besonderen vulkanischen Formationen auf der Insel gemacht, bevor er zögernd zugab, daß auch ihm ihre angenehme Vertrautheit fehlte. Dann hatte er sie nach Ponta Delgado mitgenommen, um ihr die Stadt zu zeigen.

Sie war neben ihm entlanggeschlendert und hatte zum

erstenmal in ihrem Leben gemerkt, welches Aufsehen sie erregte. Stolz hatte sie ihr Kinn gehoben. Lag ihr neuerworbenes Selbstbewußtsein an den endlosen Komplimenten der Offiziere auf der *Chichester?* hatte sie sich gefragt. Oder an dem großen, würdevollen Mann, der neben ihr herging, seinen Arm besitzergreifend unter ihren geschoben?

Er hatte ihr einen Strohhut gegen die Sonne und einen neuen Unterrock gekauft. Und – trotz ihrer Proteste – ein einfaches blaues Musselinkleid, daß sie bei ihren Krankenbesuchen tragen konnte. Einen Besuch der Mineralbäder hatte sie abgelehnt; sie war zu schüchtern, um sich vor Fremden auszuziehen. Aber sie hatte ihm erlaubt, mit ihr ins Theater zu gehen und eine alberne Komödie anzusehen, und sein herzliches Lachen hatte ihr mehr Vergnügen bereitet als die Vorgänge auf der Bühne. In der Woche, in der sie nun wieder auf See waren, war ihre Freundschaft weiter gewachsen.

Ross beendete die Skizze des Vordecks und seufzte. »Das ist mir nicht so gut gelungen, wie ich es gerne möchte.«

Sie fand die Skizze talentiert und großartig. »Muß bei dir immer alles perfekt sein, damit du zufrieden bist?«

»Ich fürchte, das ist mein Fluch. Zeichnest du auch?«

»Nicht sehr gut.«

Er schlug eine neue Seite auf seinem Block auf und hielt ihn ihr hin. »Zeig es mir.«

Sie nahm den Block entgegen und setzte sich im Schneidersitz neben der Reling aufs Deck. Nur mühsam widerstand sie dem Verlangen, den Block durchzublättern; seit dem Abend, an dem sie die Zeichnungen von sich gesehen hatte, hatte er ihn in irgendeiner verborgenen Nische versteckt gehalten. »Am besten war ich immer bei Bäumen und Menschen«, sagte sie. »Und in Ermangelung einer knorrigen Eiche fürchte ich, daß ich mich an dich halten muß.«

Er lächelte, ein charmantes, verschmitztes Grinsen, das ihr die Röte in die Wangen trieb. »Glaubst du, du kannst einem ›sehr alten Mann‹, wie du mich genannt hast, gerecht werden?«

Sie senkte den Kopf und spürte, wie ihre Wangen brannten. »Du bist ganz bestimmt ein gutaussehender Mann, trotz deines vorgerückten Alters, und ...«

»Ich bin erst sechsundzwanzig«, unterbrach er sie trokken.

»Oh!« stammelte sie, um ihre Überraschung und Verlegenheit zu verbergen. »Ich hatte dich für wesentlich älter gehalten ... das heißt ... du wirkst nicht wie ein Mann von ... O Gott.« Sie biß sich auf die Lippe. »Du siehst *sehr* gut aus«, schloß sie lahm und betete, daß sie ihn mit ihrem sinnlosen Gestammel nicht allzu sehr gekränkt hatte.

Sein Lächeln vertiefte sich, und er sah aus wie ein mutwilliger kleiner Junge. Sie fragte sich, wie sie ihn nur für so alt hatte halten können. »Tue ich das wirklich?«

Sie warf den Kopf zurück. »Bild dir bloß nichts darauf ein! Du siehst nicht annähernd so gut aus wie Kapitän Hackett.«

Ohne Erfolg versuchte er, sein Lächeln zu verbergen. »Wer tut das schon?«

Dieser neckende Ton war für sie so neu und unerwartet, daß sie kaum wußte, wie sie damit umgehen sollte. »Auf jeden Fall werde ich dir jetzt, wo ich weiß, daß du kaum älter bist als ich, nicht mehr erlauben, mir väterliche Vorschriften zu machen«, verkündete sie würdevoll.

Bei seinem Lachen schwand ihre Würde, und sie errötete erneut.

»Du bist ein Schuft, Ross Manning, hinter deiner ... deiner ehrenhaften Fassade«, spuckte sie. Dieses Mal *wollte* sie ihn beleidigen!

»Ich?« Blau und unschuldig riß er die Augen auf. Dann blickte er zum Himmel. »Ich fürchte, der Mond geht auf, bevor du mit deiner Skizze beginnst.«

Sie verzog das Gesicht, legte den Block auf ihren Schoß und ergriff den Stift. »Ich kann dich nicht zeichnen, wenn du weiterredest.« Sofort blickte er sie konzentriert an, schloß den Mund und sammelte sich. Sie begann, die

Umrisse zu skizzieren, seinen eckigen Kiefer, die hohen Wangenknochen, die die weicheren Züge des Gesichts verschärften. Er hatte bemerkenswert dichte, lange Wimpern, die seine faszinierenden Augen noch stärker betonten. Sie wünschte, sie könnte ihn farbig malen, um diesem Blau gerecht zu werden. Wieder blickte sie auf sein Gesicht, dann auf den Block und noch einmal auf sein Gesicht, bevor sie die Stirn runzelte. »Du hast eine krumme Nase.«

»Ja. Eine Prügelei in der Schule. Die Idioten besaßen die Unverschämtheit, über meine Zeichnungen zu lachen.«

»Und sie haben dich verprügelt, deiner Nase nach zu urteilen.«

»Im Gegenteil. Man mußte einen von ihnen auf einer Trage nach Hause bringen. Der Direktor hat mir natürlich einen strengen Verweis erteilt. Und meine rechte Hand war von der Prügelei so übel in Mitleidenschaft gezogen, daß ich eine Woche lang keinen Stift halten konnte.« Er lächelte bei der Erinnerung an die Genugtuung.

»Ich bin immer von meiner Mama ausgeschimpft worden. Oder sie ließ mich stundenlang zur Strafe im Kuhstall arbeiten.« Sie kicherte. »Ich frage mich, ob sie wohl wußte, daß ich dabei die ganze Zeit über nichts als Unsinn gemacht habe.«

»Also warst du anscheinend ein aufsässiges kleines Mädchen. Und wahrscheinlich schon genauso eigensinnig wie heute«, sagte er kopfschüttelnd.

Auf einmal wurde sie ernst, und ihre Erinnerungen schienen sie zu bedrücken. »Ich war nicht annähernd so brav, wie ich hätte sein sollen. Papa versuchte immer, mich auf den rechten Weg zu bringen, nachdem Mama tot war.« Sie seufzte. »Aber es gelang ihm nicht richtig. Ich bin mir sicher, daß er das Leben, das ich nach seinem Tod führte, nicht gutheißen würde.« Sie starrte aufs Meer. *Oh Papa,* dachte sie sehnsüchtig. Wäre all das passiert, wenn er sie weiter mit seiner Klugheit geleitet hätte? Mit seinem Verständnis?

»Erzähl mir von deinem Dorf. In Wiltshire bist du aufgewachsen, hast du, glaube ich, einmal gesagt.«

Sie lächelte verträumt. »Es war entzückend. Im Frühling blühten überall an den Pfaden und schattigen Wegen Schneeglöckchen. Unser Haus stand am Ende der Straße, direkt hinter der alten Kirche, die unter Heinrich III. erbaut wurde. Zwischen den Weißdornhecken standen kleine Häuschen, und es gab einen Teich mit Gänsen. Im Sommer wuchsen auf allen Wiesen Ringelblumen. Ich habe sie immer gern gepflückt, obwohl meine Schuhe naß wurden und Mama geschimpft hat.«

»Und Schlüsselblumen, mit deinem Lord Jamie.«

»Ja. Sie wuchsen hinter den Äckern, auf den Hügeln, wo ich mit meinen Schafen hinging. In der Dämmerung war es besonders schön, wenn der Himmel rosa wurde. Die Hauptstraße war dann voller muhender Kühe, die von der Weide hereingetrieben wurden. Und am Ende der Straße stand Papas Schulhaus.« Bekümmert senkte sie den Kopf. Das alles hatte sie verloren.

»Es macht dich traurig, daran zu denken, nicht wahr?« fragte er und runzelte besorgt die Stirn.

»Es macht mich traurig, daß ich nicht mehr dort bin.«

»Dann mußt du mir eine fröhliche Geschichte aus deinem Dorf erzählen. Eine, die dich aufheitert.«

Sie dachte kurz nach, dann lächelte sie. »Ich bin immer gern zum Dorfanger gegangen.« Großpapa hatte ihr natürlich verboten, dort hinzugehen. Aber von Zeit zu Zeit schlich sie sich einfach hin und setzte sich in den Schatten eines großen Baumes, verborgen vor den Blicken der anderen. »Die Bauern kamen mit ihren Fiedeln und Pfeifen nach der Arbeit. Alles war von Musik und Frohsinn erfüllt. Die Dorfjungen rangen miteinander, spielten und brüsteten sich vor den Mädchen. Und manchmal tanzten sie, lachend und glücklich. Meine Freundin Betsy hatte immer ein halbes Dutzend Verehrer um sich.«

»Und hast du auch getanzt, meine kleine Schäferin? Und den Jungen den Kopf verdreht?«

»Um Himmels willen! Das habe ich mich nicht getraut.

Großpapa wäre außer sich vor Wut gewesen. Aber ich prägte mir die Schritte ein und übte sie dann zu Hause in meinem Zimmer.«

Er stützte sich mit den Händen hinter dem Rücken ab und blickte zum Himmel. »Martha tanzte wie ein Engel. Ich weiß noch, wie wir einmal zu einem Vereinsball gingen. Da war ein alter, fetter Kerl, der es auf sie abgesehen hatte. Und obwohl sie versuchte, ihm auszuweichen, er stand unweigerlich da, wenn irgend etwas Lebhaftes gespielt wurde. Sie war zu sehr Dame, um ihn abzuweisen, obwohl ich mehr als einmal versuchte, sie vor ihm zu bewahren. Und ich schwöre dir, er war ein ungeschickter Tolpatsch! Bei jedem Schritt trat er ihr auf den Fuß. Als wir in der Kutsche nach Hause fuhren, lachten wir darüber. Aber als sie ihre Strümpfe auszog, sah ich, daß er ihr den Zeh gebrochen hatte.«

»Die Arme«, murmelte sie.

»Am nächsten Tag erfuhren wir, daß er die Treppe hinuntergefallen war und sich das Bein gebrochen hatte. Er ist über seine eigenen ungeschickten Füße gestolpert, hieß es. Ich fand, daß er es verdient hatte, aber Martha, die immer alles verzieh, besuchte ihn und brachte ihm Rindsgelee vorbei, um seinen Schmerz zu lindern.« Er lachte leise. »Einen Monat lang schickte er ihr Geschenke, weil er dachte, sie hätte sich in ihn verliebt. Bis ich ihm einen Brief schrieb und ihm erklärte, daß ich zwar verstünde, wie sehr er meine Frau schätzte, daß aber jeder weitere Versuch von seiner Seite gefährlich für seine Gesundheit werden könnte. Er begriff sofort. Und das war das Ende von Marthas Verehrer.« Er schmunzelte. »Wir haben noch tagelang darüber gelacht.«

Sie starrte ihn an. »Das ist das erste Mal, daß ich dich lachen sehe, wenn du von Martha sprichst.«

»Es ist eine nette Erinnerung.« Er lächelte traurig, dann wies er auf den Block. »Bist du fertig?«

Sie hatte das Zeichnen ganz vergessen, so versunken war sie in das Vergnügen, ihn lächeln zu sehen. Sie machte sich wieder an die Arbeit, erfüllt von einer Freude, die sie sich kaum erklären konnte. Leise begann sie zu summen – eines der alten Lieder, das Papa ihr beigebracht hatte.

»Oh, sing es laut«, sagte er. »Du hast so eine reizende Stimme.«

Sie errötete, nickte dann aber und begann zu singen:

»Es war im schönen Monat Mai,
im Frühjahr.
Unten an der Wiese
fließt ein klarer Fluß;
sieh doch die kleinen Fische,
wie sie springen und spielen,
und Jungen und Mädchen
gehen zum Heumachen dorthin.«

»Das ist ein hübsches Lied, Lady. Und Sie haben eine so schöne Stimme.«

Prudence blickte hinunter auf das Hauptdeck und sah Toby Wedge, der zu ihr heraufgrinste. »Oh, danke sehr.«

»Wir nennen Sie die kleine Lerche, unter uns im Vordeck. Sie singen wohl immer, weil es Ihnen Freude macht.« Er schüttelte seinen massigen Kopf. »Aber Sie singen nie ein Seemannslied.«

»Und ist das ein schlechtes Omen?«

Verwirrt runzelte er die Stirn. »Meine Dame …?«

»Vergessen Sie es. Es war nur ein Scherz. Was soll ich denn für Sie singen?«

Er griff in die Tasche seiner weiten Hose, zog eine Flöte heraus, führte sie an die Lippen und begann, darauf zu blasen. Die Flöte war so zerbrechlich und seine Finger so dick und rauh, daß Prudence ganz erstaunt über die Zartheit seines Spiels war.

Es war eine lebhafte Weise. Prudence hörte eine Weile zu und nickte dann. »Natürlich kenne ich das«, sagte sie und begann: »In Plymouth lebte einst ein Mädchen …«

»Du häßliches Monster! Du wagst es, deine Vorgesetzten zu belästigen?«

Das Pfeifen erlosch mit einem dünnen Ton. Wedge

blickte entsetzt zu Kapitän Hackett hinauf, der ihn vom Poopdeck aus finster anstarrte. »Nein, Sir, ich habe nur eine Melodie für die Lady gespielt, wissen Sie, Käpt'n, Sir …?«

Hackett kam vom Poopdeck herunter und stellte sich an die Achterdeckreling. »Hast du nichts besseres zu tun, du fauler Nichtsnutz? Möchtest du über die Planke gehen?«

Wedge schluckte. »Nein, Sir. Ich war auf dem Weg zur Wache, als ich die Lady singen hörte …«

»Vor einer Minute habe ich die Glocke achtmal schlagen hören. Stehst du so auf Wache, du Hund? Und kannst du deinen vorgesetzten Offizier nicht grüßen?«

»Ich … ich …« Wedge fummelte mit seiner Flöte herum und versuchte verzweifelt, sie wegzustecken und zugleich die Hand an die Stirn zu heben.

»Bitte, Kapitän«, sagte Prudence und sprang auf. »Es war meine Schuld. Ich bat ihn darum, zu spielen.«

Er wandte sich ihr mit einem gezwungenen Lächeln zu. »Meine liebe Dame, ich muß Sie bitten, sich nicht in Angelegenheiten einzumischen, die Sie nichts angehen. Und ich muß Sie ebenfalls bitten, nicht die Schuld für diesen häßlichen Hund auf sich zu nehmen.« Er wirbelte wieder zu Wedge herum. »Hau ab und geh auf Wache, du mißgebildeter Schurke, bevor ich etwas tue, was dich bedauern läßt, jemals geboren zu sein!«

»A-a-aber Käpt'n, Sir. Ich bin kein Matrose, Sir, bitte. Ich bin Kanonier!«

Hackett schlug mit der Faust auf die Reling. »Bei Gott, Mann! Willst du dich mit mir anlegen?« Er wies auf einen Mann auf der Gangway, der einen kleinen Bambusstock in der Hand hielt. »Du da! Profos! Leg diesen tölpelhaften Sohn einer Hure in Eisen! Wenn er ein oder zwei Tage den Elementen ausgesetzt ist, wird er seine Frechheit schon noch bedauern. Und laß ihn ein bißchen deinen Jack spüren, während du das machst.«

Ross war aufgesprungen und starrte den Kapitän finster an, die Hände zu Fäusten geballt. »Ich protestiere, Sir. Dieser Mann …«

»Das ist *meine* Sache, Sir!« Hacketts schöngeschwungener Mund verzog sich zu einem verschlagenen Grinsen. »Wollen Sie mich etwa öffentlich herausfordern, Mr. Manning?«

Ross biß die Zähne zusammen und senkte den Kopf. »Nein, Sir«, murmelte er.

Prudence sah entsetzt zu, wie man Wedge vom Vordeck schleppte und ihn auf Deck in Ketten legte. Sie hörte den Stock des Profos pfeifen und das unterdrückte Stöhnen von Wedge, das jedem Schlag folgte. Und Ross unternahm nichts? Sie blickte ihn anklagend an. Die Muskeln in seinem Kiefer zuckten, und er wandte sich ab.

Hackett zupfte die Falten seines Halstuchs zurecht und lächelte breit, als ob nichts geschehen wäre. »Nun, meine liebe Dame, St. John hat mir erzählt, Sie seien eine großartige Backgammon-Spielerin. Würden Sie mir für ein Spiel in meiner Kajüte Gesellschaft leisten?«

Sie wußte kaum, wer sie wütender machte – Hackett mit seiner Grausamkeit, oder Ross, der nicht den Mut hatte, den armen Toby Wedge zu verteidigen. »Verzeihen Sie mir, Kapitän Hackett«, sagte sie und bemühte sich, ihren Zorn nicht allzu sehr zu zeigen, »aber ich habe leider Kopfschmerzen.«

»Ich mische dir ein Pulver«, sagte Ross.

»Ich kann es mir selbst mischen«, entgegnete sie kühl. Jetzt war es zu spät, sie besänftigen zu wollen! Sie blickte auf ihre Hände, in denen sie immer noch Block und Stift hielt. »Ich habe meine Skizze gar nicht beendet«, sagte sie. Dann zog sie ein dickes schwarzes X durch Ross' Gesicht, warf den Block hin und stürmte nach unten.

Der sonnige Tag hatte seinen Glanz verloren.

10

Prudence zitterte, als sie die Kabine erreichte, und schloß die Tür. Je eher sie ihr nasses Kleid ausziehen konnte, desto schneller würde das Zittern nachlassen. Sie blickte auf den großen feuchten Fleck auf ihrem Rock und war dankbar, daß ihr Korsett nicht naß geworden war, als der Matrose die Schüssel mit Wasser versehentlich auf sie ausgeleert hatte; dann hätte sie nur noch Marthas rosenbesticktes Korsett zum Anziehen gehabt. Aber ihr Unterrock war genauso durchnäßt wie ihr Kleid.

Die Uhr auf Ross' Schreibtisch zeigte elf Uhr – mehr als genug Zeit, um sich zum Essen umzuziehen. Wieder überlief sie ein Schauer. Sie hätte besser die Krankenstation sofort nach dem Zwischenfall verlassen sollen, statt dazubleiben und eine neue Schüssel mit Wasser zu holen, um den armen Mann zu waschen. Aber irgendwie kamen ihr seine Bedürfnisse wichtiger vor als ihre. Jetzt hoffte sie nur, daß sie keine Erkältung bekam.

Sie zog Kleid und Unterrock aus. Ihr Hemd war Gott sei Dank nicht naß geworden. Dann griff sie nach dem blauen Musselinkleid, das Ross ihr gekauft hatte. Vielleicht konnte sie es zur Abwechslung einmal offen tragen und ihr Mieder mit einem hübschen Band säumen. Sie wühlte in der Seetruhe, die die Kanoniere ihr gegeben hatten, zog den Korb mit ihren Waren hervor und fand ein kirschrotes Band, das hübsch aussehen würde.

Die Seekiste erinnerte sie an Toby Wedge. Der arme Mann. Er war drei Tage lang auf Deck angekettet gewesen, ohne die Beine bewegen zu können, und sein großer Kopf war Sonne und Wind ausgesetzt. Sie hatte ihn besucht, wann immer der Kapitän nicht in der Nähe war, ihm Essen und Wasser gebracht und sein sonnenverbranntes Gesicht abgewischt. Trotz seiner Qualen war er so heiter gewesen, daß es ihr fast das Herz gebrochen hatte. Er schien sich in sein Pech auf der *Chichester* gefügt zu haben; in seinem einfachen Denken waren schlechte Omen und Kapitän Hackett eins, und für ihn war die ganze Reise verflucht.

Prudence hatte zwei Tage lang mit Ross geschmollt, weil sie ihn für das, was mit Wedge geschehen war, verantwortlich machte. Nach einer Weile jedoch beschloß sie, ihm zu verzeihen. Er hätte zwar heftiger protestieren müssen, aber schließlich war Hackett immer noch der Kapitän.

Gerade hatte sie das Band durch die Knopflöcher ihres Mieders gezogen und es fest zusammengebunden, als sie zusammenzuckte. Die Stäbe des Korsetts drückten auf ihren Hüftknochen, und ein heftiger Schmerz durchfuhr sie. *Heilige Muttergottes!* dachte sie erschrocken. Sie hatte sich die Prellung seit mehr als einer Woche nicht mehr angesehen und hatte angenommen, sie sei schon lange verheilt. Nun löste sie das Korsett wieder, zog es herunter und hob ihr Hemd, um nachzusehen.

Die Prellung auf ihrer Hüfte war hellrot und geschwollen, und in der Mitte saß ein erhabener Punkt. Vom Rand der Prellung gingen dünne rötliche Streifen aus. Sie hatte in ihrem Leben genug Entzündungen bei Stallknechten gesehen, um zu erkennen, was geschehen war. Statt normal abzuheilen, war aus der Prellung eine gefährliche Infektion geworden, und der harte Kern in der Mitte war mit Eiter gefüllt.

Entsetzt biß sie sich auf die Lippen. Vielleicht konnte sie sich eins von Ross' Instrumenten leihen, um die Entzündung aufzuschneiden? Aber es war eine heikle Stelle, sie würde sie nur schwer erreichen.

Sie zuckte zusammen, als sie hörte, wie die Türklinke heruntergedrückt wurde, und schob rasch ihren Rock wieder hinunter. Sie wollte nicht, daß Ross sie halbnackt hier vorfand.

Er blieb auf der Schwelle stehen und runzelte die Stirn. »Entschuldigung. Ich wußte nicht, daß du dich umziehst.«

Sie kam sich vor wie ein kleines Mädchen, das dabei ertappt worden war, wie es vom Zucker genascht hatte. »Keine Ursache ... mein Kleid ... Ich wollte nur ...«, stammelte sie nervös.

Er schloß die Tür und kam auf sie zu. »Was ist los?«

»Nichts!« Warum reagierte sie nur so gereizt? Das wirkte noch schuldbewußter.

»Deine Wangen sind ganz rot.«

Sie verschränkte schützend die Arme vor der Brust. »Das ist ... das liegt nur an meiner Schamhaftigkeit.«

»Das ist kein Erröten«, grollte er. »Deine Augen glänzen auch so.« Obwohl sie versuchte, ihm auszuweichen, legte er ihr die Hand auf die Stirn. »Du lieber Gott! Du hast Fieber. Ich habe dich davor gewarnt, auf die Krankenstation zu gehen!«

Sie seufzte. Jetzt mußte sie es ihm wohl sagen. Er würde so lange keine Ruhe geben, bis er es erfahren hatte. »Ich habe einen Abszeß«, sagte sie. »Das ist wohl passiert, als ich die Treppe heruntergefallen bin.«

Er fluchte leise. »Und das die ganze Zeit über? Du hast keinen Ton gesagt!«

Sein Zorn wirkte einschüchternd. »Ich ... ich dachte, es geht wieder weg.«

»Zeig es mir.«

»Ich kann das selbst behandeln.«

»Verdammt noch mal, ich bin der Arzt! Laß mal sehen!«

Zögernd hob sie ihren Rock, wobei sie sich bemühte, ihm so wenig nacktes Fleisch wie möglich zu zeigen.

Er beugte sich zu ihrer Hüfte hinunter. »Ach du meine Güte! Das Gift breitet sich schon aus. Das ist nicht einfach nur eine Entzündung oder ein Abszeß, sondern ein Karbunkel, an dem du sterben könntest.« Er blickte hoch und sah sie mißbilligend an. »Wann wolltest du mir davon erzählen? Wenn ich nur noch dein Bein hätte amputieren können?« Er achtete nicht auf ihre schüchternen Einwände, sondern fegte Bücher und Papiere von seinem Schreibtisch. »Leg dich hierhin.«

Sie kletterte so züchtig wie möglich auf den Schreibtisch und sah ihm zu, wie er ärgerlich seine Jacke auszog und seine Hemdsärmel hochrollte. »Schneidest du ihn auf?« wagte sie schließlich zu fragen.

»Ich muß mehr tun. Der Herd muß vollkommen ausgeräumt werden, damit die Entzündung sich nicht weiter ausbreitet. Bleib still liegen«, befahl er. »Ich hole, was ich brauche, vom Verbandsdeck.«

Er verließ die Kabine und kam ein paar Minuten später mit Verbandsmull, einem Skalpell und einem Vakuumglas wieder. »Es wird schmerzen wie der Teufel«, sagte er, »aber daran bist du ganz alleine schuld.« Sie zuckte zusammen, als er einen tiefen Schnitt mitten in die Schwellung machte. »Die Prellung hat dir vermutlich schon am ersten Tag wehgetan. Aber du warst ja zu prüde, dich untersuchen zu lassen«, grollte er. Prudence sah unbehaglich zu, wie er sein Kohlebecken anzündete, ein wenig Wasser in das Glas goß und es über die heißen Kohlen hielt. Als das Wasser verkocht und das Glas anscheinend heiß genug war, ergriff er es mit dem Verbandsstoff am Boden. Dann knurrte er sie an: »Heb dein Hemd höher, verdammt noch mal! Und mach schnell, solange das Glas heiß ist.«

Sie blickte ihn wütend an, gehorchte aber, wobei sie immer noch sorgfältig darauf bedacht war, die unteren Körperteile bedeckt zu halten. Sie fragte sich, ob wohl sein Vater, der ihn unterrichtet hatte, genauso mitleidslos und kalt vorging. Sie fragte sich …

Und dann war keine Zeit mehr für Gedanken. Als das heiße Glas auf ihre Haut traf, empfand sie einen heftigen Schmerz, der noch schlimmer wurde, als der Karbunkel durch das Vakuum mit einem entsetzlichen Geräusch abgesaugt wurde. Sie hatte das Gefühl, ihr würde das Fleisch vom Körper gerissen. Voller Qual schrie sie auf, und die Tränen traten ihr in die Augen.

Er stellte das Glas mit seinem eitrigen Inhalt weg und tupfte die Stelle mit einem sauberen Stück Gaze ab. »Du wirst eine Narbe behalten«, sagte er. »Aber daran kann ich nichts ändern.«

Der Schmerz begann schon nachzulassen. Sie richtete sich auf, um besser sehen zu können. Die Wunde sah aus wie ein Vulkankrater, aus dessen Mitte nun Blut statt Eiter austrat.

Er faltete ein Stück Gaze zusammen und preßte es darauf. »Ich verbinde dich jetzt«, sagte er, »und gebe dir etwas gegen das Fieber. Du mußt aber auf jeden Fall zwei

Tage im Bett bleiben. Verstehst du? Jetzt leg dich wieder hin und zieh dein Hemd bis zur Taille hoch.«

Sie starrte ihn fassungslos an. Was hatte er denn jetzt schon wieder vor? »Das tue ich nicht!«

»Verdammt noch mal! Bist du selbst jetzt noch prüde? Wie soll ich dich verbinden, wenn ich den Verbandsstoff nicht um deine Hüften wickeln kann?«

Plötzlich kam sie sich albern und kindisch vor. Vor Wochen hatte er ihre Brüste und Beine gesehen, und das hatte sie schließlich auch überlebt, ohne ihren Stolz zu verlieren. Sie seufzte und zog ihr Hemd hoch, wobei sie es vermied, ihn anzusehen.

Er trat nahe an sie heran, und seine Augen weiteten sich vor Erstaunen. »Allmächtiger Gott«, keuchte er, »du hast ein *Kind* geboren.«

Sie schüttelte heftig den Kopf. »Sei nicht albern!« Wütend verzog sie den Mund. »Beabsichtigst du etwa, mich den ganzen Morgen lang anzustarren, oder willst du jetzt endlich deine Arbeit beenden? Ich schätze es nicht besonders, hier auf dem Präsentierteller zu liegen.«

»Entschuldigung.« Er verband sie, so schnell er konnte, und half ihr dann vom Tisch herunter.

Sie wandte sich zur Koje, aber er legte ihr die Hände auf die Schultern. »Prudence«, sagte er, plötzlich voller Mitgefühl, »ich bin Arzt. Glaubst du, ich weiß nicht, wie der Bauch einer Frau aussieht, wenn sie ein Kind geboren hat?«

Sie begann zu zittern. »Ich habe dir doch gesagt, das ist absurd.«

»Ein Kind«, beharrte er, »und vermutlich erst vor kurzem.«

Sie merkte, wie sie die Kontrolle über ihre Gefühle verlor, drängte die Tränen zurück, schloß die Augen und wandte den Kopf ab. »Nein.«

Er schüttelte sie leicht. »*Doch,* mein armes, dummes Mädchen. War es dein Lord Jamie?«

Sie zögerte, nickte dann aber, und all ihre Trauer und Scham schnürten ihr die Kehle zu. Sie hatte noch niemandem davon erzählt, nur Betsy. Sie hatte sich sogar selbst gezwungen, manchmal tagelang nicht an ihr Kind zu denken.

»Ein Junge«, flüsterte sie. »Er war so süß. Mit einem Muttermal auf der Schulter. Es sah aus wie ein Schmetterling, als ob ein Engel ihn dort geküßt hätte.«

»Wann kam er zur Welt?«

Ihre Stimme zitterte, und sie fühlte sich am Rande eines Zusammenbruchs. Wie viele dieser drängenden Fragen würde sie noch ertragen können.? »Im ... im Mai.«

»Und wo ist er jetzt?«

Da endlich brach ihre ganze Qual hervor und überwältigte sie. »Ich – ich habe ihn verloren«, schluchzte sie und lehnte sich an Ross. »Ich verlor ihn. Gott strafte mich, weil ich böse und sündig gewesen bin.« Ihr Körper wurde von Schluchzen geschüttelt.

»O Gott«, murmelte er, nahm sie in die Arme und setzte sich mit ihr auf den Stuhl, wobei er sie sanft wiegte, während sie an seiner Brust weinte und jammerte. »Weine nicht, kleine Prudence«, sagte er immer wieder. »Weine nicht. Du wirst deinen Lord Jamie schon finden.«

Sie hatte gedacht, sie hätte keine Tränen mehr, um ihren Verlust zu beweinen, aber in Ross' tröstlicher Umarmung brach ihr ganzer unterdrückter Schmerz hervor. Sie weinte, bis sie völlig erschöpft war.

Er trug sie zur Koje und deckte sie zärtlich zu. Dann verließ er die Kajüte. Sie lag da, völlig leer und erschöpft, bis er mit einem großen Becher voll mit einer milchigen Flüssigkeit zurückkam, den sie austrinken mußte. Sie schluckte alles ohne Widerstand, wie eine mechanische Puppe, die alles tut, was man ihr sagt.

Dann schlief sie ein und träumte davon, daß sie ihren kleinen Jungen in den Armen hielte.

Ross seufzte bedrückt, während er zum Vordeck hochstieg. Ihm graute vor dem Gespräch mit Hackett, in dem er, wie er wohl wußte, sich zu verteidigen haben würde. Es lagen so viele Männer mit Fieber auf der Krankenstation, und er konnte so wenig für sie tun. Gott sei Dank würde es auf einer so kurzen Reise wenigstens keinen Skorbut geben, denn daran starben sie alle. Auf der *Thunder* hatte er viele Seeleute daran sterben sehen, mit Augen, die in bleichen, zahnlosen Gesichtern tief eingesunken waren.

Er konnte zumindest dankbar sein, daß es Prudence besserging. Er hatte ihr jetzt zwei Tage lang Beruhigungsmittel gegeben – damit sowohl ihr Herz als auch ihre Wunde heilen konnten. Den Verband hatte er gewechselt, während sie schlief, und mit Befriedigung festgestellt, daß die roten Streifen weg waren und der Schnitt ohne Entzündung zu heilen schien. Heute morgen war sie für ein oder zwei Stunden aufgewacht und hatte ein wenig heiße Brühe und ein Glas Madeira zu sich genommen, aber ihre Augen waren immer noch trüb, und ihre Stimme hatte ihren Schmelz verloren.

Er schüttelte den Kopf. Ein Kind! Er konnte es immer noch nicht glauben. Während er selbst seinen Kummer laut heraustrompetet hatte, mit jedem dunklen Wort, jeder finsteren Miene und jedem kalten Blick, hatte sie gesungen und gelacht. Und dabei war ihr das Herz so schwer gewesen! Ihr Kummer war weitaus größer als seiner. Ein Kind zu verlieren, das man ausgetragen hatte! Kein Wunder, daß die Seeleute von ihr so liebevoll versorgt worden waren. Sie brauchte jemanden, den sie lieben konnte, hatte sie gesagt. Er hatte nicht den Mut, sie zu fragen, wie ihr Kind gestorben war.

Er erreichte das Vorderdeck und klopfte an die Tür des Kapitäns. Hackett stand weder auf noch lächelte er, als er eintrat. Zumindest unter vier Augen hatten sie schon lange aufgehört, so zu tun, als ob etwas anderes als Feindseligkeit zwischen ihnen herrschte. »Mr. Manning«, sagte der Kapitän, »ich hoffe, daß Ihre Frau auf dem Weg der Besserung ist?«

»Ein Fieber. Aber es ist bereits im Abklingen.«

»Kann ich mit ihrer charmanten Anwesenheit heute abend an meinem Tisch rechnen? Sie ist zu … reizvoll, als daß nur Sie sie sehen sollten.«

Ross knirschte mit den Zähnen. Es brachte sein Blut jedesmal in Wallung, wenn er sah, wie Hacketts Blicke begehrlich auf ihrem Busen ruhten oder wie er lüsterne Anspielungen machte, die sie in ihrer Unschuld Gottlob nicht verstand. »Ich fürchte, es geht ihr heute abend noch nicht gut genug«, entgegnete knapp.

»Wie schade. Aber erzählen Sie mir von den Männern auf der Krankenstation. Es sind jetzt beinahe schon drei Dutzend, hat Slickenham mir mitgeteilt.«

Ross tobte innerlich. Slickenham war ein Spion und ein Heuchler, und als Proviantmeister machte er illegale Geschäfte. Er verachtete den Kerl. Aber Männer wie Hackett brauchten jemanden wie Slickenham, damit sie ihre Masken der Rechtschaffenheit nicht ablegen mußten. »Es ist nicht nötig, Sir, daß Sie Slickenham herumschleichen lassen«, grollte er. »Sie hätten mich direkt fragen können.«

Hacketts dunkle Augen glühten, man sah ganz deutlich, daß er seine Wut zügelte. »Und stimmt sein Bericht? Drei Dutzend?« fragte er kalt.

Ross antwortete im gleichen Tonfall: »Vierunddreißig Männer, um genau zu sein, Sir. Mit unterschiedlichen Arten von Fiebern und Krankheiten, die durch die sommerliche Hitze und die schlechte Verpflegung noch verschlimmert werden. Die Seeleute können bei diesen Temperaturen nicht arbeiten, wenn sie nur so kleine Wasserrationen erhalten.«

»Sie bekommen nach den Verpflegungsrichtlinien die volle Menge pro Tag.«

»Der Proviantmeister behält die Hälfte für sich«, erwiderte Ross höhnisch, »und jeder Mann an Bord weiß das. Zudem bekommen sie Käse zu essen, der schon längst über Bord hätte geworfen werden müssen. Sie sollten Mr. Slickenham einmal an *diese* Richtlinien erinnern.«

Hackett nahm eine drohende Haltung an. »Wollen Sie mir etwa vorschreiben, wie ich mein Schiff führen soll, Sir?«

»Keineswegs, Sir. Aber Sie möchten gesunde Seeleute,

und genau das will ich auch. Sie müssen sich entscheiden zwischen den immer voller werdenden Taschen von Mr. Slickenham oder Seeleuten, die genug anständiges Essen und Wasser bekommen, um Krankheiten zu widerstehen.«

Hackett lehnte sich in seinem Stuhl zurück. »Ich schätze zwar ihre Anmerkungen über Slickenhams Betrügereien nicht, aber ich könnte mich unter Umständen überreden lassen, den Männern die Rationen zukommen zu lassen, die ihnen zustehen.« Er legte die Fingerspitzen zusammen, und ein Lächeln huschte über sein Gesicht. »Allerdings hat das einen Preis.«

»Muß ich Sie für das bezahlen, was den Männern von Rechts wegen zusteht?« schnarrte Ross.

»Keineswegs. Aber Slickenham war mir auch in anderer Beziehung äußerst nützlich. Zum Beispiel hinsichtlich Ihrer ... Frau. Er hat sich unter vier Augen mit Ihrem Burschen, Thompson, unterhalten. Und der hat anscheinend noch nie ein Zeichen für ... sagen wir einmal, eheliche Zuneigung gefunden, wenn er Ihre Koje gerichtet hat. Äußerst seltsam. Vor allem bei solch einer schönen ... Ehefrau. Und doch schlafen Sie zusammen. Können Sie mir diesen Widerspruch erklären, Sir?«

Ross war außer sich vor Wut. Er erinnerte sich, daß er eines Nachts bemerkt hatte, daß jemand leise die Kajütentür schloß. War das der Proviantmeister gewesen, der Hacketts Vermutungen nachgehen wollte? Gott sei Dank hatte er wenigstens nicht die Hängematte aufgehängt, wie er es ursprünglich vorgehabt hatte. »Der eheliche Verkehr zwischen meiner Frau und mir geht Sie nichts an, Sir«, sagte er gepreßt.

»Natürlich nicht. Aber aufgrund Ihrer eigenen Bemerkungen über Frauen bei unserem ersten Gespräch müssen Sie zugeben, daß ich ein Recht dazu habe, mißtrauisch zu sein, und daß ich Ihrer Leidenschaft für diese Frau nicht traue. Trotz Ihrer zärtlichen Küsse. Dienten Sie nur dazu, mich zu beruhigen?«

»Ich bete Martha an.«

»Ja. Gut und schön. Und sicher auch richtig. Aber ich schweife ab. Sie möchten gutgenährte Männer, Sir. Und ich bin ganz besessen von Ihrer schönen … Frau. Da sie Ihnen nur von geringem Nutzen zu sein scheint – hinsichtlich der Art, wie Männer Frauen nutzen – dachte ich, daß wir beide uns einigen könnten. Ich werde mit Mr. Slickenham über die Rationen sprechen. Als Gegenleistung erwarte ich dafür von Ihnen, daß Sie bei diesem kostbaren Geschöpf, das Sie als Ihre Frau bezeichnen, meine Interessen vertreten.«

Ross ballte die Fäuste. Er mußte sich beherrschen, um den Mann nicht auf der Stelle zusammenzuschlagen. Aber darauf wartete Hackett natürlich nur. Er verbeugte sich steif. »Sonst noch etwas, Kapitän?«

Hackett entließ ihn mit einer lässigen Handbewegung. »Nein. Aber denken Sie über das nach, was ich Ihnen gesagt habe, Mr. Manning. Ich sehe keinen Grund, warum wir beide nicht zu dem kommen sollten, was wir möchten.«

Ross stürmte aus der Kabine. Außer sich vor Zorn hielt er sich an der Achterdeckreling fest. Prudence war in größerer Gefahr, als sie sich vorstellen konnte, und er war außerstande, etwas dagegen zu unternehmen.

Wie sollte er sie warnen, wie ihr sagen, was der Kapitän vorgeschlagen hatte? Sie war zu unschuldig, zu vertrauensvoll, um zu glauben, daß ein Mann so böse sein konnte.

Er erschauerte, als er sich vorstellte, wie Hackett ihre Haut berührte, ihre vollen Brüste streichelte und mit seinen Händen durch ihr duftendes Haar fuhr. Küsse von ihrem süßen Mund raubte. Ihren Körper streichelte und schließlich den Schatz entdeckte, der hinter diesem verführerischen Dreieck von rotgoldenem Haar lag …

Lieber Gott! Er keuchte auf und rieb sich den Schweiß von der Stirn. Woran dachte er? Er hatte sich nicht Hackett in dieser Szene vorgestellt, sondern sich selbst! Seine Lenden schmerzten von einem Verlangen, das er seit einem Jahr nicht mehr verspürt hatte.

Er holte tief Luft und versuchte sich zu beruhigen. *Verzeih mir, Martha,* dachte er gequält. *Verzeih mir, daß ich schwach geworden bin, wenn auch nur für einen Augenblick.*

Plötzlich mußte er lachen. Er war verrückt, auch nur daran zu denken, das Mädchen zu berühren. Sie war zu jung, zu unschuldig. Wenn er seinem körperlichen Bedürfnis jetzt nachgab, würde seine Leidenschaft sie halb zu Tode erschrecken. Und er würde für den Rest seines Lebens mit der Schuld leben müssen, die Erinnerung an Martha beschmutzt zu haben. Er sollte besser keine schlafenden Hunde wecken.

Außerdem war das Mädchen ganz besessen von seinem Lord Jamie. Und entschlossen, ihn zu heiraten, komme, was wolle. Es war nicht seine Sache, etwas gegen den Mann zu sagen, aber er hielt ihn für einen leichtfertigen Adligen, der die Gelegenheit wahrgenommen hatte. Für Prudence würde nur Kummer dabei herauskommen, ob sie ihren Geliebten nun nicht fand – oder ob sie ihn fand und zur Heirat überredete.

Ross runzelte die Stirn, weil ihn plötzlich ein Gedanke durchzuckte. *Heirat.* Warum wollte sie ihn unbedingt heiraten, wenn es gar kein Kind mehr gab? Um ein neues Leben anzufangen? Nachdenklich zog er die Augenbrauen zusammen. Ihr erster Morgen an Bord fiel ihm ein. Ihr war übel gewesen. Von den Bewegungen des Schiffs? Oder von etwas anderem?

»Beim Bart des Äskulap«, murmelte er. Vielleicht war sie gar nicht so unschuldig. Vielleicht trug sie schon wieder ein Kind, so kurz nach dem ersten. Angewidert schüttelte er den Kopf. Ein Mann konnte eine naive Frau vielleicht *einmal* verführen. Aber ein zweites Mal? Da mußte sie schon völlig damit einverstanden sein, weil sie wußte, was hinterher passieren konnte. Und das war wohl kaum das Verhalten einer Unschuldigen.

Zum Teufel mit ihr, dachte er. Sie hatte sein Leben schon viel zu sehr beeinflußt. Seine Gedanken, seine Pläne, seine Zukunft durcheinandergebracht. Er war es leid, an sie zu denken. Leid, in ihre Lebensprobleme hineingezogen zu werden. Je schneller die Reise zu Ende war, desto glücklicher würde er sein.

Die sichere, gedankenbetäubende Einsamkeit der Wildnis erschien ihm auf einmal wünschenswerter denn je.

11

Prudence drehte sich vorsichtig in der Koje um, sorgfältig darauf bedacht, daß sie mit ihrer Wunde nicht die Matratze berührte. Sie konnte nicht schlafen, ganz gleich, wie sie sich hinlegte. Warum war Ross jetzt so ärgerlich auf sie?

Sie hatte darauf bestanden, sich anzuziehen und abends zum Kapitänsdinner zu gehen, in der Hoffnung, daß sie das ein wenig aufheitern würde. Ross hatte ihr befohlen, sich wieder ins Bett zu legen, aber sie war stur geblieben.

War er deshalb ärgerlich mit ihr? Er mußte doch mittlerweile an ihre gelegentliche Halsstarrigkeit gewöhnt sein; manchmal hatte sie sogar das Gefühl, daß es ihm Spaß machte, ihren Forderungen nachzugeben. Vielleicht war er ja auch aufgebracht, weil er herausgefunden hatte, daß sie vor kurzem ein Kind geboren hatte – eine unzüchtige Frau, die seine Freundschaft nicht mehr verdiente.

Das Abendessen hatte sie jedoch nicht aufgemuntert. Sie war zu niedergeschlagen, und St. Johns Aufmerksamkeiten gingen ihr auf die Nerven. Ross war noch unfreundlicher als sonst zu Hackett gewesen, und sie hatte sich sehr über ihn geärgert. Obwohl sie selbst dem Kapitän sein Verhalten Wedge gegenüber immer noch übelnahm, bestand kein Grund dafür, so unhöflich zu sein.

Sie hatten sich früh vom Kapitänstisch zurückgezogen, doch Ross war kühl geblieben, bis sie sich ausgekleidet und einander gute Nacht gewünscht hatten.

Ihr Gebet sprach sie inniger als sonst, weil sie sich verzweifelt wünschte, ihren Optimismus und ihre Hoffnungen auf die Zukunft wiederzufinden. St. John hatte gesagt, daß sie in ungefähr vierzehn Tagen Virginia erreichen würden. Das war doch ein Anlaß, sich zu freuen.

Virginia ... und Jamie. Vielleicht würde es ihre Nerven beruhigen und beim Einschlafen helfen, wenn sie an ihn dachte. Aber es nützte alles nichts. Sie konnte kaum mehr sein Gesicht heraufbeschwören. Seine Züge verschwammen in ihrer Erinnerung wie das Spiegelbild eines Baumes in einem Teich, über den der Wind streicht.

Wie verlassen und einsam sie sich fühlte. Wie sie sich nach der Wärme einer menschlichen Berührung sehnte. Sie schob sich näher an den schlafenden Ross heran und drückte ihren Rücken gegen seine Brust. Als er im Schlaf etwas murmelte, sich umdrehte und den Arm um sie legte, seufzte sie zufrieden. Sie fühlte sich sicher und geborgen, als ob sie zu ihm gehörte, und schloß endlich die Augen. Jetzt konnte sie schlafen.

Als sie vom Klang der Bootsmannspfeife, die die Männer zum Frühstück rief, aufwachte, lag Ross' Arm immer noch um sie, und seine Hand ruhte auf ihrer Brust. Sie ließ sie liegen. Sie brauchte die Wärme, da sie immer noch bei der Erinnerung an ihren schlimmen Traum zitterte – all das Entsetzliche des letzten Jahres stand ihr lebhaft vor Augen. Hoffentlich würde sie bei Jamie später einmal genausoviel Ruhe finden, wenn sie Kummer hatte; sie konnte es sich nicht vorstellen, jemals wieder alleine in einem Bett zu liegen.

Du liebe Güte! Ross zog hastig seine Hand weg und sprang aus der Koje. Sie drehte sich um und setzte sich auf. Er starrte sie erschreckt an und atmete heftig, rührte sich aber nicht.

»Entschuldigung«, sagte er mürrisch. »Ich wollte dich nicht berühren. Du kannst mir gerne Vorwürfe machen, obwohl ich mir nicht bewußt war ...«

Sie schüttelte lächelnd den Kopf. »Das macht doch nichts. Du tust das immer, wenn du schläfst. Wahrscheinlich träumst du von Martha, weil du manchmal ihren Namen murmelst, und dann legst du den Arm um mich.«

Diese Erkenntnis schien ihn zu bestürzen. »Sonst tue ich nichts?«

»Nein.«

»Verdammt noch mal, du solltest mich aufwecken! Du solltest …«

»Warum? Um deine süßen Träume zu stören? Um dich in die Wirklichkeit zurückzuholen und dich damit zu enttäuschen, daß ich nicht diejenige bin, von der du geträumt hast?«

»Du Unschuld«, grollte er. »Hast du keine Angst, daß mein Verhalten zu anderen Dingen führen könnte?«

Sie schwang die Beine aus dem Bett, um aufzustehen. »Warum sollte ich ängstlich sein? Weißt du nicht, daß ich dir mittlerweile vertraue?«

Er starrte auf ihre bloßen Beine, mit einem seltsamen Ausdruck im Gesicht. Dann murmelte er einen Fluch und drehte ihr schnell den Rücken zu. Nicht schnell genug – sie hatte die Ausbuchtung an seinem Hemd bereits gesehen. »Ich bin schließlich nur ein Mann«, sagte er gepreßt.

»Und ein guter Mann. Ich habe keine Angst vor dir.«

Sie sah, wie sich seine Rückenmuskeln unter dem Hemd anspannten. »Martha war die einzige Frau, die ich jemals geliebt habe. Ich glaube, Gott hat das so gewollt – daß wir in diesem Leben nur einen Seelenpartner haben. Das gilt zumindest für mich. Ich werde niemals eine andere Frau lieben.«

Seine Atemzüge wurden ruhiger. »Aber das Fleisch kann schwach werden«, fuhr er fort. »Ich muß darauf bestehen, daß du mich aufweckst, wenn ich dich je wieder in den Arm nehme.«

»Nein. Es schadet ja keinem. Und dir bringt es Trost.«

Er drehte sich zu ihr um und verzog spöttisch den Mund. Die Ausbuchtung war verschwunden. »Wie gütig von dir, meine Schwäche zu verstehen. Und du kannst dir natürlich auch selbst einreden, daß der Mann, der dich in den Armen hält, der Mann *deiner* Träume ist.«

Sie biß sich auf die Lippen. Fast hätte sie ihm von ihrem traurigen Traum heute früh erzählt. Aber jetzt wollte sie nicht mehr.

»Na?« sagte er. »Kein Wort zur Verteidigung deines lüsternen Lord Jamies? Keine verträumten Geschichten davon, daß er dich heiraten wird?«

Die Pest sollte ihn holen! Sie würde es ihm *nie* erzählen. Niemals! Er würde ihre Geschichte nur verdrehen und ihren Schmerz mit seinen zynischen Worten nur vertiefen. Verärgert wandte sie sich ab und griff nach ihrem Unterrock.

Eilig begann er, seine Strümpfe und seine Hose anzuziehen. »Thompson wird dir Frühstück bringen. Es sei denn, du ziehst die Gesellschaft deiner Anbeter in der Messe vor.«

Sie starrte ihn an. Mit jedem grausamen Wort schien er sie weiter von sich wegstoßen zu wollen. »Warum leugnest du deine Menschlichkeit?«

Seine Augen blickten kalt. »Ich besitze nur noch wenig Menschlichkeit. Ich habe sie – und die Welt – seit langem verleugnet. Hast du vergessen, daß ich am liebsten allein leben möchte?«

»Und bis dahin? Bin ich eine solche Last für dich geworden?«

Er verknotete sein Halstuch und knöpfte seine Weste zu. »Nur, wenn du mir den gleichen ›liebevollen Trost‹ zukommen läßt, wie du ihn den anderen spendest. Das erstickt mich.«

Auflachend griff er nach seiner Jacke. »Aber vielleicht bist du ja auch nur so sanft und mitleidsvoll, weil du meine Hilfe brauchst. Und meinen Geldbeutel.«

»Oh!« Er war unmöglich heute morgen. Und das alles nur wegen einer unbewußten Umarmung? Sie griff nach seinen Schuhen, riß die Kajütentür auf und warf die Schuhe hinaus. »Du kannst dich draußen fertig anziehen«, sagte sie. »Sollen die Männer doch denken, was sie wollen. Sie wissen wahrscheinlich sowieso, daß Ehepaare sich von Zeit zu Zeit streiten.« Sein eisiger Blick machte sie noch wütender. Sie hatte den Wunsch, ihn zu verletzen. »Außer natürlich du und deine heilige Martha.«

Er erstarrte. Einen Augenblick lang dachte sie, er würde sie schlagen. Aber dann verbeugte er sich nur und schenkte ihr ein kaltes Lächeln. »Ihr Diener, Madam. Martha war zum Glück überhaupt nicht zänkisch.« Dann stürmte er aus der Kabine, bevor sie noch die Gelegenheit fand, irgend etwas nach ihm zu werfen.

Als er weg war, sank sie auf den Stuhl und schlug die Hände vor die Augen. Natürlich war sie ihm von Anfang an lästig gewesen; er hatte nur bis jetzt seine wahren Gefühle vor ihr verborgen. Aber je näher sie Virginia kamen, desto mehr wandten sich seine Gedanken der lange ersehnten Einsamkeit zu. Und sie war nichts als ein Eindringling in seiner kalten Welt, eine Last, die er nicht mehr ertragen konnte.

Hatte Großpapa das nicht auch gesagt? »Du bist in jeder Hinsicht eine Strafe, Prudence Allbright.«

Großpapa hatte seiner einzigen Tochter nie verziehen, daß sie gegen seinen Willen einen einfachen Schulmeister geheiratet hatte. Er hatte gehofft, sie würde einen reichen Adligen ehelichen, wie er selbst einer war. Mama hatte ihr von seiner Wut erzählt, als sie weggelaufen war, und daß er jeden weiteren Kontakt mit ihr abgelehnt hatte – obwohl Papa sie mit seinem Gehalt an der Dorfschule nur mühsam ernähren konnte. Sie hatten in einem baufälligen kleinen Haus gewohnt, hatten kaum genug zu essen und nicht genug Holz, um Feuer zu machen. Trotzdem dachte Prudence so gerne an diese Zeit zurück. Sie war erfüllt gewesen von Liebe und Lachen und von der Freude, auf Papas Knien zu sitzen und zu lernen.

Erst als Mamas Gesundheitszustand sich verschlechterte, hatte Großpapa nachgegeben und ihnen erlaubt, bei ihm im Herrenhaus zu wohnen. Und selbst da hatte er Papa niemals vergessen lassen, daß er in seinen Augen ein Versager war, der noch nicht einmal für seine Familie sorgen konnte.

Prudence vermutete, daß Großpapa sie wahrscheinlich

vom ersten Augenblick an gehaßt hatte: Sie war schließlich nur ein Mädchen, und nicht der Enkel, den er sich gewünscht hatte. Und sie war das Ergebnis einer Verbindung, die er verabscheute. Nie hatte er ihr gegenüber auch nur die geringste Wärme gezeigt.

Als Papa tot war und Großpapas neue Frau dem Haus vorstand, war es für sie sogar noch schwerer geworden. Die neue Hausherrin folgte den Lehren von John Wesley. Streng und unnachgiebig, frömmelnd bis zur Heuchelei hatte sie Großpapa noch mehr gegen seine Enkelin aufgebracht. Jeder harmlose Streich wurde als Sünde Gott gegenüber angesehen, jedes gedankenlose Wort war ein Grund zur Bestrafung. Sie wurde für ihr gottloses Singen gescholten und für ihr frivoles Gelächter getadelt. Und als sie erfahren hatten, daß sie ein Kind trug …

Prudence zitterte, als sie an ihren schrecklichen Traum dachte. Sie hatte auf den Knien vor Großpapa gelegen und ihn angefleht, sie nicht fortzuschicken. Sie wollte jeden heiraten, den er für sie aussuchte, wenn er sie nur ihr Kind behalten lassen würde.

»Du hast Schande über dieses Haus gebracht. Du gehörst nicht mehr zu meiner Familie.« Sie hielt sich die Ohren zu, weil immer noch seine Stimme in ihrem Kopf hallte. Immer wieder hatte sie die schrecklichen Worte in ihren Träumen gehört, seit Monaten. Schande.

Mit tränenverschleierten Augen blickte sie zu den Balken in der Kajüte hoch. »Aber der Vater meines Kindes ist ein Adliger, Großpapa«, flüsterte sie, wieder in ihrem Traum befangen. »Und er liebt mich.«

»Du hast kein Kind«, hatte er gesagt – die letzte Nacht in ihrem Traum und an jenem entsetzlichen Morgen im Juni. *»Du hast kein Kind.* Dein Sohn gehört jetzt mir. Ich werde ihn aufziehen, frei von deinen sündigen Gedanken.«

Sie wischte sich mit der Hand über das tränennasse Gesicht. In den vergangenen Monaten hatte sie mehr Tränen vergossen, als es Wolken im April gab.

Oh, Jamie, dachte sie. *Nur du kannst mir mein Kind zurückgeben.* Sie schlang die Arme um sich. Immer noch spürte sie, wie der kleine Mund an ihren Brüsten saugte. Immer noch roch sie den süßen Duft ihres Neugeborenen – für sie war es das kostbarste Parfüm.

»Ein Adliger?« hatte Großpapa spöttisch erwidert. »Eher ein Bauerntölpel, der sich an deiner verkommenen, unmoralischen Natur schadlos gehalten hat. Aber wenn er wirklich ein Herr ist, soll er doch kommen und Anspruch auf das Kind erheben.«

Und das wird er tun, Großpapa, dachte sie. *Warte nur ab.* Sie und Jamie würden Großpapas Haus als Ehepaar betreten und sich nehmen, was ihnen gehörte.

Ihr Großvater konnte es ihnen nicht verweigern. Jamies Adelstitel würde ihn überzeugen. Oder sogar einschüchtern, wenn es sein mußte. Da war sie sich sicher. Nur diese Gewißheit hatte ihr geholfen, die langen, qualvollen Monate zu überstehen.

Gestärkt von dem Gedanken trocknete sie ihre Tränen und zog sich fertig an. Vielleicht sollte sie ein wenig an Deck spazierengehen, wenn das Wetter klar war. Sie fühlte sich noch nicht kräftig genug, wieder die Krankenstation aufzusuchen und die Männer zu pflegen. Außerdem wollte sie Ross heute morgen nicht mehr sehen.

Sie seufzte. Es tat ihr jetzt leid, daß sie ihm überhaupt etwas von ihrem Kind erzählt hatte. Von ihm konnte sie kein Mitleid erwarten. Er war zu kalt, zu schnell mit seinem Urteil bei der Hand, zu sehr auf seine eigene Vollkommenheit bedacht, als daß er je würde verstehen können, warum sie Jamie nachgegeben hatte. Und er war vielleicht auch zu gleichgültig. Ein Mann mit der Neigung zum Eremiten war natürlich kaum an einer Frau interessiert, die an ihrem Unglück selbst schuld war. Mit dem Wenigen, das sie ihm bisher gesagt hatte, hatte sie sich schon genug gedemütigt.

Sie würde nie mehr darüber sprechen, ganz gleich, wie er sie bedrängte. Sie würde Jamie finden und alles würde gut werden. »Vergib mir meine Sünden, Herr«, flüsterte sie. »Und führe dein unvollkommenes Geschöpf in die Zukunft, für die du es ausersehen hast.«

Aber wie lange wollte Gott sie noch strafen? Wieviele qualvolle Monate würden noch vergehen, bis sie ihr geliebtes Kind wieder in den Armen halten konnte?

»Ich fürchte, Sie schlagen mich, Martha!«

Prudence blickte über das Backgammonbrett St. John an und schenkte ihm ihr siegessicherstes Lächeln. Sie würfelte, runzelte die Stirn, als würde sie sich zutiefst konzentrieren, und schob dann ihre Steine absichtlich in eine angreifbare Position. Selbst ein Dummkopf wie St. John mußte seinen Vorteil erkennen! »Ich spiele nicht annähernd so gut wie sie, Lieutenant«, äußerte sie bescheiden.

Er unterdrückte ein triumphierendes Lächeln, während er mit seinem nächsten Zug zwei Steine von ihr einkassierte. Sie zog eine Schnute. »Na, na«, meinte er und tätschelte ihre Hand, »es ist ja nur ein Spiel. Und Sie spielen es sehr gut für eine Frau. Aber ich meine mich erinnern zu können, daß Sie mich Edwin nennen wollten. Und Sie vergessen das andauernd.«

Sie seufzte. »Es ist so schwierig, wenn man nur eine Frau ist. Wie gerne wäre ich ein großer starker Mann und würde mit soviel Selbstvertrauen spielen wie Sie.«

Er spreizte sich wie ein Pfau. »Meine liebe Martha, dafür haben Sie ihre eigenen, ganz besonderen Reize.«

»Oh, Edwin.« Sie schlug die Hände vors Gesicht, als wolle sie ein Erröten verbergen. Aber es fiel ihr schwer, nicht laut aufzulachen. Er war so feierlich, so ernsthaft. Und so leicht hinters Licht zu führen.

Sie genoß dieses neue Spiel – die Entdeckung ihrer Macht als Frau. Die Wirkung, die ihr Lächeln und ihr Stirnrunzeln auf St. John hatte. Vielleicht war es ja auch nur so leicht für sie, weil er ein solcher Einfaltspinsel war. Aber es gab ihr Selbstvertrauen, und sie fühlte sich begehrenswert dabei, wenn sie ihre Reize ausspielte, wie es Betsy auf dem Dorfanger so oft gemacht hatte. Damals hatte sie ihre Freundin beneidet und sich gefragt, wie eine Frau es wohl lernen könne, einen Mann zu bezaubern. St. John jedoch hatte sofort auf ihre koketten Anspielungen reagiert und sie dadurch mutiger gemacht.

Und Gott allein wußte, wie sehr sie Bestätigung brauchte. Ross hatte sich in den letzten Tagen immer mehr von ihr zurückgezogen, und das bedrückte sie. Sie kam sich vor, als hätte sie einen Freund verloren, und wußte dabei nicht einmal, warum. Im übrigen reagierte sie auf seine eisige Haltung mit Starrsinnigkeit und handelte absichtlich gegen seine Wünsche. Wenn er sie im Schlaf umarmte, stieß sie seinen Arm weg. Und es schien ihr auf eine perverse Art Spaß zu machen, wenn sie sah, wie ihre koketten Spielchen mit St. John ihn zur Raserei brachten. Wobei sie versuchte, nicht daran zu denken, was Papa zu ihrem Betragen gesagt hätte.

Sie blickte auf. Ross hatte gerade die Messe betreten. Er nickte den Offizieren zu, die noch beim Essen saßen, und kam zu Prudence und St. John herüber. »Das Essen ist schon seit einer Stunde vorbei. Denkst du nicht daran, daß Schlafenszeit ist, liebe Gattin?« Seine Stimme klang gepreßt und beherrscht.

Sie lächelte ihn süß an, und ihr Widerspruchsgeist regte sich. Immer kommandierte er sie nur herum! »Warum nennst du mich nie bei meinem Namen, mein Gatte? Fällt es dir so schwer, Martha zu sagen?«

Seine blauen Augen glühten wie der Rand einer Flamme. »Dein Fieber ist erst seit einer Woche vorüber, *Martha.* Ich bestehe darauf, daß du dich noch ausruhst.«

Sie wandte sich mit einem perlenden Lachen an St. John. »Er sagt meinen Namen fast so nett wie Sie, Edwin. Aber er versucht, unseren reizenden Abend zu verderben.«

St. John kam ihr zu Hilfe. »Und dabei haben wir noch nicht einmal ein Lied von Ihnen gehört. Kommen Sie, solange Elliot noch hier ist.« Er winkte Lieutenant Elliot zu. »Kommen Sie, Mann, greifen Sie zu Ihrer Fiedel. Mrs. Manning wird uns mit einem Lied erfreuen.«

Sie schmollte auf reizende Art. »Nur, wenn mein Mann es erlaubt. Er war in der letzten Zeit so unfreundlich zu mir.«

Ross öffnete den Mund, um zu widersprechen, wurde aber von den Bitten St. Johns und der anderen, die ihn bedrängten, seine Erlaubnis zu geben, zum Schweigen gebracht. Was konnte ein Lied schon schaden, bevor seine Frau sich zur Ruhe begab? Und sie alle waren doch ganz begierig darauf, ihre süße Stimme zu hören. Also schwieg er und gab zögernd seine Zustimmung.

»Was werden Sie heute abend singen?« fragte Lieutenant Elliot.

»Kennen Sie ›Black is the Color of My True Love's Hair‹?« fragte sie und erhob sich von ihrem Stuhl.

Ross kniff die Augen zusammen. »*Schwarz,* Madam?«

Sie dachte an Jamie mit seinen dunklen Locken. »Ja, schwarz«, sagte sie verträumt. »Und braune Augen.«

Er runzelte warnend die Stirn. »Aber es ist natürlich nur ein Lied.«

»Natürlich!« erwiderte sie, plötzlich wieder in der Wirklichkeit.

Er verbeugte sich steif. »Dann überlasse ich dich und diese Herren deinem Lied. Ich vertraue darauf, daß du dich rechtzeitig zurückziehst.« Ärgerlich stolzierte er aus der Messe, während Elliot bereits die ersten Töne spielte.

Prudence bedauerte schon bald, daß sie dieses Lied ausgewählt hatte. Jede Zeile schien sie an Jamie zu erinnern, und ihre unglücklichen Erinnerungen wurden von neuem wach. Als sie geendet hatte, standen ihr die Tränen in den Augen.

St. John eilte an ihre Seite und ergriff sie am Ellbogen. »Ein trauriges Lied. Sie hätten es nicht aussuchen dürfen, Martha.« Er schob sie zur Tür. »Kommen Sie. Die Nacht ist so schön. Die weiche Luft wird Ihnen guttun.«

Sie erlaubte ihm, sie zum Achterdeck zu führen. Der Himmel war übersät von Sternen, die wie Juwelen auf schwarzem Samt glitzerten. Sie blickte in die stille Nacht und dachte an Jamie und ihren Sohn. Nie hatte sie sich so allein gefühlt, so verloren unter all den Sternen. Sie seufzte.

»Sie müssen wissen, daß ich Sie anbete, Martha.«

Sie wandte sich um und sah, wie St. John die Arme nach ihr ausstreckte. »Edwin, ich ...«

Ungestüm zog er sie an sich. »Sie wunderschönes, begehrenswertes Geschöpf. Ich sehne mich nach Ihrer süßen Gunst.«

Halbherzig versuchte sie, sich aus seinen Armen zu befreien. Sie hatte heute abend so sehr an Jamie gedacht, der so weit weg war, daß St. Johns zärtliche Worte eine Saite in ihr zum Klingen brachten. Jamie hatte sie begehrt – verzweifelt. Und er hatte es ihr mit fast den gleichen Worten gesagt. Sie fühlte sich schwach und verletzlich. »Ich ... ich bin eine verheiratete Frau, Edwin«, stammelte sie mit dem letzten Rest gesunden Menschenverstands.

»Zum Teufel mit Ihrem Mann. Er beachtet sie ja kaum. Schenken Sie mir Ihre süße Liebe, und ich verspreche Ihnen, Sie werden es nicht bereuen.«

War sie wahnsinnig? So in Sünde verstrickt, daß sie jetzt, wenn auch nur für einen Augenblick, schwach wurde? »Ich kann nicht. Es wäre gegen Gottes Wille.«

Er umarmte sie fester. »Dann gewähren Sie mir wenigstens einen Kuß. Der Gedanke an einen Kuß von diesen verführerischen Lippen verfolgt mich bis in meine Träume.«

Sie schwankte. Ein Kuß ... Was schadete das schon? Noch nie hatte sie ein Mann geküßt, außer Jamie. Und Ross. Küßte jeder Mann gleich, war es immer solch ein köstliches Vergnügen? Natürlich war St. John ein Dummkopf – aber die Neugier brannte in ihr und wollte befriedigt werden. Und ihr Herz war einsam. Sie hob ihr Kinn. »Nur einen. Und dann muß ich gehen.«

»Sie göttlicher Engel.« Er beugte sich zu ihr hinunter und preßte seinen Mund auf ihre Lippen.

Sie wußte nicht, ob sie sich freuen oder enttäuscht sein sollte. Denn sie spürte nichts. Nichts! Ihr Herz schlug nicht schneller, in ihren Schläfen pochte es nicht. Sie spürte nur, daß seine Lippen trocken waren und sich auf ihrem Mund unangenehm anfühlten. Hastig machte sie eine Bewegung, um ihn wegzuschieben.

»Ich wäre Ihnen dankbar, wenn Sie meine Frau losließen, Sir.«

Prudence keuchte auf, als sie die eisige Stimme hörte. Sie wirbelte herum und sah Ross vor sich stehen. Erleichtert dachte sie, daß er in der Dunkelheit der Nacht nicht sehen konnte, wie sie vor Scham errötete.

St. John begann zu stottern. »Oh ... es ...es ist nicht so, wie Sie denken, Dr. Manning. Ich habe nur Ihrer Frau eine gute Nacht gewünscht.« Er zupfte nervös an seinem Halstuch, als würde es ihm zu eng.

Die Stimme wurde noch eisiger. »Ich nehme Ihre Erklärung an, Sir. *Dieses* Mal. An Bord bin ich nicht mein eigener Herr. Aber an Land kann ich recht gut mit einem Säbel umgehen, und dann fühle ich mich auch frei, ihn zu benutzen. Verstehen Sie?«

St. John nickte und floh von Deck.

Prudence lächelte Ross schwach an. »Es war nur ein harmloser Kuß. Ohne jede Bedeutung ...«

Er unterbrach sie, indem er sie fest am Handgelenk packte. »Verdammt noch mal«, grollte er, »wenn du wirklich meine Frau wärst, hätte diese kleine Szene dir ein paar unliebsame Momente über meinem Knie beschert!« Er zog heftig an ihrem Handgelenk. »Und jetzt komm nach unten.«

Sie stolperte hinter ihm die Treppe hinunter und überlegte, was sie sagen konnte, um seinen Zorn zu besänftigen. Hoffentlich würde er – wenn sie erst einmal allein in der Kajüte waren – nicht doch seine Drohung wahrmachen, Ehefrau oder nicht. Sie hatte sich wirklich töricht benommen, wie ein trotziges Kind.

Vor der Kajütentür entwand sie ihm ihre Hand. »Ross, warte. Er hat mich überrascht. Ich hatte nicht damit gerechnet, daß er das tun würde.« Sie hoffte, ihr kläglicher Tonfall würde ihn mild stimmen.

Spöttisch verzog er den Mund. »Hattest nicht damit gerechnet? *Nicht damit gerechnet?* Und warum, zum Teufel, nicht? Die ganze Zeit über hast du mit ihm geflirtet und ihn beinahe schon unter deinen Unterrock eingeladen!

Und was, glaubst du, denkt Hackett, wenn er davon erfährt?«

Sie schluckte. »Ich ... ich weiß nicht.«

»Daß die tugendhafte Mrs. Manning reif zur Ernte ist.« Er starrte sie finster an. »Und *bist* du das?«

Sie senkte den Kopf. »Nein«, flüsterte sie. »Ich war wohl nicht ganz bei mir. Es tut mir leid.«

Er öffnete die Tür zur Kajüte. »Hinein mit dir, und dann geh zu Bett.« Er knallte die Tür hinter ihnen zu, zog seine Jacke aus und warf sie über die Seekiste. »Du wirst mit dem Lieutenant keinen Umgang mehr pflegen. Er hatte noch nicht einmal den Mut, seine Lüsternheit einzugestehen, sondern ist weggerannt wie ein feiger Hund! Und du lungerst nicht mehr in der Messe herum, wenn ich nach dem Essen in die Krankenstation gerufen werde.«

Sie hatte schon begonnen, ihre Handlungsweise zu bedauern, aber angesichts seiner hochmütigen Befehle tat es ihr leid, daß sie sich entschuldigt hatte. Unmutig löste sie die Bänder an ihrem Kleid, zog es aus und schob es achtlos zur Seite. »Noch etwas, mein Gatte?« fragte sie sarkastisch.

»Ja. Schick dem Kerl die Schnallen zurück, damit er hinsichtlich deiner Gefühle nicht mehr im Zweifel ist.« Er musterte sie mit seinen kalten blauen Augen, und sie fröstelte unter dem eisigen Blick. »Und schließ dein Mieder höher. In der letzten Zeit zeigst du mehr Busen als eine Hure!«

Sie knirschte mit den Zähnen und wandte sich von ihm ab. Plötzlich verspürte sie den Wunsch, daß ihre Erziehung ihr die Wohltat erlauben würde, zu fluchen.

Danach machten sie sich beide schweigend zum Zubettgehen fertig, wobei sie es noch nicht einmal über sich brachte, ihn anzusehen. Sie wußte, daß er sie beobachtete, als sie sich zum Nachtgebet hinkniete, wobei jedoch ihr Zorn alle Gedanken an Gott auslöschte.

Dann erhob sie sich. »Ich lege mich jetzt hin«, sagte sie. »Du kannst dann das Licht löschen.«

Er wandte sich einer der Laternen zu, hielt dann aber inne und drehte sich zu ihr um. »Hat dir sein Kuß gefallen?«

Seine Stimme war gepreßt und dunkel.

Du meine Güte! War er etwa eifersüchtig? »Ja. Es war recht angenehm.« Sollte er doch darauf herumkauen, der Tyrann!

Mit einem leisen Grollen trat er auf sie zu, zog sie an sich und preßte seinen Mund auf ihren. Seine Zunge drang mit einer besitzergreifenden Wut in ihren Mund ein, daß ihr der Atem stockte. Sie erbebte, schlang ihre Arme um seinen Hals und erwiderte seinen Kuß leidenschaftlich. Seine Hände glitten über ihren Rücken und tiefer ... Ein heißer Schauer schoß durch ihre Lenden, wie ein Blitz, der einen Baum in Brand setzt.

Es war Wahnsinn – und der Teil ihres Verstandes, der nicht vor Verlangen glühte, wußte das. Aufstöhnend preßte sie ihre Brüste an seinen Oberkörper, und ihr Herz begann zu rasen. Mit einer Hand griff sie in die Haare an seinem Hinterkopf. Sie fühlten sich seidig und kühl an, ein sinnliches Vergnügen. Und immer weiter erforschte seine Zunge ihren Mund, bis sie außer Atem war.

Plötzlich stöhnte er auf und schob sie so heftig von sich, daß sie beinahe über die Seekiste gefallen wäre. Er wandte sich ab und schlug mit der Faust auf den Schreibtisch. »Verdammt«, keuchte er gequält, »laß mich um Himmels willen in Frieden!«

Erschrocken starrte sie ihn an, während sie langsam wieder zu Atem kam. Er stand vornübergebeugt da, als habe er Schmerzen, und sein Gesicht war zu einer seltsamen Maske verzogen. Sie traute kaum ihren Augen. Lag ihm am Ende doch etwas an ihr? Empfand er den gleichen Zauber, den gleichen Hunger, der sie erfüllte und alle Vernunft ausschaltete? »Ross«, sagte sie zärtlich und streckte die Hand nach ihm aus, »komm zu Bett.«

Er richtete sich auf und funkelte sie finster an.

Sie biß sich auf die Lippe. Hatte sie damit eine Einladung ausgesprochen, falls er ihre Worte so verstand? Sie war wirklich ein böses Mädchen! »Laß uns schlafen«, verbesserte sie sich lahm. *Weiche von mir, Satan.*

Verächtlich kräuselte er die Lippen. »Vielleicht steigst du heute nacht lieber in St. Johns Bett. Aber ich sollte dich warnen. Er bat mich um eine Medizin, nachdem wir die Azoren verlassen hatten. Er scheint einen reizenden Zeitvertreib auf der Insel gefunden zu haben.«

»Eine … eine Medizin?«

»Hast du schon einmal gesehen, was diese Lustkrankheit, man nennt sie Gonorrhöe, bei einer Frau anrichtet? Die verborgenen Stellen an ihrem Körper, die sie so bereitwillig dargeboten hat, fangen an zu brennen und anzuschwellen. Wochenlang bilden sich eitrige Geschwülste, wenn sie nicht behandelt wird. Es ist ziemlich unangenehm. Aber geh nur zu St. John, wenn du das gerne möchtest.«

Sie zuckte vor der nackten Grausamkeit seiner Worte zurück. Offensichtlich wollte er sie damit verletzen. Ihre Lippen zitterten vor Entsetzen und Ekel, und sie wandte sich zur Koje. »Blas die Laternen aus«, sagte sie mit bemüht fester Stimme. »Ich möchte schlafen.«

Sein Lachen war kurz und klang triumphierend. »Das habe ich mir gedacht.« Er trat zur Koje und ergriff sein Kissen und eine der Decken. »Ich werde auf dem Fußboden schlafen«, verkündete er kalt. »Dann gerät keiner von uns in Versuchung.«

Prudence blieb vor der Offiziersmesse stehen und blickte zum Himmel. Er war so düster wie ihre Stimmung. Der nette junge Matrose im Schiffslazarett lag im Sterben, seine Lungen waren zerstört. Und sie konnte nur so wenig tun, um ihm Frieden und Trost zu geben.

Sie sehnte sich danach, ihren Kummer an Ross' Schulter auszuweinen. Aber sie waren keine Freunde mehr wie zu Beginn der Reise. Ein Unbehagen hatte sich zwischen ihnen breitgemacht, und wenn sie überhaupt miteinander redeten, dann nur über Einzelheiten des täglichen Lebens. Nach seiner Nacht auf dem Fußboden hatte sie ihn dazu überredet, wieder in der Koje zu schlafen. Es bestand immer die Gefahr, daß Thompson ihren Zwist an Slickenham weitertrug. Aber der Zwischenraum zwischen ihren Körpern war so weit wie der Ozean.

Noch immer legte er den Arm um sie, wenn er schlief. Es war ihr einziger Trost, obwohl sie sich schmerzlich dessen bewußt war, daß sie nicht die Frau war, bei der er Wärme und Zärtlichkeit suchte. Schuldbewußt fragte sie sich, wann – und warum – sie angefangen hatte, eine tote Frau zu hassen.

»Meine liebe Lady, Sie sehen betrübt aus.«

Sie schaute sich um und sah Kapitän Hackett, der auf sie zukam. »Oh, ich denke ... an diesen jungen Burschen auf der Krankenstation. Er stirbt. Wenn ich nur eine Bibel hätte, aus der ich ihm vorlesen könnte.«

»Sie sind eine freundliche und großzügige Frau, meine Liebe. Ich werde Ihnen diese Freundlichkeit entgelten. Sie können meine Bibel nehmen.«

Er führte sie zu seiner prächtigen Kajüte, bat sie hinein und legte seinen Dreispitz ab. Sorgfältig glättete er sein dunkles Haar, dann wies er auf einen kleinen Tisch, auf dem eine Karaffe und ein paar Gläser standen. »Sie sehen blaß aus. Setzen Sie sich. Darf ich Ihnen ein Glas Madeira anbieten?«

Zögernd nickte sie und setzte sich. Vielleicht würde der Likör sie etwas aufmuntern. Langsam nippte sie an ihrem Glas und genoß die tröstliche Wärme.

Kapitän Hackett beobachtete sie wohlwollend lächelnd wie ein liebevoller Vater, der sich um sein Kind kümmert. Als sie das Glas geleert hatte, griff er nach der Karaffe. »Noch ein Glas, meine Liebe?«

»Nein. Ich fühle mich schon besser.«

Er durchquerte die Kabine, öffnete ein Tür und bat sie, ihm zu folgen. »Dann kommen Sie.«

Sie konnte einen Teil einer mit Vorhängen verhängten Koje sehen und empfand leises Unbehagen. »Ich werde hier warten.«

»Aber ich habe alle meine Bücher hier drinnen. Und es

sind ziemlich viele. Vielleicht finden Sie ja auch ein oder zwei Romane, aus denen Sie dem armen Teufel vorlesen können.«

»Natürlich.« Warum empfand sie Unbehagen, wo er doch so freundlich war? Und auch als er die Tür hinter ihr schloß, dachte sie sich nichts dabei. Tatsächlich standen die meisten Bücher in einem Bücherschrank hinter der Tür, und er konnte unmöglich darankommen, solange die Tür offen war. Entzückt rief sie aus, als sie einige der Titel sah: »Das hätte ich zu Beginn der Reise wissen müssen! Jonson! Und Swift! Zwei meiner Lieblingsschriftsteller!«

»Lesen Sie auch Französisch?«

»Ja.«

»Dann, vielleicht ...« Er legte ihr einen großen Band in die Hände.

»Rabelais?« Sie errötete, da sie an die schlüpfrigen Erzählungen dachte. »O nein, der ist zu schlimm!«

»Aber Sie mögen ihn trotzdem?«

Sie nickte zögernd. Das schuldbewußte Vergnügen hatte ihr einen halben Tag Isolation im Kuhstall eingebracht. Und Mama hatte sie ausgeschimpft, obwohl Papa sich insgeheim darüber zu amüsieren schien.

Hackett holte weitere Bücher vom Regal und legte sie auf einen kleinen Tisch unter den Bullaugen. »Hier ist das Licht besser. Ein paar von diesen hier werden Sie oder Ihre Patienten interessieren. Ich habe auch meine Bibel dazugelegt.«

Sie blätterte die Bücher durch. Defoes *Robinson Crusoe.* Das würde dem Matrosen bestimmt gefallen. Es gab auch noch einige Romane und einen Gedichtband. Ganz unten lag ein kleines, fein eingebundenes Buch. Sie schlug es auf und erschrak. Es war wie das Buch, das Betsy für ihre Kunden parat hielt – voller unanständiger Zeichnungen. Sie klappte es zu und blickte Hackett entsetzt an.

Unschuldig lächelte er sie an. »Ein Irrtum, meine Liebe. Es lag nicht in meiner Absicht, es Ihnen zu geben.«

»Aber so ein Buch ...!«

Er zuckte mit den Schultern. »Es gibt nichts Quälenderes als das einsame Leben auf einem Schiff. Ein Mann muß sich eben amüsieren, so gut er kann.«

»Aber wie können Sie …«

Sein Lächeln war jetzt nicht mehr so unschuldig. »Kommen Sie, meine Liebe. Sie sind eine erfahrene Frau und kennen doch die Bedürfnisse eines Mannes.« Er lachte ein wenig verächtlich. »Leider gehen die Bedürfnisse Ihres Mannes ja in eine andere Richtung.«

Sie dachte an Ross' Worte, daß die anderen annehmen würden, er sei homosexuell. Jemand, der Männer und Knaben liebte. Wohl kaum, so wie er um seine tote Frau trauerte oder so leidenschaftlich, wie er sie küßte. »Das ist absurd«, entgegnete sie hitzig. »Ross liebt mich sehr, ganz wie ein Mann.«

Skeptisch zog Hackett eine Augenbraue hoch. »Wir sind uns sicher, daß sie dieselbe Koje teilen. Aber sonst auch nichts.«

Sie biß sich auf die Lippe. Woher konnte Hackett das wissen? Um den Verdacht des Kapitäns zu zerstreuen, war sie sogar bereit zu lügen. »Natürlich liegen wir nicht nur nebeneinander!«

Jetzt war sein Lächeln verschlagen. »Dann haben Sie vielleicht … ungewöhnlichere Methoden, ihn zu befriedigen. Ich würde gerne mehr davon erfahren.«

Aufgebracht wandte sie sich ab. Sie wollte von diesem schlimmen Mann nichts mehr hören. Sie wußte zwar nicht ganz genau, was er meinte, aber es war ihr klar, daß es etwas Unanständiges war. »Ich bin eine tugendhafte Frau, Kapitän Hackett. Lassen Sie mich jetzt bitte gehen.«

Er versperrte ihr den Weg und lachte – offensichtlich glaubte er ihr kein Wort. »Du meine Güte! Und Sie erwarten, daß ich Ihnen das abnehme? Wo Sie doch schon St. John einen Kuß gewährt haben?« Er schüttelte den Kopf. »Eine törichte Wahl! Schließlich könnten Sie doch mich haben!« Er glättete seine vollkommene Lockenpracht. »Sie würden sich exquisit neben mir machen. Ein Kompliment für mein eigenes Aussehen.«

Er trat auf sie zu, und sie wich bis ans Fenster zurück.

Wenn nur eines offen wäre, dachte sie erschrocken, dann könnte sie wenigstens schreien. Vielleicht würde man sie an Deck hören.

Langsam zog er seine Jacke aus. Sein Körper war zwar schmächtig, wirkte aber doch stark – auf jeden Fall würde er sie überwältigen können. »Ich kann sehr großzügig zu einer reizenden Frau sein. Großzügiger als ein untergeordneter Arzt.«

Was hatte Betsy über Männer gesagt? »Ein Geschenk für ein Liebchen?« fragte sie bitter.

»Ich kann Ihnen viel mehr als nur Geschenke kaufen, meine Teure. Er streckte die Hand aus und wies auf das obszöne Buch. »Für eine Frau, die ... bereit zu einem Abenteuer ist, könnten es Diamanten sein.«

Sie blickte ihn eisig an. »Lassen Sie mich vorbei.«

Er seufzte. »Müssen wir zuerst die Szene ›Übertriebene Tugend‹ spielen?«

Sie stampfte mit dem Fuß auf. »Ich *bin* eine tugendhafte Frau.«

Lachend schüttelte er den Kopf. »Eine tugendhafte Frau würde niemals das Schlafzimmer eines Mannes betreten. Es sei denn, sie weiß genau, was sie will.«

»Mit Ihren bösen Vorstellungen habe ich nichts zu tun! Ich möchte jetzt gehen!«

»Natürlich.« Er grinste und trat zur Seite. Sie rauschte an ihm vorbei zur Tür, aber als sie nach dem Türknopf griff, packte er sie von hinten um das Mieder, um nach ihren Brüsten zu fassen. Gewaltsam drehte er sie herum und zog sie an sich. »Lassen Sie uns aufhören mit den Spielchen«, grollte er. »Sie sind weder unschuldig noch – wie ich vermute – eine Ehefrau. Manning mag ein Dummkopf sein, daß er sie weder schätzt noch begehrt. Aber ich habe mir von Anfang an gelobt, daß ich Sie erobern werde.«

Seine dunklen Augen machten ihr Angst. »Lassen Sie mich bitte gehen«, flüsterte sie.

»Es ist zu spät, um das schüchterne Mädchen zu spielen.« Er legte ihr eine Hand um den Hals und griff in ihre

Haare, so daß sie den Kopf nicht bewegen konnte. Die andere Hand lag auf ihrem Po und drückte sie an seine Lenden. Selbst durch ihre Röcke konnte sie spüren, wie hart er war. Sie keuchte auf, als sein heißer Mund sich auf ihren senkte.

Entsetzt und angewidert stöhnte sie, während sie sich hilflos gegen seine Schultern stemmte. Er kicherte in bösem Vergnügen, was ihr Entsetzen nur noch steigerte. Schließlich gelang es ihr, den Kopf abzuwenden und sich von seinem Mund zu lösen. Sie spuckte ihm ins Gesicht.

Grunzend wich er zurück. Sie nutzte den Moment, in dem seine Aufmerksamkeit kurz nachließ, und schlug ihm so heftig auf die Wange, wie sie konnte. Er wischte sich die Spucke vom Gesicht und rieb sich den Kieferknochen, auf dem ihre Hand einen roten Abdruck hinterlassen hatte. Zu ihrem Erstaunen breitete sich ein amüsiertes, verschlagenes Lächeln auf seinem Gesicht aus.

»Verflucht!« rief er lachend. »Eine Tigerin? Was für eine erfreuliche Entdeckung. Nun, ich werde Sie schon bald gezähmt haben, meine Liebe. Sie werden schluchzen vor Verlangen – und Schmerzen –, wenn ich mit Ihnen fertig bin.« Er packte sie mit eisernem Griff, hob sie hoch und trug sie zu seiner Koje. Während sie noch fassungslos dalag, begann er, an den Knöpfen seiner Hose zu nesteln.

Da endlich kam sie wieder zu sich. Wenn er erst einmal auf ihr lag, würde es zu spät zur Flucht sein. Als er nach ihren Röcken griff, zog sie die Knie an – und dann trat sie mit ihren Schuhen mit aller Kraft nach seiner empfindlichsten Stelle. Schmerzerfüllt taumelte er zurück und krümmte sich.

So schnell sie konnte, kletterte sie aus der Koje, öffnete die Tür und rannte durch die große Kajüte auf das offene Achterdeck. Keuchend lehnte sie sich an die Reling und kämpfte mit den Tränen. Wie lange würde es dauern, bis sich der Schurke erholt hatte und ihr folgen würde?

Verzweifelt sah sie sich nach den Männern an Deck um. Nur arme Teufel, Seeleute, die zuviel Angst haben würden, um sie vor dem Kapitän zu beschützen. *Ross*. Er war um diese Zeit auf dem Verbandsdeck. Sie lief zum Gang.

Nein. Sie konnte ihm nicht erzählen, was vorgefallen war. Es war ihre eigene Schuld. Ross hatte versucht, sie zu warnen. Vom ersten Tag an. Und jetzt, nach dieser törichten Eskapade mit St. John, würde Ross daraus nur schließen, daß sie den Kapitän ermutigt hatte. Was sollte er denken, wenn sie ihm erzählte, daß sie bereitwillig die Schlafkajüte des Kapitäns betreten hatte? Daß sie nicht nur ein hohlköpfiger Dummkopf war, sondern auch eine schamlose Frau?

Sie rieb sich mit der Hand über den Mund, auf dem sie immer noch Hacketts widerwärtigen Kuß schmeckte. Und wie er seinen Körper an sie gepreßt hatte ...! Sie erschauerte. Sie hätte auf Ross hören sollen. Männer ohne Frauen wurden von ihrem Trieb regiert. Wie hatte Betsy noch in ihrer unverblümten Art gesagt? Es ist erstaunlich, wie schnell sich der Stab eines Mannes aufrichtet, wie ein Soldat auf Wache, wenn er seit Wochen keine Frau mehr gehabt hat. Hackett hatte ihr sein Verlangen klargemacht – mit seinen Worten und mit seiner erigierten Männlichkeit.

Und St. John? Er hatte sie mit seinen honigtriefenden Worten zu einem Kuß verführt ... dienten sie nur dazu, sein Verlangen nach fleischlicheren Gunstbeweisen zu verbergen? Vielleicht – Gott möge ihr den Gedanken vergeben – war sogar Jamie von seinen körperlichen Bedürfnissen genauso wie von seiner Liebe getrieben worden.

Auch was Ross betraf – sie erinnerte sich an die Ausbuchtung seines Hemds an diesem Morgen, als er auf ihre bloßen Beine gestarrt hatte. Damals hatte sie versucht, so zu tun, als wisse sie nicht, was das bedeutete, aber damit hatte sie sich nur selbst etwas vorgemacht. Er *mochte* sie vielleicht nicht besonders, wegen der Sünde, die sie begangen hatte und weil sie eine Last für ihn war. Aber er wurde genauso von seinen Trieben beherrscht wie die anderen.

Sie zitterte und kam sich vor wie ein gejagter Fuchs, umgeben von der hechelnden Hundemeute. Doch in weniger als vierzehn Tagen würden sie in Virginia vor Anker gehen. Und das war nicht einen Tag zu früh, wenn sie das bißchen Ehre, das ihr noch geblieben war, bewahren wollte.

Ängstlich eilte sie in die Kajüte, entschlossen, sich von nun an in acht zu nehmen. Zunächst war es ja aufregend gewesen, nach all den Jahren der ländlichen Unschuld die Welt der Männer zu entdecken. Aber sie war weitaus angsterregender und gefährlicher, als sie es sich je vorgestellt hatte.

12

»Es zieht ein Sturm auf, Lady. Sie bleiben am besten unten.«

Prudence blieb stehen und lächelte Toby Wedge an, der ihr auf dem Gang begegnet war. »Hat eines Ihrer Omen Ihnen das gesagt?«

Er nickte nachdrücklich. »Aye, aye, Lady, genauso war's. Wissen Sie noch, daß die Sonne gestern strahlend und hell war? Wie ein Butterklecks auf Ihrem Haferbrei?«

»Ja, in der Tat.« Sie hatte sich an dem wunderschönen Tag glücklich und voller Hoffnung gefühlt. Mit Gottes Hilfe würden sie in einer Woche den Hafen erreichen, wenn der Wind anhielt.

»Mein Kumpel, Gawky, ist an der Kapitänskajüte vorbeigegangen. Und plötzlich hörte er den Käpt'n pfeifen. So, als ob er sich auch an dem schönen Wetter erfreute, wie wir.«

»Und?«

»Du meine Seel'! Das bedeutet was Schlimmes, wenn man auf 'nem Schiff pfeift! Als wenn man dem Teufel ins Gesicht spuckt, verstehen Sie? Jede Teerjacke weiß das. Und jetzt kommt das Unheil auf uns zurück, schneller als man blinzeln kann.« Er seufzte. »Weil der Käpt'n das gemacht hat und es nicht wußte. Der Teufel steckt in dem Mann.«

Dem konnte sie nur zustimmen. Und was das Wetter anging ... Ross hatte ihr gesagt, daß sie sich in den Breiten für Hurrikans befanden, da sie schon so nahe an der Küste Virginias waren. Außerdem war September der gefährlichste Monat für unerwartete Stürme. Es hatte jedoch keinen Zweck, Wedge das klarmachen zu wollen; er hatte schon seit langem beschlossen, daß Hackett die Ursache jeden Übels auf dem Schiff war.

»Wenn es einen Sturm gibt«, sagte sie, »sehe ich am besten mal nach den Männern auf der Krankenstation.«

»Aye, Lady, wenn Sie möchten.« Er tippte an seine Kappe und ging an Deck.

Prudence drehte sich um und stieg die Treppe zum Lazarett hinunter, wobei sie einen Weg wählte, auf dem die meisten Seeleute ihren Pflichten nachgingen. Seit der schrecklichen Szene mit Kapitän Hackett hütete sie sich, sich alleine in schlecht beleuchteten Ecken des Schiffs aufzuhalten. Sie begleitete Ross jetzt lieber auf den meisten seiner Rundgänge. Und wenn sie die Kranken im Lazarett versorgte, hatte sie immer einen mädchenhaften Vorwand gefunden, um Richards dazu zu bewegen, sie in ihre Kajüte zu bringen.

Hackett hatte kein Wort mehr über das verloren, was in seiner Schlafkajüte vorgefallen war; er war auch weiterhin auf seine glatte Art höflich zu ihr, bemühte sich allerdings nicht mehr, die lüsternen Blicke, mit denen er ihr nachsah, zu verbergen.

Ross hatte sie nichts davon erzählt. Er war noch immer so kalt zu ihr. Und außerdem befürchtete sie, er könne etwas tun, was ihn in Gefahr bringen würde. Sie konnte nur beten, daß sie Land erreichten, bevor sich Ross' Haß auf den Kapitän in einer unbedachten Handlung äußerte.

Als sie im Schiffslazarett ankam, blies der scharfe Wind bereits den Regen durch die Bullaugen. Das Stöhnen des Windes vermischte sich mit dem Stöhnen der Kranken und Verletzten, ein klagendes Geräusch, bei dem sie wie immer Mitleid empfand. Sie nickte Richards zu, band sich ihre Schürze um und ging zwischen den schwankenden Hängematten ihren Pflichten nach.

Als erstes begrüßte sie eine grauhaarige alte Teerjacke mit einem Verband um seinen zernarbten Schädel. Er lag jetzt seit einer Woche hier und wäre fast gestorben. Heute aber hatte er bereits wieder Farbe im Gesicht, was ihr Mut machte. Sie wusch ihn und neckte ihn mit den Mädchen, die er bald betören würde, wenn sie die Küste erreichten, dann ging sie weiter zum nächsten Mann.

Der Sturm wurde rasch heftiger; Blitze zuckten über den Himmel und erleuchteten von Zeit zu Zeit das Lazarett mit grellem Licht. Der Donner rollte wie Geschützfeuer, und der Regen prasselte auf das Deck. Die schwere See ließ das Schiff auf- und niedertanzen und die Laternen schwanken.

Prudence fand es immer schwieriger, sich auf den Füßen zu halten und hielt sich an den Seilen der Hängematten fest, während sie von Mann zu Mann ging. Das war der bisher schlimmste Sturm auf der ganzen Reise, und er erschwerte ihr die Arbeit. Sie konnte niemandem eine heiße Brühe geben, da die Köche in der Kombüse das Feuer gelöscht hatten, als der Sturm einsetzte. Und bei den heftigen Schiffsbewegungen war es fast unmöglich, einen Verband zu wechseln oder Medizin zu verabreichen.

Plötzlich zuckte ein besonders heftiger Blitz, fast unmittelbar gefolgt von einem krachenden Donnerschlag, der das Schiff erzittern ließ. Richards verschüttete den Inhalt eines Nachttopfs, den er gerade trug, und fluchte heftig; Prudence wurde gegen die Schutzwand geschleudert.

Richards sah angewidert auf die Flüssigkeit, die sich über die Planken ergoß, und wandte sich dann an Prudence: »Nicht mehr lange, dann tanzen wir hier herum wie Wasser in einer heißen Pfanne. Wir können nichts anderes tun, Mrs. Mannings, als uns in unsere Hängematten zurückziehen, bis der Sturm vorüber ist.« Er nahm sich eine Hängematte und band sie an die Balken. »Soll ich Sie zuerst in Ihre Kajüte bringen?«

Sie schüttelte den Kopf, sah zu, wie sich Richards in die Hängematte hievte, und ging dann zur Tür.

Während sie zum unteren Deck taumelte, hielt sie sich an allem Greifbaren fest, doch als sie endlich den Gang zu Ross' Kajüte erreicht hatte, war sie erschöpft und freute sich auf die behagliche Sicherheit ihrer Koje.

Erschreckt fuhr sie zusammen, als ein Mann den Gang entlangkam, der etwas vor sich hinmurmelte. Mißtrauisch beobachtete sie ihn und stellte dann erleichtert fest, daß es die schlaksige Gestalt von Gawky war, dem Kameraden Wedges. Er war bis auf die Haut durchnäßt, und seine langen Haare hingen strähnig um sein Gesicht.

»Was tun Sie hier?« fragte sie.

»Oh, Ma'am, ich habe soviel Angst. Er wird sterben, Gott möge seine Seele lieben.«

Ross? dachte sie sofort. War ihm etwas geschehen? Ihr stockte der Atem. »Meinen Sie Dr. Manning?«

»Nein, Ma'am. Es geht um Toby.«

»Hat er sich verletzt?«

»Schlimmer als das, Ma'am. Und außer mir hat's keiner mitgekriegt.«

»Du meine Güte! Was ist denn passiert?«

»Wir war'n auf Deck, ich und die anderen Kanoniere, und haben die Kanonen wegen dem Sturm festgezurrt. Toby hat auch am Seil gezogen, und dann hat es nachgegeben, und die Kanone ist losgerollt.«

Sie stieß einen Schrei aus. »Hat sie ihn zerschmettert?«

Gawky schüttelte den Kopf; Wasser rann ihm von den eingefallenen Wangen. »Nein, Ma'am. Ich war gleich an seiner Seite und hab' sie mit einem anderen Seil festgebunden. Aber da kommt Käpt'n Hackett und fängt an loszuschreien. Er verflucht ihn als ungeschickte Teerjacke, nennt ihn den lausigen Sohn einer Hure und so weiter. Dann zeigt er auf den Hauptmast. Das untere Segel ist natürlich wegen des Sturms gerefft. Aber ein Bramsegel ist lose und flattert hin und her wie eine Möwe bei Sonnenuntergang.«

»Kann es geflickt werden, wenn der Sturm vorbei ist?«

»Aye, Ma'am. Es ist auch nicht gefährlich für das Schiff, weil's ein kleines Segel ist. Aber der Käpt'n schüttelt seine Faust gegen Toby. ›Kletter hoch, du häßliche Mißgeburt‹, schreit er, ›und hol es ein!‹«

»Aber Toby ist doch ein *Kanonier.* Er klettert doch gar nicht in die Masten.«

»Ja, das versucht Toby dem Käpt'n auch zu erklären, und daß er kein so guter Seemann ist. Aber der Käpt'n will das gar nicht hören. ›Du kommst mir viel zu oft unter die Augen, du Hund‹, sagt er. Dann sagt er, er läßt ihm hundert Streiche geben, wenn er nicht hochklettert.«

»Du lieber Himmel! Was hat er getan?«

Gawky erwiderte finster: »Der alte Toby ist so ein braver Kerl, also klettert er hoch.«

Prudence war entsetzt. »Ist er sicher hinauf und wieder herunter gekommen?«

»Nein, Ma'am. Der Käpt'n hat ihn nicht wieder runtergelassen.«

»Ihn nicht heruntergelassen? Bei dem Sturm?« Prudence schrie fast.

»Er hat sogar eine von den Wachen unter den Hauptmast gesetzt. Mit einem Säbel. Ich und die anderen Kanoniere wollten Toby runterholen. Aber er sitzt da mit seinem Säbel, und wir sind hilflos wie eine Fregatte ohne Wind.«

Prudence keuchte entsetzt auf. »Ist er immer noch da oben?«

»Aye, das ist er. Klammert sich krampfhaft fest. Falls es ihn nicht schon weggeblasen hat.«

»Gott schütze ihn.« Sie drehte sich um und eilte den Gang entlang.

An Deck duckte sie sich unter das Dach des Vorbaus, um sich vor dem wütenden Toben des Sturms zu schützen. Aus dem Pfeifen des Windes war mittlerweile ein Tosen geworden, und der Regen rauschte kalt hernieder.

Die Kanonen zerrten an ihren Befestigungen, und das Rasseln der Ketten vermischte sich mit dem Ächzen der Masten.

In wenigen Minuten war Prudence völlig vom Regen und der Gischt durchnäßt, die langen Locken fielen ihr ins Gesicht.

Sie blickte zu den Masten auf und erschauerte. Toby Wedge hing mit schreckverzerrtem Gesicht im Mast und heulte wie ein Hund. Ein hohes, klagendes Geräusch, das einem durch Mark und Bein ging. Bei jedem Schlingern des Schiffs neigte sich der Mast gefährlich und schwankte wie ein Rohr im Wind. Prudence fragte sich, woher der arme Mann noch die Kraft nahm, sich festzuklammern.

Vor dem Sturm geschützt, beobachtete Kapitän Hakkett ihn von der Tür der Offiziersmesse aus, den Körper gegen den Türrahmen gelehnt, die Arme vor der Brust verschränkt, das Gesicht zu einem bösartigen Grinsen verzogen. Die wenigen Offiziere und Seeleute an Deck wandten den Blick ab; sie waren offenbar zu verängstigt, um den Kapitän zur Rede zu stellen. Selbst der vom Sturm zerzauste Wachsoldat am Fuß des Mastes hielt den Blick gesenkt. Der einzige, der das Schauspiel zu genießen schien, war der Speichellecker Slickenham.

Von Panik erfüllt blickte Prudence sich um. Wollte denn niemand Wedge retten? Durch die offene Tür des Vordecks sah sie Ross im Hintergrund stehen; erleichtert seufzte sie auf, stolperte hin und packte ihn am Arm. »Um Himmels willen, so tu doch etwas!«

Sein Gesicht war zu einer schrecklichen Maske erstarrt – die Kinnmuskeln waren angespannt, seine Augen glühten von einem inneren Feuer. Ständig schloß und öffnete er die Fäuste. »Ich kann nichts tun«, erwiderte er kalt. »Ich habe bereits versucht, den Kapitän zur Vernunft zu bringen, aber er ist entschlossen, ein Exempel zu statuieren. Er wird wohl keine Ruhe geben, bevor Wedge nicht tot – und die Welt um eine groteske Kreatur, wie er es nennt, ärmer ist.«

Ungläubig starrte sie ihn an. »Und deshalb tust du einfach *nichts?*«

Er verzog bitter den Mund. »Bist du dir eigentlich im klaren darüber, daß Hackett mich schon bei der kleinsten Provokation in Ketten legen lassen kann? Wir sind auf einem Kriegsschiff, und als Kapitän hat er eine ungeheure Macht. Ich habe nicht das Recht, einzugreifen.« Seine Stimme klang gepreßt und hart.

Tränen des Zorns stiegen ihr in die Augen. »Oh! Und es macht dir nichts aus, was dieser armen Kreatur geschieht? Warum kannst du seinen Befehl nicht einfach umgehen? Hast du etwa Angst?« Schluchzend vor ohnmächtiger Wut trommelte sie mit den Fäusten auf seine Brust. »Du bist auch nur ein selbstsüchtiger Feigling! Nur auf deine eigene Sicherheit bedacht! Hast du mit dem Leben so vollständig abgeschlossen, daß es dir egal ist, wenn andere sterben?«

Er machte den Eindruck, als würde er unter seinen widersprüchlichen Gefühlen gleich explodieren. Grob packte er sie bei den Schultern und schüttelte sie. »Du verdammte, unschuldige Närrin!« schrie er. »Bist du eigentlich blind gegenüber der Realität? Wenn er mich in Ketten legte, wie lange würde es wohl dauern, bis dieser Kerl in meiner Kajüte wäre? In meiner Koje? Bis er meine ›Frau‹ trösten würde?« Seine Augen funkelten vor Zorn. »Du wärst für den Rest der Reise seine Gefangene und sein Spielzeug.«

Entsetzt starrte sie ihn an. Trotz Hacketts gewaltsamem Vorgehen war sie eigentlich davon ausgegangen, daß er nur eine einmalige Eroberung wollte. »Für … für den Rest der Reise?« stammelte sie. »Das würde er nicht wagen … die anderen Männer …«

»Etwa dieser schwachbrüstige St. John?« entgegnete er höhnisch. »Glaubst du etwa, er würde dich beschützen? Mein Gott, der Kapitän hat mir bereits angeboten, die Rationen der Seeleute zu erhöhen, wenn ich den Zuhälter für dich spiele! So sehr begehrt er dich!«

»Gott im Himmel!« Zitternd senkte sie den Kopf.

Er hatte kein Mitleid. Wieder schüttelte er sie, und seine Stimme war ein zorniges Grollen. »Willst du das etwa, verdammt noch mal? Sag es mir, und ich klettere höchstpersönlich den Mast hinauf und hole Wedge herunter.«

Sie schluckte und legte den Kopf an seine Brust. »Es ist nicht richtig«, murmelte sie erstickt.

Er hielt sie fest umschlungen. »Es ist weder richtig, noch ist es gerecht«, erwiderte er. »Aber so ist die Welt nun mal. Seit Jahrhunderten werden Männer auf Schiffen bestraft und haben es überlebt.«

In diesem Augenblick durchschnitt ein Blitz den Himmel, schlug auf Deck ein und hinterließ einen gezackten, rauchenden Fleck. Wedges schriller Schrei übertönte das Tosen des Sturms. Prudence riß sich aus Ross' Armen. »Ich kann es nicht ertragen. Vielleicht wenn ich den Kapitän anflehe ...«

»Sei keine Närrin! Dein Flehen ist sinnlos. Er will nur deinen willigen Körper!«

Wedge schrie wieder auf. Prudence drängte entschlossen ihre Angst zurück. »Ich gehe zu ihm! Dann soll er ihn eben haben!«

»Ich verbiete es!« brüllte er und funkelte sie an.

»Und ich tue es doch!« Sie drehte sich um und wandte sich zur Tür, ihr Entsetzen und ihren Ekel bekämpfend. Sie spürte, wie Ross sie am Arm ergriff und zu sich herumwirbelte. Dann sah sie seine Faust auf sich zukommen.

»Tut mir leid«, sagte er gepreßt. Als der Schlag kam, umfing sie Dunkelheit. Und gnädige Erlösung von ihrer Pein.

Sie erwachte in ihrer Koje; ihr Kinn pochte und tat weh. Das sanfte Schaukeln der Laternen zeigte ihr, daß der Sturm sich gelegt hatte; wohl schon vor einiger Zeit, ihrem Kleid nach zu urteilen, das fast wieder trocken war. Sie kletterte aus der Koje, und das Herz tat ihr weh. Vielleicht war der arme Wedge schon tot. Stöhnend schob sie ihre zerzausten Locken aus dem Gesicht und rieb sich die Schläfen. Ihr Kopf schmerzte mindestens ebenso heftig wie ihr Kiefer. Sie konnte kaum klar denken. Ihr fiel ein, daß Ross im Verbandsdeck Pulver gegen Kopfschmerzen hatte; das würde ihr sicherlich Erleichterung bringen. Sie taumelte hinaus in den Gang.

Noch bevor sie die Tür öffnete, hörte sie bereits das Raunen von Stimmen aus dem Verbandsraum. Die Kajüte war voll mit Seeleuten, die sich in die Ecken drückten und leise miteinander redeten; ihre Mienen waren finster, und ihre Stimmen klangen aufgebracht. Prudence erstarrte vor Entsetzen.

Auf dem Tisch in der Mitte der Kajüte saß Toby, in Decken gewickelt. Er sah aus wie ein alter, verzerrter Gnom. Seine Zähne klapperten, als habe er Schüttelfrost, und seine Lippen waren blau vor Kälte. Sein dünnes Haar hing in nassen Strähnen um sein pockennarbiges Gesicht – es war schneeweiß geworden.

Nur seine teergeschwärzten Hände ragten wie zitternde Anhängsel aus den Decken. Die Stummelfinger waren verbunden. Er zitterte und murmelte unverständliches Zeug, dann brach er auf einmal in Gelächter aus – ein hohes, irres Kichern, das kaum menschlich klag.

Ross, der sich über ihn beugte, gab seinem Lazarettmaat gerade einen Befehl. »Gib mir die letzte Schiene, Bailey.« Er legte einen Holzspan an Wedges Daumen und begann, ihn zu verbinden.

Prudence erspähte Gawkys besorgtes Gesicht in der Menge. Rasch eilte sie zu ihm. »Heilige Muttergottes!« sagte sie leise. »Was ist denn mit seinen Händen passiert, Gawky?«

Trotz seines wettergegerbten Gesichts sah Gawky aus wie ein kleiner Junge, der gleich anfangen will zu weinen. »Als der Käpt'n uns endlich zu ihm ließ, wollte er den Mast nicht loslassen. Wir mußten ihm ein paar Finger brechen, um ihn runterzukriegen.«

»O mein Gott«, stöhnte sie. Die Seeleute gaben ihr den Weg frei, als sie auf Wedge zutrat. Zitternd streckte sie die Hand aus und streichelte Wedges rauhe Wange. »Wie geht es dir, Toby?« murmelte sie.

Ross blickte von seiner Arbeit auf und bemerkte sie erst jetzt. »Spar dir deinen Atem. Wo auch immer sein Verstand sein mag, hier ist er jedenfalls nicht.«

Sie wollte sein kaltherziges Gerede nicht akzeptieren und legte eine Hand auf Wedges Arm. »Toby?«

Er sah sie an, runzelte die Stirn und starrte auf ihre langen, mahagoniroten Locken, die ihr lose über die Schultern fielen. »Schwarze Haare sind schlecht«, murmelte er. »Blonde noch schlimmer. Aber rothaarige Frauen bringen das Böse.« Er lachte auf und starrte in die Ferne. »Aye, Ma'am, das ist wohl wahr!«

Sie biß sich auf die Lippen. »Ich bin deine Freundin, Toby.«

Er kicherte und begann zu plappern, den Blick auf die Balken in der Kajüte gerichtet. Anscheinend redete er mit jemandem – oder etwas –, das nur er sehen konnte. »Wenn der Himmel runterkommt, gibt's Spaß ... aber dies war nur ... ein schlechtes Vorzeichen, verstehst du?« Das groteske Lächeln wich einer wutverzerrten Fratze, wodurch sein häßliches Gesicht noch entstellter wirkte. Er wies mit seinen verbundenen Fingern auf Ross. »Vor einem weißen Mann mußt du das Messer ziehen. Einem schwarzen Mann sollst du die Frau wegnehmen.« Er erschauerte in plötzlichem Entsetzen und schrie auf, wobei er wild um sich blickte: »Ist der Käpt'n hier? O mein Gott, ist er hier?« Dabei versuchte er, vom Tisch herunterzuklettern und wegzulaufen.

Ross hielt ihn fest. »Immer mit der Ruhe, Mann. Er ist nicht hier.« Dann wandte er sich an Gawky. »Er braucht mehr Überwachung, als er im Lazarett bekommen kann. Legt ihn in seine eigene Hängematte und paßt auf ihn auf. Ich habe alles getan, was ich für seinen Körper tun konnte. Sein Verstand liegt in Gottes Hand.«

»Aye, Mr. Manning. Ich und die anderen kümmern uns um ihn. Wir werden uns jede Stunde beim Wachehalten ablösen, bis wir Land erreicht haben. Unserem Kameraden soll es an nichts fehlen.« Gawky knirschte mit den Zähnen und reckte das Kinn. »Der arme alte Toby, der mit allen gut Freund war. Wegen dieses verdammten Schurken ...!«

Ross blickte ihn unbewegt an. »Ihr werdet nicht versuchen, euch am Kapitän zu rächen. Und es gibt auch keine Meuterei. Verstehst du mich? Ich werde euch nicht unterstützen. Weil ich keine Lust habe, jemanden hängen zu sehen.« Er wies mit einer Geste auf den ganzen Raum. »*Keinen* von euch!«

Gawky senkte den Blick. »Aye, Mr. Manning, wir haben Sie verstanden.«

»Was geschehen ist, ist geschehen. In einer Woche erreichen wir die Küste. Zügelt euer Temperament und geht eurer Arbeit nach. Ihr seid Seeleute des Königs. Ihm schuldet ihr Treue, ganz gleich, was ihr von Hackett haltet. Und jetzt bringt Wedge zum Vordeck. Morgen sehe ich nach seinen Fingern.« Er nahm ein Fläschchen aus dem Medizinschrank und reichte es Bailey. »Geh mit ihnen und bleib bis zur Hundewache bei Wedge. Gib ihm soviel Brandy, bis er aufhört zu quatschen.«

Prudence kämpfte mit den Tränen, als sie zusah, wie die Seeleute Wedge hochhoben und aus der Kabine trugen, wobei sie so sanft mit ihm umgingen, wie sie es sich nie hätte vorstellen können. Mit bebenden Lippen wandte sie sich an Ross.

Ein dunkler Schleier lag über seinen blauen Augen. »Es tut mir leid, daß ich dich schlagen mußte«, murmelte er. Dann streckte er die Hand aus und strich ihr über die Wange. Als sie zusammenzuckte, fluchte er leise. »Närrisches Kind.«

»W-was passiert jetzt mit Toby?«

»Sie werden gut für ihn sorgen, bis wir an Land kommen. Seeleute stehen zu ihren Kameraden. Sie werden auf ihn aufpassen und darauf achten, daß er etwas ißt.«

»Und danach?«

»Wenn er noch nicht wieder zu Verstand gekommen ist, werde ich ihn als Diener behalten, bis ich in die Wildnis gehe. Und danach werde ich ihn auf einem Schiff nach England unterbringen. Er kann als Pensionär im Greenwich Hospital bleiben, bei den anderen versehrten und alten Seeleuten. Sie werden gut für ihn sorgen.« Bitter verzog er die Lippen. »Da kann er sitzen und bis ans Ende seiner Tage abergläubischen Unsinn plappern.«

Sie war dabei, die Fassung zu verlieren. Ihr Körper begann zu zittern. »Ist es wirklich Unsinn? Ich erinnere mich an Altweibergeschichten über rotes Haar. Habe ich dem armen Mann wirklich Unglück gebracht?«

»Du? Sei nicht albern! Glaubst du etwa, ich hätte dich zu Hackett gehen lassen? Und glaubst du wirklich, er hätte dein Flehen erhört, selbst wenn du ihm gegeben hättest, was er wollte?«

»Es war meine Schuld!« schluchzte sie auf. »Beinahe hättest du deine Sicherheit, deine Freiheit aufs Spiel gesetzt, um ihn zu retten.« Ihre Schuldgefühle überwältigten sie, und ihr Kummer brach mit einer Tränenflut aus ihr heraus. Sie schluchzte jämmerlich, das Herz zusammengekrampft vor Leid.

Er schloß sie in die Arme und hielt sie fest. »Prudence – mein liebes, tapferes Mädchen. Du konntest doch gar nichts tun.« Er hielt sie, bis ihr heftiges Weinen nachließ, strich ihr über den Rücken und murmelte tröstende Worte.

Schließlich hob sie ihr Gesicht. Er zog sein Taschentuch heraus und trocknete ihre nassen Wangen. Seine Hände waren sanft, seine Augen voller Verständnis. Mit den Fingern fuhr er durch ihre langen Locken und entwirrte die Strähnen. Er berührte ihr Kinn und strich dann mit einem Finger über ihre immer noch zitternden Lippen. Sein Blick ruhte auf ihrem Mund, und seine Augen glühten in einem seltsamen blauen Licht. Sie hatte das Gefühl, sie würde in seine Seele gezogen, und unter seinem beharrlichen Blick und seinen zärtlichen Händen löste sich ihr Kummer in erwartungsvolle Spannung auf.

Dann erschauerte er, schloß die Augen und ließ sie los. Er ballte die Fäuste, so daß seine Knöchel weiß hervortraten, und hielt sich am Tisch fest. Seine Schultern hoben sich, und er seufzte schwer auf. Als er schließlich sprach, war seine Stimme leise und gepreßt. »Jetzt, wo der Sturm vorüber ist, zünden sie in der Kombüse wieder das Feuer an. Geh dich umziehen. Ich sehe nach, wann in der Messe das Essen serviert wird.«

Schmerzliche Enttäuschung überflutete sie, als ob sich eine Tür zu einem wundersamen, unbekannten Land geöffnet und wieder geschlossen hätte. Sie legte ihm die Hand auf den Arm. »Ross«, flüsterte sie.

Er wandte sich mit schmerzverzerrtem Gesicht zu ihr um. »Wenn dir deine Sicherheit lieb ist«, sagte er erstickt, »dann geh. *Geh!*«

13

Ross blickte finster durch die Offiziersmesse zu Prudence hinüber und goß sich ein weiteres Glas Wein ein. Ungeduldig trommelte er mit den Fingern auf den Tisch und fragte sich, wie lange er das Ganze wohl noch würde ertragen können.

Sieh sie an! dachte er angewidert. Das war nicht mehr das schüchterne, züchtige Mädchen vom Land, das er am ersten Tag in den Verbandsraum gebracht hatte. Sie war wunderschön, verwirrend und quälend für einen Mann – und die Hexe hatte das sicherlich schon bemerkt! Wie sie ihre Grübchen zeigte, wenn sie Elliot lächelnd für sein Fiedelspiel dankte! Wie sie mit diesem grünen Lieutenant lachte, an dessen Namen er sich kaum erinnern konnte! Das Lächeln, das sie St. John schenkte!

Nicht mehr als ein freundschaftliches Lächeln, stellte er grimmig fest, nach diesem schamlosen Kuß an Deck. Mehr würde sie nicht wagen! Er fragte sich immer noch, warum er sie eigentlich an jenem Abend nicht übers Knie gelegt und ihr eine Lektion erteilt hatte. Oh, sie achtete sorgfältig darauf, ihm zu gehorchen und nicht mehr schamlos zu flirten – ein kleiner Sieg. Aber das spielte kaum eine Rolle. Der ihr eigene natürliche Charme reichte aus, um jeden Offizier an Bord zu ihrem Sklaven zu machen. Offizier? Zum Teufel! Es gab auch im ganzen Lazarett keinen Mann, der nicht bereitwillig sein Leben für sie gelassen hätte.

Heute abend war sie besonders reizend, der Teufel sollte sie holen! Gutgelaunt und fröhlich und voller Lachen. Mit ihrer süßen Stimme hatte sie ein halbes Dutzend Lieder gesungen und wie ein glückliches Kind in die Hände geklatscht, als sie Elliot beim Backgammon besiegte. Sie war sogar zu Slickenham, den sie noch nie hatte leiden können, höflich gewesen.

Nun, dachte er säuerlich, vielleicht hatte sie ja allen Grund zur Freude. Morgen würde sie ihren Lord Jamie treffen. Der Ausguck würde Cape Henry noch vor Morgengrauen sichten, und wenn das gute Wetter anhielt, konnten sie noch vor Ende der Morgenwache ein gutes Stück den James River hinaufgelangen.

Und lag sie dann in den Armen dieses Schurken? Blickte ihn an mit diesen vertrauensvollen Augen – so grün, daß sie ihn an eine Wiese im Frühling erinnerten? Würde er ihr das Herz brechen, der Schuft? Oder würde er sie küssen und beobachten, wie ihr Haar im Lampenschein golden wie rötlicher Bernstein schimmerte – so wie er es gerade sah? Würde er sich an ihrem Lachen erfreuen, dem frechen Schwung ihrer Nase, an der Weichheit ihrer milchweißen Haut unter seinen Händen, dem sanften Klang ihrer Worte? Oder würde er nur danach trachten, diesen reizenden Körper zu besitzen und blind gegenüber ihrer liebenswerten Art sein?

Ross stöhnte und schloß einen Moment lang die Augen. *Gott schütze mich,* dachte er. *Nur noch einen Tag.* Irgendwann morgen würden sie in den Hafen einlaufen. Und dann würde *er* in Sicherheit sein.

Bei Martha war alles ganz anders gewesen. All die Jahre, in denen er ihr den Hof gemacht hatte ... ständig war er so mit seinen Studien beschäftigt gewesen, daß er kaum Zeit gehabt hatte, auf die Bedürfnisse seines Körpers zu achten; das lockere Verhalten der anderen Studenten, die ihr Verlangen mit jeder kleinen Hure befriedigten, hatte ihn abgestoßen. Er hatte das nicht gebraucht. Als er schließlich Martha zum erstenmal in die Arme schloß, hatte er irgendwie gewußt, daß es die vollkommene Erfüllung sein würde.

Die jahrelange Unterdrückung seiner ursprünglichsten Bedürfnisse, seine unverbrauchte Männlichkeit waren die Geschenke gewesen, die er ins Ehebett mitgebracht hatte. Mit der Zeit hatten sie gelernt, einander zu befriedigen. Wenn in den Kneipen über Frauen und darüber, wie man sie befriedigte, geredet wurde, hatte er sich dabei ertappt, wie er aufmerksam zuhörte. Dann war er nach Hause gegangen, ganz versessen darauf, seine neuerworbenen Kenntnisse anzuwenden. Und Martha, die scheu in ihrer Unschuld war, hatte ihm bereitwillig ihren Körper für seine manchmal ungeschickten Versuche geschenkt. Mit jedem Mal erblühte ihre Leidenschaft stärker. Morgens erwachte er, hielt sie in den Armen und dachte, das müsse das Paradies auf Erden sein.

Und dann war sie tot. Und sein Verlangen erlosch, als sei es nie dagewesen. Als junger Mann – als er darauf brannte, sie zu berühren – hatte er sich gefragt, wie katholische Priester nur im Zölibat leben und doch im Einklang mit sich sein konnten. Jetzt wußte er es. Seine Leidenschaft war mit Martha gestorben, seine fleischlichen Gelüste waren genauso verschwunden wie seine einzige große Liebe. Solange er lebte, wollte er ihr treu bleiben; es kam ihm richtig und natürlich vor, daß sein Verlangen mit ihr zu Grabe getragen worden war.

Er hatte wieder Freude am Leben gefunden. Das machte es leichter für ihn, die Wochen und Monate der Trauer zu ertragen. Sein Herz war zwar in Aufruhr, aber wenigstens wurden die Schmerzen nicht noch durch die Qualen des Fleisches verstärkt.

Bis Prudence kam. Er war sich nicht sicher, wann es angefangen hatte, aber auf einmal wurde er Tag und Nacht von Gedanken an sie heimgesucht. Er verfiel in Tagträume, wenn er an den verführerischen Anblick ihres Körpers, den Geschmack ihrer Lippen, die sanfte Berührung ihrer Hand dachte. Dann riß er sich zusammen und verfluchte seine Schwäche. Und manchmal, wenn er im Dämmerlicht in der Kajüte erwachte, lag sie in seinen Armen, und er haderte mit sich, weil er nicht die moralische Stärke besaß, sie loszulassen.

Wieder stöhnte er auf. *Verzeih mir, Martha,* dachte er. *Verzeih mir.* Es war treulos von ihm, auch nur an eine andere Frau zu denken. Und wenn es ihn übermannte, wenn er zuließe, daß das Undenkbare geschah …

»Gott schütze mich«, murmelte er unhörbar. Nur noch ein Tag. Und dann war sie für immer aus seinem Leben verschwunden.

»Erfreuen Sie uns mit einem weiteren Lied, Martha?«

Prudence lächelte St. John zögernd an und blickte quer durch den Raum zu Ross hinüber, der immer noch mit seinem Weinglas in der Hand an seinem Tisch saß. Er hatte sie den ganzen Abend über finster angeblickt. Offenbar war er in einer seltsamen, schwierigen Stimmung; sie war sich nicht sicher, ob sie jetzt gerne mit ihm allein sein würde. Ob er ihr wohl erlauben würde, noch ein Lied zu singen?

Die ganze vergangene Woche über hatte er sich seltsam benommen. Nicht eigentlich ärgerlich, auch nicht eisig oder kalt. Er wirkte angespannt in ihrer Gegenwart und war schroff zu ihr, als ob er lieber allein gewesen wäre. Als ob er eine schwere Last trüge, als ob ihn geheime Gedanken bedrückten, die sie nicht verstehen konnte. Beinahe wäre ihr sein Zorn lieber gewesen als diese stille, beherrschte Zurückhaltung – zumindest wäre sie dann sicher gewesen, daß er immer noch eine menschliche Seele besaß.

Sie hatten seit jenem Tag nicht mehr über Toby Wedges Leiden gesprochen. Prudence wurde immer noch von Schuldgefühlen gequält, und sie spürte, daß auch Ross sich Vorwürfe machte.

Was den unglückseligen Seemann anging … Sie hatte ihn jeden Tag auf dem Vordeck besucht. Manchmal erkannte er sie, die meiste Zeit jedoch nicht. Er saß stundenlang da, plapperte dummes, abergläubisches Zeug vor sich hin oder kroch hinter eine Seekiste, zitternd und fluchend und voller Angst, der Kapitän würde ihn durch ein Astloch in der Kajütenverkleidung beobachten. Vergeblich verstopften Gawky und seine Kameraden alle Löcher mit Pech. Der ›Käpt'n‹ war immer da und sah ihn mit bösen Augen an.

»Noch ein Lied, Mrs. Manning. Wir flehen Sie an. Ein Abschiedslied nach dieser höchst vergnüglichen Reise.«

Prudence biß sich auf die Lippe und blickte den jungen Offizier an, der sich über sie beugte. Sie drehte sich zu Ross um und versuchte, seine Laune einzuschätzen. »Nun, vielleicht ...«

Ross sprang von seinem Stuhl auf. »Nein! Du hast heute abend genug gesungen. Morgen wird ein langer Tag.« Er eilte an ihre Seite, ergriff sie am Ellbogen und führte sie entschlossen aus der Offiziersmesse.

Am Himmel stand ein heller, kalter Vollmond, der das Deck in ein unwirkliches Licht tauchte und Prudence seltsam traurig machte. Sie sollte glücklich sein, daß ihre Suche nach Jamie bald zu Ende sein würde, daß sie vielleicht noch vor Weihnachten ihr Kind wieder in den Armen halten konnte. Warum war ihr dann das Herz so schwer?

Sie blickte sich auf dem Schiff um. Sie würde die Offiziere und ihre Komplimente vermissen, die Seeleute, die sie gepflegt hatte – deren harte Gesichter sich bei ihrem Anblick aufhellten –, den beruhigenden Rhythmus des täglichen Lebens auf dem Schiff, trotz aller Unbequemlichkeiten.

Sie blickte den Mann an, der so entschlossen neben ihr herging. *Am meisten werde ich dich vermissen, Ross Manning,* dachte sie. Sie würde seine beruhigende Gegenwart vermissen, die ihr manchmal das Gefühl gab, erwachsen und unabhängig zu sein. Sie würde seine Freundschaft und das Leuchten seiner klaren blauen Augen vermissen. Und sie würde seine Stärke vermissen, mit der er sie manchmal gestützt hatte.

Und nach dem morgigen Tag würde sie ihn nie wiedersehen. Sie hatte ihr eigenes Leben und ihre eigenen Hoffnungen. Jamie und England. Er hatte seinen Traum von Einsamkeit in der Wildnis. Zwischen ihnen würde ein ganzer Ozean liegen. Sie stolperte auf der Treppe, weil ihr auf einmal unerklärliche Tränen in die Augen stiegen.

Den Kopf schüttelnd versuchte sie, die Traurigkeit zu vertreiben. Du hast dein Bett gemacht, jetzt leg dich auch hinein, hätte Papa gesagt. Und war ihr geliebtes Kind nicht jedes Opfer wert?

Als sie in die Nähe des Verbandsdecks kamen, hörten sie seltsame Geräusche. Gemurmelte Worte, gefolgt von schrillem Lachen, dann das ärgerliche Murmeln anderer Stimmen. Von Zeit zu Zeit wurden die Stimmen übertönt von den grellen Tönen einer Flöte.

»Ach Gott, es ist Wedge«, sagte Ross und öffnete die Tür zum Verbandsdeck.

Toby Wedge saß auf dem Tisch mitten in dem Raum, ließ die Beine baumeln, grinste und murmelte vor sich hin wie ein Irrer. In seinen verbundenen Händen hielt er seine Flöte. Vor ihm standen Bailey und Richards, barfuß, die Hemden über der Hose, und starrten ihn finster an. Ihre Hängematten waren in der Ecke festgezurrt, ihre Gesichter waren rot vor Empörung.

»Was, zum Teufel, geht hier vor?« fragte Ross.

Bailey drehte sich um. »Er ist vom Vordeck gekommen, Mr. Manning. Und hat uns mit seinem höllischen Gepfeife aufgeweckt. Und jetzt will er nicht mehr gehen.«

Ross ging auf Wedge zu. »Toby«, sagte er sanft. »Zeit zum Schlafen.«

Wedge hob die Flöte an den Mund und pfiff eine leise Melodie, wobei er die Finger, die nicht verbunden waren, geschickt einsetzte. Als er fertig war, strahlte er Ross an und nickte ihm zu. »Leg dir ein Stück Brot unters Kopfkissen, und du bist sicher vor dem Teufel. Ich schwör's bei meinem Leben.«

»Geh zum Vordeck. In deine Hängematte. Gawky wartet schon auf dich.«

Wedge verzog schmollend den Mund und schüttelte heftig den Kopf.

Richards seufzte. »So ist das, Sir. Er hat Angst davor, die Treppe hochzugehen. Wir haben ihn zum Treppenaufgang gebracht, aber er hat hochgeschaut und angefangen zu zittern. Dann ist er hierher zurückgelaufen.«

Ross rieb sich mit der Hand über die Augen. »Mein Gott, nicht mal ein paar Stufen?«

»Es ist ein Wunder, daß er überhaupt in seine Hängematte steigt, Sir, weil er solche Höhenangst hat. Das verdanken wir dem Käpt'n«, fügte Richards hinzu und verzog angewidert den Mund.

»Ihr solltet eure Ablehnung nicht so deutlich zeigen«, sagte Ross. »Ihr müßt nämlich mit ihm nach England zurücksegeln. Alle beide.«

»Nicht, wenn ich ein anderes Schiffslazarett finde«, grollte Bailey.

Ross legte Wedge den Arm um die Hüften und half ihm vom Tisch herunter. »Komm, Toby, wir spielen ein Spiel. Schließ deine Augen, und ich bringe dich zu deinem Bett.«

Wedge machte bereitwillig mit, schloß seine Augen und verzog sein Gesicht zu einer lächelnden Grimasse, wie ein glückliches Kind, mit dem man ein Geheimnis teilt. »Maitau ist gut für wunde Augen. Verstehst du mich?« blubberte er.

»Gawky soll dir am Morgen was in die Augen träufeln. Komm jetzt.« Er wandte sich an Prudence. »Ich bin gleich zurück.«

Er führte Wedge aus dem Verbandsdeck, während Prudence zu ihrer Kajüte ging.

Sie setzte sich an Ross' Schreibtisch, zog ihre Schuhe aus und rollte die Strümpfe herunter. Gerade wollte sie aufstehen und die Bänder an ihrem Kleid lösen, als ihr Blick auf eine offene Schreibtischschublade fiel, aus der eine Ecke von Ross' Skizzenblock ragte. Ohne nachzudenken, zog sie ihn heraus und schlug ihn auf.

»Du meine Güte«, flüsterte sie, während sie in wachsender Erregung die Seiten durchblätterte. Jede zweite Seite war mit Skizzen von ihr gefüllt – sie schlafend in der Koje, lachend an Deck mit einer Gruppe von Seeleuten, auf ihre Näharbeit konzentriert. Und jedes Bild war mit einer solchen Zärtlichkeit, soviel teilnehmender Anmut ausgeführt, daß ihr der Atem stockte. Hatte er sie wirklich so aufmerksam beobachtet, und sie hatte es gar nicht gemerkt? Sie empfand Verwirrung und eine seltsame Freude. Hatte sie sein kaltes Herz berührt?

Oh, Prudence, dachte sie seufzend und legte den Block wieder an seinen Platz. Sie hatte kein Recht darauf, über Ross nachzudenken. An ihren Sohn sollte sie denken, ja. Und das bedeutete Jamie – und niemand anderen.

Ross trat in die Kajüte und schloß kopfschüttelnd die Tür. »Der arme Teufel.«

»Kannst du denn gar nichts tun?«

»Ich bin Arzt, kein Zauberer. Vielleicht kommt er wieder zu Verstand, wenn er erst einmal an Land und weit weg von Hackett ist.«

»Wie lange bleibst du in Williamsburg?«

»Vierzehn Tage oder so. Ich muß meinen Vertrag kündigen und mich dann darum kümmern, wo ich Land hinter den Bergen erwerben kann. Und du?«

Sie zog ihr Kleid aus – Marthas Kleid – und legte es sorgfältig zusammen. Sie mußte unbedingt daran denken, es ihm morgen zurückzugeben. »Sobald eine Kutsche Williamsburg verläßt, werde ich mitfahren.«

»Und wohin fährst du?«

»Auf die Plantage meines Lord Jamie. Am Ufer des Potomac.«

Er begann sich mit dem Rücken zu ihr auszuziehen. »Und denkst du immer noch, daß er sich freut, dich zu sehen?«

»Du meine Güte! Natürlich!«

Er drehte sich um, ein zynisches Lächeln auf den Lippen. »Schade, daß ich das nicht mehr miterlebe. Ich hätte gerne auf die Treue deines adligen Liebhabers gewettet!«

Sie runzelte die Stirn. »Er vermißt mich schrecklich, da bin ich mir ganz sicher. Er liebt mich.«

Verächtlich lachte er auf. »Vielleicht wie eine Biene die Blume liebt. Oder wie ein rossiger Hengst die Stute begehrt.«

Sie starrte ihn finster an und stopfte ihren Unterrock in die Seekiste. Jetzt provozierte er sie wieder absichtlich, obwohl sie gehofft hatte, daß ihre letzte gemeinsame Nacht von Freundschaft begleitet sein würde. Warum mußte sie ständig seine Angriffe auf Jamie ertragen und sich dabei so hilflos vorkommen? Ein wenig Rachsucht regte sich in ihr, und sie verspürte das Bedürfnis, es ihm heimzuzahlen.

Sie dachte an die Bilder, die er so sorgfältig versteckt hatte. Bedeuteten sie ihm mehr als einfach nur künstlerische Studien? Lächelnd wandte sie ihm den Kopf zu. »Wirst *du* mich vermissen?«

Er hatte gerade in die Koje steigen wollen. Jetzt drehte er sich um, angespannt, die langen nackten Beine fest auf dem Boden, und sah sie mit kalten Augen an. »Brauchst du eine letzte Eroberung, bevor du das Schiff verläßt?«

Trotz seines eisigen Verhaltens sah sie, wie ein Muskel an seinem Auge zuckte – und spürte ihren Vorteil. Lässig hob sie die Arme und zog das Band aus ihren Haaren. Sie hatte die Haare die ganze Woche über offen getragen und sie nur durch ein Band zusammengehalten. Jetzt schüttelte sie ihre langen Locken, bis sie ihr wie ein Heiligenschein um den Kopf lagen – und kam sich dabei verwerflich und schamlos vor. Wie sehr sie sich nach einem anerkennenden Wort von ihm sehnte. Nach einem Zeichen, daß er ihre Trennung genauso bedauerte wie sie.

»*Wirst* du mich vermissen?« fragte sie leise.

Er wich ihrem Blick aus. »Warum sollte ich?«

»Wen wirst du zeichnen, wenn ich nicht mehr da bin?«

Sein Blick glitt nervös zum Schreibtisch. Er räusperte sich und runzelte die Stirn. »Warum hast du die ganze Woche über dein Haar offen getragen?« fragte er schließlich.

»Ich habe meine Kämme bei dem Sturm verloren.«

»Verdammt, du hättest einen der Seeleute bitten können, dir neue zu schnitzen.«

Sie zuckte mit den Schultern. »Es gibt bestimmt Geschäfte in Williamsburg. Magst du meine Haare so nicht?«

»Was habe ich damit zu tun?« grollte er. »Wenn du gerne den Offizieren deine Locken entgegenschüttelst und ihnen damit das Herz brichst ...« Er fluchte leise. »Es ist schon gut, daß wir morgen Land erreichen, sonst würde Elliot am Ende noch vergessen, daß er eine Frau hat.«

Bei seinem sarkastischen Tonfall fühlte sie Zorn in sich aufsteigen. »Was meinst du damit?«

»Es war schamlos, wie du heute abend mit den Männern umgesprungen bist. Du bist vor ihnen herumstolziert wie eine Hure im Londoner Hafen. Ein hübsches leichtes Mädchen, das seine Waren verkauft! Du nennst dich zwar meine Frau, benimmst dich aber wie eine Dirne, obwohl ich es dir ausdrücklich verboten habe. Und jetzt willst du auch noch mich einfangen? Ein letztes Souvenir von der Reise?«

»Oh!« Wütend stampfte sie mit dem Fuß auf. Der Boden unter ihren Füßen war rauh. »Die Pest soll dich holen, du ... du Tyrann! Du hast nicht das Recht, so mit mir zu reden! *Verboten?* Du bist nicht mein Ehemann. Und wirst es auch Gott sei Dank nie sein!«

»Es hat dich aber nicht gestört, dich hinter mir zu verstecken, als du es nötig hattest«, entgegnete er höhnisch.

Jetzt haßte sie ihn und konnte ihre Gefühle kaum beherrschen. »Ich bin froh, wenn ich dich nicht mehr zu sehen brauche. Immer hast du etwas an mir auszusetzen. Ich muß vollkommen sein, weil du weit davon entfernt bist! Ob ich mein Haar offen oder aufgesteckt trage, ob mein Kleid kurz oder lang ist, dir wäre es nie recht!«

Er verzog den Mund. »Und dein geliebter Lord Jamie? Hast du die Haare offen getragen, als du ihm begegnet bist? Hast du deine Locken zurückgeworfen, um seine Aufmerksamkeit zu erregen?«

»Das spielt wohl kaum eine Rolle. Ihm wäre das egal gewesen, und er hätte mir auch nie Vorwürfe gemacht.«

Er lachte – ein häßliches, ärgerliches Geräusch. »Natürlich nicht. Du hattest andere Methoden, um ihn zu verführen.«

»Die Pocken sollst du bekommen, du Schuft!« fauchte sie. »Kein Wort mehr über Jamie!«

»Ich rede soviel über ihn, wie es mir paßt!« explodierte er. »Und vielleicht hörst du zur Abwechslung mal zu. Du bist eine verdammte Närrin, daß du auf seine Liebe baust. Ihm um die halbe Welt nachzureisen in der Hoffnung, daß er dich heiratet! Ich kenne unzählige Männer wie ihn. Sie sind voller leerer Versprechungen. Glaubst du, daß du ihm mehr bedeutet hast als eine leichte Eroberung? Ein einfaches Mädchen vom Land, das bereitwillig seine Röcke gehoben hat und …«

Das war zuviel für sie. Mit einem Aufschrei ging sie auf ihn los und schlug ihm heftig über den Mund. Er zuckte zusammen und packte sie blitzschnell bei den Schultern. Durch ihr dünnes Hemd fühlte sie den festen Griff seiner Hände.

»Ich habe dich schon einmal davor gewarnt, so etwas zu tun«, sagte er mit blitzenden Augen. »Diesmal zahlst du mir dafür.« Er packte ihre Handgelenke und zog sie zum Stuhl.

Sie schluckte in plötzlichem Entsetzen. Noch nie hatte sie ihn so wütend gesehen. Die Bestrafung, die er ihr zugedacht hatte, würde sicher genauso grob und hart sein wie sein Gemüt. Die Panik verlieh ihr ungeahnte Kräfte; sie entriß ihm ihre Hand, wirbelte herum und lief zur Tür. Dort standen seine Schuhe. Sie stolperte darüber und fiel auf den Bauch. Schreckerstarrt meinte sie schon seine Hand auf ihrem Hinterteil zu spüren, deshalb drehte sie sich rasch um, um diesen empfindlichen Körperteil zu schützen.

Bevor sie aufstehen konnte, war er bereits über ihr. Sie versuchte, ihn mit ihren Fäusten abzuwehren, aber er griff nach ihren Handgelenken und drückte ihr die Arme über dem Kopf zusammen, so daß sie bewegungsunfähig dalag. »Verdammt!« sagte er schwer atmend. »Glaubst du, ich bin aus Stein? Wieviel, glaubst du, kann ein Mann ertragen?«

»Laß mich los! Du tust mir weh!« schrie sie.

Sein Gesicht war zu einer furchterregenden Grimasse verzogen. »Hast du das absichtlich getan, du Hexe? Mich all die Wochen über gequält? Daß ich zusehen mußte, wie du jeden Mann an Bord verhext? Zuhören mußte, wie du ständig von deinem verdammten Lord Jamie geschwärmt hast? Nun, morgen bist du weg. Morgen gehörst du ihm. Aber heute abend ...«

Er ließ ihre Hände los, griff in den Ausschnitt ihres Hemdes und riß es bis zum Nabel auf. Bevor sie reagieren und ihn wegstoßen konnte, hatte er seinen brennenden Mund über eine ihrer Brüste gesenkt und ließ seine heiße Zunge um die Brustwarze kreisen.

Sie keuchte auf bei dem seltsamen Gefühl, das diese quälende Berührung in ihr auslöste. Ihr Widerstand schmolz dahin. »Nein, bitte«, seufzte sie und schlug ihm schwach auf die Schultern.

»Heute nacht denke ich nur an mein Vergnügen«, murmelte er und brachte sie mit seinem Mund zum Schweigen.

Seine Lippen waren hart und fordernd, und sie senkten sich mit so besitzergreifender Intensität auf ihre, daß sie schwach wurde. Er drängte mit seiner Zunge tief in ihren Mund und erforschte dessen feuchte Tiefen wie ein Verdurstender. Ihre Nerven vibrierten bei jedem seiner köstlichen Vorstöße.

Mit den Händen knetete er ihre Brüste, und seine rauhen Zärtlichkeiten erregten sie nur noch mehr. Mit seinem Knie zwang er sie, die Beine zu spreizen, seine Hand glitt über ihr weiches Vlies, und dann stieß er seinen Finger tief in sie hinein. Sie stöhnte auf, wand sich unter ihm und bog ihm ihre Hüften entgegen.

Er hob den Kopf und knirschte in leidenschaftlicher Wut mit den Zähnen. »Hat er das auch mit dir gemacht, dein verdammter Lord Jamie?«

Sie zitterte zu sehr, um sprechen zu können. Das Hemd klebte ihr feucht am Körper – und die süße Qual hörte nicht auf. Sie schloß die Augen und überließ sich den heißen Wogen des Verlangens, die sie überfluteten.

Auf einmal spürte sie seine Finger nicht mehr, öffnete die Augen und sah, wie er sich hastig das Hemd über den Kopf streifte. Er war hart und erregt, und seine Größe und Stärke jagten ihr Angst ein. Nicht einmal Jamie …

»Nein«, flüsterte sie, hin- und hergerissen zwischen ihren Ängsten und dem wilden Verlangen, das in ihren Lenden pochte.

»Doch, verdammt«, grollte er. Seine Augen funkelten wild. »Für das Versprechen, das in jedem deiner Küsse lag.« Er packte ihr zerrissenes Hemd und riß es ganz auf. Seine Hände schlossen sich um ihr nacktes Hinterteil und hoben es an.

Bei seinem ersten harten Stoß schrie sie auf, gepackt von einem wilden, leidenschaftlichen Gefühl, das sie noch nie erlebt hatte. Seine Männlichkeit erfüllte sie, und sein brennendes Fleisch an ihrem nackten Körper war wie eine Flamme, die sie verzehrte. Dann begann er in sie hineinzustoßen – harte, pulsierende Stöße, die sie atemlos machten. Der Rhythmus der Ekstase brachte sie zu immer höheren Gipfeln des Verlangens und ließ sie schluchzend nach Erlösung verlangen und zugleich wünschen, er würde nie mehr aufhören. Sie preßte die Hand auf den Mund, um ihre Schreie zu unterdrücken.

Er stieß nun so heftig zu, daß die rauhen Planken bei jedem Stoß schmerzhaft ihren Rücken aufscheuerten. Leise, wilde Laute drangen aus seiner Kehle. Durch einen Schleier sinnlichen Entzückens beobachtete sie ihn.

Sein Gesicht war in Schmerz und Spannung verzerrt – er hatte den Kopf zurückgeworfen, die Augen fest geschlossen und die Zähne zusammengepreßt. Mit einem letzten wilden Stoß sank er auf sie – eine letzte heftige Erschütterung und ein gequälter Schrei … Dann lag er still da.

»Ross«, flüsterte sie, bebend vor Leidenschaft.

Er hob den Kopf und starrte sie an, die Augen weit aufgerissen vor Entsetzen. Sein Körper begann zu zittern, eine schreckliche, schüttelnde Bewegung, die tief in ihm anzufangen schien und sich auf alle Gliedmaßen ausbreitete. Während sie ihn ängstlich ansah, verzog sich sein angespanntes Gesicht in tiefer Qual, und er begann zu schluchzen.

»Verzeih mir!« keuchte er. »Verzeih mir!« Er vergrub den Kopf in den verschränkten Armen und wurde von Schluchzern geschüttelt, als ob ihm das Herz bräche.

Prudence blickte ihn bekümmert und verständnisvoll an, während er weinte. Das war der Mann, der sich gerühmt hatte, keine Träne über den Tod seiner Frau vergossen zu haben. Aber vielleicht hatten die Tränen all die Jahre in ihm nur darauf gewartet, so heftig zu fließen.

Sie wand sich unter ihm hervor, hockte sich neben ihn und nahm ihn in die Arme. Kaum konnte sie seinen Kummer ertragen – die starken Schultern, die unter dem Hemd bebten, das schmerzerfüllte Weinen –, ein starker Mann, der am Boden lag. »Natürlich verzeihe ich dir«, murmelte sie und kämpfte gegen ihre eigenen Tränen an.

Er weinte lange – ein bitteres Schluchzen, das ihr das Herz brach. Sie murmelte tröstende Worte und wiegte ihn wie ein Kind. Schließlich ließ das Weinen nach. Sie half ihm, aufzustehen, führte ihn zur Koje und drängte ihn, sich hinzulegen und zu schlafen. Unbeweglich und erschöpft lag er da und starrte blicklos an die Balken.

Sie blickte an sich hinunter. Ihr Hemd war völlig zerfetzt. Sie wollte jetzt kein anderes heraussuchen, er brauchte sie zu sehr; hastig zog sie das zerrissene Hemd aus und schlüpfte neben ihn in die Koje. Während sie in sein ausdrucksloses Gesicht blickte, mußte sie plötzlich an Toby Wedge denken. Befand sich Ross jetzt auch in einem fernen Reich und war für immer für sie verloren?

Zärtlich streichelte sie seine Wange und begann, ein Schlaflied zu singen. Eine sanfte, beruhigende Weise. Er seufzte schwer und schloß die Augen; wenige Augenblikke später war er eingeschlafen. Sie deckte ihn zu und kuschelte sich mit ihrem nackten Körper an ihn – so gab und empfing sie Wärme.

Seltsamerweise fühlte sie sich, als habe sie einen Sieg errungen. Wenn sie das nur früher gewußt hätte, dachte sie verwundert. Hinter seinem kalten Verhalten hatte sich immer ein empfindsames, leidenschaftliches Herz verborgen. Leise murmelte sie ein Gebet und dankte Gott, daß sie diejenige gewesen war, die das herausgefunden hatte.

14

Prudence seufzte, kuschelte sich tiefer in die Kissen und genoß den köstlichen Zustand zwischen Schlaf und Erwachen. Sie fühlte sich warm und zufrieden, und ihr Körper glühte bei der Erinnerung an Ross' Küsse und Zärtlichkeiten – und an seine harte Männlichkeit in ihr. Sie hätte nie gedacht, daß es solches Vergnügen bringen könnte, bei einem Mann zu liegen.

Plötzliche Schuldgefühle machten sie vollends wach. Gott möge ihr vergeben, mit Jamie hatte sie es nicht so genossen, obwohl er wesentlich sanfter vorgegangen war als Ross. Hatte das nur daran gelegen, daß sie so verängstigt und unerfahren gewesen war? Aber Ross' wilde Leidenschaft hatte ihr auch Angst eingejagt – und doch hatte ihr Körper auf eine Weise reagiert, die sie immer noch erstaunte und die ihr die Röte in die Wangen trieb.

Sie drängte die unwillkommenen Gedanken zurück. Es war wohl kaum gerecht, einen Mann mit dem anderen zu vergleichen. Wenn sie erst verheiratet wären, würde Jamie sich als genauso leidenschaftlicher Liebhaber erweisen. Da war sie sich ganz sicher.

Was jedoch ihr *moralisches* Gewissen betraf … Sie überhörte die leise Stimme in ihrem Innern einfach. Nein, sie wollte sich nicht schämen wegen dem, was geschehen war. Sie hatte auch keine Gewissensbisse gehabt, als sie

Jamie erlegen war, und Gott strafte sie immer noch dafür. Für eine Sünde mehr oder weniger konnte er sie wohl kaum mehr verdammen, als er sie bereits verdammt hatte.

Die Augen schließend, lächelte sie verträumt in der Erinnerung an das Gefühl von Ross' Körper auf ihrem, dem Geschmack seiner hungrigen Küsse. Das konnte doch wohl kaum eine so große Sünde sein. Schließlich hatte seine traurige Seele, sein gefangenes Herz so sehr nach Erlösung verlangt.

Und dann – wie lieb von ihm – hatte er sie um Verzeihung gebeten! Es sah ihm ähnlich, alle Schuld auf sich zu nehmen, als ob sie sich nicht insgeheim in den vergangenen Wochen ebenfalls nach ihm gesehnt hätte. Hatte sie nicht gehofft, er würde sie in die Arme nehmen und ihr sagen, wie sehr er sie liebte, und ...?

Nein! Sie durfte sich solchen Gedanken nicht hingeben! Sie mußte an Jamie denken, mußte versuchen, die Leidenschaft wieder aufflammen zu lassen, die sie für ihn in jenen süßen Tagen auf dem Hügel empfunden hatte. Gequält stöhnte sie auf. Vielleicht war sie ja auch einfach nur einsam und unglücklich gewesen, ein unschuldiges Mädchen, das auf seine sanften Worte und seine Komplimente hereingefallen war. Das an Liebe glauben wollte, weil es geliebt werden wollte.

Hatte Ross das nicht auch gesagt – daß sie sich irrte und eine Närrin war? Und jetzt setzte sie alle Hoffnungen für die Zukunft auf Jamie und verließ einen Mann, den sie gerade erst begonnen hatte zu ... Wagte sie es, das Wort ›Liebe‹ sich selbst gegenüber auszusprechen?

Sie fühlte sich zerrissen und verwirrt. Vielleicht sollte sie Ross erzählen, daß ihr Kind der Hauptgrund war, warum sie Jamie heiraten mußte. Würde er sie verstehen und ihr verzeihen, daß sie ihn verließ? Würde er ihr gestehen, daß er sie liebte, und einen Weg finden, wie sie ihren Sohn zurückbekommen konnte? Nach der letzten Nacht mußte er ihr doch bestimmt zugetan sein ...

Gebrauch deinen Verstand, Kätzchen, hätte Papa gesagt. Ihr Kind konnte sie nur mit Jamies Hilfe zurückbekommen. Es hatte keinen Sinn, Ross etwas zu erzählen. Was konnte er schon tun? Wenn Großpapa einen Landschulmeister schon als nicht standesgemäß empfunden hatte, warum sollte er dann einem einfachen Schiffsarzt zuhören? Ihre einzige Hoffnung lag bei Jamie und seinem Adelstitel.

Sie seufzte traurig und schob ihre wirklichkeitsfremden Träume beiseite. Die Uhr auf dem Schreibtisch zeigte schon nach halb acht. Sie mußte packen und sich verabschieden. Traurig kletterte sie aus der Koje.

Doch bei dem Anblick, der sich ihr bot, mußte sie lächeln. Selbst nach der letzten Nacht vergaß Ross seine Pflichten nicht. Wie gewöhnlich stand ihr Frühstück auf dem Schreibtisch. Auch ihre Wasserschüssel mit Seife, Handtuch und Zahnpulver war bereitgestellt. Er hatte sogar ihr zerrissenes Hemd gefaltet und es ordentlich über die Bank gelegt. Sie holte ihr blaues Musselinkleid und ihr zweites Hemd hervor und widmete sich ihrer Morgentoilette. Sie wusch sich Gesicht, Hände und Arme, dann seifte sie ihren Waschlappen noch einmal ein und wusch ihre Schenkel und das Haarbüschel zwischen ihren Beinen.

Gerade hatte sie sich abgetrocknet und wollte nach ihrem Hemd greifen, als die Tür aufging.

»Verzeihung.« Ross schloß die Tür und drehte ihr rasch den Rücken zu. An seinen Ohrläppchen und am Ansatz seiner Wangen sah sie, daß er errötete. Zärtlichkeit stieg bei dieser unerwarteten Schüchternheit in ihr auf. Sogar nach der Intimität der letzten Nacht?

Sie zog sich das Hemd über den Kopf und schlüpfte in ihren Unterrock. »Du brauchst nicht den ganzen Tag so stehenzubleiben«, sagte sie leise lächelnd. »Du mußt doch packen.«

Er drehte sich zögernd um. Als er sah, daß sie wieder züchtig bedeckt war, zeigte sich Erleichterung auf seinen Zügen. »Ja, ich möchte unsere Kisten an Deck holen, bevor wir anlegen. Mir liegt daran, mich nicht länger als nötig in Hacketts Gegenwart aufzuhalten.«

»Ich gebe dir Marthas Kleid, damit du es einpacken kannst. Den Ring gebe ich dir erst an Land zurück.«

»Ja, das ist vernünftig.« Er bückte sich und öffnete seine Seekiste. »Du kannst Marthas Korsett behalten, du hast ja kein anderes.«

»Danke. Aber bist du auch ganz sicher, daß du es nicht wiederhaben möchtest?«

»Nein.«

Sie konnte es nicht glauben, daß sie so miteinander redeten. Als ob letzte Nacht überhaupt nicht gewesen wäre. Und es blieb ihr nur noch so wenig Zeit – um ihm zu sagen, wie gern sie ihn hatte, wieviel Kummer ihr die Trennung von ihm bereitete. »Ross ...«, begann sie leise.

Er drehte sich um. Sie blickte in die Augen eines Fremden, kühl und zurückhaltend. »Gestern nacht hätte nie geschehen dürfen«, sagte er. »Ich bedauere es zutiefst. Ein Augenblick der Schwäche ... ein dummer Ausrutscher.«

War das alles, was sie ihm bedeutete? Sie biß sich auf die Lippe. Sicher meinte er es nicht so. »Ist es Schwäche, wenn man einen anderen Menschen braucht?«

»Es ist Schwäche, diesem Bedürfnis nachzugeben. Sich von niedrigen Leidenschaften leiten zu lassen – als ob wir Tiere wären.«

Ungläubig schüttelte sie den Kopf. »Das glaube ich nicht«, sagte sie.

Spöttisch zog er eine Augenbraue hoch. »Mein liebes Kind, du weißt recht wenig über die Schwächen der Männer.«

Die Schwächen der Männer? Ein paar Wochen Enthaltsamkeit an Bord eines Schiffes erklärten wohl kaum sein außergewöhnliches Verhalten in der letzten Nacht. Er hatte sie heftig begehrt und danach in ihren Armen geschluchzt wie ein hilfloses Kind.

»Schwäche?« sagte sie. »War das der einzige Grund?«

Er hob die Schultern. »Hast du mehr erwartet?«

Niedergeschlagen wandte sie sich ab. Sie hatte zumindest ein wenig Zärtlichkeit erwartet. Jetzt fühlte sie sich beschmutzt wie eine der Huren aus Betsys Bekanntschaft.

»Ich verstehe«, erwiderte sie bitter. »Diese paar Wochen der Enthaltsamkeit müssen sehr unangenehm für dich gewesen sein, wenn man deine *Schwäche* bedenkt.«

Er seufzte schwer, als ob sie ein schwieriges Kind wäre, dem man alles erklären mußte. »Bis gestern nacht habe ich seit Marthas Tod keine Frau mehr angerührt«, sagte er. »Ich wollte sie auch in der Erinnerung nicht betrügen.«

»Oh.« Sie verzog enttäuscht das Gesicht und sank auf den Stuhl. Er ließ ihr nicht einmal eine einzige Illusion. Seine flehentliche Bitte um Verzeihung hatte nicht *ihr* gegolten, sondern dem Geist seiner toten Frau. Er machte sich höchstens Vorwürfe wegen Martha, nicht wegen der Art und Weise, wie er *sie* behandelt hatte. Sie kämpfte mit den Tränen.

Als er in ihr aufgelöstes Gesicht blickte, gab er nach und kniete sich zu ihren Füßen hin. »Prudence – liebes Mädchen. Es tut mir leid. Wir alle erleben Augenblicke, in denen wir nicht mehr Herr unserer Sinne sind. Aber es gibt keinen Grund, mehr daraus zu machen, als wirklich war. Ich habe meine süßen Erinnerungen an Martha. Du hast deinen Lord Jamie, der auf dich wartet.«

»Diesen – ›Schuft, der mein Herz brechen wird‹?« fragte sie bitter.

»Nein. Es war grausam von mir, dir Zweifel einzureden. Ich bin sicher, daß er dich genauso sehr liebt wie du ihn. Geh zu ihm und sei glücklich. Und was letzte Nacht angeht ... wir fühlten uns einfach beide nur einsam. Haben von anderen geträumt. Laß uns als Freunde auseinandergehen.«

Sie nickte und ließ zu, daß er sie aus dem Stuhl hochzog. Er schloß sie in die Arme und küßte sie auf die Stirn. Es lag keine Leidenschaft in seiner Umarmung und seinem Kuß. Nur Zärtlichkeit und Sorge. Sie dachte an Papa und sehnte sich danach, getröstet zu werden.

Doch sie empfand nur hohle Traurigkeit und den Gedanken, etwas Kostbares in ihrem Leben verloren zu haben. Etwas, das sie nie wieder finden würde.

»Komm, Toby, halt meine Hand fest. Nur noch ein Schritt.«

Prudence tippte sanft an Wedges verbundene Hand und zog ihn in den Sonnenschein an Deck. Sie bemerkte, daß sie immer noch den wiegenden Seemannsgang beibehielt, obwohl sie jetzt schon seit fast zwei Stunden vor Anker lagen. »Du kannst jetzt die Augen öffnen, Toby«, sagte sie, »damit du siehst, was für ein schöner Tag heute ist.«

Er kicherte erleichtert, blinzelte mit den Augen und starrte zum Himmel hinauf. Dann runzelte er plötzlich die Stirn. »Hinter jedem Sonnenschein verbirgt sich Schatten.«

»Heute nicht. Du wirst bei Dr. Manning bleiben und dich bei ihm sicher fühlen.« Sie lächelte. Wie freundlich von Ross, daß er gesagt hatte, er würde Wedge mit in die Wildnis nehmen. Sie waren beide verlorene Seelen, die einander helfen konnten.

An Deck wimmelte es von Seeleuten, die begierig darauf warteten, endlich frei zu sein und das Schiff für ein paar Wochen verlassen zu können. Ihre Gesichter glänzten vor Sauberkeit, und ihre Kleider waren frisch gewaschen. Sie lachten, machten Witze und stampften vor Ungeduld mit den Füßen. Auf dem Vordeck hatten die Marinesoldaten begonnen, Aufstellung zu nehmen, um an Land zu gehen; ihre scharlachroten Uniformen leuchteten in der Sonne. Die übliche Ansammlung von Dirnen stand winkend und rufend auf dem Dock, voller Vorfreude bei der Aussicht auf ihre Einnahmen. Und vielleicht, dachte Prudence, der die Londoner Huren einfielen, stand auch der eine oder andere Taschendieb in der Menge.

Die Sonne war stark. Sie rückte ihren Strohhut zurecht und sah sich nach Ross um. Ihre Seekisten und Ross' medizinische Geräte standen schon an der Gangway, aber er war nirgendwo zu sehen. Vielleicht war er bereits an Land gegangen, um das Entladen seiner Kajüteneinrichtung zu organisieren. Oder um eine Kutsche zu besorgen, die sie nach Williamsburg bringen würde.

Neben ihr heulte Wedge plötzlich auf. »Oh, sieh mal, sieh mal! Der Fluch des Teufels liegt wieder auf mir!«

Sie keuchte erschreckt auf. Er zitterte wie Espenlaub im Wind. »Toby! Du meine Güte, was ist los?«

»Guten Morgen, meine Liebe.« Die seidige Stimme klang wie das Zischen einer Schlange in dem fröhlichen Lärmen der Menge.

Prudence wirbelte herum und sah, wie Kapitän Hakkett durch die Menge auf sie zukam. Mit einem entsetzten Aufschrei versteckte sich Toby Wedge hinter Prudence und spähte zitternd vor Angst über ihre Schulter.

Sie blickte Hackett finster an. Jetzt brauchte sie keine Höflichkeit mehr vorzutäuschen, schließlich waren sie sicher angekommen. »Gehen Sie weg, Sie Ungeheuer.«

Er lachte – ein spöttisches Lachen, das sein gutaussehendes Gesicht zu einer häßlichen Maske verzerrte. »Ich sehe hier nur ein Ungeheuer. Diese zitternde, groteske Kreatur, die sich hinter ihren Röcken versteckt. Welche Freude, daß ich sein abstoßendes Gesicht nie mehr zu sehen brauche.«

»Empfinden Sie gar keine Scham?«

»Warum? Weil er völlig verrückt geworden ist? Er war schon ein Idiot, als er an Bord kam. Und es hat sich gezeigt, daß er auch noch ein Feigling ist. Wie ich höre, hat er Angst, eine Treppe hinaufzusteigen, geschweige denn, in die Masten zu klettern.«

»Nur wegen Ihnen«, entgegnete sie bitter.

Er lachte wieder. »Wegen mir? Du meine Güte, jeder Kapitän in der Navy sollte mir dankbar sein, daß ich ihm den Anblick dieser häßlichen Kreatur erspart habe.«

»Ich wünsche Ihnen alles erdenklich Schlechte«, entgegnete sie und starrte ihn kalt an. »Möge Gott Sie so strafen, wie Sie es verdienen.«

Er schnalzte mit der Zunge. »Sie sind recht undankbar, meine Liebe. Hätte ich beschlossen, schwierig zu sein, wären Sie auf dieser Reise *meine* Hure gewesen statt die Mannings.«

»Ich bin Ross' Frau!« schrie sie.

»Ersparen Sie mir dieses Märchen«, schnarrte er. »Ich bedauere nur, daß ich meinen Verdacht nicht beweisen konnte. Sie haben mich zahlreiche schlaflose Nächte gekostet. Ein Fehler ihres sogenannten ›Ehemannes‹, und ich hätte Sie an meine Koje gefesselt und jede Öffnung ihres verführerischen Körpers benutzt. Sie hätten mir alle Beleidigungen meiner Person gründlich bezahlt. Und wenn ich Ihrer überdrüssig geworden wäre, hätten sich die anderen Männer mit Ihnen vergnügen können. Adel verpflichtet«, fügte er höhnisch hinzu.

Entsetzen schüttelte sie, und vor lauter Abscheu und Ekel drehte sich ihr der Magen um. »Sie gemeiner Mensch. So mit mir zu reden ...« Sie drehte sich zu Wedge um. »Komm, Toby, wir warten am Vordeck.«

Hackett legte ihr die Hand auf den Arm und packte fest zu. »Sie sind ja reizend in Ihrem Zorn. Aber die Reise ist vorüber. Die Maskerade ist vorüber. Ich rede so mit Ihnen wie mit der Hure, die Sie mit Sicherheit sind. Und sollten sich unsere Wege jemals wieder kreuzen, verspreche ich Ihnen, daß ich endlich bekommen werde, was ich schon immer haben wollte.«

»Nehmen Sie die Hand vom Arm meiner Frau, Sir.« Ross tauchte hinter Hackett auf, das Gesicht rot vor Zorn.

Der Kapitän lächelte, ließ seine Hand an Prudences Arm heruntergleiten und ergriff ihre Finger. »Ich wollte mich von der Dame nur verabschieden.« Er beugte sich über sie, um ihr einen Kuß auf die Hand zu drücken, aber sie erschauderte und zog die Hand weg.

Ross' Augen glitzerten wie eisblaue Kristalle. »Hat er etwas Unverschämtes zu dir gesagt, Martha?«

Sie biß sich auf die Lippen. Ross trug seinen Säbel und hatte die Hand auf den Knauf gelegt. Bevor er jedoch sein Offizierspatent nicht zurückgegeben hatte, stand er immer noch im Dienst der Krone, und seine Freiheit war in Gefahr. Um Gelassenheit bemüht, schüttelte sie den Kopf. »Nein. Nein, natürlich nicht. Aber seine Gegenwart ist mir ... unwillkommen.«

Er ergriff sie am Ellbogen. »Dann komm. Die Kutsche

wartet auf uns.« Er wandte sich an Wedge. »Du brauchst keine Angst zu haben. Der Mann kann dir niemals wieder etwas antun.« Er verbeugte sich steif vor Hackett. »Ihr Diener, Sir.«

Langsam führte er sie vom Schiff und in die wartende Kutsche. Dort saß er mit gesenktem Kopf in eisigem Schweigen, in Gedanken offenbar meilenweit entfernt. Wedge plapperte auf dem ganzen Weg in die Stadt zusammenhanglos vor sich hin und jammerte, daß der ›Käpt'n‹ ihn finden und ihm Böses antun würde.

Prudence starrte auf die vorüberziehende Landschaft. Die Bäume leuchteten in den warmen Rot- und Goldtönen des Septembers. Ein trauriger Vorbote des Winters. Der Tod des Sommers. Sie seufzte. Warum nur war ihr das Herz so schwer, wo sie doch in weniger als einer Woche wieder mit ihrem Jamie vereint sein würde? Was war mit ihrem sonnigen Optimismus geschehen, der sie die ganzen Monate über vor der Verzweiflung bewahrt hatte?

Nach kurzer Zeit erreichte die Kutsche Williamsburg; sie fuhren die Duke of Gloucester-Straße hinauf und hielten vor einem Gasthaus. Auf dem Schild über der Tür stand ›Raleigh Tavern‹, und darunter war ein Bild von Sir Walter angebracht.

Endlich bewegte sich Ross. »Ich habe jemanden vorausgeschickt, um meine Zimmer hier zu richten«, sagte er. »Die Kutsche nach Norden fährt erst am Nachmittag. Komm und erfrisch dich erst einmal. Wir essen noch zu Mittag, bevor du abreist.«

Sie aßen schweigend in Ross' Wohnzimmer. Wedge saß allein an einem Tisch neben dem Fenster und lachte und redete mit sich selbst. Ross und Prudence sprachen nur das Notwendigste und vermieden es, sich anzusehen. Als sie schließlich Marthas Ring vom Finger zog und ihn schweigend aufs Tischtuch legte, hörte ihr Gespräch völlig auf.

Ross seufzte und erhob sich. »Du solltest jetzt gehen.« Er griff in seine Tasche und zog eine kleine Lederbörse heraus. »Hier«, brummte er. »Du wirst es brauchen.«

»Oh, das kann ich nicht annehmen. Ich habe Geld.«

»Nicht annähernd genug«, grollte er. »Wo willst du übernachten? In irgendeinem schmutzigen Landgasthof? Willst du von Brot und Käse leben, bis du bei deinem Lord Jamie bist? Nimm es, verdammt noch mal, und fang nicht schon wieder an, mit mir zu streiten.«

Sie senkte den Kopf und nahm die Börse. »Danke.« Dann zögerte sie. Sooft sie sich diesen Augenblick schon in Gedanken vorgestellt hatte, den Schmerz in ihrem Herzen, ihr trauriges Widerstreben hatte sie nicht bedacht. »Ross ...« Wie konnte sie ihm nur begreiflich machen, wie dankbar sie ihm für alles war, wie lieb er ihr geworden war? »Ich ... ich wünsche dir Frieden in deiner Einsamkeit.« Das war alles, was sie schließlich hervorbrachte.

Er blickte zur Seite. »Und ich wünsche dir Glück mit deinem Lord Jamie.«

Sie rang die Hände. »Küßt du mich zum Abschied?« flüsterte sie.

Er ergriff sie bei den Schultern, senkte den Kopf und küßte sie leicht auf die Wange. »Die Kutsche wartet unten. Ich habe deine Sachen einladen lassen.«

»Danke.« Sie drehte sich um und griff nach ihrem Strohhut.

Plötzlich spürte sie seine Hände auf ihren Armen. Er wirbelte sie zu sich herum und zog sie heftig in die Arme. Sein Mund auf ihrem war fest und warm, und er küßte sie, als wolle er sie nie wieder gehen lassen.

Sie schlang die Arme um seinen Hals und erwiderte den Kuß mit all der Leidenschaft ihres sehnsüchtigen Herzens. *Bitte mich zu bleiben,* dachte sie, *und ich gebe mein Kind auf.*

Statt dessen jedoch schob er sie abrupt von sich und ließ seine Hände sinken. Seine Augen blickten dunkel und wild. »Um Himmels willen, *geh!* Geh zu dem Mann, den du liebst.«

Tränenblind stolperte sie die Treppe hinunter zu der wartenden Kutsche.

Ross ließ sein Buch sinken und blickte aus dem Fenster des Gasthauses. Der Nachthimmel war voller tiefhängender Wolken. Wie ein Vorbote des Winters hatte den ganzen Tag über ein eisiger Septemberwind geblasen, der jetzt an den Läden rüttelte. Das unheilvolle Geräusch hatte Wedge erschreckt, doch jetzt lag er in seinem Bett in dem kleinen Zimmer, das sich an Ross' Wohnzimmer anschloß. Die ersten fallenden Blätter des Herbstes wirbelten über das Pflaster des Hofes unter ihm, und die Äste eines nahe am Haus stehenden Baumes schlugen unablässig gegen das Fenster, wie Geister, die in seine Einsamkeit eingelassen werden wollten.

Er seufzte schwer. Wie würde er die Einsamkeit der Wildnis ertragen, wo ihm schon die vergangene Woche ohne sie wie eine Ewigkeit vorgekommen war?

Eine Woche. Und es hielt ihn nichts mehr hier. Er hatte seine Pläne gemacht und eine grobe Reiseroute entworfen. Seinen Dienst bei der Navy hatte er quittiert. Er hatte sogar einen Brief an Marthas Kusinen in Petersburg geschrieben, in dem er ihnen mitteilte, daß er sie besuchen würde, wenn seine Reise ihn in ihre Nähe brächte.

Martha. Er warf sich in einen Stuhl und nahm ihren Ring aus seiner Westentasche. Während er ihn anstarrte, versuchte er, sich an ihre sanften grauen Augen zu erinnern, ihre Schönheit im Schein des Kaminfeuers, wenn die Flammen ihr langes blondes Haar aufleuchten ließen. Aber die Erinnerung blieb unscharf, die grauen Augen wurden zu einem hellen, lachenden Grün, das Haar wurde dunkler und nahm die Farbe der welkenden Blätter unter dem Fenster an.

Er stöhnte und vergrub sein Gesicht in den Händen. Eine Nacht voller Lust, und schon war er verloren. Er hatte die Erinnerung an Martha verraten, weil er einer unverzeihlichen Schwäche nachgegeben hatte. Einem Begehren, das er im Griff zu haben glaubte.

Ich bin schließlich auch nur ein Mann, dachte er plötzlich zornig. *Nicht besser als alle anderen.* Wohl kaum das Vorbild an Vollkommenheit, das er hatte sein wollen. Und vielleicht hatte Gott ihm Prudence geschickt, um ihm zu zeigen, wie besessen er in seinem arroganten Stolz war.

Nun, er konnte jetzt ja den Rest seines Lebens dafür büßen. Je eher er Prudence aus seinen Gedanken verbannte, desto glücklicher würde er sein. Vergraben in der schweigenden Stille der Berge und Wälder würde er sich nur noch dem Gedanken an Martha widmen, und sich wieder daran erinnern, daß sie im Leben wie im Tod seine einzige Seelengefährtin war. Und wenn sein Fleisch gelegentlich schwach wurde und er das Bedürfnis hatte, sich an dem warmen, weichen Körper einer Frau zu befriedigen, so würde das nur dazu dienen, ihm seinen Dünkel klarzumachen. Eine Erinnerung daran, daß auch er nur ein Mensch war. Martha, die ihn von oben beobachtete, würde das sicher verstehen und ihm verzeihen.

Was Prudence anging, so war er sie wahrscheinlich endgültig los, und das war für seinen Stolz auch besser so. Er zuckte immer noch innerlich zusammen, wenn er daran dachte, wie hilflos er in jener Nacht geweint hatte. Gott sei Dank hatte sie nicht darüber geredet – eine weitere Schwäche, die ihn vor Scham erglühen ließ. Er hatte sich und seine Männlichkeit gedemütigt, und wenn sie noch länger zusammengewesen wären, hätte ihre Anwesenheit ihn ständig daran erinnert. Trotzdem mußte er zugeben, daß es ihm geholfen hatte, seinen Kummer loszuwerden; er schlief mittlerweile besser, als er das jemals im letzten Jahr getan hatte.

Unruhig stand er auf, legte ein weiteres Holzscheit aufs Feuer und schenkte sich ein kleines Glas Madeira ein. Plötzlich fühlte er sich neu entschlossen, seine Gedanken waren klar und bestimmt. Die Versuchung durch eine Frau wie Prudence hatte seine Seele geläutert und ihn hoffentlich stärker gemacht.

Morgen würde er nach Shields Tavern fahren. Dort lebte ein alter Trapper, der ihm die ganze Woche über von einer verlassenen Hütte in den Shenandoah-Bergen erzählt hatte. Wenn es ihm gelänge, sie ausfindig zu machen, würde er keine neue bauen müssen. Er und Wedge könnten sie reparieren, lange bevor der erste Schnee fiel.

Er starrte in das knisternde Feuer. Sogar die Farbe der Flammen erinnerte ihn an Prudences Haare. Auf dem Schiff hatte sie ihre Haare mit Regenwasser gewaschen und mit der Seife, die auch er benutzte. Aber ihr Haar hatte immer wie Sonnenschein geduftet, selbst in der stickigen Kajüte. Wie oft hatte er im Schlaf den süßen Duft eingeatmet!

Nein! dachte er. *Ich werde verrückt, wenn das so weitergeht!* Das war der Weg zu der geheimen Hölle, in der auch Wedge lebte. Es war ein für allemal an der Zeit, sie zu vergessen. Wahrscheinlich schlief sie mittlerweile in den Armen ihres Liebsten, bog ihren weichen Körper seinen Liebkosungen entgegen und erwiderte seine glühenden Küsse … Sagte ihm, daß sie ihn liebte.

Er griff wieder zu seinem Buch, entschlossen, das Kapitel zu Ende zu lesen, bevor er sich ins Bett legen wollte.

Ein Geräusch am anderen Ende des Wohnzimmers ließ ihn aufschrecken. Prudence stand auf der Schwelle. Sie zitterte, und ihr windzerzaustes Haar hing aufgelöst um ihr Gesicht. Ihre Augen waren groß und dunkel; selbst aus dieser Entfernung konnte er sehen, daß ihre Wangen tränenüberströmt waren. Sie schloß die Tür und lehnte sich schwankend an den Türrahmen.

»Ich wußte nicht, wo ich hingehen sollte«, flüsterte sie.

Er sprang auf und eilte zu ihr. »Allmächtiger! Was ist denn passiert?«

»Er …« Sie schniefte und wischte sich über die Augen. »Er ist weg. Zurück nach England.« Sie senkte den Kopf und begann zu weinen, heftige Schluchzer erschütterten ihren Körper.

»O mein armes Mädchen«, murmelte er und schloß sie schützend in die Arme.

15

Ross strich sanft über ihre zerzausten Locken. »Erzähl mir alles.«

Sie schüttelte den Kopf. Ihr Kummer überwältigte sie so, daß sie nicht sprechen konnte. Jamie war fort. Und sie würde ihr süßes Kind nie wiedersehen. Sie preßte ihr Gesicht an seine Brust und schluchzte ihr ganzes Elend heraus. »Ich ... ich weiß nicht, was ich getan hätte, wenn du ...«, brachte sie schließlich hervor.

»Törichtes Kind! Wir sind doch als Freunde auseinandergegangen. Wohin sonst solltest du gehen, wenn nicht zu einem Freund?« Er hielt sie fest, bis ihr Schluchzen nachließ. Es war der erste Trost, den sie seit Tagen empfangen hatte. Die lange, schreckliche Fahrt in der Kutsche zurück vom Potomac ... ihr brach das Herz, und sie mußte den Tränen gewaltsam Einhalt gebieten.

Schließlich hob sie den Kopf und seufzte traurig. »Ich habe deine Weste vollkommen durchnäßt.«

Er lächelte sie verständnisvoll an. »Das ist es mir wert. Erzähl mir, was passiert ist.«

Mit der Erinnerung kamen die Tränen erneut zurück. »Ich ... ich war nur noch ungefähr eine Tagesreise von seiner Plantage entfernt ... Wir hielten an einem Gasthaus, und ich fragte den Wirt nach dem richtigen Weg. Er sagte mir, daß Jamie ... O Gott! Er hatte die Plantage verkauft. Und war nach Hause zurückgekehrt.« Sie unterdrückte ein Schluchzen. »Er ist schon Ende Mai nach England zurückgesegelt! Falls er mich in meinem Heimatort gesucht hat, als er nach Hause kam, bin ich schon in London gewesen. Und keiner konnte ihm sagen, wo ich war!«

Sie begann wieder zu weinen. »Mein Leben ist zerstört«, klagte sie.

»Zerstört? Wo ist das sonnige Kind, das so helle Hoffnungen für die Zukunft hatte? Und das mich wegen meiner düsteren Stimmungen gescholten hat? Dein Leben ist keineswegs zerstört. Lediglich dein Glück ist ein bißchen aufgeschoben.«

»Ich habe keine Kraft mehr, um noch zu hoffen.«

»Dann bediene dich eine Zeitlang meiner. Komm, du bist ja ganz durchgefroren. Setz dich ans Feuer.«

Er zog seine Jacke aus und hing sie ihr um die Schultern, dann führte er sie zu einem Stuhl vor dem Kamin. Er kniete sich vor sie hin, schob ihr die Röcke bis zu den Knien hoch und zog ihr Schuhe und Strümpfe aus. »Deine Zehen sind ja eiskalt«, sagte er und rieb sie zwischen den Händen.

Sie lehnte sich zurück und schloß die Augen. Langsam wurde ihr Körper nach der Kälte in der Kutsche wieder warm, aber ihr Herz war immer noch wie zusammengepreßt unter dem Gewicht ihres Kummers.

»Wo ist dein Gepäck?« fragte er.

»Ich habe es unten gelassen.« Der Kutscher hatte sich geweigert, es für sie hinaufzutragen. Mit ihren letzten Münzen hatte sie ihn für die Kutschenfahrt zurück nach Williamsburg bezahlt – für ein Trinkgeld blieb ihr nichts mehr übrig, und ohne weitere Entschädigung wollte er ihr nicht zu Diensten sein.

»Ich hole es später. Hast du schon etwas gegessen?«

»Ich bin nicht hungrig.«

Er stand auf. »Ich habe etwas Brot und Käse. Und dann trinkst du ein Glas Madeira, damit dir warm wird.« Trotz ihres Protests bestand er darauf, daß sie aß und trank, wobei er ihr – als Arzt – versicherte, daß es ihr danach besser gehen würde. Dann nahm er das Wärmebecken, füllte es mit glühenden Kohlen und ging zur Schlafzimmertür. »Du brauchst eine Nacht Ruhe, um dich zu erholen. Iß jetzt, ich wärme unterdessen das Bett an.« Damit verschwand er im angrenzenden Zimmer.

Er hatte natürlich recht. Noch während sie aß, spürte sie ihren Hunger, spürte, wie das Entsetzen, das sie in den vergangenen Tagen ergriffen hatte, langsam nachließ. Die Zukunft kam ihr auf einmal nicht mehr ganz so düster vor. Irgendwie würde sie Jamie wiederfinden. Er hatte von einem Haus in London gesprochen. Sie wußte zwar nicht, wo es war, aber sie kannte ja den Landsitz in

Berkshire, schließlich hatte sie zahlreiche verzweifelte Briefe an diese Adresse gerichtet.

Ross kam ins Wohnzimmer zurück. »Komm, jetzt sind die Laken warm.«

Er zog sie hoch und begann, mit dem sicheren Griff des Arztes an den Bändern ihres Kleides herumzunesteln. Sie ergab sich seiner zärtlichen Pflege, fühlte sich getröstet und beschützt wie ein Kind, das in der Güte der Eltern Trost findet.

Kleid und Unterrock fielen zu Boden, und er widmete sich der Verschnürung ihres Korsetts. Sie blickte auf ihren Busen hinunter; seine Hände waren langsamer geworden und zitterten. Er nahm das Korsett ab, und seine Hand berührte zärtlich ihre Brust durch das Hemd.

Sie erschauerte bei seiner Berührung. Und als seine Hand nach oben auf ihre bloße Haut über dem Hemd glitt, ließ sie es geschehen. Er streichelte ihren Nacken entlang, ließ seine Finger einen Augenblick lang in ihrer Halsgrube verweilen und zeichnete dann den Bogen ihres Schlüsselbeins bis zur Schulter nach.

Ihre Blicke trafen sich. Seine Augen waren voller Verlangen, und er atmete heftig. Zuerst zögerte er, doch dann küßte er ganz leicht ihre Schulter.

Sie stöhnte leise und ließ den Kopf zurücksinken; ihr Körper schmerzte auf einmal in einem hungrigen Begehren, das sie selbst überraschte. Wie süß doch seine Liebkosungen waren. Sie konnte sich einreden, daß er sie liebte, selbst wenn er sie in Wahrheit nur körperlich begehrte. Impulsiv ergriff sie seine Hand und legte sie auf ihre Brust.

Ermutigt von ihrem scheinbaren Nachgeben strich er mit geschlossenen Lippen leicht über ihren Mund. Als sie seinen Kuß erwiderte, schlang er die Arme fest um sie und drängte mit seiner Zunge in ihren Mund. Seine Hände glitten über ihren Rücken bis zu ihrem Po und preßten ihren Unterleib an seine Lenden. Sie seufzte und legte ihm die Arme um den Hals. Nie würde sie seiner Küsse überdrüssig werden.

Er küßte sie ausgiebig, und seine fordernde Zunge entfachte ihre Sinne, seine warmen Hände ließen ihren Körper in sehnsüchtiger Hitze erbeben. Schließlich löste er ihre Hände von seinem Nacken, trat einen Schritt zurück und zog an den Bändern ihres Hemdes.

Er streifte es von ihren Schultern, wobei er immer wieder innehielt, um ihr nacktes Fleisch zu küssen und sie zu streicheln – weiche, sinnliche Liebkosungen, mit denen er jeden Teil ihres Körpers erkundete und die sie erschauern ließen. Dann sank er auf die Knie und legte die Hände auf ihre Hüften. Sein brennender Mund berührte ihren Bauch und glitt dann tiefer zu den Löckchen darunter. Er zupfte spielerisch an den Haaren, bis sie vor Lust aufschrie.

Abrupt stand er wieder auf und hob sie hoch. Er trug sie ins andere Zimmer und legte sie dort aufs Bett. Der Raum war dämmerig und wurde nur von einer einzigen Kerze erhellt. Die Zärtlichkeit, mit der er sie berührte, die Wärme, die von ihm ausging, vermittelte ihr ein Gefühl inniger Geborgenheit.

Er zog die Schuhe aus und legte sich neben sie. Mit kundigen Fingern liebkoste er ihre Brüste, rieb so lange an ihren Brustwarzen, bis sie sich stöhnend hin und her warf. Seine Hand glitt ihren Körper entlang, streichelte ihre Lenden und teilte sanft ihre Beine. Schnell fand er ihre empfindliche Stelle, die er mit einer solchen Intensität umkreiste, daß sie vor Lust und schmerzhaftem Begehren fast verrückt wurde.

Nur kurz zögerte sie schüchtern, dann legte sie ihre Hand auf seine Hose. Seine Härte machte ihr keine Angst, nein, sie freute sich, da sie nun wußte, daß er sie genauso begehrte wie sie ihn.

Bei ihrer kühnen Liebkosung zuckte er zusammen, dann sprang er auf und zog sich mit hastigen, ungeduldigen Bewegungen aus. Sie beobachtete ihn mit halbgeschlossenen Augen, während sie in einem Nebel gestillten und zugleich erwartungsvollen Verlangens dahintrieb. Er hatte einen prachtvollen Körper. Die Kraft seiner breiten Schultern entzückte sie, und der Anblick seiner erregten Männlichkeit ließ sie den Atem anhalten – ja, sie sehnte sich danach, ihn in sich zu spüren.

Flehend streckte sie ihm ihre Arme entgegen und seufzte, als er sich auf sie legte. Sein harter Brustkorb preßte sich an ihre Brüste, und die Wärme des engen körperlichen Kontakts steigerte nur das wahnsinnige Klopfen ihres Herzens.

»Laß mich zu dir, süße Prudence«, sagte er rauh.

Sie spreizte ihre Beine weit, um ihn zu empfangen. Sanft und weich glitt er in sie hinein, eine süße Besitznahme, die sie zugleich beruhigte und erregte. Und dann begann er, sich so langsam und vorsichtig in ihr zu bewegen, daß sie mit jedem Moment größere Lust empfand.

Erst gegen Ende, als seine Leidenschaft ihn überwältigte, wurden seine Stöße hart und fordernd. Sie keuchte vor Ekstase, ihr Körper bebte, und sie spürte, wie die Hitze in ihr hochstieg. Und dann löste sich die Spannung in Zukkungen, die sie zu überschwemmen schienen wie eine große Welle, die an die Küste schlägt. Im gleichen Augenblick schrie auch er auf, und sein Körper zuckte in den Krämpfen seiner Lust.

Er sank auf ihr zusammen und barg seinen Kopf an ihrem Hals. »Ich hatte ganz vergessen, wie süß der Körper einer Frau sein kann«, sagte er. Seine Stimme bebte.

Sie seufzte. Und sie hatte nicht gewußt, daß der Körper eines Mannes solche Lust bringen konnte. Zum erstenmal überlegte sie, ob das die Lust war, die Betsy zum Leben brauchte.

Endlich bewegte er sich wieder, obwohl er sich anscheinend nur zögernd von ihr lösen wollte. »Schlaf jetzt«, sagte er. »Morgen werden wir uns überlegen, wie es weitergehen soll.« Er zog die Decken über sie beide, nahm sie in den Arm und schloß die Augen. Sein Körper war warm, und die Haare auf seiner Brust kitzelten ihre Wange.

»Ross?« flüsterte sie.

Er öffnete die Augen. »Sei ganz ruhig, Prudence. Wir finden deinen Lord Jamie schon.«

Sie zog seinen Kopf zu sich heran und küßte ihn leicht auf den Mund. »Danke«, murmelte sie.

Aber als sie einschlief, fragte sie sich noch, ob ihr Dank seiner Freundschaft und seinem Verständnis galt oder der sündigen Lust, die sie empfunden hatte.

Sie erwachte allein im Bett. Die Sonne schien durch das Fenster, und sie hatte Marthas Ring am Finger.

Die Stirn runzelnd, drehte sie den goldenen Reif hin und her. Warum hatte Ross das wohl getan? War es einfacher für ihn, mit ihr zu schlafen, wenn er sich einredete, sie sei Martha? Der Gedanke beunruhigte sie mehr, als sie sich eingestehen wollte.

Seufzend setzte sie sich auf, begann dann aber zu kichern. Als ob es keine Unterbrechung in ihrer Routine gegeben hätte, war Ross bereits tätig gewesen und hatte ihr Frühstück auf einem kleinen Tisch neben dem Bett bereitgestellt. Kuchen und eine Kanne Tee. Sie empfand auf einmal gierigen Hunger; nach dem Essen auf dem Schiff kam ihr selbst ein so einfaches Frühstück wie ein Festmahl vor.

Sie wickelte die Decke um sich, setzte sich auf den Stuhl neben dem Tisch und goß sich eine Tasse Tee ein. Gerade schlang sie das letzte Stück Kuchen, dick mit Butter bestrichen, herunter, als sie im Wohnzimmer nebenan den Klang von Toby Wedges Flöte hörte. Es klopfte leise an die Tür, dann trat Ross ein, zog seinen Mantel aus und warf seinen Hut auf einen Tisch.

»Heute morgen ist schon richtig Herbst in Gloucestershire. Wir werden dir einen Mantel kaufen müssen.« Er lächelte. »Und Kämme, denke ich. Allerdings hat Wedge beschlossen, dir welche zu schnitzen, sobald seine Finger verheilt sind. Aber das darf ich dir eigentlich nicht sagen.«

Sie blickte ihn an, suchte nach einem Zeichen der Liebe, des Erinnerns an die letzte Nacht, sah jedoch nichts als freundliche Gleichmut und eine gewisse Distanz. Sie biß sich auf die Lippe. Liebende bei Nacht, aber tagsüber gleichgültige Freunde? Sie hob die Hand und wies auf den Ring. »Warum hast du ihn mir wiedergegeben?«

»Weil, mein liebes Kind, Mr. und Mrs. Manning in vierzehn Tagen auf einem Handelsschiff nach London segeln werden. In der Zwischenzeit wäre es wohl kaum schicklich für uns, die gleichen Räume zu teilen, wenn wir nicht Mann und Frau sind.«

Sie begann zu zittern. »Nach … nach London?«

»Fällt dir ein anderer Weg ein, um deinen geliebten Lord Jamie zu finden?«

»Aber … die Kosten! Bist du so reich?«

»Keineswegs. Aber ich habe genug. Komm, zieh dich an. Wir müssen einkaufen gehen.«

Sie sperrte den Mund auf. »Einkaufen?« wiederholte sie.

»Mrs. Manning kann wohl kaum in diesen schäbigen Kleidern in der Hauptstadt Virginias herumlaufen. Oder ihren gesellschaftlichen Verpflichtungen nachkommen. Kannst du tanzen?«

Sie war beinahe sprachlos. »Ein bißchen«, murmelte sie.

»Gut. Ich habe vor ein paar Tagen ein Mitglied des Stadtrats kennengelernt. Er war so freundlich, mich zu dem Ball zu Ehren der Saisoneröffnung einzuladen. Damals habe ich abgelehnt. Aber da du jetzt da bist …«

Ihre Gefühle drohten sie zu überwältigen. »Warum bist du so gut zu mir?«

Er blickte sie überrascht an. »Ich? Du bist gut und freundlich. Und großzügig«, fügte er hinzu.

Großzügig? dachte sie entsetzt. Wahrscheinlich, weil sie ihm ihren Körper schenkte. Das meinte er damit. Ihr Herz tat weh vor Enttäuschung. Zum erstenmal schämte sie sich ihres leichtsinnigen Verhaltens und zog die Decke fester um ihren nackten Körper. »Du hattest ein Recht auf das, was letzte Nacht geschah«, sagte sie steif. »Nach allem, was du für mich getan hast.«

Er runzelte finster die Stirn. »Und *dir* hat es keine Freude gemacht?«

»Doch, natürlich!« Die Worte entschlüpften ihr, bevor sie darüber nachdenken konnte. Sie senkte den Kopf, und heiße Röte schoß ihr in die Wangen.

Er lachte zynisch. »Du bist immer noch zu unschuldig, meine liebe Prudence. Du hast noch nicht gelernt, dich zu verstellen, wie es die meisten Frauen tun.«

Sie schlug die Hände vor die Augen, damit er ihre Tränen nicht sah. Sie kam sich vor wie eine Hure.

»Verdammt«, grollte er, »ich will dich nicht mehr um deinen Jamie weinen sehen. Ich werde dich seiner zärtlichen Fürsorge übergeben, aber ich habe nicht vor, deine Tränen zu ertragen. Es ist töricht, der Vergangenheit nachzuweinen.« Sein Gesicht verzog sich in plötzlichem Schmerz, und mit hängenden Schultern drehte er sich abrupt um. »Wir können können nichts ungeschehen machen.«

Sie starrte ihn an. Er dachte nicht an *ihre* Tränen. Es tat ihm leid um seine eigenen. Und er dachte an Martha.

Die ganze Zeit über, fiel ihr schuldbewußt ein, war ihr nicht in den Sinn gekommen, daß er sich danach sehnte, allein zu sein, um in Frieden trauern zu können. »Und was ist mit deinen Plänen?« fragte sie, wobei sich ihr Herz vor Mitgefühl zusammenzog. »Mit deiner Hütte in den Bergen?«

»Sie wird noch da sein, wenn ich wieder zurück bin.« Er drehte sich um. Sein Gesicht war wieder unbewegt. »Und nun zieh dich an, bevor Wedges Pfeiferei mich noch wahnsinnig macht.«

»Oh, ich kann mich nicht entscheiden!« Prudence strich über das blaßapricotfarbene Satinkleid, runzelte die Stirn und hielt die Röcke aus lavendelfarbener Seide hoch.

Ross lehnte sich in seinem Stuhl zurück und lächelte. »Du nimmst natürlich beide. Das apricotfarbene wirst du zum Ball tragen.« Er wandte sich an die dabeistehende Schneiderin, eine langnasige Frau mit hochmütiger Miene. »Wenn der Korsettmacher die Korsetts geschickt hat, die er für Mrs. Manning anfertigt, passen Sie die Kleider darauf an. Und da das apricotfarbene Kleid auf einem Ball getragen werden soll, möchte ich noch ein zweites, silberbesticktes Mieder. Und einen größeren Reifrock.«

Prudence sah ihn überrascht an. Es wirkte seltsam bei einem einfachen Arzt, daß er sich so in der weiblichen

Mode auskannte. »Bist du Fachmann für Frauenkleidung?«

Er zuckte mit den Schultern. »Ich habe eben den Blick eines Möchtegern-Künstlers.« Er stand auf und griff nach seinem Dreispitz, wobei er der Schneiderin stolz zunickte.

Sie gab ihre hochmütige Pose auf und knickste ehrerbietig. »Alles wird so geschehen, wie Sie es wünschen, Sir. Sie sind mir jederzeit willkommen. Und Ihre Gattin ebenfalls.«

»In zwei Tagen«, befahl er, »erwarte ich Sie oder Ihre Angestellten mit den Kleidern in der Raleigh Tavern.« Dann drehte er sich um und reichte Prudence seinen Arm. »Komm, meine Liebe.«

Sie kam sich vor wie eine Prinzessin, als er sie aus der Tür führte. Den ganzen Tag hatten sie in der Duke of Gloucester Street verbracht, sich durch die Menge gedrängt und waren vor jedem Geschäft stehengeblieben, in dem Ross etwas aufgefallen war. Er hatte ihr Schuhe gekauft, ein Schultertuch aus Spitze, einen Mantel, ein paar Schildpattkämme für ihre Haare, mengenweise feines Leinen – Hemden, Strümpfe und Brusttücher. Sogar einen geschnitzten, bemalten Fächer für den Ball. Sie war mittlerweile an seine Selbstsicherheit gewöhnt, aber er hatte sie dennoch erstaunt. Jedes Geschäft hatte er betreten wie ein Mann, der nur den allerbesten Dienst am Kunden erwartete. Und er hatte ihn auch bekommen. Aber die Ausgaben …!

»Ich brauchte nicht beide Kleider«, sagte sie. »Ich habe doch schon mehr als genug mit dem geblümten Baumwollkleid, das wir heute morgen gekauft haben.«

»Das lag wieder an meinem Künstlerblick. Ich konnte mich nicht entscheiden, welche Farbe dir mehr schmeichelt.«

»Das ist wohl kaum ein Grund, um …«

Er schnitt ihr das Wort ab. »Genug. Wedge sieht unruhig aus.« Er wies auf Toby Wedge, der auf dem Rand eines Pferdetrogs saß und stirnrunzelnd mit sich selbst redete. »Nun, Toby, bist du bereit zum Abendessen?«

»Du bist sehr geduldig gewesen«, fügte Prudence hinzu. Wedge hatte darauf bestanden, den Tag mit ihnen zusammen zu verbringen, und war wie ein treues Hündchen hinter ihnen hergelaufen. Lächelnd hatte er auf seiner Flöte geblasen und über gute und böse Omen vor sich hingebrabbelt. Zwischendurch hatte er immer wieder glücklich aufgelacht wie ein Kind. Aber jetzt war sein Lächeln verschwunden. »Was bedrückt dich, Toby?« fragte sie besorgt.

Er zog die Schultern ein und blickte die Straße entlang. »Er ist hier. Beobachtet mich.«

»Wer beobachtet dich?«

»Der Käpt'n, Lady.«

Ross schüttelte den Kopf. »Er ist nicht hier.«

»Aye, ist er doch! Wartet nur darauf, den armen Toby zu fangen!«

Ross verdrehte die Augen. »Allmächtiger, ich sage dir doch, der Mann ist nicht hier. Du bist sicher vor ihm.«

»Woher weißt du das so genau?« fragte Prudence.

»Ich habe vor ein paar Tagen Lieutenant Elliot getroffen, und er hat mir gesagt, daß Hackett Freunde in Norfolk besucht, während die *Chichester* im Hafen liegt.«

Wedge starrte bereits wieder abwesend vor sich hin und war in seiner eigenen Welt verloren. »Mit Wörtern alleine kauft man keinen Hafer.«

Ross tätschelte seine weißen Haare. »Ja, ja, natürlich. Komm jetzt, dann kaufe ich dir was zu essen.«

Sie schlenderten die Straße entlang und sahen zu, wie die Sonne hinter dem roten Ziegelgebäude des College of William and Mary unterging. Ross schien keine Eile zu haben, von Zeit zu Zeit blieb er stehen und wies sie auf den prächtigen Gouverneurspalast, eine hübsche Straße oder einen gepflegten Garten vor einem ordentlichen, schindelgedeckten Häuschen hin.

»Es ist eine hübsche Stadt«, sagte er. »Man hat mir gesagt, daß hier fast zweihundert Familien leben. Ich frage mich, warum nicht mehr arme Teufel aus London in diesem Land ihr Glück versuchen.«

»Bist du schon einmal hier gewesen?«

»Nein. Aber ich hatte nach meiner Ankunft ein wenig freie Zeit. Toby und ich sind wie heimatlose Gesellen durch die Straßen gewandert.«

Die Erwähnung seines Namens schien Wedge, der hinter ihnen hermarschierte, zu erheitern. »Wer immer eilt, hat nichts zu verlieren«, sagte er fröhlich.

Ross seufzte. »Aye, Wedge. In deinem verwirrten Hirn ist manchmal mehr Wahrheit, als du dir vorstellen kannst.«

Als es dunkel wurde, fanden sie ein ruhiges Gasthaus auf der Prince George Street mit einem gemütlichen Tisch in einer von Kerzenlicht erhellten Nische. Wedge aß sein Abendessen vor dem Herd und brabbelte vor sich hin, bis die Katze des Gastwirts kam und sich auf seinen Schoß legte. Er grinste glücklich und fütterte das Tier von seinem Teller.

Prudence blickte auf ihre Mahlzeit. Gebratene Gans mit Austernsauce, das teuerste Gericht auf der Karte. Und Ross hatte es ohne Zögern für sie bestellt. *Er muß ein sehr erfolgreicher Arzt gewesen sein,* dachte sie. Nur an das Beste gewöhnt, bevor er sich entschlossen hatte, seinem Lebenswerk zu entsagen. Jamie hatte sich bei dem einzigen Mal, wo er Prudence in einem abgelegenen Gasthaus zum Essen eingeladen hatte, trotz seines Adelstitels mit einem gewöhnlichen Stück Fleisch begnügt.

Ross blickte zu Toby Wedge hinüber. »Er ist ein guter Mann. Hat einen starken Rücken und wird mir eine großartige Hilfe sein in der Wildnis.«

»Aber du wolltest doch eigentlich alleine sein.«

»Das bin ich trotzdem. Der arme Teufel. Er hat sowieso nur noch selten klare Momente.«

»Und du wirst zufrieden sein?«

Seine Miene war kühl und distanziert. »Warum nicht? Ich erwarte nicht mehr viel vom Leben.«

»Aber du bist doch ein so guter Arzt! Wie kannst du das so einfach aufgeben?«

Er zögerte und suchte offensichtlich nach Worten. »Ich

gebe zu, das wird mir schwerfallen. Aber der Frieden, den ich finden werde, ist es mir wert.«

Sie konnte eine so düstere Einstellung kaum begreifen. »Dann könntest du genausogut tot sein!« rief sie aus.

Er lachte zynisch auf. »Der Gedanke ist mir im vergangenen Jahr schon mehr als einmal gekommen. Ich bezweifle allerdings, daß du das verstehst – du mit deinem heiteren Glauben an die Menschheit.«

»Warum mußt du ständig über andere urteilen? Bist du so vollkommen? Vergib deinem Vater und geh zurück in deine Praxis, wo du hingehörst.«

Er schlug mit der flachen Hand auf den Tisch und blickte sie finster an. »Wenn du noch einmal meinen Vater erwähnst, das schwöre ich dir, dann schlage ich dich!«

Sie schluckte und senkte den Blick. Es war unmöglich, sie konnte nicht zu ihm durchdringen. Er würde den Rest seines Lebens vom Haß verzehrt werden. Niedergeschlagen beugte sie sich über ihr Essen und hoffte, daß ihr Schweigen seinen Zorn besänftigen würde. Sie hatte kein Interesse daran, einen so wunderschönen Tag so bitter enden zu lassen. Schweigend aß sie, doch das Essen schmeckte ihr nicht mehr.

Schließlich wagte sie es, wieder zu sprechen. »Du warst heute sehr nett zu mir. Ich danke dir für all die schönen Sachen.«

Er räusperte sich, sagte aber nichts.

Sie versuchte es noch einmal. »Werde ich auf dem Ball den Gouverneur kennenlernen?«

Jetzt brachte er ein kleines Lächeln zustande. »Nein. Man hat mir gesagt, Gouverneur Sir William Gooch ist letzten Herbst nach England zurückgekehrt, wegen seiner Gesundheit.«

Enttäuscht blickte sie ihn an. »Dann gehen wir zum Tanzen nicht in diesen prächtigen Palast?«

»Leider nein. Bis zu seiner Rückkehr bleibt er geschlossen. Aber den Ball gibt er im Apollo-Saal im Raleigh, wo die elegantesten Veranstaltungen stattfinden. Und du wirst Seine Exzellenz, Mr. Thomas Lee, den Ratspräsidenten von Virginia, kennenlernen, der in Abwesenheit von Sir William dem Ball vorsteht. Und die Auswahl der Gäste wird großartig sein.«

Sie konnte kaum ihre wachsende Erregung beherrschen. Prudence Allbright, die Tochter eines Schulmeisters, auf einem großen Ball! Heute morgen, als Ross ihr davon erzählt hatte, war ihr alles so unwirklich vorgekommen. Aber jetzt, wo sie all die herrlichen neuen Dinge besaß, begann sie langsam die wunderbare Wirklichkeit zu begreifen. »Ich kann es kaum erwarten! Wann ist es soweit?«

Er schüttelte in gespielter Mißbilligung den Kopf, aber seine Mundwinkel zuckten. »Törichtes Kind! Du mußt deine Ungeduld bezwingen. Er findet erst am zwölften statt. An dem Abend, bevor wir nach England segeln.«

Sie seufzte. »Erst in zwei Wochen?«

»Glücklicherweise gibt es hier beinahe so gute Theater wie in London. Ich werde dich schon bei Laune halten.« Spöttisch zog er eine Augenbraue hoch. »Und natürlich gibt es hier auch viele Geschäfte. Ich kenne keine Frau, die nicht der Meinung wäre, daß sie immer noch irgendeinen Tand bräuchte, ohne den sie nicht leben kann.«

Sie errötete. Tatsächlich hatte sie ein Paar elegante Handschuhe gesehen, hatte sich aber nicht getraut, ihn darum zu bitten. Nicht nach all seiner Großzügigkeit. Und er hatte schon soviel Geld für sie ausgegeben. Offensichtlich jedoch war er bereit, noch mehr für sie zu tun. »Nun, da gab's ein Paar …«, begann sie.

In der anderen Ecke des Raumes stieß Toby einen Schrei aus. »Ein schlechtes Omen. Ein schlechtes Omen!« Entsetzt starrte er auf die Katze, die aus seinem Arm auf den Tisch gesprungen war und jetzt die Reste seines Essens vom Teller leckte.

Ross wandte sich ihm ungeduldig zu. »Was ist los, Toby?«

Wedge kam kopfschüttelnd auf sie zugeschlurft. »Das ist ein schlechtes Omen, wenn eine Katze auf den Tisch springt. Ich schwör's Ihnen!« Er zitterte vor Entsetzen.

Ross seufzte und wandte sich an Prudence. »Wir werden gehen müssen, bevor sie den Nachtisch bringen.« Er blickte auf ihren fast leeren Teller. »Bist du fertig?«

Sie legte Messer und Gabel nieder und schob ihren Teller weg. »Ja, natürlich. Je eher wir Toby von der Katze wegbringen, desto besser für den armen Kerl.«

»Wir gehen zurück zur Raleigh Tavern und lassen uns den Nachtisch aufs Zimmer bringen. Und vielleicht noch einen Arrakpunsch. Es heißt, daß die Mischung, die der dortige Barkeeper zusammenbraut, die beste in den ganzen Kolonien sei.«

Er bezahlte die Rechnung, half Prudence in ihren neuen Mantel und führte sie, gefolgt von Wedge, auf die Straße.

Der Himmel war sternenklar, die kühle Luft roch nach welkenden Blättern. Sie raschelten unter ihren Füßen, als sie die Duke of Gloucester Street entlanggingen. Die Straße war mit Laternen beleuchtet, und aus den Fenstern der Häuser und Gasthöfe drang flackerndes Kerzenlicht.

Prudence atmete die Nachtluft tief ein und fühlte sich froh und gelassen. Wenn sie sich dessen gewiß gewesen wäre, daß Jamie und ihr Kind auf sie warteten, hätte sie sich für die Zwischenzeit keinen besseren Gefährten als Ross wünschen können.

Ross hielt eine vorbeifahrende Kutsche an, und sie fuhren in die Raleigh Tavern zurück. Sie brauchten länger als sonst, um Wedge, der angstvoll die Augen geschlossen hielt, die Treppe hochzuführen. Aber schließlich saßen sie gemütlich in Ross' Wohnzimmer, eine Kanne mit dampfendem Punsch vor sich. Sie nippten an dem starken Gebräu, naschten von den kandierten Walnüssen, die Mr. Wetherburn bereitgestellt hatte, und erinnerten sich lachend an ihre Abenteuer in den Geschäften.

Toby Wedge hielt sich abseits. Er saß vor dem Kamin und starrte in die knisternden Flammen. Kein Scherz heiterte ihn auf, keine fröhliche Neckerei brachte ihn aus seiner düsteren Stimmung. Die Katze auf dem Tisch war ein schlechtes Omen gewesen.

Ross seufzte und griff nach seinem Zeichenblock. Er sah Prudence an, die bequem in ihrem Ohrensessel saß, und schlug eine neue Seite in seinem Block auf. »Bleib so sitzen«, sagte er. »Ich möchte dich zeichnen.«

»Warte, ich hole mir nur rasch meine Näharbeit.«

»Nähen?« Er runzelte die Stirn. »Hier im Gasthaus gibt es Dienstboten, die das für dich tun können. Verdammt noch mal, ich möchte nicht, daß du wie eine Näherin arbeitest.«

»Ich dachte, du wärst nur auf dem Schiff ein Tyrann. Aber an Land … du meine Güte! Du solltest eine Krone tragen, so herrschsüchtig wie du bist!« Sie lachte leise, um ihren Worten die Schärfe zu nehmen.

Er blickte sie einen Moment finster an, lächelte dann aber auch. »Ich meinte nur, daß du nicht arbeiten mußt. Ich kann es mir leisten, deine Bedürfnisse zu bezahlen.«

»Mein *Bedürfnis* ist Näharbeit, um meine Finger beschäftigt zu halten. Nichts sonst. Das tun doch adlige Frauen auch. Außerdem habe ich gedacht, daß ich jetzt Lust zum Nähen habe.«

Er räusperte sich, seine voreiligen Worte waren ihm offensichtlich peinlich. »Ich gebe dir morgen früh Taschengeld«, murmelte er. »Dann kannst du dir kaufen, was du brauchst.«

Sie legte die Hände gefaltet in ihren Schoß und lächelte mutwillig. »Dann darfst du mich jetzt zeichnen. Ohne Näharbeit, da dies dein empfindsames Auge stört.«

»Unverschämtes Weibsbild«, grollte er und griff zu seinem Stift.

Der Schlagabtausch hatte sie leichtsinnig gemacht. Und ein bißchen ungezogen. »Du hast ja einen neuen Block«, sagte sie.

»Ja. Ich habe die Häuser an der Straße gezeichnet. Und den Gouverneurspalast.«

So unschuldig wie möglich fragte sie: »Und was ist mit deinem alten Block geschehen?«

Er hielt inne, blickte sie an, sah rasch wieder weg und räusperte sich erneut. »Das waren nicht meine besten Arbeiten«, sagte er schließlich. »Ich habe ihn weggeworfen.«

Lügner! dachte sie. Was auch immer er für sie empfand, in seinen Zeichnungen hatte zuviel Zärtlichkeit und Liebe gelegen, als daß er sie so einfach weggeworfen haben konnte. »Ich glaube nicht ...«, begann sie.

Er schnitt ihr das Wort ab, da ihm die Entwicklung des Gesprächs offensichtlich unangenehm war. »Sei still«, befahl er. »Ich kann dich nicht zeichnen, wenn du die ganze Zeit plapperst.«

Die nächste Stunde verbrachten sie in gemeinsamem Schweigen. Die einzigen Geräusche im Zimmer waren das Kratzen seines Stifts und das gelegentliche Murmeln Wedges, der vor sich hinbrabbelte, daß die Katze – ein schlechtes Omen – ganz sicher Hacketts Geist gewesen sei.

Prudence veränderte ihre Haltung nach Ross' Anweisungen und empfand es als seltsam sinnliche Erfahrung, von ihm gezeichnet zu werden – zu wissen, daß er sie so sorgfältig studierte, daß er mit seinen intensiven blauen Augen so prüfend ihr Gesicht und ihren Körper musterte.

Schließlich seufzte er, legte seinen Stift weg und rieb sich die Augen. »Genug. Ins Bett.« Er blickte zu Wedge. »Komm, Toby. Zeit zum Schlafengehen.«

Wedge drehte sich um, sein Gesicht vor Entsetzen verzerrt. »Ich *kann nicht!* Der Käpt'n ist bestimmt in meinem Zimmer. Die Katze hat's vorausgesagt.«

»Unsinn! Komm jetzt, wir gehen zusammen. Ich sehe unter dem Bett und hinter der Kommode nach. Und ich lasse dich nicht allein, bevor ich nicht genau weiß, daß du in Sicherheit bist.«

Während Ross den furchtsamen Wedge in sein kleines Schlafgemach brachte, wartete Prudence besorgt im Wohnzimmer. »Nun?« fragte sie, als Ross schließlich zurückkam.

»Ich habe ihn warm eingepackt. Aber er möchte, daß die kleine Lerche ihm ein Lied vorsingt, bevor er einschläft.«

Prudence ging auf Zehenspitzen in Tobys kleines Zimmer. Er lag im Bett – die Decke bis zum Kinn hochgezogen, sein schwerer Körper zitterte, und sein angsterfüllter Blick huschte durch den Raum. Sie kniete sich neben ihn, streichelte ihm über die Stirn und begann zu singen. Ein sanftes Wiegenlied, das ihre Mutter ihr oft vorgesungen hatte.

Nach einer Weile ließ sein Zittern nach, und er schloß die Augen. Wie ein unschuldiges Kind glitt er in den Schlaf hinüber. Prudence küßte ihn zärtlich auf die Wange, blies die Kerze aus und überließ ihn seinen wirren Träumen.

Das Wohnzimmer war leer. Die Kerzen waren gelöscht und das Kaminfeuer heruntergebrannt. Sie durchquerte den Raum und betrat das Schlafzimmer.

Im schwachen Schein des Kaminfeuers konnte sie Ross gerade noch erkennen. Er saß im Bett, bis zur Taille in die Decke gehüllt. Seine breite Brust war nackt, die bloße Haut schimmerte golden im Feuerschein. Das Hemd lag ordentlich gefaltet auf dem Stuhl. Die Decke auf Prudences Seite des Bettes war einladend zurückgeschlagen.

Ross klopfte auf die Matratze neben sich und sah sie an. Sein Gesicht war ausdruckslos. Sie stand bewegungslos auf der Schwelle, und ihr Herz begann heftig zu schlagen.

Er klopfte wieder auf das Bett, diesmal ein bißchen ungeduldiger. »Komm ins Bett, schnell«, brummte er.

Prudence zögerte; ihre Überraschung kämpfte mit ihrer wachsenden Erregung. Sein verführerischer Körper, seine Augen, der Klang seiner Stimme – so sicher in ihrem Befehlston – erregten sie. Letzte Nacht hatte sie sinnliches Entzücken empfunden. Hatte das nur an ihren angestauten Gefühlen gelegen? Sie sehnte sich danach, zu erfahren, ob er sie wieder zu solchen Höhen der Lust bringen konnte.

Und doch, fragte sie sich, wie hatte es dazu kommen können? Er machte es sich ein wenig einfach, wenn er davon ausging, daß ihre Anwesenheit in seinem Zimmer gleichzeitig auch ihre Anwesenheit in seinem Bett bedeutete. Von einem Mann, der die Zärtlichkeit einer Frau ablehnte, war er zu einem Mann geworden, der von der Frau Unterwerfung forderte. Sie schürzte die Lippen und runzelte die Stirn. »Habe ich eine Wahl bei diesem … Schlafarrangement?«

Sie wappnete sich gegen seine Einwände, gegen seine bestimmenden Vorhaltungen, unter denen ihr Widerstand zusammenbrechen würde. Mehr als einmal hatte sie seinem beherrschenden Verhalten nachgegeben, seinen Wünschen entsprochen, genauso wie sie es bei Großpapa getan hatte.

Statt Zorn jedoch zeigte sein Gesicht Überraschung. »Eine Wahl? Natürlich hast du sie, du bist ja schließlich kein Kind mehr.«

»Danke«, entgegnete sie spitz. Wenigstens das räumte er ihr ein.

Seine Miene wirkte leicht besorgt. »Gefällt es dir nicht, mit mir zu schlafen?«

Sie zögerte. »Doch.«

»Und empfindest du Befriedigung bei meinen Umarmungen?«

Sie wurde bereits schwankend. »J-ja.«

Er streckte seine Hand aus. »Dann komm.«

Zögernd trat sie auf das Bett zu. Er ergriff ihre Hand und fuhr mit seinen langen Fingern jeden einzelnen ihrer Finger bis zum Knöchel nach. Seine Berührung war so leicht wie der Hauch einer Aprilbrise. Sie erschauerte und stellte sich diese sinnliche Berührung auf ihrem Körper vor. Dann drehte er ihre Handfläche nach oben und drückte einen sanften Kuß darauf. »Deine Hand ist genauso süß wie deine Lippen. Süß wie dein Charakter. Du mußt ein entzückendes Kind gewesen sein.«

Sie kaute auf ihrer Unterlippe. »Nein. Ich war ein Teufelsbraten.«

Er lachte leise. »Das glaube ich nicht«, sagte er. »Ich freue mich an dir. An deinem Benehmen … und an deinem Körper. Mehr, als ich mir je vorgestellt habe.«

Sie erbebte bei der Berührung seiner Finger, bei seinen zärtlichen Worten. »Ross, ich …«

Er lächelte, und sie war hilflos. Seine Grübchen machten sein Gesicht so jung. »Komm ins Bett«, flüsterte er.

Sie nickte und zog sich in die dunkelste Ecke des Zimmers zurück, um sich ihrer Kleider zu entledigen.

»Stell dich vor den Kamin, damit ich dich sehen kann«, sagte er. »Der Feuerschein läßt deine Haare wunderbar leuchten.«

Während sie sich auskleidete, hatte sie dasselbe Gefühl, das sie empfunden hatte, als er sie zeichnete – sie verspürte Erregung und ein wenig Angst; und sie war stolz, das Objekt seiner Bewunderung zu sein. *Oh Papa,* dachte sie, *wenn das Eitelkeit ist, warum ist es dann so wundervoll? So richtig und natürlich?* Sogar als sie nackt war, blieb sie noch ein wenig am Kamin stehen und genoß seine Blicke auf ihrem Körper.

Als er sie jedoch darum bat, trat sie zum Bett und legte sich neben ihn. Sie griff nach den Laken, um sich zuzudecken.

»Nein«, sagte er und hielt ihre Hände fest. Er drückte sie zurück aufs Kissen und fuhr sanft mit den Fingern durch ihre Haare, bis ihre Locken wie ein Heiligenschein um sie ausgebreitet lagen. Mit den Fingerspitzen fuhr er die Linie ihrer Augenbrauen nach, strich leicht über ihren Nasenrücken und streichelte ihre zitternden Lippen, als ob der Künstler in ihm ihr Gesicht durch Berührung erfassen wolle. Seine Hände glitten zu ihren Brüsten und umfaßten sie. »So sollte ich dich zeichnen«, murmelte er. »Du bist vollendet schön.«

Sie seufzte erschauernd und schloß die Augen. Ihr Körper erglühte unter seinen Berührungen. Seine Hände griffen um ihre Taille, als wolle er Maß nehmen, vergruben sich in den Locken ihres Dreiecks, strichen über ihre Hüften und ihre bebenden Schenkel. Seine Hände glitten über ihre Schultern, ihre Arme und kreisten leicht und quälend über ihre Handflächen. Wellen der Lust überfluteten sie. Sie stöhnte leise und hoffte, daß seine magischen Hände ihre Reise niemals beenden würden.

Aber ganz offensichtlich sehnte er sich danach, neues

Gebiet zu erforschen. Er drehte sie sanft auf den Bauch und legte seine Handflächen auf ihren Po. Langsam glitten seine Hände nach oben, um ihre Schultern zu liebkosen, dann zeichnete er mit einem seiner Finger eine erregende Zickzacklinie ihre Wirbelsäule hinunter. Herausfordernd kratzte er an einer Stelle unter ihrem Schulterblatt. »Komische kleine Narbe. Und du bist auf einen Baum geklettert? Gegen den Willen deiner Eltern vermutlich.«

Sie nickte schweigend. Zu hingerissen, um zu sprechen, umfing sie das Kissen und drückte es an ihre Brust.

»Ungezogenes Gör«, schimpfte er. Sie spürte einen sanften Klaps auf ihrem Po, und dann umfaßten seine Hände ihre Hinterbacken und streichelten sie zärtlich. Sie wand sich in ungeduldigem Verlangen und fragte sich, wieviel mehr dieser köstlichen Qualen sie noch ertragen konnte.

Seine Finger glitten tief zwischen ihre Schenkel und fanden ihre feuchte, pochende Stelle. Sie keuchte vor Lust, als sein Finger tief in sie eindrang. Ihr Körper brannte vor Leidenschaft. Ungeduldig entwand sie sich seiner Hand, drehte sich um und spreizte ihre Beine weit, um ihn zu empfangen. »Oh, ... bitte«, stöhnte sie.

Er lachte leise und hockte sich hin. »Ich wollte nur sichergehen, daß ich die richtige Wahl getroffen habe.«

»Du Schuft«, erwiderte sie. Sie kam sich angebetet und gedemütigt zugleich vor.

Im schwachen Schein des Kaminfeuers sah sie seinen muskulösen Körper an. Sein Glied war hart und groß. Sie dachte, er würde nun endlich in sie eindringen und sie von ihrem Sehnen befreien; statt dessen kniete er zögernd über ihr und wandte sich dann ab. Sein Gesicht hatte einen seltsamen Ausdruck angenommen.

»Ross?« Sie runzelte besorgt die Stirn und kniete sich ebenfalls hin.

Er blickte ihr tief in die Augen und seufzte dann – ein sehnsüchtiger, trauriger Laut, wie ein hungriger Mann, der um ein Stück Brot bettelt. Mit zitternden Fingern ergriff er ihre Hand und führte sie an seine Brust. »Berühr mich«, flüsterte er unsicher.

Ihr Herz krampfte sich zusammen. Plötzlich verstand sie ihn und hatte unendliches Mitleid mit ihm. *Wie allein wir doch auf der Welt sind,* dachte sie. Sie hatte eine vage Einsamkeit verspürt, seit Papa tot war. Ein unbekanntes und unnennbares Unbehagen. Eine Sehnsucht nach etwas, das sie nicht verstand.

Aber Ross ... Zwei Jahre lang hatte er seine Seele mit der täglichen Wärme einer Umarmung, sanft streichelnden Händen, der Berührung einer Frau, die ihn liebte, gelabt. Und seit ihrem Tod hatte er all dem entsagt; seit einem Jahr war sein Körper nicht mehr von der zärtlichen Hand einer Frau berührt worden.

Wieviele Nächte, fragte sie sich voller Mitleid, hatte er in seinem leeren Bett gelegen, sich einsam und verlassen von der Menschheit gefühlt? Bei Jamie war ihr der Akt des Liebens vorgekommen wie der Höhepunkt all seines Verlangens; für Ross war er vielleicht nur eine Beigabe zu einem weitaus größeren Bedürfnis – der zärtlichen Verbindung mit einem anderen menschlichen Körper.

Und da er das entbehren mußte, hatte er die Isolation gewählt.

Verständnis für seinen Verlust führte ihre unerfahrenen Hände. Sie drückte ihn sanft auf den Rücken und beugte sich über ihn, um ihm etwas von dem Trost zurückzugeben, den er ihr geschenkt hatte. Vorsichtig streichelte sie sein Gesicht und sah, wie der gequälte Ausdruck aus seinen Augen wich. Sie ließ ihre Hände über seine Arme, seine Schultern und seinen Brustkorb gleiten und genoß die männliche Stärke unter ihren Fingerspitzen. Sie umkreiste seine weichen Brustwarzen und staunte darüber, wie sie unter ihrer Berührung hart wurden. Und als er vor Lust stöhnte, beugte sie sich darüber und küßte sie. Sein Körper bebte unter ihrem Mund.

In wachsendem Entzücken liebkoste sie seinen Körper an Stellen, die sie sonst nie gewagt hätte zu berühren. Die Muskeln an seinem Bauch, die weiche Wärme seines Nabels, seine muskulösen Lenden und seine Hüften. Und er begleitete jedes Streicheln ihrer Finger mit einem Seufzer, der ihr genausoviel Lust bereitete, als ob er sie berührt hätte.

Es gab nur noch einen Körperteil, bei dem sie unsicher war. War es zu schamlos von ihr, ihn *dort* anzufassen? Würde er sie für eine Hure halten, wenn sie es täte? Angstvoll zögerte sie, strich dann aber doch mit einem Finger leicht über seinen Schaft. Die Haut war trocken und heiß und erregte ihre Sinne. Er stöhnte und biß die Zähne zusammen, sein Gesicht zu einer Grimasse der Lust verzogen. Kühner geworden schloß sie ihre Finger um seine Männlichkeit und drückte fest zu.

»Jesus«, murmelte er, griff nach ihrer Taille, hob sie hoch und setzte sie mit einem wilden Laut auf sein erigiertes Glied, dessen Härte sie sofort ausfüllte. Sie schrie auf, weil sie so unvermittelt ein köstliches Gefühl durchschoß, und drückte sich mit aller Kraft auf ihn, um ihn noch tiefer in sich zu haben.

Sie ritt ihn mit all ihrer ungezügelten Leidenschaft, und nur ihr Instinkt leitete sie. Seine Hände kneteten ihre Brüste, hart und fordernd, während seine Hüften sich ihr in immer kraftvolleren Stößen entgegenbogen. Ihr langes Haar hing ihr ins Gesicht, fiel auf seine Arme und in ihren offenen Mund und verdeckte ihr den Blick. Doch sie hatte sowieso die Augen geschlossen, um sich besser auf das köstliche Gefühl in ihrem Körper konzentrieren zu können.

Mit einemmal explodierte die Welt hinter ihren geschlossenen Augen in einem farbigen Lichtbogen, und ein Schluchzer entrang sich ihrer Kehle. *So will ich sterben,* dachte sie, während sie spürte, wie er sich in sie ergoß und die Lust in ihrem Körper langsam zu einem freudigen, zufriedenen Gefühl abebbte.

16

Der aromatische Duft von Kaffee umwehte sie beim Erwachen. Ein ungewohnter Genuß. Sie streckte sich wohlig und blickte zu ihrem Frühstückstablett. Ob Martha wohl bewußt gewesen war, welches Glück sie genoß: ein großartiger Liebhaber und Frühstück am Morgen. Das war ein beunruhigender Gedanke; er erfüllte sie mit grundlosem Neid auf eine tote Frau.

Sie wickelte sich in die Decke und setzte sich an den Tisch. Das üppige Frühstück ließ ihr das Wasser im Mund zusammenlaufen. Eier, Schinken und dicke Scheiben Toast. Sie schenkte sich Kaffee ein und nahm vorsichtig einen Schluck. Mit viel Zucker gesüßt. Er hatte sogar vermutet, daß sie ihn so am liebsten trinken würde.

Zufrieden seufzte sie und ließ ihren Blick durch das hübsche Zimmer gleiten. Sicher war es das schönste Zimmer im ganzen Gasthaus, mit polierten Mahagonitischen und Kommoden mit Einlegearbeiten, gutgepolsterten Stühlen und feinbestickten Vorhängen an den Fenstern und um das Himmelbett. Ob es wohl in ganz Williamsburg noch eine Frau gab, die so schön wohnte wie sie?

Oh, Kätzchen! Fast konnte sie die scheltende Stimme ihres Vaters hören. Erst Neid auf Martha, und jetzt auch noch übertriebener Stolz? Und sicher Völlerei, wegen der Freude an ihrem Frühstück. Gab es eine weitere Todsünde, die sie heute noch begehen konnte?

Sie blickte zu dem zerwühlten Bett, und die Erinnerung trieb ihr die Röte ins Gesicht. Er war letzte Nacht unersättlich gewesen, hatte kaum gewartet, bis ihre Leidenschaft ein wenig abgekühlt war, bevor er sie voller Lust wieder genommen hatte. Sie wandte den Blick vom Bett ab. Es war wohl besser, nicht über *diese* Sünde nachzudenken.

Ihr Blick blieb an einem Stapel von Paketen und Kisten neben der Tür haften; ihre gestrigen Einkäufe, abgesehen von den beiden Kleidern, die morgen eintreffen würden. Ihr Herz floß über vor Dankbarkeit für all die Freundlichkeiten, die Ross ihr erwies. Seit Papas Tod hatte sie solch eine Großzügigkeit nicht mehr erlebt.

Aber halt! Plötzlich kam ihr ein beunruhigender Gedanke. Was hatte Betsy gesagt? Ein Geschenk für einen Schatz, ein Liebchen ... Eine Kleinigkeit für die Gelegenheit – das grobe Wort ließ sie zusammenzucken – eine Frau zu bumsen. Ross hatte gut für seine nächtlichen Vergnügungen bezahlt. Und wenn er mehr von ihr verlangte, wie sollte sie ihm das verweigern? Es war Teil ihres Handels, ein Geschäftsvertrag, den sie willig eingegangen war in dem Augenblick, in dem sie seine Geschenke akzeptiert hatte.

Sie seufzte und fühlte sich ziemlich unbehaglich mit ihrem zufriedenen Körper. Wenn das Hurerei war, dann doch wohl kaum von jener Art, von der Betsy immer redete.

Außerdem – das dachte sie in dem Versuch, ihr unzüchtiges Betragen zu rechtfertigen und der leisen Stimme ihres Gewissens zu antworten – brauchte Ross sie. Zumindest ihren willigen Körper. Als sie sich schließlich am frühen Morgen einen Gutenachtkuß gegeben hatten, war eine so demütige Dankbarkeit in seinem Blick gelegen, daß es ihr beinahe das Herz gebrochen hatte. Selbst ohne seine großzügigen Geschenke hätte sie ihn wahrscheinlich letzte Nacht nicht abgewiesen. Und sie würde ihn auch nicht abweisen, wenn er sie noch einmal fragte. Sie hatte ihm ein bißchen von dem wiedergegeben, was er durch den Tod seiner Frau verloren hatte. Wenn er dank ihr nun ein wenig ruhiger in die Wildnis ging, würde sie es als Barmherzigkeit betrachten. Niemand konnte in seinem Herzen den Platz seiner Frau einnehmen, aber sie betete, daß ihm mit ihrer Hilfe ein wenig Seelenfrieden zuteil geworden war.

Wohltätigkeit, Papa, dachte sie. *Es ist nur Wohltätigkeit.* Eine fromme Tugend, mit der sie ihre Fehler wiedergutmachen konnte.

Und Ross half ihr dabei, nach Hause zurückzukehren. Schuldete sie ihm nicht allein für diese Freundlichkeit schon alles, was er von ihr verlangte? Jamie und ihr Kind! Sie dachte an ihr süßes Kind, das sich in ihren Arm gekuschelt hatte, und plötzlich wurde sie von Kummer überwältigt. Vergeblich versuchte sie sich einzureden, daß alles gut ausgehen würde. Daß es dumm war, traurig zu sein.

Vergeblich. Die Vorstellung des lieben kleinen Gesichts, der Augen, die ihrer Stimme folgten, erfüllte sie mit einem Sehnen, das nicht gestillt werden konnte. Ihre Arme waren leer. Ihre Brüste, mit denen sie ihr Kind genährt hatte, schmerzten von der Milch, die schon seit langem versiegt war.

Das prächtige Frühstück lockte sie nicht mehr. Sie schob das Tablett beiseite, vergrub ihren Kopf in den Armen und schluchzte bitterlich.

Ross runzelte die Stirn, während er die Treppe hinaufstieg. Dieser verdammte Schuhmacher war über die Maßen dumm gewesen! Ihm zu sagen, daß Prudences Schuhe vielleicht nicht bis zum Ball fertig würden! Der verdammte Idiot hatte doch beinahe drei volle Tage, um seine Arbeit zu tun! Und dann zu behaupten, es sei *sein* Fehler gewesen, daß er nicht schon vorher an das Schuhwerk der Dame gedacht habe ... Nun, verdammter Kerl! Er würde schon noch einen anderen finden, der sich nicht so anstellte!

Er fluchte leise. Wenn er ehrlich war, hatte seine schlechte Laune heute morgen wenig mit dem Schuster zu tun. Prudence machte ihn verrückt.

In den anderthalb Wochen, seit sie da war, waren sie viermal im Theater gewesen. Hatten in netten Gasthäusern zu Abend gegessen. Und waren durch die herbstliche Landschaft spaziert, hatten eingekauft und waren mit der Kutsche die gepflasterten Straßen hinauf und hinunter gefahren. Immer lachte sie und war fröhlich.

Und dann, danach ... Er knirschte mit den Zähnen. Jede Nacht war sie willig und freudig in sein Bett gekommen. Wie eine erfahrene Hure. Sie hatte ihm Dinge erlaubt, für die Martha, selbst nach Jahren der Intimität, zu schüchtern und ängstlich gewesen war. Hatte ihn schamlos berührt und gestreichelt und ihn so erregt, wie er es nie für möglich gehalten hätte.

Er fluchte wieder. Hatte ihr verdammter Liebhaber ihr beigebracht, so zügellos zu sein? Hatte sie mit ihrem Lord Jamie ebensoviel Lust empfunden? Oder sogar mehr? Das war ein beunruhigender Gedanke. Plötzlich kam er sich wie ein unerfahrener Idiot vor und verfluchte seine Jahre der Jungfräulichkeit, in denen seine Kameraden gelernt hatten, wie man eine Frau befriedigt.

Allerdings genoß der kleine Teufelsbraten seine Art, sie zu lieben. Wo auch immer ihr Herz sein mochte, ihr Körper war in den Nächten bei ihm. Sie seufzte und schrie voller Lust und wurde seiner niemals müde, ganz gleich, wie oft er sie begehrte.

»Verdammt und zugenäht!« murmelte er. Warum quälte er sich so? Er brachte sie schließlich zu dem Mann zurück, den sie *liebte.* Nach allem, was er wußte, dachte sie jedesmal, wenn er sie küßte oder ihren bebenden Körper nahm, an Jamie. Hatte sie nicht um ihren entfernten Geliebten geweint? Herzzerreißende Schluchzer, die ihn vertrieben hatten, geplagt von Schuldgefühlen.

Es war wohl besser, das Ganze lediglich als Zwischenspiel zu sehen, so wie sie es offensichtlich tat: als Vereinigung ihrer Körper, die ihnen beiden Befriedigung verschaffte. Und wenn sie seinen Körper daran erinnerte, wie es war, lebendig zu sein, Freude und Wohlbehagen zu empfinden, so war dies eine weitere Schwäche, die Martha hoffentlich verzeihen konnte.

Er seufzte und fühlte sich hilflos angesichts seiner irdischen Bedürfnisse. Noch ein paar Monate, in denen er sein Verlangen mit Prudence stillen konnte. Das Feuer, das ihn verzehrte, würde sicherlich schwächer werden, und dann würde er frei sein. Dankbar würde er die asketische Einsamkeit in der Wildnis willkommen heißen. Und versuchen, Verzeihung bei Martha zu erlangen für die Sünden, die er an ihrem Gedenken begangen hatte.

Er hörte Wedges Pfeifen aus seinen Zimmern. Und dann die süßen Laute von Prudences melodischer Stimme. Sein Herz schlug schneller, und er freute sich. Hoffentlich hatte sie heute ihr lavendelfarbenes Kleid an. Sie sah reizend darin aus.

»O Gott!« stöhnte er laut. *Verzeih mir, Martha.* Er würde für viele Sünden büßen müssen.

17

Prudence blickte auf, als Ross ins Zimmer trat, und ihr Lied verklang in einem leisen Ton. Er sah so betrübt und düster aus, daß sie Gewissensbisse bekam. Sicher träumte er von seiner Hütte in der Wildnis und wünschte, er wäre dort, statt seine Pläne aufschieben zu müssen, um sie nach Hause zu bringen. Im Lauf der letzten Tage war er kühler und distanzierter geworden und hatte sie mehr und mehr an den strengen Arzt erinnert, den sie auf dem Schiff kennengelernt hatte.

Nur bei Nacht wurde er ein anderer Mann – hungrig, leidenschaftlich und versessen darauf, daß sie zu ihm ins Bett kam. In seine Arme. Wahrscheinlich war dies sein einziger Trost, während er seine Träume hintangestellt hatte.

Sie lächelte ihn fröhlich an und versuchte, ihm etwas von ihrer heiteren Stimmung zu vermitteln. Wedge war heute früh fast klar bei Verstand gewesen, ihre fröhlichen Duette hatten zu ihrer beider guten Laune beigetragen. »Wie kannst du an solch einem sonnigen Tag nur so finster dreinblicken?« neckte sie ihn.

Ross nahm seinen Dreispitz ab und zog den Mantel aus. Er lächelte halbherzig, so als wolle er eigentlich nicht aus seiner schlechten Laune gerissen werden. »Es wird bald Winter sein«, murmelte er.

Sie kicherte. »Es wird bald nächstes Jahr sein. Und wieder ein nächstes Jahr. In der Zwischenzeit jedoch scheint die Sonne. Soll ich dir mein Lied zu Ende vorsingen? Wird das ein Lächeln auf dein trauriges Gesicht zaubern?«

Er räusperte sich, sagte aber nichts.

Verärgert schüttelte sie den Kopf. »Ich möchte an so einem schönen Tag nicht Trübsal blasen.«

Wedge legte seine Flöte beiseite. »Man braucht dem Kummer nicht hinterherzulaufen, er kommt nämlich ungerufen.« Das sagte er mit einer ganz hohen Stimme und verzog dabei sein Gesicht zu einer so komischen und dabei doch ernsthaften Grimasse, daß Prudence beinahe laut aufgelacht hätte.

Ross entspannte sich und lächelte. »Aye, Toby. Jetzt habe ich mein Fett abgekriegt.« Er setzte sich in den Ohrensessel vor dem Kamin. »Spielst du wieder auf, damit die Lady ihr Lied zu Ende singen kann?«

Wedge setzte die Flöte an und begann zu spielen. Ross hatte gesagt, daß seine Finger in ein paar Wochen geheilt sein würden, aber er konnte schon jetzt wieder ganz gut mit seiner Flöte umgehen.

Prudence sang ihr Lied zu Ende, wobei sie sich bewußt war, daß Ross' Augen die ihren suchten. Es war eine einfache Weise über Brautwerbung und Verführung, die glücklich in einer lebhaften Hochzeitsfeier endete, bei der alle Gäste sich vertaten und letztlich mit den falschen Partnern tanzten. Sie rasselte die Namen im Lied so schnell herunter und verdrehte die Augen bei den ganzen Verwechslungen so lustig, daß Ross laut lachte, als sie schließlich geendet hatte.

»Du kleiner Teufel«, sagte er grinsend. »Bei euch zu Hause hast du sicher von morgens bis abends fröhlich gesungen.«

Sie schüttelte den Kopf. »O nein! Nach Papas Tod habe ich nie mehr gesungen oder getanzt, weil Großpapa es mir verboten hat.«

Stirnrunzelnd kratzte er sich am Kinn. »Nicht getanzt? Dann sollten wir vielleicht einmal ausprobieren, ob Mrs. Manning sich am Ende auf dem Ball blamiert.« Er stand auf und streckte ihr die Hand entgegen.

Sie verschränkte die Arme über ihrem lavendelfarbenen Kleid. »Blamieren? Keineswegs!« Sie wandte sich an Wedge. »Toby, spiel uns einen Jig.«

Kaum hatte Toby seiner Flöte einen Ton entlockt, trat Ross vor und forderte sie auf. Er machte, wie ein vollendeter Gentleman, einen Kratzfuß vor ihr, und Prudence antwortete mit einem tiefen Knicks. Dann legten sie sich gegenseitig die Hände auf die Hüften und begannen mit dem lebhaften Tanz. Ross war ein guter, erfahrener Tänzer, aber Prudence stand ihm in nichts nach, und als der Tanz vorbei war, fühlte sie sich schwindlig. Sie seufzte glücklich und sank in Ross' Arme. »Nun, habe ich den Versuch bestanden?« fragte sie keuchend.

»Hmm. Schön und gut, das war jedoch ein Bauerntanz. Aber kannst du auch ein Menuett tanzen? Kannst du das spielen, Toby?« Er summte eine langsame Melodie, zu der er den Rhythmus klatschte.

»Aye, Mr. Manning, Sir.« Wedge nickte und begann zu spielen.

So lebhaft er den Jig getanzt hatte, so gemessen vollführte Ross nun die Schritte des Menuetts mit einer Anmut und einer Eleganz, die Prudence überraschte und entzückte. Während des Tanzens schien er größer zu werden, als erinnerte er sich an einen Teil seines Lebens, den er schon lange vergessen hatte.

Begeistert beobachtete sie ihn und versuchte, seinen Schritten zu folgen. Und als er sie für die Drehung an der Hand faßte, versetzte die sinnliche, zarte Berührung ihren Körper in Flammen. Seine blauen Augen brannten und betrachteten sie plötzlich mit einem Verlangen, das sie erbeben ließ.

»Genug«, murmelte er und ließ ihre Hand abrupt los. Er fingerte in seiner Westentasche und zog eine Handvoll Münzen heraus. »Hier, Toby. Geh in die Shields Tavern und iß schon einmal zu Abend.«

Wedge strahlte wie ein Kind, dem man ein neues Spielzeug geschenkt hat, steckte seine Flöte weg und eilte aus dem Zimmer.

Prudence blickte Ross stirnrunzelnd an. Ihr hatte der Tanz gefallen. »Warum hast du ...?« begann sie.

Sein Mund brachte sie zum Schweigen. Er küßte sie, bis sich alles vor ihr drehte, dann zog er sie zum Schlafzimmer. »Weil ich dich immer mehr begehre, je mehr ich von dir bekomme. Und bis heute abend ist es noch lange hin.«

»Aber ... mitten am Nachmittag ...«

»Mein Verlangen richtet sich nicht nach der Uhrzeit.«

Sie blickte auf seine Hose, die die verräterische Ausbuchtung zeigte, und hätte beinahe eine freche Bemerkung gemacht. Dann hob sie die Augen zu seinem Gesicht. Seine blauen Augen glühten, und seine Miene war angespannt. Er war hungrig und ungeduldig, und nach Scherzen war ihm jetzt wahrscheinlich nicht zumute. Sie griff nach den Nadeln, die ihr Mieder hielten.

Aber selbst dafür war er zu ungeduldig. Seine Hand glitt vorne in ihr Mieder, und er holte ihre Brüste heraus. Wie ein hungriges Kind saugte er an ihren Brustwarzen. Sie keuchte auf und warf den Kopf zurück; alle ihre Sinne vibrierten.

Viel zu schnell ließ er ihre Brust wieder los, drängte sie aufs Bett, schob ihre Röcke hoch und glitt in besitzergreifender Hast mit seinen Fingern zwischen ihre Schenkel. Dabei küßte er sie heiß, und sie ertrank in einem Strudel der Lust.

Er fluchte leise, während er eilig versuchte, seine Hose zu öffnen. Und dann war er in ihr, hart und fordernd, wild in seinem leidenschaftlichen Bedürfnis. Im Rhythmus seiner heftigen Stöße schlug sie mit den Fäusten auf das Bett. Sie hörte seinen pfeifenden Atem, spürte das erregte Pochen ihres Herzschlags in den Schläfen ... dann schrie sie auf, schlang die Beine um ihn, damit er tiefer eindringen konnte, und hob die Hüften, um soviel Lust wie möglich zu empfangen.

Der Sturm war vorüber, kaum daß er begonnen hatte; er stöhnte und kam in einem letzten Stoß. Seufzend sank er über ihr zusammen und vergrub sein Gesicht in ihren zerzausten Locken.

»Ich werde deines Körpers niemals überdrüssig«, sagte er, während er aufstand und begann, seine zerknitterte Kleidung zu richten.

Am liebsten wäre sie liegen geblieben, aber einige Nadeln an ihrem Kleid hatten sich gelöst, und ihre Haarkämme lagen in den zerwühlten Bettlaken. Zögernd erhob sie sich, fuhr sich mit den Fingern durch das lange Haar und begann, ihr Mieder wieder festzuschnüren.

Plötzlich wurde ihr bewußt, daß er in seinen Bewegungen innehielt und daß sein rauher Atem die Stille im Zimmer wie das ferne Echo eines geflüsterten Schreis erfüllte. Sie hob den Kopf und blickte ihn an.

Er errötete und sah weg. »Warum, zum Teufel, bist du so verführerisch?« grollte er. »Selbst wenn du dein Kleid feststeckst oder dir durch die Haare fährst?«

Sie kicherte, es gefiel ihr, daß er sie so genau betrachtete; daß er sie schon wieder begehrte und es nur nicht zugeben wollte. »Soll ich es lieber ausziehen?« fragte sie lächelnd.

Er nickte, warf seine Jacke ab und begann, seine Weste aufzuknöpfen.

Sie brauchte keine weitere Ermutigung und entkleidete sich sofort, wobei sie bemerkte – fast hätte sie wieder gekichert –, mit welch sorgloser Hast er sich seiner eigenen Kleidung entledigte.

Als sie beide nackt voreinander standen, zog er sie in die Arme und küßte sie leidenschaftlich. Seine Männlichkeit preßte sich hart an ihren Körper, und jetzt konnte sie ein Kichern nicht mehr unterdrücken. Es begann schon, noch während seine Lippen auf den ihren lagen.

Er schob sie weg und runzelte die Stirn. »Verdammt! Was ist los?«

Sie kam sich so unartig vor wie damals, als Betsy und sie sich in den Wald geschlichen hatten, um unreife Birnen zu essen, war wieder das ungezogene kleine Mädchen, das es seinen Eltern schwermachte. Sie wies auf seine Erektion. »Warum passiert das?«

»Was?« Erstaunt wich er zurück.

Unschuldig blickte sie ihn an. »Ich meine, du bist doch Arzt – kennst du nicht den Grund dafür?«

Er sah so aus, als würde er sich am liebsten bedecken. Dann räusperte er sich. »Das liegt an … hm … der Durchblutung, glaube ich.« Seine Stimme klang unsicher.

Mit großen Augen sah sie ihn an. »Und warum nur zu bestimmten Zeiten?«

Er stieß hörbar die Luft aus und versuchte, sich den Anschein von Würde zu geben, was ein schwieriges Unterfangen war, wenn man bedachte, daß er so nackt war wie ein geschorenes Schaf. »Das ist wohl kaum das geeignete Thema für eine Unterhaltung.«

»Warum nicht? Kannst du es steuern? Oder passiert es einfach von alleine?«

Die Röte war ihm wieder ins Gesicht gestiegen. Er griff nach ihr und versuchte, sie in die Arme zu ziehen.

So verwirrt hatte sie ihn noch nie gesehen. Eine passende Rache, dachte sie, für all die Gelegenheiten, bei denen er sie so von oben herab behandelt hatte. »Kannst du mir nicht antworten? Wo du doch alles über Medizin weißt?«

Er errötete stärker. »Die Wirkung, die eine Frau auf das männliche Geschlechtsteil hat, ist von der Wissenschaft noch nicht genau erforscht worden«, entgegnete er steif, als redete er mit einer Geistesschwachen.

Langsam bekam sie Mitleid mit ihm. Aber eine letzte Teufelei mußte sie noch loswerden. »Um Himmels willen!« rief sie aus und schlug in gespielter Überraschung die Hände vor den Mund. »Passiert das etwa jedesmal, wenn du mit einer Frau ins Bett gehst? Ganz egal mit wem?«

Sein Gesicht war mittlerweile hellrot geworden. Er spannte den Kiefer an und wandte sich ab. Sein Körper zitterte vor Erregung.

Sie biß sich auf die Lippen. Der Witz war zu weit gegangen. Sanft legte sie ihm die Hand auf den Arm. »Ross, was ist los?«

Leise und gepreßt, als ob er das Geständnis eigentlich

nicht machen wollte, sagte er: »Martha war die einzige Frau, die ich je gekannt habe.«

»Oh!« Sie ließ sich schwer aufs Bett plumpsen. Plötzlich wurde ihr bewußt, wie sehr sie seinen männlichen Stolz verletzt haben mußte. Und Jamie – sie hatte mit ihm geschlafen. Quälte ihn das vielleicht auch? Ließ es ihn an seiner Männlichkeit zweifeln? Vielleicht würde ein ehrliches Bekenntnis für ihn alles leichter machen. »Ross, sagte sie zärtlich. »Ich habe mich Jamie nur zweimal hingegeben. Und er hat mir nie soviel Lust bereitet wie du.«

Er wandte sich erstaunt um. »Nur *zweimal?*«

Sie lächelte verlegen. »Ich war eigentlich noch eine Jungfrau, als ich in dein Bett kam. Du hast mir beigebracht, Lust zu empfinden bei ...« Plötzlich war ihr ihre eigene Offenheit peinlich. »Bei dem ... was wir tun«, schloß sie leise.

Er grinste, und Erleichterung malte sich auf seinen Zügen. »Und du hast dich als gelehrige Schülerin erwiesen«, sagte er. »Bei einem unsicheren Lehrer.«

Sie lachte leise, als sie sich an ihre erste leidenschaftliche Liebesnacht auf dem Schiff erinnerte. »Unsicher ist wohl kaum der richtige Ausdruck. Ich kann mir nicht vorstellen, daß je ein anderer Mann oder eine andere Frau größeres Entzücken verspürt hat.«

Er warf sich neben sie aufs Bett und nahm sie in die Arme. Plötzlich sah er jung und fröhlich aus, und seine Augen glänzten vor Freude. »Nun, meine kleine Schülerin, sollen wir mit der Ausbildung fortfahren?«

Sie lächelte, immer noch ein wenig mutwillig. »Nur, wenn du mir versprichst, daß du mir auch heute abend Unterricht gibst. Ich habe mich an unsere nächtlichen Erkundungen richtig gewöhnt.«

Er küßte sie auf die Brust – mit einem lauten, zufriedenen Schmatzer. Seine Antwort entzückte sie. »*Das,* mein kleiner Kobold, kann ich dir versprechen.«

»Sie tanzen wie ein Engel, Mrs. Manning.« Seine Exzellenz, Thomas Lee, der Ratspräsident von Virginia, verbeugte sich und küßte Prudence die Hand. »In meinem nächsten Bericht nach England werde ich Sir William schreiben, daß seine unglückliche Abwesenheit ihn leider der Gelegenheit beraubt hat, die reizendste Dame kennenzulernen, die je an unserer Küste geweilt hat.«

Prudence errötete geschmeichelt. »Wie freundlich von Ihnen, Sir.« Sie öffnete ihren Fächer und fächelte sich kokett Luft zu, so wie Ross es ihr beigebracht hatte – allerdings nicht, ohne sie zu warnen, daß sie auf keinen Fall dabei flirten dürfe.

»Haben Sie unser prächtiges Kapitol gesehen, Ma'am?«

»Ja. Mein Mann hat mit mir letzten Mittwoch eine Stadtrundfahrt gemacht. Ein wundervolles Gebäude. Und noch ganz neu, sagte er mir.«

»Leider ja. 1647 hat ein schreckliches Feuer das erste zerstört. Und haben Sie auch den Gouverneurspalast betrachtet?«

»Nur von außen natürlich, Eure Exzellenz.«

Er verbeugte sich wieder. »Es wird mir ein Vergnügen sein, Ihnen die Pracht der zahlreichen Zimmer zu zeigen.«

»Ich fürchte, das wird nicht möglich sein. Morgen nachmittag segeln mein Mann und ich nach England.«

»Wie schade. Ich hätte Ihnen gerne meine Tochter und ihren Mann vorgestellt. Ich glaube, Sie hätten ihre Gesellschaft genossen.« Er strahlte wie ein stolzer Vater und blickte durch den Saal. »Ach, ich sehe gerade, daß Ihr Mann Sie sucht.«

Prudence folgte seinem Blick. Ross kam durch den vollen Saal auf sie zu. Er wirkte ganz wie zu Hause in der eleganten Umgebung. Die Vollkommenheit seiner neuen weißen Perücke, die gutgeschnittene blaßblaue Satinjacke, die zur Farbe seiner Augen paßte, die bestickte Weste, seine langen, gutgeformten Beine in den schwarzen Samtkniehosen und den weißen Seidenstrümpfen beeindruckten jeden. Sie war stolz gewesen, heute abend an seinem Arm in den Apollo-Saal geführt zu werden.

Natürlich hatten sie schon öfter einen Blick in den Saal

»Natürlich. Das hatte ich ganz vergessen. Dein Lord Jamie.«

Sie spürte seine schmerzliche Enttäuschung, obwohl er sie gut verbarg. Es stimmte ja auch – er hatte sie auf den Ball mitgenommen, ihr die schönen Kleider gekauft, und bis sie Jamie wiederfand, schuldete sie Ross eine gewisse Loyalität und Dankbarkeit. Sie legte ihm die Hand auf den Arm. »Aber ich bin hier, mit *dir*«, sagte sie ernst. »Und es wäre mir eine Ehre, wenn du den nächsten Tanz mit mir tanzt.«

Er zögerte, blickte sie forschend an, und dann entspannte sich seine Miene. »Wie könnte ich der hübschesten Frau hier widerstehen?«

Er führte sie in die Mitte des Saales, wo sich die Paare zu einem neuen Tanz formierten. Es war ein lebhafter Reel, und sie tanzte ihn fröhlich lächelnd, um Ross zu beruhigen.

Der Tanz schien ewig zu dauern – heiß und rasend schnell. Ein paarmal zog sie ihr Taschentuch aus dem Mieder, um sich die feuchte Stirn abzutupfen. Sie fühlte sich erschöpft. Als der Tanz vorüber war und Ross sie von der Tanzfläche wegführte, lehnte sie sich an ihn und blieb stehen, weil sie ein plötzlicher Schwindel überfiel.

»Verdammt!« rief er aus. »Dir geht es nicht gut. Du bist so bleich wie ein Gespenst!«

Der Schwindel war verflogen. Sie holte tief Luft. »Ich fürchte, ich habe heute abend zuviel getanzt.«

»Wir gehen auf unser Zimmer.«

»Nein. Ich suche das Damenzimmer und ruhe mich ein paar Minuten aus. Danach fühle ich mich bestimmt besser.«

»Du bist vielleicht eigensinnig. Besser wirst du dich erst wieder fühlen, wenn du eine Nacht lang geschlafen hast. Komm jetzt.« Er ergriff sie am Ellbogen.

»Unsinn! Ich möchte nicht den Rest des Balls verpassen, nur weil du auf einmal beschlossen hast, den Arzt zu spielen! Mr. Lee hat gesagt, später gäbe es noch ein Abendessen. Ich möchte wirklich nicht jetzt schon gehen.«

Er blickte sie finster an. Dann gab er nach. »Nun, dein erster Ball … aber du hast viel zuviel Punsch getrunken …«

Sie lächelte – nicht zu triumphierend, um ihn nicht zu verärgern – und hauchte ihm einen Kuß auf die Wange.

»Danke.«

Er seufzte ärgerlich. »Wie dumm von mir, dir nachzugeben. Ich warte auf deine Rückkehr.«

Sie wies mit ihrem Fächer auf eine dicke Matrone, die verloren in einer Ecke saß, und gab Ross einen kleinen Schubs. »In der Zwischenzeit wäre es äußerst barmherzig von dir, wenn du mit dieser armen Dame tanzen würdest.« Sie unterdrückte ein fröhliches Lachen und eilte zur Tür, bevor er ihr eine passende Antwort geben konnte.

Vorsichtig schob sie ihre Reifröcke durch den Flur; sie waren umfangreicher als alles, was sie bisher getragen hatte. Den Ruheraum fand sie am Ende eines langen Korridors und legte sich dort auf eine Chaiselongue, während sie dem Geplapper der Frauen um sich herum lauschte.

»Der bestaussehende Mann, den ich je gesehen habe«, sagte eine und pinselte sich Rouge auf die Wangen.

Ihre Freundin, ein aufgeregtes junges Ding, griff in ihr Mieder und hob ihre Brüste an, so daß sie höher und schwellender wirkten. »Er ist so charmant«, gurrte sie. »Er hat mir versprochen, nach dem Essen mit mir zu tanzen.«

»Und hast du seine Augen gesehen?« fragte eine dritte, hob ihre Brokatröcke und zog an ihrem rutschenden Strumpf. »Sie haben mir einen Schauer über den Rücken gejagt. Ich würde sofort in den Spielsaal zurückgehen, wenn er das nicht als zu direkt auffassen könnte.«

»Und was würde dein Begleiter denken, wenn du ihn alleine ließest?« fragte die nervöse. »Ich habe einen besseren Plan. Wenn er mit mir tanzt, täusche ich eine Ohnmacht vor und reiche ihn an dich weiter.«

»Oh, du bist süß.« Die Frau im Brokatkleid umarmte ihre Freundin, und die drei Frauen verließen lachend und Pläne schmiedend das Zimmer.

Prudence lächelte in sich hinein. Sie mochten ja Damen

der Gesellschaft sein, und wahrscheinlich hatten sie auch alle einen Titel, aber sie waren genauso albern wie jedes liebeskranke Mädchen auf dem Dorfanger.

Und doch hatten sie den unbekannten Mann in so glühenden Farben geschildert, daß sie versucht war, ihn sich selbst einmal anzusehen. Sie erhob sich von der Chaiselongue und strich ihr Kleid zurecht. Gottlob fühlte sie sich schon viel besser; und Ross wartete sicher voller Ungeduld auf sie.

Sie ging den langen Korridor mit den vielen geschlossenen Türen entlang. Über einer Tür fiel ihr ein Schild ins Auge. Der Spielsaal. Sie blieb stehen und kaute auf ihrer Lippe. Was schadete es schon? Eine Minute mehr, das war alles. Und sie mußte zugeben, daß sie die Neugier plagte. Sie griff nach der Türklinke und drückte sie nieder.

Das Zimmer war fast leer, abgesehen von vier Männern, die sich gerade von einem kleinen Kartentisch erhoben. Sie musterte sie rasch, auf der Suche nach diesem Ausbund an Schönheit.

Es konnte sicherlich nicht der rundgesichtige Bürger sein, der enttäuscht den Kartenstapel auf dem Tisch durchblätterte. Auch nicht der grinsende Geck, der einen Stapel Münzen in seine goldgepaspelte Jacke schob. Und sicher auch nicht der ältere Gentleman, der so dünn wie ein Stecken war.

Der vierte Mann wandte ihr den Rücken zu. Er war gut gebaut, hatte eine stolze Haltung und eine teuer aussehende Perücke auf dem Kopf. Seine rosafarbene Brokatjacke umspannte breite Schultern und die Spitzen an seinen Handgelenken fielen über schlanke Hände.

Bei ihrem Eintreten drehte er sich um. »Du meine Güte«, sagte er mit verschlagenem Grinsen, »das ist ja Mannings Hure!«

Keuchend trat sie einen Schritt zurück und preßte die Hand auf ihre bebende Brust.

Der Mann war Kapitän Sir Joseph Hackett.

18

Hackett verbeugte sich anmutig und wandte sich an die anderen Männer im Zimmer. »Gentlemen, wenn Sie uns entschuldigen würden.« Er geleitete sie zur Tür und schloß sie hinter ihnen. Dann wandte er sich an Prudence. »Sie glühen ja förmlich, Gnädigste.«

Seine gierigen Augen musterten sie rasch und blieben an ihrem Busen haften. »Und gekleidet wie eine Herzogin. Sie müssen Manning sehr gut gefallen, daß er soviel Geld für Sie ausgibt. Oder haben Sie einen reicheren Beschützer gefunden?«

Sie zögerte. Ihr Herz schlug heftig. Der Himmel wußte, was geschah, wenn er mit Ross zusammentraf! Sie mußte zuerst versuchen, Hackett zur Vernunft zu bringen. Trotz seiner beleidigenden Äußerungen gelang ihr ein höfliches Lächeln. »Was an Bord der *Chichester* geschehen ist, ist lange vergessen«, sagte sie. »Ross und ich tragen Ihnen nichts nach, wir möchten nur in Frieden unserer Wege gehen.«

Er lächelte, ein häßliches Grinsen, das sein gutaussehendes Gesicht verzerrte. »Eine hübsche Rede.« Seufzend strich er über seine Locken und glättete die Falten seines Halstuchs. »Dann sind Sie also immer noch bei diesem komischen Arzt«, sagte er schließlich. »Und dabei hätten Sie mich haben können.«

Frostig und angeekelt von seiner Eitelkeit antwortete sie: »Ich bin zufrieden.«

»Aber, meine Liebe! Nicht einmal ein Collier schmückt Ihren schönen Hals. Ich würde Sie in London zu den feinsten Bällen mitnehmen und mich nicht mit einer Veranstaltung in den Kolonien zufriedengeben. Meine Dankbarkeit für Ihre Gunst würde so unerschöpflich sein wie meine Geldbörse.«

Zornig verzog sie die Lippen. »Ersparen Sie mir Ihre Anträge. Ich würde lieber zum Herrscher des Hades gehen, bevor ich mich mit Ihnen abgebe.«

Er kicherte. »Immer noch so stolz. Ich frage mich, ob

Sie wohl wissen, wie oft ich davon träume, Sie zu unterwerfen, Sie dazu zu bringen, vor mir zu winseln wie eine läufige Hündin. Das habe ich mir oft genug vorgestellt seit unserer Trennung. Sie knien demütig auf dem Bett mit geschürzten Röcken und danken mir für jeden Peitschenhieb, den ich auf Ihr Hinterteil niedersausen lasse.« Er schüttelte den Kopf. »Verflucht, der Gedanke daran ist zur Besessenheit geworden. Schmerz und Lust. Und danach drehe ich Sie um, trockne Ihre Tränen und stoße tief in Sie hinein mit meinem ...«

»Wenn Sie noch einen Funken Anstand besitzen, hören Sie auf!« Sie zitterte vor Wut und Entsetzen und floh zur Tür.

Er griff nach ihrem Arm und wirbelte sie herum. Seine Augen funkelten wie die eines Jägers. »Noch nicht, meine Liebe. Vielleicht wollen Sie ja nicht meine Hure sein. Wie schade. Aber wir haben immer noch eine offene Rechnung miteinander zu begleichen.«

Sie versuchte, sich seinem schmerzhaften Griff zu entwinden. »Lassen Sie mich los! Ich habe nichts mit Ihnen zu schaffen! Und das werde ich auch nie, Sie Schurke!«

»Das sehe ich anders! Zum Beispiel ...« Seine Stimme klang gleichmütig, gelangweilt und amüsiert, deshalb traf sie der harte Schlag, der folgte, auch völlig unvorbereitet – ein stechender Schmerz, der ihren Kopf nach hinten riß.

»Das«, sagte er, »ist für die Szene in meiner Kajüte. Sie haben mir ins Gesicht gespuckt, wenn Sie sich erinnern. Und mich geschlagen. *So.*« Er holte aus und gab ihr noch eine Ohrfeige. Und noch eine. Sie schmeckte Blut, als sie vor Schreck auf ihre Lippen biß.

Ihre Ohren dröhnten von den Schlägen, dann verlieh die Panik ihr größere Kräfte, und es gelang ihr, sich seinem Griff zu entwinden und auf die Tür zuzulaufen.

Aber er war schneller als sie. Er packte sie und zog sie an sich, wobei er ihr die Arme hinter dem Rücken festhielt. »Und auch das dürfen Sie nicht vergessen ...«, sagte er und rammte ihr sein Knie zwischen die Schenkel, mit einem harten, grausamen Stoß, den sie sogar durch ihre Röcke spürte.

Der Schmerz war so heftig, daß sie glaubte, ohnmächtig zu werden. »Um Himmels willen …«, keuchte sie.

Er ließ sie los und lächelte befriedigt, als sie stöhnte und sich die schmerzende Stelle rieb. »Verflucht«, sagte er freundlich, »aber ich dachte eine Zeitlang, Sie hätten mich so außer Gefecht gesetzt wie diesen Idioten Lieutenant Elliot.«

Sie taumelte zurück und lehnte sich gegen den Tisch. Ihr Körper schmerzte so sehr, und sie war so benommen, daß sie nicht mehr an Flucht dachte; nur daran, ihre körperlichen Qualen zu lindern. Sie leckte an dem Riß auf ihrer Lippe und zuckte zusammen. »Sie Ungeheuer«, flüsterte sie.

Er zuckte mit den Schultern. »Aber ein Ungeheuer, das weiß, was es will.« Bevor sie sich erholen konnte, war er zu ihr getreten und hatte ihr die Hände um die Taille gelegt. Er hob sie auf den Tisch und drückte ihre Schultern gegen das harte Holz.

Sie blinzelte und schüttelte den Kopf. Trotz des Schrecks über sein Vorgehen wurde ihr Kopf langsam wieder klar.

Oh, sie brauchte einen Plan. *Denk nach!* Ohne Hilfe würde sie ihm nie entkommen. Er war zu stark für sie. Sie öffnete den Mund, um zu schreien, in der Hoffnung, daß jemand sie hören würde.

Er erstickte ihren Schrei, indem er seine Hand fest auf ihren Mund preßte. Vergeblich versuchte sie, ihren Kopf freizubekommen. *Gott möge mir beistehen!* dachte sie.

Er preßte seinen Körper zwischen ihre Beine und legte sich über sie. Viel zu nahe war er ihr jetzt, als daß sie ihn noch hätte treten können. Mit der anderen Hand langte er unter ihre Röcke, und seine Finger gruben sich in ihr Fleisch – er kniff sie so brutal, daß sie sich wand und erstickt stöhnte.

Er beugte sich noch dichter über sie. »Tut das weh, meine Liebe?« schnurrte er. »Spar dir deine Schreie für das Folgende. Ich wette, ich werde deine Qualen genauso genießen wie deinen Körper.«

Sie konnte sein triumphierendes Gesicht immer noch nicht erreichen, schlug aber mit den Fäusten auf seinen ausgestreckten Arm. Das schien ihn jedoch kaum zu stören, er griff nur noch brutaler zu. Sie wimmerte leise – vor Angst wie vor Schmerzen; Tränen der Hilflosigkeit traten ihr in die Augen.

Es war ein Augenblick höchster Not – da hörte sie plötzlich Ross' Stimme. Im nächsten Moment hatte er Hackett an der Jacke gepackt und ihn zu sich herumgezogen. Eine Faust verkrallte er im Halstuch des Kapitäns, die andere landete auf seinem Kiefer.

Hackett taumelte nach hinten, aus einer Wunde an seinem Kinn rann Blut. Sein Gesichtsausdruck war völlig perplex – daß jemand es wagte, ihn zu schlagen! »Ich stelle Sie vor Gericht, Manning. Bei Gott, ich lasse Sie auspeitschen!«

Ross fauchte wie ein wildes Tier: »Du dreckiger Bastard! Du hast keine Macht mehr über mich. Ich bin frei, alle meine Rechnungen mit dir zu begleichen. Für alles, was du getan hast!« Er sprang vor und traf mit der Faust Hacketts Gesicht, wobei er ihm eine klaffende Wunde über einer der perfekten Augenbrauen zufügte. Und wieder und wieder schlug er zu.

Prudence taumelte auf einen Stuhl und beobachtete entsetzt, wie Ross den anderen Mann verprügelte. Er war entsetzlich in seiner Wut, seinem ganzen unterdrückten Haß auf Hackett; all die Wochen, die er auf dem Schiff machtlos gewesen war, entluden sich nun in diesem wilden Angriff.

Keuchend taumelte Hackett aus Ross' Reichweite und tastete nach seinem Säbel. »Ich schlitze dir die Eingeweide auf, Manning«, brüllte er und zog seinen Säbel, aber Ross packte einen Stuhl und schlug ihm die Waffe aus der Hand.

Hackett grunzte und schüttelte seine verletzte Hand, dann drehte er sich um und wollte sich auf Ross stürzen, doch dabei geriet er wieder in den Bereich von Ross' Fäusten.

In Ross' kalten Augen war keine Gnade. Wieder und wieder schlug er auf Hackett ein, bis der Kapitän stöhnend zu Boden sank. Blut spritzte über seine prächtige rosafarbene Jacke, seine Lippe war aufgeplatzt und hing herunter, und seine Wange war aufgeschlitzt. Die Perücke auf seinem Kopf war verrutscht und mit roten Flecken besprenkelt.

Heftig zitternd schlang Prudence ihre Arme um sich; der Anblick entsetzte sie. »In Gottes Namen, Ross, *hör auf!*« schrie sie.

»Aufhören?« grollte er. »Ich habe noch nicht mal angefangen, den armen Toby zu rächen.« Er zerrte Hackett an seinem Halstuch hoch und schlug ihm mit der Faust mitten auf die Nase. Das Splittern von Knochen war zu hören, und Hackett schrie vor Schmerz auf.

»Was bedeutet diese Raserei, Sir?«

Seine Exzellenz, Thomas Lee, stand auf der Schwelle und schien sehr zornig. Hinter ihm reckten ein paar andere Männer die Hälse, um ins Zimmer blicken zu können.

Ross ließ Hacketts Halstuch los und drehte sich mit steinernem Gesicht um. »Der Mann ist ein Schurke und ein Verbrecher, Sir. Er hat seine Männer auf dem Schiff gequält und verhungern lassen, damit sein Proviantmeister sich die Taschen füllen konnte. Im Schiffslazarett sind Leute gestorben, weil sie nicht genug zu essen und zu trinken bekamen. Und dieses Schwein weigerte sich, einzugreifen.«

»Haben Sie einen Bericht über diese Angelegenheit geschrieben, Doktor Manning?«

»Ich beabsichtige, es noch zu tun.«

Lee wandte sich stirnrunzelnd an Hackett. »Stimmt das, Sir?«

Noch immer benommen von den Schlägen, hatte sich Hackett langsam und unter Schmerzen aufgerichtet. Jetzt betupfte er sein zerschlagenes Gesicht mit seinem Taschentuch, wobei er zusammenzuckte, als er seine gebrochene Nase berührte. Er schob seine Perrücke zurecht, richtete sich auf – ganz der stolze Aristokrat – und blickte Ross finster an. »Ein Kapitän hat das Recht, sein Schiff so zu führen, wie es ihm beliebt.«

»Das ist wohl wahr.« Lee nickte und wandte sich kopfschüttelnd an Ross. »Und es ist wohl kaum ein Grund, Doktor Manning, für ihr unzivilisiertes Benehmen. Kapitän Sir Joseph Hackett ist Gast dieser Kolonie, während sein Schiff hier im Hafen liegt. Wenn Sie Streit mit ihm hatten, wäre es Ihre Pflicht gewesen, das der Admiralität zu melden. Oder zu mir als Präsident dieser Kolonie zu kommen. Ich bedauere diese Raserei zutiefst, Doktor Manning. *Bedauere sie zutiefst,* Sir! Gerade bei Ihnen, der Sie ein Mann der Heilkunst sind!« Er wandte sich an die Männer hinter ihm. »Sehen Sie zu, daß Sir Joseph sofort zu einem Arzt gebracht wird.«

Hackett schob die stützenden Arme der Männer weg, die an seine Seite geeilt waren. Er hielt den Kopf hoch, während er seinen Säbel wieder in die Scheide steckte, und ging, wenn auch mit unsicheren Schritten, zur Tür.

Lee verbeugte sich kühl vor Ross. »*Gentlemen* regeln ihre Unstimmigkeiten mit dem Säbel, Sir. Sie können sich auf ein Verfahren einrichten. Wegen tätlichen Angriffs und Körperverletzung. Es könnte sein, daß ich zugunsten von Sir Joseph aussagen werde.«

Ross biß die Zähne zusammen und erwiderte Lees Verbeugung mit übertriebener Höflichkeit. »Dann vergessen Sie nicht, Sir, daß ich auf diesen Hund stieß, als er versuchte, meine Frau zu vergewaltigen.«

Zum erstenmal schien Lee Prudence zu bemerken, die mit ihrer geschwollenen Lippe und ihrem in Unordnung geratenen Kleid und Haar am Tisch lehnte. »Versuchte Vergewaltigung, Kapitän Hackett?« fragte er mit zornbebender Stimme. »Bei dieser zarten jungen Frau? Verdammt, Sir, das ist eine ganz andere Sache. Eine Angelegenheit, die ich selbst gerne mit einer Pferdepeitsche aus der Welt schaffen würde!« Ein grollendes Geräusch drang aus seiner Kehle. »Die *Ehefrau* eines Mannes, Sir! Schande über Sie!«

Hackett wandte sich um, seine aufgeplatzten Lippen zu einem verächtlichen Grinsen verzogen. »Ehefrau? Martha Symonds Manning?« Er schnaubte angewidert. »Das Mädchen ist nichts weiter als eine gewöhnliche Hure, die sich Manning zu seiner eigenen Erheiterung hielt.«

Ross ballte die Hände zu Fäusten. Seine Augen funkelten vor Wut. »Jetzt, bei Gott, du dreckiger Lügner ...!« Er wollte quer durch den Raum auf Hackett zustürzen.

Nur die gebieterische Stimme Lees hielt ihn auf. »Wir wollen keinen Boxkampf mehr heute abend! Was Sie betrifft, Sir Joseph, Sie haben die Frau nicht nur angegriffen, wollen Sie sie jetzt auch noch beleidigen?«

»*Ehrenwerte Frauen* beleidige ich nicht«, erwiderte Hakkett höhnisch. »Aber Mr. Slickenham, mein Proviantmeister, war zufällig letzte Woche in Petersburg. Er hat die Bekanntschaft der Familie Symonds gemacht, und dort hat man ihm erzählt, daß Martha Symonds Manning vor über einem Jahr gestorben ist. In England. Ich weiß nicht, wer das Weib ist, aber sie ist ganz sicher nicht seine Frau!«

Prudence keuchte auf, und flammende Röte stieg ihr in die Wangen. Die Gruppe von Männern hinter Lee wurde unruhig bei Hacketts unerwartetem Vorwurf, sie flüsterten und zwinkerten einander zu, und Prudence wäre am liebsten gestorben vor Scham.

Ross stieß einen Schrei aus und wollte Hackett an die Kehle gehen. Nur das Eingreifen der Männer um ihn herum verhinderte, daß er den Kapitän auf der Stelle erwürgte.

Lee winkte ärgerlich. »Schaffen Sie Sir Joseph hier heraus. Nun zu Ihnen, Doktor Manning. Ich hoffe, Sie können mir eine zufriedenstellende Erklärung geben, Sir.«

Ross warf Hackett einen haßerfüllten Blick hinterher, dann trat er auf Prudence zu und ergriff ihre Hand. Er sah die Schamröte auf ihren Wangen und streichelte beruhigend über ihre Finger.

»Die Dame heißt Prudence Allbright, Eure Exzellenz«, sagte er. »Eine ehrenwerte Frau, die unter meinem Schutz gereist ist. Es ist meine Absicht, sie nach England zurückzubegleiten. Wegen der Gefahr, die ihr von lüsternen Schurken wie diesem Kerl, den wir gerade erlebt haben, droht, habe ich es für notwendig gehalten, sie als meine Frau auszugeben. Zu ihrem Schutz.«

Einer der Männer in der Menge kicherte.

Ross warf ihm einen mörderischen Blick zu und verbeugte sich vor Lee. »Ich möchte nicht, daß die Dame weiterhin Scham und Schande ausgesetzt ist, Sir. Da wir morgen als Mr. und Mrs. Manning abreisen, möchte ich Sie – als Oberhaupt der Kolonie – bitten, alles für unsere Eheschließung heute abend vorzubereiten.«

Lee blickte ihn verständnislos an. »Heute abend noch?«

»Möglichst gleich, Sir.«

Lee kratzte sich am Kinn und wandte sich an den Mann neben ihm. »Ich glaube, das können wir machen.«

»Ja, Eure Exzellenz. Ich kann sofort einen Priester holen. Was die Heiratserlaubnis angeht ...«

»Wir brauchen wohl kaum einen Richter aus dem Bett zu holen. Die kann ich doch selbst erteilen, oder?«

»Ja, Sir. Sie haben die Macht dazu.«

»Dann wollen wir es hinter uns bringen. In der Zwischenzeit« – er scheuchte die Männer mit einer ungeduldigen Geste zur Tür hinaus – »wollen wir dem jungen Paar ein wenig Ruhe gönnen. Ihre Braut sieht blaß aus, Doktor Manning. Ich werde ihr ein Glas Madeira bringen lassen.«

»Danke, Eure Exzellenz.«

Prudence war dem Gespräch mit wachsender Verwirrung gefolgt. Es war so unwirklich. Alles war so schnell gegangen. Hacketts brutaler Angriff, der wilde Kampf ... und jetzt dies. »Ross ... Ross ...«, stammelte sie verwirrt, als Lee und die anderen den Raum verlassen hatten, »ich glaube nicht, daß wir ...«

»Schsch«, sagte er. »Ich hole dir ein wenig Wasser für deine Lippe.«

»Aber ... eine Heirat?«

Er lachte leise und rieb seine zerschundenen Knöchel.

»Wenn ich schon Leib und Leben riskieren muß, um deine Ehre zu verteidigen, möchte ich wenigstens einen anständigen Grund dafür haben.«

»Aber unsere Pläne ... *deine* Pläne ... ich möchte nicht, daß du das für mich tust.« Ihr drehte sich alles, und ihr Kopf begann wieder zu pochen.

»Danke für deine guten Absichten. Aber ich lasse es nicht zu, daß deine Ehre in den Schmutz gezogen wird oder daß du irgendwelchem bösartigen Klatsch ausgesetzt bist. Hackett läßt uns keine andere Wahl. Und jetzt sei still.« Er hatte eine Karaffe mit Wasser gefunden und tupfte nun mit seinem angefeuchteten Taschentuch über ihre Lippe. Seine Bewegungen waren sanft und besorgt.

»Der Riß ist nicht allzu schlimm«, sagte er. »In ein oder zwei Tagen ist er wieder verheilt.« Er schüttelte den Kopf. »Dieser verdammte Hackett! Gottseidank habe ich mich auf die Suche nach dir gemacht, als du nicht zurückkamst.« Er strich ihr über das zerzauste Haar. »Meine arme Prudence. Wir gehen auf unsere Zimmer, sobald die Zeremonie vorüber ist.«

In der nächsten Viertelstunde kam sie sich vor wie im Traum. Das große Glas Madeira, das sie auf Ross' Anweisung hatte austrinken müssen, trug noch zu ihrem benommenen Zustand bei. Während der Priester die Heiratszeremonie vornahm, stand sie schwankend an seiner Seite, unbeteiligt und fern wie ein Zuschauer bei einer bizarren Szene. Die Hälfte der Ballgäste drängte sich im Spielsaal, um zuzusehen. Sie hörte das Flattern der Fächer, das unablässige Flüstern; es übertönte beinahe die dröhnende Stimme des Geistlichen.

Mechanisch gab sie ihre Antworten und hatte nur den einen Wunsch: dem Ganzen zu entkommen und in die Einsamkeit zu entfliehen. Ross zog ihr liebevoll Marthas Ring vom Finger und steckte ihn ihr dann wieder an, um ihre Eheschließung zu besiegeln.

Erst als sie im Schlafzimmer waren und begannen, sich zu entkleiden, wich der Nebel von ihrem Verstand. *Heilige Muttergottes!* dachte sie. Was hatte sie nur getan?

Jamie! Sie ließ ihr Korsett zu Boden gleiten und schlug die Hände vor die Augen. Ross war jetzt ihr Ehemann. Ihr Ehemann! Wie konnte sie Jamie heiraten und ihr Kind zurückverlangen, wenn sie schon verheiratet war? Entsetzen und Abscheu erfüllte sie. Die Größe ihres Verlusts überwältigte sie beinahe.

Sie schaute Ross an, der im Hemd neben dem Kamin stand, ein selbstzufriedenes Lächeln auf dem Gesicht.

Noch nie hatte sie jemanden so gehaßt wie ihn in diesem Moment.

19

Er kam auf sie zu und streckte die Hände aus. »Komm ins Bett, meine Gattin.«

Wie konnte er nur lächeln, wenn ihr Leben zerstört war? »Nein«, sagte sie und reckte zornig ihr Kinn. »Ich will nicht.«

Verwirrt runzelte er die Stirn. »Du willst nicht?«

Die Intensität seines prüfenden Blicks schüchterte sie ein, und sie flüchtete sich in eine Ausrede. »Mein ... mein Kopf tut wieder weh.« Sie wich seinem Blick aus, legte ihren Unterrock ab und begann, ihre Haare zu flechten.

»Natürlich.« Die Enttäuschung in seiner Stimme war nicht zu überhören. »Ich mische dir noch ein Pulver, und dann kannst du schlafen, vielleicht möchtest du ja am Morgen, wenn wir noch genug Zeit haben ...«

»Dich dafür belohnen, daß du mich vor Hackett gerettet hast?« Sie starrte ihn finster an, den Mund zornig verzogen.

Er trat einen Schritt zurück. »Was, zum Teufel ...?«

»Du warst abscheulich! Ein brutales Tier! Sieh dir nur deine Hände an – zerkratzt und zerschunden. Sind das die Hände eines Arztes? Eines Künstlers? Oder die eines gemeinen Raufbolds?«

»Verdammt noch mal, ich dachte, ich hätte dich vor einer Vergewaltigung bewahrt, nicht vor einer Verführung«, grollte er. »Tut es dir leid, daß ich eingegriffen habe? Hättest du die Gelegenheit, einen anderen Mann auszuprobieren, begrüßt?«

Sie haßte ihn dafür, daß er die Ereignisse so verdrehte. Als ob *sie* Schuld daran trüge! »Sei nicht absurd. Der Mann ist ein lüsterner Schurke. Ich ekele mich vor ihm.«

Er verschränkte die Arme vor der Brust und blickte sie mit bemühter Geduld an. »Warum greifst du mich dann plötzlich so an? Wie ein gereiztes Kind. Was habe ich getan?«

»Sieh dich doch an«, sagte sie verächtlich. »Gefällt es dir, den tadelnden Patriarchen zu spielen? So überlegen! So vollkommen! Nun, für mich bist du nur ein eingebildeter Tyrann! Du triffst jede Entscheidung für mich. Du gibst mir Befehle. Du mischst dich in mein Leben ein – mit einer so unglaublichen Selbstsicherheit, daß ich schreien könnte.«

Seine Geduld ließ nach. »Jesus! *Was* habe ich getan?«

»Du hast nie gefragt, was ich eigentlich wollte. Du hast nicht gefragt, ob ich dich heiraten will. Du hast nur an deinen dummen Stolz gedacht. Bei einer Lüge erwischt von Seiner Exzellenz. Beschämt vor einem ganzen Zimmer voll mit … mit jämmerlichen Großtuern!« Sie spuckte ihm die Worte förmlich entgegen.

»*Mein* Stolz? Verdammt noch mal, mir ging es um *deinen* Ruf. Deinen Stolz und deine Ehre. Hast du gedacht, ich lasse es zu, daß jemand denkt, du seist nichts als meine Mätresse?«

»Nun, bin ich das nicht?«

Er blickte sie verwirrt an. Dann fluchte er leise und bedeckte seine Augen mit der Hand. »Und die letzten Wochen?« fragte er zögernd. »Haben sie dir nichts bedeutet? War deine Lust gespielt … weil du dich als meine Hure und sonst nichts betrachtet hast?« Er blickte sie unsicher und vorwurfsvoll an. »Du bist jede Nacht in meine Arme, mein Bett gekommen. Ich dachte, du empfindest genauso viel Freude daran wie ich.«

Sie wurde flammendrot. Ganz gleich, welchen Streit sie jetzt austrugen, sie konnte kaum leugnen, daß ihr Körper seinen willkommen geheißen hatte.

»Hast du Freude empfunden?« fragte er rauh.

Sie nickte, und verfluchte sich im gleichen Moment dafür, daß sie ihm diesen Trost gab. Nicht nach dem, was er getan hatte! »Aber du ebenso«, entgegnete sie verdrossen. »Und ich gebe zu – es war die gerechte Entschädigung für alles, was du für mich getan hast.«

»Entschädigung? Mein Gott, was sagst du da?«

Sie ahmte Betsy nach. »Ein Geschenk für ein Liebchen. Ein vollkommen angenehmer Geschäftsvertrag, was mich betraf. Bis du alles verdorben hast«, fügte sie bitter hinzu.

Er brüllte jetzt. *»Geschäftsvertrag?«*

Angesichts seiner Wut wich sie zurück. Ihre Worte klangen so kalt, so berechnend. »Nun ... du warst nett zu mir«, stammelte sie. »Und hast mir Geschenke gekauft, und ... ich war dankbar.«

Er grunzte abfällig. »Also hast du mir dafür deinen Körper geschenkt. Nichts weiter als ein ›Geschäftsvertrag‹. Nun, ich *war* dir dankbar. Und nicht nur dafür, daß du mit mir das Bett geteilt hast. Du hast meinem Leben neuen Sinn gegeben, als ich dachte, ich sei tot. Was war ich nur für ein Idiot – nicht zu begreifen, daß du die Instinkte einer Hure besitzt, wenn auch nicht die Erfahrung. Es war wohl kaum notwendig, daß wir geheiratet haben.«

Heirat! Bitter verzog sie den Mund. »Ich hasse dich«, brach es aus ihr hervor. »Ich wünsche bei Gott, dir wäre etwas anderes eingefallen, um deinen Stolz und meine Ehre zu retten. Und jetzt hast du mein Leben völlig zerstört.«

»Und meines? Was ist mit meinem Leben, verdammt noch mal? Ich habe alle meine Pläne umgeworfen wegen dir. Ich habe die Einsamkeit aufgegeben, um mit einer Frau zusammenzuleben, die mir sagt, daß sie mich haßt.«

»Und warum sollte ich dich nicht hassen? Ich habe dir gesagt, daß ich zurückgehen werde und ihn heiraten will.

Warum konntest du mich nicht verstehen?« Ihre Augen füllten sich mit zornigen Tränen.

Er wandte sich heftig von ihr ab und marschierte durch das Zimmer. »Wenn es um das Kind geht, das du trägst«, murmelte er schließlich, »werde ich es als meines anerkennen.«

Sie keuchte entsetzt auf. »Kind? Oh, du Dummkopf! Ich trage kein Kind!«

Abrupt blieb er stehen, drehte sich um und packte sie heftig am Arm. »Und trotzdem willst du ihn heiraten?«

Wut und Schmerz schnürten ihr beinahe die Kehle zu. »Ja!« schrie sie.

Er schüttelte sie grob. »Es ist Zeit, daß du deinen verdammten Lord Jamie vergißt! *Ich* bin jetzt dein Ehemann. Gewöhn dich lieber an den Gedanken, anstatt dauernd deinem albernen Traum nachzuhängen. Unsere Träume sind nicht zu erfüllen. Am besten ist es, wir versuchen, miteinander auszukommen. Vergiß deinen Jamie!«

»So wie du Martha vergessen hast?« entgegnete sie zornig.

Auf einmal war er angsterregend still – er hatte die Zähne zusammengebissen, seine kalten blauen Augen glühten in einem zornigen Feuer. »Wenn ich darüber nachdenke, sollten wir heute abend unser Gelöbnis richtig besiegeln. Im Ehebett.« Seine Stimme war leise und verbarg Gefühle, die sie nur erahnen konnte. Leidenschaft? Wut? Oder den Wunsch, seinen Stolz zu rächen, indem er sie demütigte?

»Du wirst mich nicht berühren!« rief sie mit zitternder Stimme.

»Du bist gekauft und bezahlt. Hast du nicht selbst gesagt, es ist nur ein Geschäftsvertrag? Und ich habe bei weitem noch nicht soviel zurückbekommen, wie ich für dich ausgegeben habe. Heute abend wirst du damit anfangen.«

»Nein, das werde ich nicht!« schrie sie.

»Doch, bei Gott! Ob nun dein ›Geschäft‹ Ehe oder Hurerei ist, ich habe jetzt ein Recht auf dich.«

Er ließ ihre Arme los, vergrub seine Hände in ihren Haaren und zog sie an sich. Sein Mund war heiß und besitzergreifend, und er verlangte Hingabe von ihr. Sie wehrte sich gegen ihn und wußte zugleich, daß sie gegen ihr eigenes Verlangen ankämpfte. Als er ihr Hemd hochschob und ihre nackten Schenkel streichelte, wand sie sich unter den Liebkosungen, denen sie sich doch ergeben mußte.

Er ließ sie los, und sie zitterte in hilfloser Unterwerfung, brannte von seinen fordernden Küssen, seinen erfahrenen Händen. Sie erlaubte ihm, ihr das Hemd auszuziehen, und in einem Nebel der Vorfreude sah sie ihm zu, wie er sich selbst entkleidete.

Dann lächelte er. Ein triumphierendes Lächeln? dachte sie in aufblitzendem Zorn. Er hatte ihr Leben ruiniert, und sie gestattete ihm, sie mit ein paar Küssen und Liebkosungen zu überwältigen? Als er wieder auf sie zutrat, um sie in die Arme zu nehmen, gab sie ihm einen heftigen Stoß. »Du hast nur dann ein Recht auf mich, wenn *ich* es will!« schrie sie.

Ein leises Grollen kam aus seiner Kehle. »Aber du willst doch«, sagte er spöttisch. »Und wie du willst.« Seine Arme umfingen sie.

Er warf sie sich wie einen Sack über die Schulter. In hilfloser Wut trommelte sie mit den Fäusten auf seinen Rücken, während ihre offenen Haare beinahe auf dem Boden schleiften, als er sie durchs Zimmer trug. Dann lag sie auf dem Bett und versuchte auf Händen und Knien, ihm zu entkommen.

Er legte die Hände um ihre Taille. Sie rechnete damit, daß er sie umdrehen und wie immer dort unten berühren würde. Aber das wollte sie ihm heute abend verweigern. Und wenn es das letzte war, was sie tat. Ist das eine Hochzeitsnacht? fragte sie sich bitter. Soll doch der Schuft heute abend erfahren, wie schmerzvoll Zurückweisung sein kann!

»Meine eigensinnige Frau«, murmelte er, als sie sich heftig dagegen wehrte, umgedreht zu werden. »Glaubst du, das hält mich ab? Warst du auch so schüchtern, meine kleine Schäferin, daß du weggesehen hast, als sich deine Schützlinge auf der Weide besprangen?« Die Stimme hinter ihr klang beinahe amüsiert. Der Griff um ihre Taille wurde fester.

Verblüfft und überrascht warf sie den Kopf zurück, als er plötzlich von hinten in sie eindrang und seine harte Männlichkeit sie ganz ausfüllte. Er führte ihren eigensinnigen Körper zu neuen, ungeahnten Höhen. Und als er begann, immer schneller zu stoßen, war sie besiegt.

Sie wollte ihn heute nacht. Sie wollte ihn jede Nacht für den Rest ihres Lebens, wenn er nur immer wieder das Feuer in ihr entfachte. Bei jedem tiefen, besitzergreifenden Stoß stöhnte sie auf; sie biß die Zähne zusammen, um nicht vor Lust zu schreien, als sich die süße Spannung in ihr aufbaute. Mach weiter, hätte sie am liebsten geseufzt. O Gott, mach weiter!

Gerade als sie in einem Sternenregen von Lust explodieren wollte, zog er sich aus ihr zurück. Zitternd flüsterte sie: »Ross?« Und verzweifelter: »Ross?« Er würde sie doch sicher nicht so zurücklassen – wartend und unbefriedigt. Sie rollte sich herum und spreizte einladend die Beine.

Er kniete zwischen ihren Beinen, seine Brust hob und senkte sich in heftigen Atemzügen, aber er machte keine Anstalten, sie wieder zu nehmen, sondern blickte sie forschend an. Seine Haut glänzte vor Schweiß.

»Ja, ich will«, sagte sie schließlich mit einem zornigen Schluchzen.

Wenn das die Kapitulation war, so war es eine Kapitulation, nach der ihr Körper sich verzehrte. Ross küßte sie besitzergreifend, und dann stieß er wieder tief in sie hinein und weckte ihre Sinne von neuem. Sie schloß die Augen, überließ sich ihrer Lust und spürte nur ihn. Es gab keine Vergangenheit. Keine Zukunft. Nur den Rhythmus seiner Stöße, der sie in ein Reich der Lust brachte, in dem alle Gedanken ausgeschaltet waren.

Ihr Schambein schmerzte immer noch von Hacketts

grausamem Tritt. Aber der Schmerz, der sie bei jedem von Ross' leidenschaftlichen Stößen durchfuhr, trug nur zur Verstärkung der Gefühle in ihren brennenden Lenden bei. Von ihrem pochenden Lustzentrum zuckten Feuerstrahlen durch ihren ganzen Körper. Sie grub die Nägel in Ross' Rücken und spornte ihn noch an. Sie wollte besessen, benutzt, überwältigt werden. Von Leidenschaft verschlungen. Nur diese süßen Qualen konnten den Schmerz in ihrem Herzen auslöschen. In einem gemeinsamen Schrei der Ekstase kamen sie beide zum Höhepunkt.

Mit der Erlösung kam die Erinnerung zurück. Ihr Kind. Würde es je genug Liebesnächte geben, um sie für diesen Verlust zu entschädigen? Heiße Tränen stiegen ihr in die Augen, noch bevor Ross sich zurückgezogen hatte. Und als er von ihr herunterrollte und zufrieden seufzend in die Kissen sank, ließ sie ihrem Kummer freien Lauf. Sie rollte sich zusammen und schluchzte bitterlich.

Alarmiert setzte er sich auf. »Prudence! Was ist los?«

Sie konnte nur den Kopf schütteln und weinen. Was sollte sie auch sagen? Lag doch die Schuld bei ihr selbst. Sie hätte Einspruch erheben, hätte sich wehren *müssen*, um diese absurde Heirat zu verhindern. Ross hatte es gut gemeint, es war nur ihre eigene Angst vor der Schande gewesen, die sie hatte schweigen lassen. Schnell gefreit, lang gereut. Und nun hatte sie den Rest ihres Lebens Zeit, es zu bereuen.

»Prudence, weine nicht«, bat er und nahm sie in die Arme. »Es ... es tut mir leid, daß ich dich gezwungen habe. Ich dachte, es sei der einzige Weg, damit du Jamie vergißt. Und du wirst ihn vergessen. Bald schon wird er nur noch eine süße Erinnerung sein. Nichts weiter.«

Die Erwähnung von Jamies Namen ließ sie nur um so lauter weinen, herzzerreißende Schluchzer, die Ross beunruhigten. Er hielt sie fest in den Armen, wiegte sie und murmelte zärtliche Worte des Trosts.

Schließlich ließ ihr Weinen nach. Er legte sie auf ihr Kissen, deckte sie zu und küßte sie auf die Stirn. »Wir werden glücklich miteinander sein«, sagte er und legte sich neben sie, um sie wieder in die Arme zu nehmen. »Du wirst sehen.«

Sie konnte nichts anderes tun, als Ross zu verlassen, sobald sie London erreicht hatten.

Prudence setzte sich zögernd im Bett auf. Sie wünschte, sie könnte schlafen und für immer ihrem Kummer entkommen. Als er sie gestern nacht umarmt und ihren Körper befriedigt hatte, war es nicht so schwer gewesen, sich einzureden, sie könne glücklich mit ihm werden.

Aber in den kalten Stunden des Morgengrauens war sie erwacht, und ihre Gedanken hatten wieder angefangen, sie zu quälen. Was bedeutete diese Wahl? Fleischliche Lust zu akzeptieren im Austausch gegen die Freude, mit ihrem Sohn zusammenzusein, ihn zu einem Mann heranwachsen zu sehen. Ihre Nächte mit Leidenschaft zu füllen, damit die Tage nicht so grau und leer waren. Sie konnte Papas Stimme hören. Kurzes Vergnügen, Kätzchen, langes Leid.

Und ihre Tränen würden nie aufhören zu fließen, bis sie ihr Kind wieder in den Armen hielt. Keine Umarmungen – ganz gleich wie leidenschaftlich – konnten die Leere füllen und das Bedürfnis stillen, das Kind, das sie in ihrem Leib getragen hatte, zu herzen.

Ross hatte ihr wie üblich das Frühstück bereitgestellt. Sie verzog das Gesicht, als sie auf den gefüllten Teller blickte. Nein heute morgen hatte sie keinen Appetit. Und auch ihr Kopf pochte wieder. Wahrscheinlich das Ergebnis all der Tränen. Sie stieg aus dem Bett und sah erleichtert, daß Ross seinen Medizinschrank noch nicht für die Reise abgesperrt hatte, obwohl seine Seekiste und die übrigen Kisten schon gepackt waren. Sie mischte sich ein Pulver gegen Kopfschmerzen, trank es in einem Zug aus und widmete sich dann ihren morgendlichen Verrichtungen.

Stirnrunzelnd blickte sie in den Spiegel und musterte sorgfältig ihr Gesicht. Wehmütig dachte sie, daß nichts eine Frau so sehr entstellte wie Kummer. Sie hatte dunkle

Ringe unter den Augen, und ihre Wangen waren eingefallen. Ihre Lippe war immer noch geschwollen von Hacketts Schlag, und sie entdeckte sogar erste Anzeichen eines Pickels auf ihrer Stirn. Sie kämmte ein paar Locken über die Stelle und zog sich dann fertig an.

Gerade, als sie das letzte zusammengefaltete Teil ihrer Wäsche in ihre Seekiste legte, betrat Ross das Zimmer. Er wirkte distanziert und abwesend und sah sie kaum an – als habe die Leidenschaft der vergangenen Nacht ihn genauso erschöpft wie sie.

»Die Kutsche wartet unten, wenn du fertig bist«, sagte er kühl.

Sie richtete sich auf und drehte sich um. »Ich bin fertig mit Packen.«

»Ich war heute früh bereits bei Seiner Exzellenz, Mr. Lee, und habe ihm einen ausführlichen Bericht über Hacketts Verhalten auf der *Chichester* gegeben. Er will den Bericht an die Admiralität in London schicken.«

»Das freut mich. Wenn er bestraft wird, hat der arme Toby wenigstens nicht umsonst gelitten.«

»Lee sagte mir, daß Hackett vom Dienst freigestellt ist, bis er sich erholt hat ...« Er räusperte sich und wandte sich ab.

Sie empfand einen Anflug von Schuldgefühl. »Ross, ich ... es tut mir leid, was ich gestern abend gesagt habe. Wenn ich ein Mann wäre, hätte ich den Schuft genauso heftig verprügelt.«

»Nein. Du hattest recht, mich zu tadeln. Ich hätte nicht zulassen dürfen, daß ich so den Kopf verliere.«

Sie lachte leise und blickte auf seine Fingerknöchel.

»Nun, deine Hände werden dich noch eine ganze Weile an dein verrücktes Benehmen erinnern, wette ich.« Sie lächelte ihn an, und ihre Gedanken glitten zurück zu den heißen Zärtlichkeiten der vergangenen Nacht. Sie errötete. Seine Augen waren so strahlend blau ...

Die plötzliche Intensität ihrer Blicke schien ihm ebenso unangenehm zu sein. Er wandte sich ab und beschäftigte sich mit seinen Kisten, als ob es noch etwas zu tun gäbe.

»Ich mag London nicht besonders«, sagte er schließlich. »Und wenn ich mich recht erinnere, du auch nicht.«

»Nein«, erwiderte sie, erstaunt über seinen plötzlichen Themenwechsel. »Es ist so schmutzig. Zumindest im Sommer.«

»Und im Winter ist es ungesund. Nun, es gibt ein paar hübsche Orte in den Cotswold Hills, in der Nähe von Cirencester. Das ist Schafland, du würdest dich dort also nicht fremd fühlen.«

»Warum erwähnst du das?« Er sprach in Rätseln.

»Ich werde meine Praxis dort aufmachen. In dieser Region werden Ärzte gebraucht.«

»Ich dachte, du wolltest deinen Beruf aufgeben. Du hast doch gesagt, er würde dich nicht mehr befriedigen.«

Er seufzte bekümmert. »Eine Frau will ja versorgt sein. Und in den letzten Wochen habe ich von meinem Erbe ziemlich viel ausgegeben.«

Schuldbewußt blickte sie ihn an. Auch er hatte wohl darüber nachgedacht, ob es klug gewesen war, sie zu heiraten. Sein offensichtlicher Kummer bestärkte sie in dem Entschluß, ihn zu verlassen. Das würde das beste für sie beide sein. Sobald sie Jamie gefunden hätte, konnte Ross den Rest seines Geldes für das verwenden, was er ursprünglich vorgehabt hatte. Um in die Einsamkeit zu gehen. Dann konnte er die Ruhe und den Frieden finden, nach denen er sich so sehr sehnte. Konnte in der Erinnerung an Martha leben.

Die Fahrt in der Kutsche von Williamsburg zum Hafen und zu ihrem Schiff verlief schweigsam. Nur Toby Wedge schien nichts von der traurigen Stimmung und den schuldbeladenen Erinnerungen, die wie eine dunkle Wolke über ihnen beiden hingen, zu spüren.

Zuerst hatte Wedge Angst gehabt, als sie ihm sagten, sie würden wieder auf ein Schiff gehen. Aber Ross hatte es ihm geduldig auseinandergesetzt und ihm erklärt, sie würden nun das Land verlassen, in dem der gefürchtete ›Käpt'n Hackett‹ sich aufhielt. Also brabbelte Toby fröhlich vor sich hin, während sie zum Schiff fuhren, und unterbrach sein Gemurmel nur ab und zu, um eine Frage über die herbstliche Landschaft und die abgeernteten Felder zu stellen – Momente der Klarheit, die Prudence ans Herz gingen.

Als er die *Chichester* im Hafen liegen sah, brach sich für kurze Zeit das Entsetzen wieder Bahn, aber Ross beruhigte ihn, indem er ihm das Handelsschiff *True Heart* zeigte, mit dem sie segeln würden.

Es dauerte eine Weile, bis ihr Gepäck verstaut war, und am Nachmittag gingen sie schließlich an Bord. Offensichtlich war die *True Heart* ein hervorragendes Schiff – zwar nicht annähernd so groß wie die Fregatte *Chichester,* aber weitaus prächtiger. Ihre Räume waren die schönsten auf dem Schiff: eine geräumige, lichtdurchflutete Kajüte auf dem Achterdeck.

»Wie schön, daß wir es hier hell haben werden«, sagte Prudence lächelnd, als sie sich in der Kajüte mit den breiten Fensterbänken umsah.

»Das ist was anderes als die Löcher, in denen sonst die Ärzte wohnen«, stimmte Ross zu. Er drehte sich zu Wedge um, der stirnrunzelnd vor sich hin murmelte. »Ich bringe rasch Toby in seine Kajüte nebenan. Der arme Teufel. Ich fürchte, die Aufregungen des heutigen Tages haben ihn völlig um den Verstand gebracht.«

Als die beiden Männer weg waren, legte Prudence ihren Strohhut ab, hängte ihren Mantel über einen Stuhl und musterte ihre Umgebung. Die holzgetäfelte Kajüte war mit Ross' Möbeln von der *Chichester* eingerichtet – mit seinem Schreibtisch, dem Armlehnstuhl, dem Schrank für die Lebensmittel und der Bank. Zusätzlich stand mitten im Zimmer ein großer runder Tisch mit vier Stühlen. Sie wußte, daß Ross eine Kuh und einige Käfige mit Hühnern gekauft und sich darum gekümmert hatte, daß einer von der Mannschaft für sie kochte; sicher konnten sie sich auf der Reise mit dem Kapitän unterhalten und es sich ansonsten richtig bequem machen.

Nachdenklich betrachtete sie eine große, neue Koje mit Vorhängen, die den meisten Raum in der Kajüte einnahm.

Du meine Güte! dachte sie, als ihr klar wurde, was dieses Bett bedeutete. Mindestens sechs Wochen voller Leidenschaft in den Nächten und ein ruheloser Ehemann, der vielleicht auch den einen oder anderen Nachmittag auf diesen Laken zubringen wollte.

Und was würde sie tun, wenn er ihr ein Kind machte? Sie hatte sowieso das Gefühl, daß das leicht geschehen konnte. Ihre Regel war zwar erst in einer Woche fällig, aber wenn sie daran dachte, merkte sie bereits, wie sich Entsetzen in ihr ausbreitete.

»Es darf nicht sein«, flüsterte sie. Es würde schon schwer genug sein, Ross zu verlassen und Jamie zu suchen, wenn sie in England waren. Aber ein weiteres Kind würde ihr Leben noch schwieriger machen ... Sie zitterte bei dem entsetzlichen Gedanken. Dann würde Jamie sie gewiß zurückweisen.

Traurig seufzte sie. So schwierig es sein würde, irgendwie mußte sie Ross davon überzeugen, daß er seine Leidenschaft zügelte, bis sie zu Hause waren. Wieder seufzte sie. Das bedeutete auch, daß sie selbst sich das Vergnügen, das ihr so viel bedeutete, versagen mußte. Und das würde ihr noch schwerer fallen: sein bloßer Anblick erregte ihre Sinne, jedesmal, wenn sie ihn sah.

Sie sank auf die Knie und faltete die Hände: »Lieber Gott«, murmelte sie, »wenn es dein Wille ist, mir mein Kind zurückzugeben, gelobe ich dir bei meiner Ehre, von nun an auf jeden Verkehr mit diesem Mann zu verzichten. Du weißt, daß diese Ehe unter falschen Voraussetzungen geschlossen wurde, denn nur die Lust des Fleisches ist keine Rechtfertigung dafür. Erlöse mich von meinen geheimen Fehlern und erhöre mein Gebet.«

Als sie aufstand, fühlte sie sich erfrischt und gestärkt. Gott würde ihr Opfer sicher mit Wohlgefallen aufnehmen. Aber ... sie schluckte ihre Angst hinunter – wie in Gottes Namen sollte sie Ross ihre Entscheidung mitteilen?

»Gefällt dir die Kabine?«

Sie drehte sich um und sah ihn auf der Schwelle stehen.

Sein Gesichtsausdruck war wachsam und irgendwie

verlegen. Ob er wohl Schuldgefühle empfand, weil er sie zu dieser Ehe gezwungen hatte? Sie beschloß, ihre Chance zu nutzen – sie würde an sein Gewissen appellieren, Gott möge ihr verzeihen.

Mißbilligend schürzte sie die Lippen. »Eigentlich nicht. Ich bin immer noch ziemlich verärgert wegen letzter Nacht. Du hast mich zu etwas verführt, das ... ich nicht wollte. Du hast auf eine Art, die eines Gentlemans nicht würdig ist, Vorteil aus meiner Schwäche gezogen.«

Sie wartete darauf, daß er ihr antwortete. Als er mit unbewegtem Gesicht schwieg, reckte sie stolz das Kinn und redete weiter, in der Hoffnung, die Sache durchzustehen. »Eine Ehefrau hat Rechte, die eine Hure nicht hat«, sagte sie hochmütig.

»Ach so?« murmelte er und schloß die Tür hinter sich.

Was du heute kannst besorgen, das verschiebe nicht auf morgen, dachte sie. Und so sprudelte sie rasch hervor: »Ich möchte, daß du für die Reise eine Hängematte oder ein Feldbett besorgst. Weil ich nicht vorhabe, mit dir in der Koje zu schlafen.«

»Beim Bart des Äskulap, nicht mit mir in der Koje schlafen?« Seine Augen funkelten vor Zorn. »Was ist denn das jetzt schon wieder für eine kindische Idee?«

Der Himmel schütze mich, dachte sie. Vielleicht sollte sie es mit einer anderen Taktik versuchen, um ihn zu besänftigen. »Es ist ... es ist nur, ich finde es nicht so bequem, an Bord eines Schiffes miteinander zu schlafen. Wenn wir in unserem Haus sind, an Land, in den Cotswold Hills ... wo es mir sicher gefallen wird ...«, Sie brabbelte unverständlicheres Zeug als Wedge. »Ich werde gerne wieder mit dir schlafen, wenn wir zuhause sind«, schloß sie lahm. Eine glatte Lüge. Es würde kein ›Zuhause‹ geben; nur für sie und Jamie. Sie schenkte Ross ein verheißungsvolles Lächeln und betete, daß er nun besänftigt wäre.

Er schien jedoch nicht die Absicht zu haben, sich besänftigen zu lassen. Seine Augenbrauen zogen sich finster zusammen. »Darf ich den Grund für diese ... diese plötzliche weibliche Zurückhaltung wissen? Nach all dem, was wir geteilt haben, spielst du jetzt das schüchterne Mädchen? Und erwartest von mir, daß ich darauf eingehe?«

Sie kam sich vor wie eine Idiotin, verloren auf einem Gebiet, das ihr längst nicht vertraut genug war. Wie sehr sie sich jetzt nach Betsys Ratschlägen sehnte, nach Betsys Klugheit. »J-ja«, stammelte sie.

»Ich denke nicht daran, Madam. Du mußt noch viel über die Ehe lernen. Aber selbst in deinem Dorf kennen die Frauen bestimmt ihre Pflichten gegenüber ihrem Ehemann.«

Verflucht, schon wieder dieser überlegene Tonfall. Als ob sie ein dummes Kind wäre! Verärgert stampfte sie mit dem Fuß auf. »Ich weiß, daß eine Frau nicht die Sklavin ihres Mannes ist. Und daß er nicht den Tyrannen spielen darf! Ich möchte, zu meiner eigenen Bequemlichkeit, alleine schlafen, bis wir England erreichen. Bist du so gefühllos, daß du mir das verweigerst?«

Sie konnte hören, wie er mit den Zähnen knirschte. »Wir werden die gleiche Koje teilen«, sagte er entschlossen.

»Und ich sage nein. Wenn du es nicht tun möchtest, werde *ich* in der Hängematte schlafen. Diese Ehe war deine Idee, nicht meine.« Das schien zu wirken. Sein eisiger Blick wurde unsicher. Aber vielleicht sollte sie noch eins draufsetzen? »Ich bin sicher, du wärest Martha gegenüber nicht so respektlos gewesen.« Bewußt sagte sie das anklagend.

Er wurde blaß, erwiderte aber nichts.

Der Sieg gehörte ihr! Sorgfältig bemüht, nicht allzu triumphierend zu klingen, wies sie auf eine Stelle unter dem Fenster. »Ich glaube, ein Feldbett würde sich da drüben recht gut ausmachen.«

Sie hatte sich verrechnet. Er packte sie grob bei den Schultern und starrte sie finster an. »Es wird kein Feldbett geben. Und keine Hängematte! Und du wirst nie mehr von Martha sprechen. Sie war eine gute Frau. In jeder Beziehung.«

Plötzlich haßte sie Martha mit einer Leidenschaft, die

sie alle Vernunft oder Vorsicht vergessen ließ. Sie entwand sich seinem Griff, trat ärgerlich zum Fenster und blickte auf die entschwindende Küste. »Ich zweifle nicht daran, daß sie so vollkommen war wie du«, entgegnete sie bissig. »Ist auf jeden deiner Befehle gesprungen und hat deine Männlichkeit gepriesen, nicht wahr? Hat dir gesagt, wie wundervoll du bist. Im Bett und auch sonst. Es tut mir leid, daß ich eine solche Enttäuschung bin neben deiner so guten Martha.«

Er zog scharf die Luft ein, und dann redete er – kalt und bedrohlich. »Um genau zu sein, hat Martha mir nie Anlaß zu der Überlegung gegeben, daß ein Mann seine Frau anders als freundlich behandeln sollte. Aber damals habe ich noch keine ungezogene Kindfrau wie dich gekannt. Es ist an der Zeit, daß du dich wie eine erwachsene Frau benimmst. Vergiß deine albernen Träume und bereite dich darauf vor, deinem Mann Ehre zu erweisen.«

Herausfordernd wirbelte sie zu ihm herum. »Und wenn ich deinen hochmütigen Forderungen nicht nachkomme?«

»Es geht gegen meine Überzeugungen als Gentleman – aber langsam habe ich das Gefühl, es könnte mir Befriedigung bereiten, dich ...«

Zornig kräuselte sie die Lippen. »Mich zu vergewaltigen, wann immer dir danach zumute ist?«

»Dich übers Knie zu legen wie ein Kind«, entgegnete er grimmig.

Sie erbebte bei der kalten Drohung in seinem Blick und drehte sich um.

Dann hörte sie, wie er die Tür wieder öffnete. »Bereite dich heute abend auf das eine oder andere vor«, sagte er. »Ich bin jetzt auf dem Vorderdeck. Um sechs Glasen hole ich dich ab. Der Kapitän hat uns zum Abendessen eingeladen.« Damit war er fort.

Zitternd sank sie auf einen Stuhl. *O Prudence,* dachte sie. *Ist es schon so weit mit dir gekommen?* Sie hatte seinen empfindlichen männlichen Stolz beleidigt, seine tote Frau verhöhnt und sich eigensinnig geweigert, mit ihm zu schlafen. Wäre ihr auch nur ein Funke Verstand geblieben, hätte sie ihm schon lange die Wahrheit über Jamie und ihr Kind gesagt. Vielleicht gab es berechnende Frauen, die Männer mit Lügen und mutwilligen Forderungen für ihre Zwecke ausnützen konnten ... Hatte sie nicht selbst oft genug erlebt, wie ihre Stiefgroßmutter bei ihrem Großpapa ihren Willen bekam mit ihren Bosheiten? Aber die unschuldige Prudence Allbright gehörte wohl kaum zu dieser Sorte!

Den Rest des Nachmittags verbrachte sie in einem unruhigen Dämmerzustand. Sie war sich keineswegs sicher, daß er nicht auch meinte, was er sagte. Und selbst wenn er ihr nur Angst einjagen wollte, so war ihm zumindest das gelungen.

Was waren ihre Alternativen? Schmerz und Erniedrigung einer Bestrafung, wie man sie Kindern angedeihen ließ, oder die Gefahr einer Schwangerschaft. Sie fürchtete die Härte seiner zornigen Hand. Wenn er sie jedoch mit liebenden Händen berührte, fürchtete sie ihre Kapitulation noch viel mehr. Und falls sie ihren Schwur brach und ihm erlaubte, sie zu schwängern, würde Gott ihr nie verzeihen.

Hinzu kam, daß ihr Kopf wieder schmerzte und daß ihr vom Schaukeln des Schiffs übel wurde. Sie ging auf dem Achterdeck spazieren, um sich ein wenig zu erholen, aber die Luft war zu kalt, und so suchte sie zitternd wieder die Kajüte auf.

Zum Abendessen zogen sie sich dann in eisigem Schweigen um. Sie fühlte sich so traurig und erschöpft, daß jede Bewegung zur Qual wurde. Lustlos pickte sie an ihrem Essen herum und versuchte, zu dem Kapitän und seinen Offizieren sowie zu den wenigen anderen Passagieren, die er an seinen Tisch geladen hatte, nett zu sein. Ihre Gedanken jedoch weilten bereits bei Ross und der angsterregenden unangenehmen Auseinandersetzung, die sie kaum vermeiden konnte.

Elend folgte sie ihm in die Kajüte und sah zu, wie er die

Tür schloß und noch eine Laterne entzündete. Dann drehte er sich zu ihr um und verschränkte die Arme.

»Nun«, sagte er, »hast du dich entschieden?«

Ihr Herz raste. Ihr Kopf war dumpf, und wirre Gedanken durchfuhren sie. Was sollte sie tun? Wie von ferne hörte sie Papas scheltende Stimme. Aufrichtigkeit ist die beste Politik, Kätzchen. Sie seufzte und trat auf Ross zu. Es war Zeit, ihm die Wahrheit zu sagen.

Der Boden schwankte unter ihren Füßen. Ihre Knie schmerzten so sehr, daß sie sich kaum aufrechthalten konnte. Blinzelnd starrte sie Ross an. Sein Gesicht wirkte so weit weg, wie jenseits eines Abgrunds, den sie überqueren mußte.

Mit einem leisen Seufzer sank sie zu Boden.

Als sie erwachte, merkte sie, daß er sie mit sanften Händen auszog. Er trug sie zur Koje und legte sie hin.

Sie wollte sich aufrichten. Hatte er ihr Schweigen falsch gedeutet? »Ross, nein. Ich kann nicht ...«, begann sie mit schwacher Stimme.

Er drückte sie zurück in die Kissen. »Schsch«, sagte er. »Du bist sehr krank. »

Keuchend holte sie Luft. »Ist es schlimm?«

Besorgt verzog er das Gesicht. »Ich fürchte, es sind die Pocken.«

20

Ross beugte sich über Prudence, dankbar dafür, daß sie endlich ruhig geworden war. Ihre schmerzerfüllten Schreie brachen ihm das Herz. Das schöne Gesicht seiner Frau war kaum wiederzuerkennen. Große rote Flecken und eiternde Pusteln hatten aus ihren zarten Zügen eine verschwollene, groteske Maske gemacht, die furchterregender aussah als Wedges Gesicht. Er verfluchte seine Ohnmacht als Arzt; dabei hatte er doch schon ganze Scharen von Kindern und Erwachsenen vor der Seuche bewahrt. Es war ein einfacher

Eingriff, den er von den Türken gelernt hatte. Ein kleiner Schnitt, in den man den Eiter eines Pockenkranken träufelte, dann wurde der Schnitt verbunden, und man ließ ihn heilen. Die Leute hatten leichte Schmerzen, der Puls raste, und ihnen war übel, vielleicht hatten sie auch ein oder zwei Tage lang Fieber. Aber die Patienten *lebten*, und sie waren vor der Ansteckung geschützt, die ganze Dörfer dahinraffen konnte.

Er fluchte leise. Wahrscheinlich hatte sie sich bei der schmutzigen, zerlumpten Bettlerin in Williamsburg angesteckt. Die Frau hatte Spitzen auf der Straße verkauft. Prudence hatte die Stoffe an ihre zarte, reine Haut gehalten und erst ihre Meinung geändert, als sie hörte, wie teuer sie waren. Er fluchte wieder, verfluchte seine eigene Dummheit. Er hätte es sofort sehen müssen: die Wangen der Bettlerin waren mit blassen weißen Narben bedeckt gewesen; den Zeichen für eine überstandene Pockeninfektion. Wahrscheinlich war sie gerade erst vom Krankenlager aufgestanden.

Er wrang ein Tuch in einer Schüssel mit Wasser aus und drückte es auf Prudences Stirn. Zumindest schien das Fieber nachgelassen zu haben. In den ersten paar Tagen hatte er in ständiger Angst gelebt, während sie sich stöhnend und zitternd im Bett wand, und vergeblich nach den roten Flecken Ausschau gehalten, die ein Zeichen dafür waren, daß die erste Krise überstanden war. Es war besser, Pocken auf den Händen und im Gesicht zu haben als in den inneren Organen, weil sie dort tödlich wirkten.

Vom Proviantmeister hatte er sich eine rote Decke geben lassen, die er um ihren zitternden Körper wickelte, und ein großes Kohlebecken, damit es ihr warm war und sie schwitzen konnte. Er hatte ihr zu trinken gegeben – Wasser und die weitgehend unwirksamen Heilsäfte, die er zusammenmischte – und er hatte sie getröstet in den wenigen Momenten, wo sie so klar bei Bewußtsein war, daß sie verstehen konnte, was um sie herum geschah.

Es war seltsam. Sie hatte nur Angst davor, Narben zurückzubehalten. Wenn sie jedoch vom Tod redete, wurden ihre fiebrigen Augen klar und ruhig und zeugten von ihrem Gottvertrauen. Er dachte an ihre allabendlichen Gebete und war froh, daß sie ihren Glauben hatte, der sie stützte. In der Woche, seit sie krank geworden war, hatte auch er stundenlang auf den Knien gelegen und um Hilfe gefleht.

Wie dankbar war er gewesen, als endlich die Pusteln auf der Haut erschienen und Gesicht, Arme und Brüste bedeckten. Und selbst als sie anschwollen und ihre zarte Haut verunstalteten, hatte er Hoffnung empfunden. Doch jetzt, in den vergangenen zwei Tagen – dieses schreckliche Delirium …

O Gott, dachte er immer wieder, *laß sie nicht sterben.*

»Hier ist Ihr Essen, Sir.«

Er blickte auf, als Wedge mit einem dampfenden Eintopf die Kajüte betrat. »Danke, Toby. Hast du schon gegessen?«

»Aye, Sir.«

Er setzte sich an den Tisch und begann zu essen, während Toby an seinen Speiseschrank trat, um ihm einen großen Krug Ale zu holen. Er wußte nicht, was er ohne Wedge gemacht hätte.

Als der Kapitän von Prudences Krankheit erfahren hatte, wäre er am liebsten wieder nach Virginia zurückgekehrt. Aber Ross versicherte ihm, daß er in Quarantäne bleiben und sich mit Prudence nur in der Kajüte aufhalten würde, bis sie wieder gesund wäre. Wedge, dessen pockennarbiges Gesicht von seiner Immunität zeugte, war sein wertvollster Bote geworden. Natürlich hatte er sich geweigert, den Niedergang von der Kombüse hinunterzuklettern, aber er wartete geduldig auf dem Hauptdeck, bis ihm das Essen ausgehändigt wurde und hatte sogar seine Angst soweit besiegt, daß er die wenigen Stufen zum Achterdeck hinunterstieg. »Ich bin tapfer für die kleine Lerche«, hatte er gesagt.

Wedge wartete schweigend darauf, bis Ross fertiggegessen hatte, dann ergriff er die leere Schüssel. Er schüttelte seinen mächtigen Kopf. »Wird die Lady sterben?«

Ross runzelte die Stirn und blickte in das kindliche Gesicht des Mannes – er war so vertrauensvoll, so voller Hoffnung. »Natürlich nicht«, antwortete er. Es hatte keinen Sinn, Wedge mit seinen eigenen dunklen Ängsten zu belasten.

»Heute früh sah ich eine Ratte in den Tauen. Ein schlechtes Omen, wissen Sie.«

Ross seufzte müde. »Ihr Leben liegt in Gottes Hand, Toby, nicht in deinen Omen.«

Wedge machte ein ängstliches Gesicht und riß die Augen auf. »Aber wenn der Käpt'n hier auf dem Schiff rumlungert und ihr böse Flüche schickt ...!«

»Jesus«, murmelte Ross. »Wird dich der Schurke dein ganzes Leben lang verfolgen?«

»Man weiß nie ...«

Ross stand auf und blickte Toby streng an. »Geh in deine Kajüte«, befahl er. »Jetzt, wo deine Finger verheilt sind, kannst du der Lady ja Haarkämme schnitzen, wie du versprochen hast.«

Wedge ließ wie ein gescholtenes Kind den Kopf hängen. »Aye, Sir.« Er schlurfte zur Tür, dann drehte er sich um. In seinen Augen standen Tränen. »Der Tod verschlingt Lämmer wie Schafe«, murmelte er und ging aus der Kajüte.

Ross stöhnte und schlug die Hände vor die Augen. Selbst dieser einfache Mensch begriff die Gefahr. Wenn sie sterben sollte ... Er stöhnte wieder. Ihre letzte Erinnerung würde seine grausame Drohung sein, sie zu züchtigen. Er brannte vor Scham und wünschte, er könnte die schändlichen Worte zurücknehmen.

Er hatte sie nie ernstgemeint. Der Gedanke, die Hand gegen sie zu erheben, war für ihn unvorstellbar. Aber er hatte sich hilflos und frustriert gefühlt und hatte gehofft, sie zum Gehorsam zwingen zu können. Ein tölpelhafter Versuch, mit ihren Launen fertigzuwerden, wenn man mit Vernunft anscheinend nichts mehr ausrichten konnte.

Sie war so anders als die anderen Frauen, die er gekannt hatte. Fügsam und willig im einen Moment, dann wieder voller unverschämter Rebellion. Eine engelhafte Unschuld, hinter der ein freches Teufelchen lauerte. Wie sollte er als Mann eine solche Frau in sein Bett bekommen, ohne den Tyrannen zu spielen, als den sie ihn immer bezeichnete?

Nicht, daß er so besonders stolz auf sein Verhalten war – von der Tyrannei einmal abgesehen. Er wand sich vor Scham, wenn er an die Nacht dachte, in der er sie im Zorn wie ein lüsternes, wildes Tier genommen hatte. Er war nicht besser als Hackett. Was war mit seiner vielgepriesenen Selbstbeherrschung geschehen?

Nun, wenn sie wieder ganz gesund war – er murmelte ein Gebet, daß es so sein würde –, dann wollte er noch einmal von vorne anfangen. Er brauchte die Freuden ihres sinnlichen Körpers, ihre leidenschaftlichen Umarmungen. Und er brauchte noch mehr, stellte er erstaunt fest. Er wollte ihr sanftes Lachen hören, wenn sie es genoß, mit ihm zu schlafen, er wollte das zufriedene Glühen in ihren bemerkenswerten grünen Augen sehen. Er wollte, daß sie beide eine wunderbare Zukunft vor sich hatten. Aber wie konnte er ihr Vertrauen wiedergewinnen, nach allem, was zwischen ihnen geschehen war?

Er sah zu seiner Hängematte, die in einer Ecke des Raums befestigt war. Gott, war er müde. Vielleicht sollte er ein Nickerchen machen. Anscheinend schlief sie ruhig.

Plötzlich schrie sie auf und begann zu zucken. Er eilte zu ihr. Sie stöhnte und wand sich vor Schmerzen. Er litt mit ihr, spürte selbst die Qualen in den geschwollenen Gliedmaßen – ein Schmerz, den sie selbst im Delirium fühlte. Hastig prüfte er ihren Puls; ihr Herz raste.

»Schsch, meine Süße«, murmelte er. »Schsch.«

Er wusch ihr das Gesicht mit kaltem Wasser und öffnete ihr Hemd, um das kühlende feuchte Tuch auf ihre Brüste zu drücken. Er hob ihren Kopf an und gab ihr zu trinken, dankbar dafür, daß das Wasser noch nicht faul und ungenießbar geworden war.

Und immer noch schlug sie schreiend um sich. Tränen drangen aus ihren geschwollenen Augenlidern und rannen über ihr von Pocken verunstaltetes Gesicht. »O Jamie, Jamie!« schluchzte sie. »Ich brauche dich.«

Er beruhigte sie, bis sie endlich wieder eingeschlafen war. Dann wandte er sich mit einem Fluch ab und schleuderte den nassen Lappen quer durch die Kajüte. War er ein Idiot, daß er von einem friedlichen Leben mit ihr träumte, wo dieser verdammte Nichtsnutz immer noch ihr Herz beherrschte? Er bedauerte den Augenblick, in dem er sie kennengelernt hatte, bedauerte die hastige Eheschließung, die sie so offensichtlich verabscheute. Und er bedauerte, daß sein Körper nun nicht mehr bereit war, auf die Freuden ihres Körpers zu verzichten.

Und dabei hatte er sich eine so wunderbare Zukunft vorgestellt. Er lachte bitter. Würde er seine Nächte wie ein ergebener Ehemann zubringen, auf den Knien liegend und um ihre Gunst bettelnd? Oder würde er über sie herfallen, bis sie sich ihm ergab? Oder – das Schlimmste, was er sich vorstellen konnte – würde er ihren Körper benutzen, während ihr Herz bei einem anderen war?

Nein! Er hatte seinen Stolz. Er hatte wie ein Mönch gelebt, bevor sie gekommen war; er konnte das wieder tun. Eine keusche Ehe war besser, als von einer Erinnerung betrogen zu werden. Besser, als sie in die Arme zu nehmen und Jamie immerzu in ihren Augen zu sehen.

Und er hatte ja schließlich immer noch seine Erinnerung an Martha. Das würde ausreichen müssen. Er stöhnte angstvoll. Warum nur verblaßte ihr Bild in seinem Herzen immer mehr, warum war sie nicht mehr in seinen Träumen?

Prudence verzog das Gesicht und warf sich in ihrem Bett hin und her. Ihr Gesicht brannte, und das Fleisch spannte, als sei es mit Lack bestrichen. Sie versuchte, die Hände zu heben, um sich zu kratzen, und runzelte die Stirn. Warum waren ihre Hände zu beiden Seiten der Koje festgebunden?

Sie wandte den Kopf und blickte sich in der Kajüte um.

Es war Nacht. Eine einzelne Laterne hing von einem Deckenbalken; Ross saß darunter, las ein Buch und sog an seiner Pfeife. Sie atmete den aromatischen Duft des Tabaks ein. Irgendwie war es tröstlich – und es erinnerte sie an die gemütlichen Abende mit Papa, wenn sie beide lasen. Sie seufzte und schloß die Augen. Mit der Erinnerung an diese glücklichen Tage konnte sie sich wohl fühlen.

Wohlfühlen ... Aber nur, wenn sie ihr Gesicht kratzen durfte! Wieder öffnete sie die Augen. »Bitte, Ross«, flüsterte sie. Ihre Stimme war rauh und trocken, ein leises Krächzen, das sie verwirrte. »Bindest du mich los?«

Er blickte von seinem Buch auf, lächelte und legte seine Pfeife weg. »Wird meine Prudence wieder lebendig?« Schnell kam er zur Koje und griff nach ihrem Handgelenk. »Dein Puls ist normal. Wie fühlst du dich?«

»Entsetzlich«, antwortete sie. »Es juckt überall.«

»Die Pocken fangen an trocken zu werden und bilden Krusten.«

»Bin ich deshalb festgebunden?«

»Wenn du dich im Schlaf kratzt, kann sich die Infektion ausbreiten. Ich hielt es für besser, das zu verhindern.«

Die Fesseln schnitten in die verkrustete Haut ihrer Handgelenke. »Bitte. Es ist so unbequem.«

Er nickte zögernd. »Aber nur, bis du wieder einschläfst. Und kratz dich bitte nicht.«

»Ich verspreche es.«

Er löste vorsichtig die Bandagen und sah zu – ganz der besorgte Arzt –, wie sie prüfend mit den Händen über ihr Gesicht fuhr. »Denk daran – nicht kratzen.«

»Kann ich einen Spiegel haben?«

»Nein. Es regt dich nur unnötig auf.«

Sie berührte ihr Gesicht und fühlte die rauhen Krusten, die es von der Stirn bis zum Kinn bedeckten. »Ach du lieber Himmel! So viele?«

»Die Schwellung ist schon zurückgegangen. Sei dankbar.«

Er lachte leise und sagte ohne jede Bosheit: »Als die Pokken sich ausbreiteten, hast du wirklich schrecklich ausgesehen. Aber jetzt hast du das Schlimmste überstanden.«

»Um Himmelswillen«, murmelte sie. Mit zitternden Fingern untersuchte sie ihren Körper unter ihrem Hemd und war entsetzt über die vielen Pusteln, die sie spürte. Auf ihrem Oberkörper, auf den Armen und den Beinen. Selbst auf ihrem Bauch fanden sich ein paar verkrustete Stellen. Ihre Achselhöhlen und ihre Leisten taten weh; dort entdeckte sie große, harte Knoten. »Hier tut es weh«, sagte sie.

»Auch das wird vorübergehen. Willst du etwas trinken?«

Sie nickte. Ihr Mund war trocken, ihre Lippen waren aufgesprungen und schmerzten, wenn sie sie berührte. Sie fuhr mit ihrer Zunge am Gaumen entlang. Gottseidank, dort waren keine Pocken. Sie hatte von Leuten gehört, die daran gestorben waren, daß die Pocken ihre Atemwege verstopften.

Ross goß ihr ein Glas Wasser ein und stützte sie, während sie trank. Sie verzog das Gesicht. »Es schmeckt scheußlich.«

»In zwei oder drei Tagen erreichen wir die Azoren. Dann holen wir frisches Wasser an Bord. Du solltest jetzt wieder schlafen. Brauchst du sonst noch etwas?«

Ihre Augen glitten zu dem Nachttopf in der Ecke der Kajüte; dann errötete sie und sah weg.

Seinem durchdringenden Blick entging nichts. Er stand auf und holte den Nachttopf, zog ihre Decke zurück und begann, ihr Hemd hochzuziehen.

Brennend vor Scham stieß sie seine Hand weg. »Nein, bitte.«

Er lächelte. »Sei nicht albern, Prudence. Du liegst jetzt seit drei Wochen hier. Ich habe dich gewaschen und dein Gesicht gesäubert, wenn du dich übergeben hast. Deine … körperlichen Funktionen sind mir keineswegs mehr fremd.«

Seine Stimme war tröstend, seine Miene zeigte Anteilnahme, und sie kam sich wirklich albern vor. Er war schließlich ihr Ehemann, und außerdem noch Arzt. Und sie hatte die Seeleute im Schiffslazarett genauso versorgt, und dabei keine Scham empfunden. Sie nickte und erlaubte ihm, den Topf unter ihren Po zu schieben.

Als sie fertig war, brachte er den Nachttopf weg und deckte sie wieder zu. »Du mußt jetzt versuchen, zu schlafen.«

Sie runzelte die Stirn, weil ihr einfiel, was er gesagt hatte. »Drei Wochen?« Es war unfaßbar.

Er zuckte mit den Schultern. »Und ein Tag.«

»Werde ich wieder gesund?«

»Ich denke schon.« Er lächelte zufrieden.

»Und werde ich ... werde ich Narben zurückbehalten?«

Sein Lächeln erlosch. »Das wissen wir erst, wenn die Krusten abgefallen sind.«

Sie schloß die Augen und kämpfte mit den Tränen. Würde sie narbenbedeckt und häßlich bleiben? Dann würde Jamie sie nicht mehr wollen. »O mein Gott«, schluchzte sie. Leise weinend wünschte sie sich, er würde sie in die Arme nehmen und trösten.

Statt dessen packte er sie bei den Schultern und schüttelte sie. »Verdammt, warum weinst du? Du bist am *Leben*. Und du kannst sehen! Ich habe viele Männer gekannt, die erblindeten, weil die Pocken ihre Augen infiziert hatten. Und deine Stimme hast du auch noch, um deine Lieder zu singen.« Sein Ton wurde weicher, und er strich mit der Hand über ihre Wange. »Und dein Herz ist immer noch rein und süß«, sagte er brummig. »Mich schert es nicht im geringsten, was mit deinem Gesicht passiert. Für mich bist du immer noch dieselbe Prudence. Wunderschön und gut.«

Sie erbebte unter seinem Blick. Noch nie war sie sich schöner und geliebter vorgekommen. »Ross«, flüsterte sie.

Aus seiner Kehle drang ein seltsamer, grollender Laut, und er wandte sich ab. »Du brauchst frische Leintücher und neues Bettzeug. Wenn du also nicht zu müde bist ...« Seine Stimme war wieder die des Arztes geworden, kühl und unbeteiligt.

Sie spürte die Distanz zwischen ihnen. »Wenn du meinst«, sagte sie, erschreckt über seinen plötzlichen, verwirrenden Rückzug.

Die Anstrengung, aufzustehen – obwohl er sie zu einem Stuhl trug –, nahm sie sehr mit. Als er ihr Bettzeug gewechselt, ihr das juckende Gesicht und die Gliedmaßen mit einem Schwamm abgewaschen und ihr in ein frisches Hemd geholfen hatte, war sie völlig erschöpft. Sie lehnte sich an ihre Kissen und erlaubte ihm zögernd, ihre Hände wieder festzubinden. Dann verfolgte sie, wie er das Bettzeug ordentlich zusammenfaltete und aufstapelte. »Was machst du damit?«

»Wedge nimmt die Laken mit an Deck und kocht sie aus. Schlaf jetzt.«

Sie war zwar müde, aber noch nicht bereit zu schlafen. Sie schuldete Gott noch ein Dankgebet für ihr Leben. Für Ross' zärtliche Fürsorge, mit deren Hilfe sie die Krise überstanden hatte. Plötzlich fühlte sie sich wie neugeboren und lächerlich zufrieden, nahm mit all ihren Sinnen die Freude um das Wunder des Lebens in sich auf. Der Duft der Pfeife, die er wieder angezündet hatte; der warme Schein der Laterne, die einen goldenen Kreis auf den Boden warf; das beruhigende Schaukeln des Schiffs. *Möge ich mit Gott im Licht des Lebens wandeln,* betete sie.

Sie ließ ihren Blick durch die behagliche Kajüte gleiten und seufzte dankbar, weil sie sich so geborgen wie in ihrem kleinen Schlafzimmer in Winsley fühlte. Sie konnte gar nicht genug bekommen von ihrer warmen, freundlichen Umgebung.

Plötzlich riß sie amüsiert und überrascht die Augen auf. Sie begann zu kichern.

Er blickte von seinem Buch auf. »Was ist los?«

Sie lachte wieder. »Eine *Hängematte?* Hier?« Der Witz war zu köstlich. Sie hatte erst krank werden müssen, damit er ihren Wünschen nachgab. »Ich dachte, du hast gesagt, eine Hängematte kommt dir niemals in diese Kajüte«, neckte sie ihn.

Eigentlich hatte sie gedacht, er würde mit ihr darüber lachen, zugeben, daß sie sich beide an jenem Tag dumm benommen hatten. Statt dessen starrte er sie kalt und distanziert an. »Schlaf jetzt«, murmelte er.

»Verdammt, Pru, halt still.« Ross' Stimme klang eher amüsiert als zornig.

Prudence rümpfte die Nase und wischte sich eine Seifenblase von der Wange. »Wie kann ich, wenn ich dauernd Seife in die Augen bekomme?«

Sie überhörte sein spöttisches Schnauben und hielt ihren Kopf tiefer über die große Wanne, damit der Seifenschaum von ihren Haaren nicht auf den Fußboden tropfte. »Wie gut das tut«, seufzte sie befriedigt.

Ross, der über ihr kniete, rubbelte ihre Kopfhaut so heftig, daß sie prickelte, dann türmte er ihre seifigen Lokken auf ihrem Kopf auf. »Ich habe dir doch versprochen, daß ich dir einen Eimer Wasser von den Azoren aufhebe. Halt still, während ich dir die Haare ausspüle.« Das Wasser, das über ihren Kopf rann, war warm und angenehm; Ross hatte veranlaßt, daß der Koch es in der Kombüse erhitzte.

Er wrang ihr ausgespültes Haar aus und drehte ein Handtuch darum, dann hockte er sich hin und grinste. »Du siehst aus wie ein Maharadscha.«

Sie erwiderte sein Lächeln. »Ich fühle mich wie eine Prinzessin. Wieder ein Kleid und ein Korsett anziehen zu können! Nach all dieser Zeit!«

»Heute vor genau fünf Wochen bist du krank geworden.«

Sie blickte zu dem Stuhl, auf dem ihr wundervolles apricotfarbenes Satinkleid lag. Ross hatte ihr verboten, etwas anderes zu tragen als ihr Hemd, bevor nicht alle Krusten abgefallen waren, damit die Pocken nicht ihre Kleidung verseuchten. »Oh, wie gerne ich heute tanzen würde!«

Er runzelte die Stirn. »Du wirst still sitzenbleiben und höchstens eine Viertelstunde an Deck spazierengehen. Und sonst nichts. Sonst liegst du gleich wieder im Bett.«

Sie zog ein Gesicht. »Tyrann.«

»Arzt«, korrigierte er sie trocken. Er stand auf und half ihr auf die Füße. »Laß mich dich ansehen.« Er untersuchte ihr Gesicht sorgfältig und tippte auf eine kleine Narbe unter dem Auge. »Du hast sehr viel Glück gehabt. Eine kleine Narbe. Du kannst einen Schönheitsfleck draufkleben, wie die modischen Damen es tun. Es wird reizend aussehen.«

Seine Finger strichen sanft über ihr Gesicht, und ihr fielen seine Küsse ein, das Gefühl seiner Hände auf ihrem Körper. Böse Prudence! Hatte sie nicht ein Gelöbnis Gott gegenüber abgelegt?

»Setz dich auf die Bank. Ich kämme dir die Haare.«

Ihr Haar war schrecklich zerzaust von den langen Wochen, in denen sie im Bett gelegen hatte, aber er erledigte seine Aufgabe mit sanfter Hand. Sie fühlte sich so luxuriös behandelt wie eine große Dame von ihrer Kammerzofe.

Er brauchte lange, um sie zu kämmen – langsame, zärtliche Bürstenstriche, die ihre Sinne erwachen ließen –, aber schließlich legte er den Kamm beiseite. »Dein Haar kann im Sonnenschein am Fenster trocknen«, sagte er. Seine Stimme klang seltsam gepreßt.

Er half ihr beim Anziehen, band ihr das Korsett und neckte sie, weil sie durch die Krankheit so dünn geworden war. »Wir werden dich aufpäppeln müssen«, sagte er lachend und maß ihre schlanke Taille mit seinen Händen. Seine Arme in den aufgerollten Hemdsärmeln waren sehnig und kräftig, bedeckt mit einem hellen Haarflaum. Sie sehnte sich danach, mit ihren Fingern darüber zu streichen. Sie hatte ganz vergessen, wie sehr sie sein bloßer Anblick, die kleinste Berührung von ihm erregen konnte.

Als er ihr dabei helfen wollte, ihr Kleid am Mieder zu befestigen, konnte sie die süße Qual nicht mehr ertragen. Sie wandte sich von ihm ab. »Die Pocken haben mich nicht hilflos gemacht«, sagte sie und versuchte, das Zittern in ihrer Stimme zu unterdrücken. »Das kann ich selbst.«

Sie konnte jedoch nicht verhindern, daß er ihr bei den Strümpfen und den Schuhen half, weil die ungewohnte Enge ihres Korsetts sie schwindlig und schwach machte. Die Vertrautheit seiner Finger, als er ihr die Strümpfe übers Knie zog und sie an den Strumpfbändern befestigte, trieb ihr die Röte in die Wangen. Als ob sie noch eine unschuldige Jungfrau wäre und die verbotenen Liebkosungen eines Liebhabers genösse.

Als sie endlich angezogen war, musterte er sie kritisch und nickte dann befriedigt. »Du bist ein hübscher Anblick, mein Mädchen.« Er führte sie zu einer mit Kissen belegten Bank unter dem Fenster und setzte sie so hin, daß die leichte Brise und der wärmende Sonnenschein ihre Haare trocknen konnten.

Es klopfte an der Tür, und Wedge schlurfte in die Kabine. »Sind Sie mit der Wanne fertig, Sir?«

Ross lächelte. »Aye, Toby. Bring sie weg, und komm dann mit deiner Flöte wieder. Vielleicht möchte die Lady uns etwas vorsingen.«

Wedge runzelte die Stirn. »Wer vor dem Frühstück singt, weint am Abend.«

Prudence schenkte ihm ein beruhigendes Lächeln. »Es ist schon Nachmittag, Toby.«

Er sah verwirrt aus, als müsse er ihre Worte erst einmal verdauen, und dann grinste er in plötzlichem Verstehen. »Aye. So ist es. Und die kleine Lerche soll ihr Lied haben, bitte schön.«

Sie sang ein melodisches, fröhliches Lied, das zu ihrer Stimmung paßte: die Sonne schien golden in die Kajüte, sie war wieder gesund, und sie trug ihr wunderschönes Kleid. Und Ross saß da, beobachtete sie und hörte zu, als ob alles an ihr ihn entzückte.

Aber als sie geendet hatte, sank sie erschöpft auf ihren Platz zurück. »Ich fürchte, ich bin doch noch nicht so kräftig, wie ich geglaubt habe.«

Ross eilte zu ihr und fühlte ihren Puls. »Es wird sicher noch eine Woche dauern, bis du völlig gesund bist. Vielleicht solltest du dich jetzt wieder hinlegen.«

Schmollend blickte sie ihn an. »Du hast mir doch versprochen, ich könnte an Deck spazierengehen.«

Er runzelte die Stirn. »Nun gut. Aber erst, wenn deine Haare trocken sind. Ich möchte nicht, daß du dich erkältest. In der Zwischenzeit befehle ich dir, hier still sitzen zu bleiben. Toby, spiel der Dame auf.«

Während Toby seine lebhaften Weisen trällerte, zog Ross seinen Skizzenblock und seinen Stift hervor und begann, den Seemann zu zeichnen. Prudence seufzte zufrieden und blickte aus dem Fenster auf die Bugwelle des Schiffes. Die Wellen schäumten und glitzerten im Sonnenlicht, und der würzige Geruch, der ihr in die Nase stieg, war klar und belebend. Die Luft war erstaunlich mild für November – Papa hatte diese Jahreszeit, nach französischer Sitte, immer St. Martinssommer genannt.

Sie fuhr sich mit den Fingern durch das feuchte Haar und lockerte die langen Strähnen auf, damit sie trocknen konnten. Sie war zufrieden damit, den Tag und Ross' Gesellschaft genießen zu können und unterdrückte die nagende Stimme in ihrem Innern, die ihr zuflüsterte, daß England und Jamie – und ihre Trennung von Ross – nur noch weniger als eine Woche entfernt waren.

Ross legte schließlich seinen Stift beiseite und blickte Wedge an. »Armer Toby. Dir tun mittlerweile bestimmt die Finger weh. Die sind immer noch empfindlich. Ich hätte dir schon vor längerer Zeit sagen müssen, daß du aufhören sollst.«

»Und mein Haar ist trocken«, meinte Prudence, als Wedge seine Flöte weglegte. »Darf ich jetzt an Deck spazierengehen?«

»Natürlich.« Ross rollte seine Ärmel herunter und griff nach seiner Jacke, während Prudence sich die Haare kämmte. Sie hätte sie am liebsten nicht aufgesteckt; nach all den Wochen der Einschränkungen wollte sie sich völlig frei fühlen. Aber Ross' warnender Blick, und die Erinnerung an die hungrigen Blicke der Seeleute, als sie an Bord gekommen war, belehrte sie eines besseren. Sie steckte ihr Haar also auf und befestigte es mit den Kämmen, die Wedge – den sie mit einem strahlenden Lächeln belohnte – für sie geschnitzt hatte.

Ross verbeugte sich galant und bot ihr seinen Arm. »Madam, wollen wir gehen?«

Sie traten durch den Gang auf das Achterdeck, wobei Ross sie stützte. Hier empfand sie das Wetter als noch schöner. Ein starker Wind blähte die Segel, und der Himmel war kristallblau, klar und ohne jede Wolke. Die Sonne war so hell, daß es ihr fast das Wasser in die Augen trieb, und strahlte mit einer Wärme, die ihren müden Gliedern wohltat.

Auf Ross' Anweisung hin marschierte Wedge zurück in die Kabine, um einen Stuhl für Prudence zu holen. Sie protestierte, sie bräuchte keinen, aber Ross runzelte die Stirn. »Wenn du dich nicht hinsetzt, gehst du wieder ins Bett. Ich werde deinen Eigensinn nicht dulden.«

Gespielt finster blickte sie ihn an. »Du durftest zu lange ungehindert den Tyrannen spielen. Prudence, die Invalidin, mußte es ja erdulden. Aber jetzt habe ich meine Kraft beinahe wiedergefunden. Und meine Entschlossenheit.«

Er wand sich unbehaglich und sah sie bestürzt an. »Ich habe es nicht gern, wenn du mich als Tyrannen bezeichnest. Bin ich wirklich so grob mit dir?«

Sie nutzte ihren Vorteil. »Wenn ich mich jetzt hinsetze, versprichst du mir dann, daß du mir heute keine Befehle mehr erteilst?«

Er nickte unwillig. »Einverstanden«, murrte er.

Sie überlegte, ob es wohl zu unverschämt wäre, seine augenblickliche Schwäche auszunutzen. »Und für den Rest der Reise?« fragte sie mit einem schlauen Lächeln.

Er schüttelte den Kopf und grollte verärgert: »Frechdachs! Ich gebe dir den kleinen Finger, und du nimmst gleich die ganze Hand.«

Einen Moment lang fürchtete sie, sie habe es zu weit getrieben, und wappnete sich gegen seinen Zorn. Dann jedoch lächelte er, seine Augen hellten sich auf, und ihr Herz wurde wieder leicht. Wie sehr sie sein Lächeln liebte; sie sollte jede Gelegenheit wahrnehmen, ihn zum Lachen zu bringen. Ob er wohl mit Martha auch viel gelacht hatte?

Er zog seine Pfeife heraus und zündete sie an, dann lehnte er sich an die Reling und nickte den Matrosen auf dem Deck darunter grüßend zu. Einige der Passagiere kamen vorbei und gaben ihrer Freude Ausdruck, Mrs. Manning wieder wohlauf zu sehen. Ihre Besorgnis trug sehr zu Prudences Wohlbefinden bei.

Sie warf einen verstohlenen Blick auf Ross. Er stand da und blickte zum Hauptmast hinauf, sein klares Profil zeichnete sich gegen den blauen Himmel ab. Nie wurde sie müde, ihn anzusehen: sein eigensinniges Kinn, seine gerade Nase, das Blau seiner Augen, die spöttische Wölbung seiner Augenbrauen. Sein zurückgebundenes Haar wurde vom Wind zerzaust; die goldenen Strähnen des Sommers waren verblichen, und es schimmerte jetzt wieder sandbraun.

Und auch seine Haut war nicht mehr so gebräunt, stellte sie erschrocken fest. Wieviele anstrengende Nächte mochte er bei ihr gewacht haben, während sie dem Tod nahe war? Wieviele sonnige Tage hatte er versäumt, während er sie pflegte? Sie dachte daran, wie oft sie aufgewacht war – fiebernd, ängstlich. Und er war da. Ruhig, tröstend, besänftigend.

Und er war *immer* dagewesen. Von Anfang an. Um sie zu unterstützen und um sie zu beschützen. Um ihr Kraft zu geben und Freude zu schenken. Ihr das Gefühl zu vermitteln, sie sei schön, klug und geschickt – und um die Unruhe zu mildern, die an ihrem Herzen nagte.

Oh, Papa, dachte sie plötzlich und wünschte, sie könnte ihn um Rat fragen. *Ist das Liebe? Wenn man lacht, sobald er glücklich ist, wenn man leidet, sobald er Kummer hat?*

Jamie war ein Strohfeuer gewesen; die strahlende Helligkeit war fast sofort erloschen. Aber Ross war als treuer und aufrichtiger Freund in ihr Leben getreten. Und mit jedem Tag waren Staunen und Freude in ihrem Herzen gewachsen, so unmerklich, daß sie es selbst kaum bemerkt hatte. Wie ein Feuer, das langsam entfacht wurde, sich dann jedoch zu einem mächtigen Brand auswuchs, der sie mit seiner Flamme manchmal verzehrte – und dann wieder eine wohlige Hitze ausstrahlte, die sie tröstlich umhüllte.

Ja, dachte sie, *das muß Liebe sein.*

Und was war mit ihm? Liebte er sie auch? *Konnte* er sie überhaupt lieben? Er war in den letzten Tagen so zärtlich, so liebevoll gewesen. Bestimmt empfand er etwas für sie, abgesehen von fleischlichem Verlangen. Und wenn es nur die Verpflichtung gegenüber ihrer Ehe war. Er hatte gesagt, er wollte ihnen eine gemeinsame Zukunft schaffen. War das nicht ein Anfang, der zu Liebe führen konnte?

Optimismus erfüllte sie, ein Hoffnungsschimmer. Vielleicht gab es eine Chance, bei ihm zu bleiben und doch ihre Träume zu verwirklichen? Sie würde ihm alles erzählen. Er würde ihr gegen Großpapa beistehen. Er hatte zwar weder Reichtum noch einen Titel, um Großpapa zu beeindrucken, aber er konnte doch bestimmt irgend etwas tun. Als ihr Beschützer hatte er nie versagt, er hatte sie immer aus der Finsternis gerettet. Mit seiner Hilfe würde sie ihr Kind zurückbekommen.

Und er war großzügig. Es war vielleicht schwierig und schmerzlich für ihn, aber sie war sich sicher, daß er letzten Endes das Kind eines anderen Mannes als sein eigenes anerkennen würde.

Und dann vielleicht, wenn sie die Wärme in seinen Augen sah, würde sie den Mut finden, ihm zu sagen, daß sie ihn liebte.

Er wandte den Kopf und lächelte sie an. »Du blühst auf wie eine Blume in der Sonne«, sagte er. »Es freut mich, das zu sehen.«

Er liebte sie tatsächlich. Er mußte sie lieben, wenn er sie so ansah. Sie errötete und war auf einmal von einem unbeschreiblichen Glücksgefühl erfüllt. »Ross ...« Sie zögerte und suchte nach den richtigen Worten, um ihm ihr Herz zu öffnen.

Doch er hatte anscheinend den zärtlichen Ton in ihrer Stimme nicht gehört. Stirnrunzelnd blickte er zu einer vorbeiziehenden Wolke auf. »Der Wind frischt auf. Komm, laß uns hineingehen.«

»Nein. Laß mich noch ein bißchen hier draußen bleiben.«

»Dann solltest du dir einen Mantel anziehen. Ich schikke Toby.«

»Ich hole ihn mir selbst. Ich fühle mich ganz kräftig.« Das würde ihr Zeit geben, sich die richtigen Worte zurechtzulegen, um die Kluft zu überwinden, die sie noch immer spürte.

»Du bleibst hier«, sagte er scharf.

Sie schürzte die Lippen. »Ich brauche doch keine Stufen zu steigen. Und ich werde langsam gehen. Du hast versprochen, mir heute keine Befehle mehr zu geben.«

Murrend erwiderte er: »Ein übereiltes Versprechen. Aber« – er machte eine Handbewegung zu ihrer Kajüte hin – »geh nur, wenn du unbedingt willst.«

Langsam ging sie den Gang zu ihrer Kajüte entlang, wobei sie sich an der Wand abstützte. Sie fand ihren Mantel in der Seekiste und warf ihn sich über die Schultern. Dann schnalzte sie ärgerlich mit der Zunge. Der oberste Knopf hing nur noch an einem Faden. Ein heftiger Windstoß an Deck, und der Mantel wäre weg.

Ihr fiel Ross' Nähzeug ein. Es würde nur eine Minute dauern, den Knopf wieder festzunähen. Sie kniete sich vor seine Seekiste und öffnete den Deckel.

Entsetzt keuchte sie auf und schlug die Hand vor den Mund. In der Kiste lag Marthas Kleid, liebevoll gefaltet und mit einem rosafarbenen Band zusammengeschnürt. Das Herz jedoch brach ihr das Korsett, das dabei lag. Genauso grün wie das Seidenkleid und ebenfalls mit Rosenknospen eingefaßt.

Er hatte so gleichgültig gewirkt, als sie Marthas Korsett in Virginia getragen hatte. Als ob es eine verblaßte Erinnerung sei, die keine Bedeutung mehr für ihn hatte. Aber irgendwann in jenen Wochen in Williamsburg – während er Kleider und andere Sachen für Prudence kaufte und sie glauben ließ, sie bedeute ihm viel –, hatte er sich die Mühe gemacht, Marthas Kleidung wieder zu vervollständigen.

Sie schloß die Kiste, erhob sich schwankend und zitterte am ganzen Körper. Wie dumm von ihr zu glauben, sie könne jemals sein Herz gewinnen. Hatte er ihr nicht schon vor langer Zeit gesagt, daß Martha die einzige Frau wäre, die er jemals lieben würde? Sie berührte den Ehering an ihrem Finger. Er hatte ihr noch nicht einmal einen eigenen Ring gegeben. Sie war einfach nur der minderwertige Ersatz für Martha.

Trotzig straffte sie ihre Schultern in dem Bemühen, sich ihren Stolz zu erhalten. Es blieb dabei – Jamie war ihre Rettung. Ihre *einzige* Hoffnung, um ihr Kind zurückzubekommen. Sie würde zu ihm gehen. Seine Geliebte werden, wenn es nötig war ...

Nein! Ihr Sohn hatte ein Recht auf einen Namen. Warum sollte er für ihre Sünden büßen? Es war besser, daß Gott *sie* am Tag des Jüngsten Gerichts strafte. Sie würde Jamie heiraten und so tun, als habe die Heirat mit Ross nie stattgefunden. Und wenn sie auch bei dem Gedanken an Bigamie zusammenzuckte, so mußte sie sich eben an jedem Tag ihres sündigen Lebens daran erinnern, daß sie es für ihr Kind getan hatte.

Aber ... Oh, Ross! Wie würde sie die langen Jahre ohne ihn ertragen? Wie konnte sie den Verlust des teuersten Freundes, den sie auf der Welt hatte, überleben? *Lieber Gott,* dachte sie verängstigt, *warum erlegst du deiner armen Dienerin solche Prüfungen auf?*

Sie vergrub ihr Gesicht in den Händen und weinte.

»Möchtest du, daß Toby recht behält?« Ross stand auf der Schwelle, sein Gesicht war von Sorge gezeichnet.

»W-was?« erwiderte sie und tupfte sich die Augen ab.

»Wer vor dem Frühstück singt, weint vor dem Abend.« Er runzelte die Stirn. »Ich hätte nie erlauben dürfen, daß du dir heute schon soviel zumutest. Und jetzt weinst du und zitterst wie Espenlaub. Komm. Ins Bett.« Er griff nach ihrem Kleid und begann es aufzuknöpfen.

Sie ließ es zu, daß er sie auszog wie ein Kind und sie in die Koje trug. Sie fühlte sich leer und hilflos, und ihr Herz schmerzte.

Warum war er bloß so lieb zu ihr, wenn er sie doch nicht lieben konnte?

21

Der Nebel war so dick, daß die Lampen auf dem Vorschiff nur bleiche gelbe Lichtkegel durch den grauen Dunst am nächtlichen Himmel warfen. Das Schiff schaukelte sanft am Anker. Das leise Quietschen der Balken und das Plätschern des Flusses gegen den Schiffskörper tönte wie geisterhafte Stimmen, die von Trauer und Ende flüsterten.

Prudence erschauerte. Ihr Traum vom Glück mit Ross war vorbei. Sie zupfte Toby am Ärmel und wies nach vorne. »Ist dort der Kai?«

»O nein, Lady. Wir sind erst in Limehouse. London und das Zollhaus liegen hinter der Biegung der Themse. Wenn sich morgen früh der Nebel gelichtet hat und wir wieder unter Segel sind, können Sie den Hafen sehen.«

»Aber da ist doch Land.«

»Aye. Limehouse und die ostindischen Docks.«

Sie erschauerte wieder. Es war so kalt und feucht, daß sich die weißen Schwaden ihres Atems mit dem Nebel vermischten. Aber hinter dem Nebel lag die Küstenlinie der Vorstädte.

Sie war dankbar für den Nebel. Die ganze letzte Nacht über hatte sie sich Gedanken gemacht, da sie wußte, daß das Schiff bald die Mündung des Flusses erreichen würde. Wie konnte sie Ross nur entkommen, wenn sie erst einmal im Hafen eingelaufen waren? Der dicke Nebel heute früh jedoch hatte Weiterfahrt verhindert und ihr Zeit gegeben, sich einen Plan zurechtzulegen.

Sie hatte sich an den Gehilfen des Ersten Offiziers herangemacht – und eine Fähigkeit zur Raffinesse bei sich entdeckt, die sie entsetzte. Lächelnd hatte sie ihm eine fantastische Geschichte erzählt: daß sie vor ihrem Mann in London sein und ihn am Hafen mit einer Kutsche überraschen wollte. Ein Geheimnis, hatte sie gesagt. Er hatte genickt und sich darüber gefreut, daß er bei einer Verschwörung mitmachen konnte, und Schweigen gelobt. Am Beginn der zweiten Wache – um Mitternacht – würde er sie in einem Boot an Land rudern.

Sie hatte noch genug Taschengeld, um ihn für seine Mühe zu bezahlen und eine Kutsche zu mieten, die sie nach London in die Shoe Lane bringen würde. Hoffentlich hatte Betsy heute nacht keinen Kunden da. Je eher sie an ihr verstecktes Geld herankam – und an Jamies Ring –, desto schneller konnte sie aus der Stadt wieder heraus sein. Sie fragte sich, ob ihre seltsame Erregung von der Freude herrührte, ihr Kind wiederzusehen. Oder von der Angst, daß Ross ihre Pläne entdeckte.

»Hast du mein Bündel, Toby?« fragte sie.

»Aye, Lady. Sicher verstaut in meiner Kajüte, bitte schön.« Er kicherte wie ein kleiner Junge. »Mr. Manning wird sich mächtig freuen über sein Geschenk.«

»Ja.« Schuldgefühl überkam sie, weil sie einen so einfachen Menschen täuschte. Sie hatte insgeheim heute nachmittag gepackt und ihre Kleider zu einem Bündel verschnürt. Es tat ihr leid, daß sie ihre Seekiste zurücklassen mußte – das kostbare Geschenk von Wedge, Gawky und deren Kameraden –, aber sie konnte nichts daran ändern. Ross würde es bemerken, wenn die Kiste weg wäre. Sie hatte Wedge nur gesagt, in dem Bündel sei ein Geschenk für Ross, das sie ihm zur Erinnerung an die Reise um Mitternacht geben wollte.

Sie seufzte, die lange Nacht lastete schwer auf ihrer Seele. »Wie spät ist es?«

Er runzelte die Stirn und kratzte sich nachdenklich am Kopf, als ob ihre Frage über seinen Verstand ginge. »Ich hab' zwei Glasen gehört, als ich herauskam«, sagte er schließlich.

Neun Uhr. Noch drei Stunden. »Ich werde vor der zweiten Wache an deine Tür klopfen«, sagte sie, richtete ihren Blick wieder auf die unsichtbare Küste und hörte das gespenstische Läuten einer fernen Kirchenglocke. »Hast du Familie an Land, Toby?«

Das schien ihn zu verwirren. Er blickte zu Boden, scharrte mit den Füßen und verzog das Gesicht. »Meine Ma ist tot, glaube ich. Und mein Pa ... er ist abgehauen, als er mich das erstemal gesehen hat.« Blicklos starrte er in die

Ferne, plötzlich gequält von seinen Erinnerungen. »Aye, Ma«, sagte er leise lachend, »ich bin dein treuer Toby. Hab' dir einen seidenen Unterrock aus Amerika mitgebracht.«

Sie klopfte ihm auf den Arm, um ihn wieder in die Wirklichkeit zurückzubringen. »Doktor Manning wird gut für dich sorgen.«

Aber es war zu spät. Er war wieder in seiner Traumwelt versunken. Mit leeren Augen blickte er sie an und legte den Kopf schräg wie ein verwirrter Welpe. »Nimm dir Zeit, wenn die Zeit kommt, denn die Zeit vergeht«, sagte er klagend. Seufzend machte er sich auf den Weg zu seiner Kajüte.

Sie sah ihm nach. In seinem Gestammel lag mehr Weisheit, als er ahnte. Bald würde sie fort sein. Sie hatte die Liebe einer Mutter über das Verlangen ihres Herzens gestellt. Sie hatte den entsetzlichen Entschluß gefaßt, Ross zu verlassen, die Gesetze Gottes und der Menschen zu brechen. Und sie hatte Gott um Gnade gebeten.

Aber … Nimm dir Zeit, wenn die Zeit kommt. Sie sehnte sich so sehr nach Ross, daß sie dachte, ihr Herz könne nicht noch mehr Schmerzen ertragen. Schon seit einer Woche war sie jetzt wieder wohlauf, und immer noch schlief er in der Hängematte in der Ecke der Kajüte. Er hatte kein Wort über seine ehelichen Rechte gesagt, sondern hatte dort geschlafen, als fände er es ganz natürlich und passend.

Sie hatte Angst davor, ihn nach dem Grund zu fragen und seine kühle Zurückhaltung zu durchbrechen. Vergeblich versuchte sie sich einzureden, daß er sich immer noch Sorgen um ihre Gesundheit machte, Nacht für Nacht lag sie einsam in ihrem Bett und sehnte sich nach seiner Umarmung.

Gott möge mir meine Schwäche vergeben, dachte sie. Noch eine Sünde mehr. Sie mußte ihr feierliches Gelübde brechen. Heute nacht würde sie in Ross' Armen liegen, wenn er sie haben wollte. Und sie würde sich eine letzte Erinnerung an ihre Leidenschaft schaffen, damit sie die kalten, langen Jahre danach ertragen konnte.

Ihre Augen standen voller Tränen, als sie in die Kajüte trat.

Ross blickte von seinem Buch auf und stand dann rasch auf. »Was ist los? Du hast geweint.«

Sie verdrängte ihren Kummer. »Nein. Das ist nur der Nebel auf meinem Gesicht.«

Er schob die Kapuze ihres Mantels zurück, nahm ihr Kinn in die Hand und strich über ihre Tränen. »Ja, natürlich.« Zögernd blickte er sie an, dann küßte er ihre nassen Wangen. »Der Nebel schmeckt salzig«, sagte er verständnisvoll lächelnd.

Sehnsüchtig sah sie ihn an und hoffte, er würde das Verlangen in ihren Augen erkennen.

»Arme Prudence«, flüsterte er, senkte den Kopf und gab ihr einen sanften, zärtlichen Kuß.

Seufzend schlang sie die Arme um seinen Hals und erwiderte seinen Kuß mit all ihrer Leidenschaft.

Als ob er fürchtete, daß ihr drängender Körper ihm zu nahe käme, erstarrte er und schob sie weg. »Bei dem Nebel hätte ich dich nicht herausgehen lassen dürfen«, grollte er. »Du zitterst ja vor Kälte. Geh zu Bett. Morgen wird ein anstrengender Tag, und ich fürchte, du bist noch nicht kräftig genug.«

Ihr Herz sank. Sie hatte nicht den Mut, ihre Gedanken auszusprechen. Wenn er sie nun ablehnte? Sie sah zu, wie er sich wieder hinsetzte und sich hinter seinem Buch versteckte. Dann begann sie sich langsam auszuziehen. Als sie schließlich zitternd in ihrem Hemd dastand, konnte sie ihr Verlangen nicht mehr beherrschen. Ungeachtet seines Zorns – und der Qualen einer möglichen Zurückweisung – ging sie auf bloßen Füßen quer durch die Kajüte zu ihm und nahm ihm das Buch aus der Hand.

»Was, zum Teufel …«, setzte er an.

»Ich will noch nicht schlafen«, sagte sie mutig.

»Willst du Karten spielen? Oder Dame vielleicht?«

»Nein.«

Er verzog verärgert den Mund. Seine festen, einladenden Lippen ließen ihr Herz schneller schlagen. »Verdammt, Pru, willst du mich heute abend ärgern? Soll ich dir vorlesen?«

Sie verschlang ihre Finger ineinander und blickte zu Boden, weil sie sich nicht traute, ihm in die Augen zu sehen. »Komm schlafen«, sagte sie leise.

Stirnrunzelnd blickte er sie an. »Ich habe noch keine Lust, jetzt schon meine Hängematte aufzuhängen.«

»Warum mußt du sie denn überhaupt aufhängen?«

Er räusperte sich und wurde rot. »Du brauchst noch Ruhe, und ...«

»Die Koje ist so einsam ohne dich.«

Skeptisch zog er eine Augenbraue hoch. »Aber es ist doch unbequem, zu zweit darin zu liegen. Hast du das nicht selbst gesagt? Soweit ich mich erinnere, war die Hängematte *deine* Idee. Wir werden erst in unserem eigenen Haus wieder ein gemeinsames Bett haben, hast du gesagt.«

Sie verfluchte ihre unbedachten Worte. Waren sie der Grund, daß er sie mied – weil er fürchtete, von ihr abgewiesen zu werden? »Ich ... ich habe meine Meinung geändert. Ich möchte nicht mehr warten.«

»Ich aber«, entgegnete er. Seine Augen waren hart und kalt. »Ein eigenes Haus, auf festem Boden, ein großes Bett ...«

Groß genug, damit er sie nicht zu berühren brauchte? dachte sie entsetzt. Meinte er das etwa? Konnte es sein, daß er sie nicht mehr *begehrte?* Nie mehr? Sie biß sich auf die Lippe. »Muß ich erst betteln?« Sie fragte sich, ob sie wohl so verzweifelt klang, wie sie sich fühlte.

Er lehnte sich in seinem Stuhl zurück und starrte sie so leidenschaftslos an, wie er seine Patienten musterte. Spöttisch lachend sagte er: »Es sieht so aus, als ob du – jetzt, wo du wieder gesund bist – deinen Appetit wiedergefunden hast. Und ich soll ihn befriedigen, ob ich nun will oder nicht.«

Sie fühlte, wie ihr die Röte in die Wangen stieg. Er tat so, als wäre sie zügellos und unersättlich in ihrem Verlangen. Fast hätte sie sich weggedreht, so tief war sie in ihrem Stolz getroffen.

Zum Teufel mit meinem Stolz! dachte sie jedoch, als er seine Hand wieder nach seinem Buch ausstreckte. Sollte er doch denken, was er wollte. Sie begehrte ihn. Sie wollte eine letzte gemeinsame Nacht mit ihm verbringen. Und wenn das bedeutete, daß sie sich so schamlos wie ein leichtes Mädchen aufführen mußte, dann mußte es eben so sein!

Sie schob seine Hand beiseite, setzte sich auf seinen Schoß, verschränkte die Arme hinter seinem Hals und streichelte über die weichen Locken an seinem Hemdkragen. Er wand sich unbehaglich, aber sie nahm sein Gesicht in ihre Hände und drückte ihren Mund auf seinen.

Er räusperte sich und befreite seinen Kopf. »Ich befehle dir, zu Bett zu gehen«, sagte er rauh.

»Nicht ohne dich.« Sie fuhr mit ihren Lippen über seine Wangen, sein eigensinniges Kinn und zu seinem Ohrläppchen. Sanft knabberte sie an dem zarten Fleisch und wurde mit einem Keuchen belohnt.

»In Gottes Namen, laß mich in Ruhe«, grollte er.

»Du bist mein Mann«, sagte sie und küßte ihn auf den Mund, bevor er den Kopf wegdrehen konnte. Er hielt die Lippen fest zusammengepreßt, aber sie strich so lange mit ihrer Zunge über seine Unterlippe, bis er stöhnte und seinen Mund öffnete. Sie glitt mit ihrer Zunge in die feuchte, warme Höhle und erforschte sie mit sinnlichem Streicheln, wobei sie daran dachte, wieviel Lust er ihr damit immer bereitet hatte. Sein bebender Körper erregte sie. Sie schloß die Augen und berauschte sich an ihren eigenen Zärtlichkeiten.

Als sie schließlich den Kopf hob und die Augen wieder öffnete, sah sie, daß seine Brust sich keuchend hob und senkte. Mit zitternden Fingern löste sie sein Halstuch, öffnete die Knöpfe seines Hemdes und streichelte unter dem Stoff die weichen Härchen auf seiner Brust.

Er wand sich unter ihrer tastenden Hand, sein Widerstand wurde sichtlich schwächer. »Allmächtiger«, sagte er erstickt, »ich will das nicht.«

Sie begann, die Knöpfe seiner Hose zu öffnen. Er war

hart und erregt, und sie schob sein Hemd hoch, bis sie ihre Hand um seine bloße, pulsierende Männlichkeit schließen konnte. Er biß die Zähne zusammen und ließ den Kopf nach hinten fallen, die Augen zusammengekniffen vor Lust. »Muß ich dir erst den Weg zeigen?« flüsterte sie.

»Du Hexe«, sagte er, drückte sie an sich und erwiderte ihre Küsse mit ungezügeltem Verlangen. Er hob sie hoch und trug sie durch die Kajüte zur Koje. Dort ließ er sie in hungriger Ungeduld fallen, riß sich die Kleider vom Leib und legte sich neben sie. Er schob ihr das Hemd bis zum Hals hoch, sein brennender Mund senkte sich auf ihre Brüste, und seine Hand fand den zuckenden Punkt ihrer Erregung. Er verschlang sie mit dem Mund, streichelte sie mit seinen Fingern – bis sie glaubte, die süße Qual nicht mehr ertragen zu können. Sie zog ihr Hemd aus, spreizte die Beine und führte ihn.

Ihre wachsende Begierde war auch die seine. Er stieß in sie hinein, entlockte ihr einen Schrei der Lust und nahm sie dann mit einer wilden Leidenschaft, die sie wieder und wieder zum Höhepunkt brachte und sie doch immer noch nach mehr gieren ließ. Sie stöhnte und wand sich und hob ihm ihre Hüften entgegen, um jeden seiner heftigen Stöße auszukosten.

Als er jedoch immer schneller wurde, um sich Erlösung zu verschaffen, stieß sie ihn sanft weg. »Noch nicht«, keuchte sie. »Bitte. Ich möchte, daß es ewig dauert.«

Er hielt inne und blickte auf sie hinunter. »Wenn Gott mir die Kraft gibt«, scherzte er, rollte sie auf die Seite und drängte sich an sie heran, bis er ihre weiche Spalte wiedergefunden hatte. Sie packte das Kissen und knetete es im Rhythmus seiner fordernden Stöße. Nie hätte sie geglaubt, daß sie solche Lust empfinden könnte.

Er schien entschlossen zu sein, sie vor Lust wahnsinnig zu machen. Jedesmal, wenn er kurz vor dem Höhepunkt stand, zog er sich zurück, brachte mit sicheren Händen ihren Körper in eine andere Position und drang erneut in sie ein, wobei er Lustempfindungen in ihr weckte, wie sie sie noch nie gespürt hatte.

Als er schließlich kam, drehte sich ihr der Kopf, und sie konnte an nichts anderes mehr denken als an das köstliche Gefühl seiner harten Männlichkeit, seine fordernden Küsse und Liebkosungen. »Reicht das bis morgen, du Wildkatze?« fragte er mit bebender Stimme.

Für den Rest meines Lebens, dachte sie und umschlang ihn so fest, als wollte sie ihn nie wieder loslassen.

Er schlief in ihren Armen ein, sein Gesicht an ihren Hals gedrückt. Sie fühlte seinen Atem auf ihrer Wange, die Wärme seines Körpers, die Kraft seiner Arme, die sie selbst im Schlaf noch festhielten. *Ich muß mich an jede Kleinigkeit erinnern,* dachte sie. Ihr letzter Augenblick im Paradies.

Trotzdem schlief sie immer wieder ein. Jedesmal, wenn sie erwachte, umschlang sie ihn fester in dem Bedürfnis, jede Sekunde ihres Zusammenseins auszunutzen. Erst als sie die Schiffsglocke zur Mitternacht läuten hörte, seufzte sie und löste sich zögernd aus seinen Armen.

Während sie sich anzog, betrachtete sie ihn. Bei ihrem leidenschaftlichen Liebesspiel hatte sich sein Haarband gelöst. Sie beugte sich über ihn und strich eine Locke aus seinem Gesicht. Wie weich und jung er im Schlaf aussah. Wie lieb und verletzlich. Er atmete leise aus und drehte sich auf den Rücken. Es sah so aus, als ob er lächelte.

»Träum von deiner Martha«, flüsterte sie. Du brauchst nie zu wissen, wie sehr ich dich liebe.«

Nein! Sie unterdrückte ein Schluchzen. *Denk manchmal an mich, Ross,* dachte sie ängstlich. *Bei Gottes Gnade, laß wenigstens einen Teil von mir in deinem Herzen weiterleben.*

Sie zog ihren Mantel an und wandte sich zur Tür. Als sie die Türklinke bereits in der Hand hatte, fiel ihr etwas ein. Sie zog Marthas Ring von ihrem Finger und betrachtete ihn im Licht der Laterne. POR TOUS JOURS. Für immer.

Mit einem tiefen Seufzer legte sie ihn auf den Tisch und eilte aus dem Raum zu Toby Wedges Kajüte.

Die Schiffsbewegungen weckten ihn. Ross streckte sich zufrieden und öffnete die Augen. Sie hatten wieder Fahrt aufgenommen, und die Sonne, die durch die Fenster schien, bewies ihm, daß der Morgen schon recht fortgeschritten war.

Er setzte sich auf und blickte sich in der Kajüte um. Prudence war nicht da. Wahrscheinlich stand sie an Deck, um begierig den Ausblick auf London zu genießen.

Er runzelte die Stirn. Begierig? Oder voller Entsetzen? Ihre Tränen gestern abend fielen ihm ein. Hatte sie um Jamie geweint, der jetzt so nah und doch unerreichbar für sie war? Er fragte sich, ob sie den Kerl wohl einmal vergessen würde.

Und doch … die Erinnerung an ihre Leidenschaft gestern abend gab ihm Hoffnung. Nie war sie leidenschaftlicher gewesen, nie begieriger darauf, Lust zu empfangen und zu geben. Nicht einmal seine Liebesnächte mit Martha hatten ihn so sehr befriedigt. Gott möge ihm verzeihen. Vielleicht konnten er und Prudence doch eine gute Ehe miteinander führen …

Plötzlich überfiel ihn Unbehagen. Er haßte diesen unbekannten Jamie. *Nun ja, zumindest eine körperlich zufriedenstellende Ehe,* dachte er wehmütig. *Wenn schon nicht in anderer Hinsicht.* Wem auch immer ihr Herz gehören mochte, ihr Körper jedenfalls reagierte auf seinen mit einer Glut, die ihm den Atem nahm. Einem Mann konnte Schlimmeres passieren.

Es war ganz klar, daß sie ihn – trotz ihrer kalten Zurückweisung am ersten Tag auf der *True Heart* – begehrte. Vielleicht war der Grund für ihre Störrischkeit damals ihr Ärger über die Eheschließung gewesen, und sie hatte ihn auf die einzige Art, die ihr zur Verfügung stand, bestrafen wollen. Außerdem trug sie an jenem Tag bereits die Pokkeninfektion in sich; vielleicht war sie gar nicht mehr ganz bei Sinnen gewesen.

Er sprang aus der Koje und fühlte sich fröhlich und erfrischt. Die Zukunft kam ihm nicht mehr so düster vor. Die Leidenschaft einer feurigen Frau in seinem Bett würde ihn für seine verlorene Einsamkeit, für die Pläne, die er aufgeben mußte, entschädigen. Sein Herz mochte ja unzufrieden sein, aber zumindest seinem Körper würde es gutgehen.

Wedge hatte ihm einen Krug mit warmem Wasser gebracht; er wusch und rasierte sich und dachte dabei die ganze Zeit, daß Prudence gleich hereinkommen würde. Heute wollte er sich zur Abwechslung mal genauso optimistisch zeigen wie sie.

Schließlich ging er an Deck und freute sich an dem prächtigen Tag, der Sonne, die von einem klaren Novemberhimmel strahlte. In der Ferne konnte er das Zollhaus und die Towertreppe sehen; bald würden sie vor Anker gehen. Aber wo, zum Teufel, war Prudence?

Er suchte Wedge und fragte ihn nach ihr, bekam aber nur ein albernes Kichern und eine seltsame Anspielung auf irgendein Geschenk zur Antwort. Offensichtlich war dem Mann der Verstand wieder abhanden gekommen, wohl aus Furcht, heute an Land gehen zu müssen. Er hielt ein paar vorbeikommende Matrosen an, und seine Besorgnis wuchs von Minute zu Minute. Niemand schien Prudence heute morgen gesehen zu haben.

Der Deckmaat eilte an ihm vorbei, beschäftigt mit den letzten Anweisungen, bevor sie anlegten. Er stellte sich dem grauhaarigen Seemann in den Weg und packte ihn fest am Arm. »Haben Sie heute früh Mrs. Manning gesehen?«

Der Maat sah ihn seltsam verlegen an und wich Ross' scharfem Blick aus. »Es gibt soviel zu tun, Mr. Manning, Sir. Ich kann nicht auf jeden Passagier achten.«

Das offensichtliche Unbehagen des Maats störte ihn. »Wo ist meine Frau?« beharrte er.

Der Mann zupfte an seinem Halstuch. »Das ist ein Geheimnis, Sir.«

»Verdammt noch mal, sagen Sie es mir!«

»Die Lady ... sie wollte Sie überraschen, Sir.«

»Und womit?« grollte er.

»Verflucht, ich habe geschworen, nichts zu verraten. Aber ich sag's Ihnen«, fügte er rasch hinzu, als Ross ihn wieder am Ärmel packte und ihn finster anfunkelte. »Ich habe Mrs. Manning letzte Nacht an Land gerudert, Sir.«

Mannings Blut begann zu kochen. »An Land? Und Sie haben mir kein Wort gesagt? Verdammt!«

Der Maat sah ihn bekümmert an. »Sie bat mich darum, Sir«, entgegnete er einfältig. »Die Lady wollte sie mit einer Kutsche erwarten, wollte sie überraschen, wenn wir anlegen.«

Er bezähmte seine Wut. Der Mann hatte schließlich nur getan, worum er gebeten worden war. Prudence war die Schuldige. Und bei Gott, sie würde seinen Zorn zu spüren bekommen! Was war in die Frau gefahren, zu glauben, daß sie ihn mit irgendeinem Unsinn angenehm überraschen könne?

Er stampfte zurück in die Kajüte, um zu packen. Dieses launische Weib! Ihn so zu verlassen – aus ihrem Bett, das noch warm von ihrer Leidenschaft war, aufzustehen und sich in der Nacht davonzuschleichen!

Er warf seine Kleider durcheinander in die Seekiste, zu aufgebracht, um sie ordentlich zusammenzufalten. Hatte sie schon gepackt, oder war das etwa auch seine Aufgabe? Er trat zu ihrer Seekiste und öffnete sie. Sie war leer.

Entsetzt blickte er sich in der Kajüte um. Kein Band, kein sorglos herumstehender Parfümflakon. Nichts wies darauf hin, daß sie je mit ihm dieses Zimmer geteilt hatte.

Und dann sah er Marthas Ring. Er lag dort auf dem Tisch. Stöhnend sank er auf einen Stuhl. Nur ein Dummkopf konnte mißverstehen, was Prudence damit zu verstehen geben wollte.

Sie war gegangen – endgültig. Er fühlte sich so verzweifelt und zornig wie bei Marthas Tod, und es gab niemanden, dem er seinen Schmerz und seine Wut mitteilen konnte.

Sie hatte ihn die ganze Zeit über nur *benutzt.* Mit seiner Hilfe war es ihr möglich gewesen, nach England zurückzukehren. Zu ihrem verdammten Liebhaber. Und die Leidenschaft, die sie ihm gezeigt hatte? Einen Geschäftsvertrag hatte sie es genannt. Und er war zu sehr von ihr bezaubert gewesen, um diesen Ausdruck ernst zu nehmen; zu einfältig hinsichtlich der Ränke einer Frau, um zu verstehen, was vor sich ging.

Von der Tür erklang ein unglückliches Seufzen. Toby Wedge stand auf der Schwelle und rang die Hände.

»Was ist los, Toby?« fragte er scharf.

»Ich hab' Angst, an Land zu gehn, Sir. Der Käpt'n wartet da.«

»Nein, das tut er nicht.« Er fühlte sich von allen Seiten bedrängt.

»Aber eine Möwe ist um den Mast geflogen und hat auf die Schiffsglocke geschissen.« Toby schüttelte den Kopf, seine Augen waren weit aufgerissen vor Angst. »Ein schlechtes Omen, das. Ich schwör's bei meinem Leben!«

Ross schlug ärgerlich mit der Hand auf den Tisch.

»Verdammt noch mal, Toby, der Kapitän ist in Amerika! Es gibt keine Gefahr und keine Flüche! Keine schlechten Omen!«

Er beugte sich vor und legte den Kopf auf die Arme. Keine schlechten Omen? Und was war mit dem verfluchten ersten Augenblick, in dem er ihr Gesicht gesehen hatte? Wer hätte gedacht, daß diese klaren grünen Augen die dunkle Seele einer Teufelin verbargen?

22

Die große Kutsche rumpelte die Thames Street entlang, ihre schweren Räder knirschten auf den Pflastersteinen. Ross saß neben dem Kutscher, hielt den Kopf gesenkt und quälte sich mit düsteren Gedanken. Schließlich sah er sich zornig um.

»Allmächtiger, Toby«, schrie er, »leg diese verdammte Flöte weg. Dein Gedudel macht mich wahnsinnig!«

Hinten auf dem Wagen waren Ross' Kisten und Möbel aufgetürmt; inmitten der Besitztümer thronte Wedge stolz in einem Armsessel und blickte auf die Straßen Londons, als sei er ein Kind, das ein neues Spielzeug begutachtete. Bei Ross grobem Ton verzog er traurig das Gesicht. »Aye, Sir«, murmelte er und stopfte die Flöte in seine Tasche.

Ross machte sich Vorwürfe, als er das betrübte Gesicht des Mannes sah. Der arme Toby – er mußte seine schlechte Laune ertragen. Seufzend zog er seine Taschenuhr hervor. Halb fünf. In einer Stunde würde er seine Habseligkeiten im Lager an der Paul's Werft verstaut haben. Und dann?

Er fühlte sich verloren, verwirrt und von widersprüchlichen Gefühlen erfüllt, als wäre sein Leben ganz und gar durcheinandergeraten. Was, zum Teufel, sollte er jetzt tun? Er wußte noch nicht einmal, wo er mit seiner Suche nach ihr anfangen sollte. Falls sie ihm gesagt hatte, wie ihr Dorf in Wiltshire hieß, so konnte er sich nicht daran erinnern. Und ihr geliebter ›Lord Jamie‹, der Viscount aus Berkshire? Es nützte ihm nichts, daß er wußte, daß sie zu ihm gehen wollte. Wahrscheinlich hatte der halbe Adel in der Gegend seine Söhne nach verstorbenen Königen benannt, in der Hoffnung, dadurch bei Hof gut angesehen zu sein.

Sicher – er konnte nach Amerika zurückkehren, dachte er, und weiter den Weg verfolgen, von dem er so gründlich abgebracht worden war. Aber irgendwie kam ihm die Einsamkeit nicht mehr so erstrebenswert vor. Marthas Tod hatte ihn mit der Sehnsucht nach Ruhe und Frieden erfüllt – Prudences Verschwinden erfüllte ihn mit Wut und einer Ruhelosigkeit, die er in Taten umsetzen mußte. Er hatte Prudence gesagt, daß er in die Cotswold Hills gehen wollte, um dort seine Praxis aufzubauen. Würde es ihm ausreichen, wieder Ross Manning, der Arzt, zu sein? Wieder nur mit menschlichen Leiden umgehen zu müssen?

Er seufzte noch einmal. Sobald seine Sachen sicher verstaut waren, wollte er sich mit Wedge auf die Suche nach einem Gasthaus für die Nacht machen. Morgen würde er dann vielleicht ausgeruht und bereit sein, neue Pläne zu schmieden.

Zweifelnd blickte er über die belebte Straße und fühlte sich seltsam abgeschnitten von der wimmelnden, lärmenden Menschenmenge. Eine Postkutsche fuhr an ihrem Wagen vorbei, laut schmetterte das Posthorn. Bei dem Geräusch flatterte ein Schwarm Tauben auf der Straße auf. Von einer halberbauten Kirche drangen die Geräusche der hämmernden Zimmerleute und Steinmetze herüber.

Er blickte in eine Seitenstraße, in der Händler ihre Stände aufgebaut hatten. Die grellen Schreie der Verkäufer mischten sich mit den Stimmen der Kunden und dem Lachen der Kinder, die in der Menge spielten. Auch Huren standen dort, die begierig auf ein oder zwei Münzen von den Käufern hofften. Und jammernde Krüppel, die auf kleinen Wagen umherrollten oder sich mühsam an Krükken vorwärtsschleppten und mit ausgestreckten Händen um einen Penny bettelten.

Der Anblick ihrer verkrüppelten Körper rührte an sein Gewissen. Es gab soviel Elend. Es wäre eine Schande, wenn er seine Fähigkeiten nicht nutzte. Vielleicht fand er Frieden bei seiner Arbeit – wenn ihm das Glück schon entglitt.

Der Angestellte im Lager war zuvorkommend und beflissen. Ross freute sich, daß der Kapitän der *True Heart* ihn hierher geschickt hatte. Er ließ sein Gepäck abladen; sobald er eine Unterkunft für die Nacht gefunden hätte, würde er nach seiner Kleidung und den anderen Dingen schicken. Dann ergriff er Wedge beim Ellbogen und führte ihn wieder hinaus auf die Straße.

»Komm, Toby. Wir wollen mal sehen, ob wir eine Kutsche finden. Ich kann mich an ein sauberes Gasthaus in der Fleet Street erinnern.«

Sie gingen die belebte Straße entlang, kamen aber nur langsam vorwärts. Es war keine Kutsche in Sicht, und Wedge blieb bei jedem Schaufenster und jedem Kuchenstand stehen; seine Augen leuchteten voll kindlicher Begeisterung.

Ross, der Wedge gerade ungeduldig am Ärmel ziehen wollte, zögerte. Er empfand immer noch Schuldgefühle, weil er den Mann den ganzen Tag über so schlecht behandelt hatte. Vielleicht sollte er ihm irgend etwas kaufen, irgendein Spielzeug, um ihn bei Laune zu halten.

Plötzlich starrte er entsetzt und überrascht die Gasse entlang. Konnte das sein? In der Menge hatte er ein apricotfarbenes Kleid entdeckt. Die Frau war ziemlich weit weg von ihm, und Kopf und Schultern waren mit einem Kapuzenumhang bedeckt, aber das Kleid war unzweifelhaft das richtige. Prudence!

Er wandte sich rasch an Toby. »Toby! Geh zurück zum Lager und warte dort auf mich. Verstehst du? Findest du den Weg alleine?«

Wedge blickte ihn einen Augenblick lang verwirrt an, lächelte dann aber und nickte. »Aye, Sir.«

Hastig zog er eine Münze aus seiner Westentasche und drückte sie ihm in die Hand. »Kauf dir einen Kuchen, während du auf mich wartest. Aber warte auf mich! Ganz gleich, wie lange!«

Aus dem Lächeln wurde ein breites Grinsen. »Aye, Sir!«

Er sah ihm nach, um sicherzugehen, daß Toby wirklich zurückging, dann bahnte er sich, so schnell er konnte, einen Weg durch die Menge. Als er das Ende der schmalen Straße erreicht hatte, war die Frau verschwunden. Einen Moment lang überfiel ihn Panik, aber dann seufzte er erleichtert, als er sie um die Ecke wieder erblickte. Er lief auf sie zu, packte sie am Arm und wirbelte sie herum.

»Bist du auf ein kleines Handgemenge aus, mein Junge?« Die Frau, die ihn anlächelte, war blond und schlank, aber ihr Gesicht war angemalt und gepudert mit all der Kunstfertigkeit einer erfahrenen Hure.

Enttäuscht und angeekelt sah er sie an.

»Du bist ein hübscher Kerl«, sagte sie. »Ich könnte dir ein oder zwei Stunden Vergnügen schenken.«

Finster blickte er ihr Kleid an. Es war unverwechselbar das von Prudence – sogar bis hin zu dem silbergeschnürten Mieder. »Ich will Ihre Dienste nicht«, sagte er verächtlich.

Sie blickte stirnrunzelnd auf die Hand, die sie immer noch am Arm gepackt hielt. »Dann lassen Sie mich los. Eine Dame hat das Recht, unbehelligt über die Straße zu gehen!« Sie wehrte sich gegen seinen stählernen Griff. »Verfluchter Kerl! Muß ich erst einen Büttel rufen?«

Er hätte die kleine Nutte am liebsten erwürgt. »Woher haben Sie das Kleid?«

Trotzig reckte sie ihr Kinn. »Jedenfalls nicht gestohlen!«

Einen Moment lang war er erleichtert. Er hatte sich bereits vorgestellt, daß Prudence in irgendeiner dunklen Gasse läge, verletzt oder sogar tot. »*Woher* haben Sie es?« fragte er noch einmal und schüttelte sie.

»Von einer Freundin!« entgegnete sie hitzig. »Und es ist nicht zu verkaufen, wenn Sie das denken.«

Beim Bart des Äskulap, er würde noch verrückt werden! »Von welcher Freundin?«

»Was geht das Sie an?« fragte sie höhnisch.

»Prudence?«

Sie keuchte auf. »Verflucht! Woher wissen Sie das?«

Er blickte die Straße entlang und sah das Schild einer Schenke. »Kommen Sie!« sagte er und zog an ihrem Arm. »Wir müssen uns unterhalten.«

Eigensinnig blieb sie stehen und streckte die Hand aus. »Ich rede kein Wort – und tue auch sonst nichts – ohne einen Schilling.«

Er murmelte einen Fluch und drückte ihr eine Silbermünze in die ausgestreckte Hand, dann zog er sie zur Schenke. Dort fand er eine ruhige Ecke, legte Hut und Mantel ab und starrte die Hure finster an.

»Nun«, sagte er, »Prudence Allbright hat Ihnen also das Kleid gegeben?«

»Ja«, erwiderte sie säuerlich. »Erst heute morgen.«

»Warum?«

Sie verdrehte die Augen, als sei er nicht ganz bei Verstand. »Ich habe es Ihnen doch schon gesagt. Wir sind Freundinnen.«

Ungläubig verzog er den Mund, seine Augen glitten

über ihr angemaltes Gesicht. Was hatte die unschuldige Prudence mit einer Nutte zu tun?

Stolz richtete sie sich auf. »Sie können es sich vielleicht nicht vorstellen – so hochmütig, wie Sie sind. Aber Pru und ich sind schon sehr lange befreundet. Wir sind zusammen aufgewachsen.«

»In Wiltshire?«

»Ja.«

»Wie heißen Sie?«

»Warum sollte ich Ihnen das sagen?«

»Weil ich Ihnen den Arm breche, wenn Sie es nicht tun«, erwiderte er mit zusammengebissenen Zähnen.

»Nur nicht unhöflich werden, mein hochnäsiger Herr«, sagte sie und blickte ihn finster an. »Ich schulde Ihnen gar nichts.«

»Verdammt noch mal, wie ist Ihr Name?«

»Elizabeth Berridge«, erwiderte sie rasch. »Aber man nennt mich Betsy.«

»Und wo wohnen Sie?«

»Shoe Lane.«.

»Wissen Sie ...?«

Sie unterbrach ihn und warf schwungvoll ihre blonden Locken zurück. »Ich beantworte Ihnen keine einzige Frage mehr, wenn Sie mir nicht endlich sagen, wer Sie sind.«

»Nur der Ehemann von Prudence«, sagte er bitter.

»Puh! Was für ein Unsinn! Sie hat keinen Ehemann. Ich habe sie vor nicht ganz zehn Stunden verlassen. Sie ist auf und davon, um ihren Liebsten zu finden und ihn zu heiraten.«

Überrascht und alarmiert starrte er sie an. »Ihn *heiraten?*« Er schrie das Wort förmlich heraus.

»Das hat sie gesagt. Und zwar so bald wie möglich.«

»Das darf sie nicht. Sie hat mich in Virginia geheiratet!«

Jetzt war es an Betsy, überrascht zu sein. »Sie hat mir ein bißchen von dem erzählt, was passiert ist, seit wir uns getrennt haben. Der Unfall auf dem Schiff, die Reise nach Virginia. Ich sah an ihren Kleidern, daß man gut für sie gesorgt hatte. Aber« – Betsy rutschte unbehaglich hin und her – »eine Frau wie ich ist nicht neugierig. Und von Ihnen hat sie mir nichts erzählt.«

Er kam sich vor wie ein geprügelter Hund. »Sicher hatte ich keine große Bedeutung für sie«, murmelte er. »Ich taugte nur dafür, sie schnell hierher zu bringen.«

Sie zuckte mit den Schultern. »Für irgendwas muß ein Mann ja gut sein. Ein Geschenk für ein Liebchen.«

Er fluchte leise. Diese kleine Schlampe hatte Prudence all den Unsinn eingeredet. »Haben Sie sie heute morgen gesehen?«

»Natürlich. Und ich war vielleicht froh darüber. Sie ist letzten Sommer verschwunden wie eine Schneeflocke im Süden. Ich dachte, ich würde sie nie wiedersehen. Und dann steht sie auf einmal vor meiner Tür. Sie ist gekommen, um das Geld zu holen, was ich für sie aufgehoben habe. Und Jamies Ring. Sein Heiratsversprechen.«

Das machte ihn erst recht wütend. »Er hat ihr sogar einen Ring gegeben«, sagte er, und sein Herz krampfte sich vor Bitterkeit zusammen. »Und jetzt will sie es wahrscheinlich mit Bigamie versuchen. Als ob unser Gelübde nie ausgesprochen worden wäre.« Er seufzte schwer. »Sie muß ihn sehr lieben.«

Betsy schien sich über sein Elend zu freuen. »Natürlich tut sie das! Sie hat ja von nichts anderem geredet, seit sie letzten Juni zu mir nach London gekommen ist.«

Er winkte dem Schankmädchen. Er brauchte etwas zu trinken. »Ich hätte es wissen müssen. Sie hat häufig geweint. Um ihren Lord Jamie vermutlich.«

»Oder um ihr Kind.«

»Das gestorben ist?«

Betsy riß entsetzt die grauen Augen auf. »Wer hat Ihnen denn das erzählt?«

Ihr Tonfall verwirrte ihn. »Sie hat mir gesagt, sie habe ihr Kind verloren.«

Betsy schnaubte. »Aye, das hat sie wohl. An diesen psalmensingenden, heiligtuenden alten Bock, der ihr Großvater ist.«

Er traute seinen Ohren nicht. »Was meinen Sie damit? Das Kind *lebt?*«

»Wenn es Gottes Wille ist, lebt es noch. Ich wünsche es ihr.«

Er hatte das Gefühl, jemand habe ihn in den Magen geschlagen. »Erzählen Sie mir davon«, bat er mit rauher Stimme. »Erzählen Sie mir die ganze Geschichte.«

Betsy nahm einen Schluck von dem Wein, den das Schankmädchen gebracht hatte, schob ihre Kapuze zurück und setzte sich bequemer hin. Es belebte sie sichtlich, wie wichtig sie war. Sie ignorierte das ungeduldige Trommeln seiner Finger auf dem Tisch und begann mit ihrem Bericht, wobei ihre Augen glänzten, als erzähle sie jemandem eine bösartige Klatschgeschichte.

»Wir beide waren ein ungleiches Paar. Sie war unschuldig, rein und gottesfürchtig, während ich« – Betsy zuckte mit den Schultern – »eine Strafe für meine verwitwete Mutter vom Tag meiner Geburt an bin. Prudence war die einzige im Dorf, die mich nicht hochnäsig behandelte, ganz gleich, in was für Schwierigkeiten ich geriet. Sie war meine treue Kameradin, sah immer nur das Schöne im Leben, und …«

»Ja, ja, ich weiß«, fuhr er dazwischen. »Ich habe ja schließlich in den letzten vier Monaten mit ihr zusammengelebt. Erzählen Sie weiter!«

Das unverschämte Weib beeilte sich nicht im geringsten. Sie blickte ihn abschätzig an und nahm einen weiteren Schluck Wein. »Sie und ihr Papa standen sich sehr nahe. Als er starb – oh, es ist jetzt schon fast zwei Jahre her –, war sie außer sich. Ich habe sie nie so traurig gesehen.«

»Und dann?« fiel er ein.

»Alles zu seiner Zeit, mein Herr. Wenn Sie schon nicht mit mir ins Bett gehen wollen, werden Sie mich wenigstens in Ruhe anhören. Und mich wie eine Dame behandeln, nicht wie eine Hure. Oder Sie sehen mich von hinten, schneller, als sie ausspucken können!«

Er knirschte mit den Zähnen. »Fahren Sie mit Ihrer Geschichte fort – *Madam*«, fügte er sarkastisch hinzu.

Sie schnaubte. »Ich wette, Sie waren noch nie bei einer Hure. Zu tief unten für Sie, was?«

Er stöhnte und rieb sich die Augen. Wirklich, er benahm sich wie ein hochnäsiger Idiot, dabei wollte er doch nur etwas über Prudence erfahren. »Ich flehe Sie an, fahren Sie fort.«

Ihr Ton wurde weicher, seine Qual rührte sie offensichtlich. »Nachdem Prus Vater gestorben war, hatte sie nur noch ihren Großvater, Squire Hammond. Und seine Hexe von einer Frau. Eine jämmerliche alte Witwe, die ihren ersten Mann ins Grab gebracht hatte. Was für ein Paar! Sie schworen auf John Wesley und hielten Prudence dementsprechend an der kurzen Leine. Dauernd schleppten sie sie in die Kirche und beschimpften sie als Sünderin. Ich wäre verrückt geworden. Sie schimpften sie sogar aus, wenn sie nur lachte. Aber sie ertrug alles, wenn auch ihre Fröhlichkeit fast verschwunden war. Der alte Squire war ein furchterregender Mann, der über Burghope Manor wie ein geiziger König herrschte. Sie zitterte und gehorchte dem Tyrannen. Was hätte sie sonst tun sollen?«

Er blickte stirnrunzelnd zu den Deckenbalken in der Schenke hoch. »Sie hat mich manchmal auch einen Tyrannen genannt.«

»Waren Sie es?«

»Ich bin so, wie ich bin«, murmelte er schuldbewußt. »Jamie war wahrscheinlich netter zu ihr.«

»Ich habe ihn nie kennengelernt. Meiner Meinung nach wollte der Kerl nur das eine von ihr.« Betsy seufzte. »Aber ich habe sie noch nie so glücklich gesehen. Manchmal schlich sie sich aus dem Haus und traf sich mit ihm. Oh, all das Lachen und süße Geflüster, als sie mir von ihm erzählte. Er hatte ihr die Ehe versprochen, wissen Sie, und sie hatte Vertrauen zu ihm.«

Er nickte. »Ja. So ist Prudence. Wie lange ...?«

»Jamie? Nur vierzehn Tage. Und dann war er fort.«

»Nach Amerika?«

»Ja. Er habe eine kleine Erbschaft gemacht, sagte er.

Aber sie zweifelte nie daran, daß er zurückkommen würde.«

»Sie hat ihn in Virginia gesucht. Er hatte seine Plantage verkauft.«

»Das hat sie mir heute früh erzählt. Sie war in Tränen aufgelöst.«

»Und das Kind?«

»Es war schrecklich, als sie merkte, daß sie schwanger war. Nicht, daß sie Angst gehabt hätte, das nicht. Aber gottesfürchtig wie sie war, schämte sie sich. ›Wird Gott mich dafür strafen, Betsy?‹ fragte sie mich. Ich versuchte sie zu überreden, die Sache zu beenden. Ich kenne da ein altes Weib in Limpley Stoke.«

Er ballte die Fäuste. Als Arzt hatte er mehr als ein unglückliches Mädchen behandelt, das solch einem alten Weib in die Hände gefallen war. »Gott sei Dank hat sie nicht auf Sie gehört«, murmelte er.

»Wie konnte sie – wo sie doch so sehr an Jamie glaubte? Er hatte ihr seinen Ring gegeben und das Versprechen, zurückzukommen und sie zu heiraten. Sie schrieb ihm verzweifelte Briefe, aber er antwortete nie. Wir planten, zusammen das Dorf zu verlassen, nach London abzuhauen, bevor ihr Zustand offensichtlich wurde. Aber der Butler ihres Großvaters – ein gemeiner kleiner Kerl – hatte sie und Jamie in den Feldern gesehen. Er versuchte sie zu erpressen, damit sie auch ihm ihre Gunst schenkte. Und als sie sich weigerte, ist er sofort zu seinem Herrn gelaufen.«

»Und der Squire?«

»Sie waren schrecklich zu ihr. Er und die frömmelnde alte Hexe nannten sie eine halsstarrige, unmoralische Dirne und beschworen alle Flüche des Himmels auf sie herab. Schließlich schleppten sie sie stundenlang in die Kirche und zwangen sie, sich Predigten von dem selbstgerechten alten Priester anzuhören. Ich glaube, sie hätten sie geschlagen, wenn sie nicht schwanger gewesen wäre! Und zu guter Letzt sperrten sie sie ein.«

Er fluchte leise in Gedanken an Prudences Qualen.

»Ich bin auf einen Baum gestiegen, um von dort aus durchs Fenster mit ihr flüstern zu können. Sie ließen sie stundenlang in der Ecke stehen, bis sie ohnmächtig wurde. Und alles nur, um sie zu zwingen, ihnen den Namen ihres Liebhabers zu verraten. Aber sie weigerte sich standhaft. Kein Wort kam über ihre Lippen.«

Betsy seufzte wieder. »Nach einer Weile setzte sich der Squire in den Kopf, daß nur eine arrangierte Ehe, wie er es nannte, ihre Ehre wiederherstellen könne. Er ist ein knickeriger alter Bastard, aber er war bereit, irgendeinem Kerl aus dem Dorf eine gewisse Summe zu zahlen, damit er sie heiratete und ihre Ehre rettete.« Sie schnaubte verächtlich. »*Ihre* Ehre. Ich wette, der stolze Idiot dachte nur an seinen eigenen Ruf.«

»Und sie weigerte sich. Wegen Jamie.«

»›Ich kann nicht, Betsy‹, sagte sie zu mir. ›Es ist nicht Gottes Wille‹. Sie war so überzeugt von Lord Jamies reiner Liebe, daß sie es als Sünde betrachtete, ihn durch eine Heirat mit jemand anderem zu betrügen.«

Betsy senkte den Kopf und wischte sich eine Träne weg. »Für das, was passierte, muß ich mir selbst die Schuld geben. Ich hätte dableiben müssen, um sie zu unterstützen. Aber« – sie verschlang ihre Finger ineinander – »da gab es einen Soldaten, wissen Sie. Ich hätte es wissen sollen. Er hat mir hier in London eine Wohnung gesucht und mich gebeten, seine Freunde ›zu unterhalten‹. Als ich herausfand, daß er Geld von ihnen nahm, habe ich den Kerl hinausgeschmissen.«

»Sind Sie in Ihr Dorf zurückgekehrt?«

»Das konnte ich doch nicht! Jeder wußte, was ich getan hatte.« Sie lachte bitter. »Ich glaube, meine Ma war froh, daß sie mich los war.«

»Und Prudence?«

Ich hatte ihr geschrieben und ihr gesagt, wo ich mich aufhielt. Eine nette Dienerin hat meine Briefe an sie weitergeleitet. Sie antwortete mir nur einmal, aber dieser Brief war voller Verzweiflung.« Betsy begann zu zittern. »Dann, nach Monaten des Schweigens, tauchte sie diesen

Sommer plötzlich in meiner Wohnung auf. Wie ein geprügelter Hund.«

»Gott schütze sie«, murmelte er. »Was war geschehen?«

Betsy begann zu weinen, die Tränen rannen über ihr bemaltes Gesicht. »Sie hatte einen Sohn zur Welt gebracht. Und diese ... diese verdammten, grausamen Schurken, sie haben es zugelassen, daß sie ihn stillte. Ihn lieb gewann. Und dann, eines Tages, wollte sie ihn aus seiner Wiege holen, und da war er weg.«

»Weg?«

»Sie hatten ihn in Pflege gegeben. Sie sagten ihr, sie würde ihr Kind niemals wiedersehen. Es ist Methodistenglaube, wissen Sie, daß ein Kind der Sünde trotzdem unbefleckt ist.«

Er senkte den Kopf und kämpfte mit den Tränen. »O Gott. Prudence ...«

Mitleidig berührte sie seinen Arm. »Verzeihen Sie mir, wenn ich eben unverschämt zu Ihnen war. Ich dachte, Sie wären« – sie zuckte erschöpft mit den Schultern – »ein Mann wie alle anderen.«

»Eher ein blinder Dummkopf.« Wie hatte ihm hinter Prudences strahlendem Gesicht der Kummer entgehen können?

Sie lächelte verständnisvoll. »Ich kenne noch nicht einmal Ihren Namen.«

»Ross. Ross Manning. Aber das Kind ...?«

»Der hochfahrende alte Squire hatte sich nie mit dem Gedanken abgefunden, nur eine Tochter und eine Enkeltochter zu haben. Er beabsichtigt, den Jungen wie seinen eigenen großzuziehen. Wie er es für richtig hält, damit sein Geschlecht nicht ausstirbt. Prudence demütigte sich, bettelte ihn auf Knien an. Sie würde jeden heiraten, wenn sie nur ihr Kind behalten könnte. Der kaltherzige Bastard lehnte das natürlich ab. Sie nannten sie Maria Magdalena und schleiften sie an den Rand des Ortes. Das ganze fromme Pack sah zu, und keine Menschenseele hob die Hand, um ihr zu helfen.«

Betsy begann wieder zu weinen. »Sie erzählte mir, daß sie ... Dreckklumpen nach ihr warfen und sie verfluchten, als sie vorbeikam. Ihr Großvater sagte zu ihr, sie dürfe den Ort nie wieder betreten, sonst würde er sie nackt ausziehen und auf dem Dorfplatz mit der Pferdepeitsche bearbeiten.«

»Jesus!« Er stöhnte und vergrub den Kopf in den Armen.

»Deshalb braucht sie Jamie und seinen Ehering.«

Er hob den Kopf. »Wie meinen Sie das?«

»Er ist ein mächtiger Mann. Ein Viscount, hat sie gesagt. Nur er kann seinen Sohn vom Squire zurückverlangen.«

»Aber ich bin ihr Ehemann. Auch ich kann das Kind zurückfordern.«

»Sie kennen den Squire nicht. Er ist ein bedeutender Mann im Dorf und springt rauh um mit seinen Untergebenen. Prudences Vater war der Schulmeister und ein feiner, gläubiger Mensch. Aber der Squire hat ihn behandelt wie einen Hund. Er hat seine Tochter immer verflucht, weil sie unter ihrem Stand geheiratet hat. Es tut mir leid, Sir, aber da Sie ja wohl kaum von Adel sind, wären Sie machtlos gegen Squire Hammond. Er hat Geld und Einfluß. Und das Gesetz stünde auf seiner Seite, da können Sie sicher sein. Ein Adelstitel – Jamies Titel – ist vonnöten, um ihn dazu zu zwingen, den Jungen herauszugeben.«

Betsys Geschichte hatte Ross völlig niedergeschmettert; er stellte sich vor, wie verzweifelt Prudence gewesen sein mußte. Kein Wunder, daß sie so gegen ihre Heirat gewesen war, da sie fürchten mußte, ihr Kind dadurch ganz zu verlieren.

Plötzlich erfüllte ihn unsäglicher Zorn. »Wir haben monatelang zusammengelebt. Sie hat mein Bett geteilt. Warum, zum Teufel, hat sie mir nicht die ganze Geschichte erzählt? Verdammt noch mal, sie ließ mich in dem Glauben, das Kind sei tot! Warum hat sie mir nicht vertraut?«

Betsy lachte leise. »Sie ist zu unschuldig, zu süß. Sie sieht nur das Gesicht, das die Menschen der Welt zeigen.

Und Sie können vermutlich ziemlich bestimmend sein und urteilen streng.«

»Absurd«, murmelte er verlegen.

»Nun, mich blickten Sie jedenfalls an und sahen eine Hure, ohne einen Gedanken daran zu verschwenden, wer ich wirklich bin.« Ihre leise Stimme klang nicht anklagend, aber er zuckte zusammen, weil sie die Wahrheit sagte. »Meine Augen sind klarer als ihre«, fuhr sie fort. »Das Leben hat mich sehen gelehrt, und vielleicht bin ich sogar weise geworden. Daher sehe ich das, was sie nicht sieht.«

Spöttisch zog er eine Augenbraue hoch. »Und das wäre?«

»Sie lieben sie«, sagte sie einfach.

»Völliger Unsinn!« Wie konnte er nach Martha noch jemanden lieben? Das wäre Betrug an ihrem gemeinsamen Leben.

»Warum haben Sie Pru denn geheiratet?«

»Die Umstände haben uns dazu gezwungen. Sonst nichts. Aber verdammt noch mal, sie war mir die Wahrheit schuldig, weil ich ihr Mann bin! Sie hatte die Pflicht, es mir zu erzählen!«

Betsys Augen waren weich und verständnisvoll. »Wenn Sie es so sehen möchten, bitte ... Aber was wollen Sie jetzt tun?«

»Meine treulose Frau finden«, grollte er. »Und sie nach Hause holen, wo sie hingehört. Sie ist heute morgen gefahren, sagten Sie?«

»Die Glocken von St. Paul haben acht Uhr geläutet.«

»Und sie geht natürlich zu Jamie. Ihrer wahren Liebe.«

»Ohne jeden Zweifel.«

»Sein Name und Titel?«

Betsy verzog das Gesicht. »Keine Ahnung. Sie hat es mir nie gesagt. Er lebt in Berkshire. Das ist alles, was ich weiß.«

Frustriert schlug er auf den Tisch. »Wie, zum Teufel, soll ich ihn dann finden?«

»Am besten wäre es, Sie ließen sie gehen. Was auch immer sie vorhat – es würde ihr das Herz brechen, wenn sie ihr Kind zu guter Letzt doch noch verlieren würde.«

»Ich bin ihr *Ehemann.* Das sollte für den Squire ein gewichtiger Grund sein.«

Betsy blickte ihn zweifelnd an und kaute auf ihrer Unterlippe. Nachdenklich runzelte sie die Stirn und drehte eine Locke ihres blonden Haars um den Finger. »Es gibt einen Weg«, sagte sie schließlich, »obwohl ich wegen Pru Angst habe. Wenn Ihr Eingreifen sie das Kind kostet, wird sie Ihnen nie verzeihen.«

»Welchen Weg?« fragte er ungeduldig.

»Wenn sie Jamie gefunden hat, wird sie mit ihm in unser Dorf fahren, um Squire Hammond aufzusuchen. Sie können dort auf sie warten. Winsley. In der Nähe von Bradford-on-Avon.«

»Ja, natürlich. Daran habe ich gar nicht gedacht. Burghope Manor, sagten Sie.«

Er sank erschöpft in seinen Stuhl zurück. Es gab so viel zu bedenken, so viele Kompromisse in seinem Leben. Er blickte Betsy an. Sie hatte natürlich recht. Er hatte viel zu viele Vorurteile. Sie hatten ihn blind gemacht gegenüber Prudences Leiden. Blind für das gute Herz hinter Betsys geschminktem Gesicht. Sie war jung und hübsch, und die Umstände hatten sie auf die Straße gebracht und zwangen ihr ein minderwertiges Leben mit all den Krankheiten auf, die sie letztendlich zerstören würden.

Er holte einen schweren Beutel mit Münzen aus seiner Jackentasche und warf ihn auf den Tisch. »In Gottes Namen«, sagte er brummig, »geben Sie ihr Geschäft auf. Es liegt nichts als der Tod darin.«

Sie lächelte und ihre klaren grauen Augen leuchteten vor Dankbarkeit. Schnell steckte sie die Börse in ihr Mieder, stand auf und zog sich die Kapuze über. »Sie sind ein guter Mann, Ross Manning. Wußten Sie das?«

Er lachte bitter. »Das bezweifle ich. Sie hat immer nur von Jamie geträumt. Von ihm gesprochen. Mich hat sie nie wirklich gemocht.«

Betsy wandte sich zum Gehen. »Ich wünsche Ihnen viel

Glück. Und viel Liebe, wenn Sie klug genug sind, danach zu suchen.« Sie ging zur Tür und eilte in der Abenddämmerung davon.

Grübelnd saß er noch lange da und dachte über das nach, was die Frau ihm erzählt hatte. Ihm blieb nur eine Wahl, auch wenn es ihm das Herz zerriß. Er konnte nicht zulassen, daß Prudence sich gegen das Gesetz ein weiteres Mal verheiratete. Und – wenn er darüber nachdachte – der Gedanke, wie sie in Jamies Armen lag, versetzte ihn in Wut. Sie gehörte zu ihm.

Er bezahlte den Wein, setzte seinen Hut auf, zog den Mantel an und trat auf die Straße. Besorgt hoffte er, daß Wedge genug Verstand haben würde, auf ihn zu warten, dann ging er zum Fluß. Ein kalter Dunstschleier hing über dem Wasser. Er fand einen Fährmann, der ihn zur neuen Westminster-Bridge ruderte, und saß bewegungslos im Boot, während sich seine Gedanken in Aufruhr befanden. Gott möge ihm helfen, das war der einzige Weg.

Als er die Treppe vom Fluß hochstieg, war es bereits dunkel. Er winkte einem Straßenjungen mit einer rußigen Pechfackel, ihm zu leuchten, und ging dann an der Parade und dem House of Commons vorbei zur Downing Street. Vor einem Stadthaus blieb er stehen, und sein Magen krampfte sich zusammen, als er das Schild an der Ziegelfassade sah.

»JASON MANNING« stand da. »ARZT«. Er zögerte, von Qualen zerrissen.

In diesem Moment fuhr eine Kutsche vor, und ein Mann trat aus dem Gebäude. Ross ballte die Fäuste und hielt ihn auf, als er gerade in die Kutsche steigen wollte.

»Jason«, sagte er kalt, »ich bin zurückgekommen. Ich brauche deine Hilfe.«

23

»Was willst du, Weib?« Der Türsteher starrte Prudence finster durch das eiserne Gittertor an.

Sie blickte an sich herunter. Wahrscheinlich sah sie wie eine Lumpensammlerin aus mit ihrem Bündel, ihrem staubigen Kleid und ihrem Mantel. Es tat ihr jetzt beinahe leid, daß sie Betsy ihr apricotfarbenes Kleid gegeben hatte – ihr schönstes Kleid. Dann jedoch schalt sie sich selbst eine undankbare Freundin. Jede andere als Betsy wäre schon längst mit ihrem Geld durchgebrannt. Und doch, was würde Jamie von ihr denken? Von diesem lavendelfarbenen Kleid, das viel weniger elegant war als das apricotfarbene?

Die Fahrt hatte länger gedauert, als sie gedacht hatte; die Postkutsche war langsam und hielt in jedem Ort auf der Strecke. Und alles war sehr teuer gewesen. Gestern hatte sie ihr letztes Geld für die Übernachtung in der Postkutschenstation ausgegeben und hatte kaum noch etwas übrig behalten für das Frühstück, geschweige denn für eine Kutsche. Heute morgen war sie den ganzen Weg von Newbury zu Fuß hierher gekommen und war nur die letzten Meilen von einem freundlichen Bauern, der auf dem Weg nach Lambourn Downs war, in seinem gebrechlichen Karren mitgenommen worden.

Aber jetzt war sie endlich hier! Und sie würde sich durch einen hochmütigen Türsteher nicht von Jamie fernhalten lassen! Nicht nach all dem, was sie erduldet hatte. Sie klopfte den Staub von ihren Röcken und blickte den Mann stolz an. »Ich möchte zu James Arnott, Viscount Lord Swindon.«

Er schnaubte verächtlich. »Sie wollen wirklich Seine Lordschaft an einem Sonntag stören?«

Mut, Prudence, dachte sie und hob ihre Stimme. »Guter Mann, es ist eine Angelegenheit von äußerster Wichtigkeit. Seine Lordschaft wäre recht verärgert, wenn er wüßte, daß Sie mir den Einlaß verwehren.«

Er sah zwar skeptisch drein, zuckte dann aber die

Schultern und öffnete ihr das Tor. Hocherhobenen Hauptes rauschte sie an ihm vorbei und marschierte die lange, gerade Auffahrt hinauf, die zum Haupthaus führte, wobei sie sich bewußt war, daß die Augen des Mannes ihr folgten.

Nach all den Prahlereien Jamies war Swindon Hall eine Enttäuschung. Es schien zwar groß, wirkte aber ziemlich verfallen, mit losen Dachziegeln und Löchern in der Fassade. Die ungepflegten Rasenflächen waren bedeckt mit Herbstblättern, die spätblühenden Blumen brauchten Pflege, und die Hälfte der Bäume an der Auffahrt war tot.

An einem Flügel des Hauses lehnte jedoch ein Gerüst, und die Tür war frisch gestrichen; offenbar war Jamie zu Geld gekommen und hatte angefangen, das Haus zu renovieren. Vielleicht war das verfallene alte Haus der Grund, warum er seine Plantage verkauft hatte.

Ihr Herz klopfte heftig, als sie den schweren Türklopfer betätigte. Der hochnäsige Lakai, der ihr öffnete, musterte sie von oben bis unten, als sei sie ein Stück Dreck. Er schüttelte sich, wobei die Locken seiner kunstvollen Halbperücke auf seinen Schultern tanzten. »Ja?« fragte er und verzog den Mund.

Verlegen nahm sie ihr Bündel in die andere Hand. Sie rief sich ins Gedächtnis, daß diese hochmütige Person in einem Herrenhaus *arbeitete,* er war nichts Besseres als sie, trotz all seiner Hochnäsigkeit. Ihre Kleidung war gut genug für die feine Gesellschaft in Virginia gewesen; schließlich konnte sie genausogut eine inkognito reisende Herzogin sein. Sie reckte ihr Kinn und wandte den gleichen königlichen Tonfall an, mit dem sie den Türsteher bereits beeindruckt hatte. »Ich bin Mistreß Prudence Allbright und möchte zu Lord Swindon. Leider konnte ich mich nicht anmelden, da ich unerwartet heute aus London eingetroffen bin.«

Er verbeugte sich, offenbar unsicher geworden. »Bitte hier entlang, Madam.« Er geleitete sie in einen kleinen Salon und verbeugte sich wieder. »Warten Sie bitte.«

Sie griff auf die letzten Überreste ihrer Würde zurück.

»Es ist äußerst dringend«, sagte sie. »Ich vertraue darauf, daß Seine Lordschaft mich sofort empfängt.« Beinahe hätte sie laut aufgelacht, als sie den beflissenen Gesichtsausdruck sah, mit dem er den Raum verließ. Die selbstbewußte, würdevolle Frau, die solchen Respekt hervorrief, war meilenweit von der Prudence vor ein paar Monaten entfernt – dem furchtsamen Mädchen vom Land, das sich jeder Autorität beugte. Sie fragte sich, wieviel sie wohl Ross im Hinblick auf ihre Kraft und Selbstbeherrschung verdankte.

Nein! Sie durfte jetzt nicht an Ross denken. Dieser Teil ihres Lebens war vorbei und vergessen. Es bereitete ihr nur unnötig Kummer, sich an die Vergangenheit zu erinnern.

Unruhig blickte sie sich in dem kleinen Salon um. Er war recht elegant mit seinen hübschen Möbeln und den gemusterten Teppichen. An den Fenstern hingen jedoch keine Vorhänge, und die Wände konnten auch mal wieder gestrichen werden. Nun, wenn sie mit Jamie verheiratet war, würde sie dafür sorgen, daß Besucher in einer eleganteren Umgebung empfangen würden, ganz egal, welcher Herkunft sie waren.

»Madam.« Der Lakai stand auf der Schwelle, und das hochmütige Lächeln war auf sein Gesicht zurückgekehrt. »Seine Lordschaft hat mir mitgeteilt, daß er Sie heute nicht sehen möchte. Er wollte gerade zu Mittag essen. Kommen Sie morgen wieder.«

Er wollte sie nicht sehen, wo sie von so weither gekommen war? Und sie wurde wegen eines *Mittagessens* weggeschickt? Sie zog Jamies Ring vom Finger und hielt ihn ärgerlich dem Diener hin. »Geben Sie ihm dies. Ich bin nicht den ganzen Weg hierher gekommen, um bis morgen zu warten!«

Sie entließ ihn mit einer herrischen Geste, aber als er gegangen war, sank sie in sich zusammen. Wie konnte das sein? Jamie wollte sie nicht sehen?

Vielleicht hatte er sie vom Fenster aus beobachtet, hatte sie auf der Einfahrt entdeckt – eine erschöpfte Fußgängerin, die seiner Beachtung nicht würdig war. Sie betrachtete sich in dem großen Spiegel über dem Kamin. O Gott! Ihr Mantel war staubbedeckt, und unter der Kapuze lugten vorwitzige Haarsträhnen hervor. Sie legte ihr Bündel ab und ordnete rasch ihre Haare, wobei sie ein paar lange Locken kunstvoll über eine Schulter drapierte. Dann richtete sie ihr Mieder und klopfte noch einmal den Staub aus ihren Röcken.

Sie versuchte, das Zittern ihrer Hände zu ignorieren; das bevorstehende Gespräch machte sie nervöser, als sie sich selber zugeben wollte. Sie hatte ihn seit mehr als einem Jahr nicht mehr gesehen. Bestimmt hatte sie sich verändert. Und er?

»Das ist doch das Mädchen aus Winsley.«

Die Stimme von der Tür her ließ sie herumfahren; sie klang sanft und leicht nörgelig.

James Arnott, Lord Swindon, schloß die Tür hinter sich und starrte sie mit einem säuerlichen Gesichtsausdruck an. Er trug einen violetten Gehrock, und sein dunkles Haar war elegant frisiert und gepudert. Er sah so gut aus, wie sie ihn in Erinnerung hatte – seine funkelnden dunklen Augen, die Adlernase, der weiche, volle Mund.

Der schwache Geruch nach Alkohol, den er ausströmte, erklärte jedoch das Funkeln, und der Mund war schmollend verzogen. In ihrer Erinnerung war er ein Gott gewesen; die Person, die vor ihr stand und sie verächtlich musterte, war ein verzogener Junge. Sie fragte sich, ob er je zu so einem Mann werden würde, wie Ross einer war.

»Nun«, sagte er, »warum bist du nach all dieser Zeit hierher gekommen?«

Sie erinnerte sich daran, daß sie ihn brauchte, daß nur seine Liebe sie vor einer düsteren Zukunft bewahren konnte. In der Hoffnung, ihn aufzuheitern, in ihm den Liebhaber wiederzufinden, den sie gekannt hatte, lächelte sie ihn an. Wie sollte sie anfangen? »Das Haus hier … Swindon Hall ist so schön, wie du mir erzählt hast, an … an jenem Tag auf der Wiese«, stammelte sie, zu schüchtern, um sofort zum Thema zu kommen. »Und ich sehe, du bist dabei, alles zu restaurieren. Hast du einen guten Preis für deine Plantage erzielt?«

Er kniff die Augen zusammen. »Bist du gekommen, um Geld zu verlangen?«

»Natürlich nicht!« Wie konnte er nur so etwas denken?

»Warum bist du dann hier?«

»Hast du denn meine Briefe nie bekommen?« Jetzt schrie sie.

Er zog eine silberne Schnupftabaksdose aus seiner Weste, tippte ein wenig von dem braunen Pulver auf seine Hand und sog es ein. Dann verzog er das Gesicht, seine Nase zuckte, und er nieste in ein spitzengesäumtes Taschentuch. »Erst als ich aus Amerika zurück war.«

»Warum hast du sie denn nicht beantwortet? Deine Briefe hätten mich schon gefunden.« *Ihre* Briefe waren zwar verzweifelt, aber umsichtig gewesen, aus Angst, sie könnten ihrem Großvater in die Hände fallen. Sie hatte Jamie lediglich gebeten, wegen einer dringenden Angelegenheit zu ihr zurückzukehren.

Er zuckte mit den Schultern. »Du schriebst in deinen Briefen, du würdest nach London gehen. Als ich sie las, nahm ich an, du wärest schon lange weg. Wie hätte ich dich erreichen sollen?«

Das klang vernünftig. Und beruhigte ihre Ängste. Welch entsetzlicher Gedanke, daß er die Briefe vor seiner Abreise bekommen – und sie ignoriert hatte. Dumme Prudence. War er nicht immer noch ihr Jamie? Der Mann, der ihr ewige Liebe geschworen hatte? »Ich bin dir durch die halbe Welt nachgereist«, flüsterte sie.

»Wie rührend«, schnarrte er. »Und jetzt bist du hier. Was ist denn das für eine dringende Angelegenheit, die dich heute zu mir führt?«

»Du mußt mir helfen.«

Er unterdrückte ein Gähnen. »Mein liebes Kind, ich habe keinerlei Verpflichtungen dir gegenüber.«

»Du *mußt!* Wir haben ein Kind.«

Überrascht riß er die Augen auf. Dann senkte er den

Blick und sah sie mißtrauisch an. »Bist du sicher, daß es von mir ist?«

Ihre Lippen begannen zu zittern. Was war nur mit ihrem süßen Jamie geschehen? »Natürlich bin ich mir sicher. Glaubst du, ich könnte deine Liebesschwüre vergessen? Denkst du, ich hätte alle Qualen und die Schande ertragen, wenn ich mich nicht so gefreut hätte, dir einen Sohn zu präsentieren?«

»Ein Sohn?« Sein gutgeschnittenes Gesicht erstrahlte in einem breiten Lächeln, und sofort erinnerte er sie an den alten Jamie. »Mein Gott, ein *Sohn!*« Er ergriff ihre Hände und führte sie an seine Lippen. »Prudence! Gott segne dich. Tausendmal!«

Sie empfand Stolz und Schuldgefühle zugleich. Wie hatte sie nur an ihm zweifeln können? Er war nur so überrascht gewesen, sie nach all dieser Zeit wiederzusehen. Vielleicht hatte ihn ihr monatelanges Schweigen davon überzeugt, daß sie ihn nicht mehr liebte. »Er ist stark und kräftig«, sagte sie.

Er sah sich gespannt um. »Wo ist er? Hast du ihn mitgebracht?«

Sie entzog ihm ihre Hände und wandte ihm den Rükken zu, weil sie sich schämte, ihm die Wahrheit zu sagen. »Nein«, erwiderte sie leise. »Ich ... ich habe ihn selbst seit Monaten nicht mehr gesehen.«

Er legte ihr die Hand auf den Arm und drehte sie wieder zu sich um. »Was, zum Teufel, soll das heißen ... hast ihn nicht gesehen? Geht es ihm gut?«

Sie wich dem Blick seiner anklagenden dunklen Augen aus. »Mein ... mein Großvater hat sich geweigert, ihn mir zu lassen. Er hat ihn mir weggenommen wegen meiner Sünden. Und nun hat er vor, ihn wie seinen eigenen Sohn zu erziehen.«

Er fluchte leise vor sich hin. »Der verdammte Schurke!«

»Ich weiß, daß er das Kind zurückgeben würde, wenn du da wärst. Das könnte er uns nicht verweigern. Ich habe ihm nie deinen Namen gesagt. Aber wenn wir vor ihm stehen und ich sage ihm, daß du der Vater des Kindes bist, hätte er nicht den Mut, uns wegzuschicken. Nicht angesichts deines Titels und deines Einflusses.«

Das Lächeln kehrte auf sein Gesicht zurück. »Natürlich. Ich schlage ihn mit seinen eigenen Waffen. Wir fahren sofort nach Burghope Manor.« Er lachte vor Freude und warf entzückt den Kopf zurück. »Ein Sohn! Der Himmel hat an diesem Tag auf mich herniedergelächelt.« Er zog sie in die Arme und gab ihr einen überschwenglichen Kuß.

Gott mochte ihr verzeihen. Sie versuchte sich daran zu erinnern, wie erregend sie seine Küsse gefunden hatte. Jetzt empfand sie nichts dabei.

Er ließ sie los und zog ungeduldig an der Klingelschnur. Als der Lakai erschien, gab er ihm mit scharfer Stimme Befehle. Seine Kutsche solle sofort vorfahren. Gut ausgestattet mit Proviant für ihn und die Lady. Er wandte sich an Prudence. »Ich muß mich bei meinen Gästen entschuldigen. Ich komme gleich zurück.« Grinsend hastete er aus dem Zimmer.

Er war wieder da, noch bevor sie Zeit gefunden hatte, ihren Mantel anzuziehen und nach ihrem Bündel zu greifen. Mit seinem Cape um die Schultern stürzte er ins Zimmer und drängte sie zu der wartenden Kutsche.

Sie flogen die Straße entlang, da der Kutscher von Jamies Versprechen angespornt wurde, ihm einige Goldstücke zu geben, wenn sie Winsley in weniger als drei Stunden erreichten. Jamie ließ die Blenden an den Fenstern herunter, um sie gegen die Strahlen der Nachmittagssonne zu schützen, und machte sich mit Appetit über das Essen her. Prudence war fast zu freudig erregt, um zu essen, aber sie nahm doch etwas von dem gebratenen Hühnchen, knabberte an den Mandelplätzchen und trank ein kleines Glas Wein.

Die restliche Flasche leerte Jamie alleine. Er goß den letzten Wein in sein Glas und achtete nicht darauf, daß die rubinrote Flüssigkeit durch das Schaukeln der Kutsche über den Rand schwappte. Breit lächelnd hielt er

Prudence eine kleine Schachtel hin. »Nimm noch eine Makrone.«

Sie schüttelte den Kopf. Vor lauter Aufregung krampfte sich ihr der Magen zusammen. Bald würde sie wieder ihr geliebtes Kind in den Armen halten! Sie konnte es kaum glauben.

Jamie beendete sein Mahl und lehnte sich in die Samtpolster. Er betrachtete sie unter schweren Lidern. »Bei meiner Seele, ich habe ganz vergessen, was du für ein hübsches Mädchen bist.«

Sie errötete und blickte auf ihre Hände.

Er lachte über ihre Bescheidenheit. »Noch so schüchtern wie früher? Ich weiß noch, wie ich dich das erstemal auf diesem Hügel sah, mit windzerzaustem Haar. Singst du immer noch deine Lieder?«

»Es gab recht wenig zu singen, nachdem du weg warst«, erwiderte sie seufzend.

»Aber du warst meine hübsche Liebste, und jetzt hast du mir einen Sohn geschenkt.« Er klopfte auf den Platz neben sich. »Komm, setz dich zu mir.«

Sie setzte sich steif etwas entfernt von ihm hin. Er streckte seinen Arm aus und zog sie an sich.

»Gib mir deinen süßen Mund«, sagte er rauh. »Meine hübsche Prudence ...«

Sie zögerte, hob dann aber ihre Lippen den seinen entgegen. Wenn sie seine Frau werden wollte, würde sie lernen müssen, sich von ihm küssen zu lassen. Und noch anderes mehr.

Sein Mund war hart und besitzergreifend, und er küßte sie mit einer hungrigen Ungeduld, die sie abstieß. War sie jemals so jung, so dumm gewesen, daß sie sich eingebildet hatte, ihn zu lieben?

Er schien ihre Zurückhaltung nicht zu bemerken. Nachdem er sie ausgiebig geküßt hatte, lehnte er sich zurück in die Polster und seufzte vor Vergnügen. Ohne Zögern legte er seine Hand auf ihren Rock und fuhr beziehungsvoll ihren Schenkel entlang. »Ist der Rest noch genauso süß wie in meiner Erinnerung?«

Sie versuchte, seine Hand wegzuschieben. »Nein, Jamie. Bitte nicht …«

Er umfing sie mit beiden Armen. »Prudence. Liebling … Wie ich mich in diesem Jahr nach dir gesehnt habe. Du hast mir nur eine Kostprobe deiner Reize gegeben. Ich hungere nach mehr. Willst du einem hungrigen Mann nicht helfen?« Seine Augen waren warm und liebevoll, erfüllt von dem zärtlichen Sehnen, das sie schon früher schwach gemacht hatte.

Unentschlossen biß sie sich auf die Lippen. Früher oder später würde sie ihm erlauben müssen, mit ihr zu schlafen. Morgen um diese Zeit wären sie aller Wahrscheinlichkeit nach schon verheiratet. Und dann würde ihr Körper ihm für immer gehören. Sie seufzte ergeben und küßte ihn entschlossen auf den Mund.

Er zog sie an sich und drückte sie sofort quer über den Kutschensitz. Während er sich auf sie legte, bedeckte er ihr Gesicht, ihren Hals und ihren Busen mit Küssen und bewegte heftig seine Hüften, um seine Ungeduld zu beweisen.

Verzweifelt versuchte sie zu reagieren, sich einzureden, daß sie ihm das schuldig war – ihr williger Körper im Austausch für die Freude, ihr Kind wiederzuhaben. Aber als er begann, ihre Röcke hochzuschieben, erschauerte sie. Das ging zu schnell, die leidenschaftliche Nacht mit Ross war ihr noch zu frisch im Gedächtnis. Sie stieß ihn weg und setzte sich hin. »Nein, Jamie. Jetzt nicht. Nicht hier.«

Er verzog schmollend den Mund und versuchte, sie wieder herunterzudrücken, wobei er ihr die Hände auf die Brüste legte. »Du hast doch gesagt, daß du mich liebst. War das eine Lüge?«

»Nein, natürlich nicht.« Der Himmel wußte, daß es vor einem Jahr noch wahr gewesen war. »Es ist nur …« Du meine Güte, was sollte sie ihm bloß sagen?

Die Kutsche rumpelte über einen Stein und schwankte so sehr, daß er vom Sitz rutschte. Das war ihre Gelegenheit. Sie lachte schüchtern. »Wie können wir uns lieben, wenn die Kutsche so holpert?«

Er stemmte sich hoch und umfing sie wieder. »Ich werde dich ganz fest halten«, murmelte er.

»Nein, bitte. Es ist so unbequem, und ... und ...« Sie sank in sich zusammen und begann vor lauter Sehnsucht nach Ross zu weinen.

Er ließ sie los, hockte sich hin und starrte sie finster an. »Bei meiner Seele, ich habe dich als vernünftiges Mädchen in Erinnerung. Neigst du jetzt etwa zu dummen Tränen oder Schüchternheit?«

Sie wischte sich über die nassen Wangen. »Jetzt bin ich Mutter«, erwiderte sie, »und ich kann im Moment nur an mein liebes Kind denken. Verzeih mir. Vielleicht heute abend, wenn ich ihn wiedergesehen, endlich wieder in den Armen gehalten habe ...« Sie hoffte, er könne das Versprechen in ihren Augen lesen.

Murrend setzte er sich auf den Sitz ihr gegenüber. »Ich hoffe, später bist du zugänglicher«, sagte er schmollend. »Und hast bessere Laune. Wenn wir heute abend an einem Gasthaus anhalten, erwarte ich dein Entgegenkommen.«

»Du wirst die Prudence erleben, die du einmal gekannt hast«, versprach sie seufzend.

Er murrte noch einmal, verschränkte die Arme über der Brust und schloß die Augen. Kurze Zeit später schnarchte er leise.

Sie schob die Blende am Fenster hoch und starrte in die Landschaft. Ihre Eintönigkeit mit den schon fast kahlen Bäumen spiegelte die Leere in ihrem Herzen wider, und der Sonnenschein spottete über ihre dunklen Gedanken.

Sie hatte auf Jamies Liebe gezählt, hatte sich ihren süßen Erinnerungen hingegeben und gedacht, er würde ihr Mut geben. Und sicher war er heute ihr gegenüber genauso charmant wie früher gewesen. Aber wollte er ihre Liebe? Oder nur ihren Körper? War seine Zärtlichkeit nur ein berechnender Vorwand, um ihre Gunst zu erlangen?

Betsy hatte sie als unschuldig bezeichnet. Ross hatte gesagt, sie sei blind auf Jamies Schmeicheleien hereingefallen. Und Jamies schmollende Enttäuschung heute entsprach sicher mehr dem Verhalten eines verwöhnten Kindes als dem eines verständnisvollen Liebhabers.

Nein! Hinsichtlich ihres eigenen Seelenfriedens durfte sie sich in Zukunft solche Gedanken nicht erlauben! Sie mußte einfach glauben, daß Jamie sie liebte. Vielleicht hatte sie eine zu lange Zeit mit Ross verbracht? Und begann schon, die Welt durch seine zynischen Augen zu sehen?

Ihre Miene hellte sich auf, als die Kutsche sich Winsley näherte. Die Dorfbewohner waren grausam zu ihr gewesen, als sie gegangen war, aber es war immer noch die Stätte ihrer Kindheit, die mehr als nur eine teure Erinnerung barg. Da waren die Stoppelfelder, auf denen sie und Betsy sich im Sommer herumgetrieben und sich eine Handvoll Korn in den Mund gestopft hatten. Da waren die Schafsweiden, die sich bis auf die Hügel erstreckten, wo Jamie vor ihr gekniet und ihr ewige Liebe gelobt hatte. Da war der Dorfanger, an dessen Bäumen immer noch ein paar blaßgelbe und braune Blätter hingen. Sie warfen längliche Schatten über den gepflegten Rasen.

Und Papas Schulhaus. Sie drängte die aufsteigenden Tränen zurück beim Anblick des alten Gebäudes. Wieviel glückliche Erinnerungen es doch barg; die Geheimnisse ihrer Jugend waren in seinen Mauern eingeschlossen.

Jamie schreckte hoch, als die Kutsche plötzlich anhielt. Gähnend streckte er sich und blickte sie fragend an. »Was ist los?«

Die Tür ging auf, und der Kutscher steckte seinen Kopf herein. »Wir sind jetzt in Winsley. Wohin möchte Euer Lordschaft?«

Prudence wies ihm den Weg zu der schattigen, von Bäumen gesäumten Straße, die zum Burghope Manor führte. Der Efeu an den weichen, bräunlichen Steinen des Hauses leuchtete tiefrot, und in den Fenstern spiegelte sich die blasse Novembersonne. Nur aus wenigen Kaminen stieg Rauch auf: Großpapa war zu geizig, um zu viele Öfen anzuheizen, bevor Schnee fiel.

Ihr Herz schlug heftig, als sie zu dem gewölbten Portal

mit den Bänken auf jeder Seite der Tür hochstiegen – Bänke, eine freundliche Geste für müde Reisende, die von einem großzügigeren früheren Bewohner des Hauses stammten. Zitternd schob Prudence ihren Arm durch den Jamies und bat ihn zu klopfen.

Zu ihrer Erleichterung wurde die Tür von der alten Meg geöffnet, der einzigen von Großpapas Dienstboten, die immer ihre Freundin gewesen war. Meg hatte es geschafft, Betsys Briefe hereinzuschmuggeln, in jenen langen, schrecklichen Monaten des Eingesperrtseins.

Das alte Gesicht verzog sich zu einem glücklichen, zahnlosen Grinsen. »Mistreß Prudence! Was für eine Freude, Sie zu sehen, meine Liebe. Herzlich willkommen zu Hause! Kommen Sie herein.«

Prudence zögerte. »Verf… verflucht er immer noch meinen Namen?«

Das Lächeln auf dem freundlichen Gesicht erlosch. »Wir dürfen nicht von Ihnen sprechen, Miß. Aber kommen Sie doch. Wie kann er sich weigern, Sie zu empfangen, wo Sie so blühend aussehen wie eine Rose?«

Jamie drängte sich grollend in die Eingangshalle. »Auf jeden Fall wird er *mich* empfangen!«

Die alte Dienerin war zu entzückt über Prudences Erscheinen gewesen, sie hatte Jamie noch gar nicht bemerkt; jetzt trat sie zurück und neigte höflich den Kopf. »Natürlich, Sir. Kommen Sie hier entlang.«

Meg führte sie zum ältesten Teil des Hauses und geleitete sie in einen behaglichen Salon. Er schien im Licht förmlich zu glühen, da die untergehende Sonne durch die bleiverglasten Fenster strahlte. Die alte Frau schlurfte zum Kamin – einem riesigen gotischen Gewölbebogen, auf dessen Stuckeinfassung lateinische Worte standen – und entzündete ein Feuer. »Ich sage dem Squire, daß Sie hier sind.«

Prudence ging nervös auf und ab, als sie weg war. Sie hatte keine Angst um ihre Sicherheit – nicht wo Jamie bei ihr war. Aber es war Großpapa bisher immer gelungen, sie einzuschüchtern, ein hilfloses, ängstliches Kind aus ihr zu machen. Sie betete darum, daß sie sich vor Jamie nicht blamieren würde.

Endlich hörte sie das Geräusch von Großpapas Stock im Flur, und dann humpelte er ins Zimmer. Sein schlimmer Fuß war verbunden, und er zuckte bei jedem Schritt zusammen.

Prudences Herz sank. Wenn ihn sein Fuß schmerzte, war er meist noch schlechter gelaunt.

Seine Frau stützte ihn. Ihr dünnes, faltiges Gesicht war mißbilligend verzogen, und von der Nase bis zum Kinn hatten sich scharfe Falten eingegraben. Die Lippen waren weiß, so fest hatte sie sie zusammengepreßt, und ihre blassen Augen glitzerten bösartig. Sie führte ihren Mann zu einem Stuhl und half ihm, sich zu setzen.

Der alte Mann schüttelte ärgerlich ihre Hand ab. Er starrte Prudence finster und zitternd vor Wut an. Seine altmodische Perücke wackelte bei jeder Bewegung seines mächtigen Körpers. Er hob den Stock und fuchtelte drohend vor Prudence damit herum.

»Du wagst es, in dieses Haus zu kommen, du Dirne? Und am Tag des Herrn? Hast du kein Schamgefühl? Sündiges Weib! Ich lasse dich an den Pranger stellen!«

Prudence zuckte bei seinen Worten zusammen.

Jamie trat zornig vor. »Ich lasse nicht zu, daß Sie so mit Prudence sprechen!«

»Schweigen Sie, Sir!« dröhnte der alte Mann. »Ich wette, Sie sind zu ihrer Unterstützung mitgekommen. Aber wissen Sie, was diese … diese Kreatur ist? Eine Hure! Eine *Hure,* Sir! Sie hat Gottes Gesetze gebrochen und Schande über dieses Haus gebracht. Sie hat Unzucht getrieben!«

Er wies auf den Kamin. »Sehen Sie diese Inschrift? Erzbischof Cranmer selbst hat sie vor zweihundert Jahren dort anbringen lassen.« Mit Stentorstimme übersetzte er die lateinischen Worte: »›Herr, ich habe es geliebt, in Deinem Haus zu wohnen, wo Deine Ehre weilt.‹ In *diesem* Haus gibt es keine Ehre mehr, dank dieser schamlosen Dirne!«

Sein Stimme grollte wie Donner, so furchterregend, wie Prudence sie in Erinnerung gehabt hatte. Sein Gesicht war purpurrot angelaufen, und auf seiner Stirn schwollen die Adern. Selbst Jamie wirkte eingeschüchtert. Prudence jedoch fühlte seltsamerweise, wie ihre Kraft wuchs. Trotz all seiner grausamen Worte war er einfach nur ein zorniger alter Mann, der nicht mehr die Macht hatte, sie zu verletzen.

»Großpapa ...«, begann sie und versuchte, ihr Zittern zu unterdrücken.

Er wandte ihr heftig den Kopf zu und kniff verächtlich und zornig die Augen zusammen. Dieser Blick hatte sie früher viele Male in Angst und Schrecken versetzt. »Ich hatte eine schöne Mitgift für dich, die du einem Ehemann mitgebracht hättest. Aber du bist das Kind deines Vaters, wertlos und undankbar. Und jetzt wagst du es, zurückzukehren, obwohl ich es dir verboten hatte?«

Sie ließ sich nicht einschüchtern und legte die Hand auf Jamies Arm. »Dieser Mann erweist dir die Ehre, in dein Haus zu kommen, Großpapa«, erwiderte sie tapfer. »Das ist Lord Swindon.«

Der alte Mann gab einen höhnischen Laut von sich. »Wahrscheinlich ein Schauspieler, den du für diese Farce engagiert hast.«

Großpapas Frau schnaubte verächtlich. »Möge Gott seinen Zorn über dieses Paar ergießen«, sagte sie und richtete ihren Blick gen Himmel.

Endlich fand Jamie seinen Mut wieder. Er kramte ärgerlich in seiner Tasche und zog seine Karte heraus, um sie dem alten Mann hinzustrecken. »Sie werden uns mit allen Ehren empfangen, Squire Hammond! Ich bin es nicht gewohnt, von Untergebenen beleidigt zu werden!«

Der Anblick der geprägten Karte bewirkte eine erstaunliche Veränderung bei ihrem Großvater. Sein Gesicht wurde hellrosa, und der finstere Ausdruck wich einem beflissenen Lächeln. »Euer Lordschaft ...? Ich habe ja nicht gedacht ... Das Mädchen war vom Tag seiner Geburt an eine Lügnerin und Rebellin. Die Werte von harter

Arbeit, Sparsamkeit und Ehrlichkeit waren ihr immer fremd. Sie müssen mir verzeihen, daß ich annahm ...« Stirnrunzelnd blickte er seine Frau an. »Abigail! Rasch! Ein Stuhl für unseren verehrten Gast!«

Abigail knickste linkisch vor Jamie, ihr Gesicht zu einer unterwürfigen Maske verzerrt, und drängte ihn dann zu dem besten Stuhl im Zimmer. Sie schob ihrem Mann einen Hocker unter seinen verbundenen Fuß, und es gelang ihr sogar, Prudence kühl zuzunicken und auf einen Hokker in der Zimmerecke zu weisen.

Prudence ignorierte sie und setzte sich in den Armlehnstuhl neben Jamie. Sie fühlte sich seltsam befreit von der Vergangenheit, trotz Großpapas Bösartigkeiten. Was hatte sie von ihm noch zu befürchten? Er würde ihr das Kind ohne Streit übergeben.

Der alte Mann lehnte sich lächelnd in seinem Stuhl zurück und faltete die Hände über seinem runden Bauch. »Nun, Lord Swindon, möchten Sie eine Tasse Schokolade mit uns trinken? Ich bedaure, Ihnen am Tag des Herrn keinen Madeira oder Südwein anbieten zu können, aber ich hoffe, daß Ihnen auch ein anderes Getränk genügt.«

Jamie zog seine silberne Dose heraus und nahm eine Prise Schnupftabak. Abigail öffnete bereits den Mund, um zu protestieren, aber Großpapa brachte sie mit einem strengen Blick zum Schweigen.

Jamie nieste leise und betupfte seine Nase. »Südwein«, sagte er entschlossen.

Das Lächeln gefror auf Großpapas Gesicht. »Dann Südwein. Abby, hol die Karaffe.«

Abigail blickte so entsetzt drein, als habe Jamie gerade Farbe an die Pforten des Himmels geschmiert. »Aber Mann, der Tag des Herrn ...«

Der alte Mann preßte die Zähne zusammen. »Es ist ein großer Tag, wenn uns ein Viscount mit seinem Besuch beehrt. Bediene unseren Gast!«

Prudence fühlte, wie sich die alte Rebellion in ihrer Brust regte. »Ich hätte auch gerne ein Glas«, sagte sie, als Abigail zur Anrichte ging. Gott mochte ihr die Sünde des

Stolzes vergeben, aber es freute sie, beide endlich so vor sich zu sehen.

»Nun, Euer Lordschaft«, sagte Großpapa, während Abigail zögernd zwei Gläser mit Wein füllte und auf ein Tablett stellte. »Womit kann ich Ihnen dienen? Sagen Sie mir Ihre Wünsche, damit ich Ihnen meine Ergebenheit zeigen kann.«

Jamie schnipste ein Staubkörnchen von seiner Weste und genoß es sichtlich, der Überlegene zu sein. »Ich bin gekommen, um meinen Sohn zu holen«, sagte er.

Es gab einen lauten Krach. Abigail stand da wie eine Statue und blickte fassungslos auf das Tablett am Boden. Der Wein und die zerbrochenen Gläser bildeten einen großen roten Fleck zu ihren Füßen.

Großpapa begann zu stammeln, und sein Gesicht lief wieder rot an. »Ihr Sohn ... das kann nicht sein ... Ich ...«

Prudence hatte das Gefühl, eine eiskalte Hand griffe nach ihr. »Ist er hier? Lebt er noch?« schrie sie.

Großpapa stöhnte und warf seiner Frau entsetzte Blikke zu. »Er ist weg!« schrie er schließlich. »Sein Vater, Lord Longwood, ist gekommen und hat ihn geholt.«

»*Weg?* O mein Gott«, flüsterte Prudence entsetzt.

Jamie sah sie anklagend an. »Wie viele Gentlemen hast du eigentlich mit deinen Lügen betört, in der Hoffnung, einen darunter zu finden, der dein Kind rettet?«

Verzweifelt schüttelte sie den Kopf. »Ich kenne keinen Lord Longwood.«

Verächtlich verzog er den Mund. »Du verlogene Schlampe. Bei wie vielen anderen Männern hast du deine Beine breit gemacht?«

Sie schlug die Hand vor den Mund, um ein Schluchzen zu unterdrücken. »Es ist *dein* Sohn, Jamie. Ich schwöre es! Er hat deine schwarzen Haare. Ich habe niemals bei einem anderen gelegen. Ich schwöre es auf die Bibel!«

Ihre ängstliche Erregung schien Jamie von ihrer Aufrichtigkeit zu überzeugen. Er stand auf und blickte finster ihren Goßvater an. »Sind Sie ein solcher Idiot, daß Sie mein Kind jedem Mann geben, der durch die Tür kommt?«

Großpapa stützte sich auf den Armlehnen des Stuhls ab und versuchte, sich ebenfalls zu erheben. »Ich lasse mich nicht beleidigen! Lord Longwood hat mir unwiderlegbare Beweise seiner Vaterschaft gegeben.« In verletztem Stolz verzog er den Mund. »Der Kerl hat mir gedroht, den Jungen zu entführen, falls ich mich weigerte, ihn herauszugeben. Er hat mir sogar verboten, das Kind jemals wiederzusehen. Mein eigenes Fleisch und Blut!« Er schlug in wachsendem Zorn auf die Armlehnen. »*Mir!* Dem Squire dieses Dorfes, geehrt von meinen Nachbarn und befreundet mit den Lords von Bath!«

Jamies Augen traten vor Wut beinahe aus ihren Höhlen. »So bedeutend Sie auch sein mögen, für diesen Bock, den Sie geschossen haben, werde ich Sie ruinieren! Bei Gott, das werde ich, Sir! Sie sind ein Bettler, wenn ich mit Ihnen fertig bin!«

Großpapa war es endlich gelungen, mit Hilfe seines Stocks auf die Füße zu kommen. Er richtete sich auf und stieß mit dem Stock auf den Boden. »Verlassen Sie mein Haus!« bellte er. »Sie stören meine Ruhe am Tag des Herrn! Sie drohen mir, beleidigen mich und benutzen diese schamlose Hure als Ihre Verbündete. Sie glauben wohl, sie könnten mir einreden, etwas aufzugeben, was nicht Ihnen gehört! Ich wette, Sie sind gar nicht der Liebhaber der Dirne, Viscount oder nicht, sondern haben sich nur für Ihre eigenen dunklen Absichten mit ihr zusammengetan. Ich für mein Teil hege nicht den geringsten Zweifel daran, daß ich das Kind seinem wahren Vater übergeben habe.« Er wies mit seinem Stock auf die Tür, wobei seine Hand vor Wut zitterte. »*Hinaus,* Sir!«

Jamie ballte die Fäuste und fluchte. Abigail zuckte in frommem Entsetzen zusammen und hielt sich die Ohren zu. »Hier können wir nichts mehr erreichen«, grollte Jamie und stürmte aus der Tür.

Prudence stolperte hinter ihm her, heftig zitternd. Ihre Träume und Hoffnungen auf so gräßliche Weise zerschlagen zu sehen war mehr, als sie ertragen konnte. In ihrem Kopf drehte sich alles. Als sie vor dem Portal standen, blieb sie stehen und schlug die Hand vors Gesicht. Sie war unfähig, auch nur einen Schritt weiterzugehen. Der Himmel schien sich auf sie herabzusenken. »Jamie«, murmelte sie und sank zu Boden.

Als sie wieder zu sich kam, lag sie auf der Bank vor dem Portal, und die alte Meg beugte sich über sie mit einem Flakon in der Hand.

»Hier, Liebes«, sagte die alte Frau. »Schnüffeln Sie noch mal an diesem Riechfläschchen. Sie werden sich gleich besser fühlen.«

Prudence zog die Nase kraus bei dem stechenden Geruch aus der Flasche und blickte zur Einfahrt. Jamie kletterte bereits in seine Kutsche. Sie erhob sich und eilte so schnell zu ihm, wie es ihre unsicheren Beine erlaubten. »Jamie, was sollen wir jetzt tun?« fragte sie verzweifelt.

Er drehte sich zu ihr um. Seine Augen waren seltsam kalt und distanziert. »Ich habe Longwood vor Jahren kennengelernt. Ein anständiger Kerl. Ich bin sicher, daß ich ihn zu Vernunft bringen kann und daß er zugibt, einen Fehler gemacht zu haben. Vielleicht sollte es ein Scherz sein. Eine Wette unter Betrunkenen.«

Sie brachte ein dünnes Lächeln zustande, und ein Funke Hoffnung regte sich in ihr. Sicher war das die Erklärung für Longwoods bizarres Verhalten. Mehr als einmal hatte Betsy ihr Geschichten über wilde Streiche und Entführungen erzählt, wenn irgend so ein junger Lord zuviel getrunken hatte. Longwood hatte vielleicht im Ort von dem Kind gehört und sich diesen Streich ausgedacht.

Jamie blickte zum Himmel und runzelte nachdenklich die Stirn. Leise, als ob er mit sich selbst redete, sagte er: »Es wird bald dunkel sein, und ich habe Hunger. Ich werde an einem Gasthaus halten ... Ich weiß nicht genau, wo es nach Longwood House geht. Mein Kutscher kann nach dem Weg fragen. Und wenn der Kerl schon im Bett liegt, wenn ich komme?« Er murmelte einen Fluch. »Um so schlimmer für ihn.«

Sie streckte ihm ihre Hand entgegen. »Hilf mir bitte hoch.«

Er lachte scharf auf und schob ihre ausgestreckte Hand zurück. »*Dich* brauche ich dabei nicht!«

Sie begann zu stottern. »Ich … ich verstehe nicht …«

»Bei deinem Großvater war es etwas anderes. Ich brauchte dich, damit du beschwörst, daß ich der Vater bin. Aber bei Longwood?« Er zuckte mit den Schultern. »Wenn es sein muß, schleppe ich ihn vor Gericht. Du sagst ja, du kennst ihn nicht, also kann er die Mutter seines Kindes wohl kaum beschreiben. Aber ich denke, wir können das ohne Richter regeln. Einfach unter Gentlemen.« Er griff hinter sich in die Kutsche und warf ihr Bündel hinaus.

Sie keuchte entsetzt auf. »Das kannst du nicht tun!«

»Warum nicht?« schnarrte er. »Ich will nur meinen Sohn.«

Verwirrt über seine angsteinflößende Veränderung schüttelte sie den Kopf. »Aber … aber unsere Ehe! Du hast versprochen, mich zu heiraten!« schrie sie.

»Muß ich jetzt noch deine hysterischen Anfälle ertragen? Mein liebes Mädchen, ich habe bereits eine Frau. Eine reiche Erbin aus Virginia. Eine Frau aus meiner Gesellschaftsschicht. Warum in Gottes Namen sollte ich ein gewöhnliches Bauernmädchen heiraten?«

»Jamie, um Himmels willen!« Sie klammerte sich an die Tür der Kutsche und versuchte verzweifelt, einzusteigen.

Er gab ihr einen heftigen Stoß, und sie fiel auf den Kies der Auffahrt. Sofort knallte er die Tür zu und rief seinem Kutscher zu: »Fahr los!«

Sie kniete sich hin und sah der davonratternden Kutsche hinterher. Dann senkte sie den Kopf und begann bitterlich zu weinen. *O Ross,* dachte sie verzweifelt, *was soll ich jetzt nur tun?* Sie hätte ihm vertrauen sollen. Sie hätte ihm alles erzählen sollen. Statt dessen hatte sie all ihre Hoffnungen in eine Liebe gesetzt, die sie sich in ihrer kindlichen Unschuld nur eingebildet hatte.

Nach einer Weile schniefte sie und wischte sich ärgerlich die Tränen weg. Es nützte ja nichts zu weinen. Denk nach! *Denk nach!* Jamie hatte vor, zum Abendessen anzuhalten. Wenn sie Longwood vor ihm erreichte, dem Mann alles erklärte und ihm klarmachte, daß der Scherz zu weit gegangen war, könnte noch alles gut werden. Aber wie sollte sie das machen ohne einen Penny in der Tasche?

Großpapa! Er hatte eine Kutsche. Und er war gerade von Jamie gedemütigt worden. Sie würde sich vor ihm niederwerfen, um Vergebung für ihre Sünden betteln und ihm alles versprechen. Bestimmt konnte er ihr seine Hilfe nicht verweigern. Es würde ihn freuen, Jamie eine Niederlage zu bereiten.

Sie drehte sich um und eilte zur Eingangstür des Herrenhauses. Eine laute Stimme von der Straße ließ sie innehalten.

»Aye, Mr. Franklin. Das ist Mrs. Manning, ich schwör's.«

Sie wirbelte herum und sah Toby Wedge auf sich zukommen, gefolgt von einem Mann mit Perücke in einem dunklen Gehrock.

Der Mann blieb vor ihr stehen, schweratmend von der Anstrengung. »Mrs. Manning?« Auf ihr erstauntes Nikken hin breitete sich ein Lächeln auf seinem Gesicht aus. »Gott, Ma'am. Ich hatte schon Angst, wir würden Sie nie mehr finden. Aber dieser feine Matrose hier, so einfach er auch sein mag, versicherte mir, er könne Sie auftreiben. Und hier sind Sie also!«

Sie runzelte die Stirn. Warum Zeit verschwenden, wo sie doch dringende Angelegenheiten mit Longwood zu regeln hatte? »Was wollen Sie?« fragte sie ungeduldig.

Er verbeugte sich tief. »Gestatten Sie mir, mich vorzustellen. William Franklin, Anwalt.«

Die Gedanken wirbelten in ihrem Kopf. Warum war Wedge hier in Winsley? »Was wollen Sie von mir, Mr. Franklin?«

»Nun, Ma'am, Doktor Ross Manning schickt mich. Ihr

Ehemann, glaube ich. Ich soll Sie sofort zu ihm zurückbringen.«

Grundgütiger Himmel. Sie mußte Ross erzählt haben, wo sie herkam – und hatte nicht mehr daran gedacht. Der eigensinnige Kerl. Warum konnte er sie nicht in Ruhe lassen? War sein männlicher Stolz so sehr verletzt, daß er alles dransetzte, sie wiederzubekommen?

»Ich kann Sie jetzt nicht begleiten, Mr. Franklin«, sagte sie würdevoll. »Mein Mann wird noch auf meine Rückkehr warten müssen.«

»Aber Ma'am, er hat mir extra aufgetragen, keinen Aufschub zu dulden. Keinen Aufschub, aus welchen Gründen auch immer.«

»Der Teufel soll ihn und seine hochnäsige Art holen! Immer mischt er sich ein! Als ob ich ihm gehören würde.« Sie holte tief Luft und sammelte sich. »Mr. Franklin, ich schwöre, daß ich in ein oder zwei Tagen mit Ihnen kommen werde. Ich gebe Ihnen mein Wort darauf. Sie können hier in Winsley auf meine Rückkehr warten. Aber jetzt muß ich eine dringende Angelegenheit erledigen, die keinen Aufschub duldet.«

Er lächelte immer noch, aber seine Augen blickten kalt. »Darf ich Sie daran erinnern, Mrs. Manning, daß Sie Ihrem Mann in der Tat gehören? Und Sie sind ihm weggelaufen. Das wird vom Gesetz verfolgt. Ich täte es ungern, Ma'am, aber ich kann veranlassen, daß dieser Einfaltspinsel Sie festhält, bis ich einen Polizisten geholt habe. Mit Handschellen, wenn nötig«, fügte er drohend hinzu.

»Toby würde das nicht tun«, sagte sie verächtlich. »Nicht bei mir.«

Franklin drehte sich um. »Mr. Wedge, ich befehle Ihnen, diese Frau als Gefangene zu behandeln, bis ich zurückkehre.«

»Aye, Sir.« Wedge schlurfte auf Prudence zu.

»Toby, ich bitte dich«, flehte sie. »Laß mich gehen.«

Er senkte den schweren Schädel. »Das kann ich nicht, Lady. Verstehen Sie? Mr. Manning hat mir gesagt, ich solle jedes Wort befolgen, das Mr. Franklin sagt. Und Sie nicht aus den Augen lassen, bis Mr. Franklin nickt. Sonst wäre das ein schlimmes Omen.«

Franklin ergriff sie sanft am Arm. »Ich glaube, Sie kommen besser mit uns, Mrs. Manning. Meine Kutsche steht an der Straße.«

Sie stöhnte verzweifelt. »Wenn er mich vernichten will«, sagte sie bitter, »warum hat er dann nicht einfach einen gedungenen Mörder mit einem Messer geschickt?«

24

Vor einer Stunde war der Mond aufgegangen. Prudence blickte trübsinnig aus dem Fenster der Kutsche und betrachtete die Dörfer und Weiler, die vorbeizogen. In ihrer Seele war es so dunkel wie die Nacht. Ihr Herz war leer. Nicht einmal der Gedanke daran, Ross wiederzusehen, konnte sie aufheitern.

Franklin schob die Reste des Abendessens beiseite. »Sind Sie sicher, daß Sie nichts essen wollen, Mrs. Manning?«

»Ich bin nicht hungrig.«

Er räusperte sich mißbilligend. »Kommen Sie, freuen Sie sich doch. Wir werden unser Ziel noch vor Mitternacht erreichen. Doktor Manning wird sie bestimmt voller Freude willkommen heißen.«

Sie sah ihn an. Die schwankende Laterne über ihnen warf ihren Schein auf sein gutmütiges Gesicht. Sie haßte ihn. »Freuen Sie sich auf unsere glückliche Vereinigung?« fragte sie sarkastisch.

»Gott, Ma'am, ich bin sicher, daß sie glücklich sein wird. Doktor Manning war ganz versessen darauf, sie wiederzubekommen.«

»Versessen darauf?« fragte sie bitter. »Um sich zu rächen?«

Franklin runzelte verwirrt die Stirn. »Ma'am?«

»Mr. Franklin, kann ich Ihr Herz nicht rühren? Ich

fürchte, die Begrüßung meines Mannes wird weit weniger freundlich ausfallen, als Sie vermuten.« Sie schluckte, als sie sich Ross' Zorn vorstellte. Er mußte wütend sein, wenn er sie so kaltblütig entführen ließ. Einen Anwalt zu schicken, ihr mit Gefängnis zu drohen, statt selbst zu kommen! Sie seufzte. »Ich bin bereit, alles zu akzeptieren ... was mich erwartet. Aber lassen Sie mich – nur für einen Tag – gehen, damit ich das tun kann, was ich tun muß. Er braucht es nie zu erfahren. Und ich verspreche Ihnen, zurückzukommen.«

Der Anwalt sträubte sich. »Ich habe meine Anweisungen, Mrs. Manning. Und mein Pflichtgefühl.«

»Dann begleiten Sie mich, wenn Sie Angst haben, daß ich nicht wiederkomme. Lassen Sie mich einfach nicht aus den Augen.« Franklins Anwesenheit würde ihr Mut verleihen bei Longwood, und seine Gesetzeskenntnisse könnten hilfreich sein, um den Lord von der Rechtmäßigkeit ihres Anspruchs zu überzeugen.

Er schüttelte nachdrücklich den Kopf. »Es geht nicht, Ma'am.«

»Oh! Sie kaltherziger, eigensinniger alter Maulesel!« schrie sie und brach in Tränen aus.

Wedge hatte seit dem Essen still in einer Ecke der Kutsche gesessen. Jetzt rührte er sich, aufgeschreckt von ihrem heftigen Schluchzen. Er rutschte verlegen hin und her, sah sie mitfühlend an und wischte sich selbst die Tränen weg. »Sei nicht traurig, Ma«, sagte er. »Der alte Toby kommt zu dir zurück.«

Prudence hörte abrupt auf zu weinen. Sein verwirrter Geist mußte nach all den Aufregungen der letzten Tage ja völlig durcheinander sein. Und jetzt hatten ihre Tränen, die weder ihren Schmerz linderten noch Franklin umzustimmen vermochten, seinen Verstand wieder vollends getrübt.

Sie beugte sich vor und tätschelte ihm den Arm. »Komm, Toby. Alles wird gut. Bald sind wir bei Mr. Manning. Und alles wird wieder so wie auf dem Schiff. Wir sind dann alle drei wieder zusammen.«

Er starrte sie verständnislos an. »Heute nacht habe ich Eulen schreien hören. Ein schlechtes Omen. Irgendein Unglück wird passieren.«

Ein Schauer lief ihr über den Rücken, als hätten seine abergläubischen Ängste sie angesteckt, und sie schwieg. Er zog seine Flöte heraus und spielte eine klagende Weise, die wie ein Trauergesang für ihr kummervolles Herz klang. Seufzend schloß sie die Augen und schlummerte ein.

Als sie erwachte, fühlte sie neue Hoffnung. Sie hatte von Ross geträumt. Gott hatte ihr noch mehr Prüfungen auferlegt, aber vielleicht fand Ross ja einen Weg, um ihr zu helfen. Sie sehnte sich auf einmal nach seinen tröstenden Armen.

Endlich hielt die Kutsche vor einem imposanten Torhaus. Prudence sah ein vergoldetes Wappen über den kunstvoll geschmiedeten Eisentoren. Ein livrierter Türsteher grüßte und öffnete die Tore, dann fuhren sie eine lange, mit Bäumen gesäumte Auffahrt hinauf. Trotz der Dunkelheit sah Prudence in der Ferne den Schatten eines riesigen Hauses.

Sie runzelte die Stirn. »Wo sind wir, Mr. Franklin?«

»Das ist Schloß Bridgewater, der Landsitz des Marquis of Bridgewater. Doktor Manning ist hier.«

Ein *Marquis!* Ross war anscheinend in die Dienste des Mannes getreten, als sein Leibarzt. Und wenn er bei seinem Herrn in Gunst stand, würden Lord Longwood und Jamie machtlos sein gegenüber dem Einfluß eines Marquis! Ihre Hoffnung wuchs bei jeder Umdrehung der Kutschenräder.

Und doch, dachte sie und kaute ärgerlich auf ihrer Unterlippe, würde sie sich nicht in solchen Schwierigkeiten befinden, wenn Ross nicht wäre. Hätte er sie nicht entführen lassen, wäre sie jetzt in Longwood House und würde ihren geliebten Sohn in den Armen halten. Selbst mit der Hilfe des Marquis und Ross' Unterstützung konnte es Monate dauern, bis sie ihr Kind zurückbekam.

Als sie an der massiven Eingangstür vorfuhren, kochte sie vor Wut. Dieser unmögliche Mensch! Sie würde ihm die Meinung sagen! Wie konnte er es wagen, ihre Pläne durcheinanderzubringen!

Ihre Ängste wurden kaum geringer, als Franklin ihr aus der Kutsche half und ihr nicht nachkam. Als sie ihn fragend anblickte, lächelte er. »Ich überlasse Sie Ihrem Ehemann, Mrs. Manning.« Das klang bedrohlich.

Ihre Angst wuchs, als ein Lakai mit unbewegtem Gesicht ihr den Mantel abnahm und sie schweigend durch die große Halle zu einer Tür führte. Sie kam sich vor wie eine verurteilte Gefangene auf dem Weg zur Hinrichtung. Aus erster Hand wußte sie, wie zornig Ross werden konnte; sie hatte zwar nie die Stärke seiner Hand am eigenen Leib gespürt, aber er hatte ihr mehr als einmal damit gedroht.

Der Lakai klopfte an die Tür, öffnete sie und zog sich dann zurück. Sie hob ihr Kinn und trat ein.

Ross stand mitten in einer kleinen Bibliothek, die Arme vor der Brust verschränkt. Er trug einen eleganten Samtanzug, und sein Haar war zurückgebunden und gepudert.

Zweifellos bezahlt ihn sein Herr gut, dachte sie säuerlich, dann wartete sie zögernd darauf, daß er als erster das Wort ergriff. Es war wohl besser, sich erst dann mit ihm zu streiten, wenn sie seine Laune abschätzen konnte.

»Wie nett von dir, daß du gekommen bist, liebe Gattin«, sagte er. Seine Stimme war kalt und sarkastisch, und seine Augen blickten sie feindselig an.

Sie seufzte erleichtert, und ihre Angst schwand. Mit seiner Kälte konnte sie umgehen. »In deiner üblichen hochnäsigen Art hast du mir ja keine andere Wahl gelassen«, schnappte sie.

Er kniff die Augen zusammen. »Und folgt dir dein geliebter Jamie dicht auf den Fersen, weil er sich danach sehnt, dich zurückzubekommen?«

Die Erwähnung Jamies erinnerte sie an ihr Kind. Und ihre unterdrückte Wut. »Du Tyrann! Warum nur mußtest du dich einmischen!«

»Einmischen, Madam? Ist es Einmischung, wenn ich

meine Frau davon abhalte, eine Dummheit zu begehen? Wenn sie sich mit einem anderen Mann unglücklich machen will?«

Zum erstenmal fiel ihr auf, wie erschöpft er aussah, sein Gesicht war müde und seine Augen eingesunken, als ob er nicht mehr geschlafen hätte, seit sie ihn vor drei Tagen verlassen hatte. Und schwang da nicht *Eifersucht* in seiner Stimme mit, trotz seines eisigen Verhaltens? »Du meine Güte«, keuchte sie, »bist du etwa eifersüchtig auf Jamie?«

»Habe ich nicht das Recht dazu? Ich mußte mir monatelang deine Geschichten über ihn anhören. Deine gräßlichen süßen Erinnerungen. Dein schamloses Sehnen. Selbst nachdem wir verheiratet waren, habe ich ihn in deinen Augen gesehen. Und dann bist du auf einmal verschwunden und läßt deinen Ehering zurück. Und gehst natürlich zu ihm«, fügte er bitter hinzu.

Sie hatte nie darüber nachgedacht, wie sehr sie ihn in seinem Selbstbewußtsein getroffen haben mußte. »Ich hatte keine andere Wahl«, sagte sie leise.

»Und dann, nicht zufrieden damit, mir Hörner aufzusetzen, hattest du auch noch vor, ihn zu heiraten. Als ob es mich gar nicht gäbe.«

Sein gequälter Gesichtsausdruck trieb sie zur Verzweiflung. »Nein, Ross, ich ...«

Als einziges äußeres Anzeichen seines wachsenden Zorns ballte er die Fäuste. Seine Stimme war eisig und distanziert. »*Hattest* du vor, Bigamie zu begehen?«

Sie senkte den Kopf. »Ja«, flüsterte sie.

Er fluchte leise. »Liebtest du ihn so sehr? Haßt du mich so sehr?«

»Oh, warum kannst du mich nicht verstehen«, entgegnete sie frustriert. »Ich hatte nicht die Absicht, dich zu verletzen. Wir hatten ein Kind zusammen. Und der einzige Weg, es zurückzubekommen, war Jamies Einfluß.« Sie hoffte, daß ihre Worte seinen Schmerz und seinen Zorn besänftigen würden.

»Warum hast du mir nie gesagt, daß das Kind noch

lebt?« Sie hörte weder Verständnis noch Verzeihen in seiner Stimme.

Sie seufzte müde. »Was hätte das denn genützt? Und jetzt weiß der Himmel, ob ich es je wiedersehe, nachdem du dich eingemischt hast.«

»Hast du geglaubt, ich könne nichts für dich tun? Oder hast du es nur nicht fertiggebracht, von *ihm* fernzubleiben?«

»Jamie war nur das Mittel zum Zweck, ich habe es dir doch gesagt.«

Er wandte sich ab. »Liebst du ihn?« fragte er gepreßt.

Ihr war hilflos zumute. Wie konnte sie nur seinen verletzten Stolz wiederherstellen? »Ich war jung, vertrauensvoll – o Gott, so unschuldig. Aber ich glaube, daß schon damals ein Teil von mir wußte, daß er nicht der Mann war, den mein übervolles Herz sich vorstellte.« Sie begann zu schluchzen. »Aber ... aber ich wollte so verzweifelt mein Kind zurückhaben, daß ich bereit war, den Rest meines Daseins mit einem gebrochenen Herzen zu leben.«

Er drehte sich wieder um und sah sie zweifelnd an. »Was meinst du damit?« grollte er. *»Liebst du ihn?«*

Wie konnte er nur so unzugänglich sein? »Oh, du Schafskopf!« schrie sie. »Natürlich nicht. Ich liebe *dich!*«

Seine Augen weiteten sich in erstaunter Überraschung und Verwunderung. »Du liebst ... mich?«

Sie wischte sich die Tränen weg. »Es tat mir so weh, dich an jenem Morgen auf dem Schiff zu verlassen. Ich wollte Jamie nicht. Ich wollte dich. Deine Frau sein. Nachts bei dir liegen, warm und behütet. Aber ich mußte mich entscheiden. Was hätte ich denn tun sollen?«

»Pru«, flüsterte er, und Erleichterung und Freude überfluteten sein Gesicht. Er zog sie in die Arme und küßte sie. Sie schlang die Arme um seinen Hals, erwiderte seinen Kuß und fühlte sich endlich geborgen. Hier gehörte sie hin.

Als er sich jedoch von ihren Lippen löste und zärtliche Küsse auf ihren Busen, ihren Nacken und ihr zitterndes

Kinn hauchte, fiel ihr Kummer ihr wieder ein. Sie schob ihn weg und versuchte, sich aus seinen Armen zu winden. »Ross – nein, warte. Du mußt mir helfen. Mein Kind … Irgendein durchgedrehter Lord hat den Kleinen mitgenommen – nur zum Scherz! Und jetzt will Jamie noch heute nacht dorthin fahren und Ansprüche auf ihn stellen. Aber ohne mich!« Ihre Stimme bebte vor Kummer. »Jamie ist *verheiratet,* Ross. Verheiratet! Und ich habe die ganzen Monate über an ihn geglaubt …«

»Ja, das ist wohl wahr.« Er küßte sie auf die Wange und knabberte an ihrem Ohrläppchen.

Wie konnte er nur so gleichgültig ihrem Elend gegenüber sein? »Um Himmels willen, Ross …!«

Sie hörte laute Schreie und Füßescharren hinter der Tür. Man hörte das Geräusch einer Faust, die auf jemanden einschlug, und dann wurde die Tür aufgestoßen. Jamie stand auf der Schwelle, mit wildem Blick und wirren Haaren.

Ross ließ Prudence los und trat einen Schritt zurück. »Was bedeutet dieses Eindringen?«

Prudence schlug entsetzt die Hände vor den Mund, sie zitterte an allen Gliedern.

Hinter Jamie betrat der Lakai das Zimmer und rieb sich eine rote Stelle an seinem Kinn. »Ich bitte um Vergebung, Sir. Ich konnte ihn nicht aufhalten.«

»Ja, natürlich.« Ross entließ den Diener mit einer Handbewegung und blickte Jamie kalt an. »Wer sind Sie, Sir?«

Jamie schob wie ein trotziges Kind seine Unterlippe vor, glättete seine Haare und zupfte an seiner Jacke. »Wir haben uns bereits bei anderer Gelegenheit kennengelernt, Sir. Ich bedauere, daß Sie dies vergessen haben.« Er verbeugte sich steif. »Ich bin James Arnott, Viscount Swindon.«

Ross verzog amüsiert den Mund. »Ah, der berüchtigte Jamie?« Er erwiderte die Verbeugung. »Ihr Diener, Sir. Was kann ich für Sie tun?«

Jamie starrte ihn finster an. »Sehen Sie, Longwood, ich

will nicht lange um den heißen Brei herumreden! Was, zum Teufel, haben Sie mit meinem Kind gemacht?«

Ross zog spöttisch eine Augenbraue hoch. »*Ihr* Kind?«

Jamie wies auf Prudence, seine Hand zitterte vor Wut. »Ich weiß nicht, was diese Person Ihnen gesagt hat, aber ich kann beweisen, daß ich ihren Sohn gezeugt habe.«

Ross gab einen grollenden Laut von sich. »›Diese Person‹, Sir, ist meine Frau, Lady Longwood. Sie werden ihr mit dem gebührenden Respekt begegnen, oder ich lasse Sie hinauswerfen.«

Prudence starrte Ross an. In ihrem Kopf drehte sich alles. Sie traute kaum ihren Ohren. »Ross … Ross …?« flüsterte sie.

Er blickte sie lächelnd an. »Tut mir leid, Liebes. Wir hatten beide unsere Geheimnisse.«

»*Du?* Lord Longwood?«

Er zuckte mit den Schultern. »Das bin ich immer gewesen.«

Jamie stampfte mit dem Fuß auf. »Verdammt noch mal, ich will mein Kind!«

Ross blickte den anderen Mann an, als sei er ein Ungeziefer. »Was bringt Sie auf den Gedanken, daß es Ihr Kind ist? Ich bin bereit, vor Gericht zu beschwören, daß ich letztes Jahr mit Prudence ein – hm, Verhältnis hatte, dem wir glücklicherweise unseren Sohn verdanken … Ich vermute, daß meine Frau diese Aussage unterstützen würde.« Er grinste Prudence unverhofft an. »Auf den Hügeln über dem Hof deines Großvaters, war es nicht so, Süßes?«

Sie nickte, immer noch zu erstaunt, um endgültig zu begreifen, was geschehen war.

»Bei meiner Seele, das ist eine Lüge«, spuckte Jamie.

»Sie behaupten, der Vater des Kindes zu sein«, sagte Ross gleichmütig. »Prudence hat eine Narbe am Körper. Könnten Sie dem Gericht sagen, wo sie sich befindet? Und das Kind hat ein Geburtsmal. Ich wette, Sie können es nicht beschreiben. Aber *ich* kann es. Ihr überkritischer Großvater war vollkommen verblüfft.« Er ergriff Prudences Hand und küßte ihre Finger. »Mein armes Mädchen. Daß du gezwungen warst, bei diesem bösen alten Mann zu leben.«

Jamie trat mit erhobenen Fäusten auf Ross zu. »Ich werde Sie gleich …«

Ross musterte ihn mit eisigem Blick. »Sie haben doch nicht tatsächlich vor, mich zu fordern, Swindon, oder? Ich nehme an, ihre Stärken liegen eher darin, arglose Frauen zu verführen, als mit einem Säbel in der Hand Ihren Mann zu stehen. Ich wäre jedoch erfreut, Ihrer Forderung nachzukommen.«

Jamie sank in sich zusammen, als er die Entschlossenheit in Ross' Augen sah, und blickte weg.

Ross wies auf die Tür. »Ich bin sicher, daß sie in Cinderford für heute nacht einen Gasthof finden. Und dann gehen Sie nach Hause zu Ihrer Frau und lecken Sie Ihre Wunden.«

Jamie verzog wie ein verwöhntes Kind das Gesicht und begann aufgeregt zu stottern. »Sie verstehen nicht, Longwood. Ich … ich habe in Amerika Mumps bekommen … Ich kann nie wieder ein Kind zeugen … Und ich brauche einen Erben. Meinen Sohn! Ich flehe sie an, Sir!« Er schniefte und wischte sich die Nase mit dem Handrücken ab. »So Gott will, werden Sie und Prudence Kinder haben, aber ich …«

Ross kräuselte verächtlich die Lippen. »Sie elender Schuft! Erwarten Sie, daß ich Mitleid mit Ihnen empfinde? Sie haben ein unschuldiges, vertrauensvolles Mädchen gefunden und haben Sie für das Vergnügen eines Augenblicks verführt. Und dann haben Sie sie verlassen, und sie mußte unter den Folgen ihrer Lüsternheit leiden. Sie haben ihr genug Kummer zugefügt. Gehen Sie nach Hause. Und Ihre Schurkerei soll Sie bis an ihr Lebensende verfolgen!«

Jamie sank schluchzend auf die Knie. Der Gedanke, daß sie ihn einmal geliebt hatte, widerte Prudence an.

Ross lachte kalt. »Verflucht, Pru, was hast du in diesem verdammten Schwächling überhaupt gesehen?« Er trat zu Jamie und zerrte ihn unsanft hoch. »Sie sollten jetzt besser gehen, Sir. Wenn nicht, wird es mir ein Vergnügen sein, Sie hinauswerfen zu lassen.«

Jamie wankte wie ein geprügelter Hund aus dem Zimmer, wobei er die ganze Zeit über schluchzte.

Ross wandte sich lächelnd an Prudence. »Nun, Lady Longwood, ich glaube, ich habe dich vorher geküßt.«

Sie sank auf einen Stuhl. »Lady Longwood …«, wiederholte sie verwundert.

»Du bist jetzt eine Countess, weißt du.«

»Ich kann es nicht glauben! Ich verstehe es nicht! Die ganze Zeit über, in der wir zusammen waren …«

»Ich habe auf vieles verzichtet, als ich mich von meinem Vater lossagte. Auch auf meine Titel.«

Sie blickte sich zum erstenmal in der gemütlichen Bibliothek um und betrachtete die prächtigen Möbel. »Und der Marquis of Bridgewater?«

Sein Gesichtsausdruck wurde hart. »Mein Vater.«

»Aber … aber du hast doch gesagt, er wäre Arzt wie du. Und du bist ein *Earl,* und er ist … Ich habe so etwas noch nie gehört. Es ist noch nie dagewesen, daß Adlige einen Beruf ergriffen haben.«

Er zuckte mit den Schultern. »Das ist eine Besonderheit in unserer Familiengeschichte. Ich erzähle es dir eines Tages mal.«

Er war ins Haus seines Vaters zurückgekehrt. Das machte sie glücklich. »Dann hast du Frieden mit deinem Vater geschlossen? Und ihm verziehen?«

Sein Gesicht wurde noch härter. »Ich habe meinen Titel und mein Vermögen zurückgenommen«, grollte er. »Aber ihm verzeihen? Er hat Martha getötet. Das werde ich nie vergessen. Und auch nicht vergeben.«

»Warum bist du dann zu ihm zurückgekehrt?«

»Es war der einzige Weg, um dir zu helfen. Und um deinem Großvater das Kind zu entreißen.«

Ihr schwoll das Herz vor Hoffnung. »Du hast so ein großes Opfer für mich gebracht? Warum?« *Sag mir, daß du mich liebst,* dachte sie.

Er drehte sich um und spielte mit einer Vase auf dem

Tisch hinter ihm. »Weil du meine Frau bist – und weil es meine Pflicht war.« Seine Stimme wurde dunkel vor Zorn. »Außerdem hatte ich nicht vor, zuzusehen, wie du mit diesem Hund Bigamie begehst!«

Das konnte sie nicht akzeptieren. Und wenn es sie ihren Stolz kostete, sie würde ihn geradeheraus fragen. Entschlossen straffte sie sich. »Nun, Doktor Ross Manning ...«

Sie hielt inne und fuhr sich mit der Hand an den Mund. Was hatte er gesagt? Großpapa das Kind entreißen? »Mein Kind«, sagte sie mit bebender Stimme. »Ist es hier?«

Er drehte sich mit einem zärtlichen Lächeln zu ihr um, seine Augen strahlten. »Ich habe mich schon gefragt, wann dir das endlich einfällt.« Er trat zu der Klingelschnur, zog daran und erteilte dem Lakaien dann rasch Anweisungen. »Wecken Sie die Amme, sie soll mit ihrem Schutzbefohlenen herunterkommen. Entschuldigen Sie sich dafür, daß es schon so spät ist, aber ... seine Mutter möchte ihn sehen.«

Mutter! Wie süß das Wort klang! Sie durchquerte zitternd vor Glück das Zimmer, dann wandte sie sich um und stürzte sich in Ross' Arme. »Gott segne dich«, flüsterte sie.

Er küßte sie auf den Kopf. »Ich habe auch seine Amme von deinem Großvater mitgenommen. Eine junge Witwe. Mary Hunt. Sie sagt, sie kennt dich.«

Sie nickte. »Aus ... aus dem Dorf.«

»Wie alt ist er jetzt?«

»Sechs Monate. Und neun Tage.« Sie hatte nie aufgehört, die Tage zu zählen.

»Wann hast du ihn zuletzt gesehen?«

Sie konnte ihre Tränen nicht mehr zurückhalten. »Er war erst sechs Wochen alt, als ...«

»Ich habe den Jungen gebracht, Euer Lordschaft.« Mary Hunt stand auf der Türschwelle, mit einem sich windenden Bündel auf dem Arm.

Prudence keuchte auf, ihr Herz blieb fast stehen, und sie streckte sehnsüchtig die Arme aus.

Mary lachte, kniete sich hin und legte das Kind auf den Teppich. »Er hat gerade gelernt zu krabbeln. Ich kann ihn kaum zurückhalten, er ist so lebhaft.«

Prudence fiel auf die Knie und sah zu, wie ihr Kind über den Fußboden auf sie zugekrabbelt kam. Die letzte Strecke Wegs zwischen ihnen. Er gluckste fröhlich, seine dunklen Locken fielen ihm über die Stirn, und sein kleines Gesicht war zu dem süßesten Lächeln verzogen, das sie je gesehen hatte. Sie nahm ihn hoch und drückte ihn an ihre Brust, während ihr Freudentränen aus den Augen stürzten. Jeden Fleck in seinem lieben Gesichtchen untersuchte sie, und ihr Herz strömte über vor zärtlicher Liebe.

Mit tränenfeuchten Augen sah sie Ross an. »Ich weiß noch nicht einmal, wie er heißt«, schluchzte sie.

Er kniete sich neben sie und wischte ihr die Tränen weg. »Sie haben ihn Peter getauft.«

»O Ross«, sagte sie, traurig wegen der verlorenen Monate. »Ich habe so viele seiner Kindertage schon verpaßt.«

Seine Stimme war rauh vor Rührung. »Es wird noch viele weitere geben. Du wirst niemals wieder von deinem Sohn getrennt sein.«

Leises Unbehagen regte sich in ihr. *Dein* Sohn, hatte er gesagt. Würde er Jamies Sohn jemals als seinen eigenen akzeptieren und lieben? Dann schüttelte sie ihre Ängste ab. Sie hatte ihr Kind wieder – und den Mann, den sie liebte. Sie dankte Gott für ihr Glück.

Peter begann in ihren Armen zu wimmern. Mary eilte zu ihr. »Entschuldigung, Pru« – sie hielt inne und wurde rot – »Euer Ladyschaft. Es ist mitten in der Nacht. Das Kind braucht seinen Schlaf.«

Widerstrebend stand Prudence auf und reichte Mary das Kind.

Die Frau lächelte. »Grämen Sie sich nicht, Ma'am. Ich habe ihn versorgt, seit Sie aus Winsley weggegangen sind. Und ich kann Ihnen Geschichten von ihm erzählen, die Ihnen das Herz wärmen. Keine Angst.« Sie nahm den Kleinen in die Arme und verließ das Zimmer.

Erfüllt von unaussprechlicher Freude schlang Prudence ihre Arme um Ross' Hals. »Wie kann ich dir jemals danken?«

Er küßte sie sanft. Und dann noch einmal weniger sanft. »Ich kann mir zahlreiche Arten des Danks vorstellen«, sagte er gutmütig neckend.

Es klopfte leise an die Tür. Prudence drehte sich um und sah einen älteren Mann dort stehen. Er trug einen Morgenmantel, und auf seinen grauen Haaren saß eine Nachtmütze.

Er war groß und würdevoll, hielt sich sehr gerade und zeigte ein unerwartet liebenswürdiges Lächeln. Prudence hatte immer geglaubt, kein Mann könne blauere Augen haben als Ross, aber der ältere Mann sah sie mit Augen an, die noch azurblauer strahlten. Aber während Ross' Augen kalt waren, wirkten seine warm. Und ein wenig traurig.

»Darf ich hereinkommen?« fragte er. »Ich habe Lärm gehört und bin aufgestanden.«

Ross erstarrte. Prudence konnte hören, wie er mit den Zähnen knirschte. »Prudence, darf ich dir Jason Manning, den Marquis of Bridgewater vorstellen?«

Prudence wollte einen Hofknicks machen, aber der Marquis lachte. »Von meiner Schwiegertochter erwarte ich einen Kuß. Du bist doch Prudence, oder?«

Sie nickte scheu, trat auf ihn zu und küßte ihn leicht auf die Wange.

»Bei meiner Seele, Ross«, sagte er, »deine Frau ist eine Schönheit.« Er lächelte Prudence an. »Willkommen in Bridgewater Castle, meine Liebe. Seid beide willkommen!«

Ross verzog das Gesicht. »Ich rede morgen mit meiner Bank, damit sie mir Geld auszahlt. Je eher ich Longwood House wieder einrichte, desto glücklicher wird Prudence sein.«

Sie blickte sich in dem hübschen Raum um. »Oh, ich bin hier ganz zufrieden, bis ...«

Ross unterbrach sie kühl. »Ich aber nicht«, sagte er kalt.

Das Lächeln des Marquis erlosch, und sein Gesicht wurde traurig. »Wie du willst«, murmelte er.

Die Luft war spannungsgeladen. Prudence war sich der Tatsache bewußt, daß er ihr den Marquis nicht als seinen Vater vorgestellt hatte. Verzweifelt suchte sie nach Worten, um den älteren Mann wieder zum Lächeln zu bringen. »Wenn dieses elegante Zimmer beispielhaft für die anderen ist, würde ich mich freuen, wenn Sie bei Gelegenheit mir das ganze Haus zeigen würden, Lord Bridgewater.«

Er hob die Hand. »Bitte, du darfst mich nicht so anreden. Du gehörst doch jetzt zur Familie.«

»Wie soll ich Sie denn anreden?«

Er seufzte schwer. »Du kannst ja Jason zu mir sagen, wie Ross es tut.«

Ross schnaubte spöttisch. »Wußtest du, Pru, daß ›Jason‹ *Heiler* bedeutet?«

Der Marquis erbleichte, und seine Hände begannen zu zittern.

Prudence starrte Ross zornig an. Wie konnte er nur so grausam sein? Sie berührte den Marquis leicht am Arm. »Ich werde dich Vater nennen, wenn ich darf.« Ärgerlich schürzte sie die Lippen, als Ross einen leisen Fluch murmelte.

Der Marquis blickte vom einen zum anderen und verneigte sich leicht. »Ich bin doch ziemlich müde. Ich überlasse euch jetzt lieber eurer glücklichen Wiedervereinigung.« Schlurfend ging er zur Tür; er wirkte um Jahre gealtert.

Prudence wandte sich heftig an Ross, als der Marquis draußen war. »Wie konntest du nur?«

»Der Umgang zwischen meinem Vater und mir geht dich nichts an«, erwiderte er mit harter Stimme.

»Aber warum nur ...?«

Er stöhnte und bedeckte seine Augen mit der Hand. »Bitte, Pru, quäl mich nicht damit.«

Sie empfand leises Schuldgefühl. Er hatte das getan, was er nie im Leben hatte tun wollen – er hatte sich mit seinem Vater ausgesöhnt. Und alles nur, damit sie glücklich wurde. Sie hatte kein Recht, undankbar zu sein, ihn zu tadeln wegen seiner Gefühle, die sie noch nicht verstehen konnte. »Verzeih mir«, flüsterte sie.

Er nahm ihr Gesicht in die Hände und sah sie eindringlich an. Alles Leid der Vergangenheit glühte in den Tiefen seiner blauen Augen. Er erinnerte Prudence an einen Kranken, der zärtlichen Trost, Liebe und Pflege brauchte.

»Bring mich ins Bett«, sagte sie.

Er beugte sich über sie und küßte sie. Sanft zuerst und dann immer hungriger, als seine Leidenschaft wuchs. Der schmerzliche Augenblick war vergessen. Lächelnd vor Freude und Glück hob er sie hoch. »Möchten Eure Ladyschaft Ihre Räume sehen?«

Sie kicherte und klammerte sich an seinem Hals fest. »Benimmt sich der Adel so? So gewalttätig?«

»Das ist das richtige Betragen für ein unverschämtes Mädchen. Auch wenn sie eine Countess ist.«

Ihr Magen knurrte, und sie verzog das Gesicht. »Diese Countess ist hungrig. Ich habe keinen einzigen Bissen zum Abendbrot zu mir genommen. Dein gräßlicher Mr. Franklin ...«

Er runzelte die Stirn. »Beim Bart des Äskulap, war er unhöflich zu dir? Und hat er dich verhungern lassen?«

»Er war äußerst pedantisch. Moralisch und gradlinig. Und es gab auch etwas zu essen, aber ich bekam nichts herunter.«

»Weil du ständig an den ›durchgedrehten Lord‹ denken mußtest, nicht wahr?« Er grinste und trug sie aus dem Zimmer. Der Lakai lächelte verstohlen bei dem wenig würdevollen Anblick, er lauschte aber gehorsam, während Ross ihm auftrug, Ihrer Ladyschaft ein Abendessen in ihre Räume zu bringen.

Prudence hatte noch nie einen solchen Luxus und eine solche Pracht erlebt. Zwei verschlafene Lakaien sprangen auf, als sie die Tür erreichten, und verschwanden wieder, als Ross sie ihrer Pflichten enthob. Ross' Wohnzimmer war ein riesiger Raum, der von zahlreichen Kerzen erleuchtet wurde. Die Möbel waren elegant vergoldet, und an den stoffbespannten Wänden hingen große Gemälde. Der dicke Teppich knisterte leise unter Ross' Schnallenschuhen, als er sie durch das Zimmer trug. Sie konnte den sternenklaren Himmel hinter den Fenstern mit den Samtvorhängen sehen und kam sich vor wie ein verzaubertes Wesen, das durch ein magisches Land getragen wurde.

Er stieß die Tür zu seinem Schlafzimmer auf. Sofort sprang sein *Valet de Chambre* vor. Der Mann war nach französischer Mode gekleidet, mit einer spitzengesäumten Samtjacke, einem fließenden Halstuch und einer modern frisierten Perücke. Sein Gesicht war unnatürlich blaß; für seine reine Haut mußte er sicher zu künstlichen Hilfsmitteln greifen.

»Euer Lordschaft ...«, sagte er mit einem leichten Akzent.

»Geh schlafen, Marais. Ich brauche dich heute abend nicht mehr.«

»Aber, Euer Lordschaft ...!«

Ross lachte. »Marais, *mon vieux*. Ich weiß, daß es Gentlemen gibt, die nicht imstande sind, sich allein an- und auszuziehen. Aber ich versichere dir, ich gehöre nicht dazu. Ich kann mir selbst helfen.«

»Aber Mylord, ich wollte doch nur ...«

Ross Stimme wurde ungeduldiger. »Wenn du weiter in meinen Diensten stehen willst, solange ich in diesem Haus bin, wirst du mir gehorchen müssen. Geh zu Bett!«

Der Kammerdiener blickte ihn betrübt an, verneigte sich aber und zog sich zurück.

Ross setzte Prudence ab. »Man sollte meinen, ein Franzose könnte mit dem Diktat der Liebe etwas anfangen. Erinnere mich daran, wenn wir unsere Dienstboten für Longwood House einstellen, daß ich mir als Kammerdiener einen bodenständigen Kerl aus Cornwall suche. Mir ist es egal, daß zur Zeit französische Dienstboten modern sind. Und für dich, Lady Longwood, werde ich morgen früh eine Kammerzofe besorgen. Für heute nacht« – er gab ihr einen Kuß – »mußt du dich mit meinen Diensten zufriedengeben.«

Sie fühlte sich traumhaft leicht. »Ich hatte nie etwas an deinen Diensten auszusetzen. Obwohl du auf dem Schiff viel zu viele Gelegenheiten wahrgenommen hast, um mich auszuziehen.«

Er unterdrückte ein Lächeln. »Nur als Arzt, verstehst du?« sagte er ernst.

Sie erwiderte im gleichen Tonfall: »Natürlich, Doktor Manning. Und auch heute nacht willst du nur nachsehen, ob ich von meiner Krankheit genesen bin.«

»Racker!« Er grinste breit und zog an den Bändern ihres Kleides; seine Finger wurden immer ungeduldiger. »Du siehst reizend aus in diesem Kleid – aber ich will verdammt sein, wenn ich heute nacht Geduld damit habe.«

Sie biß sich auf die Unterlippe. Er hatte sie immer am liebsten in dem apricotfarbenen gesehen. »Ich habe das apricotfarbene Satinkleid nicht mehr«, gestand sie betrübt. »Meiner Freundin Betsy in London habe ich es geschenkt.«

»Ich weiß. Was glaubst du, wie ich dich gefunden und von deinem Kind erfahren habe?«

Sie starrte ihn überrascht an. »Wirklich, darüber hatte ich bis jetzt noch gar nicht nachgedacht.«

»Eine treue Freundin, deine Betsy. Wir sollten sie nach Longwood holen.«

Er zog sie vollständig aus – unter zahlreichen Küssen und Liebkosungen –, führte sie dann zum Bett und drückte sie sanft zwischen die Kissen.

Um sich seiner eigenen Kleidung zu entledigen, brauchte er weniger Zeit. Sie erlaubte sich das schamlose Vergnügen, seinen geschmeidigen Körper zu bewundern. Er war erregt und bereit für sie, und sie erschauerte in köstlicher Vorfreude.

Als es an der Tür klopfte, fluchte er verärgert. Er wühlte in einem Schrank, warf hastig einen Morgenmantel über und stampfte – barfuß – in das andere Zimmer. Als er zurückkam, trug er ein Tablett und schmunzelte. »Marais hat anscheinend seine französische Feinfühligkeit wiedergefunden. Er ist tatsächlich rot geworden, als er mir das gegeben hat.«

Sie hatte sich noch nie verwöhnter und behüteter gefühlt. Er setzte sich auf die Bettkante und fütterte sie wie ein Kind. Sie neckte ihn, kniff die Lippen zusammen und weigerte sich, einen Bissen zu nehmen. Da küßte er sie und kitzelte sie so lange, bis sie vor Lachen keuchend den Mund öffnete. Als sie erklärte, satt zu sein und nachdem er das Tablett beiseite gestellt hatte, waren sie beide vor Lachen außer Atem.

Im Bett war er genauso ausgelassen und fröhlich. Sie hatte ihn noch nie so verspielt, so jung und strahlend erlebt. Sie balgten sich und tauschten feurige Küsse, die in Kaskaden von Gelächter endeten. Ross neckte sie mit verwegenen Zärtlichkeiten, die sie um mehr betteln ließen und sie zu der Erklärung trieben, er sei der größte Schuft, den sie je gekannt habe.

Als sie schließlich in einem wilden leidenschaftlichen Ausbruch beide zum Höhepunkt kamen, war sie ganz schwach vor Lachen und Lust. Und während er nach Nachtgewändern für sie beide suchte – damit Marais am Morgen nicht zu schockiert wäre –, kniete Prudence sich neben das Bett.

O Gott, betete sie, *ich danke Dir für Deine Gnade. Du hast mir den glücklichsten Tag meines Lebens geschenkt. Du hast mir einen hellen Garten geöffnet, ein Eden für Deine demütige Dienerin. Möge ich Deiner Güte wert sein.*

Ross löschte die Kerzen im Zimmer, dann kam er mit der letzten brennenden Kerze zum Bett und stellte sie auf einem kleinen Tisch ab. Er wollte gerade neben ihr ins Bett steigen, als er innehielt und nachdenklich die Stirn runzelte.

»Was ist los, Ross?«

Er kniete sich neben den Haufen seiner Kleidungsstükke und griff in die Tasche seiner Weste. »Nun, Madam«, sagte er streng und steckte ihr Marthas Ring wieder an den Finger, »du wirst ihn mir *nie* wieder zurückgeben.«

Dann legte er sich hin, umarmte sie und war bald darauf fest eingeschlafen.

In der Dunkelheit konnte sie den Schrei einer Eule aus dem Bridgewater Park hören, klagend und vorahnend. Tobys schlechtes Omen. Sie fühlte nach dem Ring an ihrem Finger und drehte ihn unglücklich. Er würde niemals imstande sein, sie ganz zu lieben. Selbst nachdem sie ihm ihre Liebe gestanden hatte, war er zurückhaltend geblieben. Mühsam unterdrückte sie ein Schluchzen, und brennende Tränen traten in ihre Augen.

Gott hatte ihr einen Garten Eden gezeigt. Aber es war eine Schlange darin. Und die Schlange war Marthas Geist.

25

Der kalte Januarregen schlug unablässig gegen die Fensterscheiben, aber im gemütlichen Frühstückszimmer in Bridgewater Castle war es behaglich warm. Prudence saß mit gekreuzten Beinen auf dem Fußboden, den Rücken dem Kaminfeuer zugewandt, und rollte einen großen Ball zu Peter hin. Er lachte fröhlich, wobei er seine neuen Vorderzähne zeigte, und stieß ihn mit seinen Patschhändchen zu ihr zurück.

Er war so hinreißend; nie konnte sie dem Bedürfnis widerstehen, ihn an sich zu pressen. Sie streckte ihre Arme aus, und er krabbelte über den Teppich auf sie zu. Während sie ihm die schwarzen Locken aus der Stirn strich, plapperte er kindliche Laute und berührte mit seinem Fingerchen den schwarzen Schönheitsfleck, der die Pockennarbe unter ihrem Auge verdeckte. Sie spielte Verstecken mit ihrer Hand vor dem Gesicht und wurde von seinem fröhlichen Lachen belohnt.

Seine Amme, Mary, schnalzte mit der Zunge. »Essen Sie Ihr Frühstück, Mylady. Es wird sonst kalt.« Sie wies auf den Tisch in der Mitte des Zimmers und den Lakaien, der neben der Anrichte stand.

»Gleich«, erwiderte Prudence. »Es tut mir so gut, ihn lachen zu sehen.« Sie erschauderte. »Wenn ich denke, wie es hätte kommen können ...«

»O ja. Der alte Squire hielt sich immer an Mr. Wesleys Worte. ›Wer als Kind spielt, spielt auch als Mann.‹«

»Was für ein Unsinn. Als ob Gott etwas gegen die Freuden der Kindheit hätte.« Sie mußte lachen, als Peter sich aus ihren Armen wand und davonkrabbelte, um den glänzenden Griff an einer Kommode zu untersuchen.

Mary schüttelte den Kopf. »Er wird bald laufen. Ich habe noch nie ein so kräftiges, gesundes Kleinkind gesehen.«

Peter hatte sich hingesetzt und zog mit beiden Händen an dem Griff. Zu seiner Überraschung gab die Schublade nach und warf ihn auf den Rücken; der Inhalt ergoß sich auf den Fußboden. Er heulte erschreckt auf. Sofort lief Mary zu ihm, nahm ihn in die Arme und beruhigte ihn mit ihrer sanften Stimme. Der Lakai hockte sich hin, um die verstreuten Sachen einzusammeln.

»Verdammt, Pru, willst du deinen Jungen das Haus regieren lassen?«

Prudence stand auf und drehte sich um. Ross stand auf der Schwelle, ein rätselhaftes Lächeln im Gesicht. Sie fragte sich, was er wohl dachte. Er hatte noch nie mit Peter gespielt, hatte ihn anscheinend kaum wahrgenommen in den beinahe zwei Monaten, in denen sie jetzt im Schloß Bridgewater wohnten. Zwar hatte er ihn regelmäßig untersucht, aber nur mit dem aufmerksamen Blick des Arztes, um sicherzugehen, daß das Kind nicht krank wurde.

Hatte er etwas gegen Kinder im Haus? Oder war er nur deshalb so zurückhaltend, weil es *Jamies* Sohn war und weil seine dunklen Locken ihn immer daran erinnerten? *Dein* Kind, *deinen* Jungen hatte er gesagt, als ob er es nie so weit kommen lassen wollte, dem Kleinen ein guter Vater zu sein.

Prudence wartete, bis Mary sich diskret mit Peter zurückgezogen hatte. Die Frau spürte die Spannung im Zimmer, die Spannung, die schon seit Wochen schwelte.

Sie wandte sich an ihren Mann. »Guten Morgen, Ross«, sagte sie leise und dachte dabei an die Leidenschaft der gestrigen Nacht. Er begehrte sie jedesmal, wenn sie sich nach dem Abendessen zurückgezogen hatten. Und er war ein so feuriger Liebhaber, wie sie es sich nur wünschen konnte, Nacht für Nacht.

Aber seit sie in Bridgewater wohnten, war er tagsüber zunehmend kühler geworden. Angespannt und distanziert. So weit weg von ihr, daß sie manchmal vor Frustration am liebsten geschrien hätte. Sie hoffte, daß nur das Unbehagen, mit seinem Vater zusammenzuleben, eine solche Distanz zwischen ihnen geschaffen hatte. Aber sie konnte nicht vergessen, wie glühend er sich nach Einsamkeit gesehnt und wie vollständig er seinen Vater abgelehnt hatte. Nahm er ihr und Peter übel, daß sie ihn gezwungen hatten, seine Prinzipien aufzugeben und sein Leben anders zu gestalten? Vielleicht war ihr leidenschaftliches Liebesleben nur eine Kompensation für ihn, mit der er seine Enttäuschung ausglich.

Er nickte grüßend und trat an den Frühstückstisch. »Hast du schon gegessen?« Als sie den Kopf schüttelte, wies er den Lakaien an, einen Stuhl für sie zurechtzurükken. »Komm und leiste mir Gesellschaft.«

Sie sah ihm zu, wie er seinen Teller belud, und ihr drehte sich der Magen um. Während er ein gebratenes Stück Fleisch aß, pickte sie an einer Scheibe trockenem Toast herum, die sie mit einer Tasse Tee hinunterwürgte. Sie hoffte, Ross würde sie nicht auf seine entsetzliche professionelle Art ausfragen, in diesem leidenschaftslosen Ton, den er immer anwandte, wenn er sich Sorgen um ihre Gesundheit machte.

Natürlich wußte sie, daß sie sein Kind trug. Sie hatte ihre Regel im Dezember nicht gehabt, und seit einiger Zeit war ihr jeden Morgen übel. Aber wie sollte sie ihm das sagen? Sein Verhalten gegenüber Peter legte ihr die Frage nahe, ob er überhaupt Kinder wollte. Und wenn es so war, würde die Aussicht auf eigenen Nachwuchs ihn vielleicht noch mehr gegen *ihr* Kind einnehmen?

Er blickte von seinem Teller auf und runzelte die Stirn. »Warum ißt du nichts?«

»Es … es liegt am Wetter«, log sie. »Die ganze Woche Regen. Das ist mir aufs Gemüt geschlagen. Ich habe keinen Appetit.«

Das schien ihn zufriedenzustellen. Er nickte. »Der Regen stimmt uns alle traurig. Ich hoffe, die Sonne scheint wieder, bevor Toby mich endgültig wahnsinnig macht. Ich habe ihn noch nie so abwesend, so düster und unansprechbar erlebt. Und wenn sein Verstand einmal klar ist, sieht er überall schlechte Omen. Mein Gott, er hat sogar wieder angefangen, von Kapitän Hackett zu reden, und geschworen, daß der Mann hinter jeder Ecke auf ihn lauert und darauf wartet, ihm etwas anzutun.«

»Armer Toby.« Sie hatte gehofft, daß das geregelte Familienleben in Bridgewater ihn wiederherstellen würde.

Aber er folgte Ross auf Schritt und Tritt wie ein Hündchen, und wenn man ihn allein ließ, saß er im Garten oder seinem kleinen Zimmer, starrte ins Leere oder blies auf seiner Flöte. »Du nimmst ihn doch heute nach Longwood House mit, wie immer, oder?« fragte sie.

Er seufzte. »Kann ich ohne meinen Schatten irgendwohin gehen? Wenn wir erst eingezogen sind, schaue ich mal, ob der Stallbursche vielleicht seine Hilfe brauchen kann. Irgend etwas, damit er beschäftigt ist.«

»Willst du heute reiten?«

»Ich wünschte, ich könnte es. Ich brauche Bewegung. Aber bei diesem Wetter … und dann mit Toby … Ich nehme den Phaeton. Vielleicht werde ich ja ein wenig aus meiner Lethargie gerissen, wenn ich wenigstens ein lebhaftes Pferd zu zügeln habe.«

»Wann, denkst du, können wir denn nach Longwood House umziehen?«

»In vierzehn Tagen vermutlich. Gestern haben sie im Eßzimmer die Wände mit Damast bespannt. Eine sehr schöne Seide aus Frankreich.«

»Oh, das möchte ich gern sehen!« rief sie entzückt aus.

»Ich war schon seit Tagen nicht mehr dort. Vielleicht fahre ich heute nachmittag in meinem Ponywagen hin.«

Er runzelte die Stirn. »Nur wenn es aufhört zu regnen.«

»Puh!« Sie warf den Kopf zurück. »Ich nehme eben einfach einen Schirm mit.«

»Verdammt noch mal, Pru, warum bist du immer so eigensinnig? Es ist eine lange Fahrt, und bei diesem Wetter bestimmt nicht gut für deine Gesundheit. Du könntest dir eine Erkältung holen. In der letzten Zeit siehst du wirklich sehr blaß aus. Du gefällst mir gar nicht.«

Sie haßte es, wenn seine Stimme diesen überlegenen, beherrschenden Ton annahm. Der Arzt, der auf alles eine Antwort wußte. Ob er sich wohl über ihren Zustand im klaren war? »Vielleicht wäre ich nicht so blaß, wenn ich einen fröhlicheren Ehemann hätte!« schnappte sie. »Wenn du dich nicht gerade stundenlang in Longwood aufhältst, brummst du wie ein Bär, der einen Dorn in der Pfote hat.«

»Meiner Treu«, grollte er, schlug mit der Hand auf den Tisch und stand auf.

Sie begrüßte seinen Zorn. Vielleicht würde es die Luft reinigen, wenn sie einen ordentlichen Streit hätten. Alles war besser als diese Distanz. »Du bist so unausstehlich wie in der ersten Zeit auf der *Chichester*«, reizte sie ihn.

»Nun, bei Gott ...!« Die Röte stieg ihm ins Gesicht.

»Entschuldigung, Ross, bin ich zu einer ungelegenen Zeit zum Frühstück gekommen?«

Ross wandte sich mit eisigem Blick zu seinem Vater um. »Dies hier ist dein Tisch, Jason. Wir können dich kaum davon fernhalten.«

Der Marquis seufzte. »Es würde wahrscheinlich bei deiner augenblicklichen Laune gar nichts nützen, wenn ich dir sagte, daß du hier jederzeit willkommen bist.«

Ross setzte sich wieder, ergriff sein Besteck und machte sich finster über sein Steak her. »Sag das meiner Frau. Mit dir wird sie wahrscheinlich heute morgen freundlicher umgehen als mit mir.«

Der Marquis setzte sich auf den Stuhl, den ihm der Lakai zurechtrückte, und nippte an einer Tasse Schokolade, wobei er seinen Sohn ansah. »Du bist heute spät dran, Ross. Für gewöhnlich habe ich nicht das Vergnügen deiner Gesellschaft beim Frühstück; meistens bist du schon längst unterwegs.«

Ross räusperte sich, den Kopf über seinen Teller gebeugt. »Morgen werde ich wieder zeitiger frühstücken.«

Prudence zuckte zusammen, als sie den schmerzlichen Ausdruck auf dem Gesicht des Marquis bemerkte. Schweigend machte er sich über den gefüllten Teller her, den der Lakai ihm hingestellt hatte, als ob ihn nur sein Frühstück beschäftigte. »Tatsächlich«, sagte er schließlich und legte seine Gabel nieder, »bin ich froh, daß du hier bist. Du weißt, daß ich für gewöhnlich im Februar und März nach London gehe, um meine Praxis aufzumachen. Ich wüßte gerne, wie deine Pläne aussehen. Willst du auch dort praktizieren?«

»Wenn ich es tue, kannst du sicher sein, daß es nicht in deiner Nähe sein wird.«

Der Marquis wurde blaß und winkte dem Lakai. »Bringen Sie das weg«, sagte er heiser.

Prudence verzog ärgerlich den Mund. Ross' Benehmen gegenüber seinem Vater machte ihren Aufenthalt in Bridgewater Castle unerträglich. Weihnachten war ein Alptraum gewesen, mit kaltem Schweigen und angespannten, spröden Gesprächen, selbst als die Weihnachtsgäste des Marquis' dagewesen waren. Ross hatte sogar das Geschenk seines Vaters zurückgewiesen.

Prudence wandte sich von ihrem Mann ab und lächelte den Marquis an. »Ich war auch nicht hungrig, Vater. Aber wir haben bestimmt größeren Appetit, wenn wir heute mittag zusammen essen.«

Mit einem dankbaren Lächeln erwiderte er ihre Freundlichkeit. »Und du singst doch später hoffentlich für mich? Ich werde deiner reizenden Stimme niemals überdrüssig.«

Ross blickte seinen Vater finster an. »Du kannst dich glücklich schätzen. Ihre Schimpftiraden hebt sie sich für mich auf.« Er stand auf, bevor Prudence antworten konnte, und ging zur Tür. »Ich wünsche euch beiden einen guten Morgen.« Mit einem letzten ärgerlichen Blick auf Prudence stürmte er hinaus.

Der Marquis bedeckte seine Augen mit der Hand. »Es wird immer schlimmer«, murmelte er.

Sie legte ihre Hand auf seine. »Wenn wir nach Longwood ziehen, sieht er die Dinge aus der Entfernung vielleicht klarer. Und er reagiert nicht mehr so bitter.«

»Als ich von London redete, hatte ich die Hoffnung, daß er gerne mit mir zusammenarbeiten würde, wie er das in glücklicheren Zeiten getan hat.« Er sah sie mit einem traurigen Lächeln an. »Nun gut.«

»Wie seltsam, daß ihr alle Ärzte werdet, mit euren Titeln und Besitztümern.«

»Eine Familientradition.«

»Das hat Ross mir auch schon gesagt, aber den wirklichen Grund hat er mir bisher noch nie erzählt.«

»Das liegt lange zurück. In den Zeiten der guten Königin Bess war Owen Manning nur ein einfacher Landarzt in Cinderford. Dann wurde die Königin auf einer Reise durch Gloucestershire krank. Sie schickte nach einem Arzt, und das war mein verehrter Vorfahre. Er behandelte sie so gut, daß sie ihn überredete, nach London zu kommen, wo er viele Jahre lang der Königin gute Dienste leistete. Im Laufe der Zeit verlieh sie ihm den Titel eines Earl of Longwood und dann den des Marquis of Bridgewater. Owen erbaute das erste Schloß Bridgewater und starb dort in hohem Alter, ein Jahr, bevor seine geliebte Königin ihren letzten Atemzug tat.«

»Das erklärt den *ersten* Doktor Manning. Aber was ist mit dir?«

»Mit der Gunst der Königin war eine Verpflichtung verbunden. Es mußte immer einen Doktor Manning geben, durch alle Generationen hindurch. So wurde es verlangt, und so wurde es auch ausgeführt.«

»Eine schwere Verpflichtung.«

»Keineswegs, meine Liebe. Während andere unserer

Klasse ihr Leben mit Nichtstun vergeuden, haben wir uns immer nützlich gemacht. DIENE DER MENSCHHEIT ist das Motto unter dem Bridgewater Wappen, wie du vielleicht bemerkt hast.«

»Und Ross?«

»Er war ein Glücksfall für die Familie Manning und hat mit Freude und Eifer am Royal College of Physicians studiert. Ich wünschte, ich wäre ein so begabter Schüler gewesen.«

»Ich habe seine Fähigkeiten erlebt.« Sie lachte wehmütig. »Und auch sein Temperament.«

Er zuckte mit den Schultern. »Es ist vermutlich sehr schwer, die Schwächen anderer zu verstehen, wenn man sich so vollkommen vorkommt. Manchmal hätte ich mir gewünscht, daß sein Herz genauso gebildet worden wäre wie sein Verstand. Und außerdem ist er ein stolzer Mann, der sich nicht gern mit leidenden Dummköpfen abgibt.«

Der Marquis blickte abwesend in den Regen hinaus, dann fuhr er fort: »Er hat als Junge in meinem Labor gearbeitet und gelernt, wie man Heilmittel mischt – so wie ich es bei meinem Vater gelernt habe. Später dann hat er seine Ausbildungsjahre als Arzt in meiner Nähe verbracht. Es waren glückliche Jahre, die ein festes Band zwischen uns geschmiedet haben.« Er seufzte. »Und dann lernte er Martha kennen.«

Prudence lief ein Schauer über den Rücken, als habe gerade ein Gespenst den Raum durchquert. Sie stand auf und stellte sich vor den Kamin, um ihre Hände an den Flammen zu wärmen. Ihr Ring glitzerte golden im Feuerschein. »Ich weiß, daß er sie sehr geliebt hat«, sagte sie leise.

Der Marquis blickte sie mit wissenden Augen an, dann wandte er sich ab. »Sie sei die einzige Liebe seines Lebens, sagte er immer. Longwood House war damals eine zerfallene Ruine, aber er baute es für sie wieder auf.«

Sie konnte nicht aufhören, ihren eigenen Schmerz zu vergrößern. »War es wirklich ... eine so große Liebe?«

»Wir können nicht ins menschliche Herz schauen. Aber

er entwickelte hinsichtlich seiner Tätigkeit als Arzt ein Mitgefühl, das er vorher nicht besessen hatte. Das lag wahrscheinlich an Martha.«

Sie zuckte zusammen, und obwohl sie Angst davor hatte, noch mehr zu erfahren, wollte sie doch alles wissen. »Willst du … willst du mir von ihr erzählen? Wie sie gestorben ist?«

Er stand auf und ging erregt durchs Zimmer. »Ich habe sie umgebracht«, murmelte er schließlich. »Hat Ross dir das nicht gesagt? Hast du geglaubt, sein Verhalten mir gegenüber gründete nur auf einem dummen Streit?« Der sarkastische Zug um den Mund erinnerte sie an Ross.

»Oh, das kann ich einfach nicht glauben!« Irgendwie hatte sie gehofft, daß Ross' Geschichte nicht stimmte. Daß der freundliche Mann hier vor ihr lediglich einen kleinen Fehler gemacht hatte und sonst nichts.

»Danke, meine Liebe, für deine Herzensgüte – dein Vertrauen. Aber ich war zu meiner Zeit ebenso überheblich und stolz wie er. Martha hatte eine Krebsgeschwulst im Unterleib. Ich wollte operieren. Ross meinte, wir sollten warten. Wir stritten uns wochenlang deswegen.«

Sie lächelte verständnisvoll. »Vermutlich warst du ebenso eigensinnig wie er.«

Seine Schultern sanken herunter. »Ich war damals vieles …Bis Gott mich Demut gelehrt hat.«

»Und dann hast du operiert.«

Seine Augen füllten sich mit Tränen. »Ross war unterwegs und besuchte einen Patienten. Martha hatte schreckliche Schmerzen. Das arme Geschöpf … Ich hatte ihr Mittel gegen die Schmerzen gegeben, aber sie litt immer noch. Sie flehte mich an, sie von ihrer Qual zu erlösen und die Geschwulst zu entfernen, die sie quälte. Ich willigte ein.« Er stöhnte und wischte sich die Tränen weg. »Ich war so überzeugt von meinen Fähigkeiten, lieber Gott …«

»Ich bitte dich, erzähl nicht weiter«, sagte sie, selbst weinend. »Es bringt dir zuviel Kummer.«

»Weißt du, wie rasch jemand verblutet, wenn man eine Arterie verletzt?« fragte er bitter.

Sie schlang ihre Arme um ihn und versuchte verzweifelt, ihn zu trösten. Er zitterte wie die regengepeitschten Äste draußen vor dem Fenster. »Vielleicht lag es nur daran, daß du dir wegen Ross soviele Sorgen gemacht hast. Deine Hände waren unsicher aus Angst, du könntest versagen.«

Er schob sie seufzend weg. »Ich war ungeschickt und tölpelhaft. Nie hätte mir das passieren dürfen. Damals habe ich mir geschworen, nie wieder zu operieren. Ich verabreiche Medikamente. Ich behandle gebrechliche alte Männer. Aber ich habe nie wieder ein Skalpell in die Hand genommen. Und ich werde es auch nie wieder tun.« Seine Brust hob sich in einem tiefen Seufzer. »Ich verdiene die Verachtung meines Sohnes.«

Sie war hilflos angesichts seines Leids. »Nein! Gott kann allen vergeben. Warum sollten wir Menschen das nicht auch können?«

»Manchmal denke ich, daß Ross sich selbst die Schuld gibt. Wenn wir vielleicht früher operiert hätten ...«

»Hätte es einen Unterschied gemacht?«

»Nein. Die Krankheit hatte sich bereits in ihrem ganzen Körper ausgebreitet. Aber *ich* war das Instrument ihres Todes. Nicht Gottes Hand. Und deswegen hat Ross ein Recht darauf, mich verantwortlich zu machen.«

Sie fragte sich, wer wohl mehr litt, der Sohn oder der Vater. »Wann starb sie?«

»Letzten Juli war es ein Jahr her.«

»Und dann ist er Schiffsarzt geworden?«

»Er verbrachte einen Monat in London; lief durch die Straßen wie ein Gespenst. Betrank sich und erzählte Vorüberkommenden von meiner Schurkerei.«

»Du bist kein Schurke!« schrie sie, ergriff seine Hand und drückte ihre Lippen auf seine zitternden Finger. »Du bist ein guter, freundlicher Mann – es macht mich stolz, dich Vater nennen zu dürfen.«

Wieder traten Tränen in seine Augen, und er sah sie an. »Ich frage mich, ob mein Sohn weiß, was für einen Schatz er an dir hat.« Er seufzte wieder und verneigte sich tief.

»Erlaube mir, mich zurückzuziehen. Dieser Morgen ist über meine Kräfte gegangen.«

Sie sah ihm schweren Herzens nach, dann stieg sie die große Freitreppe zu ihren Räumen hinauf, die an Ross' Zimmer angrenzten. Gegenüber war die Tür zu Bridgewaters Gemächern. So *nah,* dachte sie traurig, *und doch so fern.* Jeder hätte genausogut für sich allein auf einer Insel im Meer leben können.

Ihre traurigen Gedanken beschäftigten sie so sehr, daß sie Ross' Kammerdiener Marais erst sah, als er direkt vor ihr stand. Er verbeugte sich vor ihr, wobei er mit der Hand devote Gesten machte. »Lady Longwood ...«

Sie dankte ihm mit einem Lächeln. Trotz seiner Geziertheit war er ein liebenswerter junger Mann, ein mittelloser Franzose, der zu seiner Überraschung entdeckt hatte, daß der englische Adel ihm für seine Dienste und seine affektierte Art Geld bezahlte.

Er räusperte sich vorsichtig. »Ich habe getan, was Sie von mir verlangt haben, Mylady.«

»Und ...?« Schuldgefühle überfielen sie wegen ihrer Heimlichkeit, wegen der Verzweiflung, die sie dazu getrieben hatte, hinter Ross' Rücken Nachforschungen anzustellen.

»Nachdem ich die Sachen Seiner Lordschaft sorgfältig inspiziert habe, konnte ich entdecken, was Sie suchen.«

Ihre Lippen zitterten. »Das ... das Kleid?«

»*Hélas,* ja, Madam. Eingepackt in Silberpapier in einer geschnitzten Kommode.«

O Ross, dachte sie und kämpfte gegen die Tränen an. Das war genauso schlimm, als wenn er einen Altar im Gedenken an Martha errichtet hätte. Krampfhaft bemühte sie sich um eine würdevolle Haltung. »Danke, Marais. Ich werde dafür sorgen, daß Sie für Ihre Bemühungen entlohnt werden.«

Er sah sie entsetzt an. »Madam, nein! Bei Herzensangelegenheiten erwarte ich keine Bezahlung!«

Trotz seiner Jugend wirkte er so erfahren, daß sie das Gefühl hatte, sie könne sich ihm anvertrauen. »Verstehen

Sie etwas von menschlichen Gefühlen, Marais?« fragte sie seufzend.

»Ich denke schon, Mylady.«

»Dann sagen Sie mir doch – wie geht man mit einem Geist um?«

Überrascht riß er die Augen auf. »Ah! Das hatte ich nicht vermutet! Das fällt für gewöhnlich nicht unter … die Probleme eines Dienstboten. Aber ist Ihr Geist denn etwas anderes als eine lebende Rivalin? Eine Frau verfügt über Mittel, einen Mann zu bezaubern, wenn sie die nur einsetzt. Damit kann sie ihn sogar von seinen Erinnerungen abbringen.«

»Und wie steht es mit der Anbetung eines verblichenen alten Kleides?« fragte sie bitter. »Warum hebt er es bloß auf?«

»Mylady, in meinem Land haben wir eine Maxime. *Das Herz geht Wege, die der Verstand nicht kennt.* Vergeben Sie mir meine Anmaßung, aber Sie täten gut daran, solche Gedanken aus Ihrem Kopf zu verbannen. Streben Sie statt dessen danach, die lebendige Verkörperung seiner Freude zu sein.«

Sie entließ ihn mit Dankesworten und trat in ihr Wohnzimmer. Es war prächtig eingerichtet – wie für eine Prinzessin. Und in den Schränken ihres Schlafzimmers hingen ein Dutzend neue Kleider. Trotzdem empfand sie ihre herausgehobene Position in diesem Haushalt als einen schalen Triumph. Ohne Ross' Liebe kam sie sich arm vor.

Sie griff nach ihrer Näharbeit und setzte sich traurig ans Fenster. Nach ein paar Minuten fiel ihr die Nadel aus den Fingern, und sie schlief ein.

Als sie erwachte, hatte der Regen aufgehört. Sie fühlte sich erfrischt von ihrem Schläfchen, und die Erinnerung an Marais' Worte gab ihr neue Hoffnung. Sie war Ross' Frau – und sie war lebendig. Sie hatte ihm ihre Liebe gestanden, und er hatte sie angenommen. Und obwohl sie seit dieser Nacht nie mehr von Liebe gesprochen hatten, mußte er wissen, was sie empfand. Sicher konnte er eines Tages lernen, auch ihr Liebe entgegenzubringen.

Sie klingelte nach ihrer Kammerzofe und ordnete an, daß ihr Ponywagen vorfahren solle. Schnell streifte sie ihre Handschuhe über, warf sich einen pelzbesetzten Kapuzenmantel um die Schultern und eilte aus dem Haus.

Die frische Luft belebte sie zusätzlich, und der kalte Nebel gab ihr das Gefühl, als ob sie durch eine Fantasielandschaft zu einem Land voller Hoffnung getragen würde. Heute wollte sie mit der Eroberung von Ross' Herz anfangen. Zunächst eine demütige Entschuldigung für ihre scharfe Zunge beim Frühstück. Und vielleicht die Bitte, sofort nach Longwood House zu ziehen, noch bevor es fertiggestellt war. Wenn sie allein miteinander wären, würden sie vielleicht das Glück wiederfinden, das ihnen in Virginia begegnet war.

Sie blickte auf. Vor ihr tauchten aus dem Nebel die Ruinen des ursprünglichen Castle Bridgewater auf. Es war im Bürgerkrieg zerstört worden, hatte Ross ihr erzählt, und jetzt standen nur noch die Außenmauern. Dennoch erfüllten die hohen, massiven Türme und die zerfallenden Mauern sie immer wieder mit Scheu. Die schweigenden Steine hallten wider von der Erinnerung an das Klirren der Waffen, die Schreie der Krieger.

Direkt hinter dem Schloß lag die Manning Kapelle mit dem Familienfriedhof. Fast fühlte Prudence ihre Entschlossenheit schwinden, als sie Marthas Grab sah. Frische Blumen aus dem Gewächshaus von Bridgewater standen darauf. Die fröhlichen Farben funkelten selbst durch den Nebel. Sie fragte sich, wie oft Ross wohl hier kniete und betete.

Mut, Prudence, dachte sie und trieb ihr Pony um die Kurve in die Einfahrt, die zum Longwood House führte. Ein seltsames, flirrendes Geräusch drang aus der Helle vor ihr. Und dann erblickte sie das Haus.

Tobias Wedge stand in der offenen Tür, die Augen weit aufgerissen vor Furcht. Er zitterte heftig am ganzen Körper.

»Toby! Du meine Güte, was ist los?«

Er wischte sich mit seiner Pranke den Schweiß von der

Stirn. »O Gott, Lady. Sie kamen aus dem Nebel wie ein Gespensterschiff vom Meeresgrund.«

Sie ergriff ihn sanft am Arm und führte ihn hinein. Das Parterre war leer; die Geräusche der Arbeiter kamen aus den darüberliegenden Stockwerken. »Ich wollte mir das Haus ansehen«, sagte sie. »Du brauchst keine Angst zu haben.«

Er schüttelte den Kopf. »Aber da saßen drei Raben auf der Zufahrt, schwarz wie das Meer in der Nacht. Sie sind weggeflogen. Und dann kamen *Sie*, verstehen Sie? Das ist ein schlechtes Omen.«

Das war das Geräusch, das sie gehört hatte. Vogelschwingen. »Unsinn, Toby. In diesem Park gibt's Hunderte von Vögeln.«

»Aber es waren *drei*. Das ist immer ein Zeichen für den Tod, hat meine Ma mir gesagt. Und Käpt'n ...«

»Hör auf, Toby«, entgegnete sie ärgerlich seufzend. »Du bist sicher hier. Und jetzt laß mich mal sehen, welche Veränderungen seit letzter Woche zu registrieren sind.«

Sie blickte durch die prächtige Eingangshalle mit den Marmorsäulen, die neben jeder Tür standen. Über jedem Türbogen war die Skulptur einer Earlskrone angebracht: acht silberblättrige Bälle auf vergoldeten Strahlen und dazwischen Erdbeerblätter. Seit ihrem letzten Besuch war der Boden mit schwarzen und weißen Marmorplatten gefliest worden, und die massiven Kamine hatten geschnitzte Einfassungen bekommen.

Sie ließ den offiziellen Salon mit seiner dunklen Holztäfelung und den mit purpurrotem Samt bespannten Wänden links liegen; er war schon vor einer Woche fertig gewesen. Statt dessen wandte sie sich nach rechts zum Eßzimmer, um sich die Wandbespannung anzusehen, von der Ross so geschwärmt hatte.

Der Raum enttäuschte sie nicht; der blaßblaue gemusterte Damast leuchtete selbst an diesem dunklen Tag, und in den Ecken der Decke entdeckte sie Stuckornamente mit den Motiven aus den vier Jahreszeiten. Erhabene Steinumrandungen mit Obst und Blumenmustern, die den Rahmen für Gemälde bilden sollten, waren in regelmäßigen Abständen an der Wand angebracht.

»Oh, wie hübsch!« rief sie aus. »In diesem Raum werde ich gern die Gastgeberin sein!« Auf einmal hatte sie das Verlangen, Ross zu sehen, ihm zu sagen, wie gut ihr das gefiel, was er veranlaßt hatte. »Wo ist Seine Lord... Mr. Manning?« verbesserte sie sich rasch. Wedge war immer noch nicht in der Lage zu begreifen, daß Ross einen Titel hatte. Für ihn würde Ross immer der Schiffsarzt sein und nichts anderes.

Er wies zur Decke. »Mr. Manning ist oben.«

Im oberen Stockwerk gab es mindestens ein Dutzend Zimmer, und noch einmal die gleiche Anzahl im Dachgeschoß.

»Wo oben?« fragte sie.

Er verzog angestrengt das Gesicht und drehte eine weiße Haarsträhne zwischen seinen Fingern. Dann leuchteten seine Augen auf, und er lächelte. »Im grünen Zimmer! Das war vielleicht eine Aufregung heute früh. Die Kaminumrandung ist nach Steuerbord gekippt!«

»Das grüne Zimmer?« Bei ihrem letzten Besuch hatte sie kein grünes Zimmer gesehen. Sie eilte aus dem Eßzimmer zu der großen, geteilten Treppe, die in die oberen Räume führte. »Komm, Toby – du mußt es mir zeigen.«

Sie war schon die Hälfte der Stufen hinaufgelaufen, als sie merkte, daß er ihr nicht folgte. Sich umblickend sah sie, daß er vor Entsetzen keuchend am Fuß der Treppe stand. Fluchend über ihre Gedankenlosigkeit stieg sie wieder hinunter, schob ihre Handschuhe in die Tasche und nahm ihn an der Hand.

»Schließ die Augen«, befahl sie. »Ich führe dich.«

Er blickte sie an, und ein kindliches Lächeln voller Erleichterung und Dankbarkeit breitete sich auf seinem Gesicht aus. Sie nahm ihn fest an der Hand und führte ihn nach oben, wobei sie ihm versicherte, daß er nichts zu fürchten habe.

Als sie oben angekommen waren, öffnete Wedge wieder seine Augen und geleitete sie zu einem kleinen Gemach, das sich an Ross' Schlafzimmer anschloß. Prudence vermutete, daß er es als Büro und inoffiziellen Empfangsraum benutzen wollte. Die Wände waren mit Chagrinleder bespannt, und der Raum war in dunklem Mahagoni getäfelt. Über dem Kamin, dessen Umrandung aus dem gleichen Holz bestand, war eine graugrüne Marmorplatte angebracht.

Ein paar Handwerker versuchten gerade, den Stein neu zu befestigen. Ross stand hinter ihnen, die Arme über der Brust verschränkt und gab ihnen mit fester und leicht gereizter Stimme Anweisungen. »Nein, nein«, sagte er, »mehr nach links.« Sein Blick streifte unwillig Prudence, als sei ihre Anwesenheit eine zusätzliche Belastung an einem Tag, der sowieso schon schwierig genug war. »Nun?« sagte er stirnrunzelnd.

Seine Augen blickten mißtrauisch und feindselig; er hatte offensichtlich ihren Streit noch nicht vergessen. Und trotzdem liebte sie ihn für seinen eigensinnigen, dummen Stolz. »Der Regen hat aufgehört«, sagte sie sanft. »Ich wollte gerne das Haus sehen. Und dich.« Sie trat auf ihn zu, löste seine starren Arme und ergriff seine Hände, um ihn aus dem Zimmer zu ziehen.

»Um Himmels willen, Prudence«, sagte er. »Was tust du da?«

»Komm mit mir.«

Er wies ärgerlich auf den Kamin. »Das muß richtig gemacht werden. Dieser verdammte Kerl ... Er hat die Platte viel zu weit an die rechte Seite geschoben.«

Sie strich ihm sanft über die Wange. »Hab ein bißchen Nachsicht mit den menschlichen Unvollkommenheiten. Außerdem können sie es ohne dich richten.«

»Aber ...«

»Komm!« Trotz seiner Proteste zog sie ihn zu dem leeren Ankleidezimmer und schloß die Tür hinter ihnen.

Er entzog ihr seine Hand. »Darf ich fragen, was das soll, Madam?« grollte er.

»Nur das.« Sie schlang ihm die Arme um den Hals, zog seinen Kopf zu sich herunter und küßte ihn fest auf den Mund. Er widerstand ihr einen Augenblick lang, aber als sie ihn mit der Zunge kitzelte, stöhnte er und ergab sich.

Heftig umfaßte er ihren geschmeidigen Körper, drückte sie an sich und erwiderte ihren Kuß mit einer Glut, die sie erbeben ließ.

»Hexe«, grollte er, als er sie endlich losließ. »Bist du zu mir gekommen, weil du etwas willst?«

»Nein. Ich wollte dich um Verzeihung bitten für meine scharfe Zunge.«

Sein Gesicht entspannte sich in einem fröhlichen Lächeln. »Ich ziehe deine zärtliche Zunge auch bei weitem vor. In jeder Hinsicht.«

»Dann sollst du sie haben«, flüsterte sie und küßte ihn erneut.

Seine Hände glitten über ihren Rücken und über ihren Po. Er küßte sie auf den Nacken und vergrub sein Gesicht an ihrer Brust. »Ich wünschte, es wäre Abend«, murmelte er, und seine Stimme war heiser vor Verlangen.

Sie fühlte sich stark, da sie sich wieder einmal ihrer Macht über ihn bewußt wurde. Vielleicht hatte Marais recht gehabt und sie hatte die Mittel, die ihr als Frau zur Verfügung standen, nur nicht ausreichend eingesetzt. Sie fuhr mit den Fingern durch die Locken über seinem Nakken und streichelte die weiche Haut an seines Halses. »Warum sollen wir warten? Komm jetzt mit mir nach Hause.«

Sein Körper wurde steif. »Sei nicht albern.«

Sie lächelte ihn schüchtern an. »Du hast mir mehr als einmal gesagt, ich müsse lernen, eine Countess zu sein. Und das zu verlangen, was ich haben will. Ist es einer Countess verboten, sich tagsüber der Liebe hinzugeben? Wenn sie es will?«

»Damit ich mit meinem Vater zu Mittag essen muß? Ich verbringe meine Tage hier, um dieser Strafe zu entgehen. Nur unter größter Überwindung wäre es mir möglich, sein Gesicht am Mittagstisch zu ertragen.«

»Ross, Liebster. Du hast doch ein gutes Herz. Warum

kannst du ihm nicht vergeben? Ehrst du mit solcher Halsstarrigkeit etwa Marthas Erinnerung? Du hast mir gesagt, sie sei gut und liebevoll gewesen; sie habe sogar einem Tölpel verziehen, der ihr den Zeh gebrochen hat. Erinnerst du dich? Hätte *sie* deinem Vater nicht auch verziehen?«

Er preßte die Kiefer zusammen. »Madam, du gehst zu weit.«

Sie senkte den Kopf, Tränen traten ihr in die Augen. Warum versuchte sie, ihn mit seinem Vater auszusöhnen, wenn ihre eigene Beziehung zu ihm immer schlechter wurde? Wenn sie um seine Wärme und Zärtlichkeit betteln mußte? Wenn sie einen Geist zur Rivalin hatte?

»Dann komm mit mir nach Hause, weil ich ... weil ich dich will«, sagte sie und unterdrückte ein Schluchzen. Sie konnte das Wort ›Liebe‹ nicht aussprechen, um sich nicht noch mehr zu demütigen. »Wir können in unseren Räumen essen, wenn dir das lieber ist. Aber komm jetzt nach Hause, ich bitte dich.«

Er schwankte, sichtlich gerührt von ihren Tränen. »Arme Prudence. Ich habe dich in den letzten Wochen wirklich vernachlässigt. Und trotzdem warst du so süß und geduldig mit deinem brummigen Bär von Ehemann, wie du mich genannt hast.«

Die Wärme in seinem Blick heiterte sie auf. Sie schenkte ihm ein verführerisches Lächeln und fuhr mit ihrem Zeigefinger über seine Lippen. »Wir werden heute nachmittag die Wolken verschwinden lassen.«

Er grinste. »Ich werde dich müde machen, Madam.« Er wies auf das kleine Zimmer. »Erlaube mir nur noch rasch, das zu beenden ...«

»Nein«, erwiderte sie schmollend und im Bewußtsein der Macht, die ihr zur Verfügung stand. Tatsächlich, er begann, nachzugeben. Sie konnte es an seinem heftigen Atmen sehen, an dem verlangenden Leuchten in seinen Augen. »Wenn du jetzt nicht kommst, schließe ich mich bis zum Abendessen in meinem Ankleidezimmer ein.«

Unentschlossen blickte er sie an. »In Gottes Namen, Prudence ...«

»*Jetzt*«, verkündete sie fest.

»Du Sirene«, sagte er seufzend und griff nach ihr. »Willst du mich völlig verrückt machen?«

Genau in diesem Augenblick gab es einen lauten Knall aus dem kleinen Zimmer, gefolgt von erregtem Stimmengewirr. »Verdammt!« schrie Ross und schlug mit seiner Faust in die Handfläche der anderen Hand. »Die verdammten Dummköpfe haben sie zerbrochen.«

»Dann sollen sie eine neue bestellen.«

»Aber ich möchte sehen … Warte unten auf mich.«

Sie stampfte mit dem Fuß auf. »Du undankbarer Kerl! Mein Zimmer wird die ganze Nacht über verschlossen bleiben!« Sie wirbelte herum und stürmte in das Nebengemach.

Die Marmorplatte war in tausend Teile zersprungen; man konnte nur noch eine neue kaufen. Die Arbeiter standen nervös zusammen und beschuldigten sich gegenseitig. Wedge sah aus, als wolle er gleich anfangen zu weinen.

Ross kam aus dem Ankleidezimmer und fluchte, als er den zerbrochenen Stein sah. »Pru, warte noch ein bißchen.« Seine Stimme klang verärgert.

Sie warf die Schultern zurück. »Ich habe dir die Wahl gelassen. Und du hast gewählt. Vergnüg dich heute nachmittag allein in deinem Haus!« Sie rannte aus dem Zimmer und die Treppe hinunter. Im Laufen zog sie sich ärgerlich die Handschuhe über. Ihre Wut hielt an, bis sie in ihrem Ponywagen saß und die Einfahrt entlanggefahren war. Dann sackte sie in ihrem Sitz zusammen. Sie war von einem Geist besiegt worden. Und jetzt wurde sie auch noch von seiner Sucht nach Perfektion überwunden.

Und dennoch, dachte sie, und ihr Optimismus brach sich wieder Bahn, er war schwach geworden, wenn auch nur für einen Augenblick. Fast hätte sie den Sieg davongetragen. Vielleicht sollte sie den Nachmittag ganz in Ruhe verbringen und sich an Betsy und ihre Koketterie erinnern. Mit Gottes Gnade – und einstudierter Raffinesse! – würde sie vielleicht Ross' Herz doch noch gewinnen.

Der Nebel war immer noch dick, und schwere Wolken hingen am Himmel. Sie fuhr langsam, bemüht, nicht von der Straße abzukommen. Hier und dort wurde die Sicht klar, was das Fahren einfacher machte. Aber die Luft war immer noch seltsam bedrückend, und sie erschauerte unbehaglich. Die Kälte drang durch ihren Mantel und kroch mit eisigen Fingern über ihren Rücken. Der dichte Nebel kam ihr plötzlich unheilverkündend vor.

Vor sich auf der Straße hörte sie ein raschelndes Geräusch und zuckte zusammen. Wedges drei Raben, die Unheil vorhersagten? Ihre Haut prickelte vor unerklärlicher Angst. Jetzt wünschte sie, sie hätte doch auf Ross gewartet.

Dann lachte sie leise. Es war nur ein trüber Januartag. Wie albern, sich von Tobys Omen schrecken zu lassen. In den Wäldern wimmelte es von Vögeln und kleinen Tieren. Sonst nichts.

Entsetzt schrie sie auf, als plötzlich eine dunkle Gestalt in einem langen Kapuzenmantel aus dem Nebel auftauchte und ihr den Weg versperrte. Der Mann sprang vor und griff nach den Zügeln. Das Pony kam zitternd zum Stehen und legte vor Angst die Ohren an.

»Lassen Sie mich vorbei«, sagte Prudence, und ihre bebende Stimme klang hohl in dem unheimlichen Dunst. O Gott, warum war sie nur so ängstlich?

Die Gestalt lachte – ein Laut, der ihr durch Mark und Bein ging. Er sah aus wie der Geist des Todes, nur daß er keine Sense hatte. »Verflucht«, sagte der Mann. »Man hat mir berichtet, daß Sie fast jeden Tag hier vorbeikämen. Aber wer hätte gedacht, daß Sie mir so schnell in die Hände fallen, meine Liebe?«

Sie keuchte auf, als sie die Stimme hörte, und hob ihre Peitsche, um nach ihm zu schlagen; aber er packte sie mit seiner behandschuhten Hand und entriß sie ihr. Die Kapuze fiel zurück und enthüllte sein Gesicht. Es war ein groteskes, narbiges Abbild seiner früheren Schönheit.

»Gnädige Muttergottes«, flüsterte sie.

»Dieses Mal wird es keine Gnade geben, meine Liebe«, zischte Kapitän Sir Joseph Hackett.

26

Immer noch den Zügel festhaltend, trat Hackett näher an Prudence heran und starrte sie finster an. Ein böses Licht glitzerte in seinen Augen.

Entsetzt zuckte sie beim Anblick seines Gesichts zusammen. Eine lange Narbe verlief quer über die eine Wange, und einer seiner Mundwinkel hing nach unten. Der schwarze Bogen seiner rechten Augenbraue wurde unterbrochen von einer kahlen Stelle, und seine einst stolze, perfekte Nase war zerschlagen und flach. Auf dem Nasenrücken hatte sich ein Höcker gebildet, der seine grotesken Gesichtszüge noch mehr entstellte.

»Was … was tun Sie hier?« stammelte sie.

Sein Mund verzog sich in der Andeutung eines Lächelns. »Ich sehe, Sie bewundern mein Aussehen. Das verdanke ich Ihrem Gatten.«

Trotz der Bösartigkeit des Mannes empfand sie leises Schuldbewußtsein. Schließlich war sie der Grund für die Schlägerei gewesen; der Grund dafür, daß Ross sich vergessen hatte. Jetzt mußte ein so eitler Mann wie Hackett für den Rest seines Lebens darunter leiden …!

»Aber konnten die Ärzte …?«

Er lachte bitter. »Die ärztliche Kunst in den Kolonien ist schwach entwickelt, um es mal so auszudrücken. Aber ich verdanke Ihrem Mann außerdem auch noch den Verlust meines Kapitänpatents. Und meines Berufs.«

»Was meinen Sie damit?«

»Dieser Hurensohn hat Mr. Thomas Lee, dem Ratspräsidenten von Virginia, einen Bericht über mich gegeben.« Er kräuselte zornig die Lippen. »Auch Lee ist ein Schweinehund. Dieser geschätzte Gentleman – der anscheinend

Gefallen an Ihnen gefunden hat – sorgte dafür, daß der Bericht über meine ›Untaten‹ zur Admiralität nach London gelangt ist. Ich konnte nur noch den Dienst quittieren, um die Ehre meiner Familie zu retten.«

Das schien ihr eine schwere Strafe zu sein, selbst für Hacketts grausames Vorgehen. »Sicher kann Ross irgend etwas tun …«

»Ach ja – der große Lord Longwood. Wer hätte das gedacht? Ein schäbiger Arzt! Ich wußte natürlich schon in Virginia von seinem Titel. Die Familie Symonds war ganz versessen darauf, mir zu erzählen, daß er sich von seinem Vater losgesagt hatte, wenn auch niemand zu wissen schien, warum. Ich kam nach England zurück und suchte nach ihm. Durch Zufall habe ich letzte Woche erfahren, daß er seine Titel und seinen Familienbesitz zurückverlangt hat. Und so kam ich hierher, um Sie zu treffen, liebe Countess.«

Eisige Furcht überkam sie. Dieser Haß, der ihr entgegenschlug. »Vielleicht kann Ross Sie für das entschädigen, was Sie verloren haben …«, begann sie.

»Ich brauche seine Entschädigung nicht«, erwiderte er höhnisch. »Ich bin selbst reich genug.«

»Was wollen Sie dann von uns? Was geschehen ist, ist geschehen.«

»Nicht ganz.« Bevor sie es verhindern konnte, war er auf den Sitz neben ihr gesprungen und hatte ihr die Hände auf dem Rücken gefesselt.

»Du meine Güte«, keuchte sie, versuchte, sich von den Fesseln zu befreien und zuckte vor seinem höhnischen Gesicht zurück. »Was haben Sie vor?«

Er drückte sie in den Sitz und lehnte sich über sie. Ihre Handgelenke wurden gegen die Holzbretter gepreßt und schmerzten sogar durch das weiche Leder ihrer Handschuhe. Die Wildheit in seinen glühenden Augen ließ sie erzittern.

»Monatelang habe ich von Ihnen geträumt«, sagte er keuchend. »Und von meiner Rache. Sie werden das Mittel dazu sein, meine Süße.« Er zog seine Handschuhe aus, als wäre er ein Gentleman, der eine delikate Aufgabe erledigen müsse, dann nestelte er an den Schnüren ihres Mantels und machte ihn auf. Beim Anblick ihres bebenden Busens leuchteten seine Augen auf, erfüllt von einer hungrigen Lüsternheit, die sie erschreckte. Er streichelte über ihren Hals, dann schloß er seine Finger um ihre Kehle und drückte leicht zu.

Obwohl ihr Herz in panischer Angst schlug, überkam sie eine eisige Ruhe. »Sie gemeiner Feigling«, sagte sie verächtlich. »Wollen Sie mich umbringen, weil Sie nicht den Mut haben, Ross zum Duell zu fordern?«

»Mut?« bellte er zornig. »Verflucht! Ich zweifle nicht daran, daß ich ihn auf der Stelle töten könnte. Aber sein Tod würde mich nicht zufriedenstellen.«

»Und meiner würde Sie befriedigen?«

»Sie, meine Liebe, sind etwas ganz anderes. Nicht nur *Rache* hat meine Gedanken in den letzten Monaten erfüllt. Meine Träume wurden von Ihnen heimgesucht – und von meiner unseligen Leidenschaft. Ich habe nur zwei Wünsche – Sie zu besitzen und ihn leiden zu sehen.« Seine Hände wanderten von ihrem Hals in ihr Mieder, und er drückte grob das zarte Fleisch ihrer Brüste.

Sie wand sich unter ihm, und Tränen der Hilflosigkeit traten ihr in die Augen. »Dafür wird man Sie wie einen Hund jagen.«

»Irgendwie bezweifle ich das. Ich habe alles sorgfältig geplant, wissen Sie. Ich reiste inkognito. Wenn ich wieder verschwinde, wird nie jemand beweisen können, daß ich hier war.«

»Ich bitte Sie, lassen Sie mich gehen«, flüsterte sie. Vielleicht war noch ein Funken Mitgefühl in ihm.

Er seufzte. »Verflucht, ich hatte ganz vergessen, wie schön Sie sind. Sogar wenn Sie weinen.« Er streichelte sanfter über ihre Brüste, als spielte er den Liebhaber. Seine Hände ließen sie erschauern, und sein ekelhaftes Lächeln kam ihr noch furchteinflößender vor als sein finsterer Gesichtsausdruck.

»Wenn Sie mich vergewaltigen wollen«, sagte sie kalt

und verächtlich, »dann tun Sie es. Und dann gehen Sie und lassen uns in Frieden.« Der Gedanke daran entsetzte sie, aber wenn sie ihn schon nicht aufhalten konnte, würde sie wenigstens ihre Würde bewahren. Sie schloß die Augen und wappnete sich gegen seinen Angriff.

Als er lachte, schlug sie die Augen wieder auf. »Eine stolze Antwort, meine Liebe. Aber haben Sie noch nicht gemerkt, daß *ich* die Fäden in der Hand halte und nicht Sie?« Er wühlte in seiner Jackentasche und zog ein Seil heraus. »Wenn ich Sie nehme, dann wird es mit Schmerzen und Demütigungen einhergehen. Ich brauche keine Frau, die sich mir mit edler Geste unterwirft. Ein Weib ist erregender, wenn sie gebrochen ist und schluchzt. *Dann* finde ich meine Befriedigung.«

»Ich werde Sie enttäuschen, glauben Sie mir das«, entgegnete sie tapfer.

»Wir werden sehen.« Er schlang das Seil sorgfältig zu einem Seemannsknoten, hob ihren Kopf und legte ihr die Schlinge um den Hals. Dann stellte er sich im Wagen hin. »Nun«, sagte er und zog so an dem Seil, daß es sie würgte, »wir werden jetzt einen kleinen Spaziergang machen. Klettern Sie herunter.«

Zitternd und keuchend, weil ihr das Seil die Luft abschnürte, gehorchte sie. »Wohin bringen Sie mich?« fragte sie, als sie auf der nebligen Straße standen.

Er lächelte verschlagen, drehte ihr den Rücken zu und ging die Straße entlang, wobei er so fest an dem Seil zog, daß sie gezwungen war, ihm zu folgen. Vor ihr begann der Nebel sich zu lichten, und sie hoffte inständig, daß ein Reisender oder ein Schäfer sie sähe und ihr zu Hilfe käme.

Nach ein paar Minuten blieb er stehen und drehte sich um, ein bösartiges Grinsen auf dem Gesicht. Zum Teufel mit ihm, er genoß jede Minute! »Sind Sie nicht im geringsten neugierig, wie Ihr Mann leiden wird?«

Stolz reckte sie ihr Kinn. »Er ist ein Mann von Ehre. Er wird es Ihnen nie verzeihen – oder vergessen –, daß Sie seinen Namen befleckt haben.«

»Ich will sein Herz verwunden, nicht seinen Stolz.« Er lachte – ein häßliches Lachen. »Verflucht – wie er leiden wird! Wenn er seine geliebte Frau tot findet. Ich wäre gerne dabei, um ihn dann zu sehen.«

Entsetzt taumelte sie und fiel auf die Knie. Sofort zog sich die Schlinge enger um ihren Hals. »Sie wollen mich töten?« keuchte sie.

»Meine liebe Countess, haben Sie geglaubt, ich könne Sie am Leben lassen, damit Sie die Geschichte weitererzählen?« Er zog heftig am Seil, und sie stand schwankend auf. »Kommen Sie weiter«, befahl er, »bevor ich versucht bin, Sie zu schlagen.«

Sie gingen weiter die Straße entlang. Prudence bemühte sich, seinen großen Schritten zu folgen; sie durfte nicht stolpern, sonst würde das Seil sich zuziehen. Wilde Gedanken kreisten in ihrem Kopf. Wie sollte sie ihm entkommen? Sie zerrte an den Stricken, mit denen ihre Handgelenke zusammengebunden waren. Wenn sie sich nur daraus befreien könnte, dann hätte sie vielleicht eine Chance, die Schlinge um ihren Hals zu lockern, in den Wald zu laufen und sich in den Nebelschwaden zu verstecken.

Vor ihnen tauchte die Ruine von Castle Bridgewater auf. Hackett zerrte sie zu einer verfallenen Tür in einem der Türme und stieg die Treppe hinauf. Die Stufen waren naß vom Regen, die Steine abgenutzt und uneben.

Der Aufstieg war schwierig und anstrengend, da ihre Hände so fest zusammengebunden waren. Auf dem zweiten Absatz glitt Prudence aus und fiel schwer auf die Knie. Sie konnte die kalte Feuchtigkeit des Steins durch die dünne Seide ihres Kleides spüren. Hackett fluchte heftig und zerrte sie wieder hoch.

»Wohin gehen wir?« keuchte sie.

Er wies die Treppe hinauf zum offenen Dach und schwenkte lässig den Arm. »In den Horst der Liebe, liebste Lady. Und danach …?« Er ließ den Arm abrupt wieder sinken und lächelte sie an. »Verstehen Sie?«

Sie keuchte auf, von neuer Panik erfüllt, und begann zu

schreien. Ihre Kehle wurde rauh, aber sie schrie weiter, in der Hoffnung, es würde sie jemand hören.

Er lachte und klatschte in die Hände, seine Lippen grausam verzogen. »Bravo, meine Liebe. Sie wissen, was einem Mann wie mir gefällt. Machen Sie ruhig weiter so, es stärkt meine Männlichkeit.«

Sie preßte die Lippen zusammen. *Lieber Gott,* betete sie verängstigt, *wenn ich sterben muß, laß meine Qualen kurz sein.*

Schließlich erreichten sie die Spitze des Turms. Es war nur eine kleine Fläche, vielleicht drei Quadratmeter groß, umgeben von einer verfallenen niedrigen Mauer. Der Wind fuhr durch die Ritzen, und Nebelschwaden zogen darüber hin. Prudence konnte tief unten die leere Straße sehen und zitterte verzweifelt.

Hacketts Augen glitzerten vor Haß – und triumphierender Lust. »Knie nieder«, sagte er, »du Hure.«

Wie nur könnte sie ihn aufhalten? Vielleicht würde jemand kommen. »Nein«, sagte sie trotzig.

Ärgerlich zog er am Seil, bis sie keuchte und würgte. Farbige Flecken tanzten vor ihren Augen, und sie sank auf die Knie. Er trat ihr mit dem Stiefel auf die Schultern und drückte sie gewaltsam herunter, bis ihr Kopf den Boden berührte. Der Geruch der feuchten, modrigen Steine drang ihr in die Nase.

Unvermittelt hob er ihre Röcke und warf sie ihr über den Kopf; sie fühlte die kalte Luft an ihren bloßen Schenkeln. Seine Hand packte die weichen Hügel ihres Pos …

»Nein!« schrie sie. »Das können Sie nicht tun!«

Er keuchte bereits in atemloser Erregung. »In einem Augenblick, meine süße Hure, wirst du Grund haben zu schreien.«

Sie versuchte, sich zu bewegen, sich auf die Seite zu rollen, aber mit der einen Hand drückte er sie zu Boden, mit der anderen hielt er das Seil fest.

Da hörte sie aus der Ferne einen Schrei. Hackett fluchte und ließ sie los. Er zerrte sie auf die Füße, zog sie zur Mauer und wies auf die Straße. »Es sieht so aus, als bekämen Sie Unterstützung.«

Sie weinte fast vor Freude: Ross raste in seiner offenen Kutsche die Straße entlang, neben ihm saß Wedge. Er rief ihren Namen, und der Wind trug seinen Schrei bis in den Turm hinauf. »Sie schmutziger Schurke«, spuckte sie Hackett an. »Sie können mich hinunterstürzen, aber die Strafe für ihre bösen Taten wird folgen!«

Er blickte hastig an der Brüstung entlang und lächelte, als er einen eisernen Ring sah, der in den Stein eingelassen war. Er band das Seil an den Ring und trat zur Seite.

Prudence konnte über die Kante nach unten sehen. Immer noch ihren Namen rufend, hatte Ross seinen Phaeton zum Stehen gebracht und rannte nun, mit Wedge im Gefolge, auf den Turm zu. Sie sank vor Erleichterung auf die Knie, zuckte aber erschreckt zusammen, als sie ein drohendes Knacken hörte. Hackett hatte eine Pistole aus seinem Mantel gezogen, hatte sie gespannt und zielte nun auf Ross.

»Paß auf, Ross!« schrie sie. »Er hat eine Pistole!«

Ihre Warnung kam zu spät. Die Waffe in Hacketts Hand spuckte Feuer, und Ross fiel zuckend zu Boden, während sich vorne auf seiner Jacke ein roter Fleck ausbreitete. Wedge lief zu ihm, kniete sich hin und blickte dann entsetzt nach oben, das Gesicht vor Verzweiflung verzerrt. Er begann zu heulen wie ein klagender Hund neben seinem toten Herrn.

Prudence sackte schluchzend zusammen. Er konnte nicht tot sein. Er *konnte* nicht …

»Bei meiner Seele«, krächzte Hackett. »Das ist ein Fang! Der Hundesohn und seine Hure!«

Sie war hilflos in ihrem Kummer und Zorn. »Sie werden der menschlichen Gerechtigkeit nicht entgehen.«

»Und wer soll es erzählen, wenn Sie tot sind?« schnarrte er. »Der Verrückte da? Auf dem Schiff haben sie mir gesagt, der Einfaltspinsel hätte mich hinter jeder Ecke lauern sehen. Tut er das immer noch?«

Sie biß sich auf die Lippen. Er hatte recht. Wer würde Wedge schon glauben? Nur eine weitere wilde Geschichte, würden die Leute sagen. Die Spinnereien eines Idioten, besessen von seinen Wahnvorstellungen, der einen gemeinen Räuber für seinen gefürchteten ›Käpt'n‹ hielt.

Hackett kicherte böse. »Ihr Gesicht verrät Sie, meine Liebe. Er legte seine Pistole nieder und näherte sich ihr. »Es ist Zeit für meine Belohnung – weil ich Ihren Mann getötet habe.« Er schlang ihr die Arme um die Taille und beugte sich über sie, um sie zu küssen.

Sie wandte den Kopf ab und schrie. »Toby! Um Himmels willen, rette mich!«

Hackett wies spöttisch auf Wedge. »Du widerlicher Mistkerl!« rief er. »Hast du immer noch Angst vor der Höhe? Komm doch, du Idiot. Du brabbelnder Verrückter! Du elendes Schwein! Komm und rette deine Herrin, wenn du dich traust!«

Er lachte in grausamer Freude.

Wedge zuckte vor Entsetzen bei den häßlichen Beschimpfungen zusammen. Er wandte sich stöhnend ab, schlang die Arme um seinen Körper und wiegte sich hin und her, wie um sich selbst Trost zu geben. Es sah so aus, als redete er mit einem unsichtbaren Wesen.

Hackett lachte wieder. »Nun, meine Liebe, nachdem wir diesen hilflosen Idioten aus dem Weg geräumt haben, kann ich mich endlich an Ihnen erfreuen.«

Er packte ihre Haare und zog ihr den Kopf zurück, damit er ihre Lippen erreichen konnte. Sie erschauerte, als sie den kalten Ausdruck in seinen Augen sah, dann verfluchte sie sich selbst. Völlig hilflos war sie nicht. Nicht, wo er so nahe bei ihr stand. Sie hob ihr Knie und rammte es mit aller Kraft in seine Lenden.

Er ließ sie los und stöhnte vor Schmerz, was sie mit bitterer Befriedigung erfüllte. Doch es war ein nur geringer Sieg. Sobald er sich einigermaßen erholt hatte, hob er die Faust und schlug sie ihr ans Kinn. Sie fühlte einen heftigen Schmerz, sah das triumphierende Grinsen auf seinem häßlichen Gesicht – dann wurde alles um sie herum dunkel.

Als sie wieder zu sich kam, lag sie auf dem Rücken, die Röcke bis zur Taille hochgeschoben. Hackett stand zwischen ihren gespreizten Beinen und öffnete die Knöpfe an seiner Hose. Stöhnend schüttelte sie den Kopf, immer noch benommen von seinem Schlag. Ihre Arme schmerzten; sie waren immer noch hinter ihrem Rücken zusammengebunden.

Hackett lächelte strahlend und strich seine schwarzen Haare zurück. »Wir werden in dieser Stellung anfangen«, sagte er. »Gewöhn dich an das Gefühl meines harten Stabs. Vielleicht gefällt es dir sogar. Die Damen haben mir viele Komplimente über meine Ausdauer gemacht.«

»Ich werde Sie bei jedem Atemzug verfluchen«, sagte sie angewidert und versuchte, ihre Angst zu unterdrükken.

»Spar dir deinen Atem für die Schmerzen und die Qualen, die folgen. Du wirst sehen, daß ich kein sanfter Liebhaber bin.« Er näherte sich ihr. »Verflucht, wie habe ich diesen Augenblick herbeigesehnt!« krächzte er.

Prudence hörte ersticktes Weinen von der Treppe und wandte den Kopf. Wedge stand auf der obersten Stufe und schluchzte wie ein Kind. Sein sonst rötliches Gesicht war weiß wie seine Haare, und der Schweiß lief ihm übers Gesicht. Er bebte am ganzen Körper und schwankte hin und her. Sein Atem kam in schmerzhaften, keuchenden Stößen.

Hackett murmelte einen Fluch; sein Blick suchte die Pistole, die auf der anderen Seite des Turmes lag. In diesem Moment brüllte Wedge auf …

»Du Sohn einer Hure!« schrie er und warf sich auf Hakkett. Beide fielen gegen die Brüstung –und stürzten dann über die Kante. Prudence hörte den dumpfen Aufschlag ihrer Körper in der Tiefe.

Sie lag da, zitternd vor Entsetzen und hysterisch schluchzend, fast bewußtlos. Erst als ihr Ross einfiel, kam sie wieder zu Sinnen. O gütiger Himmel, dachte sie in erneuter Panik. Was, wenn er noch lebte und ihre Hilfe brauchte?

Sie taumelte auf die Füße und zerrte verzweifelt an ihren Fesseln. Es schien sinnlos zu sein. Hackett hatte sie fest um ihre Handschuhe geschlungen. Ihre *Handschuhe!* Vielleicht war das eine Möglichkeit ... Mit größter Mühe zog sie die Handschuhe von ihren Händen und stellte fest, daß jetzt ein kleiner Spielraum zwischen dem Seil und dem bloßen Fleisch war. Die Schnur war rauh und kratzig, und als es ihr gelungen war, ihre Hände freizubekommen, war die Haut blutig aufgeschürft.

Sie warf einen kurzen Blick in die Tiefe und sah die beiden zerschmetterten Körper unten liegen. Schaudernd wandte sie sich ab und rannte die Stufen hinunter. Im Laufen zog sie sich die Schlinge vom Hals.

Ross lag noch so da, wie er gestürzt war. Er hatte die Augen geschlossen, sein Gesicht war aschgrau. Hellrotes Blut rann aus einer klaffenden Wunde in seiner Brust.

Angstvoll schrie sie auf, kniete sich neben ihn und bettete seinen Kopf in ihren Schoß. »Ross«, schluchzte sie. »Du darfst nicht sterben. Ich liebe dich doch.«

Seine Augenlider flackerten kaum merklich, und ihr Herz machte einen Satz. Sie küßte und wiegte ihn, strich ihm die Haare zurück und rief seinen Namen, bis er stöhnte und die Augen aufschlug. »Was ... was ist passiert?« fragte er mit einem schwachen, atemlosen Krächzen.

»Hackett hat auf dich geschossen. Wir müssen Hilfe für dich finden. Bleib still liegen. Ich hole die Kutsche! Sie ließ seinen Kopf wieder zu Boden sinken, und rannte zur Kutsche, nahm das Pferd am Zügel und führte es zu Ross. »Kannst du aufstehen? Ich helfe dir.«

Als sie ihn endlich in die Kutsche bugsiert hatte, war er wieder bei Bewußtsein. Er blickte auf das Loch in seiner Brust und murmelte einen Fluch. »Es ist nahe am Herzen, glaube ich«, keuchte er. »Hol mein Taschentuch aus meiner Tasche.«

Sie tat, was er sagte und sah entsetzt zu, wie er es um die Hand wickelte und seine Hand auf die Wunde preßte. Als er unwillkürlich vor Schmerzen aufschrie, zuckte sie zusammen.

»Kannst du mit dem Pferd umgehen?« murmelte er.

»Mit Gottes Hilfe.« Sie nahm die Zügel auf und trieb

das Pferd zum Galopp an. Angestrengt bemühte sie sich, das lebhafte Tier unter Kontrolle zu halten und erlaubte sich kaum einen Blick auf Ross.

»Mach das Tor auf!« schrie sie dem Türsteher schon von weitem zu, noch bevor sie am Tor von Bridgewater Castle angekommen waren. Er riß das Tor auf und starrte entsetzt auf Ross, als die Kutsche an ihm vorbeiraste. Dann rannte er schreiend quer über den Rasen auf das Haus zu.

Als sie vor dem Haus die Zügel anzog, waren bereits Stallknechte und Lakaien herbeigelaufen. Der Marquis kam aus dem Haus gestürzt und kletterte in die Kutsche. Er wurde blaß, als Ross die Hand wegnahm und die klaffende Wunde sichtbar wurde. »Du da, Sam!« schrie der Marquis einem der Stallknechte zu. »Nimm die Zügel und bring uns sofort nach Cinderford zum Arzt!«

Ross legte seinem Vater die blutige Hand auf den Ärmel. »Keine Zeit ... Du mußt es machen«, keuchte er.

Der Marquis begann zu zittern. »Jesus. Ich *kann* nicht. Ich habe nicht mehr operiert seit ... seit Martha. Und meine Augen ... Ich kann doch kaum noch ohne Brille lesen.«

Ross biß vor Schmerzen die Zähne zusammen und starrte seinen Vater finster an. »Verflucht! Es ist ganz einfach. Hol die Kugel heraus, und dann brennst du die Wunde aus, damit die Gefäße wieder verschlossen sind. Du hast es mir doch selbst vor Jahren beigebracht.«

Der Marquis zögerte, schüttelte den Kopf und blickte hilflos von Ross zu Prudence. Qualvoll verzog er das Gesicht. »Ich habe nicht mehr die Fähigkeiten von einst ... Ich möchte dein Leben nicht aufs Spiel setzen ... Meine Hand könnte zittern ... so nahe an deinem Herzen ... Lieber Gott, bitte mich nicht darum!«

Ross' blaue Augen glühten. »Du kannst es«, sagte er fest. »Ich *will,* daß du es tust. Die Fahrt nach Cinderford überlebe ich nicht. Und bis ein Arzt hier ist, bin ich tot. Du weißt das so gut wie ich.«

Bridgewater nickte zögernd und straffte dann entschlossen seine Schultern. Er sprang aus der Kutsche und begann, Anweisungen zu erteilen. Wenige Minuten später lag Ross auf dem Tisch im Frühstückszimmer, die Augen erschöpft geschlossen. Prudence schnitt seine Jacke, seine Weste und sein Hemd auf und schlug es vorsichtig zurück, um die Wunde freizulegen. Sie zuckte zusammen, als sie sah, wie schwer verletzt er war.

Bridgewater wusch sich die Hände und zog seine Chirurgenschürze an, während er die Reihenfolge seiner Instrumente inspizierte. Er nickte kurz, als eine große Kohlenpfanne abgestellt wurde, und steckte einen Eisenstab in die Glut. Dann ließ er Ross mit Lederriemen an den Tisch binden und befahl einem Lakaien, sich mit einem Schwamm neben ihn zu stellen, damit er das Blut abwaschen konnte. Prudence wies er an, Ross ein großes Glas Brandy zu geben, neben seinem Kopf stehen zu bleiben und ihn zu trösten. Seine Stimme klang ruhig und sicher, aber Prudence sah die Panik in seinen Augen.

Als alles zu seiner Zufriedenheit vorbereitet war, holte er tief Luft und griff zu seinem Skalpell.

Ross runzelte die Stirn. »Paß auf die Herzarterie auf.«

Prudence drückte ihm sanft die Finger auf die Lippen. »Jetzt ist dein Vater der Arzt, Liebster!«

Trotz seiner Selbstzweifel waren Bridgewaters Finger sicher und gewandt, als sie nach der Kugel suchten. »Zwei Rippen sind zerschmettert«, murmelte er. »Ich muß die Splitter entfernen und kann nur hoffen, daß die Knochen wieder zusammenwachsen.« Jetzt klang er genauso unbeteiligt wie Ross, wenn er einen Patienten behandelte. Er griff nach den Knochensplittern, holte sie heraus und ließ sie in eine Schüssel fallen.

Ross wand sich vor Schmerzen, kämpfte gegen seine Fesseln an und biß die Zähne zusammen, um nicht laut aufzuschreien. »Jesus«, murmelte er vor sich hin, »laß mich sterben.«

Prudence tupfte ihm den Schweiß vom Gesicht und küßte ihn. »Nein, Liebster. Das darfst du nicht wünschen. Du mußt leben. Für unser Kind.«

Seine Augen weiteten sich erstaunt. »Pru?« Das Lächeln auf seinem Gesicht verzerrte sich zu einer Grimasse der Qual, als Bridgewater tief in die Wunde griff und endlich die Kugel herausholte.

Der Marquis wandte sich zu dem Kohlenbecken um und zog den glühenden Eisenstab aus dem Feuer. Prudence zitterte bei dem Gedanken daran, daß Ross' Fleisch mit diesem teuflischen Gerät versengt würde, aber sie drückte ihm dennoch die Schultern herunter, um seinen Körper ruhig zu halten.

Ross zerrte heftig an den Lederriemen und brüllte auf, als das Eisen die Wunde ausbrannte; dann sackte er in sich zusammen und schloß keuchend die Augen.

Prudence küßte ihn auf die schweißüberströmte Stirn. »Es ist vorbei, Liebster.«

Er hob den Kopf und musterte prüfend die Wunde. »Gute Arbeit. Ich hätte es selbst nicht besser machen können«, keuchte er rauh. »Vielleicht bist du sogar besser.«

Der Marquis hatte wieder begonnen zu zittern, als ob die Anstrengung der letzten halben Stunde nun tatsächlich über seine Kräfte gegangen wäre. »Findest du?«

»Ja.« Ross hob eine Hand und packte Bridgewater halb bewußtlos am Ärmel. »Danke«, sagte er mit erstickter Stimme. »Ich danke dir … Vater.«

27

Betsy stand am Fenster des Frühstücksraums von Schloß Bridgewater und blickte auf die weitläufigen Rasenflächen und die Bäume. Die ersten Krokusse waren aufgeblüht und bildeten große rote und gelbe Flecken auf dem Gras, und auf einigen der nackten Bäume lag bereits ein rötlichweißer Schimmer. Sie wandte sich vom Fenster ab und grinste. »Du meine Güte, Pru. Ich kann es kaum glauben, daß dies hier eines Tages alles dir gehört.«

Prudence reichte Mary Hunt einen fröhlich glucksenden Peter und erwiderte Betsys Lächeln. »Und ich kann es kaum glauben, daß du *hier* bist. Als ich dir in die Shoe Lane geschrieben habe und keine Antwort bekam …«

Betsy schnaubte. »Bedank dich bei diesem französischen Teufel, Marais, der mich in meinem neuen Haus ausfindig gemacht hat.«

»War es ein schönes Haus?«

»Das größte Freudenhaus in der Drury Lane! Und ich war die prächtigste Madam, dank der Großzügigkeit deines Mannes. Mit der muntersten Schar von Mädchen, die du je gesehen hast.« Sie seufzte. »Ich war so froh, die Männer mit ihren geilen Wünschen endlich los zu sein.«

»Ich dachte immer, daß du dein Gewerbe liebst.«

Betsy zuckte mit den Schultern – eine wissende Geste. »Wir finden das gut, was wir haben. Als ich eine Hure war, akzeptierte ich es. Aber als ich eine Madam wurde, habe ich es genossen, frei zu sein von den lüsternen Bedürfnissen des anderen Geschlechts.« Sie zog die Nase kraus. »In zwölf Jahren werde ich eine glückliche alte Jungfer sein, Kusine.«

Prudence kicherte. Ross hatte darauf bestanden, daß Betsy als ihre Kusine galt, damit sie von ihren Freunden und Nachbarn mit dem gebührenden Respekt behandelt wurde. Außerdem, hatte er ihr gesagt, würde eine Blutsverwandtschaft Erklärungen einfacher machen, wenn Betsy von nun an bei ihnen wohnen sollte.

Sie konnte es immer noch nicht glauben. Betsy war jetzt seit einer Woche da, und sie saßen stundenlang mit gekreuzten Beinen auf ihrem Bett und lachten und tratschten, wie sie es schon als Kinder getan hatten. Prudence segnete Ross von ganzem Herzen.

Er hatte sogar die Klugheit besessen, seinen Kammerdiener auf die Suche nach ihrer Freundin zu schicken. Da Marais das Gewerbe Betsys nicht so anstößig fand wie die Engländer, würde er über Betsys früheres Leben diskret und verständnisvoll schweigen.

Betsy bewegte sich ruhelos; ihre grauen Augen schimmerten wie grauer Himmel bei Regen. »Aber manchmal vermisse ich die Stadt doch. Vielleicht liegt es am Wetter.« Sie blickte stirnrunzelnd aus dem Fenster. »Kommt der Frühling denn nie?«

»Es dauert nur noch wenige Wochen.«

»Willst du mit mir im Park spazierengehen, Pru?«

Prudence verzog den Mund. »Es ist noch kalt draußen. Und mein Schwiegervater meint, das sei in meinem Zustand nicht gut für mich.«

»Freust du dich, wieder schwanger zu sein, Pru?«

Sie lächelte und rieb über ihren immer noch flachen Bauch. »Ich bin entzückt.«

»Und Ross?«

»Ich habe noch nie soviel Freude in seinen Augen gesehen wie dann, wenn er von dem Kind spricht.« Sie ignorierte das Unbehagen, das sie überfiel. Was würde aus Peter werden, wenn Ross erst einmal ein eigenes Kind hatte?

Betsy betrachtete sie nachdenklich. »Und bist du glücklich mit Ross?«

»Oh, Betsy, warum sollte ich nicht glücklich sein? Er wird jeden Tag kräftiger. Und er hat seinen Frieden mit seinem Vater gemacht. Warum sollte mein Leben nicht glücklich sein?«

Betsy gab ein abfälliges Schnauben von sich. »Du redest mit *mir*. Und ich bin keine blinde Idiotin.«

Prudences Stimme zitterte, und sie spielte nervös mit dem Ring an ihrem Finger. »Wirklich, warum sollte ich nicht glücklich sein? Er ist gut zu mir. Und lieb.«

»Hmm. Und glaubt immer noch, seine tote Frau zu lieben.« Sie legte Prudence einen Arm um die Schultern. »Mach dir nichts draus, Pru. Er liebt dich – auch wenn der Holzkopf es selbst noch nicht bemerkt hat.«

»Ich wünschte, ich wüßte es mit Sicherheit«, entgegnete Prudence traurig.

»Natürlich weißt du …«

Betsy wurde von einem leisen Klopfen an der Tür unterbrochen. William Franklin stand draußen, das Gesicht zu einem höflichen Lächeln verzogen. »Entschuldigen Sie bitte, Euer Ladyschaft, aber ich wollte mich nur verabschieden, bevor ich gehe.«

»Wie nett von Ihnen. Darf ich Ihnen meine Kusine vorstellen, Elizabeth Berridge?« Prudence stellte die beiden einander vor und sah überrascht, daß Betsys Augen aufleuchteten, als Franklin sich über ihre Hand beugte und sie küßte.

»Oh, Mr. Franklin«, sagte sie schüchtern lächelnd, »es ist so ein kalter Tag. Darf ich Ihnen ein heißes Getränk anbieten, bevor Sie in die Kälte hinaus müssen?«

Er errötete bis zum Ansatz seiner ordentlichen Perücke und winkte abwehrend mit der Hand. »Das ist nicht notwendig, Ma'am. Ich danke Ihnen für Ihre Freundlichkeit, aber ich habe einen eiligen Besuch in Cinderford zu machen.«

Betsy lächelte bedauernd und legte ihm die Hand auf den Arm. »Ein anderes Mal vielleicht.«

»Ja, ja, natürlich«, stammelte er. »Ein anderes Mal. Ich freue mich darauf. In der Tat.« Sein Gesicht war jetzt glühendrot. Er verbeugte sich linkisch – »Ihr Diener, Mistreß Berridge, Euer Ladyschaft« – und zog sich zurück, wobei er fast über seine eigenen Füße stolperte.

Betsy starrte Prudence mit offenem Mund an, und ihre grauen Augen begannen erneut zu funkeln. »Wer war dieser gutaussehende Kerl?«

»Ein Anwalt. Er hat in den vergangenen Wochen einige Geschäfte für Ross erledigt. Ich glaube, Ross will ihn als Sekretär einstellen, sobald er wieder auf den Beinen ist. Wenn der Mann dem zustimmt.«

Betsy grinste. »Eine entzückende Aussicht.«

Prudence schnalzte mit der Zunge. »Du schamloses Weib! Ich dachte, du wärst nicht mehr an Männern interessiert?«

»Ich sagte, ich würde bald eine alte Jungfer sein«, erwiderte Betsy empört. »Aber was ist schon dabei, wenn man ein wenig flirtet?«

Prudence lachte. »Wenn das so ist, sollte ich dir vielleicht erzählen, daß Marais erst heute morgen zu mir gekommen ist und mir streng vertraulich mitgeteilt hat, daß er dich für eine *belle dame* hält.«

»Pah! Der! Er ist eine Last!«

Prudence runzelte die Stirn. »Hat er dich respektlos behandelt? Weil er deine Vergangenheit kennt?«

»Um Himmels willen, nein! Er versucht, mich in sein Bett zu bekommen – sagt, er könne *mir* ein paar Kunstgriffe beibringen. Und er zwickt mich, der kleine Teufel! Schleicht sich von hinten an mich heran und …«

»Du meine Güte! Warum beklagst du dich nicht bei Ross oder dem Marquis?«

Betsy grinste verschmitzt. »Du bist noch genauso unschuldig wie früher, Liebes. Warum sollte ich?«

Prudence schüttelte den Kopf. Sie mußte noch viel lernen über Männer und Frauen. Schon jetzt freute sie sich auf die langen Gespräche mit Betsy in den nächsten Wochen.

Ein Lakai klopfte an die Tür und kam mit einem Brief herein. »Die Post, Euer Ladyschaft.«

»Ein Brief für mich?« Wer konnte ihr schreiben? Sie riß den Brief auf, überflog ihn rasch und kaute nachdenklich auf ihrer Unterlippe. »Ich muß mit Ross reden«, sagte sie schließlich.

Betsy scheuchte sie aus dem Zimmer. »Geh zu ihm. Wenn es draußen nicht zu windig ist, mache ich vielleicht einen kleinen Spaziergang.« Sie grinste. »Vielleicht frage ich Marais, ob er mich begleitet.«

Prudence eilte die Treppe hoch zu Ross' Räumen. Sie hörte Stimmengemurmel, als sie durch den Salon zu seinem Schlafzimmer ging.

»Verdammt noch mal, Ross, du wirst erst dann aufstehen, wenn ich es dir erlaube!«

»Ich bin kein Kind mehr, Vater.«

»Ich sage das als dein Arzt, nicht als dein Vater. Wenn es sein muß, mische ich dir Schlaftropfen ins Essen, damit du im Bett bleibst, bis die Wunde richtig verheilt ist.«

Prudence unterdrückte ein Lachen. Wie ähnlich sie sich waren. Und sie wußten es noch nicht einmal! Sie marschierte ins Schlafzimmer und stemmte die Hände in die Hüften. »Wenn ihr euch streitet, ist das für keinen von euch beiden gut«, schimpfte sie.

Der Marquis wandte sich flehend an sie. »Paß auf, daß er im Bett bleibt, bis seine Rippen verheilt sind«, sagte er. »Wenn wir im Herbst nach London gehen, brauche ich einen gesunden Partner in meiner Praxis.«

Prudence trat ans Bett, beugte sich über Ross und gab ihm einen Kuß. »Tu, was dein Arzt sagt, sonst komme ich nicht mit. Und woher willst du dann eine Krankenschwester nehmen?«

Ross brummte, lächelte dann aber und blickte seinen Vater an. »Und was sagt Myladys Arzt über ihren Zustand?«

»Wenn sie im August entbindet, sollte sie Ende September in der Lage sein, mit uns zu reisen. Im Augenblick geht es deiner Lady prächtig.«

Ross blickte skeptisch drein. »Wenn es mir wieder besser geht, werde ich mich selbst davon überzeugen müssen. Ein paar Untersuchungen vielleicht ...«

Prudence verdrehte die Augen. »Wenn ihr zwei mich zu Tode behandelt, gehe ich in den Wald, um mein Kind zu bekommen.«

Ross lächelte schlau. »Solche Untersuchungen hatte ich eigentlich nicht im Sinn.«

Während Prudence wütend errötete, räusperte sich der Marquis und versuchte, sein Lächeln zu verbergen. »Ähem ... Ich glaube, es ist Zeit für mich zu gehen.« Er schmunzelte zufrieden, als er das Zimmer verließ und die Tür hinter sich schloß.

»Nun, du Frechdachs«, sagte Ross und streckte die Arme aus. »Komm her und gib mir einen richtigen Kuß.«

Sie setzte sich auf die Bettkante und bot ihm ihren Mund. Er hielt sie so fest umschlungen, wie seine Verwundung es zuließ, seine Hände lagen auf ihrem Nacken. Der Kuß war ausführlich und leidenschaftlich, und als er sie schließlich losließ, zitterte sie und sehnte sich nach dem Tag, an dem sie wieder miteinander schlafen konnten.

»Nun«, sagte er, »welchem Anlaß verdanke ich diesen Besuch? Ich dachte, du und Betsy wolltet erst zum Tee heraufkommen.«

Sie holte ihren Brief aus der Tasche. »Ich habe gerade diesen Brief von Abigail bekommen. Großvater liegt im Sterben.«

Seine Augen wurden dunkel. »Willst du ihn etwa betrauern, diesen frömmelnden Schurken?«

»Darum geht es nicht. Sie müssen innerhalb von vierzehn Tagen Burghope Manor verkaufen. Jamie hat seine Drohung wahrgemacht und alle Gläubiger von Großpapa mobilisiert. Ich kann doch nicht zulassen, daß sie aus ihrem Heim vertrieben werden.«

»Sie haben es nicht besser verdient«, grollte er.

»Bitte, Ross, hab ein bißchen Mitleid. Mein ist die Rache, sagt der Herr. Ich dachte, wir hätten jetzt verziehen und unseren Zorn mit dem armen Toby Wedge begraben.«

Es war eine traurige Beerdigung gewesen, viele Pfeifer hatten an Tobys Sarg gespielt.

Er seufzte. »Du hast ein verzeihenderes Herz als ich. Also gut, ich schicke Franklin los, damit er das Gut kauft und sie bleiben können.«

»Mich täuschst du nicht«, sagte sie. »Hinter deiner kalten Fassade schlägt ebenfalls ein warmes Herz. Obwohl es von Hacketts Kugel beinahe schlimm beschädigt worden wäre.«

Er räusperte sich unwillig. »Ich tue es nur, weil Jamie sich dann ärgert, daß sein boshafter Plan nicht aufgeht.«

Sie strich ihm zärtlich über die Stirn. »Natürlich, mein eigensinniger Schatz. Wenn du es so sehen willst. Aber du siehst müde und erschöpft aus. Du hättest Franklin nicht kommen lassen sollen. Du kannst mit ihm über Geschäfte reden, wenn du wieder gesund bist.«

Er ergriff ihre Hand und drückte einen Kuß darauf. »Die Sache war zu wichtig, um zu warten. Ich habe ihn gebeten, die Adoption von Peter für mich zu arrangieren.«

Sie keuchte, und ihre Augen füllten sich mit Freudentränen. *»Adoption?«*

»Wenn er der nächste Arzt in der Familie werden soll, dann muß er laut dem Vertrag der Königin Manning heißen.«

»Oh Ross«, seufzte sie, und ihr Herz floß über vor Liebe zu ihm. »Aber was machst du, wenn unser Kind ein Sohn ist?«

»Das spielt keine Rolle. Er kann dann den Titel erben, aber die Ehre, ein Arzt zu sein, geht an Peter.« Seine Stimme wurde rauh. »Ich möchte, daß er bei mir lernt.«

Weinend vor Freude legte sie den Kopf an seine Brust. »Warum bist du so gut zu mir?«

Er strich ihr sanft über die Locken. »Weil er dein geliebtes Kind ist. Und er sollte auch meines sein. Weil ich dich liebe«, fügte er einfach hinzu. »Habe ich es etwa versäumt, dir das zu sagen?«

Sie hob tränenüberströmt den Kopf. »Du liebst mich?«

»Ich habe wochenlang hier im Bett gelegen, fiebrig und mit Schmerzen. Ich dachte an den Tod und daran, wie dumm ich war, der Vergangenheit nachzuhängen, wo ich doch einen Schatz für die Zukunft hatte. Du hast mir Freude und Hoffnung gegeben, Pru, als ich nichts mehr hatte. Meine kleine Schäferin – du hast mich in den Sonnenschein geführt. Allmächtiger, du hast mir das Leben zurückgegeben! Weißt du, daß ich kurz davor stand, mir das Leben zu nehmen, als ich dich traf?«

Sie streichelte seine Wange, und wieder traten ihr Tränen in die Augen. »Ross … Nein.«

»Es stimmt aber. Ich hatte mit dem Leben abgeschlossen. Und doch … Erinnerst du dich an all die Nächte auf dem Schiff, in denen ich dich in den Armen hielt, während du dachtest, ich schliefe? Du warst warm und voller Leben, und ich begann mir vorzustellen, ich könnte ein neues Leben beginnen. Du hast einmal von der alten Frau in eurem Dorf und ihrem Winterwein erzählt. Es war deine Wärme, die das Eis um mein Herz geschmolzen hat. Ohne dich wäre das nicht möglich gewesen.« Seine Stimme klang belegt. »Du hast mich gerettet, Pru, als ich es schon nicht mehr für möglich gehalten habe.«

»Oh, Ross. Ich glaube, ich habe dich immer geliebt.« Trotz seiner lieben Worte, trotz seines tiefempfundenen Geständnisses blieb immer noch ein leiser Zweifel. Sagte er ›Liebe‹ und meinte ›Dankbarkeit‹?

Er lächelte, so stolz auf sich wie ein kleiner Junge, der einem anderen ein Geheimnis verraten hat. Seine Augen strahlten sie warm an. »Verdiene ich für meine zärtlichen Gefühle nicht einen Kuß?«

»Alle Küsse der Welt«, murmelte sie und schmolz in seiner Umarmung dahin.

Er küßte sie hungrig, sein Mund glitt von ihren Lippen zu ihren Wangen, ihrer Nase und den geschlossenen Augen. Schließlich schob er sie sanft von sich und preßte sich die Hand auf die Brust. »Ich fürchte, das tut meinem Herzen noch nicht gut. Und ich brenne darauf, daß ich endlich wieder soweit bin, dir meine Liebe ... kraftvoller beweisen zu können. Hoffentlich *bald*, Gott helfe meinem leidenden Körper!«

Sie durfte ihn noch nicht zu sehr aufregen, obwohl sie wünschte, seine Küsse würden ewig dauern. »Du siehst müde aus. Schlaf jetzt«, sagte sie bestimmt, stand vom Bett auf und ging zur Tür.

»Warte.« Er streckte die Hand zu dem Tisch neben seinem Bett aus, auf dem neben einer Karaffe mit Wasser sein Zeichenblock und verschiedene andere Dinge lagen.

»Du hast doch nicht etwa vor, mich schon wieder zu zeichnen«, sagte sie scherzhaft seufzend. »Du bist unmöglich, Ross Manning.«

Unwillkürlich mußte sie lächeln, als ihr die Skizze einfiel, die ihr letzte Woche vor Augen gekommen war. Er hatte sie auf der *True Heart* gezeichnet, an dem Tag, an dem er vorgegeben hatte, Wedge mit seiner Flöte zu skizzieren. Statt dessen hatte er sie gemalt, mit ihren Haaren, die wie ein Heiligenschein um ihr Gesicht lagen, während sie sie im Lufthauch am Fenster trocknen ließ. Wenn sie das Bild, das so zärtlich ausgeführt war, schon damals gesehen hätte, dachte sie, hätte sie gewußt, daß er sie liebte.

Er nahm eine Schachtel vom Tisch. »Komm her.«

Zögernd trat sie ans Bett. So nahe war er dem Tod gewesen – er brauchte immer noch Ruhe. »Was ist los?«

Er klopfte auf das Bett und wartete, bis sie sich wieder hingesetzt hatte. »Franklin hat mir sehr geholfen«, sagte er geheimnisvoll, griff nach ihrer Hand und zog Marthas Ring von ihrem Finger. »Wir sollten den Ring mit ihr begraben«, sagte er. »Das ist besser.« Er öffnete die Schachtel.

Ein schmaler Goldreif mit einem himmelblauen Saphir lag darin. Zu beiden Seiten des Steins standen ihre Namen, *Ross* und *Prudence*. Ihr Herz hörte vor Freude fast zu schlagen auf, als sie den Ring entgegennahm.

»Auf der Innenseite ist eine Inschrift«, sagte er mit erstickter Stimme.

Sie hielt den Ring in den Schein der Nachmittagssonne und weinte, als sie die Worte las. Dann küßte sie ihn mit all der Liebe in ihrem Herzen und ließ zu, daß er den Ring über ihren Finger streifte.

Er rieb sich die Augen. »Beim Bart des Äskulap, ich bin wirklich müde.« Mühsam zog er die Decke zurück und klopfte einladend auf den Platz neben sich. »Leg dich zu mir, bis ich eingeschlafen bin. So wie auf dem Schiff, meine süße Pru.«

Sie nickte, zog die Schuhe aus und schlüpfte neben ihn. Er umschlang sie, so fest er konnte, seinen Arm über ihre Brust gelegt. Sie fühlte sich sicher und geborgen.

Während er zufrieden in den Schlaf hinüberglitt, dachte sie an die Worte auf dem Ring. Gab es ein liebevolleres Versprechen?

ALLEN HABE ICH MICH VERWEIGERT, UND DIESE WÄHLTE ICH.